Elizabeth M. Thomas, geboren 1931, lebte jahrelang in Afrika, zeitweise mit den Buschmännern der Kalahariwüste und dem Dodoth-Stamm von Uganda. Auf ausgedehnten Reisen studierte sie die Verhaltensweisen von Hunden, Wölfen und Dingos und die Kommunikationsformen wilder Elefanten. Aus ihren Beobachtungen gingen u. a. die Sachbücher »The Harmless People« und »Warrior Herdsmen« hervor, die Thomas als Anthropologin und Verhaltensforscherin berühmt machten. Für ihren ersten Roman gab sie ihren Lehrstuhl an der George Washington University auf und zog von New York nach New Hampshire. Elizabeth M. Thomas ist verheiratet und hat zwei Kinder. Über sich selbst sagt sie: »Um ein Buch wie das meine schreiben zu können, muß man der Erde lange Zeit sehr nahe gewesen sein. Das war ich.«

Vollständige Taschenbuchausgabe Dezember 1990

Titel der Originalausgabe »Reindeer Moon«

Originalverlag Houghton Mifflin Company, Boston
Umschlaggestaltung Atelier ZERO, München
Umschlagillustration Wendell Minor, N.Y.
Druck und Bindung brodard & taupin
Printed in France 5 4 3 2 1
ISBN 3-426-03114-0

Elizabeth M. Thomas:
Im Mond der Rentiere

Roman

Aus dem Amerikanischen von
Friderike und Karl-Otto von Czernicki

Knaur

Für Steve
Lorna und Marion
Robert und Stephanie
Joss und Ramsey
Ingrid, David, Zoe und die
Zwillinge

Und wenn alle Falken von der Erde verschwinden –
ihr Bild würde im Herzen des Kükens ruhen.

Joseph Campbell, *The Way of the Animal Powers*

Meister, du weißt, ich sitze hier und warte darauf,
daß der Mond zu mir zurückkehrt,
damit ich dorthin gehen kann, wohin ich gehöre.
Damit ich wieder
den Geschichten meines Volkes zuhören kann,
die aus längst vergangenen Zeiten stammen ...

Peter Sacks, *In These Mountains*

INHALT

PERSONEN

Graugans' Familie

GRAUGANS, Oberhaupt der Hütte am Forellenfluß
INA, Graugans' ältere Frau
TEAL, eine Schamanin, Graugans' jüngere Frau
TIMU, ein junger Mann, Sohn von Graugans und seiner ersten, bereits verstorbenen Frau
ELHO, ein junger Mann, Sohn von Graugans und Teal
EULE, Timus Schwester
KRANICH, Eules Mann
RABE, Sohn von Graugans' verstorbenem Bruder Ano
BISTI, Rabes Frau
WEISSFUCHS, ein kleiner Junge, Sohn von Rabe und Bisti
JUNCO, Weißfuchs' Schwester

Ahis Familie

AHI, Bruder von Graugans' Frau Ina
KIEBITZ, Ahis Frau
YOI, Kiebitz' Schwester und Ahis Zweitfrau
YANAN, Tochter von Ahi und Kiebitz
MERI, Yanans Schwester
KAMAS, der Frosch, Sohn von Ina und ihrem ersten Mann, Murmeltier
HENNO, der Stock, Bruder des Frosches

Mammutjäger

Schwalbe, Oberhaupt der Mammutjäger
Rin, Schwalbes Halbschwester
Ankhi, Schwalbes junge Verwandte
Ethis, Ankhis Schwester

Menschen am Feuerfluß

Schwarzwolf, ältere Frau, Schwester von Sali, der Schamanin
Eider, Schwarzwolfs Tochter
Otter, Yois zweiter Mann
Kakim, Stiefsohn des Frosches

Geister

Murmeltier, ein Hilfsgeist, älterer Bruder von Graugans
Goldauge, ein Hilfsgeist, jüngerer Bruder von Graugans
Sali, die Schamanin, Teals Mutter

PROLOG

Meine Geschichte klingt nicht so großartig wie die Geschichten, die man von einigen Mammutjägern hören könnte. Die meinige endet nicht mit einem riesigen Haufen Fleisch. In meiner Geschichte kommen keine geraubten Frauen vor, nur der Austausch von Geschenken bei der Eheschließung, und keine Kämpfe, lediglich Auseinandersetzungen über die Mitgift. Meine Geschichte ist nicht sehr lang, und es fehlt ihr vielleicht an Weisheit, denn der Anfang wurde mir von anderen Menschen erzählt, und das Ende kam schneller, als mir lieb war. Ich war noch eine junge Frau, als ich die Welt der Lebenden verließ und in die Geisterwelt der Toten eintrat.

Vieles vom Leben habe ich daher nie erfahren. Aber ich wußte immerhin. wo all die Beeren wuchsen und wie man die Körner finden kann, die von den Hamstern in ihrem Bau gesammelt werden. Besser als die meisten Männer kannte ich die Tiere, die Gras fressen, und die Tiere, die auf Jagd gehen. Ich entsinne mich der Kinder, die am Leben blieben, und der Kinder, die früh starben; der Frauen, die diese Kinder tapfer oder verängstigt zur Welt brachten, und der Männer, die ich leiden mochte, und der anderen, die mir Angst einflößten. Ich fürchtete mich vor einigen der Mammutjäger, als ich sie zum ersten Mal sah – Männer mit hellen Augen und steppengrasfarbenen Haaren. Für mich sahen sie genau wie Löwen aus. Ich war entsetzt, als ich diesen Menschen zum ersten Mal begegnete. Meine Tante erklärte sich bereit, einen dieser Männer zu heiraten, ohne ihn gesehen zu haben, und war dann empört, weil er ganz anders aussah, als sie erwartet hatte.

Wenn ich an seine hellen, auf mich gerichteten Augen denke, fällt mir aber in meiner Geschichte doch auch ein großer Haufen Fleisch ein. Und ein gewaltiger Fliegenschwarm. Als wir aber das Fleisch bekamen, hatten wir bereits genug anderes Essen, deshalb denke ich an den Fleischberg nicht so oft wie zum Beispiel an einen kleinen Bissen Knochenmark aus der Beute eines Tigers, das wir fanden, als wir Hunger leiden mußten.

I

Der Weg

I

Ich hieß Yanan, und meine Geschichte begann dort, wo sie endete, in der Hütte von Graugans auf der höchsten Geländestufe oberhalb des Nordufers des Forellenflusses. Die Hütte war groß, hatte zwei Rauchabzüge statt nur des einen, und sie war sehr gut gebaut – die beste, die ich je gesehen hatte. Graugans baute sie mit seinen drei Brüdern – bevor seine Brüder ums Leben kamen –, während sie alle noch ganz jung waren. Die Grube für den Boden war tief ausgehoben. Die Wände waren mit Mammutknochen verstärkt, die mit Felsbrocken versetzt und mit Fichtenzweigen umwickelt waren, und die Zweige waren mit Streifen von Rentierfellen befestigt. Rentierfell schrumpft, wenn es naß wird, deshalb konnte der Wind der Hütte nichts anhaben, und es regnete nicht herein. Das Wasser dichtete alles ab.

Die Dachwölbung bestand aus abgeworfenen Hirschgeweihen, die ineinander verschränkt waren, als kämpften die Hirsche miteinander, und sie war so hoch, daß sich nur wenige Männer bücken mußten, wenn sie aufstanden. Über den Fichtenzweigen und Hirschgeweihen waren Häute befestigt, und über den Häuten Grassoden. Die Hütte war so fest gebaut, daß Menschen oder jede beliebige Menge Schnee das Dach nicht zum Einsturz bringen konnten und die Witterung nur durch die Rauchlöcher hereindrang. Räuberische Tiere kamen nie herein, denn wir hielten eine abgestorbene Fichte bereit, die wir mit dem dicken Ende voran in den Eingang hereinziehen konnten.

Oben auf der Hütte brachten Graugans und seine Brüder etwas Wunderschönes an: einige sehr lange Geweihe von Fleckhirschen, die am Forellenfluß fast nie zu sehen sind. Jedes Geweih war fast so lang wie die Hütte, und wie sie da oben auf dem Dach in die Höhe ragten, sahen sie aus wie eine Gruppe von Birken auf einer niedrigen Bodenerhebung oder wie ein Fleckhirschrudel, das sich niedergelegt hat. Die Geweihenden hoben sich gegen den Himmel ab, und vom Fluß aus konnte man sie auf weite Strecken sehen – ein Anblick, der uns immer sagte, daß wir bald zu Hause waren.

Hinter der Hütte erhob sich eine kleine Felswand zur Ebene hinauf, so daß die Nordstürme über uns hinwegfegten und der nach Süden gerichtete Fels den ganzen Tag über den Sonnenschein auf die Hütte zurückwarf. Unterhalb der Hütte fielen weitere Terrassen zum Schwemmland des Flusses ab, wo Rehe und manchmal Pferde an dem Weidengebüsch ästen. Der Fluß floß schnell dahin und war ziemlich flach. Er strömte um Felsbrocken herum, so daß sich, außer im kältesten Winter, immer Wasserlöcher in der Eisdecke zeigten. Von unserem Ausblick vor der Hütte konnten wir Hirsche, Pferde oder Rentiere beobachten, die auf ihren Wechseln zur Tränke herunterkamen.

Auf der Südseite des Flusses wuchs ein ausgedehnter Fichtenwald, in dem bärtige Flechten von den kleineren Bäumen herunterhingen. Im Winter jagten wir die Rentiere, die unter den Bäumen Schutz suchten und von den Flechten lebten, bis die Frau Ohun sie zu ihrem langen Frühlingsmarsch zurück in die offene Ebene verjagte. Der Wald war kreuz und quer von Pfaden durchzogen, von den Rentieren, aber auch von uns selbst angelegt, denn im Winter ließ Graugans die jüngeren Leute aus der Hütte täglich Brennholz sammeln.

Im Osten, wo der Fluß entsprang, stand eine Hügelkette mit Lärchen und Kiefern auf den Südhängen. Die Hügel waren weit entfernt, zu Fuß fast einen halben Tag von der Hütte aus, aber wenn Graugans und die anderen Männer kein Rentier erlegen konnten, gingen wir zu diesen Hügeln, um Kiefernzapfen zu sammeln und Ausschau nach den Höhlen schlafender Bären zu halten.

Wenn wir einen Bären fanden und ihn erlegten, ernährte uns sein Fleisch lange Zeit, vielleicht für die Dauer eines ganzen Mondes.
Im Westen mündete der Forellenfluß in den Schwarzen Fluß, der nach Norden floß. Jedesmal im Frühling, wenn die Rentiere abgezogen waren und die Singvögel in den Büschen am Fluß ihre Lieder anstimmten, wenn die Hütte voller Schmeißfliegen und Mücken war, wenn es auf der Terrasse nach unseren Exkrementen und nach anderem Unrat stank, der in dem schmelzenden Schnee allmählich auftaute, folgten wir auf der Suche nach den Rentieren den Wasserläufen bis zur Steppe. Dort, an den Ufern des Grasflusses, schlugen wir unser Lager auf, zusammen mit vielen anderen Menschen aus weit entfernten Hütten – Hütten, die der Sippe von Graugans am Ober- und Unterlauf des Schwarzen Flusses gehörten.
Graugans gehörte das winterliche Jagdgebiet, das sich viele Tagesmärsche weit in beide Richtungen entlang des Forellenflusses erstreckte. Er und seine Sippe besaßen die Jagdgründe des Sommers in dem großen Steppengebiet, das vom Grasfluß entwässert wurde. Wohin immer Graugans ging, folgten wir ihm, denn er besaß das Fleisch.
Das Handzeichen für den Führer ist der erhobene rechte Daumen. Mein ganzes Leben hindurch erinnerte mich dieses Zeichen an Graugans, denn wie ein Daumen war er klein und stark. Man hat mir erzählt, daß seine erste Frau ebenfalls von kleinem Wuchs war, aber ich habe sie nie gesehen, denn sie starb vor meiner Geburt. Seine nächsten beiden Frauen waren die Witwen seiner Brüder; beide waren vom selben Wuchs wie er. Die anderen Männer waren größer. Aber wie der rechte Daumen der stärkste und wichtigste Finger ist, war Graugans für uns der wichtigste Mann. Er war außerdem der älteste, mit weißen Haaren im Bart und an den Schläfen. Und er wirkte viel größer, wenn er mit erhobenem Kinn aufrecht dastand, als biete er dem Wind die Stirn.

Verschränkte Hände sind das Zeichen für eine Hütte, für die Ehe und für Kraft, denn die Finger sind die ineinander geschobenen Geweihstangen eines Daches und auch die Menschen, die unter diesem Dach wohnen. Deshalb will ich mit meinen Händen zeigen, wer die anderen Menschen in unserer Hütte waren und wie wir zusammen lebten.
Die Hand mit der Handfläche nach unten ist das Zeichen für Männer. Wenn ich die erwachsenen Männer in unserer Hütte an meinen Fingern abzähle, komme ich auf acht. An meiner rechten Hand finde ich an jedem Finger einen Mann – Graugans selbst, seine beiden Söhne Timu und Elho, Rabe, den Sohn seines Bruders, und Kranich, den Mann seiner Tochter. An meiner linken Hand finde ich Vater und seine Neffen, den Stock und dessen Bruder, den Frosch.
Die nach oben offene Hand mit zusammengedrücktem Daumen und Zeigefinger bezeichnet Frauen, Wasser und Beeren. Ich zähle also die erwachsenen Frauen an meinen Fingern ab und finde sechs. Am ersten und zweiten Finger meiner rechten Hand finde ich die beiden Frauen von Graugans – Ina, Vaters Schwester, und Teal, die eine Schamanin war. Am dritten Finger ist Eule, die Tochter von Graugans, und am vierten Finger Bisti, die Frau seines Neffen. An meiner linken Hand sind Vaters beide Ehefrauen – meine Mutter Kiebitz und ihre Schwester, meine Tante Yoi.
Fingernägel sind das Zeichen für Kinder, weil Nägel wie Kindergesichter in den Kapuzen ihrer Parkas aussehen. Auf meinen Fingernägeln finde ich fünf Kinder, zwei an der linken Hand für mich und meine Schwester Meri, sowie je eines an der rechten Hand für Junco, ihren Bruder Weißfuchs, der fast erwachsen war, und für den kleinen Enkel von Graugans, einen Säugling, den Eule auf die Welt brachte.
Dies waren die Menschen unserer Hütte, die Menschen, die ich an meinen Fingern abgezählt habe. Jetzt balle ich meine Fäuste, denn eine Faust ist das Zeichen für Feuer.

Da ich zwei Fäuste habe, gab es in unserer Hütte zwei Feuerstellen. Die eine befand sich am rückwärtigen, warmen Ende, und die andere lag vorn im kälteren Teil neben der Tür. Die Menschen, die ich an meiner rechten Hand aufgezählt habe, schliefen hinten bei Graugans' Feuer, weil sie zur Familie von Graugans gehörten und Graugans Besitzer der Hütte war, während die Menschen an meiner linken Hand bei Vaters Feuerstelle neben der Tür schliefen, weil sie zu Vaters Familie gehörten und Vater nur der Bruder von einer der Ehefrauen von Graugans war.

Den Männern gehört das Fleisch, deshalb gehört den Männern auch der Ort, wo wir Fleisch finden können – die Jagdgründe, die Hütten und die Herdstellen im Inneren. Den Frauen gehören die Familien, die Sippen. Die Angehörigen einer Sippe leben nicht zusammen an einem einzigen Ort, sondern sind wie die Samen der Wolfsmilch über die Welt der Lebenden verstreut oder in den Lagerstätten der Toten vereint.

Deshalb ist die sich öffnende Faust das Handzeichen für die Sippe und ebenso für Wolfsmilch. Wenn ich meine Fäuste aufmache, sehe ich meine eigene Sippe, die größte in der Hütte. Einige von uns sind an meiner linken Hand – Mutter, ihre Schwester, meine Schwester und ich. Andere sind an meiner rechten Hand – Teal, die jüngere Frau von Graugans, und deren Sohn Elho. Mutter und Teal gehören zusammen, weil ihre Mütter Schwestern waren. Vor ihnen hatte die Mutter ihrer Mütter Schwestern, die Kinder hatten, und auch diese Menschen waren von unserem Geschlecht, aber sie lebten nicht am Forellenfluß. Ich kannte sie nicht einmal. Wieder öffne ich meine Fäuste. Jetzt sehe ich Vaters Sippe – Vater und seine Schwester Ina, die ältere Frau von Graugans, mit ihren beiden erwachsenen Söhnen, Henno der Stock und Kamas der Frosch. Wieder öffne ich meine Fäuste, und immer wieder. Meine Fäuste sind wie Samenpollen der Wolfsmilch, an denen ein paar einzelne Samenkörner hängen. Sieben Geschlechter

sehe ich in Graugans' Hütte. In der sechsten Reihe finde ich Eule und Timu, zwei Kinder von Graugans, und das kleine Kind von Eule, Graugans' einziges Enkelkind. Aber in der letzten Reihe finde ich, wie ein einzelnes Samenkorn, das von seinem Haarbüschel festgehalten wird, nur einen einzigen Menschen – Graugans selbst, seit dem Tod seiner Brüder allein.
Und wieder verschränke ich beide Hände und mache das Zeichen für eine Hütte. Wieder bedeuten meine Hände Kraft und Ehe, denn unsere Sippen haben sich vereinigt. Deshalb sind wir stark. Die ineinander verzahnten Geweihstangen in unserem Dach geben der Hütte über unseren Häuptern Kraft. Und so lebten Graugans' Leute meiner rechten Hand und Vaters Leute meiner linken Hand einstmals zusammen.
Als ich ein kleines Mädchen war, liebte ich unsere Hütte, so wie sie war, und war mit den in ihr lebenden Menschen zufrieden. Aber die Erwachsenen waren nicht zufrieden, denn einige unserer Männer hatten nur eine einzige Frau, andere gar keine, und einige waren verwitwet. Meine Vettern, der Stock und der Frosch, hatten früher einmal Frauen und sogar Kinder, aber diese ertranken im Forellensee, als sie von der Frau Ohun im Frühling unter das brüchige Eis gezogen wurden.
Als ich eines Nachts im Winter den Erwachsenen zuhörte – in einer Nacht, an die ich mich gut erinnere –, erfuhr ich, daß unsere Männer keine Ehefrauen unter den Weibern finden konnten, denen wir im Sommer begegneten, wenn wir den Rentieren in die Steppe folgten. Die Frauen, die wir dort trafen, waren entweder verheiratet oder gehörten zur selben Sippe wie unsere Männer; ihre Mütter waren deren Schwestern oder Mütter der Mütter oder sogar die Mütter der Großmütter. So sagten jedenfalls die Erwachsenen, die gemeinsam um Vaters Feuerstelle herum auf dem Boden hockten.
Das überraschte mich. In den Sommernächten suchten Graugans' Söhne, Timu und Elho, häufig heimlich zwei

Frauen auf, um mit ihnen zu schlafen. In der Meinung, daß alle davon wußten, erinnerte ich die Erwachsenen an diese Frauen. »Und was ist mit Tunne und Lilan?« fragte ich.

Die Worte waren kaum ausgesprochen, als die Erwachsenen verstummten. Mit weit aufgerissenen Augen wie Eulen wandten sie mir ihre vom Feuerschein erhellten Gesichter zu und gaben mir das Gefühl, ich hätte viel zuviel gesagt. Vater starrte mich an. Mutter zeigte mir ihre Handfläche und drohte, mich zu schlagen, falls ich noch mehr sagte. Und Tante Yoi griff verstohlen in der Dunkelheit nach unten, wo es niemand sehen konnte, und zwickte mich so fest, daß mir die Tränen aus den Augen schossen und noch Tage danach ein blauer Fleck auf meinem Oberschenkel zu sehen war.

Graugans jedoch blickte seine Söhne von der Seite her an. »Ich hoffe, daß meine Verwandten weniger über ihre Ehefrauen wissen als Yanan«, sagte er.

»Es gibt Dinge, die man besser nicht weiß«, sagte Vater.

Zunächst waren Elho und Timu sprachlos; es dauerte jedoch nicht lange, und sie begannen zu schreien. »Yanan sollte nicht reden, bevor sie weiß, wovon sie spricht!« rief Timu. »Sind wir denn Tiere, daß ein Kind über uns reden kann, wie es will?«

Ich warf den Kopf zurück, um ihm zu zeigen, daß ich nichts von seinen Worten hielt. »Du mußt ein Tier sein! Du siehst aus wie ein Tier!« sagte ich.

Daraufhin schlug Mutter die Hände laut zusammen, so daß es wie eine Ohrfeige klang; ich senkte den Blick, um anzuzeigen, daß ich still sein würde. Als die Erwachsenen das Gespräch wieder aufnahmen, blickte ich mich verstohlen um, weil ich hoffte, daß den anderen Kindern vielleicht mein Scherz gefallen hatte. Und wirklich, Junco und Weißfuchs kicherten über Timu. Nur meine kleine Schwester lachte nicht. Jeden Augenblick bereit, sich stillen zu lassen, saß sie zwischen Mutters Knien und schaute auf die nackten Brüste in Mutters offenem Hemd. Zu jung, um meine Schlagfer-

tigkeit und meinen Mut zu bewundern, machte Meri einen triumphierenden Eindruck, als ob Mutter mir tatsächlich eine Ohrfeige gegeben hätte.
Wie es bei ihnen üblich war, mußten sich die Erwachsenen entschlossen haben, meine Worte zu ignorieren und so zu tun, als sei nichts geschehen. Schon bald danach sprachen sie wieder von den Weidegründen des Sommers, und dann hörte ich etwas, was mir gar nicht gefiel. Wir würden in diesem Sommer den Rentieren nicht zum Grasfluß folgen, sondern einige Lagerstätten dort aufsuchen, wo der Feuerfluß aus dem Frauensee heraustritt. Dort, hieß es, könnten wir ledige Frauen finden.
Voller Angst hörte ich den Erwachsenen zu. Ich wußte sehr wenig von dieser Gegend, außer daß einige Angehörige unserer Sippe dort lebten und daß es dorthin sehr weit war. Ich hoffte, wir würden nicht hingehen. Niemand hat Fremde gern, und in meinen Augen waren alle Menschen dort Fremde – ob verwandt oder nicht. Aber die Erwachsenen zählten bereits die Halbmonde, die wir unterwegs sehen würden. Sie waren zu einer Entscheidung gekommen. Wir würden hingehen!
Am liebsten hätte ich gefragt: Und was ist mit der Entfernung? Wir brauchten bereits fast einen Mond lang, bis wir unser Sommerlager am Grasfluß erreichten. Bis zum Feuerfluß würde es viel länger dauern. Ich haßte den Gedanken an einen so langen Fußmarsch, gebeugt unter der Last eines schweren Bündels, während meine Schwester mich von ihrem Platz auf Vaters Schultern höhnisch angrinste. Ich haßte den Gedanken an die vielen Tage, die wir hungrig, kalt und naß würden zubringen müssen – zerstochen von Mücken und zerkratzt vom Heidekraut. Und das alles nur, damit Männer Frauen finden konnten. Warum konnten die unverheirateten Männer nicht allein dorthin gehen?
Ich wollte Mutter fragen, ob wir wirklich so weit gehen müssen. Aber Mutter war jetzt mit mir böse, und ich hielt lieber den Mund. Statt dessen hörte ich zu und erfuhr noch mehr. Nicht nur würden die Männer Frauen

finden, sondern wir würden uns auch mit den Hütten von deren Vätern verbinden. Das sei gut, meinte Graugans. Wer könne sagen, warum oder wann wir neue Jagdgründe nötig haben würden?
Wir würden außerdem Geschenke bekommen, die uns als Mitgift zustanden. Vielen von uns waren Geschenke auf Grund der Heirat von Eule, Graugans' Tochter, zugesagt worden. Graugans sollte ein Obsidianmesser bekommen. Eules Bruder Timu standen Elfenbeinperlen zu, die bereits geformt und zum Aufziehen durchbohrt waren. Eule selbst sollte Bernsteinkugeln und besondere Regenbogenfedern vom Hals der Krickenten erhalten, die im Schilf am Frauensee nisten. Jahre waren vergangen, und niemand hatte diese Geschenke gesehen. In diesem Jahr sollten wir sie endlich bekommen.
Mutter seufzte. »Es ist schon so lange her, seit wir unsere Sippe am Feuerfluß besucht haben, daß wir nicht einmal wissen, wer tot ist und wer noch lebt«, sagte sie. »Vielleicht benutzen unsere Leute ihre alten Sommergründe nicht mehr. Wenn es so ist – wie sollen wir sie dann finden?«
Vater antwortete: »Hinterlassen sie keine Spuren? Steigt kein Rauch von ihren Feuerstellen auf? Wir werden sie auf dieselbe Weise finden, wie Graugans und seine Brüder Frauen fanden, als sie zum Feuerfluß gingen. Auf dieselbe Weise, wie wir dich fanden. Wir gingen einfach hin. Dort fanden wir dich. Du hast dich vor uns nicht versteckt.«
»Glaubst du, daß du drei unverheiratete Frauen am Feuerfluß findest?« fragte Teal. »So viele kann man nicht erwarten.«
Drei? Auch das überraschte mich. Ich dachte, mindestens vier Männer – Timu, Elho, der Stock und der Frosch – hätten keine Frauen. Von Weißfuchs ganz zu schweigen. Aber ich wußte, daß ich keine Fragen stellen sollte, deshalb hörte ich nur zu und hoffte, daß Teal die Männer nennen würde.
Sie tat es nicht. »Vielleicht wird mein Sohn dort keine

Ehefrau finden«, fuhr sie fort; sie meinte Elho. »Zu viele Menschen am Feuerfluß gehören zu unserer Sippe.« Dann fingen alle zu reden an und nannten die Frauen, an die sie sich beim Feuerfluß erinnerten, und führten deren Abstammung auf. Mich langweilte dieses Gerede, denn die meisten der erwähnten Menschen schienen schon gestorben zu sein. Die einzige mir bekannte Sippe war meine eigene, und davon hauptsächlich die Menschen unserer Hütte. Außerdem war der einzige Angehörige unserer Sippe, der erwähnt wurde, Elho. Wenn er keine Frau fand, war mir das gleichgültig. Ich wartete darauf, daß sich das Gespräch Timu zuwenden würde, denn ich hoffte, daß auch für ihn keine Frau gefunden werden könne. Aber das Gespräch über die Familienbeziehungen ging hinweg über Timu zu Vaters Neffen, dem Stock und dem Frosch.
Graugans unterbrach die langen Namenslisten. »Du mußt mit Schwierigkeiten rechnen, wenn du ledige Frauen finden willst«, sagte er zu Teal. »Du redest so, als ob diese Schwierigkeiten dich überrascht hätten. Wenn es so leicht wäre, Eheleute zu finden, würden wir unseren Verschwägerten nicht so viele Geschenke geben müssen.«
»Wir machen zu viele Geschenke«, sagte Timu. »Und wofür?« Er warf mir einen wütenden Blick zu, den ich nicht begriff. »Ich habe von Männern gehört, die keine Geschenke machen. Sie rauben sich ihre Frauen einfach!«
»Pferde tun so etwas, aber keine Menschen!« rief Teal. »Rauben!« sagte Graugans. »Hört euch das an! Sei auf der Hut, Sohn! Eine dieser großen hungrigen Frauen am Grasfluß wird dich nehmen und mit dir davonlaufen.« Jetzt lachten alle über Timu, am meisten ich selbst. Sogar meine Schwester Meri entblößte ihre kleinen Zähne, obwohl sie die ganze Sache nicht verstand. Aber Timu schien beschämt zu sein. Er hatte keinen Scherz machen, sondern uns nur an die Bräuche anderer Menschen erinnern wollen. Deshalb legte Graugans einen

Arm um Timus Schultern und sagte in seiner gütigen Art: »Wir müssen alle auf Ehefrauen warten. Die deinige wird jeden Tag größer. Bald wirst du in ihrem Fellsack schlafen, und meine Verwandten am Grasfluß werden froh sein.«
Die Leute lachten wieder, aber ich war erstaunt. Timu hatte eine Frau? Wurde aus diesem Grunde sein Name in dem ganzen Gerede nicht erwähnt? Neugierig geworden, zupfte ich an Mutters Ärmel. Als sie herabblickte, flüsterte ich: »Timus Frau – wer ist sie?«
Mutter schien leicht überrascht zu sein. »Warum, Yanan«, sagte sie, »das bist doch du!«
Man mußte es mir angemerkt haben, wie sehr mich dies entsetzte. Mutter sah mich mit einem merkwürdigen Blick an. Plötzlich wurde mir heiß im Gesicht. Ich lehnte mich vom Feuer zurück, damit sein Lichtschein nicht auf mir lag. Ich wollte mich verstecken, bis sich mir nicht mehr alles im Kopf drehte.
Ich wollte nie verheiratet sein, und jetzt war ich es und hatte es nicht gewußt. Hätte sich denn keiner die Mühe machen können, es mir zu sagen? Ich sah Timu über das Feuer hinweg an. *Du?* Ich bekam eine Gänsehaut. Er würde mich zwingen, mit ihm zu schlafen! Seine Arme würden meine Ellbogen festhalten, und sein Atem würde mir die Luft abschneiden! Ein Kind würde in meinem Innern heranwachsen, bis ich so zu leiden haben würde, wie ich es bei anderen Frauen gesehen hatte! Ich würde bluten! Ich konnte sterben!
Ich schaute hinauf zu den gebleichten Geweihen unter der Dachwölbung; ihre spitzen Enden zeigten sich weiß im Licht des Herdfeuers. Gewöhnlich sah ich Leben und Kraft, wenn ich die Geweihstangen anschaute, aber in dieser Nacht sah ich nur Brunft und Kampf. Ich betrachtete die vielen Dinge, die zwischen die Stangen geklemmt waren – Vaters Axt aus Grünstein, Mutters Messer aus Feuerstein, Tante Yois Halskette aus Elfenbein, die sie mich nie tragen, nicht einmal anfassen ließ, eine Halskette, die ihr von Timus Schwester Eule als

Teil der Mitgift geschenkt worden war. Vielleicht war es meine Ehebeigabe! Plötzlich traten mir Tränen in die Augen. Sicher war ich die Frau, die gegen diese Halskette eingetauscht worden war! Wer sonst außer mir? Und die Tante wollte mich die Kette nie anrühren lassen! Niemand kümmerte sich darum, was ich wollte oder dachte! Ich würde im Kindbett sterben, während man Tante Yoi wegen der Halskette pries.
Ich schaute von dem Halsband zu dem Loch im Dach hinauf, wo sich graue Rauchschwaden wie eine Wolke vor dem dunklen Himmel abhoben. Plötzlich schossen rote Funken zu dem Loch empor, jeder auf seiner eigenen Bahn, wobei alle den Weg genau zu kennen schienen. Wie kam es dazu? Jagte ihnen etwas Angst und Schrecken ein? Hob sie der Wind hoch? Oder flogen sie freiwillig hinauf, um am Himmel einen Unterschlupf zu finden? Dort müssen sie jedoch sterben, erkannte ich, da wir sie später nie wieder zu Gesicht bekommen. Sie werden nicht zu Sternen, denn Sterne sind weiß. Ich dachte an alle die Dinge, die ich nicht verstand und die mir niemand erklären wollte. Tante Yoi hatte die Halskette getragen, solange ich zurückdenken konnte, aber niemand hatte mir jemals gesagt, warum.
Ich schaute wieder hinüber zu Timu, der nicht mehr verlegen war, während die anderen immer noch Witze machten über die hungrige Frau. Er fiel sogar in das Gelächter mit ein. »Sie wird sich auf dich draufsetzen«, sagte Elho. »So leicht kommst du nicht davon.«
Immer noch lächelnd, sah mich Timu plötzlich direkt an. Mein Gesicht brannte! Ich senkte den Blick, als ob Mutter mir eine Ohrfeige gegeben hätte, und wickelte dann in meiner Verwirrung mein Hemd ganz eng um die Beine.

Bevor ich wußte, daß ich verheiratet war, dachte ich an Timu und seinen Halbbruder Elho immer so, als wären sie noch Kinder. Das Sammeln von Feuerholz war ebenso ihre Arbeit wie die von Junco und mir. Wenn sie uns dabei nicht halfen, fragten wir uns nicht, wo sie gerade waren, oder was sie jetzt wohl tun mochten – wir überlegten uns nur, wie wir die Erwachsenen dazu bringen könnten, sie zu schelten, weil sie uns die ganze Arbeit überließen.

Nachdem ich erfahren hatte, daß Timu mein Ehemann war, tat ich zwar immer noch so, als sei er mir gleichgültig, aber in Wirklichkeit fiel mir trotzdem eine Menge an ihm auf. Wenn wir Holz sammelten, lauschte ich auf seine Stimme oder auf das Geräusch zerbrechenden Reisigs, das anzeigte, wo er war; ich suchte nach seinen Spuren im Schnee. Ich schien immer zu wissen, wo er sich gerade befand, als ob ich ihn spüren könnte. Das gefiel mir nicht, und es war mir dabei nicht wohl zumute.

Timu fühlte, daß ich mich verändert hatte. Schließlich hatte er schon die ganze Zeit gewußt, daß wir verheiratet waren, deshalb hatten sich seine Gedanken nicht so wie die meinigen verändert. »Was ist denn mit dir los?« fragte er manchmal. »Bin ich ein Fremder? Starr mich nicht so an.«

Bevor ich wußte, daß ich verheiratet war, machte ich mir nie Gedanken über die Ehen anderer Menschen. Ich wußte, daß sich verheiratete Leute im Dunkeln lieben, unter den Rentierfellen bei Nacht, wenn andere Leute eigentlich schlafen sollten, aber ich habe nie beim Geschlechtsverkehr zugesehen und auch versucht, nicht darüber nachzudenken, wie sie es machen, oder warum. Hinten in Graugans' Teil der Hütte ließen Timus Schwester Eule und ihr Ehemann Kranich manchmal erkennen, daß sie geschlechtlich verkehrten, und zwar durch eine plötzliche Veränderung in ihrer Atmung oder durch ein leises Stöhnen, das einem von beiden entschlüpfte. Im übrigen sollten wir anderen keine Notiz von den Geräuschen nehmen.

Ich hatte mir nie über die älteren Erwachsenen Gedanken gemacht. Da ich mir nie vorstellen konnte, daß meine Eltern miteinander schliefen, habe ich mich auch nie gefragt, warum meinem Vater meine Mutter lieber war als Tante Yoi, so daß er fast immer mit Mutter schlief und Meri und mich zwang, bei Yoi zu schlafen. Daß Mutter meinem Vater lieber war, schien natürlich zu sein – auch Meri und mir war sie lieber. Mutter war netter als Yoi; die schrie uns immer an, kniff uns manchmal, wenn sie mit uns nicht einverstanden war, und beim Schlafen kehrte sie uns eigensüchtig den Rükken zu und zog das Rentierfell auf ihre Seite, wodurch wir in der Kälte blieben. Wenn wir statt Vater die erste Wahl gehabt hätten, wären wir, behaglich an Mutters warmen Körper geschmiegt, eingeschlafen, während sich Vater mit Yoi um das Rentierfell stritt.

Aber nachdem ich erfahren hatte, daß ich verheiratet war, wurde ich neugieriger auf meine Eltern. Gewiß schliefen sie miteinander. Es wäre dumm gewesen, etwas anderes anzunehmen. Vielleicht war Vater der Geschlechtsverkehr mit Mutter lieber als der mit Yoi. Dieser unerfreuliche Gedanke wäre eine Erklärung dafür gewesen, warum er immer Mutter vorzog. Und, dachte ich, es würde auch erklären, warum Yoi kinderlos geblieben war.

Graugans dagegen schlief bei beiden Frauen zur gleichen Zeit. Teal und Ina bohrten einmal Nählöcher in drei Rentierfelle, damit die Felle wie mit einem Saum zusammengenäht werden konnten. Wie die drei Teile einer riesiggroßen Parka öffnete sich dieses Schlaffell in drei Stücken, und darunter schlief Graugans mit einer Frau an jeder Seite. Trotzdem war Teal die einzige unter Graugans' noch lebenden Frauen, die ein Kind von Graugans hatte, und Elho, ihr Sohn, war kein Kind mehr. Konnte dies bedeuten, daß Graugans und seine Frauen nicht mehr zusammen schliefen?

Ich brauchte anscheinend Kenntnisse, die ich nicht haben wollte und auch nicht bekommen konnte. Die Leute sagten, daß der Koitus vor der Reifefeier den Mädchen Schaden zufügte; deshalb wußte ich, daß ich noch eine Zeitlang nicht bei Timu liegen mußte. Die Initiation folgte auf die erste Blutung, und die meinige war noch nicht eingetreten. Aber ich erkannte, wie sehr meine Menstruation Graugans' Gedanken beschäftigte, als er Timu von Männern erzählte, die darauf warteten, daß ihre Frauen erwachsen würden, und ich erkannte, wie sehr Timu auf meine erste Menstruation warten mußte; dabei dachte er an mich, wie ich es vorher nicht bemerkt hatte und auch nicht mochte. Sein Abwarten verwirrte mich und beschäftigte mich in Gedanken, immer wenn ich sonst nichts zu tun hatte. Ich merkte, daß ich es manchmal überhörte, wenn andere mich ansprachen. Mutter rieb mir dann mit den Fingerknöcheln über den Kopf und warf mir vor, ich träume nur vor mich hin.

Aber wenn Timu schon an mich dachte, so dachte ich natürlich auch an ihn. An einem windigen Tag standen Elho und Weißfuchs, Junco und ich im Wald um eine Fichte herum, die Timu gerade fällte. Die kleinen Einschnitte seiner Axt führten um den Stamm herum, und von Zeit zu Zeit lösten seine Hiebe einen Span, der von der Kälte gelblich und fasrig geworden war. Mit jedem abgespaltenen Span wurde der Baumstamm schwächer. Wir warteten darauf, den Baum umstürzen zu können, aber ich war mit den Gedanken nicht bei der Arbeit. Statt dessen beobachtete ich Timu. Ich sah, wie breit seine Schultern unter der Parka waren, und wie seine dunklen Augen leuchteten und wie fest er die Axt in seinen großen Händen hielt. Vielleicht stand ich zu nahe neben ihm, denn er drehte sich plötzlich nach mir um. »Geh zurück«, sagte er stolz. »Ich will nicht, daß meine Axt aus Versehen dich trifft.«

In früheren Zeiten hätte ich mich über ihn lustig gemacht und gesagt, er sei ein Angeber, oder er führe die Axt wie eine Frau, oder daß, da seine Axt dem Baum nichts anhaben könne, auch ich in Sicherheit sei. Aber jetzt fiel mir kein Spott ein. Ich trat einfach ein paar Schritte zurück, wie er es verlangt hatte. Es fiel ihm auf. Er legte die Axt weg, umfaßte den Baumstamm und drückte den Baum, während sich seine Parka über den Schultern spannte, unter Wippen und Krachen auf den Boden. Als er damit anfing, wollten wir übrigen uns mit unserem ganzen Gewicht gegen den Baum stemmen, aber Timu kam uns zuvor. Bevor wir noch richtig zupacken konnten, hatte er den Baum zu Fall gebracht. Wie wir alle sehen konnten, war Timu ein starker Mann.

In jenem Winter, zu der Zeit, als der volle Mond der Schreie im langen, blauen Zwielicht aufstieg, kam ein neuer Jäger in das Forellental. Eines Abends in der Hütte, als sich die Erwachsenen laut darüber unterhielten, wie sie am Feuerfluß Frauen finden könnten, streckte Graugans plötzlich die Hand aus und packte Vater am Arm. Da Graugans aufmerksam lauschte, verstummten die übrigen Erwachsenen und lauschten ebenfalls. Aus weiter Ferne hörten wir eine Stimme: »A-a-a-oo-ong.« Wir spitzten die Ohren, konnten aber nichts mehr hören. Hatten wir uns getäuscht?
Ohne uns die Mühe zu nehmen, Außenkleidung anzulegen, krochen wir einer nach dem anderen durch den Windfang und standen auf, um zu lauschen. Der Nachtwind ließ uns frösteln. Über uns kamen die Sterne heraus. Wir hörten den Wind in den Fichten und das Flußwasser unter dem Eis. Und dann, weit entfernt, aus den im Osten gelegenen Bergen, wo der Forellenfluß entspringt und ein blasses, gelbes Licht anzeigte, daß der Mond aufging, hörten wir die Stimme wieder: »Oh. Oh. Aagh. A-aa-oong.« Eine Tigerin! Eine Tigerin rief einen Tiger! Wir warteten auf seine Antwort, aber es kam keine. Wir standen dicht neben der Hütte, um Schutz vor dem bösen Wind zu haben, und lauschten. Es verging eine lange Zeit, aber wir hörten in dieser Nacht sonst nichts, auch nichts von der Tigerin.
In der nächsten Abenddämmerung hörten wir ihre Stimme wieder, klar, aber schwach in den kalten Bergen, aus sehr weiter Ferne. Sie rief: »Aagh! Aagh!«, als ob sie zornig wäre. In der stillen Nacht hörten wir sie ganz

deutlich; es war ein verzweifelter, widerhallender, grollender Klang: »Oo-o-o-oo-oong!« Sie soll ruhig allein bleiben, dachten wir uns. Aber in der nächsten Nacht wurden ihre Rufe von einem Tiger beantwortet, und dann sahen wir zu beiden Seiten des Flusses die großen, runden Prankenabdrücke eines Tigers.

Von da an waren wir besonders auf der Hut, wenn wir in den Wald gingen, um Brennholz zu sammeln. Aber das ganze trockene Reisig im näheren Umkreis der Hütte hatten wir bereits eingesammelt. Wir versuchten uns an die Bäume zu erinnern, die wir mit einem eingekerbten Ring fürs Fällen gekennzeichnet hatten, aber wir konnten nicht alle von ihnen ausfindig machen. Da uns die Suche nach Holz weit von der Hütte entfernte, versuchten wir langsam zu gehen, das Dickicht aufmerksam zu beobachten und Ausschau nach Spuren zu halten, denn auf nacktem, gefrorenem Untergrund oder verharschtem Schnee sind Spuren nicht leicht zu finden.

Eines Tages, als der Himmel dunstig war und es schien, als ob es wärmer werden und Schnee fallen würde, erklomm ich im Wald die Südseite des Forellentals und ging in die flachen, dahinterliegenden Hügel hinein. Dort fand ich zu meiner Überraschung auf einem langgestreckten Schneefeld frische Fußabdrücke – nicht von einem Tiger, sondern von meiner Tante Yoi. Sie war dort rasch entlanggegangen, ganz allein. Der Anblick erstaunte mich, denn ich dachte, daß alle erwachsenen Frauen damit beschäftigt waren, Kiefernzapfen in den einen halben Tagesmarsch flußaufwärts gelegenen Hügeln zu sammeln.

Tante Yoi sammelte selten Brennholz, denn das war Kinderarbeit und Tante gehörte nicht zu den Erwachsenen, die den Kindern gerne halfen. Hatte sie sich verlaufen? Neugierig geworden und sogar ein wenig besorgt, folgte ich ihrer Spur. Kurz darauf verschwand die Fährte auf dem harten, nackten, vom Wind glattgefegten Boden. Dann fand ich sie unter einigen kleineren Bäumen im Schnee wieder. Aber jetzt folgte ihr noch jemand. Ich

betrachtete die neuen Fußspuren, die genau über denen meiner Tante Yoi lagen, und sah, daß sie Timu gehörten.
Ich war erleichtert. Yoi sammelte also Brennholz, um Timu zu helfen. Ich dachte nicht weiter darüber nach, hielt aber Ausschau nach dem Tiger, während ich den beiden Fährten über den Kamm des niedrigen Hügels hinweg folgte. Hier, an einem kahlen, südlich gelegenen Abhang, sah ich, daß die beiden sich hingekniet hatten und miteinander über den Boden gerollt waren! Und dies noch vor gar nicht langer Zeit! Die roten Grashalme waren frisch geknickt, der auf ihnen liegende Rauhreif abgetreten. Der Anblick schockierte mich, und in meinem Kopf drehten sich die Gedanken im Kreis herum. Koitus! Timu und Yoi hatten miteinander geschlafen. Genau hier auf dem rötlichen Gras hatte Timu mit Yoi getan, was er mit den Frauen auf unseren Sommergründen tat. War er im letzten Sommer mit mir verheiratet worden? Ich wußte es nicht! Da er es aber jetzt war, durfte er dann noch mit meiner Tante zusammensein? Auch das wußte ich nicht! Aber Tante Yoi! Sie sollte nicht bei Timu sein! Sie war mit meinem Vater verheiratet!
Unglücklich und verwirrt, mit wenig trockenem Reisig, eilte ich zur Hütte zurück. Dort stieß ich auf Yoi, die allein in dem trüben, durch den Rauchabzug hereinfallenden Licht saß und seelenruhig mit ihrem Pfriem Löcher in das Leder eines Mokassins bohrte, den sie für Vater anfertigte. Mit heißen Wangen warf ich mein Brennholz auf den Boden und rannte wieder hinaus. Ich wußte nicht, was ich tun sollte. Beim Hinausgehen sah ich noch, daß sie mir mit hochgezogenen Augenbrauen neugierig und abweisend nachsah.
An jenem Abend paßte ich auf, ob Yoi und Timu sich irgendwie anmerken ließen, was zwischen ihnen geschehen war – vielleicht durch einen Blickwechsel oder eine verstohlene Berührung –, aber beide nahmen voneinander keinerlei Notiz. Ich achtete bei Vater auf

irgendein Anzeichen von Verdacht oder Zorn, aber er sprach mit Graugans über die Tiger. Ich beobachtete Mutter, denn wenn irgend jemand die Wahrheit über ihre Schwester wüßte, dann sie. Aber Mutter döste nur vor sich hin; sie war seit Mittag auf den Beinen gewesen und hatte außer Meri noch einen großen Sack Kiefernzapfen getragen. So versuchte ich, die Erinnerung an die geknickten roten Grashalme aus meinen Gedanken zu verbannen.
Ein paar Tage hindurch hielten sich die beiden Tiger hauptsächlich in den Kiefernwäldern und offenen Grashängen der Hügel auf; bei Tag jagten sie Hirsche und bei Nacht brüllten sie gemeinsam. Nach einer Zeit hörten wir sie nicht mehr. Aber bald entdeckten wir die Spuren der Tigerin in den Fichtenwäldern der Flußniederung. Da wußten wir, daß die Tiger die Hirsche vorsichtig gemacht haben mußten und damit schwer zu jagen, so daß es die Tigerin nun auf unsere Rentiere abgesehen hatte.
Während einer kurzen Zeit guten Wetters erlegten Vater und seine Neffen ein Rentier; als aber das Fleisch verzehrt war, konnte sich nicht einmal Graugans dem kleinen Rudel nähern, um noch ein Tier zu erlegen. Die Tigerin, sagte Graugans, habe den Rentieren eine Lektion erteilt und sie verängstigt und scheu gemacht.
Ohne Rentierfleisch mußten wir fürchten, Hunger zu leiden. Inzwischen war der Mond der abgeworfenen Geweihe am Abendhimmel aufgezogen. Und ein paar abgeworfene Geweihe lagen im Wald auf dem Schnee – ein Zeichen dafür, daß die Rentiere bald ihren Frühlingsmarsch ins offene Gelände beginnen würden. Eines Morgens, vor Sonnenaufgang, als ich Meri zu dem Fichtengehölz mitnahm, das wir als Latrine benutzten, stieß ich auf ein Rentier mit nur einer Geweihstange. Es leckte an irgend jemandes gefrorenem Urin – auch das tun Rentiere aus uns unbekannten Gründen, bevor sie im Frühling ihre Wanderung antreten.
Ob nun die Rentiere abzogen oder noch dablieben, sie

waren so vorsichtig geworden, daß wir keines erlegen konnten. Graugans überlegte, ob wir schon früher zum Feuerfluß gehen, unterwegs jagen und nach Tierkadavern suchen sollten, die während des Winters erfroren waren. Wenn nicht, sagte er, sollten wir ins Bergland gehen und einen schlafenden Bären ausgraben, den wir uns seit dem Herbst aufgehoben hatten. Er war der einzige Bär, dessen Fährte nach dem ersten Schneefall zu seiner Höhle führte, woraus hervorging, daß er noch unerfahren war, denn sonst hätte er, schon während es zum erstenmal schneite, seine Höhle aufgesucht. Dann hätte der Schnee seine Fußspuren bedeckt, statt sie deutlich hervortreten zu lassen. Die Erwachsenen beschlossen, ihn zu erlegen und aufzuessen und unsere lange Wanderung später zu beginnen.
Am nächsten Tag herrschte klares Wetter, deshalb begannen wir unsere Jagd frühzeitig und ließen Eule, Timus Schwester, mit ihrem Säugling zurück; ebenso Juncos Mutter, die bald ein Kind bekommen sollte, sowie meine Schwester Meri, die nur mühsam zu tragen und zu jung war, um mit uns Schritt zu halten. Da irgendwo in der Nähe die Tigerin sein mußte, befahl Graugans seinem Sohn Elho, bei den Frauen zurückzubleiben, aber seinen Speer nicht gegen die Tigerin zu benutzen, es sei denn, diese versuche, in die Hütte einzudringen. Und als Elho erfuhr, er solle dableiben, entschloß sich auch Tante Yoi zum Bleiben. »Es geht mir nicht gut«, hörte ich sie zu Mutter sagen.
Unser Weg führte uns nach Osten in die Berge, zu einem Kiefernwald an einem Abhang, den wir am Nachmittag erreichten. Nach längerem Suchen entdeckte Vater die Höhle unter den Wurzeln einer Kiefer, und zwar durch ein kleines Loch, das der Atem des Bären in den Schnee geschmolzen hatte. Die Erwachsenen schickten Junco und mich weg, damit wir Brennholz sammelten und auf diese Weise aus dem Wege waren; dann bearbeiteten sie mit ihren aus Geweihstangen gemachten Eispickeln die gefrorene Erde, unter der sich der Bär verkrochen hatte.

Wir waren kaum hinter die erste Baumreihe gelangt, da hörten wir ein Brüllen. Als wir zurückeilten, sahen wir den jungen Bären auf dem Schnee; Blut spritzte ihm aus Nase und Schnauze, und die Speere aller Beteiligten ragten aus seinem Leib hervor. Von der Seite sah er wie ein Igel aus. Am Himmel schrien die Raben und lockten weitere Raben an.
Während der langen Dämmerung aßen wir uns satt. Dann legten sich einige von uns zum Schlafen nieder, aber die meisten Erwachsenen blieben am Feuer sitzen. Nicht lange nach Einbruch der Dunkelheit kamen vier Hyänen vorbei. Wir hörten ihr Geheul, als ob sie versuchten, uns Angst einzujagen; dann sahen wir ihre stumpfen, dunklen Schnauzen und großen grünen Augen im Feuerschein. »Ihr seid wenige! Wir sind viele! Verschwindet«, rief Vater. Um uns besser sehen zu können, wiegten die Hyänen ihre Köpfe hin und her, aber sie liefen nicht davon. »Weg mit euch!« schrie Vater, ergriff seinen Speer und machte einen Schritt auf die Tiere zu. Sie entfernten sich langsam und sahen uns über die Schulter an. Während der Nacht kamen sie noch dreimal zurück und versuchten, uns alle im Schlaf zu überraschen. Bei ihrem dritten Besuch schleuderte Graugans brennende Äste gegen sie.
Am Morgen banden wir das Fleisch in Bündeln zusammen und begannen den langen Marsch zur Hütte. Unter der schweren Last wanderten die Frauen viel langsamer als die Männer. Bald waren alle Männer außer Sichtweite und schließlich auch aus unserer Hörweite. Wir beeilten uns nicht, da wir wußten, wir würden lange nach ihnen ankommen. Als wir uns der Hütte näherten, hörten wir ein lautes Geschrei. Irgend etwas mußte passiert sein, also setzten wir uns in Trab, und als wir atemlos ankamen, sahen wir, daß sich alle um Vater und Tante Yoi drängten.
Vater hatte Yoi anscheinend auf ein Knie niedergezwungen und stand jetzt über ihr; er hielt sie an ihrem Zopf fest und drehte ihren Kopf schmerzhaft zur Seite. Ich

hatte ihn noch nie so wütend gesehen. »Was ist mit den Geschenken?« rief er. »Wer wird mir die Geschenke zurückgeben, die ich für diese Frau hergegeben habe? Ich rede mit der Sippe meiner Frauen – mit deiner Frau Teal und deinem Sohn Elho! Wo ist Elho? Wo versteckt er sich?«

»Für Elho haben wir noch genug Zeit«, sagte Graugans beschwichtigend. »Beruhige dich, Ahi. Du kannst deine Geschenke zurückhaben, wenn du willst.«

»Ich will sie wiederhaben!« rief Vater. »Ich brauche diese Frau hier nicht mehr.« Er zerrte Tante Yoi am Zopf in die Höhe.

»Laß sie los«, sagte Mutter mit fester Stimme. Sie warf ihr Bündel ab und stürzte vor, um Vater in den Arm zu fallen. Meri rannte schreiend zu Mutter. Vater schüttelte Mutter ab, so daß sie zurücktaumelte. Ich lief an Mutters Seite und war bereit, Vater entgegenzutreten. Jetzt machten beide Eltern Front gegen mich. »Was?« schrie Mutter. »Was hat das mit dir zu tun? Geh mir aus dem Weg, bevor ich wütend werde.« Ich schlich mich also davon und setzte mich abseits neben Junco am Rand der Gruppe auf den Boden; von dort sahen wir zwischen die Beine der anderen hindurch Yoi an.

Tante Yoi war seltsamerweise ruhig und gelassen. Vaters Griff nach ihrem Zopf hielt ihr Kinn gesenkt und ihren Kopf still. Aber abgesehen von ihren Augen, die weit aufgerissen und auf Mutter gerichtet waren, zeigte ihr Gesichtsausdruck keine innere Erregung. Ruhig saß sie auf ihrem Fuß, ein Knie auf dem Schnee, das andere hochgestemmt, und hielt die Hände im Schoß. Für eine Frau, die so schnell zwicken und zuschlagen konnte wie Yoi, leistete sie Vater wenig Widerstand.

In der Gruppe um Vater und Yoi verschränkten Teal und Mutter die Arme. Die beiden Frauen hatten die Köpfe zusammengesteckt und beobachteten die Szene nachdenklich. Vielleicht überlegten sie sich, wie sie mit der Sache umgehen sollten. Plötzlich traten sie neben Vater, sprachen leise und beruhigend auf ihn ein und

lösten seine Finger von Tante Yois Zopf. Yoi hockte auf dem Boden, bis Vater von Mutter beiseite geführt wurde, dann sprang sie auf und verschwand, von Teal geschoben, in die Hütte. Die anderen hielten nun nach Elho Ausschau. Als Tante Yoi nicht mehr zu sehen war, wandte sich Mutter an Vater und fragte, was eigentlich los sei. Vater sagte, daß sie, als er und die anderen Männer auf dem Pfad heruntergekommen waren, gehört hätten, wie Yoi mit Elho im Wald lachte und scherzte. Als Vater stehengeblieben sei, um zu lauschen, habe er gehört, wie Elho Yoi »Weib« genannt habe, wie es Männer manchmal bei Frauen tun, mit denen sie schlafen möchten. Wütend geworden, habe Vater ihnen durch die Bäume hindurch etwas zugeschrien. Sie hätten nicht geantwortet, sondern seien statt dessen in verschiedenen Richtungen davongelaufen. Vater habe sein Bündel fallen gelassen und sei Yoi gefolgt; er habe sie eingeholt und heimgeschleppt. Sie habe abgestritten, irgend etwas Unrechtes mit Elho getan zu haben. Sie habe geleugnet, daß Elho sie »Weib« genannt habe. Sie habe sogar behauptet, nicht vor Vater davongelaufen zu sein. Dies sei so lächerlich, erklärte Vater, daß er habe lachen müssen. »Wo ist denn dann Elho, wenn ich die Unwahrheit sage?« fragte er.
Ich hörte, wie ein Kiesel oder ein Stückchen Eis von dem Pfad oberhalb der Terrasse herunterrollte. Ich schaute hinauf und sah, wie sich in dem Dickicht aus immergrünen Büschen etwas bewegte. Hirsche zogen vorbei und schlugen einen Kreis um den Abhang, um möglichst weit von der Hütte entfernt zu sein. Plötzlich kamen viele Kiesel heruntergerollt. Wir hörten Geräusche von Menschenfüßen. Die Hirsche wurden aufgescheucht. Kurz darauf erschien Elho auf dem Pfad und tat so, als ob er sich auf dem Heimweg von der Jagd befinde. Er war natürlich nicht auf der Jagd gewesen. Er hatte die Hirsche nicht einmal bemerkt, bis er ihre Fährten kreuzte. »Nanu!« rief er aus, als er die frischen Spuren sah.

Mein Vater und der seinige warteten auf ihn. Sie zogen ihn am Ärmel beiseite und redeten wütend auf ihn ein, aber so leise, daß wir übrigen es nicht hören konnten. Was immer sie gesagt haben mochten – Elho tat so, als sei er überrascht. Timu, fiel mir auf, blickte ebenfalls mit großen Augen unschuldig von einem zum anderen, als hätte er keine Ahnung, was eigentlich los sei.

Nach einer Weile kam Yoi, von Teal durch die Tür geschoben, ins Freie; diese trug noch ihren Parka und ihre kniehohen Mokassins, zog aber jetzt einen Speer hinter sich her. Sie rief Mutter, mich und Elho zu sich und machte sich, gefolgt von Yoi, auf den Weg in den Wald. An dem Speer, den Teal in der Hand hatte, und an den zwei Brennhölzern, die sie sich in den Gürtel geschoben hatte, konnte ich sehen, daß wir eine Weile weg sein würden, aber nicht für die ganze Nacht.

Teal schritt selbstbewußt voran, ohne sich umzusehen oder ihre Schritte zu verlangsamen, in der Gewißheit, daß wir übrigen ihr folgten. Elho ging trotzig hinter ihr. Hinter Elho bewegte sich Yoi langsamer als die anderen, so daß eine Lücke in der Reihe entstand. Mutter trug Meri, und ich folgte Mutter auf dem Fuße; mir fiel auf, wie dunkel es im Wald allmählich wurde und daß ich die letzte in der Reihe war.

Wir kamen zu einer Lichtung. Früher stand hier eine Hemlocktanne, doppelt so hoch wie ein Mann. Jetzt lag sie unter einer Schneedecke auf der Seite. Während wir Zweige von dem Stamm abbrachen, nahm Teal ihre Reibhölzer heraus und entzündete ein Feuer.

Auch das letzte Abendrot war nun vom Himmel verschwunden. Es roch nach Schnee. Es war eine Nacht, in der man an Raubtiere dachte, und tatsächlich, in den Bergen hinter uns hörten wir Wölfe. Wir lauschten, um festzustellen, wie weit die Wölfe von uns entfernt waren und ob der Wald um uns herum leer war oder etwas dort auf uns wartete. Ich hoffte, wir würden die Tigerin aus weiter Ferne hören, so daß wir sicher sein konnten, daß sie sich nicht in unserer Nähe aufhielt. Als aber das

Geheul der Wölfe aufhörte, hörten wir nur noch den Wind.
Schließlich sprach Teal. »Wir bei diesem Feuer gehören zusammen«, sagte sie, »die Sippe von Sali von Graugans' Hütte.«
Sali? Unbehaglich drängte ich mich mit Meri an Mutter. Sali war Teals Mutter, und zu Lebzeiten war sie wie ihre Tochter eine Schamanin gewesen. Aber nach ihrem Tod wurde Sali zu einem gefährlichen Geist, den ich schon bei Tageslicht ungern erwähnt hörte, ganz zu schweigen in einer Nacht wie dieser, draußen in dem finsteren, windigen Wald.
Teal sprach weiter. »Im Namen von Sali, der Schamanin«, sagte sie, »will ich, daß mein Sohn und meine Blutsverwandte mir sagen, warum sie sich ›Mann‹ und ›Weib‹ genannt haben.«
Keiner sagte etwas. Aus dem kleinen Feuer sprühte ein Funke, und weit draußen in den Wäldern heulte wieder ein Wolf auf. Der stärker werdende Wind ächzte in den Ästen der Hemlocktanne, und Teal sagte: »Ich warte.«
Schließlich beugte sich Yoi vor. »Tante«, sagte sie zu Teal in flehentlichem Ton, »jede Nacht wählt Ahi meine Schwester. Zu mir kommt er nicht. Meine Schwester hat zwei Kinder. Ich habe keines. Ist das nicht Ahis Schuld?«
»Deshalb möchtest du ein Kind mit deinem Verwandten haben?«
»Nein, Tante. Wir haben nicht versucht, ein Kind zu bekommen, wir haben herumgespielt. Dein Sohn ist jung. Ich bin jung, und ich bin einsam.«
»Hat dein Ehemann nicht zwei verwitwete Neffen? Was sind denn der Stock und der Frosch sonst? Wenn du schon ›herumspielen‹ mußt, wie du sagst, kannst du es dann nicht mit den Anverwandten deines Mannes statt mit der eigenen Sippe tun?«
»Tante! Diese Männer sind häßlich! Ich mag sie nicht! Und da sie die Verwandten meines Mannes sind – würden sie ihm nicht weitererzählen, was sie mit mir getan haben?«

»Mit wem spielst du sonst noch?«
»Mit niemandem, Tante«, sagte Yoi.
»Warum lügst du mich an, Schwester?« fragte meine Mutter sehr zornig. »Sind wir deine Verschwägerten, daß du lügen mußt? Auch Timu war dein Liebhaber. Wir wissen es. Gib es zu!«
»Auch Timu war mein Liebhaber«, sagte Yoi.
Teal stand auf, so daß ihr Gesicht durch den Feuerschein von unten beleuchtet wurde. Auf ihren Speer gelehnt, blickte sie auf ihren Sohn herab und sagte: »Elho? Was ist mit dir?« Aber Elho zog nur die Schultern hoch und schüttelte den Kopf. Er wollte nichts sagen.
Teal schwieg einen Augenblick, schaute aber verächtlich auf Elho hinab. »Jetzt hört mir mal zu«, sagte sie schließlich. »Du, Elho, und du, Yoi. Yanan, sieh mich an. Kiebitz, Meri soll mich ansehen. Auch Meri sollte dies hören. Schaut mich an, wenn ich mit euch spreche.«
Also blickten wir alle, sogar Meri, Teal ins Gesicht. Sie sagte: »Wir hier sind die Sippe von Sali. Sali war meine Mutter. Ihre Schwester war die Mutter von Kiebitz und Yoi. Ich will wissen, warum du, Elho, und du, Yoi, die ihr Kinder von Schwestern seid, euch wie Mann und Weib benehmen solltet! Falls es aus euren Spielen zu einem Kind käme, könnte es getötet werden.«
Mit bösen Blicken schaute Teal hinunter auf Elho, dann auf Yoi. Beschämt schauten sie zu Boden. Dann fuhr Teal fort: »Als ich am Feuerfluß lebte«, sagte sie, »wurde ein Mädchen ohne Arme geboren. Alle wußten, daß sie von einem nahen Verwandten gezeugt worden war, deshalb setzten sie sie im Schnee als Fraß für die Hyänen aus.« Teal wartete und gab uns Zeit, uns die Szene im Schnee vorzustellen. Dann fragte sie: »Warum, glaubt ihr, ist der Geschlechtsverkehr innerhalb einer Sippe verboten?« Jetzt machte sogar Meri ein besorgtes Gesicht. Teal starrte hinab und blickte Elho direkt in die Augen. Mit leiser Stimme flüsterte sie:

»Wo ist dein Verstand geblieben? Glaubst du etwa, daß, weil Ahi noch kein Kind von Yoi hat, du keines zeugen könntest?«
Elho konnte Teal nicht in die Augen sehen. Yoi blickte Mutter verstohlen an. Aber Mutter sprang auf die Füße und stellte sich neben Teal. »Du antwortest nicht!« sagte Mutter. »Aber Menschen deiner Sippe haben bereits gelitten, weil sie taten, was du getan hast. Ich werde euch von Sali und ihren Blutsverwandten erzählen. Diese Geschichte eurer Sippe ist ebenfalls die Geschichte von Salis Tod!
Sali liebte ihren Blutsverwandten, haßte aber ihren Gatten. Ihr Blutsverwandter machte sie schwanger. In einer Winternacht in der Hütte ihres Gatten begannen bei Sali die Wehen. Damit ihr Kind von dem Makel befreit würde, erbat Sali die Hilfe von ihrer Schwester, unserer Mutter. Sie bat ihre Schwester, Blut für sie zu vergießen und von der Frau Ohun Hilfe für das Kind zu erbitten.
Als ihr Gatte hörte, worum Sali bat, erriet er, was sie getan hatte. Er wollte nicht, daß ihre Schwester ihr half. ›Wenn das Kind unrein ist, ist es unrein‹, sagte er, ›das können wir nicht ändern.‹
Obwohl sie große Schmerzen hatte, wollte Sali ihrem Gatten die Stirn bieten. Sie rief laut den Namen des Kindsvaters, damit alle es hören konnten. Da wußte ihr Gatte, daß er die Wahrheit erahnt hatte. Er stemmte seinen Fuß gegen Salis Scheide, so daß das Kind nicht herauskommen konnte.
Alle versuchten, ihn fortzuziehen. ›Das Kind wird sterben‹, sagten sie. ›Ich will, daß es stirbt‹, sagte Salis Ehemann. ›Und es wird sterben. Wenn es geboren wird, werde ich Sali zwingen, es zu töten. Wenn sie stirbt und das Kind lebt, werde ich es töten. Ich werde es mit dem Kopf gegen einen Felsen schlagen wie einen Hasen.‹ In jener Nacht starben beide, Sali und das Kind.
Nach dem Tode Salis schied sich ihr Mann von ihr. Er sagte unseren Älteren, sie sollten seine Brautgeschenke zurückgeben. Aber die Älteren weigerten sich und er-

klärten, daß die Geschehnisse nicht ihre Schuld seien. Er versuchte, Geschenke von Salis Liebhaber zu erhalten, aber dieser Mann flüchtete an einen Ort, den keiner von uns kannte, zu den Verwandten seiner Frau. Seither hat ihn niemand wieder gesehen.«

Mutter seufzte tief, und ihr Atem bildete eine Wolke. »Jetzt werde ich euch erzählen, warum die Leute Sali fürchten«, sagte sie. »Nach ihrem Tod sahen wir sie manchmal im Wald. Da wußten wir, daß sie nicht zu den Lagerstätten der Toten gegangen war, wie es andere Geister tun. Statt dessen erkannten wir, daß sie unter uns bleiben wollte. Sie war gewiß sehr wütend auf uns, weil wir zugelassen hatten, daß sie ihr Leben verlor.

Im nächsten Herbst fand ihr Mann den Kadaver eines Hirsches im Dickicht. Während er die noch übriggebliebenen Fleischstücke einsammelte, fiel ihn eine Tigerin an. Die alten Menschen sagten ihm, die Tigerin sei Sali, die den Kadaver als Lockmittel liegengelassen habe. Deshalb wußte ihr Mann bis zu seinem Tod, daß er sich in Gefahr befand. Er starb später an einer Krankheit, und sein Geist ging zu den Lagerstätten der Toten, aber wir glauben nicht, daß Sali von seinem Tod weiß, denn sie sucht noch immer nach ihm auf den Wildpfaden und an den Flußufern.

Das wissen wir, weil wir sie in den Wäldern sehen oder am Flußufer, überall zwischen dem Frauensee und dem Gletscher. Manchmal erscheint sie in Menschengestalt, nackt und mit einem totgeborenen Kind auf dem Arm. Manchmal kommt sie als Tigerin mit einem Jungen im Maul.« Mutter setzte sich auf der anderen Seite des Feuers, entfernt von ihrer Schwester, nieder. »Das ist alles«, sagte sie. »Ich habe zu Ende gesprochen.«

»Wer ist die Tigerin in diesem Tal?« fragte Teal und sah zuerst Yoi, dann Elho an. »Ist sie Sali? Ist sie gekommen, um dich wegen der Schändung unserer Sippe zu bestrafen? Ist sie gekommen, um dich vor Ahi zu schützen?«

»Wenn die Tigerin irgendeinen von uns tötet, wird sie

unsere Sippe bestrafen« sagte Mutter. »Wenn sie Ahi tötet, wird sie euch vor seinem Zorn schützen. Sollen wir wegen eurer Taten unser Leben oder das unserer Männer verlieren? Habt ihr denn geglaubt, ihr könntet euer Spiel vor einem Geist geheimhalten?«

Yoi und Elho wußten auf diese Fragen keine Antwort. Sie blickten auf den Wald, als ob die Tigerin uns beobachtete. Der Wind wehte stärker; er bewegte die Äste der Bäume und trieb die ersten Schneeflocken durch die Luft. »Jetzt«, sagte Teal und legte ihre Parka ab, »werden wir tun, was getan werden muß.«

Sie ließ ihre Parka in den Schnee fallen, zog das Hemd aus, löste den Lederfaden, der ihren Zopf zusammenhielt, und schüttelte ihre Haare aus. Dann, halb nackt in dem fallenden Schnee, ihre bloße Haut rötlich schimmernd im Feuerschein und gestreift durch die Schatten ihrer hin und her schwingenden Haare, warf Teal den Kopf zurück und zog ein Feuersteinmesser aus dem Schaft ihrer kniehohen Mokassins. Langsam zog sie die Klinge an der Innenseite ihrer beiden Arme herauf und quer über die Spitzen ihrer Finger. Blutstropfen folgten den Spuren des Messers.

Teal strich sich die Haare aus dem Gesicht, drückte die blutigen Finger auf die Mitte ihrer Stirn und zog dann die Hände auseinander, wodurch sie sich mit Blut in derselben Art zeichnete wie die schwarzen Streifen die Stirn eines Tigers. Dann holte sie tief Luft und ahmte das kehlige Grollen einer Tigerin nach: »Aa-oo-oong!«

Während das Echo im Wald erstarb, rührte sich keiner von uns. Ich zitterte. Wiederum rief Teal so laut, wie sie konnte: »Aa-oo-oong!«

Diesmal antwortete die Tigerin aus weiter Ferne, kurz und erstaunt: »Aa-ng!«

Teal hielt die Arme über das Feuer und ließ ihr Blut auf die Glut tropfen; Dampf stieg auf. Die Augen zum Himmel erhoben, rief sie aus: »Blut ist im Rauch! Hol es dir! Nimm es für diejenigen, die noch geboren werden. Tu ihnen kein Leid an!«

Wir lauschten aufmerksam und hörten den Wind in den Hemlocktannen und das Zischen des Blutes; ein bestimmter Geruch schien die Lichtung zu durchziehen, während das Blut auf dem brennenden Reisig verdampfte. Plötzlich rief die Tigerin wieder: »Aaa-ooong!«
»Gut«, sagte Teal. »Steht auf, ihr Blutsverwandten von Sali. Öffnet eure Hemden.« Also standen wir auf und öffneten unsere Hemden. Bedächtig drückte Teal die Spitze ihres Messers gegen Mutters Brustbein, dann tat sie dasselbe bei Yoi, Elho und mir, dann bei Meri; sie fing an ihrem Daumen die Blutstropfen auf und schleuderte sie in das Feuer. In der Ferne mußte die Tigerin auf eine Antwort gelauscht haben und, da sie keine bekam, beschlossen haben, sich selbst Gewißheit zu verschaffen, wer sich sonst noch im Wald befand, denn jetzt hörten wir sie wieder, diesmal näher. »Aaoong!«
»Aha«, sagte Teal. Sie hob etwas Neuschnee auf, um sich Arme und Gesicht abzuwaschen. »Da die Tigerin kommt, sollten wir jetzt gehen.«
»Aaoong!« brüllte die Tigerin von unserer Seite des Flusses; ihr Ruf kam wie ein Echo vom Steilufer zurück. Sie kam näher!
Aber Mutter wollte noch nicht gehen. »Die Menschen in der Hütte können das Geräusch hören und ahnen, was wir tun«, sagte sie. »Trotzdem wäre es besser, nichts einzugestehen.«
»Ja, Schwester«, sagte Yoi hastig. »Laßt uns gehen.«
»Du hast uns hierher gebracht«, sagte Mutter. »Jetzt bring zu Ende, was du angefangen hast.«
»Der Tiger, Schwester«, sagte Yoi und biß sich auf die Lippen.
Mutter ignorierte es. »Du solltest deinem Gatten sagen, daß Timu dein Liebhaber war«, sagte sie. »Timu kann es nicht abstreiten. Ahi weist den Gedanken von sich, daß du je einen Liebhaber hattest. Er glaubt wahrscheinlich lieber an einen Teil der Wahrheit, als an die ganze Wahrheit.«
»Ahi weiß über Timu Bescheid«, sagte Yoi und schaute

ängstlich zum Waldrand. »Er zog mich an den Haaren, bis ich es ihm sagte. Und er weiß von Elho, weil er uns beide gehört hat.«
»Er sagte mir, er habe euch reden hören.«
»Das stimmt. Er hat sich den Rest zusammengereimt.«
»Reden ist noch kein Geschlechtsverkehr. Was ist, wenn du ein Kind bekommst und er es tötet? Sag ihm, er habe sich geirrt.«
»Wenn du es willst«, flüsterte Yoi.
»Bitte, Mutter! Laß uns gehen«, bettelte ich und zupfte Mutter am Ärmel.
Mutter achtete nicht darauf. »Ich werde ihm dasselbe sagen, Schwester«, erklärte sie und brachte Meri in der Schlinge auf ihrem Rücken unter. Elho, Yoi und ich, die wir jeden Augenblick das Leuchten grüner Augen zu sehen erwarteten, wären am liebsten allein zur Hütte gerannt, wenn wir uns nicht vor dem Wildpfad gefürchtet hätten. »Aber«, fügte Mutter gedehnt hinzu, »wenn ich lüge, will ich auch etwas Wahres sagen. Ihr bringt uns alle durch eure Handlungsweise in Gefahr – uns alle und vielleicht auch ein ungeborenes Kind. Wenn Ahi beschließt, dich zu verprügeln, werde ich mich nicht einmischen. Die Wahrheit ist, du machst mich sehr zornig!«
»Es tut mir leid!« rief Yoi.
»Daß es dir leid tut, hilft uns nicht weiter«, sagte Mutter.
Zum dritten Mal hörten wir die Tigerin, jetzt ganz deutlich. Uns war, als hörten wir sogar das Rasseln des Atems in ihrer Kehle. »Du kannst ihnen später Vorwürfe machen, Kiebitz«, sagte Teal. »Kommt, laßt uns gehen.« Und wir eilten leise durch den verschneiten Wald, überließen das Feuer dem Wind, der die brennenden Zweige auseinanderblasen würde, und überließen die Lichtung der Tigerin, falls ihre Neugier sie bis hierher bringen sollte.

Als wir die Hütte erreichten und durch den Windfang eintraten, sahen wir, daß die meisten anderen noch wach waren, schweigend um die beiden Feuerstellen herumsaßen und auf uns warteten. Die Blicke der Erwachsenen trafen sich, aber niemand sprach. Timu – breitschultrig, kräftig und hochgewachsen, wie er war – saß neben seiner Schwester hinten in der Hütte und hielt den Kopf gesenkt, als ob er sich schämte, während ihm Junco und Weißfuchs triumphierende Blicke zuwarfen. Als Yoi durch den Windfang hereinkam, hoben Vater und Graugans langsam das Kinn und sahen Timu kalt und nachdenklich an. Sie schienen ihm eine tüchtige Abreibung gegeben zu haben. Er allein, erkannte ich, sollte die ganze Schuld auf sich nehmen, mit Yoi geschlafen zu haben. Den Erwachsenen kam es offenbar nicht in den Sinn, sich Yoi und Elho zusammen vorzustellen.
Timus Schwester blickte unwirsch auf, als Elho näher kam. Aber Elho ging, als sei nichts gewesen, zu seinem Schlafplatz und rollte sich kurz darauf in sein Rentierfell. Als Yoi aufstand, nachdem sie durch den Windfang gekrochen war, streckte Vater die Hand nach ihr aus und zog sie neben sich auf den Boden. Bald rollten auch sie sich in ein Rentierfell. Später in der Nacht hörten wir sie flüstern, und nachdem die meisten anderen eingeschlafen waren, hörten Meri und ich, die diesmal bei Mutter schlafen durften, wie Tante Yoi und Vater jene atemlosen Geräusche machten, die wir eigentlich nicht hören sollten.

Obwohl die Schwierigkeiten, die von Yoi und Graugans' Söhnen verursacht waren, vorüberzugehen schienen, dachten die Leute immer noch daran. Nachdem er eine Weile nett zu Yoi gewesen war, begann Vater, sie mißtrauisch zu beobachten, und einmal folgte er ihr sogar, um zu erfahren, ob sie tatsächlich dahin ging, wohin sie sagte – zur Latrine. Als er sie dort antraf, war es beiden peinlich.

Meine Vettern, der Stock und der Frosch, schienen Tante Yoi mit anderen Augen anzusehen. Früher hatten sie sie mit großem Respekt behandelt, weil sie mit ihrem Onkel verheiratet war, aber jetzt betrachteten sie sie prüfend, von oben bis unten, als ob sie sich vorzustellen versuchten, sie schliefen mit ihr. Vater bemerkte es und machte ärgerliche Bemerkungen. »Ihr häßliches Paar, wie kommt ihr auf den Gedanken, daß sich eine Frau für einen von euch beiden interessieren könnte?« fragte er einmal.
»Wer zu essen gehabt hat, kann nicht glauben, daß andere hungrig sind«, sagte mein Vetter, der Frosch. »Warum machst du dich, der du zwei Frauen hast, über mich lustig?«
Viele, darunter auch Graugans, wollten anscheinend nicht verstehen, daß Elho mit seiner Blutsverwandten mehr als nur Spaß getrieben hatte, deshalb machte man Elho keinen Vorwurf. Aber Timu machte man um so größere Vorwürfe. Graugans legte es anscheinend darauf an, Timu schwere Arbeiten verrichten zu lassen, wie zum Beispiel die Bärenhaut auspflocken und abkratzen, obwohl die Haut steifgefroren war und Timu, um sie abzukratzen, den ganzen Tag auf den Knien hocken und den vereisten Kratzer mit bloßen Händen halten mußte. Meine Eltern und sogar meine Vettern warfen ihm böse Blicke zu, als ob er uns allen ein Unrecht zugefügt hätte. Sogar Meri starrte ihn an! Und meine Tante Yoi behandelte ihn fast so, als hätte er ihr Gewalt angetan. Nur seine verheiratete Schwester Eule schien zu ihm zu stehen. Wenn er ein trauriges Gesicht machte und allein im dunklen Teil der Hütte saß, setzte sie sich neben ihn und neigte ihren Kopf zu ihm, während sie leise miteinander sprachen.
Jeden Tag, wenn ich mit den anderen jungen Leuten zum Sammeln von Brennholz hinausging, versuchte ich mit Timu zu sprechen, um ihm zu sagen, daß wenigstens ich die Wahrheit kannte – daß er und meine Tante zwar etwas Unrechtes getan haben mochten, sein Halb-

bruder und meine Tante aber etwas Schreckliches gemacht hätten. Eines Tages befand ich mich plötzlich allein in seiner Nähe und schaute zu ihm auf. »Ich weiß über meine Tante Bescheid«, flüsterte ich. »Sie hat uns alles gesagt.«
Aber Timu wandte sich wütend von mir ab. »Bin ich eine Frau, um von deiner Tante zu sprechen?«
Früher hätten Timus mürrische Worte mich entzückt. Du mußt eine Frau sein! Du siehst aus wie eine Frau! So hätte ich vielleicht geantwortet. Aber obwohl mich die verpaßte Gelegenheit ärgerte, traf mich um so mehr der Anblick von Timu, der ungerecht zu leiden hatte. Deshalb ließ ich ihn in Ruhe.

Eines Nachts hörten wir über der Hütte Geräusche, als ob viele Menschen aufgeregt und gleichzeitig miteinander redeten. Gänse! Graugans war bereits unter seinem Rentierfell eingeschlafen, aber die Geräusche weckten ihn auf, und er erhob sich und setzte sich nackt an sein Feuer. Er hielt die Augen halb geschlossen und lauschte mit nach oben gerichtetem Gesicht, als wolle er sich von der Sonne wärmen lassen. Als die Geräusche leiser wurden, lächelte er uns allen zu und sagte: »Hört ihnen zu! Hört, wie der Anführer sein Volk am Himmel zusammenhält. Sogar bei Wind ziehen sie weiter, sogar in der Dunkelheit! Es sind viele! Sie sind tapfer! Und sie gehen zu ihren Sommergründen, was auch wir tun werden.«
So, wie wenn man jemanden lachen hört und am liebsten auch selbst lachen würde, so fühlten wir uns plötzlich glücklich – wegen der Gänse und wegen Graugans. Plötzlich ließ mich der heulende Ostwind an Spargel und Schilfwurzeln denken, und der Anblick von Vater, der bereits sein Werkzeugbündel durchging und zum Einpacken bereitlegte, ließ mich an einen Fluß denken, in dem ich bis zu den Hüften herumwatete und Lachse mit bloßen Händen fing.
In derselben Nacht packten wir unsere Sachen zusam-

men, um am nächsten Morgen zum Feuerfluß aufzubrechen. Mutter begann, ein Feuerflußlied zu singen: »Rettet mein Leben, Jäger! Tötet zehn Pferde, eines für jeden meiner Finger! Rettet mein Leben, Jäger! Tötet zehn Erdhörnchen, eines für jeden meiner Finger!« In dem Lied ging es weiter: »Tötet zehn Mammute, tötet zehn Rentiere.« Es war so leicht zu lernen, daß bald viele von uns mitsangen. Der Ärger, den Yoi angefangen hatte, und das ungute Gefühl schienen wie Rauhreif in der Sonne zu verschwinden, und sobald es hell geworden war, gingen wir los. Wir wanderten im Gänsemarsch die Terrassen bis zum Fluß hinunter und überquerten das Wasser hauptsächlich auf Felsbrocken, die im Fluß lagen, wagten nur ein paar Schritte auf dem dünner werdenden Eis, noch ein letztes Mal.
Bei einer Flußbiegung schaute ich zur Hütte zurück, ohne zu wissen, was uns zustoßen würde, bevor ich sie wiedersah. Wie ein niedriger Erdhügel mit einer kleinen Baumgruppe darauf trug das abgerundete Dach die hohen, langen Geweihstangen, die zu dem grauen Himmel aufragten. Ich sah einen Raben, der auf dem höchsten Geweihende saß. Und aus einem der Rauchlöcher strömte eine Wolke dicken gelben Rauches – alles, was übrig geblieben war von der Gabe brennenden Bärenfetts, das wir ins Feuer geworfen hatten für den Geist, der über unsere Hütte wachte.

2

Der Name des Geistes, der unser verbranntes Bärenfett aufaß, war Murmeltier. Er war Graugans' Bruder und zu Lebzeiten Inas erster Gatte. Bei seinem Tod fing Teal seinen Geist in einem Schamanennetz ein, das aus pulverisierten Federn, gebranntem Ocker und den verbrannten roten Ranken einer grauen Erbse, die auf Lichtungen wächst, hergestellt war. Auf diese Art und Weise machte sie ihn zu ihrem Sklavengeist, der ihr nicht nur in unserer Hütte während des Winters, sondern auch an unseren Lagerstätten im Sommer zu Diensten sein sollte. Deshalb glaube ich inzwischen, daß der Rabe, den ich auf dem Dach sah, als ich mich zu einem letzten Blick auf die Hütte umdrehte, wahrscheinlich nicht ein wirklicher Rabe, sondern Murmeltier in Rabengestalt war, der im Begriff war, abzuwandern.

Ich begegnete Murmeltier im Frühherbst in einer hellen, kalten Mondnacht. In jener Nacht erkannte ich, obwohl ich noch eine junge Frau war, daß ich sterben würde. Die anderen Menschen in Graugans' Hütte mußten es auch gemerkt haben, denn als mein Körper tot war und sich mein Geist von ihm befreit hatte, weinten einige der um mich herumstehenden Menschen, und Teal hatte ein Geisternetz vorbereitet, das sie über mich warf. Das Nächste, woran ich mich erinnere, ist, daß ich mich zur Wehr setzte, aber wie ein Hase gefangen wurde, und daß ich mich bald auf dem Hüttendach unter den großen, alten Geweihen wiederfand, die hoch und schwarz gegen den im Mondlicht liegenden Himmel aufragten. Am hinteren Ende des Daches hockte ein jugendlicher Geistmann; er trug ein abgewetztes Hemd aus Rentierhaut, zerschlissene Hosen und alte Mokas-

sins. Ich dagegen war nackt, denn ich hatte zuvor, was vielleicht unklug war, zugelassen, daß die Menschen mir aus meiner Kleidung heraushalfen.
Zuerst sah ich diesen Geistmann kaum. Vom Kämpfen erschöpft, hielt ich verzweifelt Ausschau nach einer Eule. Schon seit meiner Kindheit war mir gesagt worden, daß Vögel die Geister in das Lager der Toten geleiten. Aber so wie ein larvenfressender Vogel nicht warten wird, um einen Menschen zu einem Bienenstock zu führen, wird kein Vogel lange warten, um einen Geist zu geleiten. Der Larvenfresser huscht davon, wenn der Honigjäger nicht aufpaßt, und der wegweisende Vogel fliegt weg, um etwas anderes zu tun, wenn der Geist nicht da ist.
Während ich noch nackt auf dem Dach stand, vernahm ich bestürzt den hohlen Ruf eines Waldkauzes aus der Tiefe der Wälder jenseits des Flusses. Sicher war dies der Vogel, der mich geführt hätte. Wieder hörte ich die Stimme der Eule, diesmal aus größerer Entfernung, und ich erkannte, daß Teals Netz mich zu lange festgehalten hatte. Mein Führer war weg. Ich war ein Sklavengeist, genauso wie der junge Geistmann. Niemals wieder würde ich Meris Schwester oder Graugans' Schwiegertochter oder Timus Weib sein. Ich würde vielleicht nicht einmal die Lagerstätten der Toten finden, wo die Alten meiner Sippe meinen Geist einem Vogel übergeben konnten, der mich zu einem Neugeborenen bringen würde. Unten in der Hütte neben der Feuerstelle, wo mein Bett gewesen war, hörte ich Leute über mein Begräbnis reden. Schon lange nicht mehr war ich den Tränen so nahe gewesen.
Am anderen Ende des Daches beobachtete mich der junge Geistmann mit runden Augen; ich fühlte mich unbehaglich unter seinen Blicken und seiner Neugier. Ich wußte natürlich, wer er war. Mein ganzes Leben lang hatte ich von den Geistern von Graugans' Brüdern gehört, die den Menschen unserer Hütte halfen, und wer sonst konnte dieser Geistmann sein als Graugans' Bru-

der? Schließlich sah ich ihn direkt an. »Wie soll ich dich nennen?« fragte ich ziemlich scharf, dachte aber sofort, daß ich ihn etwas respektvoller hätte ansprechen sollen. Er war schließlich das älteste Mitglied der Hütte, und ich gehörte zu den jüngsten. Vielleicht hätte ich ihn mit seinem Mutternamen, Kind von Suussi, anreden sollen, so wie ich Graugans genannt hätte, wenn ich sehr respektvoll hätte sein müssen.
Aber der junge Geistmann schien den Mangel an Achtung offenbar nicht zu bemerken. »Murmeltier«, antwortete er einfach.
»Nun, ich bin Yanan, Kind von Kiebitz«, sagte ich.
»Ich weiß«, sagte er. »Ich kenne alle Menschen dieser Hütte. Ich gehörte zu den Leuten, die diese Hütte aufbauten. Ich wurde vom Winter getötet, als ich mein Leben hingab, um Essen für die anderen zu besorgen. Haben sie dir das gesagt?«
Niemand hatte davon gesprochen. Jedenfalls hatte ich nicht darauf geachtet. Die Hütte hatte Hilfsgeister, und ab und zu verbrannten wir Fett für sie – mehr wußte ich davon nicht. Aber jetzt bemerkte ich, daß meine Unwissenheit Murmeltier kränken könnte, insbesondere, da er anscheinend hoffnungsvoll auf meine Antwort wartete. »O ja, man hat es mir erzählt«, antwortete ich. Aber dann wünschte ich, ich hätte nicht gelogen, denn Murmeltier machte ein enttäuschtes Gesicht. Vielleicht wäre es ihm lieber gewesen, mir die Geschichte erzählen zu können.
Die Zeit verging, und keiner von uns sprach. Ich schaute herum auf den Wald und den Himmel; überall war Wind und heller Mondschein. Mein Zopf war gelöst, und die Haare schlugen mir ins Gesicht, aber mir war nicht kalt. Trotzdem hätte ich mich in meiner Kleidung wohler gefühlt, und ich fragte Murmeltier, woher er seine Kleider hätte. »Sie bringen deine morgen heraus«, sagte Murmeltier.
»Könnte ich nicht hineingehen und sie mir jetzt schon holen?«

Murmeltier blickte durch das Rauchloch hinunter und wies mit den Lippen auf ein Bündel von Kiefernzapfen und Bärenzähnen, das drohend an der Stützstange der Hütte festgebunden war – ein Talisman gegen Geister. »Vorläufig, weißt du, empfindest du weder Hunger noch Kälte«, sagte er, »aber wenn du in die Hütte gehst, wird der Talisman dir unendliche Schmerzen bereiten. Die Leute wollen uns hier draußen haben, nicht dort drinnen in ihrer Nähe.«

Bei Tagesanbruch kamen die Menschen durch den Windfang heraus und zogen hinter sich den Leichnam einer mageren, jungen Frau her. Außerdem trugen sie Werkzeuge mit sich, um ein Grab auszuheben, denn die Erde war noch nicht hart gefroren. Der Leichnam war natürlich ich. Die Leute dahinter trugen alle meine Sachen.

Später, im kalten Geruch frisch umgegrabener Erde, suchte ich das Grab und nahm den Geist jedes einzelnen Stücks meiner Kleidung heraus. Als ich die Geistkleider anlegte, wurde mir wohler. Aber in jener Nacht, als ich die Menschen über mich reden hörte, fühlte ich mich durch ihre Worte gekränkt. »Und was ist mit dem Halsband, das wir mit ihr begraben haben?« fragte Eule, Timus Schwester. »Es hätte mir gehören sollen, denn es war mir bei Yanans Mitgift versprochen worden. Ich habe Yanan einmal gesagt, sie solle erst das Geschenk machen und die Arbeit später verrichten. Hätte sie es getan, dann hätte sie vor ihrem Tod meine und nicht ihre Halskette gemacht, und die Perlen wären in ihrem Grab nicht vergeudet worden.«

»Vergeudet«, rief meine Schwester Meri. »Das nennst du vergeudet?«

»Yanan war lange weg«, sagte Eule. »Weißt du noch, wie ausgemergelt und schmutzig sie war, als sie zurückkam? Sie war fast wie ein Tier. Kein Wunder, daß sie vom Schenken nichts verstand.«

Meri wurde wütend. »Du bist diejenige, die wie ein Tier ist«, sagte sie, und es kam zu einem Streit. Als er hörte,

daß man seine Schwester beleidigte, wurde Timu zornig, sprang auf die Füße und sagte, Meri sei das Tier. Meri weinte. Andere mischten sich in die Auseinandersetzung ein; einige ergriffen Partei für Meri, andere für Timu.
»Laßt meine Schwester in Ruhe!« schrie ich durch den Rauchabzug hinunter. »Wenn ihr sie zum Weinen bringt, werdet ihr es bereuen!«
Aber niemand achtete darauf, außer Murmeltier, der sagte: »Achte nicht auf ihre Streitereien. Du gehörst nicht mehr zu diesen Menschen.«
Er hatte natürlich recht. Die Verhältnisse waren nicht mehr dieselben. Ich lehnte den Kopf zurück und schaute zum Himmel hinauf, wo der Mond der Rentiere, hoch oben und weit entfernt, in dünnen Wolken dahinschwamm. Als ich meiner Stimme wieder Herr geworden war, sagte ich zu Murmeltier: »Dann sag mir, Murmeltier, wohin ich gehöre.«
»In die Luft«, sagte er.
In die Luft? Die überraschende Antwort veranlaßte mich, mich umzudrehen und ihn genauer anzusehen. »Warum in die Luft?« fragte ich.
»Wohin denn sonst?« fragte er. »Es gibt nur vier Orte, wo du sein könntest. Du könntest in den Lagerstätten der Toten sein, die den Sippen gehören. Oder du könntest in den Hütten oder Lagern sein, die sich im Besitz der Menschen befinden. Oder du könntest draußen auf der Steppe oder Tundra oder in den Wäldern oder Seen sein, die den Tieren gehören. Der einzige andere Ort ist die Luft, die Eigentum der Schamanen ist. Deine Schwester ist in einer Hütte. Du bist in der Luft, denn du wurdest von einer Schamanin ergriffen.«
»Und was soll ich tun?«
»Das wirst du bald sehen«, sagte Murmeltier. »Schau dir den Himmel an.«
»Ich schaue in den Himmel«, sagte ich. Um den Mond herum lag ein blasser, weißer Ring – die Fährte des Bären, der sich in seiner Höhle ein Bett zurechttrampelt.

»Der Große Bär macht seinen Winterschlaf«, sagte Murmeltier. »Die Menschen denken an Hunger. Mein Weib«, fügte er hinzu, er meinte Ina damit, »wird bald Teal heraufschicken und um unsere Hilfe bitten. Mein Weib mag den Hunger nicht.«

»Sie ist jetzt Graugans' Weib«, sagte ich; mir war jetzt bei Murmeltier viel wohler zumute. Er mußte sich auch bei mir wohler fühlen. Er zog die Augenbrauen hoch und sah mich lange an, als wolle er sagen: Ich bin der Ältere von uns, also berichtige mich nicht.

Im Laufe der Nacht, als Murmeltier in seiner Rentierhaut neben Graugans' Rauchabzug lag, als schliefe er, blickte ich durch das andere Rauchloch und sah, wie die Menschen ein großes Feuer anlegten. Als sie ihre Hemden auszogen – alle außer einigen Frauen, die ihre Hemden anbehielten, um ihre noch ungeborenen Kinder vor den harten Dingen zu bewahren, die sich bald ereignen würden –, wußte ich, daß die Menschen im Begriff waren, Teal in Trance zu versetzen, und ich warf etwas Schnee auf Murmeltier, um ihn zu wecken. »Murmeltier!« flüsterte ich. »Sie fangen an!« Murmeltier stand auf, zog sich die Rentierhaut über die Schultern und hockte sich neben mich auf das Dach. Jetzt schauten wir beide hinunter in die Hütte.

An der dunkelsten Stelle im Hintergrund sahen wir Teal; sie trug ihr Schamanenhemd mit Fransen an den Ärmeln, die wie Vogelfedern aussahen. Während sie ihren Zopf lockerte und sich das Gesicht mit Ocker bemalte, begannen die Leute zu klatschen und zu singen:

Wir rufen des Bären Haupt, Hona!
Wir rufen des Bären Nacken!
Wir rufen des Bären Buckel, Hona!
Wir rufen des Bären Rücken!
Wir rufen des Bären Beine, Hona!
Wir rufen des Bären Tatzen!
Tatzen, wendet euch uns zu,
Und treibt uns Tiere zu.

Hona! Wiri! Hona! Wiri!
Ihr von der doppelten Fährte,
Wir verbrennen Fett!
Fett ist im Rauch!
Jäger der Bienen,
Komm und hol dir,
Was wir dir geben!
Du, dessen Pfad den Himmel kreuzt,
Du, hol es dir! Komm!

Plötzlich hörten wir den schrillen Ruf eines Falken. Es war Teal, die aus dem rückwärtigen Teil der Hütte herantanzte und mit einer Vogelstimme über die Laute der Menschen hinweg sang. »Hariak! Hariak!« sang sie mit der Stimme einer Gans. Sie schlug mit den Armen wie ein Vogel mit seinen Schwingen und begann, sich zu drehen, zuerst langsam, dann schneller und schneller, während sie die Stimmen eines Kiebitzes, einer Waldschnepfe, eines Falken und einer Mücke nachahmte. Als die dünne Stimme der Mücke in ihrer Kehle erstarb, riß sie sich das Hemd vom Leib und warf es auf den Boden; dann ging sie auf Hände und Knie hinunter, wusch sich Brust und Arme mit brennenden Kohlen und legte ihre Haare in die Flammen.
Wieder auf den Beinen, begann sie sich erneut zu drehen. Bald wirbelte sie herum und die brennenden Haare standen von ihrem Kopf ab; Funken flogen in alle Winkel der Hütte und durch den Rauchabzug hinauf zum Himmel. Plötzlich fiel Teal nach vorn in die geöffneten Arme der singenden Menschen. Behutsam legte man sie auf den Boden, löschte die letzten schwelenden Funken in ihren Haaren und rieb ihr sanft den Rücken.
Wir Geister sahen dann etwas, was die Menschen nicht sehen konnten. Teals Rücken spaltete sich der Länge nach, und ihr Geist begann, sich durch den Spalt herauszuschlängeln, so wie ein Insekt sich aus seiner Hülle herausschlängelt. Als sich Teals Geist befreit hatte, flog er mit dem Rauch nach oben und trieb die Funken durch

den Abzug hinaus. Dann stand Teal in der kalten Luft über der Hütte vor uns, durchscheinend, aber leicht schimmernd wie die Hitze.
»Willkommen, Schamanin Teal«, sagte Murmeltier, während er auf den Fersen hockte.
»Willkommen, Ehrenwerte Geister«, sagte Teal mit stolzer Miene, obwohl sie uns um eine Gefälligkeit bitten wollte. »Im Namen des Bären bitte ich euch um Hilfe, da wir Hunger haben. Die Rentiere kommen nicht. Wir finden kein jagdbares Wild. So, wie ihr im Leben Tiere gejagt habt, helft uns jetzt, Tiere zu jagen.«
»Wir hören dich, Schamanin Teal«, sagte Murmeltier.
In der Hütte unter uns, um Teals ausgestreckten Leib herum, riefen die Leute ihren Namen. »Wir werden euch dankbar sein«, sagte Teal. Ihre Stimme wurde immer schwächer. »Wir versprechen euch eine Gabe.« Dann verschwand sie. Unten in der Hütte hörten wir sie murmeln, als sie aus der Trance erwachte.
Dann hörten wir etwas zischen, und irgend etwas roch gut. Murmeltier wurde lebhafter. »Hier ist unsere Gabe!« sagte er und streckte die Zunge in den Rauch hinein. Ich tat es ihm nach und bekam einen kleinen Fettgeschmack!
Was dann geschah, erstaunte mich. Murmeltier stand auf und streckte sich. »Na?« sagte er und blickte auf mich herunter. Also stand auch ich auf. Murmeltier drehte sich um, als wollte er vom Dach hinuntersteigen, und verschwand dann vor meinen Augen. Wo er gestanden hatte, sah ich die Hinterbeine eines großen, grauen Wolfes, der von dem schrägen Dach hinunterrutschte. Unten, auf dem schneebedeckten Boden, stöberte der Wolf in einigen Knochenresten, die von den Menschen weggeworfen waren, und trottete dann in Richtung Wald davon.
Plötzlich nahm ich eine Menge starker Gerüche wahr. Ich roch die Leiber vieler verschiedener Menschen, ihre Haare, ihren Schweiß – ich roch den Urin eines Säuglings, Wildfleisch, das viele Tage herumgelegen hatte,

brennende Federn und Holzrauch. Ich roch Schnee in der Luft, kalte Fichtennadeln, Eis vom Fluß und offenes, bewegtes Wasser, und ein Duft stieg mir in die Nase – ein warmer, süßer, aufregender Duft – von einer Birkenmaus ganz in der Nähe! Wo war sie?

Dann prickelte mir die Haut zwischen den Schultern, und ich riß die Augen weit auf – ich roch den kräftigen männlichen Geruch, den dicken Pelz, den Atem, die Füße und die Analdrüsen eines männlichen Wolfes! Obwohl mich die Stärke des fremden Geruchs ein wenig beängstigte, zog sie mich auch an. Ich spürte, wie ich vom Dach herunterglitt. Während ich Finger und Zehen spreizte, um langsamer zu rutschen, sah ich auf meine Füße hinunter und erkannte, daß auch ich mich in einen Wolf verwandelt hatte.

Ich hielt Kopf und Schwanz gesenkt, legte meine Ohren so ehrerbietig zusammen, wie ich nur konnte, und trat langsam auf den großen Rüden zu. Mit steif aufgerichteten Ohren und etwas erhobenem Schwanz sah er mir entgegen. Da ich keinen Ärger haben wollte, ließ ich mich in den Schnee sinken. Murmeltier nahm meine Nase zwischen seine Zähne; er gab meinem Kopf einen leichten Stoß nach unten, der gerade stark genug war, daß ich ihn spüren konnte, und sah mich mit seinen freundlichen, gelben Augen direkt an. Dann ließ er mich los. Ich nieste, er drehte sich um und trabte davon; ich erhob mich aus dem Schnee und folgte ihm.

Das Laufen als Wolf war sehr einfach. Ich sprang über Hindernisse hinweg, als würde ich fliegen. Ich merkte, daß dies die richtige Methode war, um bei Nacht schnell und weit voranzukommen und über das Forellental Erkenntnisse zu sammeln, die wir an die Menschen weitergeben konnten. Und als wir uns in Marsch setzten, schienen wir genau dies tun zu wollen.

Aber während die Zeit verging und wir uns weiter von der Hütte entfernten, stellte ich fest, daß ich weniger über die Menschen nachdachte – außer daß sie die Wahrheit sagten, wenn sie meinten, es gebe nicht mehr viel zu jagen – als über die wenigen Duftspuren, die wir überquerten; sie waren alle schon zu alt, als daß es sich gelohnt hätte, ihnen nachzugehen. Vielleicht hatten die Menschen Hunger, aber auch ich war jetzt hungrig. Der Geruch eines Hasen vor uns ließ mir das Wasser im Mund zusammenlaufen. Aufgeregt lief ich schneller und überholte Murmeltier, ohne es zu merken. Plötzlich erhielt ich einen Schlag auf die Schulter. Murmeltier wollte nicht, daß ich vor ihm war, deshalb hatte er mir diesen leichten Schlag versetzt. Gehorsam ließ ich mich zurückfallen.

Auf einem Steilufer mit Blick auf den Fluß blieben wir stehen. Wir waren nicht weit von der Hütte entfernt und konnten an den Fichten noch immer den abgestandenen Geruch einiger Menschen wahrnehmen, die hier vor kurzem vorbeigekommen waren. Aber der Geruch wirkte inzwischen säuerlich und gefährlich und gab mir eine Gänsehaut. Viel interessanter war, daß Murmeltier diese Stelle mit einem Kothaufen markierte. Ich preßte ebenfalls etwas Kot heraus und betrachtete mit Genugtuung die beiden Häufchen, die still nebeneinander im Gras lagen. *Wir sind hier,* besagten sie, *wir zeigen das Land unserer Schöpfer an, unseren Platz, unser Rudel, unsere Jagdgründe. Wer uns findet, soll dies wissen und sich in acht nehmen.*

Und dann fing Murmeltier, zuerst leise, zu singen an. Er begann mit einem hohen, vollkommenen Ton, der immer lauter wurde, lange anhielt und schließlich abfiel; es war ein großartiger, erregender Schrei, der mich zittern ließ. Aus ganzem Herzen und mit allem, was meine Lungen hergaben, fiel ich freudig in seinen Gesang ein; ich sang tief, wenn er hoch sang, so daß mein Ton stieg, während der seine abfiel. Bebend vor Entzücken, sang ich lauter denn je, und wir schickten unsere Stimmen durch die Weite des Himmels zum Mond hinauf, hinaus bis zu den letzten Winkeln des Tales, wo sie widerhallten!

Durch die Freude am Gesang vergaßen wir jeglichen

Gedanken an irgendeinen der Menschen. Ja, als das Lied zu Ende war, fühlten wir uns so glücklich, daß wir uns mit den Nasen berühren, mit dem Schwanz wedeln, lächeln und uns gegenseitig danken mußten. Oh! Jetzt spürte ich neue Hoffnung! Jetzt war ich zu allem bereit! Jetzt würde ich Murmeltier bei allem helfen, was er auch tun wollte, und ihm folgen, wohin er mich auch führte!

Aber als wir dann hintereinander am Rande des Tales entlangtrabten, blieben wir ebenso rasch wieder stehen, wie wir zu laufen begonnen hatten, denn in weiter Ferne hörten wir die Stimmen anderer Wölfe, die ebenfalls sangen. Ihr Rufen konnte nur bedeuten, daß sie uns gehört hatten und jetzt wünschten, daß auch wir sie hörten!

Wir hielten den Atem an und lauschten schweigend. Eine tiefe Stimme, eine laute, dunkle, weibliche Stimme hörten wir aus den anderen heraus – aber aus so vielen anderen! Oh, es gab mehrere laute, kräftige männliche Stimmen! Und andere Frauenstimmen! Und einen Jungen – ein Junges vom letzten Frühjahr! Während sich mir die Haare auf den Schultern sträubten, sah ich Murmeltier besorgt an. Jene Sänger waren zahlreich und stark! Das war es natürlich, was sie uns mitteilen wollten, uns, die wir doch nur zwei Stimmen hatten!

Murmeltier standen zwar die Haare zu Berge, aber er schien sich keine Sorgen zu machen. Statt dessen blickte er lange in die Richtung des großen Rudels und hob dann die Nase, um die Luft zu prüfen. Auch ich prüfte die Luft mit einem leisen Schnaufer, um zu lernen, was mir Murmeltier beibringen konnte. Wirkliche Furcht war nicht zu erkennen, obwohl eine Spur von Ärger und Irritation von seiner Haut aufzusteigen schien.

Nun, das große Rudel stand im Südosten, in den Bergen, wo der Fluß entsprang, und wir bewegten uns nach Westen, am Nordrand des Tales entlang. Wir hätten umdrehen müssen, wenn wir den anderen Wölfen hät-

ten begegnen wollen. Aber wir dachten natürlich nicht mehr an ein Umdrehen. Wir wollten weiterlaufen und hatten keine Lust, ihnen zu begegnen.
Mit hochstehenden Nackenhaaren berührten wir wieder unsere Nasen, nur um sicher zu sein, daß wir aufeinander bauen konnten. Dann markierten wir ein gefrorenes Grasbüschel, das Murmeltier ausgewählt hatte, mit Urin, kratzten nach rückwärts den Boden auf, um die Aufmerksamkeit von Neuankömmlingen zu erregen, beschnupperten unsere Markierungen und markierten sie wiederum, zuerst ich, dann Murmeltier. Es sah fast so aus, als ob hier vier ihre Markierung hinterlassen hätten, was jenen anderen Wölfen zu denken geben konnte, falls sie jemals so weit herankommen sollten!
Dann wandten wir unsere Gedanken der Jagd zu und liefen durch den Luftzug hindurch, der aus dem Tal aufstieg. Murmeltier lief voraus und trug seinen Schwanz ziemlich hoch. Ich folgte ihm und hielt die Augen auf den blassen Pelz seines Rumpfes gerichtet, der mir den Weg im Mondlicht zeigte. Durch die niedrigen, schütteren Bäume, die am Rande des Tales wuchsen, schien der untergehende Mond. Nanu? Roch es hier nach Reh? Ja, aber nicht stark; zwei Rehe waren kurz nach Einbruch der Dunkelheit hier vorbeigekommen. Ihre Kotkügelchen waren bereits gefroren. Wir liefen weiter.
Es wurde bald klar, daß Murmeltier die Gegend kannte. In Wolfsgestalt mußte er schon viele Male im Forellental unterwegs gewesen sein. Zu Lebzeiten hatte ich gedacht, ich wüßte im Land so gut wie nur möglich Bescheid, aber jetzt sah ich, daß ich vor allem die vielen Wege der Menschen kannte und die Plätze, zu denen sie führten. Außerdem wurde bald klar, daß Murmeltier wußte, wonach wir Ausschau halten mußten. Alle anderen Tiere, die diese Pfade benutzten, schienen Markierungen auf ihnen zu hinterlassen, Urin oder Kot oder Duftstoffe aus Geschlechts-, Kopf- oder Schwanzdrüsen oder Kratzspuren auf dem Boden oder den Baumrinden –

stolze Warnungen an andere Tiere ihrer Gattung. Aber auch Murmeltier beschnupperte diese Zeichen mit Interesse.
Je größer die Markierung war, desto länger befaßte er sich mit ihr. Als ich ihn die Ausscheidung eines alten Bären schmecken sah, tat ich dasselbe und stellte einen Aasgeruch fest, als ob der Bär Fleisch gefressen hätte. Das war wichtig, denn wir fanden nirgends viel zu essen, lebend oder tot. Mir war die Bedeutung nicht ganz klar, wohl aber Murmeltier, denn er kannte offenbar das Jagdgebiet des alten Bären. Ich merkte, daß ich über das Forellental noch viel würde lernen müssen, bevor ich so viel wußte wie Murmeltier. Der Aasgeruch war ein Anfang.
Bei Tagesanbruch fanden wir uns auf dem Ostufer des zugefrorenen Forellensees wieder. Weit draußen auf der von Schnee bedeckten Eisfläche, zwischen dem rötlichen Mond, der im Westen unterging, und dem rötlichen Licht, das im Osten aufging, sahen wir etwas, was sich bewegte. Drei Gestalten! Drei Rentiere! Es waren Bullen, die mit dampfendem Atem dahintrabten und die Köpfe hochhielten, um das schwankende Geweih im Gleichgewicht zu halten; die weiße Behaarung an Brust und Schultern war deutlich zu erkennen.
Einen Augenblick blieben Murmeltier und ich wie gebannt stehen. Dann rannte ich den Tieren nach, weil ich mich nicht mehr zurückhalten konnte. Mit einem erstaunten Brummen folgte mir Murmeltier, und wir liefen nebeneinander über den See. Und hinauf gingen die Schwänze der drei Bullen, als sie auf das Seeufer zustrebten, eine große Schneewolke hinter sich. Als nächstes lernte ich, daß die Bullen, die schon fast am Ufer waren, schneller liefen, als ich es mir je vorgestellt hätte. Der Anblick verringerte meine Laufgeschwindigkeit – aus meinem blindwütigen Vorstürzen war ein müder Trab geworden.
Dann blieb Murmeltier plötzlich neben mir stehen. Er hob den Kopf und spitzte die Ohren, aber sein Schwanz

sank herab. Ich schaute in die Richtung, in die er blickte, und auch mein Schwanz sank herab. Vom Ufer her kam ein Rudel Hyänen auf die Rentiere zugerannt. Und jetzt? Eine der Hyänen sprang das vorderste Rentier an. Der Bulle schlug aus und drehte sich um, er bot den Hyänen seine Geweihstangen, aber die Hyänen hatten ihn umzingelt und schnappten nach seiner Nase und dem Hinterteil. Obwohl er wütend ausschlug und mit dem Geweih gegen die Angreifer vorging, riß eine Hyäne ihm einen Bissen aus dem Schenkel. Die beiden Freunde des Bullen verlangsamten ihren Schritt keinen Augenblick. Während der verwundete Bulle brüllte und gegen die vielen Hyänen, die ihn jetzt anfielen, ausschlug, verschwanden die beiden anderen Bullen rasch außer Sichtweite.

Wir konnten uns nicht zurückhalten, näher heranzugehen. Einige der Hyänen waren eifrig damit beschäftigt, sich Bissen aus den Hinterbeinen und dem Bauch des Bullen zu erobern und die einzelnen Stücke herunterzuschlingen. Einige der größeren Hyänen fraßen nicht, sondern hatten sich in der Schnauze und den Beinen des Bullen verbissen. Die gierig schlingenden Hyänen waren den anderen im Weg, aber schließlich gelang es diesen doch, den Bullen auf die Knie zu zwingen. Über dem Kreischen und Knurren hörte ich das letzte Röhren des Bullen, das in ein hoffnungsloses Gurgeln überging. Der Ton machte mich traurig. Er hätte in unseren Ohren, nicht in denen der Hyänen erklingen sollen. Wir hatten den Bullen zuerst gesehen und waren als erste auf ihn zugelaufen. Jetzt mußten wir mitansehen, wie andere ihn auffraßen.

Aber wir konnten uns nicht entfernen. Der Geruch nach Blut, offen liegenden Muskeln und Knochen, sogar der Geruch nach Grünzeug aus dem zerrissenen Gedärm, war zuviel für uns. In meinem Mund brannte der Speichel. Ich fraß etwas Schnee. Die Vorstellung, den Hyänen etwas wegzustehlen, war verlockend, aber sie waren so groß und so zahlreich, und sie drehten sich so oft nach uns um, um uns knurrend ihr Gebiß zu zeigen, daß, obwohl wir eine Zeitlang hin und her rannten und hofften, irgendwie an den Kadaver heranzukommen, jeder Bissen, sogar das Geweih und die Knochen im Rachen der Hyänen verschwanden. Wir mußten verzichten und an einer anderen Stelle auf Jagd gehen, falls wir uns etwas Nahrung besorgen wollten.

Wir liefen zurück zum Fluß, um Pferde zu jagen. Wir fanden eine Herde in der Nähe der Bäume am Rande des Ufers; da sich aber davor und dahinter ein weiter Bereich harten, flachen Bodens erstreckte, konnten sie leicht davongaloppieren, wenn wir uns ihnen näherten. Es roch überall nach ihnen, aber ihre dunklen, pelzigen Leiber waren neben den dunklen Bäumen schwer zu sehen. Diese Pferde mußten gewußt haben, daß es nicht viele Rentiere gab, um die Jäger auf Trab zu halten, denn sie verhielten sich so, als befänden sie sich in höchster Gefahr, schnaubten ständig und warfen ihre Köpfe hoch. Und ganz plötzlich griff mich, mit blutrünstigem Röhren, der Hengst an! Meine ganze Aufmerksamkeit hatte einer Stute im Hintergrund gegolten, und ich wußte nicht einmal, daß sich das fürchterliche Pferd in meiner Nähe befand, bis seine schweren Hufe, wie eine Steinlawine, an meinem Kopf vorbeizischten! Ich zog den Schwanz ein und rannte um mein Leben, während der Hengst mit gebleckten Zähnen hinter mir herstürmte. Wie ich die Pferde haßte!

Wir machten uns aus dem Staub und versteckten uns in dem Weidengebüsch neben dem Fluß. Hier fanden wir in einem Dickicht, das von Tigermarkierungen übersät war, einen schwachen Pferdegeruch. Während ich die Umgebung hinter uns im Auge behielt, beschnupperte Murmeltier die Stelle sehr aufmerksam; er hatte den Hals vorgestreckt und die Augen weit aufgerissen. Schließlich kroch er in das Dickicht hinein, wo ich ihn kauen hörte. Ich folgte ihm. Er kaute an einem Huf. Ich fraß ein gefrorenes Stück Fleisch und kaute dann an dem Huf, nachdem Murmeltier ihn hatte fallen lassen, aber mein Hunger war nicht gestillt.

In der Nacht darauf, nachdem ich schon vergessen hatte, daß wir nichts weiter als zwei Wölfe waren, die dringend etwas zu fressen brauchten, rochen wir plötzlich Holzrauch, der noch einen anderen Geruch enthielt – etwas Wunderbares, Köstliches, wie Mark in einem Knochen. Uns lief das Wasser im Maul zusammen. Ganz still und vorsichtig gingen wir dem Geruch nach und befanden uns plötzlich im Schatten der mondbeschienenen Bäume, die um Graugans' Hütte herumstanden. Drinnen in der Hütte wurde die Leber eines Rehs gebraten!

Wir waren so hungrig und der Duft war so herrlich, daß wir trotz der bitteren Ausdünstungen menschlicher Wesen von hinten an die Hütte herankrochen und dann auf das Dach kletterten, wo der Lebergeruch aufstieg und so köstlich war, daß ich beinahe ohnmächtig geworden wäre. Aber oben auf dem Dach fanden wir etwas, das noch besser war als der Geruch – Streifen von Rehfleisch, das von den Geweihstangen herabhing! Im Nu sprangen wir auf, zerrten das Fleisch herunter und verspeisten die Streifen!

Drinnen mußte jemand unsere Fußtritte gehört haben. Wir vernahmen gedämpfte Rufe und sahen dann immer mehr Menschen hastig aus dem Windfang herauskrabbeln. »Verschwindet!« sagte eine tiefe, laute Stimme. »Macht, daß ihr weiterkommt!« und »Weg hier!« riefen andere Stimmen, während Speere, Holzstücke und Schnee an uns vorbeizufliegen begannen. Wir sprangen vom Dach hinunter und rannten den Pfad hinter der Hütte hoch.

Aber mitten im Laufen blieb Murmeltier plötzlich stehen und drehte sich um, als ob ihm etwas eingefallen wäre. Dann verschwand er, und ich stand allein neben seinen Fußspuren auf dem mondbeschienenen Schnee. Ich wartete, aber es geschah nichts. Ich hob meine Schnauze in die Luft und heulte lange und laut. Mein Ruf stieg zu Beginn rasch an, um mein Erstaunen anzuzeigen, und fiel am Ende langsam ab, um meine Ein-

samkeit zu bekunden. Aufgeregt und hoffnungsvoll lauschte ich auf eine Antwort, hörte aber nur etwas Schnee, der von den Bäumen herunterfiel, und den hohlen Ruf einer Eule. Schließlich erinnerte ich mich daran, wer ich war – nichts als Teals Sklavengeist –, und langsam, betrübt, kletterte ich bergab bis zur Hütte.
Ich mußte, ohne es zu merken, mich wieder in Menschengestalt verwandelt haben, denn als ich auf meine Füße hinunterschaute, während ich auf das Dach kletterte, sah ich an meinen Beinen meine Geisterkleidung, die kniehohen Mokassins und die Hosen. Und neben Graugans' Rauchabzug kauerte, eingehüllt in sein Geisterfell, Murmeltier in Menschengestalt. Verärgert setzte ich mich an das andere Rauchloch.
»Warum hast du mich allein gelassen?« fragte ich ihn.
»Ich hatte Hunger. Siehst du das Fleisch hier hängen?«
Natürlich sah ich das Fleisch. In Wolfsgestalt hatten Murmeltier und ich gerade versucht, Stücke davon zu stehlen. Ich machte mir nicht die Mühe, auf eine meines Erachtens sinnlose Frage zu antworten, sondern starrte Murmeltier einfach an, als ob er nichts gesagt hätte. »Gut«, fuhr er fort, denn er merkte, daß ich ihm nicht entgegenkommen wollte, »das Fleisch gehört den Menschen. Sie werden Wölfen oder irgendwelchen anderen Tieren nichts davon überlassen. Aber sie werden etwas für die Geister abbrennen. Auf diese Weise bekommen wir unseren Anteil.«
Wie immer hatte Murmeltier auch diesmal recht. Kurz darauf rochen wir brennendes Fett. »Hier ist es«, sagte Murmeltier und ließ sich auf Händen und Knien mit offenem Mund über dem Rauchabzug herunter. Ich tat dasselbe und erwischte etwas von dem Geschmack.
»Sie haben nicht viel hergegeben«, sagte ich, nachdem ich meine Lippen saubergeleckt hatte.
»Sie haben nicht viel«, sagte Murmeltier. »Wenn sie mehr haben, geben sie auch mehr ab.«
Auch hier hatte Murmeltier wieder recht. Ein paar Tage später begannen große Rentierherden den teilweise ge-

frorenen Fluß weiter stromabwärts zu überqueren. Alle Männer und Frauen, außer den stillenden Müttern, krochen aus der Hütte heraus, bewaffnet mit Speeren und Äxten, und machten sich ohne unsere Hilfe auf, die Tiere, als diese zwischen dem offenen Wasser und dem Eis in Bedrängnis gerieten, zu erlegen. Nach zwei Tagen kamen die Menschen wieder und trugen vordere und hintere Viertel, Nackenstücke und Rippen mit sich; dann gingen sie wieder zurück, um mehr zu erbeuten. Anschließend hing so viel Fleisch an den Geweihstangen und verbreitete einen so durchdringenden Geruch, daß die Raben am Himmel den ganzen Tag über nach anderen Raben riefen und Schwärme von ihnen anlockten. Und die ganze Nacht über schien der Wald um die Hütte herum lebendig geworden zu sein vor lauter Tieren – zuerst große Wolfsrudel aus den Bergen im Osten, später die Hyänen vom Forellensee.

Angesichts dieser gefährlichen Überzahl konnten wir kaum etwas anderes tun, als uns in den Wald zurückzuziehen und den gierigen Räubern aus dem Weg zu gehen, die über das Dach schwärmten, um Fleischstücke zu erbeuten. Ich wollte schon davonlaufen, als ich plötzlich die Tigerin bemerkte, die unter einem Fichtenast kauerte; sie betrachtete mit runden Augen die Hyänen, als ob sie sie verabscheue. Ich war erleichtert, als sie sich zwischen den Bäumen davonschlich, um eigene Beute zu jagen.

Obwohl wir beide gegenüber den vielen Räubern ebenso hilflos waren wie die Tigerin, traf dies für die Menschen nicht zu. Wie Hornissen aus einem Nest stürzten sie immer wieder aus dem Windfang heraus, sobald sie das Kratzen von Krallen auf dem Dach hörten.

Zwischen den einzelnen Ausfällen zur Säuberung des Daches sangen die Menschen Loblieder auf uns. Wenn wir ihnen das Fleisch selbst überreicht hätten, wären sie kaum dankbarer gewesen. »Wir werden weiterleben«, sangen sie. »Wir werden Fett essen. Unsere Münder werden glänzen. Unsere Hütte wird wachsen, und wir

werden viele Kinder haben. Findet als unseren Dank das Fett im Rauch.«
Machten sie uns nun ein großes Geschenk? Wir eilten zum Rauchabzug und rochen den Duft nach aufsteigendem Rentierfett. Oh! Der Rauch roch stark nach Fett! So wie wir im menschlichen Leben uns zu einer ausgiebigen Mahlzeit neben der Feuerstelle hingesetzt haben mochten, so saßen wir jetzt neben dem Rauchloch, um den fettigen Dampf mit unseren Fingern abzufangen. Unter unseren Fersen bebte das Dach von der Gewalt des Gesanges. »Wie einfach diese Menschen doch sind«, sagte ich.
»Auch wir sind einfach«, sagte Murmeltier und suchte an seinen Handflächen nach den letzten Fettresten. »Schau, wie leicht wir zufriedenzustellen sind.«

3

Obwohl ich noch jung war, als wir zum Feuerfluß gingen, um Frauen für die unverheirateten Männer zu suchen, kann ich mich an Teile unseres Marsches sehr gut erinnern. Ich erinnere mich zum Beispiel, mich nach dem Raben oben auf Graugans' Hütte umgesehen und dann in den grauen Himmel hinaufgeschaut zu haben, wo Schwärme von Gänsen unter den hochliegenden Wolken dahinflogen. Woher die Gänse kamen, konnte keiner von uns sagen. Aber Vater wußte, daß die Schwärme, nachdem sie die ganze Nacht geflogen waren, sich ausruhen und in den Sumpfgebieten am Schwarzen Fluß fressen wollten. Sollen wir dort hingehen und versuchen, einige zu erlegen? fragte er sich. Graugans fand den Gedanken verführerisch, sagte aber, daß es bis zu den Sümpfen sehr weit sei. Zu weit, sagten die anderen Erwachsenen. Die Gänse könnten weitergeflogen sein, bevor wir dort ankämen. Es wurde beschlossen, nicht hinzugehen, aber wir wußten, daß wir, bevor wir den Feuerfluß erreichten, oft mit knurrendem Magen an diese Gänse denken würden.

Und so war es auch. Obwohl wir unser Bärenfleisch dabei hatten, hielten wir unterwegs Ausschau nach Nahrung. Manchmal fanden wir Kiefern- oder Tannenzapfen mit Kernen, häufiger aber Kadaver – manchmal die Beutetiere von Wölfen oder Hyänen, die wir vertreiben mußten; manchmal, wenn wir den Himmel nach Raben absuchten, Tiere, die bei der Winterkälte erfroren waren. Manchmal gingen wir nachmittags auf die Jagd, und jeden Abend stellten wir Schlingen auf, aber nicht jeder Tagesmarsch brachte uns an Stellen, wo wir etwas zu essen kriegen konnten. Viele Tage aßen wir nicht

genug, und nachdem das Bärenfleisch verzehrt war, aßen wir tagelang nichts, oder einfach nur Schnee. Deshalb ist mir der Hunger in Erinnerung geblieben.
Ich kann mich auch an das Gehen erinnern. Kurz nach der Überquerung des Forellenflusses verfielen die Erwachsenen in ihren regelmäßigen, raumgreifenden Schritt, der sie immer weiter führt, als nähme die Reise kein Ende mehr. Es war ihnen einerlei, daß es keinen ausgetretenen Pfad gab; sie wechselten sich ab beim Anlegen eines Weges. Sie redeten oder sangen nicht, ebensowenig klagten sie über ihr Gepäck. Der scharfe Wind ließ sie nicht frieren, und der Hunger ermüdete sie nicht. Wenn ihre Füße naß wurden, dachten sie nicht mehr an die Füße. Wenn die Sonne heißer wurde, öffneten sie einfach die Vorderseite ihrer Parkas. Das Dumme war, daß sie auch von den Kindern dasselbe erwarteten und nicht zuließen, daß Junco und ich zusammenblieben, da wir miteinander redeten, nicht schnell genug vorankamen, zurückfielen und dadurch eine Lücke in der Kette verursachten. Falls ein Erwachsener eine Lücke in der Kette verursachte, waren die anderen Erwachsenen sehr rücksichtsvoll. Wenn aber ich die Lücke verursachte, wurde ich gescholten und gezwungen, vor Mutter zu gehen, damit sie darauf achten konnte, daß ich Schritt hielt. Ich durfte mich auch über nichts beklagen. Wenn Mutter aus meinem Tonfall auch nur annahm, daß ich mich beklagen wollte, holte sie hörbar tief Luft – ein Warnsignal.
Ich erinnere mich an einige unserer Lagerplätze. Beim Beginn unserer Reise, als wir noch am Südufer des Forellenflusses entlanggingen, fanden wir manchmal Hemlocktannen, die ausgezeichneten Schutz boten. Ich schlief sehr gern unter der Hemlocktanne, da ich durch die dicken Zweige vor dem Wetter geschützt war, es mir auf den trockenen Nadeln bequem machen konnte und von dem süßlichen Geruch wie benebelt wurde. Und Harzklümpchen der Hemlocktanne schmeckten gut, wenn man sie kaute, oder erzeugten bei Nacht am Lagerfeuer wunderbare Funken.

Als wir die Ebene erreichten, mußten wir mit jedem Unterschlupf vorlieb nehmen, den wir finden konnten, neben Felsvorsprüngen oder im Dickicht – wo immer wir vor dem Wind geschützt waren. Wenn wir kein dichtes Gebüsch finden konnten, stellten wir kleine Dächer aus Zweigen her, die wir mit Gras oder Heidekraut bedeckten. Und wenn wir das Lager aufschlugen, wünschten Meri und ich immer, daß sich Vater für Yoi entschied, damit wir bei Mutter bleiben konnten, und wir freuten uns, daß er es oft tat.
Ich kann mich gut an Mutter erinnern. Ich weiß noch, wie sie beim Beginn unseres Marsches, als wir an der Stelle vorbeikamen, wo der Forellenfluß aus dem Forellensee herausfließt, offenes Wasser entdeckte und beschloß, ein Bad zu nehmen. Es war jedenfalls die wärmste Zeit eines sonnigen Tages. Mutter ließ alle anhalten, während sie und Yoi Meri und mich zu einem Wasserfall führten; dort mußten wir uns ausziehen und wurden in einem Wasser geschrubbt, das so kalt war, daß wir vor Atemnot nicht einmal schreien konnten. Anschließend zogen sich Mutter und Yoi aus und wateten in das Wasser hinein. Ohne ihre dicke Kleidung sahen ihre nackten Körper sehr dünn aus, wie die Körper von Tieren, denen man die Haut abgezogen hat – wie Bären vielleicht, nur kleiner. Mutter und Yoi hockten sich hin und schrubbten sich gegenseitig ab, dann richteten sie sich auf, um ihre Zöpfe aufzumachen. Plötzlich bemerkte ich, daß ihre Körper verschieden aussahen. Yois Bauch war flach und lag eingesunken zwischen ihren Hüftknochen. Mutters Bauch wölbte sich und ihr Nabel trat hervor. Sie war schwanger!
Das war zu Beginn des Frühlings, als der Eisbrechende Mond eine abnehmende Sichel bildete und die ersten Mücken des Jahres uns zu plagen begannen, kurz bevor uns der Weg durch den aus Birken und Nadelhölzern bestehenden Wald über die Berge jenseits des Forellenflusses führte. Wir überquerten diese Berge und gelangten zu einer weiten Ebene, wo viele Tierherden grasten

und wo wir bei Nacht Hyänen und Löwen hörten. Als der Eisbrechende Mond vom Himmel verschwand und der neue Rand des Mondes der Fohlen am Nachmittag über der Ebene erschien, wie eine Frau, die im Frühling schwanger geworden ist – mager, mit einem riesigen Mond in ihrem Bauch –, führte uns der Weg über eine steile Felsenkette. Am südlichen Abhang dieses Hochlands versuchten wir, ein Gewässer zu finden, das man Frühlingsfluß nannte. Früher oder später würde er uns zum Feuerfluß führen. Aber in den Bergen war der Fluß noch sehr schmal. Wir konnten ihn nicht finden. Da Mutter und Teal das Land seit ihrer Kindheit gut kannten, machten sie sich auf die Suche. Teal nahm Elho mit. Ich hätte mich gefreut, wenn Mutter mich mitgenommen hätte, aber sie wollte nicht. Statt dessen mußte ich zurückbleiben, um mich um Meri zu kümmern. Zunächst fühlte ich mich gekränkt, als ob Elho für die bösen Dinge belohnt würde, die er und Yoi getan hatten. Aber bald erkannte ich, daß Teal Elho mitgenommen hatte, weil sie ihn nicht bei Yoi lassen wollte. Mutter brauchte auf mich nicht aufzupassen. Das machte mich stolz.
Nachdem sie gegangen waren, machten Junco und ich uns auf den Weg, um Hickorynüsse zu sammeln; die harten Kerne schmeckten zwar ziemlich fade, wir dachten aber, sie wären unsere einzige Nahrung an diesem Abend. Wir hörten das Geräusch vom Wasser, gingen ihm nach und fanden einen Tümpel, um den Tigerspuren herumführten. Vielleicht verdiente ich nicht das Vertrauen, das Mutter anscheinend in mich gesetzt hatte, aber ich sagte Junco, daß man uns, da die Menschen im Lager kein Wasser, sondern nur Schnee hatten, vielleicht die ganze Strecke zurückschicken könnte, um in der bedrohlichen Dämmerung eine Wasserhaut zu füllen, falls wir von dem Tümpel erzählten. Junco war einverstanden, also sagten wir nichts.
Im Laufe dieser Nacht, als wir alle an einem kleinen Feuer saßen und einem Schneehuhn die Federn ab-

brannten, hörte ich Schritte auf den Kiefernnadeln. Irgend etwas bewegte sich langsam und setzte zuerst den einen Fuß auf, wartete, und dann den nächsten. In der kalten Luft nahm ich einen strengen Tiergeruch wahr, und im Dunkel der Nadelbäume sah ich eine Atemwolke. Verängstigt, wie ich war, konnte ich nicht anders, als auch Timu Angst einzujagen. »Hinter dir«, flüsterte ich ihm zu. »Ist dort etwas?«

Timu drehte sich um und sprang dann auf die Füße. Kurz darauf sprangen alle auf, ergriffen Speere und Äxte und brennende Zweige, als der Tiger sich zwischen zwei Bäumen zeigte und uns anblickte. Er war riesig – so groß wie ein Bison, dachte ich, und mit einem Gesicht, das so breit war wie der Körper eines Mannes. Seine weiße Brust und die gestreiften Schultern waren breit und schwer, und sein Fell war sehr dick. Er hatte die Augen halb geschlossen, und sein Maul stand halb offen, so daß die Spitzen seiner unteren Zähne zu sehen waren. »Onkel! Du Alter!« sagten die Männer. »Geh weg. Das Schneehuhn gehört uns.«

Aber der Tiger schaute gar nicht auf den schwelenden Vogel. Er betrachtete uns und schien uns auch zuzuhören. Er hatte die Ohren in unsere Richtung gelegt. »Geh jetzt«, sagten die Männer. »Unsere Speere werden dir wehtun.« Der Tiger schien unseren Duft einzusaugen und uns mit den Augen zu verschlingen. Nach einiger Zeit zuckte er mit den Ohren, so daß wir kurz die weißen Flecken auf deren Rückseite sehen konnten, drehte leicht den Kopf und trottete dann mit wenigen langsamen Schritten zwischen den Bäumen davon; er hielt die Schultern hoch aufgereckt und den langen, kräftigen Schwanz nach unten gebogen. Nur sein beängstigender Gestank blieb.

Unser Lager war nicht gut, das konnten wir sehen. Wir würden mit ihm in unserer Nähe nicht schlafen können, und wir wären auch nicht in der Lage, auf Jagd zu gehen. Ein Tiger seiner Größe würde jedes Tier unweigerlich verscheuchen. Jetzt hatten Junco und ich keine andere Wahl, als von dem Tümpel und der Tigerfährte zu erzählen. Die anderen waren ziemlich wütend, weil wir ein solches Geheimnis für uns behalten hatten, aber was konnten sie schon tun? In dem Tümpel entsprang der Frühlingsfluß, den Mutter und Teal ausfindig machen wollten.

Die Erwachsenen beschlossen, die Lagerstätte beim ersten Tageslicht zu verlassen. Falls wir Mutter und die anderen nicht treffen sollten, konnten sie uns später nach unseren Fußspuren finden. Jedenfalls sagten Vater und Graugans das, während sie ihre Schlaffelle ausbreiteten und die Feuerhölzer und Äxte hineinrollten. Ich wollte ohne Mutter nicht weggehen. Ich zupfte Vater am Ärmel und sagte es ihm. Aber er antwortete in freundlichem Ton: »Deiner Mutter geht es gut. Wir werden sie finden.«

»Nein, Vater«, sagte ich. »Ich will hier auf sie warten.«

»Du?« sagte Vater. »Hier ganz allein?«

Ich entschloß mich, ihnen den Weg zu dem Tümpel nicht zu zeigen. Aber die anderen nahmen sich gar nicht die Mühe, mich danach zu fragen. Bis Tagesanbruch hatten sie sich überlegt, wo er liegen müsse, und setzten sich in Marsch. Eigensinnig blieb ich bei der letzten Glut des Feuers sitzen, während im Osten die Morgenröte aufstieg. Bevor Vater hinter einer Baumgruppe verschwand, drehte er sich lächelnd noch einmal nach mir um. Ich sah ein, daß ich hier allein nicht warten konnte, deshalb stand ich auf und folgte den anderen, den Südabhang der Berge hinab, während die Sonne aufging.

Während wir uns östlich des sprudelnden Gewässers hielten, das der Frühlingsfluß war, sahen wir vor uns unter den Birken eine Gestalt – einen Mann, der auf der Schulter das Vorderbein eines Pferdes trug. Der Mann war Elho, und er sagte, das Fleisch sei Teil eines Hengstes, das Geschenk von Menschen, die etwa zwei Tagesreisen flußabwärts kampierten, dort, wo der Fluß in die Steppe einmündete. Mutter und Teal seien jetzt bei diesen Menschen und hätten Elho zu uns zurückge-

schickt. Da wir seit vielen Tagen nichts anderes als Kiefernkerne und Schneehühner gegessen hatten, sammelten wir Brennstoff, entzündeten ein Feuer und setzten uns nieder, um das Fleisch zu braten, während wir zuhörten, was uns Elho zu erzählen hatte.
Etwa zwanzig Leute seien am Fluß in einem Lager, sagte Elho. Alle seien Fremdlinge. Nicht einmal Teal kenne die Männer und niemand kenne die Frauen, außer daß einige wenige mit Angehörigen unserer Sippe verwandt seien. Wir betrachteten das Geschenk, das sie uns geschickt hatten. Ein einziges Vorderbein von so vielen Leuten für so viele von uns schien fast geizig zu sein. Und obwohl ihre Frauen unsere Frauen willkommen geheißen hatten, fühlte sich Elho bei den Männern unbehaglich. Ihre Sprache, sagte er, sei seltsam.
»Deine Nachrichten sind enttäuschend«, sagte Graugans und betrachtete das Vorderbein mit unguten Gefühlen. »Was haben diese Leute dir erzählt?«
Elho zögerte einen Augenblick. Wir übrigen warfen uns gegenseitig verwunderte Blicke zu. Warum hatte er Schwierigkeiten, die richtigen Worte zu finden? »Sie waren eigentlich nicht unfreundlich«, sagte Elho schließlich. »Aber sie sagten uns, daß unsere Verwandten nicht mehr hierherkommen, sondern statt dessen von ihren Hütten zu Lagerstätten in der Steppe gehen, zu den Geburtsplätzen der Mammute am Haarfluß, sehr weit von hier.«
»Woher wissen diese Leute das?« fragte Graugans unwirsch.
»Einer der Männer war der Witwer einer Frau meiner Sippe.«
»Ein Witwer?« fragte Vater. »Wer ist gestorben?«
»Tchene?« sagte Elho. »Ich habe sie nicht gekannt.« Die Erwachsenen sahen sich kopfschüttelnd an. Auch sie kannten Tchene nicht. »Mutter und Tante kannten Tchene«, fügte Elho hinzu. »Sie weinten lange, als sie hörten, daß sie tot sei.«
»Was noch?« fragte Graugans.

»Als ich fragte, wie lange wir brauchen würden, um unsere Angehörigen zu finden, wenn wir mit Frauen und Kindern langsam dorthin gingen, meinten sie, wir würden länger als einen Mond dazu brauchen.«

Nachdenklich biß sich Graugans auf die Lippe. »Hast du erfahren, von wo die seltsamen Menschen kamen?« fragte er.

»Von Winterhütten im Westen«, sagte Elho. »Wenn wir jetzt von hier weiterziehen und uns dabei nach den Rentiersternen richten würden, kämen wir dort an, wenn die Rentiersterne zur Winterruhe wieder untergehen.«

»Sehr weit«, sagte Graugans nachdenklich. »Warum sind sie hier?«

»Um zu fischen.«

»Hast du Neuigkeiten über andere Menschen?«

»Ja«, sagte Elho. »Draußen in der Steppe sind zwei große Gruppen aus dem Nordosten, die Mammute jagen. Die Fremden kennen sie nicht, glauben aber, daß sie vom Unterlauf des Schwarzen Flusses stammen.«

»Aha!« rief Graugans aus. »Zwei große Gruppen vom Schwarzen Fluß? Sind nicht alle Leute am Schwarzen Fluß mit mir verwandt?«

»Ich kenne nicht deine ganze Verwandtschaft«, sagte Elho ruhig. »Ich hatte keine Möglichkeit, mehr zu erfahren.«

»Nein«, sagte Graugans vergnügt. »Ich will sie selber fragen. Jetzt müssen wir aber gehen, um ihnen für dieses gute Fleisch zu danken.«

Und dies taten wir auch. Zwei Tage danach überquerten wir eine Bodenerhebung und sahen den Rauch, der von den Feuerstellen der Fremden aufstieg. Wir gingen langsam weiter, bis wir die Dächer ihrer Grashütten sahen, dann legten wir unsere Bündel ab, und die Männer unserer Gruppe gingen los, um die Männer der anderen Gruppe kennenzulernen; sie nahmen das Winterfell eines Rentiers mit, um auf sehr großzügige Art unsere Dankbarkeit für das etwas kümmerliche Geschenk zu

zeigen, das uns die Fremden geschickt hatten. Unsere Männer ließen Speere, Äxte und sogar Messer zurück, um ihre friedfertige Gesinnung zu zeigen. Ich wäre am liebsten vor den Männern hingelaufen, um Mutter zu sehen, aber Vater wollte das nicht. »Wenn wir Fremden begegnen, müssen wir sie still begrüßen, ohne Aufregung. Wie können sie sonst sicher sein, daß wir friedliche Menschen sind?«
In der Nachmittagssonne saßen wir übrigen bei unseren Bündeln und dösten vor uns hin. Schließlich kehrten die Männer mit Mutter und Teal, gefolgt von einem Fremden, wieder zurück. Er war ein großer Mann, etwa in Vaters Alter, mit in Zöpfen geflochtenen Haaren, einem Bart und braunen Augen. Sein Hemd, seine Hosen und seine Mokassins sahen den unsrigen ganz ähnlich, aber er trug ein Halsband aus durchbohrten Samenkörnern und Hirschzähnen, nach einem Muster geordnet, das ich nicht kannte. Auch er hatte seine Waffen abgelegt, und er ließ die leeren Hände an den Seiten herunterhängen. Er nickte uns höflich zu, begann aber dann so schwerfällig zu sprechen, daß mir der Mund offenblieb. Ich konnte ihn kaum verstehen; noch nie hatte ich eine so häßliche Aussprache gehört. »Die Frauen seien gegrüßt«, sagte er vermutlich. »Ihr seid willkommen. Die Bachforellen ziehen gerade. Wir bitten euch, lagert neben uns am Fluß, damit ihr auch fischen könnt.«
Ich versuchte herauszubekommen, warum seine Redeweise so schrecklich klang. Wo wir *f* sagten, sagte er *w*. Wo wir *sch* sagten, sagte er *ss*. Statt *t* sagte er *d*, und statt *b* sagte er *v*. Unsere Aussprache war klar und richtig. Die seinige war völlig falsch und verwaschen. Wie konnten seine Leute ihn verstehen? Ich blickte in die Runde und sah in die verdutzten Gesichter von Junco und Weißfuchs, Timu und Eule, die sich alle das Lachen verbissen. Elho stand daneben und weidete sich an unserer Überraschung. Aber die Erwachsenen rührten keinen Muskel, ihre Blicke zuckten gefährlich von einem zum anderen der Jüngeren, damit wir nur ja ernst blie-

ben und so taten, als gehe nichts Ungewöhnliches vor sich. Aber als der Fremde ging und einige unserer Leute mitnahm, um eine Lagerstelle zu finden, lachten wir los und machten ihn nach. Timu und ich sprangen sogar auf und spielten den Fremden und sein Weib bei einem Streit. Ich glaubte, wir stotterten und grunzten genau wie er, und wir müssen sehr komisch gewirkt haben, denn Junco, Eule und Weißfuchs lachten, bis ihnen die Tränen kamen.

Wir errichteten ein hübsches Lager in einiger Entfernung vom Lager der Fremden und verbargen unsere halbrunden Hütten in dem langen Gras neben dem Fluß, unter einem dunstigen Himmel, in dem Schwalben nach Tieren jagten, die zu klein waren für unsere Augen. Wir verbrannten gebleichtes, trockenes Holz und sogar gebleichte Knochen, die am Ufer angespült worden waren, sowie Bisondung, den wir auf der Ebene fanden. Während der ersten paar Tage saßen unsere Männer im Lager der Fremden und sprachen mit deren Männern, während ihre Frauen mit uns am Fluß entlang und über die Ebene gingen. Teal und Mutter kannten die Frauen bereits, von denen die meisten (anders als die Männer) von Hütten am Ufer des Frauensees stammten und deshalb selbstverständlich normal sprachen.

Der Frühling war in das Tiefland beim Feuerfluß gekommen. Wie eine Bärin führte uns Mutter am Ufer entlang, spürte Spargel, Farnwedel und viele andere Arten guter Frühjahrsnahrung auf.

Und Fische! Inzwischen stieg der Mond der Fohlen am Ende der Nacht auf und trug im Bauch den Mond der Fliegen. Als sich der Frühlingsmond nach Norden wandte, begannen die Weißfische stromaufwärts zu ziehen! Zusammen mit den Frauen der Fremden zogen wir Mokassins und Hosen aus, krempelten unsere Ärmel hoch und wateten in den Stromschnellen herum, um Weißfische mit der Hand zu fangen. Otter, Eisvögel, ein Adler, ein kleinerer Fischadler und ein paar Bären kamen ebenfalls, um zu fischen. Wenn wir einen Bären sahen, stießen wir uns lachend gegenseitig auf ihn zu und planschten und kreischten. Bevor der Mond der Fliegen eine Sichel gebildet hatte, kannten sich die Frauen alle gegenseitig, küßten sich und nannten sich »Schwester«.

Bei den Männern war es anders. Sie verbrachten die ersten Tage mit Herumsitzen und Reden, und zwar nicht nur tagsüber, sondern bis weit in die Nacht hinein. Wir brachten ihnen Fische, Riedgras, Gänsefuß und Binsentriebe. Sie aßen, ohne ihre Mahlzeit anzuschauen, behielten sich dabei gegenseitig fest im Auge. Ihre Worte, ob nun die gute Ausdrucksweise unserer Männer oder die häßliche der Fremden, klangen steif und zurückhaltend, während sie sich genau überlegten, wieviel sie einander erzählen sollten.

Dann kam Graugans eines Abends ganz aufgeregt an unsere Feuerstellen zurück. Er habe erfahren, sagte er, daß er die Mammutjäger in der Steppe kannte, wie er gehofft hatte. Einer von ihnen war Tschelka, kein anderer als der jüngere Bruder seines Vaters. Wenn Tschelka dort war, kannte Graugans vielleicht auch einige der anderen Männer, und weil für die Mammutjagd keine Gruppe zu groß ist, würden die Mammutjäger ihn willkommen heißen. Graugans sprach schnell, und seine Augen leuchteten. Es schien klar zu sein, daß, wenn die Fremden sich den Mammutjägern anschlossen, er mit ihnen gehen würde.

Nach einer gewissen Zeit wurden die Weißfische weniger und hörten auf, stromauf zu ziehen. Wir sahen zwar immer noch Bachforellen, doch sie waren nicht so zahlreich wie die Weißfische. Wir mühten uns ab, fingen aber nur wenige. Die Zeit des Überflusses am Feuerfluß näherte sich ihrem Ende. Nun zogen wir weiter.

Am letzten Tag beschlossen die fremden Männer, unsere Männer auf die Jagd mitzunehmen, damit sie unterwegs Fleisch zu essen hatten. Eine Gruppe lud Vater ein, mit ihnen in dem Weidengebüsch neben dem Fluß auf Moschustiere zu jagen, eine kleine Tierart, die schwer

zu finden ist, da sie allein lebt, bei Nacht aus der Dekkung kommt und sich bei Tage wie ein Hase versteckt. Die Fremdlinge wollten das Fleisch behalten, boten Vater aber den Rest an.
Vater nahm das Angebot freudig an. Die Haut eines Moschustieres, die von dem Kadaver wie ein Hemd mit der Innenseite nach außen abgezogen und an den Ellbogen, Knien und am Hals verknotet wird, ergibt einen guten Wasserschlauch. Bei einem Gang über die Ebenen würden wir einen guten Wasserschlauch brauchen. Außerdem sehen die Stoßzähne eines Moschustieres hübsch an einem Halsband aus, und mit seinem Moschus kann man Fallen einreiben. So war Vater in bester Stimmung, als er am Morgen mit den Fremden losging. Aber in jener Nacht kam er nicht heim. Nach Einbruch der Dunkelheit begannen wir, uns Sorgen um ihn zu machen. Die Fremden waren zurück; wir hörten sie an ihren Feuerstellen reden. Schließlich rief Graugans die Männer unserer Gruppe zusammen, und sie marschierten ab, um die Fremden zu besuchen, festzustellen, was mit Vater geschehen war oder es zum Kampf kommen zu lassen. Wir übrigen lauschten und hörten bald Graugans und die fremden Männer laut lachen. Es klang, als ob sie sich über Vater lustig machten.
Dann kamen Graugans und die übrigen unserer Männer zurück, ausgeruht, lachend und mit dem Fell des Moschustieres, das sie Yoi als Geschenk der Fremden übergaben, denn ihr Ehemann konnte es nicht selbst überreichen. Er war noch auf dem anderen Flußufer.
Nach den Aussagen der Fremden war Vater so versessen auf ein Moschustier gewesen, daß er hinübergewatet war, um auf dem anderen Ufer zu jagen. Als er drüben war, stieg das Wasser plötzlich, und er saß in der Falle. Mittlerweile erlegten die Fremden ein Moschustier auf dem diesseitigen Ufer. Gestrandet, wie er war, mußte Vater ihnen zusehen.
Mitten in der Nacht kam Vater heim. Seine Kleidung war naß, der Zopf aufgelöst und sein Gesicht zeigte die

Spuren von Anstrengung und Verägerung. Die Fremdlinge hätten ihn überredet, den Fluß zu überqueren, sagte er, obwohl sie wußten, daß das Wasser steigen würde. Während der Nacht hätten ihn vier Löwen aufgespürt. Er habe im Mondschein ihre Augen gesehen und war aufgestanden, um ihnen zu sagen, sie sollten verschwinden. Genau in diesem Augenblick habe er lautes Gelächter aus dem Lager der Fremden gehört – ein Gelächter, welches bewies, wieviel Spaß die Fremden an diesem Vorfall hatten.

Der Krach habe ihn abgelenkt und in seiner Ansprache an die Löwen behindert. Niedergeschlagen habe er den Kopf gewandt. Als die Löwen dies bemerkten, seien sie auf ihn zugekommen, wodurch er keine andere Wahl mehr gehabt hätte, als ins Wasser zu springen. Er sei auf dem Fluß abgetrieben und gegen Felsbrocken geschlagen worden, und obwohl es ihm schließlich gelungen sei, sich auf dem diesseitigen Ufer herauszuziehen und den Rückweg zu uns anzutreten, waren seine Axt und die Feuerstöcke weg.

Den Speer in der Hand, den er hatte retten können, während er im Wasser war, blickte Vater auf das Lager der Fremden hinüber. Vielleicht, weil es so finster war, denn unsere Feuer waren heruntergebrannt, oder vielleicht, weil Vater komisch aussah, wie ein durchnäßtes Tier, das sich beschämt aus einem Fluß herausschleppt, sahen die Männer unseres Lagers nicht, wie wütend er war. Oder vielleicht wollten sie auch mit Scherzen seinen Zorn besänftigen. Jedenfalls lachten sie ihn aus. »Du solltest dich selbst einmal sehen, Ahi«, sagte Graugans. »Wohin willst du denn mit diesem Speer?«

Vater drehte sich um und starrte Graugans an. »Wohin ich will? Ich gehe heim. Steht auf und packt eure Sachen«, sagte er zu Mutter und Tante Yoi. »Wir machen uns auf den Weg, sobald es hell geworden ist.«

Zuerst glaubten wir nicht, daß es ihm ernst damit sei. Mutter und Yoi sahen ihn verwundert an. »Was ist denn los, Ahi?« rief Mutter aus. »Hat dir jemand weh getan?«

»Die Fremden haben uns das Fell geraubt, und jetzt macht sich Graugans über mich lustig.«
»Niemand hat uns beraubt!« sagte Mutter. »Sie haben uns das Fell geschenkt. Schau her! Meine Schwester hat es. Sie haben es ihr geschenkt.«
»Und was hat sie getan, während ich weg war, so daß Fremde ihr ein Fell schenken?«
Viele begannen nun, Vater anzuschreien. Yoi sagte unter Tränen, sie habe nichts getan. Mutter flehte ihn an, sich hinzusetzen, bis sein Zorn verraucht sei. Meri weinte, und ich fuhr Meri an. Durch den Lärm erschienen mehrere Fremde, lauter Männer, die ebenfalls zu lachen begannen, als sie Vater in seinen nassen Kleidern sahen. Inzwischen sprach Graugans mit leiser Stimme mit Vaters beiden Neffen, dem Stock und dem Frosch, die dann Vater seinen Speer abnahmen.
»Alle sollen jetzt weggehen«, sagte Graugans. »Wir werden Ahi in Frieden lassen, damit er seine Sachen trocknen kann. Es besteht kein Grund zur Verärgerung. Wir werden morgen früh weiterreden, um dieser Sache ein Ende zu machen.«
Aber am Morgen warf Vater das Moschusfell ins Feuer und sagte uns, wir sollten unser Bündel packen. Seine Schwester Ina, Graugans' Frau, kam herüber, um ihn zu beruhigen und ihn zu bitten, hierzubleiben; aber er schob sie beiseite. Zu ihren Söhnen, seinen Neffen, sagte er: »Ihr könnt mit uns kommen oder bei Graugans und eurer Mutter bleiben. Wenn ihr aber dableibt, denkt immer daran, daß ihr die Menschen nicht kennt, denen ihr in der Steppe begegnen werdet. So, wie diese Fremden hier mich behandelt haben, werden jene Fremden vielleicht auch euch behandeln.«
Vaters Neffen gingen Fremden am liebsten aus dem Weg. Warum auch nicht? Diese beiden jungen Leute fürchteten sich schon vor ihren eigenen, schmerzvollen Spitznamen. Vetter Stock hatte einen verdorrten, nutzlosen rechten Arm, und wenn er mit der linken Hand warf, flog der Speer im Bogen, und Vetter Frosch hatte

ein breites Gesicht mit hervortretenden, gelb-braunen Augen; er glich einem Frosch so sehr, daß Timu andere Menschen immer zum Lachen bringen konnte, indem er ihm Fliegen anbot. Als Vater anfing, sein Bündel zu packen, taten seine Neffen dasselbe.

Schließlich kam Graugans selbst, um sich neben Vater hinzusetzen. Er war zuerst ganz heiter, ärgerte sich aber allmählich mehr und mehr, weil sich Vater beharrlich weigerte, auf ihn zu hören. »Wer mit diesen Fremden gehen will, mag gehen«, sagte Vater. »Aber keiner ist dazu gezwungen.«

Schließlich einigten sich Vater und Graugans, daß Graugans mit seinen Frauen, seinen Söhnen, seiner Tochter, den Neffen und ihren Familien den Fremden zu den Mammutjägern folgen sollte. Im Herbst würden sie wahrscheinlich den Rückweg zur Hütte am Forellenfluß antreten und so viel Elfenbein, wie sie tragen konnten, mitbringen. Vater und wir übrigen würden die Hütte aufsuchen, wo Vater geboren wurde – eine Hütte, die zwar vor langer Zeit aufgegeben worden war, aber im Winter konnte man dort gut jagen, was für uns alle eines Tages von Nutzen sein konnte. Wir würden dort hingehen, um zu lernen, wie man richtig jagt, und mit Graugans am Forellenfluß im nächsten Winter wieder zusammentreffen. »So sei es«, sagte Graugans. »Dann treffen wir uns also wieder, bevor der Schnee kommt.«

»Kommt jetzt, ihr alle«, sagte Vater. »Der Tag wird schon alt, und wir sind immer noch hier und reden.«

Was konnten wir tun? Mutter sagte später: »Der Rabe wartet auf den Tiger«, was soviel bedeutete wie: Der Jäger trifft die Entscheidungen. Der Entschluß war gefaßt, deshalb standen wir auf, und mit vielen Tränen für alle die Menschen, die wir zurückließen, folgten wir ihm.

Wir wanderten eine lange Strecke. Die Sonne brannte heißer, und die Stechmücken kamen. Mein Bündel wollte mich anscheinend unter sich begraben, und meine Füße schmerzten. Da der Boden rauh und steinig war, hatte sich Vater anscheinend gedacht, wir müßten höheren Grund aufsuchen, denn wir stiegen am Rand des Tales hinauf. Oben auf der Höhe drehte ich mich um und schaute hinunter auf unser altes Lager. Ich erkannte, ganz klein und sehr weit entfernt, Junco, Timu, Elho und Weißfuchs, die mir nachsahen. Als sie merkten, daß ich mich umdrehte, winkten sie mir zu!

Und so begann unser Sommer. Vaters alte Hütte, so erfuhr ich, befand sich am Kiefernfluß, etwa halb so weit nordöstlich vom Forellenfluß, wie das Lager am Feuerfluß südwestlich davon lag. Und wir kamen nicht sehr schnell voran, weil Mutter wegen ihrer schon weit fortgeschrittenen Schwangerschaft oft essen und ruhen mußte. Wir verbrachten jeden Tag einen guten Teil der Zeit mit der Suche nach Nahrungsmitteln, Blaubeeren, Himbeeren und Bärentrauben. Und jeden Abend hielten wir früh an, um Schlingen auszulegen. Mir wurde bald klar, daß wir den Kiefernfluß nicht vor Herbstbeginn erreichen würden.

Tante Yoi und meine Vettern mußten dasselbe erkannt haben. Eines Abends, nachdem wir das Lager aufgeschlagen hatten, teilten wir Vater unsere Gedanken mit. Er gab uns recht. Aber er hatte nie im Ernst geglaubt, daß Graugans bis zum nächsten Winter zum Forellenfluß zurückkehren könnte. Vater war der Ansicht, daß Graugans bei den Mammutjägern und wir in Vaters alter Hütte überwintern könnten. Da vermutete ich, daß er und Graugans nur so getan hatten, als ob sie sich im Winter wiedertreffen würden; ohne es uns zu sagen, hatten sie vielleicht daran gedacht, die beiden Gruppen eine Zeitlang zu trennen. Diese Vorstellung machte mich traurig, denn ich wußte, daß ich auf über ein Jahr niemand meines Alters finden würde, und mich mit niemandem außer mit Meri würde unterhalten können!

Eines Tages kamen wir zu einem Birkenwäldchen, wo Mutter uns anhalten ließ, um Birkenbast zu sammeln. Wir zogen den Bast von jeder Birke in dem Wäldchen ab

und kratzten dann die braune Innenschicht weg. Mutter verstaute den Bast in ihrem Bündel. Danach schien es, als kämen wir jeden Tag weniger weit voran. Eines Nachts bei unserem Feuer erinnerten sich der Stock und der Frosch, daß sie die Strecke zwischen dem Feuerfluß und dem Schwarzen Fluß in zehn Tagen zurückgelegt hatten. Es tat ihnen sicher leid, daß unsere Gruppe so langsam war.
Am Morgen des Tages, als wir auf den Nordhängen der Berge zwischen den Flüssen hinunterstiegen, setzten Mutters Wehen ein. Den ganzen Vormittag konnte sie kaum mit uns Schritt halten. Ich blieb bei ihr. Von Zeit zu Zeit stützte sie sich auf ihren Grabstock und blies sich die vom Zopf gelösten Haare aus den Augen. Sogar mit ihrem dicken Bauch wirkte sie klein auf mich, unter dem grauen Himmel, vor dem dunklen Hintergrund der Berge. Ihr Gesicht, das sonst immer glatt und freundlich war, ließ erkennen, daß sie starke Schmerzen hatte. Ich weiß noch, wie sie mir einmal erzählte, daß, als ich geboren wurde, ihr das Wasser in die Hosen lief und daß ihre Hosen hinterher steif wurden, so daß sie sie wegwerfen mußte. Im Laufe des Vormittags blieb sie stehen, um ihre Hosen auszuziehen und sie in ihr Bündel hineinzurollen. Dann ging sie mit nackten Beinen weiter. Plötzlich schoß ihr das Wasser an den Beinen herab. Um sie herum bildete sich eine Pfütze, und sie stand in einer Wolke schwachen Geruchs. Mutter und ich begannen, die feuchte Erde mit unseren Grabstökken aufzugraben, und trugen dann das feuchte Erdreich an eine Stelle, die weit von unserer Spur entfernt war. »Wir werden hier bleiben«, sagte Mutter.
Sie begann, nach einem Unterschlupf Ausschau zu halten und entschloß sich schließlich für eine Fichte mit tief herabhängenden Ästen, die ein so dickes Dach bildeten, daß nur schwerer Regen hindurchdringen würde. Wir sammelten Moos, auf das sie sich setzen konnte, wenn sie sich gegen den Baum lehnte, und holten den Birkenbast heraus, um das Blut damit aufzusaugen. Sie

holte ihre Feuerstöcke aus ihrem Bündel und bat mich, Feuer zu drehen. Ich fand Reisig und Zunder und begann zu drehen, aber ich hatte diese schwierige Aufgabe noch nicht richtig gelernt und brachte kein Feuer zustande. Schließlich verließ Mutter ihren Platz und kroch unter Schmerzen heran, um es für mich zu tun.

Dann kroch sie zurück und stemmte sich gegen den Baum; sie hatte ihre Parka über den Schultern und etwas Birkenbast zwischen den Beinen. »Setz dich. Sei still«, sagte sie, und ich gehorchte ihr.

Nach einer Weile wies sie mich an, wieder aufzustehen und Fichtennadeln und Erdreich, die inzwischen mehr von ihrem Geburtswasser aufgesogen hatten, mit frischem Erdreich zu bedecken. Ich tat es und setzte mich dann nieder, um erneut zu warten. Ich wagte nicht, Mutter zu beobachten, die mit dem Kopf auf den Armen dasaß, aber ich lauschte auf ihren schweren Atem; die Luft kam pfeifend aus ihrem Mund. Dann roch ich Blut. Ich blickte verstohlen hinüber und sah, daß ihr Birkenbast voller Blut war; sie nahm einen Stock, um den Bast von sich wegzuschieben. »Begrabe auch dies«, befahl sie mir. Während ich damit beschäftigt war, machte sie sich einen neuen Bausch.

Im Wald war es ganz still. Kein Vogel sang; nicht einmal der Wind rauschte in den Bäumen. Der Himmel war bedeckt – wir konnten die Sonne nicht sehen, aber wir wußten, daß der Tag jetzt zu Ende ging. Ich begann, mich zu fürchten. Erzeugten wir einen starken Geruch? Würden wir einen Bären anlocken? Einen Tiger? Ich bemühte mich, nicht darüber nachzudenken, aber als es dunkel wurde, hörte ich leise Schritte um uns herum, und ich versuchte ihre Hand zu ergreifen. »Laß mich in Frieden«, sagte sie mit schwacher, ärgerlicher Stimme und schob meine Hand beiseite.

Bald waren wir sicher, daß wir Schritte hörten, und Yoi erschien auf dem Pfad. Sie war doch noch zurückgekommen, um nach uns zu sehen. »Oh«, sagte sie. »Keiner dachte, es sei heute soweit. Wie ist es, Schwester?«

»Es fängt an«, sagte Mutter durch die Zähne.
»Die Männer haben bereits das Lager aufgeschlagen, weiter vorn. Kannst du zu ihnen gehen?«
Mutter schüttelte den Kopf. »Nein«, sagte sie. »Laß mich nur in Ruhe.«
Aber Yoi machte ein besorgtes Gesicht. »Yanan«, befahl sie mir, »lauf voraus und sag deinem Vater, er soll das Lager hierher verlegen.«
So mußte ich also ganz allein Vater suchen, als es in den Tälern schon dunkel war, zu einer Tageszeit, wenn die Tiere anfangen, auf Jagd zu gehen. Ich wußte, daß ich, wenn ich darüber nachgedacht hätte, zu verängstigt gewesen wäre, überhaupt wegzugehen; deshalb versuchte ich, gar nicht daran zu denken, sondern nahm einfach meinen Grabstock und fiel in einen Trab.
Der Pfad war nicht gut; er war nicht von Mammuten gemacht, sondern von Rentieren, die nicht gern hintereinander hergehen, sondern verschiedene Spuren anlegen. Yoi hatte sich nicht die Mühe gemacht, mir von einer Gabelung des Pfades zu erzählen. Hasen hatten die Strecke seither benutzt, deshalb hatte ich Schwierigkeiten, Yois Spuren zu finden, und als ich sie schließlich fand, war es fast zu dunkel, um überhaupt noch etwas zu sehen. Ich tastete mich weiter und suchte mit den Füßen nach dem harten Untergrund des Pfads oder den weichen Fichtennadeln am Wegrand; ich versuchte mich zu erinnern, wann der Mond aufgehen könnte, und sei es auch in den Wolken. Dann gewann meine Angst die Oberhand. Wie ein Funke im Zunder, wurde sie immer größer, bis sie lichterloh brannte. Ich hatte Angst um mich selbst, allein im finsteren Wald, und Angst um Mutter, die allein dasaß und nur Yoi und ein kleines Feuer bei sich hatte. Sie befand sich in Gefahr. Yoi, wie mir dann klar wurde, fürchtete sich auch vor dem Pfad und hatte mich weggeschickt, statt selbst zu gehen. Ich bin nur Yanan, dachte ich, allein im Wald, aber falls ein Tiger mich anfallen will, werde ich ihn so fest schlagen, wie ich nur kann. Ich ließ meinen Grab-

stock gegen die Bäume krachen, damit jeder Tiger wüßte, er würde schwer getroffen werden, falls er näher käme, und ich ging weiter und kam auf diese Weise in Vaters Lager an.

Ich fand Vater und seine Neffen auf den Beinen und nach uns Ausschau halten. »Wo sind die anderen?« fragten sie mich mit zorniger Stimme, als wäre es meine Schuld, daß ich allein kam. Als ich ihnen Bericht erstattete, begannen sie langsam, ihre Sachen zusammenzupacken. Vetter Frosch hatte gerade einen Streifen getrockneten Fisch auf das Feuer gelegt und wollte ihn braten. Der Wasserschlauch von Vetter Stock war leer. Er gab ihn mir, damit ich ihn an einem Bach wieder auffüllte, der, wie er sagte, in der Nähe sei. Meri war müde und weinte, als ich ihr sagte, sie solle sich fertigmachen, um noch einmal fortzugehen. Als ich versuchte, ihre Kleidung und ihren Zopf in Ordnung zu bringen, weinte sie noch lauter, bis Vaters Neffen mir sagten, ich solle sie in Ruhe lassen. Dann setzte ich mich neben das Feuer und hielt den Blick auf den Horizont gerichtet, während die Wut auf die Männer in mir brannte. Als der Fisch gebraten war, weigerte ich mich, ein Stück davon zu essen.

Vater und seine Neffen legten dann die meisten ihrer Bündel oben in die Bäume, und als der Mond aufging und wir aufbrachen, hatten sie nur leichtes Gepäck, Speere und Äxte bei sich. Meri und ich folgten ihnen, Meri mit einer aus Kiefernzapfen gemachten Puppe und ich mit den Wasserschläuchen, die jetzt schwer und kalt waren. Lange Zeit rutschten sie hin und her und schlugen mir gegen die Beine, während wir schweigend dahingingen. Meri bat mich weinend, sie zu tragen. »Du weinst?« flüsterte ich. »Willst du einen Tiger auf uns aufmerksam machen?«

Vater drehte sich um, hob sie auf und setzte sie sich auf die Schultern, von wo sie mit einem kindlichen Schmollen auf mich heruntersah. Früher hätte ich Vater vielleicht erklärt, daß sie mich nur verspotten wollte, oder hätte ihr ein böses Wort gesagt, aber in dieser Nacht hatte ich nicht das Herz dazu. Ich war zu hungrig und zu müde auf diesem dunklen Pfad, wo sogar Vater den Schritt verlangsamen mußte.

Der Mond stand schon hoch, der Wind blies durch die Bäume und die Äste machten ein kratzendes Geräusch. Wir hörten manchmal unsere eigenen Schritte und unser eigenes Atmen und mehrmals hörten wir Tiere – Rentiere, die mit den Vorderfüßen stampften. Ich roch die Fichtennadeln in der Nachtluft und einen leichten Aasgeruch – den getrockneten Fisch von Vetter Frosch. Dann roch ich Rauch – Mutters Feuer –, und kurz darauf gelangten wir zu ihrem Lager.

Vaters Neffen setzten sich beide an das kleine Feuer, das fast niedergebrannt war, aber Vater, Meri und ich krochen unter die überhängenden Äste zu Mutter und Yoi. Mutter saß zwischen Yois Beinen und lehnte sich gegen Yois Leib. Wir sahen, daß Mutters Augen geschlossen waren und sich ihr Gesicht vor Schmerzen verzerrte. Sie gab durch nichts zu erkennen, ob sie uns bemerkt hatte. Yoi sah Vater mit tränenverschwollenen Augen an. Sie hob Mutters Hemd hoch, um zu zeigen, daß ein winziger Fuß aus Mutters Leib herausragte.

Mutters Bauch schien plötzlich noch größer zu werden. Sie hielt den Atem an, den Rücken durchgebogen und den Kopf zur Seite gedreht, und das winzige Bein kam bis zum Knie heraus. Yoi rieb ihr den Bauch, bis Mutter sich zu entspannen schien; das Beinchen zog sich in einem Rinnsal von Blut zurück, und wiederum war nur der Fuß zu sehen.

»Der Kopf sollte zuerst kommen«, flüsterte Vater.

»Ja«, sagte Yoi.

»Warum richtest du es nicht ein?«

»Das kann ich nicht. Ich weiß nicht, wie man das macht.«

»Hast du so etwas schon mal gesehen?«

Yoi schüttelte den Kopf, und Vater ging rasch hinüber, um sich neben seine Neffen zu setzen. Sie unterhielten sich im Flüsterton. Wir blieben schweigend sitzen. Das einzige Geräusch kam von knackenden Ästen, als der Stock ein Dach errichtete. Sogar Meri war ruhig; sie blickte von Mutter zu Yoi und lutschte an ihrem Daumen. Als sich Mutter in einer neuen Wehe versteifte, streichelte ihr Yoi das Gesicht und legte den Arm um sie.

»Kommt es mit den Füßen zuerst?« wisperte Mutter.

»Ja«, erwiderte Yoi.

»Wir müssen es umdrehen«, sagte Mutter. »Ich werde mich hinlegen. Laßt es Yanan machen. Ihre Hände sind klein. Yoi, du hilfst ihr.« Und so legte Yoi Mutter sehr sanft flach auf den Rücken.

Ich holte eine Fackel und entzündete ein Feuer direkt unter den Fichtenästen. Die Flammen sprangen in die Höhe und versengten die Fichte, aber die Nadeln waren grün und brannten nicht. Im Lichtschein sah ich große Blutklumpen an Mutters Oberschenkeln; sie schwärzten den unter ihr liegenden Haufen von Moos und Bast. Immer noch tropfte Blut aus ihrem Leib, aber der kleine Fuß war verschwunden.

Mutter sagte: »Fahr mit deinen Händen hinein und versuche, es umzudrehen. Schieb seine Füße zu meinem Kopf hin. Schau, so.« Sie zeigte mir ihre hohle Hand. So kniete ich mich vor ihr nieder, machte die Augen zu und tat, wie sie gesagt hatte.

Das Kind war so weich, daß ich es zuerst mit meinen rauhen Fingern nicht fühlen konnte. Dann entdeckte ich etwas Kleines zwischen meinen Fingern und erkannte, daß es der winzige Fuß mit Zehen war. Plötzlich wurde meine Hand schrecklich gequetscht und gegen das Kind gedrückt, bis meine Finger gefühllos wurden. Der Druck schob das Kind langsam an meinem Handgelenk hinunter, bis der kleine Unterarm an meinem Daumen hängen blieb. Ich hielt den kleinen Körper fest und öffnete die Augen. Jetzt schauten neben meinem Arm zwei kleine Füße heraus.

»Hat es sich gedreht?« fragte Mutter.

»Nein«, sagte Yoi.
»Versuch es noch einmal, aber schnell«, sagte Mutter, »bevor die Schmerzen wiederkommen.«
Ich schob die Hand nun weiter vor, bis sie fast bis über mein Handgelenk verschwand, während Yoi gegen die Seite von Mutters Bauch drückte. »Dreh dich, Kleines«, rief sie leise dem Kind zu, als ob es sie im Inneren hören könnte.
»Kannst du das Gesicht fühlen?« fragte Mutter. »Kannst du den Kopf fühlen?«
Etwas Klumpiges glitt an meinen Fingern entlang. Das Gesicht? »Ja, ich kann das Gesicht fühlen«, sagte ich.
»Zieh langsam deine Hand heraus«, sagte Mutter. »Jetzt«, flüsterte sie, und ihre Muskeln zogen sich stark zusammen. Diesmal sahen wir den Oberteil des kleinen Kopfes, und mit den nächsten Wehen kam der Kopf heraus. Sogar in der Dunkelheit konnte ich sein verrunzeltes Gesichtchen sehen. Eules Kind hatte bei der Geburt nach unten geschaut, dieses aber schaute nach oben, in meine Richtung.
»Der Kopf ist draußen, Schwester«, flüsterte Yoi.
»Mit deiner Hand«, sagte Mutter, »dreh es an den Schultern herum.« Sie meinte mich, aber Yoi hatte die Sache wieder übernommen. Yoi verstand etwas von dieser Art der Geburt, und sie schickte mich weg, um mehr Bast zu holen.
Als ich aus dem Schatten der Fichte herauskroch, stellte ich fest, daß sich der Himmel grau verfärbte und die Morgendämmerung begann. Vater und der Frosch schliefen neben dem Feuer. Der Stock war wach. »Und?« fragte er mich.
»Das Kind kommt«, sagte ich. Vater wachte auf und rieb sich die Augen. »Wir brauchen Birkenbast.«
Vater zeigte auf einen Stapel frisch geschälten Basts, den ich Yoi brachte. Unter dem Baum sah ich zwischen Mutter und Yoi ein winziges, blasses Etwas, und als ich niederkniete, um es genauer anzuschauen, sah ich, daß es ein kleines Mädchen war; es lag regungslos da, und

aus der Mitte seines Bauches kam eine lange, gewundene Schnur. Unter Schmerzen bat Mutter Yoi, ihr beim Aufsitzen zu helfen. Sie streckte beide Hände aus. Yoi und ich zogen sie in Sitzhaltung. Sie hob das Kleine hoch und bewegte die winzigen Arme, dann legte sie ihr Gesicht auf das des Kindes und atmete in dessen Mund hinein. Plötzlich zitterte das Kind und stieß einen ganz schwachen Ton aus. Yoi zog ihr Messer heraus. »Noch nicht«, flüsterte Mutter. »Warte, bis das Herz die Schnur verläßt und im Körper ist.« Yoi wartete aufmerksam und schnitt dann. Blut sickerte aus den Enden. Mutter stützte sich auf einen Arm und hielt das Kind mit dem anderen, während Yoi kräftig auf Mutters Bauch drückte. Die Nachgeburt glitt heraus.
»Vergrab dies«, sagte Yoi zu mir. So vergrub ich die ganzen Geburtsreste. Vater und seine Neffen kamen dann vorsichtig zu uns, um einen Blick auf das Kind zu werfen. Wir brachten Mutter etwas Wasser zum Trinken. Aber sie schlief fest.

Den ganzen Tag über ruhten wir uns aus und unternahmen nur einen längeren Marsch mit den Wasserschläuchen zu einem Bach. Immer mehr Nebel senkte sich auf die Berge. Ein paar Tiere kamen spät am Tage an uns vorbei – Rentiere, die an den Abhängen herunterwanderten. Vater und seine Neffen griffen zu den Speeren und gingen ihnen nach, aber auf dem Waldboden lagen so viele Zweige und Zapfen, daß sie nicht leise vorankamen. Die Rentiere hörten sie.
Mutter lag mit dem Kind unter ihrer Felldecke. In Gedanken war ich bei dem Kind unter der Decke, aus der das Gesicht mit den geschlossenen Augen und die winzigen Fäuste herausschauten. Manchmal konnten wir hören, wie das Mädchen einen kleinen Laut von sich gab, saugte oder zu schreien anfing, aber die meiste Zeit schlief sie. Und ich hatte ihr geholfen! Sie muß froh gewesen sein, als sie endlich geboren wurde und damit das schreckliche Pressen aufhörte.

Kurz vor Einbruch der Dunkelheit fing es zu regnen an. Wir drängten uns unter die beiden vom Stock gebauten Dächer aus Fichtenästen und sahen zu, wie der Regen unsere Feuer löschte. Später während der Nacht bat mich Mutter, einen neuen Haufen blutdurchtränkter Bastfasern zu vergraben.

In einem Fichtenwald kann man nur schwer etwas zu essen finden, obwohl wir alle danach Ausschau hielten. Wir fanden Pilze und einige graue Erbsen auf einer Lichtung, aber sonst nichts. Die Männer legten Schlingen aus und fingen ein Eichhörnchen, das Büschel an den Ohren hatte. Wir aßen es sofort auf. Danach vergrub Mutter selbst viele Klumpen des Bastes.

Am dritten Tag nach der Geburt wurde Mutter von Vater gefragt, wann sie bereit sei, die Wanderung fortzusetzen. Sie wollte sich bald auf den Weg machen. Sie konnte den Wald nicht leiden, weil es nichts zu essen gab. »Der Hunger macht mich krank«, sagte sie. So teilten wir ihr Bündel unter uns auf, überließen ihr nur das Kind, das sie in einer Schlinge innerhalb ihres Hemdes trug, und machten uns wieder auf den Weg.

Den ganzen Tag gingen wir bergab, auf die Sümpfe am Oberlauf des Schwarzen Flusses zu. Die Rentierpfade nützten uns jetzt nichts mehr, da wir die Richtung zu den Ostseiten der Sümpfe einschlugen, ungefähr ein Tagesmarsch. Das Gehen war schwierig, weil die Berge felsig und steil waren und man keinen festen Halt hatte. Am Nachmittag ging Mutter hinter Yoi und dann hinter Meri. Als sie hinter mir war, ging ich langsamer, um Schritt mit ihr zu halten.

Als ich ihr anbot, das Kind zu tragen, dachte ich, Mutter würde sich weigern, aber sie reichte mir den weichen, kleinen Körper, damit ich ihn mir ins Hemd schieben konnte. Ich war stolz und kam mir sehr wichtig vor. Niemand, der uns ansah, hätte gemerkt, daß wir zwei waren; er hätte nur mich gesehen. Doch ich konnte das Kind in meinem Hemd spüren; wenn es sich bewegte, kitzelte es mich leicht.

Kurz vor dem Ende des Abhangs löste Mutter ihren Gürtel und zog ihre Hose aus. Wir waren beide entsetzt, als wir sahen, daß sie naß war vor Blut und der Bausch aus Birkenbast mit Blut getränkt. Sie vergrub den Bausch neben dem Pfad. Dann machte sie einen frischen Bausch von anderem Bast, zog sich wieder an und wir gingen langsam weiter.
Aber bald sah ich, daß Blut an ihren Beinen herablief und in ihren Fußabdrücken zu sehen war. »Mutter«, sagte ich, »schau auf den Boden.« Sie blickte hinunter, und als sie es sah, fing sie zu weinen an. Ich hatte sie vorher noch nie weinen sehen.
»Was ist los mit mir?« flüsterte sie.
»Wir müssen uns beeilen«, bettelte ich, ergriff ihre Hand und versuchte, sie auf dem Pfad weiterzuziehen. »Die anderen werden dir helfen.« Sie versuchte zu folgen, aber bald mußte sie sich an meine Schulter lehnen. Ich legte ihr den Arm um den Leib und wir gingen Seite an Seite mühsam den schmalen Pfad entlang.
In meinem Hemd begann das Kind zu schreien. »Wir müssen stehenbleiben. Gib es mir«, sagte Mutter. Sie hockte sich auf die Fersen, öffnete ihr Hemd und gab dem Kind die Brust; es spürte, wie die Brustwarze seine Wange berührte und tastete mit dem Mund danach. Als es die Brustwarze fand, saugte es kräftig, begann aber gleich wieder zu weinen. »Wir werden uns ausruhen«, sagte Mutter. »Wenn ich still sitze, wird meine Milch kommen.« Sie wartete einen Augenblick, als ob sie Kräfte sammeln wollte und setzte dann hinzu: »Meri ist Weißfuchs versprochen. Das solltest du wissen.« Sie berührte ihr Halsband. »Seine Eltern haben mir dies geschenkt.«
Dann brach Mutter plötzlich zusammen. Einen Augenblick lang blieb sie noch sitzen, aber im nächsten lag sie schon eingefallen wie eine Rentierhaut auf dem Boden, und das arme Kind fiel schreiend neben sie. Auch ich schrie. »Mutter! Mutter!« Aber sie lag still da, mit offenem Mund und geschlossenen Augen. Einige Fliegen

ließen sich auf ihr nieder. Auf dem Boden, wo sie lag, bildete sich eine große Blutlache.
Ich wußte nicht, was ich tun sollte, und mir fiel auch nichts ein. Ich stand still da. Dann dachte ich, sie muß etwas Wasser trinken; ich nahm den Wasserschlauch aus meinem Bündel und machte mich auf den Weg, um nach einem Bach zu suchen. Aber das Schreien des Säuglings ließ mich anhalten, und ich lief zurück. Die Kleine lag nackt auf dem Boden; sie hatte die winzigen Hände zu Fäusten geballt, ihre Füße strampelten und das Gesicht war vom Schreien ganz verrunzelt. Ich hob sie hoch und schob sie in mein Hemd. Sie hielt den Atem an, und plötzlich war es still um mich herum – ich hörte das Summen der Fliegen. Dann schrie sie wieder, diesmal gedämpft durch mein Hemd. Ich muß rennen, dachte ich, um Vater zu holen. Ich drückte die Kleine an mich und rannte, so schnell ich konnte, den Abhang hinunter, und als mir die Äste ins Gesicht schlugen, spürte ich es gar nicht. Aber plötzlich dachte ich an Mutter, die jetzt ganz allein war, keinen Schutz hatte und beim Aufwachen niemanden bei sich fand, nicht einmal das Kind, und ich drehte mich um und rannte zurück.
Ich fand Mutter, wie sie gerade versuchte, sich aufzusetzen, und ich nahm ihre Hände, um ihr zu helfen, aber sie legte sich zurück, ohne ein Wort zu sagen. Als sie ihre Lippen mit der Zunge befeuchten wollte, konnte ich sehen, daß ihre Zunge fast weiß war. Schließlich flüsterte sie: »Bleib bei mir.«
Und ich sagte: »Ja, ich bleibe.«
Als Vater und Tante Yoi schließlich zurückkamen, um nach uns zu suchen, waren die Schatten, die das Schilf warf, schon lang. Mutter lag regungslos in einem Fleck schwachen Sonnenlichts, während Fliegen auf ihren Mundwinkeln und Augenlidern herumkrochen. Auf dem Boden versickerte ihr Blut, und es roch stark und faulig. Das Kind war erschöpft und schrie nicht mehr. Ich fragte mich, warum es Vater und Yoi nicht schneller

geschafft hatten, zurückzukommen, aber ich fühlte mich wie erschlagen, wie tot; ich fand keine Worte, um sie danach zu fragen. Vater stand da und starrte uns an. Yoi ergriff Mutters Hand und rieb sie, dabei rief sie Mutters Namen: »Kiebitz! Kiebitz! Schwester! Schwester!« Aber Mutters Geist hatte ihren Körper schon fast verlassen und war auf dem Weg zur Heimat der Sonne im Westen, und nur, als das Kind wieder zu schreien begann, schaute sich ihr Geist einen Augenblick um, und ihre Augenlider rührten sich.

Plötzlich traf mich ein Schlag am Kopf, und dann noch zwei. Ich riß die Arme hoch, um mich zu schützen. Es war Yoi, die mich schlug. »Du nutzloses Mädchen!« schrie sie. »Warum hast du uns nicht geholt? Du faules, wertloses, rücksichtsloses Tier, du bist die Nahrung nicht wert, die du ißt!«

Vater packte sie am Arm. »Hör auf!« sagte er. »Sie hat recht getan. Jetzt ist nicht die Zeit für Streitereien.«

Ich aber konnte nichts sagen. Ich konnte nicht einmal weinen. Ich wünschte, ich hätte getan, was Yoi sagte.

Vater gab sein Bündel Yoi, hob Mutter auf seinen Rükken und wir folgten ihm auf dem Pfad. Das Kind fing leise zu greinen an; es hörte nicht auf, bis Yoi sich zu mir umdrehte und zornig ihre Hände ausstreckte. Ich gab ihr das Kind, und sie gab mir Vaters Bündel, mit dem ich nur sehr langsam gehen konnte, so daß ich die kleinen Hütten, die Vaters Neffen in der Zwischenzeit errichtet hatten, erst erreichte, als Mutter bereits tot war. Die anderen hatten ihr schon die Kleider glattgestrichen und Arme und Beine fest an den Körper gebunden. Wie ein Bündel lag sie steif, mit halb offenen Augen, am Rande des Lagers.

Meri kam zu mir gerannt. »Wo ist Mutter?« fragte sie.

»Dort ist sie«, zeigte ich mit der Hand. »Sie ist tot.«

»Das ist sie nicht«, sagte Meri. »Das ist Tante Teal.«

Und ich bemerkte, daß Mutter jetzt wirklich ein wenig wie Teal aussah – ihre Wangen waren steif, und die Augen lagen tief in den Höhlen, wodurch ihr Gesicht eckig wirkte wie das von Teal, nicht glatt und rund, wie das von Mutter immer war. Mir schien, daß sich ihr Geist nicht mehr in der Nähe des Lagers aufhielt, obwohl man sagt, daß der Geist einer Frau, die bei der Geburt ihres Kindes stirbt, auf das Neugeborene wartet. Tante Yoi hatte ein Stück Rentierhaut in Wasser getaucht und ließ das Kind daran saugen. Als ich ins Lager kam, schluchzte sie und streckte die Arme aus. »Wer wird mir helfen? Ich habe keine Mutter, keinen Vater, keine Schwester mehr, ich habe jetzt niemanden mehr«, rief sie. Ich starrte sie an. Auch Meri streckte mir die Arme entgegen. Als ich sie hochhob, klammerte sie sich an mich.

Ich hörte jemanden hacken, und bei einem Blick durch das Gebüsch sah ich Vater und seine Neffen mit Grabstöcken auf dem Boden hocken und ein Grab machen. Sie arbeiteten noch lange, nachdem der Mond aufgegangen war, und hörten nur auf, um die Reste des Fisches und einen Teil der großen Wurzel, die Tante Yoi gefunden hatte, aufzuessen. Dann gruben sie weiter. Als ihre Stöcke auf die tiefe Erde trafen, die nie auftaut, wurden die Schläge klar und scharf, und wir wußten durch das Geräusch, daß sie ihre Arbeit fast beendet hatten. Ich füllte einen Wasserschlauch und trug ihn zu Mutter; im Mondschein wuschen Yoi und ich ihr das Gesicht und kämmten ihr die Haare. Auf ihren Zopf banden wir ihre Elfenbeinnadel. Dann trug Vater sie weinend zu ihrem Grab und legte sie hinein.

Als er dies tat, riefen Yoi und Vaters Neffen: »Halt! Das ist falsch!« Vater wandte ihnen sein tränenüberströmtes Gesicht zu. Sie zeigten in verschiedene Richtungen. »Sie muß dorthin schauen«, sagten sie gleichzeitig.

Langsam schaute Vater auf den Mond und die Berghänge. Dann sagte er bedächtig: »Ich habe sie richtig gelegt. Sie wurde am Frauensee geboren.«

»Sie wurde am Feuerfluß geboren!« sagte Yoi.

»Warst du dort?« fragte Vater wütend. Da sie jünger war als Mutter, war Yoi natürlich nicht dort gewesen. Sie

starrte Vater an, sagte aber nichts. Vater wandte sich an seine Neffen. »Wart ihr dort?« wiederholte er.
»Nein«, gab der Stock zu.
»Seht ihr?« sagte Vater. »Sie hatte einen Winternamen nach einem Tier, um den Großen Bären zu ehren. Deshalb wurde sie in einer Hütte geboren, nicht auf den Sommergründen am Feuerfluß. Ihr Vater lebte in einer Hütte am Frauensee. Ja?« Er sah Yoi verärgert an; sie zuckte mit den Achseln. Dann drehte sich Vater wieder zu dem Grab um und blickte schweigend eine lange Zeit auf Mutter hinab, bevor er ihre Parka auf sie hinabfallen ließ.
Obwohl wir zu spät erkannten, daß wir nicht genau wußten, wo sie geboren war und ob sie jetzt in die richtige Richtung schaute, warfen wir den Rest ihrer Sachen in das Grab: die Schnüre ihres Bündels, ihren Gürtel, ihren Kratzer, ihr Knäuel aus Rentierschnüren, ihre Ahle, ihre Knochennadel, ihr Bisonhorn voller Zunder, ihr scharfes Feuersteinmesser und ihr Halsband aus Geweihstücken mit Anhängern, das Verlobungsgeschenk für Meri.
Dann streute Vater weinend etwas Erde auf sein Haupt, zog sein eigenes Messer heraus und schnitt sich auf der Brust in die Haut. »Sieh, wie ich um dich trauere, Kiebitz«, sagte er. Er hielt Yoi seinen Arm hin und sagte: »Gib mir das Kind.« Yoi nahm das Kind aus ihrem Hemd und reichte es ihm.
Der Stock und der Frosch wandten ihre Gesichter ab, während Vater das Kind vorsichtig neben Mutter niederlegte. Vater nahm Mutters Rentierfell und war im Begriff, es über beide auszubreiten, als ich plötzlich nach der Kleinen griff und sie rasch in mein Hemd steckte. »Ich werde sie füttern, Vater«, sagte ich. »Ich möchte sie nehmen.«
Er sah mich lange an. Neue Tränen rannen ihm über das Gesicht. Dann wandte er sich wieder dem Grab zu, um Mutter mit dem Fell zuzudecken. Danach schob er langsam die Erde hinein. Die Vettern warteten nicht ab,

sondern gingen weg, um Steine zu sammeln, die auf das Grab gelegt werden sollten. Sie baten mich, ihnen zu helfen, aber ich konnte nicht.
Ich stand da, den Geruch frischer Erde in der Nase, und hörte zu, wie diese Erde langsam auf das Rentierfell fiel. Im Inneren meines Hemdes weinte das kleine Kind unaufhörlich. Niemand sprach von dem Säugling, und als das Grab aufgefüllt und mit Steinen bedeckt war, kehrten wir zu unserem Feuer zurück.
Der Mond senkte sich herab. Er ging riesengroß und rot über den Bergen unter, wo wir gewesen waren, als dies alles begann, als das Kind geboren wurde. In dem schwachen Licht entdeckte ich ein Wurzelstück, das mein Anteil an unserem Essen war. Ich biß etwas ab und kaute darauf herum. Als es ein Brei geworden war, legte ich etwas davon auf meinen Finger und schmierte es dem Kind auf den Mund. Es saugte eifrig an meinem Finger, als es meine Berührung fühlte, verzog aber dann das Gesicht langsam und begann wieder zu weinen. Yoi öffnete ihr Hemd und legte sich das Kind an die Brust. Die Kleine saugte eine Weile und schlief plötzlich ein. Ich ging zu Vater, der neben dem Feuer saß, lehnte mich an seine Schulter und fiel in tiefen Schlaf, als ob auch ich tot wäre.
Vor Tagesanbruch weckte mich das Weinen des Kindes auf. Yoi hielt die Kleine nachlässig, beinahe zornig, und als ich meine Hände ausstreckte, ließ Yoi sie in meine Arme fallen. Ich versuchte, den zerkauten Wurzelbrei in ihren Mund zu schieben, aber sie schluckte ihn nicht herunter. Statt dessen begann sie wieder zu greinen.
»Sie sollte bei Kiebitz sein«, sagte Vetter Stock. »Ohne Milch kann sie nicht überleben.«
»Yoi hat sie gestillt!« sagte Meri.
Als wir aufbrachen, wollte Yoi die Kleine wieder tragen.
»Hat keinen Sinn. Ich werde dein Bündel nicht tragen«, sagte ich.
Yoi nahm ihre Brust heraus. »Du hast sie ihrer Mutter weggenommen, aber du kannst sie nicht beruhigen«,

sagte sie. Wir sahen uns wütend an, wichen dann rasch zurück, als hätten wir etwas Gefährliches gesehen.

Yoi hatte recht: Das Kind schrie weniger, wenn es saugen konnte. Yois Brüste waren zwar hoch wie die eines Mädchens, aber voll ausgewachsen, auch wenn sie keine Milch hatten. Meine Brüste fingen gerade erst an, sich zu entwickeln. Yoi band sich die Schlinge der Kleinen unter das Hemd, und wir gingen den ganzen Tag weiter, ohne anzuhalten oder zu sprechen, entfernten uns dabei immer weiter von Mutters Grab.

Wenn die Kleine still war, dachte ich an Mutter, die uns nicht folgen konnte, sondern ganz allein unter der Erde lag. Sie würde auch im Herbst noch dort sein, wenn die Birken ihre Blätter auf das Grab fallen ließen. Auch im Winter noch, im Frühling und auch noch im nächsten Jahr. Wie weit wir auch gingen, sie würde nie bei uns sein oder unsere wärmenden Feuer spüren oder die gute Sonne sehen. Auch ihre Mutter war irgendwo begraben – dieser Gedanke war mir vorher nie gekommen. Allein in einem Wald, nicht einmal neben einem Pfad? Ich wußte es nicht.

Wenn die Kleine weinte, weinte ich auch. Gegen Ende des Tages hielten wir an, um Nahrung zu sammeln und zu essen, und wir versuchten wieder, sie zu füttern. Wir versuchten es alle, aber Yois Brüste waren immer noch leer, und den Brei wollte das Kind nicht. Bei Sonnenuntergang hörte es auf zu weinen. Ich glaubte, Yoi habe jetzt endlich Milch.

Wir gingen den ganzen nächsten Tag und schlugen bei Nacht am Ostrand der Sümpfe, auf einer kleinen, bewaldeten Insel, ein Lager auf. Unser Lagerplatz war dick mit Kiefernnadeln bedeckt; es roch nach Sommer und duftete herrlich. Wir errichteten keine Hütten, sondern rollten uns neben dem Feuer einfach in unsere Felldekken.

Gegen Morgen sagte Yoi: »Sie ist kalt«, und hielt die Kleine hoch, damit wir sie sehen konnten. Das Kind war tot.

Yoi legte das kleine Mädchen neben dem Feuer auf den Boden, nackt, regungslos, nachdem der Geist es verlassen hatte, so wie Mutters Geist inzwischen ohne ihr Kind gegangen war. Wir hatten nichts außer der Schlinge, um es zuzudecken. Und als wir in der Morgendämmerung sein Grab aushoben, konnten wir ihm nichts beigeben, außer diesem kleinen Lederstreifen. Sonst gehörte ihm nichts.

In der Grube wirkte der kleine, nackte Körper so zart und bleich, daß ich zuerst dachte, wir würden es nicht über uns bringen, Erde darauf zu werfen, aber schließlich warf Vater die erste Handvoll. Nachdem auch die Steine verteilt waren, streute sich Vater Erde aufs Haupt. »Ich trauere auf diese Weise um dich, mein Kind«, sagte er zu dem winzigen Geist der Kleinen, der verwundert in der Luft hing. »Es tut uns leid, daß du allein bist – wir wollten dir nicht weh tun. Sprich gut für uns, wenn du die Lagerstätten der Toten findest.«

Nach Sonnenaufgang packten wir unsere Sachen und machten uns wieder auf den Weg.

4

Wir wanderten nach Osten und überquerten den Forellenfluß an dem Tag, als wir südlich von Graugans' leerer Hütte vorbeikamen. Wir gingen am Geweihfluß entlang die Westhänge der Berge hinauf, dann am Marderfluß die Osthänge hinunter, bis wir das Rauschen der Stromschnellen hörten, wo der Marderfluß und der Gletscherfluß zusammenfließen. Auf der anderen Seite dieser Stelle, wo Wasser in die Luft spritzt und Regenbogen hängen, lag die Mündung des Kiefernflusses, Vaters Heim während seiner Kindheit.

Es dauerte lange, mehr Tage, als ich zählen konnte. Als Mutter starb, nahm der Mond der Mammute ab, und als wir den Marderfluß erreichten, war der Mond der gelben Blätter schon fast vergangen. Jede Nacht legten wir Schlingen aus und jeden Tag hielten wir an, um Nahrung zu sammeln und zu essen, wenn wir etwas Eßbares fanden. Trotzdem kamen wir jeden Tag gut voran. Vater wollte seine alte Hütte noch vor dem ersten Schnee erreichen.

Ich mochte den Pfad nicht. Je weiter wir uns von Mutters Grab entfernten, desto mehr vermißte ich sie. Eines Tages war die Luft mit großen weißen Flocken, die wie Federn aussahen, angefüllt. Meri hob das Gesicht und streckte die Zunge nach einer Schneeflocke aus, aber ich wartete darauf, daß jemand sagte: »Die Gänse ziehen« oder »Gänsedaunen«. Dann fiel mir ein, daß Mutter dies einmal gesagt hatte, als sie im Herbst große Schneeflocken sah. Je mehr ich Mutter vermißte, desto weniger wollte ich den ganzen Winter hindurch mit Meri und Yoi in einer Hütte eingesperrt sein. Am wenigsten gefiel mir, daß Vater und Yoi seit Mutters To-

destag zusammen schliefen. Mir fiel sogar auf, daß sie ein- oder zweimal mitten in der Nacht ihre Trauer vergaßen und diese leisen Töne und Veränderungen beim Atmen hören ließen, die wir übrigen eigentlich ignorieren sollten. Jede Nacht, wenn wir lagerten, saß ich allein da, bis Yoi anfing, mich Ei zu nennen, der Ausdruck für einen stummen Menschen, der etwas verbirgt, was innen immer größer wird.
Eines Tages kamen wir am Ufer des Marderflusses zu einer sehr alten Hütte. Das Dach über dem Windfang war eingefallen, und der Rauchabzug war mit alten Kiefernnadeln und Blättern verstopft. Wir krochen über den Dung von Hasen und Vielfraßen, die sich früher einmal dort versteckt hatten, und fanden einen verschmutzten und sehr trüben Innenraum vor. Aber die Wände standen noch an ihrem Platz, und die ineinander verschränkten Geweihe, die das Dach stützten, hatten kaum nachgegeben. Die Hütte war gut gebaut, und ich fragte Vater, wem sie gehöre. Sein Vater habe beim Bau mitgeholfen, sagte er. Es sei die zweite Hütte der Leute vom Kiefernfluß, wo er selbst gelebt habe, als er ein Kind war. Als ich fragte, wo die Besitzer der Hütte jetzt seien, wies Vater nach oben, nach Westen. Sie seien Geister, meinte er. Es gebe keine Besitzer. Als ich fragte, warum wir nicht hier blieben, sagte er, daß seit urdenklichen Zeiten eine große Rentierherde den Winter im Tal der Kiefern verbringe, wo seine Leute ihre Haupthütte gebaut hatten. Wir wollten uns in der Nähe dieser Rentiere halten.
Wir gelangten zum Kiefernfluß gegen Mittag des nächsten Tages und fanden die Hütte halb verfallen vor. Die Hütte war größer als die am Marderfluß, die Dachspannung daher schwächer, und so war das Dach eingestürzt. Wir schlugen ein Lager auf und begannen, es zu richten.
Das Tal war sonnig und geschützt. In seiner Mitte sprudelte der Kiefernfluß über Gestein und Wasserkresse. Hier waren die Bäume höher als die Bäume, die ich

kannte – viele waren um einiges größer als ein Mann –, und sie standen enger beieinander als die Bäume beim Forellenfluß. Wir würden Feuerholz und Schutz vor den Winterstürmen haben. Aber das Schönste am Kiefernfluß war etwas, was ich noch nie zuvor gesehen hatte: die leuchtende, weiße Zunge eines Gletschers, der aus einer Spalte in den Bergen jenseits des Flusses hervorkam.
Ich ertappte mich, daß ich immer nur auf den Gletscher schaute: während wir Holz und Riedgraswurzeln sammelten, leuchtete er weiß wie ein See im Winter, und wenn wir abends Feuer machten, wurde er in der untergehenden Sonne rosa und dann rot. Und nach Einbruch der Dunkelheit, aber bevor der Mond aufging, machte der Gletscher den Nachthimmel heller, genau wie gefallener Schnee.
Kurz nach unserer Ankunft am Kiefernfluß sagte mein Vater, daß sich der Gletscher bewegt habe. Als er ein junger Mann war, sagte er, habe der Gletscher noch weiter hinten in den Bergen gelegen. Jetzt komme der Gletscher aus den Bergen heraus, und an seiner Zunge neigten sich Bäume nach vorn, als ob der Gletscher sie stieße. Yoi und Vaters Neffen glaubten ihm nicht. Wie wäre es, fragten sie, wenn das Land flach wäre und der Gletscher nicht bergab gehen könne? Und ein Gletscher sei natürlich nicht lebendig, deshalb könne er auch nicht kriechen. Er sei aus Eis, sagten sie, das sich von selbst nicht bewegen könne, und er sei außerdem wie ein Berg, der sich erst recht nicht bewegen könne. Das konnte natürlich niemand bestreiten. Während des Winters, den wir am Kiefernfluß zubrachten, wurden die schrägstehenden Bäume trotzdem umgestoßen. Vielleicht tat der Gletscher dies bei Nacht, wenn wir nicht sehen konnten, daß er sich bewegte. Oder vielleicht kriechen auch die Berge weiter, und es fällt nur niemandem auf.
Beim nächsten Vollmond, dem Rentiermond, gab es vereinzelte Herden von Rentieren, Rothirschen, Pferden

und Bisons in dem Kieferntal und unsere Hütte war so weit wieder befestigt, daß der Wind nicht hereindringen konnte. Dann blies der Wind die letzten gelben Blätter von den Birken, und die Bäume standen im Wald wie nackte Menschen, dünn und blaß. Ich erinnerte mich an ein Rätsel, das mir Mutter einmal aufgegeben hatte: »Wer ist das Mädchen mit Zweigen im Haar? Im Sommer trägt sie Kleider, im Winter ist sie nackt.«

Am Abend des zweiten Schneefalls sprachen der Stock und der Frosch ein Gebet für unsere Sicherheit, während winzige Flocken durch das Rauchloch hereinkamen und der Wind heulte. »Gib uns Leben«, beteten sie. »Gib uns Nahrung im Winter, Ohun. Gib uns Kinder.«

»Hona«, antworteten wir und verbrannten Fett.

Wir richteten uns auf das Leben im Winter ein. In unserer kleinen Gruppe unterschied es sich von dem Leben, wie es in Graugans' großer Gruppe abgelaufen war. Yoi sagte, das Leben sei deshalb so schwer für uns, weil wir so wenige seien. Der Mensch brauche nur ein einziges Feuer, sagte sie, aber wenn viele Menschen da sind, kann das Holz für dieses Feuer schnell gesammelt werden. Sie und ich, mit etwas Hilfe von Meri, verbrachten jeden Tag zum großen Teil nur damit, genügend Holz zu beschaffen, damit wir nicht erfroren. Zunächst brachen wir die trockenen, toten Äste von den Nadelbäumen neben der Hütte ab, aber später mußten wir uns immer weiter von der Hütte entfernen. Hier hatte seit langer Zeit niemand Feuerholz gesammelt, deshalb war es nicht so knapp wie am Forellenfluß, und wir brauchten nicht soviel zu hacken; gewöhnlich fanden wir genug lose Stücke.

Auch der Stock und der Frosch beklagten sich, weil wir so wenige waren. Das Jagen sei so sehr schwierig, sagten sie zu Vater. »Ihr hättet mit Graugans zu den Mammutjägern gehen sollen«, entgegnete ihnen Vater. »Wir sind jetzt genauso viele wie an dem Tag, als wir den Feuerfluß verließen. Daran hat sich nichts geändert.« Er meinte natürlich dieselbe Anzahl Jäger, also Männer.

»Yoi soll uns helfen«, bat Vetter Stock. So gingen also die vier Erwachsenen fast jeden Tag auf Jagd. Ich dachte, daß Yoi zu langsam und zu unaufmerksam sein würde. Dies erwies sich als richtig. Nach den ersten Jagdausflügen ließen die Männer sie wieder zurück. Dann suchten sie und ich nach Kiefernzapfen, Winterbeeren, Hirschbeeren und sogar Hickorynüssen, um wenigstens zu wissen, wo wir sie finden konnten, falls es sonst nichts anderes zu essen gab. Und wir legten Schlingen für kleinere Tiere aus.
Tatsächlich brachten Yoi und ich mehr Nahrung zurück als die Männer. In unseren Schlingen hatte sich oft etwas gefangen, ein Hase oder ein Auerhuhn oder ein Schneehuhn. Und fast jeden Tag sammelten wir so viel, daß wir wenigstens den größten Hunger stillen konnten. Aber den drei Männern gelang es nicht, irgendein Tier zu erlegen, bis der Sturmmond eine Sichel bildete. Ihre Beute war eine Rentierkuh. Als der Frosch Yoi und mich holte, damit wir beim Tragen des Fleisches halfen, war Yoi so glücklich, daß sie ein Lied sang. Wir brieten das Fleisch und aßen bis weit in die Nacht hinein, und dann wieder am nächsten Tag und am Abend, so daß eine Menge von dem Fleisch schnell aufgegessen war und uns nicht viel zum Aufheben blieb.
Am Ende des Sturmmonds machte sich Vater auf den Weg zum Forellenfluß; er nahm Speer, Axt und seine Feuerstöcke mit, die er in sein Rentierfell eingerollt hatte. Da er auf niemand langsameren zu warten brauchte, kam er schon nach acht Tagen zurück und brachte aus der Hütte mehrere Grünsteine mit, aus denen Speerspitzen gemacht wurden. Es sei niemand dort, erzählte er uns. Die Hütte sei noch leer. Wir waren froh, daß wir zum Kiefernfluß gegangen waren.
Zu Beginn des Hüttenmonds wurde das Wetter ein paar Tage hindurch warm. Danach kehrte der trockene, kalte Wind zurück, und der nasse Schnee gefror auf dem Boden, wie Eis auf einem See. Wir konnten kaum gehen, ohne hinzufallen. Danach zogen viele der Huftiere aus

dem Tal fort. Da jeder Grashalm fest eingefroren war, hatten die Tiere keine Hoffnung, irgendwo weiden zu können, und auch die Bäume hatten sie schon ziemlich weit hinauf abgefressen. Nur einige Rentiere blieben da und fraßen Baumrinden, was sie immer tun, wenn es keine andere Nahrung mehr gibt. Mit unseren Schlingen fingen wir nichts. Wir bekamen Angst und wandten uns eines Abends demütig an den Großen Bären.

Du im nördlichen Licht,
Wir rufen dich,
Hör unser Rufen!
Hör uns im Wind, Hona!
Wir rufen den Bären!
Wir rufen des Bären Haupt, Hona!
Wir rufen des Bären Zähne!
Wir rufen des Bären Buckel, Hona!
Wir rufen des Bären Beine!
Wir rufen des Bären Tatzen, Hona!
Hona! Wiri! Hona! Wiri!
Tatzen, wendet euch uns zu,
Bringt uns Nahrung,
Gebt uns Fleisch,
Schickt uns Tiere!
Hona! Wiri! Hona! Wiri!
Hilf uns im Winter.

So beteten wir und verbrannten eine Hickorynuß (unsere einzige Nahrung), damit der Rauch unser Gebet zum Großen Bären trug. Manchmal hörten wir nachts die Wölfe heulen. Sie riefen alle zusammen und ließen ihre Stimmen steigen und fallen, als ob auch sie beteten. Aber trotz unserer Gebete kam der Hunger zu uns wie fast jeden Winter zu dieser Zeit; deshalb heißt der Mond, der als nächster erscheint, der Mond des Hungers. Wir hatten sehr geringe Hoffnung, die Rentiere mit ihren breiten, behaarten Hufen, die am Eis kleben, zu erlegen, aber wir hörten sie in kleinen Gruppen außerhalb unserer Hütte vorbeiziehen. Etwas an ihren Hufen ruft ein lautes Ticken hervor. Das Geräusch verhöhnte uns. Und nachts kamen die Wölfe, um unseren gefrorenen Kot außerhalb der Hütte zu fressen. Wir aßen nichts.

Meri begann, nach Mutter zu schreien, bis ich sie am liebsten erstickt hätte. Eines Abends, als die Sonne unterging, blickte Tante Yoi auf die rotglühende Sonne am Horizont und sagte: »In den Lagerstätten der Toten essen sie die Sonne. In jeder Nacht des Jahres haben sie Überfluß. Sie brauchen nicht den ganzen Tag in der Kälte herumzuwandern und auf die Suche zu gehen, ohne etwas zu finden – ihre Nahrung kommt zu ihnen. Wegen dieses Winters werden wir alle dorthin gehen. Ich wünschte, ich wäre schon jetzt dort.«

»Beneide sie noch nicht«, sagte Vater. »Jeder Winter hat eine schwere Zeit in sich. Bald wird diese Zeit vorbei sein. Früh genug werden wir alle hingehen und die Sonne essen. Strebe nicht nach dem Tod.«

Er trieb uns bis zur Erschöpfung an und ließ uns den ganzen Tag in der Kälte ohne Nahrung herumziehen. Wir folgten den winzigen Spuren der Mäuse unter dem Gebüsch und suchten die Samenkörner, die von den Mäusen in ihren Löchern gesammelt werden. Wir suchten den Himmel nach Raben ab, da sie uns vielleicht einen Kadaver anzeigten, den wir mitnehmen konnten. In weiter Ferne fand Vater eines Tages einige gebrochene Knochen und Teile eines zerfetzten, gefrorenen Rothirschfelles, die Reste der Beute eines Tigers. Dankbar aßen wir sie auf.

Der Mond der Schreie kam und ging, und das trockene eisige Wetter hielt an. Der Mond der abgeworfenen Geweihe folgte. Als er voll war, erlegten Vater und seine Neffen ein zweites Rentier, ein kleines. Wir aßen es auf, als der Mond abnahm. In dieser Zeit fanden Vater und seine Neffen ein Rudel Wölfe, die den Kadaver eines erfrorenen Pferdehengstes fraßen, verjagten die Wölfe und brachten den Kadaver nach Hause. Davon lebten wir wieder einige Zeit. Vor dem Eisbrechenden Mond erfüllte ein Schneesturm den Wald mit schwerem, nassem Schnee. Unsere Hütte wurde eingeschneit; als wir uns einen Weg ins Freie gegraben hatten, sahen wir, daß die Flechten und eßbaren Zweige für äsende Hirsche wieder erreichbar waren, da diese jetzt auf Schneeverwehungen stehen konnten. Wir beeilten uns, Schlingen auszulegen.

Am nächsten Tag schauten wir nach den Schlingen. Wir ließen Meri in der Hütte; Yoi und meine Vettern nahmen einen Weg, während Vater und ich auf einem anderen gingen. Als wir uns der ersten Schlinge näherten, sahen wir Raben über dem Ast, an dem die Schlinge befestigt war; sie zuckte in kurzen, unregelmäßigen Abständen. Oberhalb der Büsche sahen wir die Ohren und Geweihknospen eines Rentiers, dann den hin und her rollenden Kopf mit den hervortretenden Augen und der heraushängenden Zunge. Es war ein weibliches Tier. Es sah tot aus, bewegte sich aber. Irgend etwas zog an ihm und versuchte, es auf den Boden zu zerren. Vater gab mir ein Zeichen zu warten und ging dann gebückt vorwärts, bis die Raben schreiend aufflogen. Als ich Vater sagen hörte: »Hau ab!«, rannte ich zu ihm, denn nun wußte ich, daß der Räuber zu klein war, um eine respektvolle Anrede zu verdienen. Vater war gerade dabei, die gefrorenen Knoten der Schlinge aufzubinden, ohne auf einen Vielfraß zu achten, der im Gebüsch seinen Rücken krümmte und ihn beobachtete. Es war ein großer Vielfraß, schwarz und silbern, bestimmt sehr hungrig und nicht willens, die Beute aufzugeben. Er umkreiste uns zweimal, kam dann näher, um uns noch einmal zu umkreisen.

Vater löste den Knoten und legte das Rentier hinab auf den Schnee, während der Vielfraß einen vierten Kreis beschrieb und näher kam. Vater griff nach seinem Speer. Plötzlich stürzte der Vielfraß vor, um einen Bissen Fleisch zu erwischen. Vater schleuderte seinen Speer und durchbohrte dem Vielfraß die Hinterbacken. Dann ergriff Vater den Speerschaft, um das Tier festzuhalten, und schlug mit der Axt nach dessen Kopf. Aber der Vielfraß wich dem Schlag aus, und bevor Vater die Axt zu einem zweiten Schlag hochheben konnte, verbiß sich der Vielfraß in seiner Hand. Vater brummte vor Schmerz, ließ den Speer los, zog das Messer aus seinem Gürtel und stieß es dem Vielfraß in die Rippen. Nichts änderte sich. Ich hob die Axt auf, die Vater hatte fallen lassen, und begann, auf dem Kopf des Vielfraßes herumzuhacken, aber dieser ließ nicht los. Vater zog an dem Messer, das mit einem Blutstrahl aus der Brust des Vielfraßes herauskam, gefolgt von der rosa Spitze einer Lunge, die, wie ich sah, noch immer atmete. »Die Axt«, sagte Vater. Er nahm sie mir aus der Hand und schlug auf das Genick des Vielfraßes ein, während noch mehr Blut floß. »Das Messer«, sagte Vater. Ich tastete im Schnee danach. Vater ergriff es und zwängte es dem Vielfraß zwischen die Kinnbacken, die, als die Zähne brachen, langsam aufgingen. Der immer noch lebende Vielfraß fiel auf den blutigen Schnee, wo Vater über ihm stand, seinen Speer hob und das Tier am Boden festspießte.

Dann setzte sich Vater hin, um sich den Biß anzusehen. Ich blickte ihm über die Schulter. Die Augenzähne mußten sich zwischen den Knochen seiner Hand getroffen haben; die Hand war durch das Rütteln arg verletzt und fing zu schwellen an. Die Schneidezähne hatten klaffende Wunden geschlagen, die stark bluteten. Vater drückte Schnee um seine Hand. Wir hielten nach etwas Ausschau, um die Hand zu verbinden, und ich zog meine Parka aus, um Vater mein Hemd aus Rentierhaut anzubieten, als Vater mir zeigte, daß der Schnee bereits geholfen habe und die Blutung im Begriff sei, aufzuhören.

Vater begann seelenruhig, das Rentier abzuhäuten. Kurz danach schickte er mich weg, um Yoi und seine Neffen zu holen. Sie freuten sich über das Rentier und waren froh, daß der Schlingenräuber erledigt war. Aber sie machten sich Sorgen über Vaters Bißwunde und waren traurig, daß durch den Kampf das Fell des Vielfraßes, das als Kapuze hätte dienen können, schwer beschädigt war. Gemeinsam fanden wir Vater neben einem Feuer sitzen und viele Streifen Leber auf der Glut braten. Wir schauten uns den Vielfraß an; sein Atem ging flach, seine rosa Zunge hing heraus und die blutverschmierten Haare waren am Schnee festgefroren. Der Stock stieß ihm den Speer ins Genick, aber als er immer noch nicht sterben wollte, häuteten wir ihn so ab.

Wir hörten alle mit der Arbeit auf, als die Leber fertig gebraten war. Das Essen war so gut und so willkommen, daß wir fröhlich wurden und lachten, und danach machten wir uns schnell und gern daran, das Fleisch aufzuschneiden und es zur Hütte zu tragen. Es war so viel da, daß jeder von uns zweimal gehen mußte. Vater nahm sogar die gekauten Flechten und Fichtenzweige aus dem Pansen – er nannte sie »Wintergemüse«. Beim zweiten Gang vergewisserten wir uns, daß auch das letzte Stück eingesammelt war, sogar das zerrissene Fell des Vielfraßes. Der Frosch zögerte einen Augenblick über dem abgehäuteten Kadaver des Vielfraßes, in dem vielleicht immer noch ein Funken Leben gewesen sein mochte, und nahm ihn dann mit. Nun kamen die in den Bäumen hockenden Raben herabgeflogen, um den blutigen Schnee zu fressen.

In der Hütte betrachteten der Frosch und Vater noch einmal den Biß, während weitere Leber zubereitet und das Fleisch im Windfang zum Gefrieren ausgelegt wurde. Vaters Hand war ziemlich zugerichtet, aber die Wunden bluteten wenigstens nicht mehr. Wir aßen, ruhten uns aus, aßen dann wieder, bis wir voll des Fleisches und beinahe eingeschlafen waren. Während der Nacht wanderten Wölfe über unser Dach und beschnupperten den Rauchabzug, weil es dort so gut nach Fleisch roch. Hin und wieder kratzte einer von ihnen an dem Rauchabzug und heulte auf. Am Morgen fanden wir über der Hütte und im nahen Umkreis ihre Spuren; sie

hatten ihre Exkremente hinterlassen und im Schnee sogar runde Vertiefungen, ihre Betten.
Früh am Morgen suchten die Männer die Schlingen wieder auf, gingen dann auf die Jagd und waren den ganzen Tag weg. Sie kamen bei Einbruch der Nacht zurück und erzählten, daß die Schlingen, obwohl wir den Vielfraß getötet hatten, jetzt von Wölfen ausgeraubt würden.
Vater klagte über Schmerzen in der Hand und weiter oben am Arm. Wir legten ein Feuer an, um Fleisch zu braten, während der Frosch Vaters Hand sorgfältig untersuchte. Auch der Stock betrachtete sie, und sogar Yoi ergriff Vaters Hand und drehte sie hin und her. Dann sagte der Frosch, daß Gift in der Hand sei und daß die Wunden geöffnet werden sollten. Er nahm sein Feuersteinmesser in die Hand, prüfte dessen Schneide und schlug dann mit seinem Geweihmeißel und einem Stein von der Feuerstelle an der Spitze des Messers eine ganz kleine, scharfe Stelle zurecht, die er in die Zahnwunden bohrte. Vater sah zu, ohne zu zucken. Bald kam Blut. Dann erhitzte der Frosch einen Stein in dem Feuer und sagte Vater, er solle ihn halten, damit die Hitze die Schmerzen heraustreibe. Während der Nacht sah ich Vater am Feuer sitzen und den Stein wieder heiß machen.
Am Nachmittag des nächsten Tages, als Vater heimkam, hatte er Schwierigkeiten beim Ausziehen der Parka. Als er sich den Ärmel über den Kopf zog, sahen wir, daß seine Hand erheblich angeschwollen war, mit einer Falte am Handgelenk, wie beim Handgelenk eines Säuglings. Auch sein Arm sah dick aus. Vater blieb auch in dieser Nacht am Feuer sitzen, und am Morgen schwitzte er vor Fieber. Er war still, aber wir wußten, daß er sich ärgerte, und gingen ihm aus dem Weg.
»Der Geist des Vielfraßes macht dich krank«, sagte Vetter Frosch am Morgen zu Vater. Er holte den gefrorenen Kadaver des Vielfraßes aus dem Windfang und wickelte ihn wieder in die Haut. Dann schnitt er ein Stück Fett hinter dem Augapfel des Rentiers ab – eines der wenigen

Fettstücke, die man beim Rentier nach einem Winter voll Hunger und langen Wanderungen finden kann – und schob es zwischen die gebrochenen Zähne des Vielfraßes. Er trug den Vielfraß nach draußen, hob ihn hinauf in die Äste eines Baumes und sagte: »Auf diese Weise trauern wir um dich. Vergib uns.«

Um Vater zu helfen, machte er außerdem viele kleine Einschnitte an Vaters geschwollenem Arm und bedeckte sie mit Schnee, um die Hitze im Innern zu kühlen. Aber nun schwitzte und fröstelte Vater zugleich.

Unser Feuer war niedergebrannt; Meri und ich wurden weggeschickt, um weiteres Feuerholz zu sammeln. Vater schien so verärgert zu sein, daß wir nur ungern in der Hütte bei ihm blieben und nur langsam den Rückweg antraten. An der Tür hörten wir ihn sprechen, und da wir glaubten, der Frosch sei bei ihm, gingen wir hinein. Wir fanden ihn allein vor; er saß hinten in der Hütte, hatte die Beine ausgestreckt und den Rücken gegen die Wand gelehnt. Abgesehen von dem Fell, das er sich umgelegt hatte, war er nackt.

Kein glühendes Holzstückchen war von dem Feuer übrig geblieben, und in der kalten Hütte bildete Vaters Atem eine große Wolke. »Ich bin froh, daß ihr wieder da seid«, sagte er. »Ich grüße euch alle. Setzt euch hier neben das Feuer und eßt etwas.« Er sah mich anscheinend gar nicht in der Tür, sondern hielt den Blick nach oben gerichtet. Ich sah ihn einen Augenblick wie gebannt an. Dann standen mir plötzlich die Haare am Genick und auf den Schultern zu Berge; es prickelte so stark, daß es mir weh tat. Schnell ging ich rückwärts wieder hinaus.

»Was macht er?« fragte Meri und sah mich an. Aber ich konnte ihr keine Antwort geben. Ich wußte es nicht.

Meri hockte sich auf die Fersen und lutschte am Daumen. Ich setzte mich neben sie und ergriff ihre andere Hand, während wir versuchten zu verstehen, was Vater sagte. Seine Stimme wurde warm, dann freundlich; dann lachte er über irgend etwas. Als sie sein Lachen

hörte, blickte Meri mich an und lächelte. Aber ich umklammerte ihre Hand so fest, daß sie sich von mir löste, und so saßen wir nebeneinander da, und unsere Zähne klapperten vor Kälte.
Die Sonne stand schon dicht über dem Horizont, aber das Himmelsgewölbe war hell; mit der Rückkehr der langen, kalten Tage des Frühlingsanfangs würde es lange hell bleiben, und wir wußten, daß sich Yoi und Vaters Neffen noch in weiter Ferne befinden konnten. Eine dünne Schneefahne wurde vom Gletscher weggeblasen, wir hatten also Nordwind. Er blies in den Bäumen, bewegte die Äste und machte unsere Gesichter gefühllos. Ich sah, daß die arme Meri weinte; die Tränen gefroren auf ihren Wangen und unter ihrer Nase, und nachdem ich meine Arme um sie gelegt und ihr gesagt hatte, sie solle auf mich warten, kroch ich ganz leise in die Hütte bis zu dem Spalt in der Wand hinter meinem Bett, wo meine Feuerstöcke lagen. Es war so dunkel, daß ich Vater nicht sehen konnte, aber ich spürte seinen Blick auf mich gerichtet. Ich kroch leise wieder hinaus und entzündete ein Feuer, das ich mit dem mitgebrachten Reisig nährte, und bald wurde uns warm.
Als die letzten Sonnenstrahlen auf dem Gletscher glänzten und das Eis über den dunklen Bäumen rosa färbten, kamen Yoi und Vaters Neffen mit einem Schneehuhn zurück. Sie wunderten sich, daß kein Rauch durch das Loch abzog und wir draußen bei einem Feuer saßen. »Ihr habt euren Vater allein ohne ein Feuer gelassen?« fragte Yoi zornig. »Haben wir euch deshalb weggeschickt, um Holz zu sammeln?« Meri ließ den Kopf hängen, als ob sie etwas Unrechtes getan hätte, aber mein Gesichtsausdruck veränderte sich nicht. Der Stock, der sich oft mehr Gedanken machte als Yoi, sah sich um und fragte mich dann, warum wir draußen säßen. Ich blickte auf die Tür, sagte aber noch immer nichts. Ich wußte nicht, was ich antworten sollte, und dachte, Vater würde vielleicht wieder reden, wenn wir nur etwas warteten. Und so war es auch. Der Stock und der Frosch machten ein

erstauntes Gesicht, lehnten dann ihre Speere gegen einen Baum, als ob sie glaubten, Fremde seien in der Hütte.

»Warum hast du uns nicht gesagt, daß jemand gekommen ist?« fragte der Frosch.

Ich wußte immer noch nicht, was ich antworten sollte. Als aber der Frosch sich anschickte, durch die Tür hineinzukriechen, sagte ich: »Wir konnten niemanden sehen.« Rasch zog sich der Frosch zurück.

Er und der Stock tauschten besorgte Blicke und gingen dann tapfer hinein. Yoi hockte auf den Fersen neben unserem Feuer; sie hatte die Kapuze zurückgeworfen und die Augen weit aufgerissen. Sie hatte ihre beschneite Parka nicht abgebürstet und merkte nicht, daß die Vorderseite langsam naß wurde.

Nach Einbruch der Dunkelheit kamen der Stock und der Frosch heraus. Sie ließen Yoi durch ihren Gesichtsausdruck erkennen, daß sie nicht wußten, was geschehen war, aber sie nahmen Feuerholz in die Hände und bald stiegen Funken aus dem Rauchabzug auf. Vater schwieg wieder, und wir hörten das Knistern des Feuers. Als der Stock und der Frosch leise herauskamen, um das Fleisch, aber nicht ihre Speere zu holen, gingen wir alle hinein.

Vater lag schlafend in seiner Felldecke. Ein großes Feuer brannte hell und munter, und darüber rösteten Streifen von Rentierfleisch. Die Hütte machte einen warmen und anheimelnden Eindruck; mir wurde leichter ums Herz. Aber nachdem sie das bratende Fleisch umgedreht hatten, entschuldigten sich der Stock und der Frosch ziemlich steif und gingen hinaus. Wir hörten, wie sie sich leise unterhielten. Yoi, Meri und ich saßen still da und warteten auf das Essen, und als es soweit war, begann Yoi zu essen. Als sich Vater aufsetzte und um Fleisch bat, brachte sie ihm etwas. Er aß ein wenig, dankte ihr und legte sich wieder hin. Einmal sagte er: »In der Hütte ist es heiß.« Dann fragte er: »Haben meine Neffen etwas erlegt?«

»Ein Schneehuhn, Ahi. Wir haben es noch nicht gebraten«, sagte Yoi.
»Nein, du hast mir Rentierfleisch gegeben«, sagte Vater und schlief wieder ein.
Als seine Neffen zurückkehrten, um sich neben dem Feuer auf den Boden zu hocken, versuchten wir, ihren Gesichtern zu entnehmen, worüber sie sich unterhalten haben mochten, aber ihre Gesichter blieben ausdruckslos. Sie verbargen ihre Gedanken. Yoi fragte flüsternd, wer mit Vater sprechen solle, und Vetter Frosch schien es ihr sagen zu wollen, aber er brach plötzlich ab und sah sich in der Hütte um. Wir warteten. Schließlich beugte sich der Frosch vor und flüsterte: »Ich sehe die Menschen nicht. Aber ich glaube, es sind viele. Ahi hatte vor, mit jemandem auf Bärenjagd zu gehen. Jemand anderen nennt er ›Onkel‹. Vielleicht sind die Leute vom Kiefernfluß hier.«
»Jetzt?« flüsterte Yoi.
»Mag sein. Wer immer sie sind, ich kenne sie nicht«, flüsterte der Frosch verlegen. »Onkel Ahi und Mutter kannten sie, denn sie sind hier aufgewachsen. Mein Bruder und ich waren nie in dieser Hütte.« Dann fügte er mit etwas lauterer Stimme hinzu: »Rück näher an Yanan heran. Wir müssen an diesem Feuer Platz für unsere Gastgeber machen. Und schneidet mehr Fleisch auf.« Er neigte höflich den Kopf vor dem leeren Platz neben dem Feuer, eine Bewegung, die Meri zusammenzucken ließ. »Wir sind eure Gäste«, sagte er zu dem leeren Platz. »Wir wurden von Ahi hierhergebracht. Wir sind die Söhne seiner Schwester. Wir danken euch dafür, daß ihr uns Unterkunft gewährt. Wir sind in Freundschaft, in Frieden hierhergekommen. Der Speer dort gehört Ahi. Unsere Speere sind draußen, in einem Baum.« Er lächelte, als erwarte er eine Antwort; sein breites Gesicht zeigte gewinnende Falten, aber es kam keine Antwort. Das Feuer fiel ein und machte ein kleines Geräusch, der Rauch stieg in Ringen zum Abzug hinauf, und die gebleichten Geweihe unter dem Dach

zeigten sich undeutlich im Widerschein des Feuers. Ich fragte mich, ob die Menschen noch hier seien.
»Ihr seid von einer langen Wanderung ermüdet«, sagte Vetter Stock. »Dieses gute Fleisch haben wir für euch gebraten. Jetzt eßt soviel, wie ihr wollt. Wir würden uns darüber freuen. Hona.« Die Vettern fingen zu essen an, während die vielen Fleischstücke, die sie auf dem Feuer übrig ließen, allmählich klein und schwarz wurden und zu brennen anfingen. Die Erwachsenen schienen es nicht zu bemerken.
Später sprach Vetter Frosch wieder zu den Geistern mit sorgfältig gewählten Worten. »Besitzer der Hütte, wir sind dankbar, daß ihr gekommen seid, uns hier willkommen zu heißen. Hona.«
»Hona«, fügte der Stock ehrerbietig hinzu.
In jener Nacht breiteten wir alle, außer Vater, unsere Felldecken in der Nähe der Tür aus und überließen den rückwärtigen Teil der Hütte, wo es am wärmsten war, denjenigen, denen die Hütte gehörte. Als Meri nach dem Grund fragte, erinnerte ich sie an die Hütte am Forellenfluß und daß Graugans und seine Familie im hinteren Teil schliefen, weil sie die Besitzer waren.
Meri machte ein hoffnungsvolles Gesicht. »Kommt Graugans her?« fragte sie.
»Graugans nicht. Die Besitzer dieser Hütte. Vater spricht jetzt mit ihnen, deshalb sei still.«
Ich lag wach und lauschte dem Geflüster von Stock, Frosch und Yoi, aber es war so leise, daß ich nichts verstehen konnte; Vater dagegen redete lauter. Die Gastgeber mußten sich bei ihm nach Mutter erkundigt haben, denn er sagte die Unwahrheit und behauptete, sie sei bei ihren Verwandten am Feuerfluß. Sie mußten ihn auch an die Vergangenheit erinnert haben, denn er erzählte angeregt von vergangenen Zeiten, als rede er mit Männern seines Alters, mit denen er zusammen auf der Jagd war. Sie schienen ihn an die Ebene zu erinnern, die hinter dem Marderfluß lag, durch den Gletscher vor dem Wind geschützt, wohin im Frühjahr viele Tiere

kamen. Vater schien sich dieser Gegend gut zu erinnern – er zeigte sein Einverständnis, indem er einige ihrer Worte wiederholte. »Ja, gegen den Norden geschützt, sehr gut, ich entsinne mich«, sagte er ernst. »Ja, viele Tiere, viele. Wolfsfelle, wir erbeuteten sie dort. Mit den Speeren. Auch Rothirsche. Ja, es fällt mir jetzt wieder ein. Das haben wir getan. Ja, Bison. Ja, ihr und ich.«

Am nächsten Morgen zog sich Vater an, um auf Jagd zu gehen. Als der Stock und der Frosch ihn fragten, was ihm die Gastgeber erzählt hätten, machte er ein erstauntes Gesicht. »Menschen haben zur mir gesprochen?« fragte er stirnrunzelnd. »Ich habe geschlafen.« Dann fügte er hinzu: »Ich werde am Flußufer jagen. Habt ihr gestern etwas erlegt?«

»Ich habe es dir doch gestern abend gesagt«, meinte Yoi. »Der Stock hat ein Schneehuhn erlegt.«

Vater machte einen verwirrten und unglücklichen Eindruck. »Ich will jetzt essen«, sagte er schließlich. Er ging zum Windfang, um etwas Fleisch abzuschneiden, und legte dann einen breiten Streifen auf das Feuer. »Ich werde heute weit gehen«, sagte er. »Yanan, hol viel Feuerholz.«

»Ja, Vater«, antwortete ich.

»Wenn ihr draußen durch die Wälder geht«, sagte Vater zu Stock und Frosch, »schaut nach den Schlingen. Nehmt Yoi bis zur letzten Schlinge mit. Dann kann sie Brennholz sammeln und zurückkommen.« Aber der Stock und der Frosch waren im hinteren Teil der Hütte und packten ihre Sachen. Dann kamen sie mit ernsten Gesichtern wieder hervor und setzten sich neben Vater, der gerade aß, auf den Boden.

»Wir werden Graugans suchen«, sagte der Stock schließlich. »Diese Hütte gehört deinen Leuten. Wir dürfen hier nicht bleiben.«

Vater unterbrach das Kauen. »Graugans?« fragte er. »Meine Leute? Was für Leute meint ihr?«

»Die Menschen, mit denen du gestern sprachst, Ahi«, sagte Yoi. »Sie waren hier, viele von ihnen.«

Vater schluckte und schien verwirrt. »Meine Leute starben oder sind vor langer Zeit von hier weggezogen«, sagte er schließlich. »Die Hütte gehörte meinem Vater und jetzt niemandem außer mir.«
»Du hast mit ihnen in der letzten Nacht gesprochen«, sagte Yoi. »Wie kommt es, daß du dich nicht erinnerst?«
Vater dachte lange Zeit nach. »Ihre Geister kamen her?« fragte er leise. »Sie sind also alle zu Geistern geworden.« Er machte ein sehr trauriges Gesicht.
»Ihr hört uns, Besitzer der Hütte«, sagte Vetter Frosch. »Das Fleisch ist euer Fleisch, die Hütte ist eure Hütte. Wir danken euch für eure Gastfreundschaft und sind traurig, daß wir gehen müssen.«
»Wohin wollt ihr gehen?« fragte Vater schließlich.
»Zu Graugans' Hütte«, sagte der Frosch.
»Dort ist niemand«, sagte Vater.
»Sie können inzwischen dort sein«, sagte der Frosch. »Oder sie sind vielleicht am Schwarzen Fluß oder gehen zum Grasfluß, wie sie es früher immer taten.«
»Du mußt mit uns kommen«, sagte Yoi zu Vater. »Ich werde einen Teil deiner Sachen für dich tragen.«
»Was?« fragte Vater ärgerlich. »Gehst du fort, Weib?«
Yoi machte ein entschlossenes Gesicht. »Wir können hier nicht bleiben«, flüsterte sie. »Ich muß gehen. Du auch.«
Vater saß da, als denke er nach. Geistesabwesend aß er einen Bissen, aber der größte Teil seines gebratenen Fleisches blieb neben dem Feuer liegen und wurde kalt. Schließlich sagte er: »Ich fühle mich heute zum Gehen zu schwach. Jedes Bündel würde mir weh tun, und meine Beine zittern noch immer, wenn ich stehe. Ich werde jetzt gehen und am Fluß jagen, dann werde ich essen und wieder zu Kräften kommen, und später werde ich euch folgen. Wenn ihr am Schwarzen Fluß entlanggeht, hinterlaßt mir ein Zeichen. Wie steht es mit den Schlingen?«
»Wir werden die unsrigen unterwegs mitnehmen«, sagte der Frosch.

»Dann kann Yanan heute vormittag nach meinen sehen«, sagte Vater, »weil ich einen anderen Weg gehen werde.« Er drehte sich nach mir um. »Wenn du etwas Großes findest, trag nach Hause, was du kannst, und rufe mich.«

»Wir müssen den Besitzern der Hütte etwas schenken«, sagte der Frosch in ernsthaftem Ton und schnitt noch etwas Fleisch ab, um es auf das Feuer zu legen. »Nehmt dieses Fleisch von uns an«, sagte er. Ich sah es brennen und merkte, daß er weniger hergab als in der Nacht zuvor. Als es knusprig war, sagte der Stock: »Hona«, hob sein Bündel hoch und begab sich zur Tür. Der Frosch folgte. Yoi band rasch ihr Bündel zusammen. Als der Stock und der Frosch geduckt durch den Windfang hinaustraten, ließ sie sich auf Hände und Knie hinunterfallen und zeigte uns, ohne umzuschauen, die Sitzfläche ihrer Hose und die Sohlen ihrer Mokassins. Dann folgte sie den anderen.

Wir saßen neben dem Feuer, bis die Frühlingssonne durch den Rauchabzug hereinfiel und einen Kreis um das Feuer bildete; es war fast nur noch Asche, lediglich einige wenige Reiser waren noch da, die man anzünden konnte. Ich häufte die Asche über die verbliebene Glut, um ein paar glosende Holzstücke zu retten. Vater hockte auf dem Boden und sagte kein Wort. Sein Atem ging schnell und flach; sein Blick lag auf dem Rauchabzug, von dem ein winziger Eiszapfen herabhing. In der Hütte war es wieder kalt, obwohl draußen die milde Luft und die Sonne wärmten.

Ich wollte einen Blick auf das Fleisch im Windfang werfen, um zu sehen, was Yoi und Vaters Neffen mitgenommen und was sie zurückgelassen hatten. Vaters Schlinge hatte das Rentier zur Strecke gebracht, also gehörte ihm ein Teil des Fleisches; ein Hinterbein und ein Vorderbein gehörten Yoi und das andere Hinterbein dem Stock und dem Frosch. Diese Teile waren weg, ebenso wie das Schneehuhn. Das Vorderbein von Vater war noch da, aber einen großen Teil davon hatten wir bereits aufgegessen; einen Teil des Bauches, gewöhnlich die Portion für die Geister, hatten Vaters Neffen für die Besitzer zurückgelassen. Auch der Kopf und die Füße lagen noch da, sogar die Haut, an der noch etwas Fleisch hing. Wir würden eine Weile damit auskommen.

Gleich vor der Tür sah ich die Stelle, wo der Stock und der Frosch das Fleisch von den Knochen gelöst hatten, um es in kleine Stücke zu schneiden, die sich leicht einpacken und tragen ließen. Sie mußten dies getan haben, als sie in der letzten Nacht hinausgegangen waren, um sich ungestört zu unterhalten. Ich sammelte die verstreut herumliegenden Knochen ein wegen des Marks. Ich zeigte sie Vater, aber er nahm keine Notiz davon.

Ich wollte fragen, was wir jetzt tun sollten. Sollten wir bis später im Frühling warten, bevor wir aufbrachen? Würden wir zum Forellenfluß zurückkehren? Zum Schwarzen Fluß? Was für ein Zeichen würden uns Vaters Neffen hinterlassen? Manche Menschen befestigten gelegentlich ein Bündel Gras an einem Baum; dieses zeigte in die Richtung, die sie eingeschlagen hatten. Manchmal brachen die Menschen einen Schößling ab oder hinterließen einen kleinen, einen mittelgroßen oder einen großen Haufen von Steinen, die in einer Reihe ausgelegt waren. Wo mochten sie ihr Zeichen anbringen? Aber ich sah, daß Vater betrübt war. Er war bereits einsam; sein altes Heim war leer, außer den Menschen von früher, die vielleicht inzwischen ebenfalls gegangen waren. Ich wußte nicht, wie ich das Gespräch auf die Wanderung bringen sollte.

Als ich aufstand, um Brennholz zu holen, folgte mir Meri auf den Fersen. Sie sträubte sich nicht, als ich ihr in Hose und Parka half, sondern folgte mir gehorsam in den Wald. Als wir weit von der Hütte entfernt waren, flüsterte sie: »Wo ist Tante Yoi?«

»Bei den Schlingen«, sagte ich. »Sie kommt später zurück.«

»Warum haben sie alle ihre Sachen mitgenommen?«

»Die Schlingen sind weit.«
Sie folgte in meinen Fußstapfen und brach trockene Zweige ab, wo immer wir solche fanden. Ich dachte daran, Vaters Schlingen aufzusuchen, und ging zur nächsten voraus; sie war groß genug für ein Rentier, aber leer. Dann kamen wir zur zweiten Schlinge, ebenfalls leer. Aber in der dritten, die auf einem winzigen Pfad ausgelegt war, der zu einem Wacholder führte, hing ein kleines Auerhuhn. Ich nahm es an mich und stellte die Falle wieder auf: Ich breitete die Schlinge sorgfältig über die Pflöcke aus, versteckte die Schnur unter dem Schnee und legte drei trockene Beeren in die Mitte. Dann überquerten wir den vereisten Fluß, um auf dem anderen Ufer nach Holz in den Bäumen zu suchen; dabei fanden wir Fußspuren im Schnee. Es waren die Spuren von Yoi und Vaters Neffen, die auf ihrem Weg zum Marderfluß im Gänsemarsch nach Westen gegangen waren. Jeder Fußabdruck war teils von Schatten und teils von etwas verwehtem Schnee gefüllt. Ihr Anblick brachte mich den Tränen nahe.
Als unsere Holzbündel groß genug waren, um sie heimzutragen, verließen wir den Wald am Fluß und wandten uns über die Ebene nach Norden der Hütte zu. Mitten auf der Ebene sahen wir eine kleine Gestalt auf dem Schnee sitzen; einen Mann, der eine Parka mit Kapuze trug und den Rücken dem Wind zugewandt hatte. Überrascht blieben wir stehen. Dann dachten wir, es könnte vielleicht der Stock oder der Frosch sein, die aus irgendeinem Grund zurückgekehrt waren; wir eilten hin und stellten fest, daß es Vater war.
Er nickte uns zu. Ich wollte mich neben ihn setzen, aber er stützte sich mühsam auf den Schaft seines Speers, erhob sich und ging uns zur Hütte voraus. Ich folgte in seinen Fußstapfen; dabei fiel mir auf, daß seine Schritte noch kürzer waren als meine, und dabei hatte ich mich zuvor immer strecken müssen, um meine Füße in seine Spuren zu setzen. Aber ich wollte ihn nicht überholen – ich folgte ihm, wie Meri mir folgte, und der Heimweg

dauerte lange. Ich fragte ihn nicht, ob er irgendein Tier erlegt habe.
Als wir die Hütte erreichten, ging er zuerst hinein und legte sich sofort auf seine Rentierhaut, ohne auch nur seine Außenkleidung abzulegen. Ich zog meine aus, half dann Meri und hängte unsere Sachen zum Trocknen unter das Dach. Als ich mich neben Vater setzte und seine Hand nahm, fand ich sie sehr warm und sehr trocken. Sanft umspannte er meine Hand. »Das Feuer«, sagte Vater, und ich stand auf, um es anzulegen. Als es gut brannte, setzte ich mich wieder neben ihn.
»Ich will dir helfen, deine Parka auszuziehen, Vater«, sagte ich.
»Mir ist kalt«, sagte er. »Ich werde sie später ausziehen. Jetzt laß mich etwas ruhen.«
»Bitte, Vater.«
»Mir fehlt nichts. Laß mich nur etwas ausruhen«, sagte er. »Geh und koch etwas. Brate das Schneehuhn.« Aber Yoi und Vaters Neffen hatten das Schneehuhn mitgenommen. Deshalb rupfte ich das Auerhuhn und legte es über das Feuer. Als es fertig war, brachte ich ihm ein Stück, doch er war eingeschlafen. Wir versuchten, nicht zu viel zu essen, aber wir waren sehr hungrig, und als Vater nicht aufwachte, aßen wir auch seinen Anteil. Bald hörten wir ihn nach Essen verlangen. Ich schnitt etwas von dem Rentierfleisch ab und legte es gerade auf das Feuer, als er mir verärgert zurief: »Warum läßt du mich warten?«
»Tut mir leid, Vater. Es brät gerade«, sagte ich ihm.
»Bring es her«, sagte er. Ich gab es ihm, obwohl es kaum warm geworden war. »Das hier ist roh!« rief er wütend aus. »Muß ich alles selber tun? Kannst du mir überhaupt nicht dabei helfen?« Er stand in seinen schweren, nassen Kleidern mühsam auf und kam zum Feuer, wo er das Fleisch wieder auf die Flammen zurückwarf. Dann versuchte er, seine Mokassins auszuziehen, aber die Schnüre waren naß und die Knoten hart, und inzwischen konnte er nur noch eine Hand benutzen. Als ich

ihm helfen wollte, schlug er mich so hart ins Gesicht, daß ich rückwärts zu Boden fiel. Er hatte mich noch nie geschlagen, und es erschreckte mich so sehr, daß ich nach Atem rang. Meri fing zu weinen an. Vater zog sein Messer und schnitt die Schnüre durch. Da mußte auch ich beinahe weinen, denn ich wußte von keinen anderen Schnüren, die ich verwenden konnte, außer den Schnüren seines Bündels. Was machte er bloß? Er war krank und wußte es anscheinend nicht.

Als Vater versuchte, seine Parka auszuziehen, sie aber nicht über seine angeschwollene Hand ziehen konnte, rief er mich, damit ich den Ärmel für ihn herunterzog. Ich hängte die Parka auf, während er sich wieder hinlegte. Als das Fleisch gar war, war er eingeschlafen. Ich legte Vaters Fleischstück neben seinen Kopf auf den Boden und rollte mich mit Meri in unsere Felldecken.

Mitten in der Nacht wachte Vater auf und bat um Wasser. Wir hatten kein Wasser – die Wasserschläuche gehörten dem Stock, und der hatte sie mitgenommen. Aber Vater flehte uns an. »Bitte, gebt mir Wasser«, sagte er. »Ich verbrenne.« Also ging ich hinaus. Unter den Bäumen lagen Schatten, in denen sich gut ein Tier verbergen konnte. Ich machte schnell einen Schneeball. Vater biß etwas davon ab, legte ihn dann weg und schlief wieder ein. Ich saß bei ihm, während der Schneeball kleiner wurde und sich schließlich zu einer Pfütze auflöste. Dann ging ich zurück ins Bett.

Als ich aufwachte, war der Morgen nahe. Rauhreif von unserem Atem bedeckte die Wände. Während Vater und Meri schliefen, nährte ich das Feuer und machte Pläne für den kommenden Tag. Ich ärgerte mich, daß Vater seine Schnüre durchschnitten hatte; ich hätte sie für Schlingen verwenden können. Ich wollte Streifen aus einer unserer Rentierhäute herausschneiden, aber ich hatte Angst, eine Haut zu zerschneiden, ohne vorher zu fragen. Ich wußte, ich sollte Schlingen legen, viele Schlingen, aber ich fürchtete, daß Vater, wenn ich ihn allein ließ, wieder hinausgehen, vielleicht weiter weg wandern, vielleicht Meri mitnehmen würde. Ich fürchtete, daß ich zur Hütte zurückkehren und dann ganz allein sein würde.

Aber ich fürchtete außerdem, daß wir bald nichts mehr zu essen haben und hier verhungern würden, wie es den Besitzern der Hütte ergangen war, bevor ich geboren wurde. Ich beschloß also, nach den Schlingen zu sehen, Holz zu sammeln und schnell wieder zurückzukehren.

Ich weckte Meri auf, die mich ängstlich fragend ansah. »Keine Sorge«, sagte ich ihr. »Ich bin bald wieder da. Wenn Vater aufwacht, bring ihm einen Eiszapfen oder einen Schneeball. Sein Fleisch liegt neben seinem Kopf. Sag ihm, ich sei direkt draußen vor der Hütte.« Ich fragte mich, ob ich sie anweisen sollte, ihm keineswegs zu folgen, besann mich aber eines Besseren. Schließlich konnte ich ihren Spuren folgen, falls sie die Hütte verlassen sollten. Sie sah, daß ich eigentlich noch mehr sagen wollte, und wartete, aber ich lächelte ihr nur zu. »Kämm dir die Haare«, sagte ich. »Ich werde den Zopf flechten, wenn ich wieder zurück bin.«

Die erste Schlinge, eine Steinwurfweite von der Hütte entfernt, war leer. Als ich mich der zweiten näherte, hoffte ich, daß der Bär ein Tier hineingelegt haben würde, und tatsächlich hörte ich etwas flattern und sah dann, daß ein Auerhuhn in der Schlinge gefangen war. Ich drehte ihm den Hals um, stellte die Falle sehr sorgfältig wieder auf und ging dann weiter zur dritten, die ebenfalls leer war. Dann fragte ich mich, ob ich die leeren Schlingen verlegen sollte, beschloß aber, Vaters Rat abzuwarten. Vielleicht würde es ihm bald wieder so gut gehen, daß er mir helfen konnte, neue Plätze zu finden.

Die vierte Falle, die für ein Rentier bestimmt war, enthielt nichts, war aber zugeschnappt, so daß die Schlinge von dem Ast des Baumes, der sich wieder aufgerichtet hatte, herabbaumelte. Ich wußte nicht, wie ich sie wieder auslegen sollte, und als ich auf einen Ast hinaufstieg, um den Lederriemen zu fassen, bog sich der Ast, und ich fiel auf den Boden. Ich war unschlüssig, ob ich Vaters Axt aus der Hütte holen und versuchen sollte, den Baum zu fällen; das würde aber sehr lange dauern, und außerdem bewahrte Vater seine Axt neben seinem Bett auf – vielleicht würde er mir die Axt nicht überlassen oder zornig werden, falls ich versuchte, sie heimlich an mich zu nehmen. Da entdeckte ich Holz, das ich sammeln konnte, und brach mehrere Zweige ab, dann sah ich noch mehr Holz und hatte mich bald ziemlich weit von der Hütte entfernt. Ich beschloß abzuwarten und Vater zu fragen, denn ich wußte, daß er sich ärgern würde, wenn ein Marder inzwischen den Riemen mitnahm.

Als die Sonne hoch am Himmel stand, hatte ich ein großes Holzbündel beisammen und machte mich auf den Rückweg zur Hütte, wobei ich unterwegs wieder nach den Schlingen sah. Aber es besteht kaum Aussicht, daß bei hellem Tageslicht ein Tier in die Falle geht – sie wandern abends und morgens in der Dämmerung – und, wie ich befürchtet hatte, waren die Schlingen leer. Ich beschloß, sie am späten Nachmittag noch einmal aufzusuchen, und ging durch die leeren, stillen Wälder nach Hause.

Nach dem hellen Tageslicht war es in der Hütte sehr dunkel. Als sich meine Augen daran gewöhnt hatten, sah ich Vater ganz ausgezogen noch immer auf seiner Felldecke liegen. Meri hockte auf der gegenüberliegenden Seite der Hütte, weit weg vom Feuer; ihre Haare waren lose und Tränenspuren liefen ihr übers Gesicht. Vaters Augen waren halb geöffnet, aber er schien mich nicht zu sehen. Entsetzt glaubte ich plötzlich, er sei tot, aber er atmete leise, und als er sich zur Seite drehte, zeigte ich ihm das Auerhuhn. »Schau«, sagte ich. »Von der zweiten Schlinge.« Aber er sah nicht her. Leise holte ich den Kamm und flocht Meris Haare zu einem Zopf; dann rupfte ich das Auerhuhn, vergaß aber, es nach draußen zu tragen, so daß in der Hütte überall Federn herumflogen. Als ich mich selbst kämmte, fühlte ich mich plötzlich so müde, daß ich glaubte, ich würde im nächsten Augenblick einschlafen. Ich legte mich zwischen unseren Fellhäuten nieder und träumte zum ersten Mal von Mutter; sie stand hinter einem Bärentraubenstrauch und sprach mit mir, während wir Beeren pflückten.

Meri weckte mich später, als sie zu mir unter die Felldecken kroch. Vater stand auf und versuchte, sich anzukleiden. Aber er konnte sich das Hemd nicht über den Arm ziehen, der schwarz und schrecklich aussah; schließlich gab er die Versuche auf und kroch zur Tür hinaus. Bald kam er zurück und legte sich wieder hin; er war wahrscheinlich nur hinausgegangen, um zu urinieren oder Schnee zu essen. Am Licht im Rauchabzug erkannte ich, daß der Tag fast vergangen war, deshalb beeilte ich mich, nach den Schlingen zu sehen. Die ersten drei waren noch immer leer. Ich beschloß, die vierte zu vergessen und notfalls den Lederriemen ebenfalls, und ging heim. Meri und ich bereiteten das Auerhuhn zu und teilten es; einen Anteil brachten wir Vater. Er wachte nicht auf, und so legte ich sein Essen neben das Fleisch, das er nicht angerührt hatte. Dann zog ich die Fichte in den Eingang und ging wieder ins Bett.

Mitten in der Nacht hörte ich Vater leise meinen Namen rufen. Ich stand auf und setzte mich neben ihn; er war wach und völlig bei Sinnen, deshalb bat ich ihn um Rat wegen der Fallen. Er wußte genau, wo die Schlingen, die ich leer vorgefunden hatte, ausgelegt werden sollten, und er sagte mir, den Lederriemen könne ich vergessen. Irgendein Tier hätte ihn inzwischen sowieso gestohlen. Er meinte, es täte ihm leid, so krank zu sein, glaube aber, es gehe ihm langsam besser. Auf meine Bitte hin aß er ein wenig. Ich brachte ihm noch einen Schneeball, den er ganz aufaß. Als ich ihn fragte, ob ich seine Axt haben könne, sagte er, ich könne alles, was ich brauchte, benutzen, solle aber auf alles gut aufpassen; ich dürfe auch eine Haut aufschneiden, wenn ich weitere Lederriemen brauchte. »Du bist jetzt fast erwachsen«, sagte er sanft. »Du hältst uns warm mit Holz, und du hast heute etwas zu essen gebracht. Das ist gut. Vielleicht hättest du mit den anderen gehen sollen, aber du bist hier, ebenso wie ich. Ich bin jetzt krank, aber wenn ich wieder gesund bin, werden wir von allem genug haben. Oder wir werden deinen Schwiegervater finden.« Mir war klar, daß er Graugans meinte. »Jedenfalls wird das Eis auf den Flüssen bald verschwunden sein. Es ist schon brüchig und zu gefährlich, um es zu betreten. Die anderen sollten in dieser Jahreszeit nicht unterwegs sein. Und bald wird es junge Rehe zum Jagen geben. Der Winter ist fast vorbei.«

Tränen traten mir in die Augen. Er sprach so, wie er immer sprach, weder ärgerlich noch sonderbar. Ich wollte in seine Arme kriechen und weinen, als ob ich noch klein wäre. Ich wollte ihm sagen, daß ich mich fürchtete, aber ich tat es natürlich nicht. Statt dessen dankte ich ihm für sein Lob und fragte, ob er noch etwas Wasser haben wolle. Er schüttelte den Kopf. »Ich wußte, als ich meine Mokassinschnüre sah, daß ich nicht klar denken konnte. Das kommt von meinem Fieber«, sagte er. »Ich dachte, du hättest sie zerschnitten. Jetzt weiß ich, daß ich sie selbst zerschnitten habe. Ich habe dich aufgeweckt, weil ich mit dir sprechen wollte, solange meine Gedanken klar sind. Vielleicht habe ich wieder seltsame Gedanken, bevor es mir besser geht. Wenn es so ist, achte nicht darauf. Du bist ein gutes Kind, ebenso Meri, und während ich krank bin, machst du alles richtig. Das ist gut. Jetzt werde ich wieder ruhen.« Und er legte sich zurück und deckte sich mit seinem Fell zu.

Am nächsten Morgen schlief er. Ich nahm Meri mit, als ich zu den Schlingen ging; sie waren alle leer. Zwei von ihnen verlegte ich an die Stellen, die Vater mir genannt hatte. Wir sammelten Holz und gingen zurück; wir fanden ihn schlafend vor, und das Essen lag noch unberührt neben seinem Kopf. »Ich glaube, er mag es nicht. Wir werden es essen«, sagte ich zu Meri. Und wir aßen es auf.

In jener Nacht hörte ich ihn etwas sagen, als ich aber hinging, um mich neben ihn zu setzen, erkannte ich, daß die Geister der Hütte zurückgekommen waren. Das verängstigte mich, und ich verbrannte für sie ein Stück Fleisch. Vater sprach nicht lange – er schien jemandem zuzuhören. Ich blieb allein am Feuer sitzen, da ich nicht wagte, mich in der Finsternis hinzulegen.
Während der nächsten drei Tage enthielten die Schlingen, die ich auf seinen Rat hin verlegt hatte, zwei Hasen, ein Auerhuhn und ein Schneehuhn. Ich brachte alle nach Hause, in der Hoffnung, Vater würde sich freuen, aber er wachte nicht auf. Am vierten Tag knackte ich die Rentierknochen auf; das Mark war jedoch dunkel und geschrumpft, ohne Fett. Fettes Mark ist gut, und ich hatte gehofft, Meri verwöhnen zu können. Als sie das schlechte Mark sah, begann sie hilflos zu schluchzen; sie klammerte sich an mich, bis auch ich weinte. Dann aßen wir trotzdem ein bißchen Mark und brachten auch Vater etwas, aber er schlief noch immer. Wir legten das Mark neben ihn auf den Boden.
Während der Nacht, als ich den Feuerschein an der Decke beobachtete, wurde mir klar, daß ich seit mehreren Tagen wußte, daß Vater sterben würde. Vielleicht wollte sich sein Geist bereits von seinem Körper befreien und wartete nur darauf, daß sein Atem aufhörte. Würde ich ihn jemals wiedersehen? Meri und ich würden zu Mutters Sippe in die Lagerstätten der Toten wandern.
Ich blieb lange wach und lauschte den Geräuschen der Nacht – ich hörte den Wind in den Bäumen, in weiter Ferne einen Fuchs, Meris kindliche Atemzüge, das niederbrennende Feuer, das leise Knarren der Hütte, aber sonst nichts. Ich lauschte aufmerksam. Der Raum hinten in der Hütte war vollkommen still. Vater war tot.
Ich weckte Meri auf und wir sahen ihn an. Seine Augenlider waren offen. Sein Gesicht war eingefallen. Ich nahm seine Hand und fand sie kalt, seine Finger steif. Wir konnten ihn nicht begraben, sah ich, oder ihn in

einen Baum legen, wie es Menschen manchmal im Winter für die Toten tun, und seltsamerweise war ich froh darüber. Es kam mir schrecklich vor, einen Menschen in die Erde zu legen, wo es immer eng, immer dunkel und kalt war, und es war noch schrecklicher, einen Menschen in einen Baum zu legen, wo er wie Fleisch gefror und vielleicht von Mardern oder Raben angefressen würde.

Wir ließen ihn liegen, wo er war. Aber bevor wir versuchten, Yoi und Vaters Neffen zu folgen, legten wir all unser Holz auf das Feuer. Wir machten es heller in der Hütte, als wir es je erlebt hatten, und sehr heiß. Während das Holz brannte, schnitt ich das Fleisch im Windfang auf und teilte es in drei Haufen, die sich leicht tragen ließen. Ich gab Meri den kleinsten und nahm den nächsten selbst für unseren Weg; dann legte ich den großen auf das Feuer für Vater und die Menschen bei ihm, für ihren Weg.

II

Der Wolf

5

In dem Jahr, da ich ein Geist wurde, mußte ich Tag und Nacht an meinen Vater denken. An einem Frühlingsabend, als ich Gänse über mir hörte, beschloß ich, die Hütte am Kiefernfluß aufzusuchen, um zu erfahren, ob irgendein Zeichen von Vater, vielleicht sogar sein Geist, immer noch dort war. Der Kiefernfluß schien in so weiter Ferne zu liegen, daß ich Murmeltier auffordern wollte, mit mir zu kommen, und da ich die Gestalt eines Wolfes angenommen hatte, wedelte ich am Rande der Lichtung mit dem Schwanz, um ihn einzuladen. Aber Murmeltier schien auf irgend etwas zu warten. Statt mit mir zu kommen, saß er auf dem Dach und beobachtete den Himmel; deshalb gab ich es auf und ging allein. Bald vergaß ich Murmeltier ganz. Ich fühlte mich ungebunden und hoffnungsfroh in dem Dämmerlicht, trabte neben dem Nordufer des Forellenflusses dahin und schlug die Richtung auf die Ebene neben dem Geweihfluß ein.
Es wehte ein frischer Wind, in dem es nach Heide und Hamstern roch. Als ich neben einem Grasbüschel etwas Weißes und Orangefarbenes aufblitzen sah, sprang ich darauf zu und spürte das kleine Tier, wie es sich zwischen meinen Zähnen zur Wehr setzte. Aber ich wußte, daß ich noch weit würde gehen müssen, deshalb fing ich nur ein paar Wühlmäuse und nahm mir im übrigen nicht die Zeit, auf Jagd zu gehen. Statt dessen lief ich weiter, und als ich müde war, befand ich mich bereits an den Berggipfeln, wo der Marderfluß entspringt, und es war schon der nächste Morgen.
Am Ostabhang trat ich aus dem Wacholdergestrüpp heraus auf einen Felsvorsprung mit einer flachen Mulde;

ich untersuchte die Mulde, um sicher zu sein, daß sie von niemand anderem benutzt wurde und drehte mich im kleinstmöglichen Kreis um mich selbst herum, bis ich hineinpaßte. Dann legte ich mich dankbar nieder und vergrub mein Gesicht, aber nicht meine Ohren, in meinem Schwanz. Ich schlief und achtete nicht auf das Kolken der Raben, die über mich hinwegflogen, um zu sehen, was ich tat, und ich achtete nicht auf das Heulen des feuchten Südwinds, der jetzt anscheinend Schnee mit sich führte.

Als ich ausgeruht war, stand ich auf und dehnte und streckte mich, zuerst mein Rückgrat und die Vorderbeine und mit einem Gähnen meine Zunge und die Kinnbacken, dann – ach, welch herrliches Gefühl! – meine Hinterbeine; ich spannte sogar meine Hinterfüße an, so daß die Dehnung bis zu den Zehen hinunterreichte, danach schüttelte ich mich und schaute mich um. Im Osten glaubte ich, Wasser in der Sonne aufblitzen zu sehen – der Kiefernfluß – und da ich mich an eine Reihe trockener Felsbrocken in dem Fluß erinnerte, lief ich dorthin und brauchte meinen Schritt kaum zu verlangsamen, um das andere Ufer zu erreichen.

In Hochstimmung lief ich ungehindert durch die Binsen am Flußufer. Meine Gedanken galten einem Rentier, das ich zwischen den Bäumen erspäht hatte; durch einen lauten Eichelhäher wußte es, daß ich kam und drehte sich nach mir um. Da sah ich plötzlich die Hütte. Mir fiel ein, warum ich hier war. Ich spürte den Wind und fröstelte.

Vorsichtig schob ich die Nase durch die Öffnung des Windfanges. Es schien unwahrscheinlich, daß ein Vielfraß oder sonst jemand die Hütte benutzte, und noch weniger wahrscheinlich, daß jetzt jemand drinnen war. Trotzdem prüfte ich die Luft und lauschte lange, bevor ich durch die Tür kroch.

In der Hütte war es düster, obwohl Tageslicht durch eine Bruchstelle im Dach hereinfiel. Um die leere Feuerstelle herum lagen verstaubte, gebrochene Federn und

alte Exkremente eines Vielfraßes. An der Wand lag ein Grünstein, von dem Splitter abgebrochen worden waren. Und auf dem Boden lagen die Knochen eines Menschen – von Vater natürlich –, die von dem Vielfraß überall verstreut worden waren. Ich fand zwei dünne Knochen von einem seiner Finger, dann einen Oberschenkelknochen, dann eine Rippe. Sein Schädel lag in der Ecke, mit dem Gesicht nach unten.
Als ob er mit allen seinen Sachen in einem Grab läge, war nicht viel übrig, das mich an ihn erinnerte. Seine wenigen Werkzeuge, die verstreut auf dem Boden herumlagen, sahen aus wie die zerbrochenen und außerhalb der Hütte vergessenen Werkzeuge, die nach dem Winter bei der Schneeschmelze wieder ans Tageslicht kommen. Wir sehen selten die Knochen der Lebenden, deshalb erinnerten mich Vaters Knochen mit ihrem schwachen Aasgeruch an andere Knochen, aber an sonst nichts.
Doch plötzlich trat mir Vaters Bild so klar vor Augen, daß ich glaubte, er wäre mit mir in der Hütte. Ich hatte den Duft seines Körpers aufgenommen. Ich suchte danach und fand ihn dann ganz schwach an seiner Felldecke, neben dem Geruch nach Mäusen, Vielfraß und Moder. An seiner Parka, die noch immer von einer Geweihstange herunterhing, stieß ich wieder auf seinen Duft. Irgend etwas von Vater war gewissermaßen doch noch da. Das merkwürdige Gefühl, das mir diese Erkenntnis gab, hob meine Haare ganz leicht an, fast so, als ob sich jemand, den ich weder sehen noch hören konnte, in der Hütte befände.
Ich wollte Murmeltier von meiner Entdeckung erzählen, deshalb rieb ich beide Seiten meines Kopfes an Vaters Felldecke, rollte dann auf ihr herum, um den Geruch in meinen Haarpelz aufzunehmen, so daß Murmeltier, falls er mir in Gestalt eines Wolfs begegnete und seine Nase dort vergrub, wie es seine Gewohnheit war, wissen würde, was ich entdeckt hatte.
Ich wollte nicht in der Hütte bleiben, wollte aber auch nicht fortgehen, deshalb legte ich mich in der Tür neben

dem zerbrochenen Baum, der früher einmal als Sperre verwendet worden war, auf den Boden. Ich freute mich, den Wind zu spüren und den Himmel zu sehen. Obwohl es anscheinend die Tageszeit war, wo Geister vorbeikommen konnten, waren keine da – nur der Wind in den Baumästen und ein paar gezackte Linien von Gänsen hoch am Himmel. Ich schlief und träumte davon, in einem Rudel zu laufen; ich wachte auf, als die Schatten im Wald länger wurden und die Luft kälter zu werden schien. Der Mond ging auf. Schließlich stand ich auf, schüttelte mich und lief den Weg zurück, den ich gekommen war; zuerst stand der Mond hinter mir, dann über und schließlich vor mir, wo er bei Tagesanbruch unterging.
Der Wind wehte von Westen her den Forellenfluß entlang und führte den Geruch nach Fleisch mit sich. Die Menschen mußten irgend etwas getötet haben, während ich weg war. Als ich die Hütte erblickte, sah ich auch Fleischstücke, die an den Geweihstangen hingen. Vielleicht bekamen wir heute nacht noch etwas Fett zu schmecken.
Ich sprang auf das Dach der Hütte und wollte Murmeltier erzählen, was ich gefunden hatte, und mich dann ausruhen, bis das Fett kam. Aber zu meiner Überraschung saß Murmeltier neben einem fremden Geistmann über Graugans' Rauchabzug. An der Tatsache, daß sie so dicht beieinander saßen, merkte ich, daß sie sich sehr gut kannten, und der kräftige, untersetzte Körper des Fremden ließ mich vermuten, er könne zu Murmeltiers Sippe gehören.
Murmeltier zeigte mit den Lippen auf mich und sagte zu dem Fremden: »Hier kommt Yanan, die Tochter von Kiebitz.«
»Aha!« sagte der Fremde. Ich wußte nach der Art, wie er mich prüfend ansah, daß ich mich nicht mehr in der Gestalt einer Wölfin befand. »Alle erinnern sich an Yanan«, sagte er und lachte. »Erinnert sie sich auch an mich?«

Er war jung, aber ich spürte, daß er älter als ich sein könnte, und so antwortete ich respektvoll: »Nein, Onkel.«

Sein Name, erfuhr ich, war Goldauge. Er war der jüngste der vier Brüder, die die Hütte errichtet hatten, und zu Lebzeiten Teals erster Ehemann. Sie hatte seinen Geist gleichzeitig mit dem von Murmeltier gefangen, aber seit damals hatte er nicht viel Zeit darauf verwendet, den Menschen in der Hütte zu helfen. Statt dessen, erfuhr ich, war er über weite Strecken mit einem Schwarm von Gänsen unterwegs gewesen, deren Sommergründe unsere Wintergründe waren. Dies waren die Gänse, die Murmeltier beobachtet hatte. Kurz nach Sonnenaufgang, als eine Kette von Gänsen hoch über der Hütte dahingezogen war, hatte sich ein Ganter gelöst und war vom Himmel heruntergeflogen. Der Ganter war niemand anderes als Murmeltiers jüngerer Bruder, Goldauge. Murmeltier schien sehr froh zu sein, ihn bei sich zu haben.

Goldauge verbrachte den Tag damit, Murmeltier von seinen Reisen mit der Gänsefamilie zu erzählen. Auch ich hörte zu und stellte manchmal Fragen, auf die Murmeltier die Antworten bereits wußte. Aber da Goldauge jetzt anscheinend zu einer Gänseherde gehörte, wollte ich wissen, wieso Gänse einen Fremden bei sich aufnehmen.

Sie hätten keinen Fremden willkommen geheißen, sagte Goldauge. Es habe fast ein Jahr gedauert, bis er sich ihnen anschließen durfte. Als er den Gänsen in den Niederungen am Schwarzen Fluß zum ersten Mal begegnete, traten sie gerade ihre Herbstreise an, deshalb folgte er ihnen in Gestalt einer Gans. Während des Winters, den sie in duftendem Gras mit schweren Samenkörnern an einer warmen, sonnigen Küste weit weg von hier verbrachten, hatten sie sich allmählich daran gewöhnt, daß er sich in ihrer Nähe aufhielt und mit ihnen auf Futtersuche ging, und im Frühling habe eine ihrer Witwen ihn geheiratet. Danach flog er mit ihr, gefolgt von ihren erwachsenen Kindern und deren Männern und Weibern. In diesem Sommer hatte ihre große, starke Herde die erste Wahl bei der Suche nach Nistplätzen im Sumpfland.

Gegen Ende des Sommers wurde das absinkende Wasser brackig, und viele Gänse wurden krank. Die Witwe starb an dieser Krankheit und Goldauge hatte nicht das Herz, all das Flattern und Schieben oder das Zischen und Starren zu vollführen, das nötig gewesen wäre, um seinen Rang beizubehalten. Seine Bedeutung sank, zwar nicht so tief, wie zu dem Zeitpunkt, als er sich der Herde anschloß, aber tiefer als während der Zeit, da er mit der Witwe zusammenlebte. Jedenfalls war Goldauge, im Leben ein mittelgroßer Mann, nur ein mittelgroßer Ganter. Jeder große Ganter war ihm überlegen, und das wußten alle Gänse. Im Herbst, auf dem langen Flug nach Süden, ließen sich andere Gänse hinter ihn zurückfallen, wodurch er mehr für ihr Vorankommen tun mußte als die anderen. Auf dem langen Flug nach Norden verhielten sie sich ebenso. Nun hatte Goldauge genug von ihnen. Sollen sie doch selbst ihre Arbeit machen, hatte er sich gesagt. Er wollte seinen großen Bruder besuchen.

Warum er sich den Gänsen angeschlossen habe, wollte ich wissen. Wegen ihrer Stärke, antwortete er. Zum ersten Mal sei er nur in das Sumpfgebiet gegangen, um festzustellen, ob Gänse da seien, aber als er sie abziehen sah und ihnen folgte, befand er sich nach dem Flug nur eines einzigen Tages bereits am Südostende des Frauensees. Die Geschwindigkeit und die Entfernung machten ihm Freude. Da er dann keine Lust hatte, nach Hause zu gehen und es außerdem für ihn allein viel zu weit war, blieb er bei den Gänsen. So führte eins zum anderen.

Aus seinen und Murmeltiers Worten wußte ich, daß dies nicht sein erster Besuch war, seit er sich den Gänsen angeschlossen hatte. Sicher wußte Teal von seinen Besuchen, warum also hatte sie ihn nicht aufgefordert, da zu bleiben und bei der Hütte zu helfen?

»Ach, Teal!« sagte Goldauge. »Sobald sie meinen Geist gefangen und mich gehindert hatte, die Lagerstätten der Toten zu finden, konnte sie es nicht mehr erwarten, meinen älteren Bruder zu heiraten und ein Kind mit ihm zu haben, Elho. Was könnte sie mir sagen, was ich nicht ihr sagen könnte?«

Bei Sonnenuntergang, als wir an dem Dampf in dem Rauch merkten, daß die Menschen Essen kochten, begannen wir von Hunger und bösen Wintern zu sprechen. Murmeltier fiel ein, wohin ich an diesem Tag gegangen war, und fragte, was ich gefunden habe. Ich sagte ihm, daß, obwohl viele Jahre vergangen seien, eine Rentierhaut in der alten Hütte immer noch schwach nach meinem Vater roch.

Durch alte Erinnerungen traurig geworden, saßen wir drei lange schweigend da. Meine Gedanken wanderten zurück zu Vater, aber Murmeltier und Goldauge mußten an den bösen Winter gedacht haben, der so viele unserer Leute umgebracht hatte, denn nach einer Weile sagte Goldauge: »Winter. Alle versuchen, sich vor dem Winter in Sicherheit zu bringen. Wenn Gänse nach Süden fliegen, sehen sie unter sich lange Reihen von Tieren und Menschen, die auch zu ihren Wintergründen ziehen. Tiere mit kurzen Beinen legen Behausungen unter dem Schnee an. Marder graben runde Höhlen zwischen den Wurzeln der Bäume, und Wühlmäuse graben unter der Erde lange schmale Löcher. Sogar Hamster fürchten den Winter und fangen schon bald im Frühjahr an, Nahrungsmittel zu sammeln. Nur Insekten sind zu klein, um den Versuch zu unternehmen, ihr Leben vor dem Winter zu retten.«

Plötzlich sagte jemand unten in der Hütte: »Hona«, und zwar ziemlich laut. Unsere Aufmerksamkeit wurde durch das Gebetswort abgelenkt, Goldauge verstummte, und wir warteten. Bald stieg auch mit dem Rauch eine Wolke von Fett auf, das wir auf unseren Zungen und Fingern auffingen. Es war Rentierfett, das vielleicht von dem letzten Tier stammte, das die Win-

tergründe verlassen hatte, ein kleines Tier, das den Fluß bei Hochwasser nicht hatte überqueren können.
Nachdem wir uns Lippen und Finger abgeleckt hatten, erzählte uns Goldauge mehr von seinen Gedanken.
»Schlimme Winter machen mich unglücklich«, sagte er. »Ich sehe nicht gern die Sonne aufgehen, nur damit sie gleich wieder untergeht. Ich kann den zugefrorenen Fluß und die kalten Wälder nicht leiden, wo sich nichts bewegt außer dem weggewehten Schnee. Die Bäume müssen mit den Füßen in der Erde warten, aber Gänse warten nicht. Jetzt ist Frühling, aber es kommt wieder ein Winter. Ich werde diesen Sommer bei dir bleiben, Bruder, und im nächsten Herbst kommst du vielleicht mit mir.«
»Vielleicht«, sagte Murmeltier. »Aber haben wir nicht immer Winter gehabt?«
Zu mir sagte Goldauge: »Murmeltier wird nicht mitkommen. Er war der älteste von uns. Er hat sich daran gewöhnt, sich um alles zu kümmern. Nicht einmal zu Beginn wollte er seine Kinder verlassen. Aber ich hatte keine Kinder, die ich hätte verlassen können. Deshalb blieb er da, und ich ging weg.«
Murmeltier hatte vielleicht keine Lust, weit zu wandern, aber was wurde aus mir? Konnte ich denn nicht weggehen, wenigstens über den Winter? »Onkel«, sagte ich zu Goldauge, »ich würde gern mit dir gehen.«
Murmeltier und Goldauge sahen sich an. »Teal würde dich nicht ziehen lassen«, sagte Murmeltier schließlich. »Goldauge war ihr Ehemann und in der Hütte älter als sie. Es fällt ihr schwer, ihn abzuweisen. Bei dir ist das etwas anderes. Ich würde nicht weit gehen oder lange wegbleiben, wenn ich du wäre.«
»Was würde sonst geschehen?«
»Den Schamanen gehört die Luft«, sagte Murmeltier. »Wer weiß, was geschehen würde?«

6

Bevor Meri und ich uns weit von der Hütte und der Wolke von gelbem Rauch, der von dem Feuer für Vater stammte, entfernt hatten, wußte ich, daß unsere Bündel zu schwer waren. In meinem, das in unsere Felldecken eingerollt war, befanden sich meine Feuerstöcke und der größte Teil des Fleisches, außerdem aber auch einige Sachen, die ich mit sehr schlechtem Gewissen von Vaters Seite mitgenommen hatte – die Axt, die neben seinem Bett lag, sein Bisonhorn voll Zunder und sein schweres Grünsteinmesser. Die arme kleine Meri hatte alles, was sie finden konnte, in ein Stück Rentierhaut eingerollt: etwas Gras von ihrem Bett, ihre drei Puppen aus Kiefernzapfen, einen gebrochenen Kratzer, den Vater früher einmal weggeworfen, ihr aber dann als Spielzeug geschenkt hatte. Und ich hatte sie ihren Anteil am Fleisch und ein zweites Stück Rentierhaut, das wir zu Riemen für Schlingen aufschneiden konnten, zusammenpacken lassen.

Noch in Sichtweite der Hütte forderte ich sie auf, sich hinzusetzen und das Gras, die Puppen und den Kratzer wieder auszupacken. Sie fing zu weinen an, gehorchte aber. Plötzlich tat es mir sehr leid, sie in diesem Zustand, weinend aber gefügig, zu sehen, und ich ließ sie eine Puppe behalten. Aber der Gedanke an die zwei Puppen, die hinter uns verlassen im Schnee lagen, machte uns so traurig, daß jeder von uns eine in der Hand weitertrug.

Bedrückt stapften wir wieder los zu den Schlingen. Zwei waren leer – wir nahmen sie mit –, aber in der dritten befand sich das gefrorene Vorderteil eines Hasen. Ringsherum lagen Spuren eines Fuchses, und Blut befand sich auf dem Schnee, wo das Hinterteil gewesen war. Wir nahmen die Schlinge und den Teil des Kaninchens mit und hielten Ausschau nach dem Pfad, der von Vaters Neffen und Tante Yoi angelegt worden war. Zuerst konnten wir ihn nicht finden, obwohl ich ihn kurz nach ihrem Weggang gesehen hatte. Wir gingen im Kreis herum und hofften, ihn zu kreuzen. Inzwischen stand die Sonne hoch am Himmel, und wir hatten uns kaum von der Hütte entfernt. Aus der Hütte stieg kein Rauch auf. Das Feuer, das wir für Vater angelegt hatten, war ausgegangen.

Die arme Meri war schon müde und hungrig. Ich erkannte, wenn auch zu spät, daß ich unser Fleisch vor dem Einpacken hätte zubereiten sollen, damit es leichter wäre und wir es jederzeit essen könnten. »Iß etwas Schnee«, sagte ich, und Meri nahm eine Handvoll in den Mund. Zweimal umkreisten wir die Stelle, wo meiner Meinung nach die Spuren sein konnten, bevor wir sie fanden; es waren nur flache Eindrücke, die halb vom Schnee verweht waren. Wir folgten ihnen.

Nach einer Weile fiel Meri weit zurück. Ich ruhte mich aus, bis sie mich eingeholt hatte. Dies geschah zweimal. Dann wurde mir klar, daß sie sich auf diese Weise überhaupt nicht ausruhen konnte, und so setzten wir uns am Waldrand, wo die Spuren in die Ebene hinausführten, unter Birken nieder und aßen Zweige. Diese nehmen den Hunger mit, hieß es. Meri sah elend aus, klagte aber nicht. »Du bist ein braves Kind«, sagte ich zu ihr.

»Wohin gehen wir?« fragte sie.

»Wir folgen Yoi und unseren Vettern«, sagte ich.

»Und wo ist das?«

Ich war mir natürlich nicht sicher, wollte ihr das aber nicht sagen, also antwortete ich: »Graugans' Hütte.«

»Das ist so weit«, sagte Meri. Dann fragte sie: »Bist du sicher, daß Vater tot ist?«

»Ja, ganz sicher«, sagte ich.

»Wenn er aber nicht tot ist? Er könnte aufwachen, und dann wäre niemand da. Laß uns zurückgehen.«

»Wir können nicht zurückgehen«, sagte ich. »Vater ist tot. Ich bin ganz sicher. Und die Geister sind auch dort. Sie werden uns nicht helfen. Wir brauchen etwas zu essen. Erinnerst du dich an die Hütte am Marderfluß, wo wir im letzten Herbst eine Pause einlegten?« Meri erinnerte sich anscheinend nicht. »Wir gingen hinein. Vater sagte, er sei dort geboren.«
»Lebt Junco dort?«
»Nein. Junco lebt bei seinen Eltern, bei Graugans.«
Meri sagte: »Aha.«
»Heute gehen wir zu der Hütte am Marderfluß. Yoi und unsere Vettern haben diese Richtung eingeschlagen. Vielleicht sind sie noch dort. Aber wir müssen jetzt aufstehen. Es ist noch weit.«
»Muß ich dieses Zeug noch weitertragen?« fragte Meri.
»Dein Bündel? Ja, natürlich.«
»Ich will aber nicht.«
»Du mußt, und zwar die ganze Strecke. Wir werden jetzt gehen.« Ich stand auf.
»Ich kann nicht«, sagte Meri.
»Dann laß ich dich zurück. Leb wohl«, sagte ich. Sie kam natürlich mit, zuerst mißmutig, um mir zu zeigen, daß sie eigentlich nicht wollte; aber draußen auf der riesigen, schneebedeckten Ebene, wo die von Yoi und unseren Vettern hinterlassene Spur schnurgerade wie die Fährte eines Fuchses vor uns lag, so weit das Auge reichte – obwohl stellenweise verweht und häufig von Tierspuren gekreuzt –, strengte sie sich an, mit mir Schritt zu halten. Die Einsamkeit der Ebene, der Wind und die vielen Tierherden in der Ferne mußten ihr Angst eingejagt haben. Das Gehen durch die Schneewehen fiel ihr besonders schwer, da sie bei jedem Schritt fast bis zu den Knien einsank. Alle paar Schritte bat sie mich, auf sie zu warten, aber ich konnte ihr nur sagen, sie solle sich beeilen, denn es war schon spät.
Kleine Gruppen von Pferden, Steppenantilopen und Bisons standen, den Körper dem Nordwind zugedreht, mit gesenkten Köpfen da und scharrten im Schnee. In der

Ferne zog eine Mammutherde langsam in dieselbe Richtung wie wir. Sie folgten dicht aufeinander und berührten sich ab und zu mit den Rüsseln; sie lehnten sich aneinander und rieben sich gegenseitig sanft die Schultern, so wie Menschen, die sich gut kennen und versuchen, sich beim Gehen zu unterhalten. Es waren zehn an der Zahl, eines für jeden meiner Finger, und dann noch einige mehr. Alle waren weibliche Tiere, was ich an den Brüsten zwischen ihren Vorderbeinen erkannte, und einige führten Kälber mit. Das größte unter ihnen schaute in unsere Richtung, zeigte dann plötzlich mit Rüssel und Ohren auf uns und stieß einen leisen Schrei aus. Ich bekam Angst – ich fiel nicht gerne auf. Wir blickten auf unsere Füße und gingen weiter.
Später gelangten wir in die Nähe einer Herde von fünf Pferden, die grasten: ein Hengst, ein Jährling und drei Stuten, die offensichtlich trächtig waren. Ich dachte, sie würden sich von uns entfernen, aber statt dessen hoben sie den Kopf und beobachteten uns neugierig. Dann streckten sie Hals und Ohren nach vorn und kamen auf uns zu, als ob sie wissen wollten, wer wir waren.
Uns wurde unbehaglich zumute. Meri stand dicht hinter mir, und ich richtete mich so hoch auf, wie ich konnte. »Halt! Wir sind Menschen, alte Menschen«, sagte ich respektvoll. »Geht weg.« Ich fügte nicht die Worte »wir tun euch sonst weh« hinzu, wie es Erwachsene gewöhnlich tun, wenn sie zu Tieren sprechen, denn der Hengst hatte die Ohren gespitzt und beschnupperte mit langgestrecktem Hals meine Parka. Eine der Stuten reckte ihren Hals, um Meri zu beschnuppern; diese duckte sich hinter mich und umklammerte meine Hand. »Ganz still«, flüsterte ich. Die Stute schnaubte, und der Hengst richtete den Blick auf etwas über meinem Kopf. Sie waren unmittelbar neben uns und nicht aufgeregt! Kam es daher, daß wir gefährlich wirkten? Bald beschnupperten uns auch die anderen Stuten und sogar der Jährling, dann begannen einige, im Schnee zu scharren, um Gras freizulegen, während die anderen

gleichmütig weiterzogen. Plötzlich bäumte sich der Jährling neben Meri auf. Die Pferde sahen offenbar, daß wir harmlos waren, aber wußten sie auch, daß wir jung waren? Wollte der Jährling mit uns spielen?
Die untergehende Sonne färbte den Schnee blau, als wir den Rand der Ebene erreichten, und lange Strahlen leuchteten an der Unterseite der Wolken. Ich fürchtete mich vor dem Wald, wagte aber nicht, daran zu denken – ich fürchtete mich auch vor dem Ausmaß meiner eigenen Angst. Die Fußspuren von Tante Yoi und unseren Vettern waren jetzt schwer zu finden, weswegen wir langsam gehen mußten. Meri sah erschöpft aus, und ihre Lippen waren vor Kälte blau, doch sie hatte schon vor langem zu klagen aufgehört. Einmal sagte sie, sie habe Kiefernnadeln in den Mokassins, und ich wußte, daß ihre Füße gefühllos geworden waren. Auch mir war kalt, und ich war sehr hungrig; ich mußte immer wieder an das Fleisch denken, das wir Vater und den Geistern der Hütte gegeben hatten. Ich konnte es noch riechen und immer noch das Knistern hören, als es gebraten wurde. Ich fragte mich, ob wir anhalten, ein Feuer machen und essen sollten, aber die Angst vor dem Wald trieb mich weiter. Ich glaubte, wir würden ohne Erwachsene nicht eine einzige Nacht im Wald überleben. Dann sah ich zwischen einigen vor uns stehenden kleinen Bäumen den Rumpf und die Schultern eines Bären. Ich ergriff Meris Arm, drückte sie in die Hocke, schloß meine Augen und legte ihr die Hand auf den Mund, so daß sie nicht sprechen konnte. Der Bär, dessen haarige Schultern hoch über das Buschwerk herausragten, schien nach irgend etwas zu schnuppern. Große männliche Bären, hatten uns unsere Eltern oft gesagt, verlassen ihre Höhlen frühzeitig, weil sie Hunger haben, und sind dann sehr gefährlich. Oft hatte man uns außerdem gesagt, daß es riskant ist, vor einem gefährlichen Tier davonzulaufen, weil es einen dann verfolgt; ich wußte also, daß wir uns ganz still verhalten mußten. »Rühr dich nicht, sei still«, wisperte ich. Der Bär kam so nahe,

daß wir den Gestank seines Pelzes riechen und seine Zunge hören konnten, mit der er gegen seine Zähne schlug, als wolle er sie reinigen. Seine Schultern standen höher als mein Kopf, und als er sich zwischen uns und der untergehenden Sonne bewegte, tauchte er uns in Schatten. Ab und zu murmelte er etwas vor sich hin, wie es ein Mensch tut, der an etwas Belastendes denkt, während er arbeitet. Nachdem der Bär an uns vorbeigezogen war, verhielten wir uns noch lange still.

Als wir am frühen Abend mitten im Wald waren, fing es leise an zu schneien. Während ich Meri zur Eile antrieb, solange die Fußspuren noch zu sehen waren, hielt ich Ausschau nach Richtpunkten und dem Stand der Sonne; ich fragte mich, wie ich nur hatte glauben können, daß uns diese Fußspuren über eine weite Strecke hinweg führen konnten. Vielleicht hatte ich nicht an Schneefall gedacht. Aber die Fährte gab mir immerhin die Richtung an – als der Schnee sie zudeckte, ging ich auf demselben Weg weiter und achtete darauf, daß hinter meiner linken Schulter die ferne Bergkette lag und hinter der rechten das gelbliche Glühen der hinter den Wolken untergehenden Sonne. Wir wanderten langsam, weil die Sonne und die Bergkette nicht immer in Sicht waren, wenn wir uns zwischen Bäumen befanden.

Oben auf einer kleinen Anhöhe öffnete sich das Land vor uns in ein breites Tal mit einem vereisten Fluß. Ich war sicher, daß dies nur der Marderfluß sein konnte, und ich war überzeugt, wenn ich seinem Ufer folgte, ganz gleich, wie dunkel die Nacht oder wie tief der Schnee sein mochte, und wenn ich den zum Fluß abfallenden Hang unter den Füßen fühlen konnte, würde ich die Hütte finden – falls ich nicht an ihr vorbeiginge. Ich sagte zu Meri: »Jetzt ist es nicht mehr weit.«

Aber die arme Meri gab keine Antwort. Ich blickte zurück und sah ihre dunkle Gestalt hinter mir hertaumeln: Sie war zu müde, um die Füße zu heben. Als sie herangekommen war, sah ich, daß ihre Nase lief und ihr Gesicht teilweise von Schnee bedeckt war. Ich kniete

nieder und band mir mein Bündel um die Hüften. »Steig auf meinen Rücken«, sagte ich zu ihr, und sie kletterte langsam hinauf. Ich sah, daß sie ihre Puppe aus Kiefernzapfen verloren hatte. Meri kam mir überraschend schwer vor, aber ich war ja schließlich auch müde.
Dann sah ich den schneebedeckten Dachhügel der Hütte, mit einem schwarzen Loch darunter, das die Tür darstellte, und ich erkannte an der Dunkelheit und der Stille, daß Yoi und unsere Vettern nicht drinnen waren. Da wurde mir klar, daß der Schnee uns das Leben gerettet hatte – wenn der Schnee die Spuren nicht verwischt hätte, wären wir ihnen weit von der Hütte weg gefolgt, wo uns die Nacht eingeholt hätte. Natürlich hatten Yoi und unsere Vettern hier kein Lager aufgeschlagen. Wenn Meri und ich den Weg in weniger als einem halben Tag zurückgelegt hatten, dann wären die drei Erwachsenen morgens bei dieser Hütte angelangt und hätten ihr erstes Lager in weiter Ferne aufgeschlagen. Wahrscheinlich waren sie aber in dieses Tal überhaupt nicht gekommen. Ihre Spuren hätten mich in die Irre geführt.
Ich kroch vorsichtig in den Eingang, schnupperte und lauschte, ob ein Tier darin war – vielleicht ein Vielfraß. Als ich nichts hörte und nur die abgestandene Feuchtigkeit einer leeren Hütte roch, zog ich mein Bündel nach und rief Meri. Sie folgte mir in diese kalte, unwirtliche Behausung und beklagte sich auch nicht, als ich sie einen Augenblick allein ließ, während ich wieder hinausging, um Brennholz zu besorgen. Dann tastete ich in der Dunkelheit herum, um die Knoten an meinem Bündel zu losen und die Feuerstöcke zu finden; das Feuermachen fiel mir schwer, denn meine Hände waren vor Kälte steif geworden. Im Licht der ersten Flammen schaute ich mich in der dämmrigen Hütte um. Auch sie hatte Mammutknochen in den Wänden, die durch viele große Steine und einen Mammutschädel abgestützt waren. In der Dachwölbung befanden sich ineinander verschränkte Geweihe, genau wie in Graugans' Hütte. Die

kleine Meri streckte die Hände nach dem Feuer aus. Tränen waren ihr auf den Wangen gefroren, Schnee war in ihrem Zopf gefroren, und ihre Zähne klapperten. Ich ließ sie nur ungern allein, um neues Brennholz zu sammeln.

Als ich mich ziemlich weit von der Hütte entfernt hatte, hörte ich sie rufen. Da ich dachte, sie fürchte sich vor dem Alleinsein und da ich nahezu erschöpft war und mich zwingen mußte, von einem Baum zum anderen zu gehen, achtete ich nicht auf sie. Schließlich fand ich zwei kleine Bäume, die zusammen umgeweht worden waren; sie würden uns notfalls Brennmaterial für mehrere Tage bieten, vielleicht sogar länger, als wir von dem mitgebrachten Fleisch essen konnten. Da es jetzt ausgeschlossen schien, daß wir Yoi und unsere Vettern einholten, und wir keine andere Wahl hatten, als zu bleiben, wo wir waren, hielt ich die umgestürzten Bäume für ein gutes Vorzeichen. Mit einem Gefühl der Erleichterung und Dankbarkeit brach ich die Äste ab.

Wieder hörte ich Meri laut rufen; ihre Stimme klang so deutlich, daß ich wußte, sie befand sich außerhalb der Hütte. Ich wickelte einen Riemen um die gebrochenen Zweige und ging zurück; sie stand draußen im Schnee.

»Was ist denn los?« fragte ich. »Hast du geglaubt, ich käme nicht wieder?«

»Drinnen ist irgend etwas! Ich habe Angst davor. Geh nicht mehr weg.«

Mein Bündel und die Feuerstöcke waren ebenfalls in der Hütte, fiel mir plötzlich ein. »Was ist denn dort drinnen?« fragte ich unwirsch.

»Ich weiß nicht«, sagte sie, »aber es bewegt sich.«

»Ist es groß? Ist es klein? Ist es ein Geist?« fragte ich, aber Meri klammerte sich nur an meine Hand und blickte zur Tür hinüber. Sie schüttelte den Kopf. Sie wußte es nicht. Ich mußte also selbst hineingehen. Ich kroch sehr vorsichtig durch den Eingang. Mit einiger Erleichterung hörte ich, daß Meri dicht hinter mir folgte, deshalb dachte ich, daß es, was es auch sein

mochte, nicht so schlimm sein konnte, denn sonst wäre sie lieber alleine draußen geblieben.
Zuerst sah ich nichts. Dann warf ich Holz auf das Feuer, und in der Glut sah ich etwas Kleines, das sich in der Ecke bewegte, wo der Boden in die Wand überging. Ein Wiesel! Sehr erleichtert, wollte ich Meri schon dafür schelten, daß sie mir Angst eingejagt hatte, als die Augen blaßgrün im Feuerschein aufleuchteten. Ich wußte, daß die Augen eines Wiesels beinahe gelb sind. Beim näheren Hinsehen merkte ich, daß das Tier braun mit teilweise herunterhängenden Ohren war – kein Wiesel, sondern das Junge eines Raubtieres.
Ein Fuchs? Ich ging hin, um genauer nachzusehen, und fand in einer Lücke zwischen einem Stein und dem Mammutschädel, der die Wand stützte, vier Junge. Drei waren erfroren; ihre Lippen waren zurückgezogen und ihre blassen Zungen waren zu sehen, aber das vierte scheute vor mir zurück. Obwohl sein kurzer, dicker Pelz erdfarben wie der Pelz eines Fuchsjungen war, war der Körper zu groß für einen Fuchs. Es war ein Wolf.
Ich spürte Mitleid mit dem hilflosen, kleinen Wesen und den drei anderen, die tot dalagen. Vielleicht waren auch ihre Eltern, wie die unsrigen, gestorben. Vielleicht war ihre Gruppe, wie die unsrige, weggezogen. Dann dachte ich: Wir können sie essen. Aber wo sollten wir sie aufbewahren? Da das Fleisch junger Tiere schneller schlecht wird als das Fleisch alter Tiere, durften sie nicht auftauen, während wir noch einen Teil des in der Schlinge gefangenen Hasen und einen Teil des Rentiers hatten. Ich klemmte die toten Jungen in die dicke Eisschicht hinter dem Mammutschädel, wo die Hitze von dem Feuer sie nicht erreichen würde und wo ich diebische Mäuse oder Wiesel im Auge behalten konnte. Wieder spürte ich neue Hoffnung. Jetzt hatte ich Zeit, gute Plätze für unsere Schlingen zu finden.
»Wirst du es töten?« fragte Meri und deutete auf das lebende Junge. »Hab keine Angst«, sagte ich. »Es ist zu klein, um dir weh zu tun. Wir werden es essen, wenn

wir den Rest des anderen Fleisches aufgegessen haben.« Ich wollte nicht von Tod und Verwesung junger Tiere reden, weil Meri noch so jung war.

Als das Feuer glühendes Holz erzeugt hatte, legte ich Streifen unseres Fleisches darauf, und bald konnten wir essen. Ich fühlte mich viel besser, warm und satt. Auch Meri sah besser aus; ihre Haut war nicht mehr blau. Ich versperrte die Tür mit dem Brennholzstapel, hängte unsere Außenkleider an das Geweih unter dem Dach, legte das Fleisch aus meinem Bündel auf den Mammutschädel, wo das Junge es nicht erreichen konnte – es schien sowieso noch nicht kauen zu können – und rollte unsere Felldecken zu einem Bett auseinander. Sofort waren wir eingeschlafen.

Als ich mitten in der Nacht aufwachte, um dem Feuer neue Nahrung zu geben, überkam mich ein Gefühl der Einsamkeit, weil niemand da war, nicht einmal Tante Yoi, oder die Vettern Stock und Frosch, die sonst am Feuer saßen. Dann sah ich mich nach dem Jungen um. Auch das schien nicht da zu sein. Vielleicht war es hinausgegangen, um sich vor uns zu schützen. Da ich nicht nach ihm suchen wollte, kehrte ich zu den Felldecken zurück; dort lag es und schlief, dicht an Meri gedrängt. Der Anblick stimmte mich so traurig, daß ich fast geweint hätte – zwei junge, schlafende Wesen ohne Eltern, die sich um sie hätten kümmern können. Beide vielleicht ohne Aussicht, lange am Leben zu bleiben. Ich legte mich nieder, schlang die Arme um Meri und schlief wieder ein.

Ich träumte, daß uns jemand gefunden hätte. Der Traum weckte mich auf. Dann glaubte ich, doch nicht zu träumen – ich roch eine nasse Parka. Ich setzte mich auf und zog die Felldecke von Meri herunter. Das Junge war weg, aber am Feuer saß niemand. Also doch ein Traum, dachte ich bei mir, und legte mich wieder hin, aber der Geruch war so deutlich, fast überwältigend, daß ich mich wieder aufsetzte. Diesmal bemerkte ich etwas, das wie ein Fellbündel aussah und den Eingang zum

Windfang versperrte. Ein Wolf lag da, das Hinterteil uns zugewandt und den Kopf in der Tür.
Der Wolf war riesengroß. Obwohl ich Angst hatte, tastete ich im Dunkel nach der Axt, falls der Wolf aufstehen sollte. Dann dachte ich: Wenn ich zuschlage, verletze ich ihn vielleicht nur, und er wird mich umbringen. Aber die Axt in der Hand zu haben, gab mir ein besseres Gefühl, und ich tat das im Augenblick Beste: Ich blieb still liegen und versuchte, ihn im Auge zu behalten, ohne Meri aufzuwecken.
Die Helligkeit im Rauchabzug nahm zu; in der Morgendämmerung schien etwas Schnee zu fallen. Der Wolf wußte von uns, das erkannte ich an den großen Fußabdrücken direkt neben unseren Köpfen. Ich hielt Ausschau nach unseren Kleidern. Meine hingen noch an dem Geweih, aber Meris Parka war verschwunden. Mit wachsendem Entsetzen entdeckte ich Fetzen der Parka neben der Wand. Ich suchte nach unserem Fleisch. Die Stelle hinter dem Mammutschädel war leer! Dann sah ich, daß die erfrorenen Jungen in die Mitte der Hütte verlegt worden waren, wo sie in einer Reihe, ganz still, nebeneinanderlagen.
Ich erinnerte mich an das Fleisch in Meris Bündel, das mit den Schlingen in die Rentierhaut eingerollt war. Ich freute mich, daß Meris Bündel noch unberührt aussah. Ich versuchte, es vorsichtig zu erreichen, und benutzte die Axt, um es näher heranzuziehen. Der Wolf bewegte bei dem kratzenden Geräusch die Ohren, schien aber weiter nicht auf mich zu achten. Ich drückte das Bündel an meine Seite und fragte mich, ob ich darum kämpfen oder darauf verzichten sollte, falls es der Wolf haben wollte.
Ich sah, daß Meris Augenlider sich regten, als ob sie jeden Augenblick aufwachen könnte, und legte ihr die Hand über den Mund. Sie riß die Augen auf. Ich flüsterte ihr ins Ohr: »Ein Wolf liegt in der Tür. Er weiß, daß wir hier sind; rühr dich nicht. Ich habe die Axt.« Sie starrte mich an. Ich nahm meine Hand wieder weg.

»Ein Wolf!« flüsterte sie.
Ich nickte. »Vielleicht geht er weg. Bleib ruhig liegen.«
»Ich muß hinausgehen«, flüsterte sie in dringendem Ton.
»Das geht nicht.«
»Ich muß aber!«
»Dann hock dich auf den Boden. Wir machen später sauber«, flüsterte ich und versuchte, ihr mit der Kleidung zu helfen, woraufhin der Wolf den Kopf hob. Wir erstarrten. Aber der Wolf sah uns bloß an, hob dann seinen Schenkel, um etwas an seinem Bauch zu belekken, das nun ein saugendes Geräusch hören ließ. Ich begriff, wo das Junge war und auch, daß es nicht verlassen war. Der große Wolf war seine Mutter, die einfach nur eine Zeitlang fort war.
Ich hielt die Axt fest, während Meri langsam vom Bett wegkroch und sich geräuschvoll erleichterte, dann schnell zurückkam und unter die Felldecke kroch. Bei diesen Geräuschen sah uns die Wölfin wieder an. Dann seufzte sie und legte langsam den Kopf nieder, während wir gespannt warteten, was jetzt wohl geschehen würde. Aber es geschah nichts.
Im Laufe des Tages ging der Schnee in Graupel, dann in Regen und am Nachmittag wieder in Graupel über. Einmal legte sich die Wölfin auf die andere Seite und ließ das Junge über ihren Körper zu seinem Platz unter ihrem Schenkel klettern. Sonst tat sie nichts. Ihre Seite bewegte sich leise mit ihren Atemzügen.
Auch wir konnten nichts tun. Da wir nicht wagten, umherzugehen, legten wir beim Feuer kein Holz nach, sondern blieben im Bett und sahen zu, wie der Regen durch den Rauchabzug hereinfiel und die Asche naßmachte. Einmal kroch ich in die Nähe der Wölfin, um zu sehen, ob sie vielleicht aufstehen und hinausgehen würde, aber sie hob den Kopf und zeigte mir mit lautem Knurren ihre Zähne, und so ging ich eiligst wieder ins Bett. Während sich der Tag in die Länge zog, wurde es klar, daß die Wölfin nicht die Absicht hatte, uns zu

verlassen, daß sie aber auch unser Leben schonen würde, wenn wir sie nicht ärgerten. Langsam trat Langeweile an die Stelle der Furcht. Am späten Nachmittag waren wir so gelangweilt, daß wir einschliefen.
Wir schliefen, als die Nacht kam. Ich wachte im Dunkel auf, als die Wölfin seufzte und sich ein zweites Mal auf die Seite legte; dabei machte sie ein Geräusch mit dem Maul, während sie die Zunge schnalzte. Da ich soviel geschlafen hatte, konnte ich nicht schon wieder schlafen und lauschte dem Schneeregen auf dem Dach. Einmal hörte ich ein Schnauben und die Schritte eines großen Tieres, das an der Hütte vorbeiging. Ein Bär? Die Wölfin stand auf. Als die Schritte und das Schnauben leiser wurden, legte sie sich wieder hin.
Gegen Morgen hörte der Schneeregen auf. Die Wölfin stand auf, schüttelte sich ausgiebig und ging durch den Windfang nach draußen. Das Junge folgte ihr. Sie führte es zurück, aber es folgte ihr wieder. Sie hob es am Kopf hoch, trug es bis in die Mitte der Hütte und ließ es auf den Boden fallen. Als es ihr immer noch zu folgen versuchte, zeigte es ihm die Zähne und knurrte. Aber das Junge kroch trotzdem auf sie zu; es winselte, hielt den Schwanz gesenkt, die Ohren angelegt und streckte ihr die Nase entgegen. Plötzlich stieß die Wölfin mit der Seite ihres entblößten Augenzahns das Junge am Kopf, worauf es schrecklich zu schreien anfing, aber trotzdem taumelte es hinter ihr her, als sie auf die Türe zuging. Zu meiner Überraschung führte sie das Junge schließlich zu uns und rannte dann hinter uns herum und aus der Tür hinaus, bevor wir begriffen, was sie tat. Auch das Junge war verblüfft – bevor es um uns herum gestolpert war, war seine Mutter verschwunden.
Inzwischen war es ziemlich klar geworden, wem diese Hütte gehörte. Die Wölfin mochte eine Weile draußen sein, konnte aber jeden Augenblick zurückkommen. Ich wußte, daß es etwas geben mußte, was ich tun sollte, während sie weg war, aber mir fiel nichts ein. Ich wollte weiterziehen, wußte aber, daß es nicht möglich war,

solange sich das Wetter nicht gebessert hatte, denn ohne Parka konnte Meri nicht weiterwandern.
Da wir also in der Hütte bleiben mußten, wollte ich mich wenigstens vollkommen still verhalten. Aber auch das ging nicht. Wenn ich keine Nahrung beschaffte, würden wir verhungern. Wir hätten in der Hütte am Kiefernfluß bleiben sollen, dachte ich. Vielleicht hätten wir Schnee und Steine über Vaters Leichnam legen können. Vielleicht wären die Geister weggegangen. Vielleicht wären Leute von Graugans' Hütte gekommen, um uns zu retten. Oder vielleicht hätten wir versuchen sollen, den Forellenfluß selbst zu finden. Eines Tages würden wir aufbrechen, dachte ich, aber nicht jetzt. Auch wenn es noch nicht richtig warm war, das Eis auf den Flüssen schmolz jetzt, und wir konnten sie nicht mehr überqueren. Bei der Kälte und Nässe, ohne etwas zu essen, konnten wir auch nicht über die Berge gehen. Wir konnten im Freien kein Lager aufschlagen. Vielleicht sterben wir hier, dachte ich. Vielleicht tötet uns der Wolf. Vielleicht würden wir verhungern; wenn ich nichts zu essen finde, werden wir bestimmt verhungern.
Plötzlich kam mir der Gedanke, ob ich nicht, statt darauf zu warten, daß der Wolf uns umbringt, die Axt benutzen könnte, um den Wolf zu töten. Aber wie? Mehrere Schläge mit der Axt hatten nicht einmal den Vielfraß, der Vater angefallen hatte, getötet, und der Wolf war viel größer als der Vielfraß. Der Wolf war außerdem nicht verletzt, und er hatte sein Gebiß frei. In Gedanken sah ich mich mit erhobener Axt neben dem Wolf stehen; er wachte auf und bohrte mir seine langen Zähne in die Kehle.
Wenn ich das Junge tötete, fragte ich mich, würde der Wolf dann weiterziehen? Mag sein, aber er konnte auch Meri umbringen, damit ich wie er Schmerz empfinde. Ich ließ den Gedanken fallen.
Konnte ich das Junge draußen aussetzen? fragte ich mich. Könnte ich die Tür mit einem umgestürzten

Baumstamm versperren oder ein Feuer im Windfang anzünden? Im Windfang nicht! Die Flammen würden bei der niedrigen Decke die ganze Hütte in Brand setzen. Wenn wir drinnen blieben, während der verärgerte Wolf draußen herumschlich, saßen wir in der Falle. Ich hatte Angst, den Wolf in irgendeiner Weise gegen mich aufzubringen. Ich verstand das Tier nicht und wußte auch nicht, warum es die Hütte haben wollte oder warum es nicht mit anderen Wölfen zusammenlebte oder warum es uns nicht umbrachte. Wollte es sich unser Fleisch für später aufsparen, so wie wir das Junge schonen wollten? Ich glaubte es irgendwie nicht. Bären töten uns, wenn wir sie aufwecken; Mammute töten unsere Jäger; Löwen töten Menschen, die im Freien schlafen, und Tiger töten Menschen, die sie im Gebüsch überraschen. Der Hunger bringt uns um, der Winter und die Kälte töten uns, die Frau Ohun tötet uns, Wölfe aber nicht. Wölfe stehlen unsere Nahrung und Ledersachen, aber sie töten nur Rentiere, Bisons, Steppenantilopen und Pferde, genau wie wir.

Das einzig Richtige war, erkannte ich, still im rückwärtigen Teil der Hütte zu bleiben, Schlingen auszulegen und nur dann zu kochen und zu essen, wenn die Wölfin weg war. Ich würde meine eigenen Kleider und was von Meris noch übrig war, in einen Baum hängen müssen, und ich mußte verstecken, was immer ich in den Schlingen fangen sollte. In dieser Absicht entfachte ich ein neues Feuer. Dann ließ ich Meri daneben sitzen und machte mich auf den Weg, um den nassen Schnee nach Spuren und Futterplätzen kleiner Tiere abzusuchen. Bald hatte ich meine Fallen aufgestellt.

Als ich zurückkam, lagen Meri und das Wolfsjunge zusammen unter der Felldecke und wärmten sich am Feuer und ihrer eigenen Körperwärme. Ich bereitete das Rentierfleisch aus Meris Bündel zu, und wir aßen, während das Junge zuschaute.

Am nächsten Tag kam die Wölfin für kurze Zeit, und als sie wieder gegangen war, sah ich nach den Schlingen.

Aber das Wetter blieb so kalt und feucht, daß nur wenige Tiere unterwegs waren. Meine Schlingen blieben leer, bis der Wind umschlug und kaltes, trockenes Wetter vom Norden her einsetzte. Da fing ich ein Auerhuhn, das ich rupfte und, unter meiner Parka versteckt, nach Hause trug. Kaum hatten wir das Auerhuhn aufgegessen und die Knochen ausgebrannt, als die Wölfin zurückkam. Zuerst schien sie mißtrauisch zu sein, dann kam sie direkt auf uns zu und beschnupperte meinen Mund. Ihre große Schnauze war dicht bei meinen Lippen und ihre gelben Augen starrten mich an; ich blieb ganz still sitzen. Wie recht hatte ich doch gehabt, sie nicht aus der Hütte auszusperren oder überhaupt daran zu denken, ihr Junges umzubringen! Dann beschnupperte sie Meri, die ebenfalls ganz still dasaß und sich erstaunlicherweise nicht fürchtete, auch als die Wölfin ihr über den Mund leckte. Inzwischen stolperte das Junge weinend um die Füße der Wölfin herum. Nachdem sie die Knochen kurz beschnuppert hatte, legte sich die Wölfin zum Schlafen nieder und hob ihren Schenkel an, um dem Jungen Platz zu machen.

Im Laufe der nächsten Tage fing ich an, das Junge zu beneiden, das mit Milch gefüttert wurde und sich an den warmen Leib seiner Mutter drängen konnte, denn als unser Fleisch aufgegessen war, begannen Meri und ich zu hungern. Die wenigen Auerhühner in meinen Schlingen waren sehr mager und wir, die wegen des strengen Winters und des langen, ermüdenden Marsches ebenfalls mager geworden waren, konnten uns kaum noch bewegen. Meri wurde so dünn, daß ihre Arme wie zwei lange Finger aussahen.

Eines Tages, während die Wölfin draußen war, aßen wir die toten Jungen. Die Wölfin schien gar nicht zu bemerken, daß sie nicht mehr da waren. Später fand ich bessere Plätze für meine Schlingen, und so fingen wir allmählich an, etwas mehr zu essen. Und solange wir kochten und aßen, während die Wölfin unterwegs war, nahm sie uns unser Essen nicht weg.

Da Meri keinen Mantel hatte, blieb sie in der Hütte, wenn ich hinausging, obwohl ich sie auch sonst wahrscheinlich zurückgelassen hätte; sie war so schwach und dünn, daß das Gehen ihr schwerfiel. Wenn ich hinausging, sagte ich ihr immer, sie solle mit ihrer Puppe spielen und sich am Feuer wärmen. Das tat sie auch, wenn aber die Wölfin weg war, kuschelten sie und das Junge sich zusammen. Ich gewöhnte mich bald daran, bei meiner Rückkehr Meri und das Junge eng umschlungen vorzufinden. Dann kam mir der Gedanke, daß auch die Wölfin erwartete, daß die beiden beisammen waren. Jedesmal, wenn sie das Junge nach hinten brachte, bevor sie hinausging, schien sie sich auf Meri zu verlassen.
Doch mir widmete die Wölfin keinerlei Aufmerksamkeit. Wenn sie zu Hause war, lag sie immer nur im Eingang und rührte sich nicht, um mich hereinzulassen. Wenn ich drinnen war und sie nach Hause kam, konnte ich nicht hinaus. Meri und ich mußten dann still daliegen oder uns nur ganz leise bewegen, damit wir sie nicht aufregten, manchmal zwei Tage lang. Wir erleichterten uns in der Ecke und wischten dann alles auf, wenn sie gegangen war. Obwohl wir nie genug Brennholz hatten, um ein großes Feuer anzulegen, und auch unser Brennmaterial sparsam verwendeten, hatten wir manchmal gar keines mehr und konnten auch keines beschaffen. Dann mußten wir unter unsere Felldecken kriechen, um uns gegenseitig zu wärmen. Ich versuchte, die Zeit mit Schlafen zu verbringen, aber ich konnte nicht dauernd schlafen. Wenn ich wach war, flüsterte ich Meri Geschichten von Tieren zu und von Menschen, die vor langer Zeit gelebt hatten, um nicht ständig an die zwei oder drei Wiesel, einen Marder und zwei Füchse zu denken, die, wie ich wußte, meine Schlingen ausraubten. Am meisten liebten wir die Geschichten, wie Vielfraß geblendet wurde und wie Weißfisch die Füße abgeschnitten wurden, denn die echten Tiere machten uns so viele Schwierigkeiten.

Zurück in die Hütte zu gelangen, war manchmal nicht leicht. Falls die Wölfin in der Tür lag, wenn ich heimkam, zeigte sie mir ihre Zähne und knurrte mich an. Wenn ich ihr zu nahe kam, stand sie auf, sträubte das Fell und bellte. Einmal saß ich von Mittag bis in die Nacht vor der Tür und hoffte, die Wölfin würde sich eines anderen besinnen und mich hineinlassen, aber sie war gerade von einer langen Wanderung zurückgekommen und schlief fest. Nach Einbruch der Dunkelheit hörte ich Tiere im Wald um mich herum, und ich bekam große Angst. In meiner Parka hielt ich ein in der Schlinge gefangenes Schneehuhn versteckt, bis Meri und ich es braten konnten, aber ich fürchtete mich so, die Nacht allein in der Dunkelheit ohne ein Feuer zu verbringen, daß ich den Vogel herausnahm und ihn hochhob, damit die Wölfin ihn sehen konnte. Sie öffnete die Augen und kam dann aus der Tür gestürzt, als ob eine Flamme sie berührt hätte. Ich warf ihr den Vogel zu und sprang beiseite, bevor sie mich in den Arm biß. Während sie das Schneehuhn fraß und den Kopf hin und her schüttelte, um die Federn loszuwerden, kroch ich hinein. Am nächsten Tag machte ich den Rauchabzug etwas größer, so daß ich, auch wenn ich nicht hinauskriechen konnte, auf jeden Fall von draußen hineinsteigen konnte.
Aber nachdem uns ein Bär eines Nachts große Angst einjagte, weil er immer wieder an der Tür herumschnüffelte, war ich froh, daß die Wölfin da war. Jedesmal, wenn sie den Bären hörte, knurrte und bellte sie, und jedesmal verzog sich der Bär. Solange sie Wache hielt, brauchte ich es nicht zu tun. Ich merkte, daß ich, wenn ich schlafen konnte, nicht so hungrig wurde.
Manchmal schien Meri weniger hungrig zu sein, als ich erwartet hatte. Jeden Tag beklagte sie sich weniger und weinte auch bald nicht mehr, wenn sie hörte, daß die Schlingen leer waren. Eines Tages, als ich ihr sagen mußte, daß ich nichts gefangen hatte, sagte sie: »Macht nichts. Sie hat mich gefüttert.«

»Dich gefüttert?« fragte ich. »Was meinst du damit? Mit Milch?«
»Nein. Mit dem, was das Junge gefressen hat.«
»Was war das?«
»Sie hat sich erbrochen.«
»Was erzählst du mir da?« fragte ich.
»Sie erbrach sich, und das Junge fraß etwas davon, und dann habe ich etwas gegessen. Ich war zu hungrig.« Meri machte ein trauriges Gesicht.
»Wie konntest du Erbrochenes essen?« fragte ich. »Sie könnte krank sein.«
»Sie ist nicht krank«, erklärte Meri. »Wenn sie nach Hause kommt, leckt ihr das Junge das Maul, dann sieht sie es an, und dann sieht sie mich an, und dann würgt sie, bis sie sich erbricht. Er bittet sie darum. Jedenfalls ist sie nicht krank. Das Erbrochene war nicht krankes Erbrochenes. Es war Fleisch.«
»Was hast du getan?« fragte ich. »So hungrig kann doch niemand sein.« Meri machte jetzt einen niedergeschlagenen Eindruck, aber ich konnte mich nicht dazu bringen, sie zu trösten. Was sie getan hatte, fand ich so schlimm, daß ich, wenn mein Magen nicht leer gewesen wäre, mich selbst erbrochen hätte.
Bald danach begann die Wölfin, meinen Spuren zu folgen und meine Schlingen zu berauben. Sie überprüfte die Schlingen, bevor ich es tun konnte, denn sie verließ die Hütte natürlich immer als erste, und ich fand dann ihre großen Fußabdrücke über den meinigen vom Vortag. Ich versuchte es mit neuen Plätzen für meine Schlingen, aber sie entdeckte auch diese. Schließlich wartete ich, bis sie mich beraubt hatte und auf Jagd gegangen war; dann legte ich die Schlingen rasch an neuen Plätzen wieder aus und suchte sie bald auf. Dies half zwar, aber nur wenig. Und so aß ich selbst, wenn auch widerwillig, ebenfalls Erbrochenes. Es war zwar etwas bitter und schaumig, aber ich war überrascht, wie frisch es schmeckte. Und es war Fleisch, wie Meri gesagt hatte; nicht bloß mageres Fleisch von Auerhüh-

nern und Hasen, woran der Mensch früher oder später verhungern kann, und nicht bloß behaarte, im Winter erfrorene Tiere, sondern manchmal auch das Fleisch neugeborener Fohlen oder Kälber, von Milch ernährt, mit Leber und Fett.

Sie war eine sehr große Wölfin mit langen dünnen Beinen, großen Füßen und blassen, gelbgrauen Augen. Ihr grauer Pelz war schwer und roch, wenn er naß war. Manchmal schien sie ihr Junges zu lieben, wie eine Frau ihr Kind liebt. Wenn sie zu Hause war, hielt sie das Junge zwischen ihrem Oberschenkel und den acht rosa Zitzen in ihrem Bauchfell. Oft leckte sie das Junge überall ab, sogar seinen Urin und Kot, wie sie herauskamen, was mich auf den Gedanken brachte, sie übertreibe ihre Liebe, aber das Lecken hielt die Hütte sauber.

Wie ein Mensch erleichterte sie sich draußen, bevor sie auf Jagd ging. Und wie ein Mensch brachte sie gewöhnlich eine Mahlzeit mit nach Hause. Wenn das Junge auf sie zurannte, um sie zu begrüßen, senkte sie den Kopf, krümmte den Rücken und begann zu würgen, während das Junge und auch Meri begierig zusahen. Dann kam das Fressen wieder hoch und die Wölfin trat einen Schritt zurück, um einen langen, flachen Haufen auszulegen. Auf diese Weise konnten wir zu dritt gemeinsam essen. Sie sah uns beim Essen eine Weile zu und versuchte fast nie, Meri zurückzuweisen, mich sah sie aber manchmal unverwandt an. Trotzdem versuchte sie nicht allzuoft, mir das Essen zu verwehren. In solchen Fällen legte sie ihr Gesicht dicht an das meinige und bellte scharf, wobei ihre Augen, Ohren und die Schnauze auf mich zeigten. Dann mußte ich mich natürlich zurückziehen. Nachdem sie ihre Nahrung hergegeben hatte, ruhte sie sich im Windfang aus. Und da wir nicht hinauskonnten, ruhten wir auch.

Als schließlich der Frühling kam und ich Wurzeln und Pilze in den Wäldern fand, wußte ich, daß wir, wenn auch hungrig, den Sommer überleben konnten. Bei Einsetzen des Frühlingswetters hörte die Wölfin auf, das

Junge so dicht an sich zu halten, vielleicht weil das Junge Zähne bekam und zu beißen lernte. Dann säugte die Wölfin das Junge nur kurz, wenn sie nach Hause kam, und verhinderte, daß es bei ihr schlief, indem sie sich seitlich in den Windfang legte, so daß nicht einmal das Junge hinein konnte. Das Junge schlief oder spielte gern mit Meri, und wenn sie spielten, sah ihnen die Wölfin liebevoll zu.

Ich erinnerte mich, wie in dem letzten Sommer, den ich auf den Ebenen am Grasfluß verbrachte, ein Hengst und seine Stuten in der Nähe einer Rentierherde grasten, und wenn die Fohlen ausschlugen und zu spielen begannen, schloß sich eines der jungen Rentiere ihnen an. Ich fühlte mich glücklich damals – wenn ich gewußt hätte, daß die jungen Pferde und das Rentier auf mich warten würden, hätte ich selbst gern mitgespielt. Dennoch hätte ich nie gedacht, daß ein Mensch und ein Wolf, die fast verhungert waren, zusammen spielen könnten, auch war mir nicht nach Spielen zumute, wenn ich ihnen zusah. Aber wie der Wölfin war auch mir warm ums Herz.

7

Eines Nachts wachte ich auf und hörte den Ruf von Gänsen, und als ich wieder einschlief, träumte ich von Graugans, der diese kraftvollen Vögel lobte, weil sie ihre Gruppen zusammenhielten. Du hast deine Gruppe nicht zusammengehalten, schien er mir zu sagen. Unter Tränen versuchte ich zu erklären, daß ich nichts habe tun können, aber mit einem Flügelschlag, der viel lauter war als meine Stimme, erhob er sich in die Luft und verschwand. Ich wachte wieder auf und konnte mich kaum noch erinnern, wo ich mich befand. Die Dunkelheit, die Kälte, die Stille und der Geruch nach kalter Asche und nassem Fell brachten mich wieder auf die Erde zurück. Dann dachte ich an Tante Yoi und meine Vettern, die inzwischen zum Forellenfluß zurückgekehrt sein und den Leuten gesagt haben mußten, daß Meri und ich hier allein seien. Irgend jemand, dachte ich, mußte uns suchen.

Aber dies konnte natürlich nicht sein, und wenn ich klar bei Sinnen gewesen wäre, hätte ich es eingesehen. Wenn die Leute glaubten, Vater sei am Leben, würden sie warten, bis er zu ihnen käme. Wenn sie ihn für tot hielten, dachten sie wahrscheinlich, auch Meri und ich seien tot – verhungert. Trotzdem wollte ich glauben, daß irgend jemand kommen würde, denn ich wußte nicht, wie wir uns sonst den anderen wieder anschließen könnten. Ich konnte mir nicht vorstellen, ohne Hilfe den Weg vom Marderfluß zum Forellenfluß zu finden.

Später in der Nacht kam mir der Gedanke, daß jemand, der uns suchen wollte, zum Kiefernfluß gehen würde. Wenn sie durch Vaters Leichnam die Wahrheit erfahren hätten, würden die Sucher erkennen, daß Meri und ich gegangen waren, aber sie würden nicht wissen, wohin. Dann tat es mir sehr leid, daß ich kein Grasbüschel oder drei Steinhaufen, die zum Marderfluß zeigten, zurückgelassen hatte, und ich beschloß, daß ich bei Tageslicht zum Kiefernfluß gehen und eine Nachricht hinterlassen würde.

Aber ich wußte nicht, was ich mit Meri anfangen sollte. Da die Wölfin ihre Außenkleidung zerfetzt hatte, konnte ich sie nicht auf eine längere Wanderung mitnehmen; es könnte ja ein Gewitter aufziehen oder das Wetter plötzlich eiskalt werden. Und ich wagte nicht, sie allein zurückzulassen. Unsere Gruppe bestand jetzt nur noch aus zwei Menschen, aber wie zwei Gänse sollten wir zusammenhalten.

In der Dunkelheit hörte ich einen Seufzer der Zufriedenheit – die Wölfin. Sie schien sich nie Sorgen zu machen. Vielleicht wegen der Kälte war dies eine der wenigen Nächte, die die Wölfin in letzter Zeit in der Tür geschlafen hatte. Inzwischen schlief sie gewöhnlich an sonnigen Plätzen nahe der Hütte oder in ihrem Lieblingslager oben auf der Hütte. Von dort aus konnte sie die Tür und die offene Fläche davor überblicken, wo Meri und das Junge ihre Tage mit Spielen verbrachten. Wenn sie der Meinung war, der Wald berge keine Gefahr und sei ohne herumstreunende, gefährliche Tiere, rollte sie sich ein und schlief, indem sie Augen, Schnauze und Füße gegen die Mückenplage abschirmte, die Ohren aber offenhielt. Wenn sie glaubte, etwas Gefährliches sei in der Nähe, bellte sie einmal scharf, so daß das Junge den Kopf hob, und sprang dann auf den Boden, um an dem Jungen vorbei in die Hütte zu traben; das Junge blieb ihr auf den Fersen. Auch Meri hatte gelernt, hinter ihr herzulaufen. Dann versperrte die Wölfin die Tür gegen die Gefahr. Wenn ich draußen war, hatte ich keine andere Wahl, als auf das Dach zu steigen, denn die Wölfin wollte mich nicht vorbeilassen. Auch von der Höhe des Daches aus konnte ich gewöhnlich nicht sehen, was die Wölfin erschreckt hatte, aber einmal sah ich den Bären, der uns nachts belästigt hatte, bei Tageslicht aus dem Wald herauskommen, um an den Lagerplätzen der Wölfin herumzuschnüffeln, wo sie Knochen aufbewahrte. Wenn er sich dem Eingang näherte, schob sich die Wölfin zur Hälfte hinaus und zeigte so viel gesträubte Haare und so viele Zähne, daß ich glaubte, sie würde sich auf den Bären stürzen. Auch er mußte dasselbe gedacht haben, denn er zog sich zurück. Sie stürzte ihm nach, und er rannte davon.

Dann kam mir ein Einfall. Wenn die Wölfin mich als Gehilfin benutzte, könnte ich vielleicht dasselbe mit ihr versuchen. Sie konnte nicht umhin, Meri zu schützen, wenn Meri bei dem Jungen blieb. Meri brauchte nichts weiter zu tun, als aufzupassen, und Meri achtete sowieso mehr auf die Wölfin als auf mich. Ich ging zufrieden ins Bett und plante, beim ersten Tageslicht zum Kiefernfluß zu gehen.

Als ich aber wieder aufwachte, war die Wölfin fort. So etwas tat sie oft und ging zu einer Tageszeit auf die Jagd, die ich nicht ahnen konnte. Ein Mensch rüstet sich für einen Ausflug und nimmt Sachen mit, aus denen hervorgeht, wohin er oder sie gehen will und für wie lange. Ein Wolf verschwindet einfach.

Sie blieb fast zwei Tage weg und zweifelte anscheinend nicht daran, daß ich für sie auf ihr Junges aufpassen würde, ohne auf den Gedanken zu kommen, daß auch ich vielleicht hinausgehen möchte. Wie selbstsüchtig, dachte ich.

Wie großzügig, dachte ich, als sie in der Nacht zurückkam und ihre Nahrung denjenigen abgab, die sie essen wollten. Für sich selbst behielt sie nur ein Eichhörnchen, dessen Hinterfüße ich aus ihrem Maul herausbaumeln sah, bevor sie es herunterschluckte. Da ich wußte, daß die Wölfin wegen des Eichhörnchens keinen Hunger haben würde, bis ich zurück war, sagte ich Meri, ich wollte zum Kiefernfluß gehen. Ich erklärte ihr, ich müsse ein Signal für die Leute zurücklassen, die nach uns suchten, und würde versuchen, vor der Dunkelheit zurückzusein. Die Wölfin, sagte ich, habe noch einen vollen Magen und werde eine Weile dableiben. »Wenn sie bellt, geh in die Hütte«, wies ich Meri an. »Was immer sie will, tu es.«

»Sie schläft bloß«, sagte Meri.

»Schön, dann laß sie schlafen«, sagte ich, »aber bleib in der Nähe der Hütte und paß auf.«

»Sie zwingt uns, in der Nähe der Hütte zu bleiben«, sagte Meri.

Ich ging und nahm die Axt mit. Von ihrem Lager oben auf der Hütte aus öffnete die Wölfin die Augen und sah mich an. Vielleicht glaubte sie, ich wolle Brennholz holen – ein Vorgang, den sie kannte. Bevor die Hütte außer Sichtweite war, schaute ich zurück. Die Wölfin hatte die Augen in ihrem Schwanz vergraben. Nur Meri und das Junge sahen mir nach.

Es war früh am Morgen. In den niedrigen Kiefern hing der Nebel. Jetzt, da die Tage wieder länger geworden waren, rückte die Sonne erneut nach Norden. Ich bemerkte das, weil es mir half, den richtigen Weg zu finden.

Als ich die Ebene erreichte, sah ich den Gletscher in dem Gebirgseinschnitt: mein Richtpunkt. Den ganzen Vormittag ging ich auf ihn zu. Außer der Axt hatte ich nur mein Messer und die Feuerstöcke bei mir, und bei so leichtem Gepäck kam ich schnell voran. Unterwegs fand ich etwas zu essen – neue Triebe von Wasserlinsen am Fluß und zarte, bittere Blätter von Spitzwegerich in der Heide auf der Ebene. In einem Nest im Dickicht fand ich sechs rote Eier mit braunen Punkten – Schneehuhneier – und aß zwei auf; ich wollte auf dem Rückweg die anderen Eier für Meri mitnehmen.

Die Herden von Mammuten, Bisons und Rentieren waren zu ihren Sommerweideplätzen in der Steppe gezogen und hatten die Ebene vereinzelten Herden von Steppenantilopen und Pferden, alle mit Jungen, überlassen. Kleine Herden von Hirschkühen grasten in der Nähe der

Bäume. Die Ebene, noch vor kurzem weiß von Schnee, stand jetzt in voller Blüte mit Sonnenröschen und Süßholzstauden, in denen sich die Bienen tummelten. Ein kalter, frischer Wind wehte von Norden her, und die Sonne schien.

Jenseits der Ebene sah ich unter den Bäumen die Umrisse von Vaters Hütte. Als ich vor der Tür stand, wagte ich mich nicht hinein. Ich suchte nach menschlichen Spuren, fand aber keine. Dann sammelte ich glatte Steine aus dem Fluß, damit die Leute wissen würden, daß mein Zeichen eine Nachricht über einen Fluß bedeute; ich häufte sie zu drei Hügeln auf, einen großen, einen mittelgroßen und einen kleinen, die zum Marderfluß wiesen. Außerdem sammelte ich langes Gras, das ich verknotete und in einen Baum legte, falls vorbeikommende Tiere die Steine auseinandertreten sollten. Nachdem ich getan hatte, weswegen ich gekommen war, wollte ich den Rückweg zum Marderfluß antreten. Aber als ich mich einen Augenblick neben der Hütte hinsetzte, auf den Wind im Wald lauschte und daran dachte, wie wir zum ersten Mal hierhergekommen waren und wie anders damals alles war, wußte ich, falls ich nicht hineinschaute, würde ich mich immer fragen, was ich gesehen haben könnte, oder mir immer etwas vorstellen, was dann in meinen Träumen erscheinen würde. Obwohl ich Angst hatte, vergewisserte ich mich daher, daß kein Tier drinnen lauerte, und trat vorsichtig durch den Windfang.

In der Hütte war es still und dunkel; nur durch den Rauchabzug fiel etwas trübes Licht auf die kalte Asche. Ein Geruch hing in der Luft, ein Geruch nach Aas und Moder. In der Ecke lag Vaters Leichnam in seiner Rentierhaut, bedeckt von einer dünnen Schicht weißen Schimmels. Die Grünsteine, die er vom Forellenfluß mitgebracht hatte, lagen, teilweise bearbeitet, in der Ecke, und die Splitter verdeckten ein kleines Stück Geweih, das in die Form eines Kiebitzes geschnitzt war. Während ich mir das Schnitzwerk ansah, erinnerte ich

mich, daß Vater abends manchmal mit dem Schnitzmesser gearbeitet hatte, und plötzlich wußte ich, was die Schnitzerei bedeuten sollte – das Andenken an Mutter. Ich rührte es nicht an. Mir war klar, daß ich auch sonst nichts anfassen sollte, aber dennoch griff ich unwillkürlich nach Vaters Feuerstöcken und dem Speer. Dabei packte mich Entsetzen, als ob mich ein Geist beobachtete, und ich legte sie schnell wieder zurück. Schließlich überwand ich das Entsetzen und nahm sie trotzdem an mich, weil ich sie so dringend brauchte – Vaters scharfen Speer, falls etwas mit meinem Messer passieren sollte, und seine Feuerstöcke für den Fall, daß die meinigen abbrachen. Ich stahl sie. Ich hielt sie hoch, damit sie kein kratzendes Geräusch verursachten, kroch hinaus, ohne mich noch einmal umzusehen, und ging mit schnellen Schritten durch den Wald zum Marderfluß.
Unterwegs machte ich Pläne für den Speer. Tiere, deren Fleisch uns Kräfte gibt, lassen sich nicht in Schlingen fangen; ich könnte den Speer verwenden, um Fett für Meri zu besorgen, denn sie war noch immer gefährlich dünn. Obwohl ich nicht gut im Speerwurf war und den Speer sehr schwer fand, dachte ich, ich könnte ihn einmal in einer Mondnacht verwenden, um einen der Schwäne zu erlegen, die auf einer Insel im Fluß nisteten. Ich entsann mich, daß diese Vögel das ganze Jahr hindurch, sogar im Frühling, etwas Fett haben.
Ich erreichte die Hütte am späten Nachmittag. Die Wölfin lag auf dem Dach, Gesicht und Beine in ihrem Schwanz vergraben. Sie hob den Kopf, als ich näher kam, und beobachtete mich aufmerksam. Meri und das Junge kamen aus der Hütte heraus, wo sich Meri, und vielleicht auch das Junge, im Rauch des Feuers vor den Mücken hatten schützen wollen.
Meri sah mich erwartungsvoll an, und das Junge rannte zu meinen Füßen; dabei leckte es in der Luft herum, als ob es mich anbetteln wollte. Ich ging hinein und gab Meri die Eier, die sie sofort verschlang. Auch das Junge muß sehr hungrig gewesen sein, denn es fraß die Scha-

len auf. Ich gab Meri ein großes Bündel mit Grünzeug, das sie sich in den Mund stopfte, während das Junge mich bittend ansah, aber zwei Frösche, die ich gefangen hatte, während ich dem Fluß folgte, bewahrte ich in meinem Hemd auf, um sie zu braten, sobald die Wölfin auf Jagd gegangen war.

Inzwischen kam die Wölfin herein, um nachzusehen, was wir machten. Sie beroch die Lippen des Jungen, während Meri versuchte, den Mundvoll Grünzeug herunterzuschlucken. Sie konnte nicht schnell genug schlucken – die Wölfin beschnupperte auch ihren Mund, drehte sich aber gleichmütig um und beschnupperte mich. Als ob sie ahnte, daß ich manchmal Nahrung bei mir hatte, die sie nicht sehen konnte, verweilte ihre Nase lange über den versteckten Fröschen. Dann schaute sie mir einen Augenblick in die Augen, und da ich tatsächlich etwas verbarg, konnte ich ihrem Blick nicht begegnen. Schließlich betrachtete sie das Junge zwischen ihren Vorderbeinen, welches so schnell, wie es konnte, saugte. Einen Augenblick entspannt, setzte sich die Wölfin mit teilweise angelegten Ohren, blinzelnden Augen und heraushängender Zunge hin und ließ das Junge eine Weile trinken. Schon bald stand sie aber wieder auf, schwang das Bein über seinen Kopf und schüttelte den Kleinen ab, als er sich verzweifelt anklammern wollte. Dann verließ sie die Hütte. Von den Geräuschen auf dem Dach wußten wir, daß sie sich wieder auf ihrem Lieblingsplatz befand, wo er sie nicht erreichen konnte.

Der Mond ging auf. Ich nahm den Speer und ging am Ufer entlang bis zu einer langen, schmalen Insel, wo ich vielleicht ein Schwanennest finden konnte. Am Rande des Wassers zog ich meine Kleider aus und legte sie mit den beiden Fröschen auf die obersten Äste eines kleinen Baumes. Dann stieg ich bis über die Hüften in das Wasser, das so kalt war, daß es schmerzte, so kalt, daß ich fürchtete, mir würde jeden Augenblick das Herz stillstehen. Langsam watete ich auf die Insel zu, so daß das

Plätschern des Flusses meine eigenen Geräusche überdecken würde. Im Mondschein sah ich im Schilf die weiße Gestalt eines Schwans. Ich hob den Speer. Als der Schwan den Kopf beugte, vielleicht um die Eier unter seiner Brust zu berühren, stieß ich zu. Er schrie auf und schlug mit den Flügeln; etwas traf meinen Kopf so hart, daß es mir vor den Augen funkelte. Dann hagelten die Schläge auf mich herab und etwas Riesengroßes traf meinen Arm, den ich über mein Gesicht gelegt hatte.
Ich versuchte, den Speer wieder zu heben, fand ihn aber zu schwer; während Hiebe und Bisse auf mich niederregneten, schleppte ich den Speer zum Ufer. Ich rutschte aus, schluckte etwas Wasser und zog mich dann doch noch am Ufer hinauf. Hinter mir auf der Schilfinsel schlug ein riesiger Schwan mit den Schwingen. Ich dachte, ich sei umsonst gebissen worden und halb erfroren, aber dann sah ich unter der mondbeschienenen Wasseroberfläche am Ende meines Speers den weißen Körper eines anderen Schwans. Verwundert, wie ich, ohne es zu wissen, etwas so Schweres hatte mitschleppen können, zog ich den Schwan neben mir hoch. Plötzlich bemerkte ich zwei große, leuchtende Augen, die mich beobachteten. Ich wollte schon wieder ins Wasser tauchen, als ich sah, daß es nur die Wölfin war. Sie mußte den Lärm gehört haben. Rasch hob ich den toten Schwan mit dem Speer hoch, um ihn zu meinen Kleidern und den Fröschen außer Reichweite der Wölfin in die Astgabel zu legen. Aber statt vorauszutraben, wie sie es gewöhnlich tat, wenn sie glaubte, ich hätte etwas zu essen, blieb sie plötzlich stehen, sträubte die Haare, bellte einmal und rannte ein paar Schritte. Hatte sie hinter mir etwas gesehen?
Verängstigt blickte ich über meine Schulter, sah aber nur den mondbeschienenen Fluß und drüben die Insel. Fürchtete sich die Wölfin vor dem Schwan? Dem Speer? Oder – ich empfand eine Angst, die noch eisiger war als der Fluß – war ein Geist dem Speer gefolgt? Langsam vor Entsetzen, holte ich meine Kleider vom Baum herab und zog sie an.

Kaum war ich angezogen, als die Wölfin vorsichtig näher kam und mich beschnupperte. Ihr gesträubtes Haarkleid legte sich wieder, ihre Augen waren nicht mehr rund, sondern nahmen die normale Form wieder an, und sie blickte sich gelassen um, dann schaute sie zu dem Schwan hinauf; sie schnupperte am Ufer und im Schilf herum und trabte dann davon, als ob nichts gewesen wäre.

Was hatte sie gesehen? Im Fluß war nichts Gefährliches, und ich glaubte nicht, daß ein Geist einen Speer so rasch aufgeben würde, nachdem er ihm so weit gefolgt war. Auf einmal wußte ich es – sie hatte bei meinem Anblick die Haare gesträubt! Ich war nackt! Sie mußte so erstaunt gewesen sein, wie ich es gewesen wäre, wenn sie plötzlich ihren Pelz verloren hätte. Am liebsten hätte ich laut gelacht, aber ich fürchtete mich, noch mehr Lärm zu machen. Statt dessen lachte ich in mich hinein.

Später während dieser Nacht verschwand sie, wahrscheinlich um zu jagen. Als sie weg war, ging ich zu dem Baum zurück, um den Schwan zu holen, und erkannte an ihren Fußabdrücken, daß sie nach ihm gesprungen war, aber mit Hilfe des Speers hatte ich ihn hoch oben niedergelegt. Meri und ich rupften und brieten den Schwan noch in derselben Nacht, um sicher zu sein, daß er ganz uns gehörte; wir aßen die Leber und das gelbliche Fett, noch während sie so heiß waren, daß sie uns fast verbrannten; das Junge bettelte vergeblich um einen Anteil. Von dieser Mahlzeit gewannen wir neue Kräfte.

Mit dem Speer bekamen Meri und ich also besseres Essen. Vielleicht konnte ich weitere Schwäne erlegen, solange sie auf ihren Nestern saßen, oder sie mit Hilfe des Speers von ihren Nestern vertreiben und die Eier mitnehmen, oder ein Rehkitz erlegen, das sich am Rande der Ebene versteckte. Vielleicht war ich sogar fähig, den Speer auf irgendein Beutetier zu werfen, aber auch wenn ich das nicht konnte, vergrößerte der Speer meine Reichweite erheblich.

Schon bald würden die jungen Rehe herumlaufen, die Eier würden ausgebrütet sein, und die Schwäne würden mit ihren Jungen dort schwimmen, wo ich sie nie erreichen konnte. Ich wußte, daß ich nicht länger warten konnte. Ich nahm mir vor, den anderen Schwan in der nächsten Nacht, solange der Mond schien, zu erlegen, und benutzte den Vormittag, um im Gras und dem niedrigen Buschwerk nach einem Rehkitz zu suchen.

Der Gedanke, daß einer von uns die Hütte beobachten sollte, stammte von der Wölfin, nicht von mir. Ihr Junges wanderte vielleicht herum, aber Meri nicht, und obwohl die Wölfin manchmal meine Rückkehr abwartete, bevor sie auf die Jagd ging, sah ich keinen Grund, auf sie zu warten. In dem Gefühl größerer Sicherheit mit dem Speer als mit der Axt oder der Hacke aus Geweihstangen ging ich zur Ebene und jagte in dem hohen Gras und den niedrigen Büschen nach Jungtieren. Dann hörte ich Hufschlag und blickte auf. Zwei Stuten und ein Fohlen rannten auf mich zu, gefolgt von einem Wolf – unserer eigenen, langbeinigen Wölfin. Ab und zu blieben die Pferde stehen und schauten die Wölfin böse an; diese hielt sich in einiger Entfernung zurück, um die Pferde nicht auseinanderzutreiben. Dann galoppierten die Pferde wieder davon, gefolgt von der Wölfin, die ihnen aber nicht auf den Fersen blieb, sondern sich zurückfallen ließ; dabei lief sie in weiten Bögen mal nach links, mal nach rechts, so daß die Pferde meine Richtung einschlugen. Ein Hengst hätte sie nicht besser treiben können, außer daß er es mit Bissen und Schüben gemacht hätte. Ich konnte mir zuerst nicht vorstellen, warum sie Pferde auf mich zujagte. Dann glaubte ich, sie brauche vielleicht Hilfe. Wußte sie, wozu der Speer da war? Das konnte sie nicht wissen! Vielleicht sah sie mich auf der Ebene stehen und hoffte, ich könnte eines der Pferde mit den Händen fangen und es so lange festhalten, bis sie ihre Zähne in das Tier versenken konnte, damit es zu bluten anfing, oder sie wollte es auf die Erde ziehen.

Im nächsten Augenblick donnerten die Pferde vorbei. Dann geschah alles ganz schnell – ich schleuderte den Speer, kurz bevor die Hufe der ersten Stute mich vom Boden hochhoben und durch die Luft fliegen ließen. Bei der Landung zog ich die Knie an und schlang die Arme über den Kopf; im selben Augenblick erhielt ich einen zweiten Schlag, als ob ein Baum auf mich gestürzt wäre. Dann spürte ich einen stechenden Schmerz an meiner Schulter von einem dritten, entsetzlichen Schlag, der, glaubte ich, mir die Knochen zermalmte. Ich schrie auf. Das Gedonner der Hufe wurde schwächer, und ich wagte aufzublicken: Die Wölfin hatte sich im Hinterteil des Fohlens verbissen und riß es zu Boden. Während die kleinen Füße des Fohlens nach ihr schlugen, drehten sich die beiden Stuten um, aber statt zu dem Fohlen zurückzustürzen, stießen sie zusammen. Sie waren offenbar verwirrt. Das Fohlen schrie, und die beiden Stuten antworteten, und als eine der beiden uns wieder anfiel, rollte ich mich wie ein Eichhörnchen zusammen. In der folgenden Stille öffnete ich ein Auge und sah ganz in der Nähe das Fohlen in einer Blutlache liegen; es lebte noch, die Stute beugte sich darüber, ihren Kopf neben seinem Kopf. In einiger Entfernung saß die Wölfin mit halbgeschlossenen Augen und heraushängender Zunge. Ich mußte daran denken, wie Timu und Elho und ich einmal einen Wolf fanden, getötet und von einem Pferd in die Erde hineingetrampelt – eine Geschichte, die aus den Spuren deutlich hervorging – und blieb ganz still liegen, wagte kaum zu atmen. Nach längerem Warten, während dessen die Stute mehrere Male die Wölfin angriff und sich Raben auf der Ebene um uns herum niederließen, starb das Fohlen und die Stute gab die Hoffnung auf. Beide Stuten trabten davon. Wieder wagte ich einen Blick und sah, wie die Wölfin große Bissen aus dem Hinterteil des Fohlens herausriß. Ich stand vorsichtig auf; mein Kopf tat weh und der ganze Körper war voller Abschürfungen. Aber die Wölfin knurrte mich so wütend an, daß ich mich wieder

hinsetzte. Danach fraß sie schneller und hielt ständig den Blick auf mich gerichtet; jede Bewegung meinerseits brachte sie wieder knurrend auf die Füße. Inzwischen war der Abend gekommen und mit ihm weitere Jäger; die ungeschützte Ebene neben einem toten Tier war kein Platz für mich. Ich hätte gern jeden Anteil an dem Fohlen aufgegeben, um meinen Speer zu finden und nach Hause zu gehen, wenn auch nur um zu erfahren, wie schwer ich verletzt war und um mich dann hinzulegen. Aber jedesmal, wenn ich aufzustehen versuchte, glaubte die Wölfin anscheinend, ich wolle ihr das Fleisch wegnehmen, und zeigte mir die Zähne. Ich blieb also still sitzen, fühlte mich niedergeschlagen und hungrig und hatte jede Hoffnung auf einen Fleischanteil verloren.
Bei Einbruch der Dunkelheit ging die Wölfin schwerfällig ein paar Schritte beiseite, warf sich auf die Seite und leckte das Blut von ihrem Pelz ab. Ich stand auf gefühllosen Beinen auf und schleppte mich nach Hause, zerschunden, voller Wunden und beschämt, weil ich den ganzen Tag weggewesen war und jetzt mit leeren Händen zurückkam. Im Laufe der Nacht erschien die Wölfin im Windfang, senkte den Kopf, würgte einmal, würgte zweimal und erbrach blasses, zerfetztes Fleisch, das Meri und das Junge herunterschlangen.

Von mir aus betrachtet, waren die Geschehnisse mit den Pferden nicht sonderlich vielversprechend, dennoch schien die Wölfin danach bei der Jagd wie auch bei der Bewachung der Hütte meine Hilfe in Anspruch nehmen zu wollen. Obwohl sie die Hütte nicht verlassen wollte, wenn ich wegging, kam sie mir entgegen, wenn sie mich auf der Ebene sah. Oft trabte sie vor mir her und scheuchte nistende Rebhühner und Ziegenmelker aus ihrer Deckung auf. Da sie alles, was sie fing, selbst fraß, wollte ich sie nicht bei mir haben und versuchte, ihr dies klar zu machen, aber sie achtete nicht auf mich. Noch zweimal versuchte sie, große Tiere auf mich zu-

zutreiben. Sie sah offenbar in mir jemanden, der ein Tier überraschen und zu Fall bringen konnte, aber ihr Plan gelang nicht. Als sie es schaffte, eine junge Bisonmutter mit ihrem Kalb von der Herde wegzujagen, war ich so entsetzt, als sie auf mich losstürmten, daß ich Vaters Speer fallen ließ und in die Öffnung eines Dachsbaus hineinsprang, wo ich mich enger als eine Birkenmaus zusammenrollte und hoffte, daß der Große Bär mein Leben schonen würde.

Ein anderes Mal jagte die Wölfin eine Herde kleiner Pferdeesel: den Hengst, seine drei Stuten und ein Fohlen. Die Wölfin war fast so groß wie die Stuten, und sie jagte ihnen so große Angst ein, daß die Pferdeesel aus ihrer Deckung am Waldrand quer über das kurze Gras auf der offenen Ebene rannten; der Hengst war hinter ihnen her und versuchte, sie zur Umkehr zu bewegen. Als ich sie auf mich zukommen sah, kannte ich den Grund und hielt meinen Speer bereit. Von dem, was Timu und Elho mir über Speere erzählt hatten, entsann ich mich, daß man werfen muß, bevor das Tier an der Stelle ist, auf die du zielst, denn der Speer braucht etwas Zeit, um sein Ziel zu erreichen. Angespannt wartete ich, und als die Pferdeesel nahe herangekommen waren, schleuderte ich den Speer unter Aufbietung aller meiner Kräfte. Der Speer flog vor ihnen vorbei und bohrte sich in den Boden, die Pferdeesel stürmten weiter, und als die Wölfin sah, was geschehen war, fiel sie vom Laufen in einen Trab und machte sich auf den Weg zum Gletscher.

Wir sahen sie bei der Hütte spät am nächsten Tag; sie blieb lange genug da, um etwas weiche, feuchte Nahrung hochzuwürgen – einen grauen Hamster, drei oder vier Wühlmäuse und zwei Zwergmäuse. Während Meri und das Junge gierig zu essen begannen, beschnupperte die Wölfin den Hamster einen Augenblick. Wenn sie angegriffen werden, werfen sich diese Tiere manchmal auf den Rücken, um zu beißen und zu kratzen. Manchmal springen sie dich an. Vielleicht hatte dieser Hamster sich wilder zur Wehr gesetzt, als es ein Wolf erwartete. Obwohl er tot war, starrte sie ihn an, schleuderte ihn plötzlich in die Luft und bellte ihn an, als er herunterfiel. Schließlich verschlang sie ihn.

Im Laufe des Sommers hörten wir nachts immer mehr Stimmen. Wir hörten die Eulen oder den Bären, der schnaufte und vor sich hinbrummte, oder den hohen, dünnen Pfeifton der Fledermäuse über dem Rauchabzug. Eines Nachts hörten wir Löwen auf der Ebene brüllen – das erste Anzeichen, daß sich Löwen in der Nähe befanden, seit wir mit Vater zum Kiefernfluß gekommen waren. Es machte mir angst; ich lauschte einem weiter entfernten Löwen, der einem nahen Löwen antwortete, als wollten ihre Stimmen mir sagen, ich solle die Ebene nicht mehr aufsuchen. Wie selbstsüchtig sie doch waren, dachte ich bei mir, sogar so eine kleine Ebene wie diese für sich in Anspruch zu nehmen, wo wir sie doch auf weiten Flächen finden, auf der Steppe und in der Tundra, wo die großen Herden grasen. Schließlich kroch ich aus dem Windfang heraus, um zu erfahren, wie die Wölfin sich gegenüber diesen fernen, brüllenden Stimmen verhielt.

Sie lag auf dem Dach, wie üblich eingerollt, um sich vor den Mücken zu schützen, und obwohl sie mich ansah, als ich herauskam, gab sie nicht zu erkennen, ob sie die Löwen hörte. Erleichtert wollte ich schon wieder hineingehen, als ich aus der Ferne ein schwaches Wolfsgeheul hörte, zunächst eine einzelne Stimme, die sich klar und deutlich erhob, dann fielen viele andere mit ein, einige hoch, einige tief. Dies brachte unsere Wölfin auf die Beine; sie hatte die Augen weit aufgerissen, und ihr Pelz sträubte sich. Im Inneren der Hütte heulte das Junge zur Antwort auf, und zu meinem Erstaunen schloß sich Meri ihm an: Sie hob ihre Stimme, um ihn zu übertönen, wenn seine Stimme absank, wie es eben ein Wolf tun würde. Taten sie dies gemeinsam, wenn ich weg war? Es mußte so sein, aber warum? Riefen sie jemanden? Ich wäre hineingegangen, um Meri zu fragen, aber die sehr erregt wirkende Wölfin gab viele kleine

Schreie von sich und wedelte mit dem Schwanz, dann hob sie das Kinn und heulte ebenfalls. Beim Klang ihrer Stimme blieben Meri und das Junge still sitzen.
Dann trat Schweigen ein. Die Wölfin lauschte, Meri und das Junge im Inneren der Hütte mußten gelauscht haben, und ich lauschte. Draußen auf der Ebene stand der nahe Löwe, völlig ungerührt von dem Geheul oder den Wölfen, und ließ ein langgezogenes Grollen ertönen, was bedeutete, daß er wieder brüllen würde. Aber die Wölfe mußten unsere Wölfin gehört haben, denn plötzlich antworteten sie ihr. Sie kletterte vom Dach herab und verschwand in den tiefen Schatten der Bäume. Dann brüllte der nahe Löwe, auch der entfernte Löwe brüllte, und ich ging zurück in die Hütte, um mir darüber klar zu werden, wo ich am besten bleiben könnte, falls die Löwen in den Wald kommen sollten. Wo war die Sicherheit größer, in der Hütte oder in einem Baum? Obwohl die Lage viel besser gewesen wäre, wenn die Wölfin Wache gehalten hätte, beschloß ich, auch ohne sie in der Hütte zu bleiben. Auf der Ebene gab es Bisons und Steppenantilopen, Pferde und Pferdeesel, Fohlen und Kälber. Sicherlich würden die Löwen dort Beute machen und uns nicht behelligen. Außerdem war die Hütte gut gebaut und hatte nur einen kleinen Windfang. Jedenfalls redete ich es mir ein und legte mich mit Meri und dem Jungen unter unseren Felldecken nieder, mußte aber unwillkürlich den Löwen lauschen und konnte nicht einschlafen. Während der Nacht kam der ferne Löwe viel näher an den nahen Löwen heran, und das Gebrüll der beiden vermischte sich wie die erregten Stimmen zweier Menschen und wurde laut und scharf. Dann trat Stille ein. Wohin waren die Löwen gegangen? Bald wurde die Stille beängstigender als das Gebrüll – wie es bei Löwen immer ist, zumindest erinnerte ich mich daran von unseren Sommeraufenthalten auf den Ebenen am Grasfluß. Das Junge und Meri schliefen ganz friedlich und hatten offenbar keinen Zweifel, daß sie gegen alle Gefahren geschützt waren, während ich dem

Kratzen der Füße der Wölfin auf dem Dach zuhörte und wünschte, sie schliefe noch immer im Windfang, so daß auch ich einschlafen könnte.

Während der Nacht hörte ich das Atmen eines Löwen außerhalb der Tür, oder glaubte es zu hören, und am nächsten Morgen, als es Zeit war, auf Nahrungssuche zu gehen, war ich nervös und abgespannt. Ich nahm meinen Grabstock und Vaters Speer, der von dem Wurf in den Boden stark gesplittert war, und ging widerwillig zum Rand der Ebene, um nach Zwiebeln und Lilienknollen zu suchen. Nachdem ich ein paar ausgegraben hatte, roch ich frisches Fleisch, und da ich glaubte, ich könnte ein Stück Aas finden, das ich mit nach Hause bringen konnte, folgte ich vorsichtig dem Geruch. Er kam aus einem niedrigen Dickicht, in dem ich, als ich näher trat, das Gesumm von Fliegen hörte. Raben und Elstern hockten in der Nähe auf dem Gras, denn es gab dort keine Bäume, auf denen sie sich hätten niederlassen können, und zwei Füchse liefen bei meinem Anblick in entgegengesetzten Richtungen davon. Als ich mich fragte, warum diese Tiere nicht im Dickicht seien und dasselbe fraßen, was die Fliegen fraßen, wußte ich, ich dürfte nicht näher kommen, und schlug einen großen Kreis. Der Fleischgeruch wurde stärker, vermischt jetzt mit dem Duft nach Salbei und der Ausdünstung eines Löwen, und gerade als ich Erleichterung verspürte, daß die Löwen, die bei Nacht einen solchen Lärm gemacht hatten, jetzt fraßen, sah ich zwischen den Büschen hindurch, daß der Geruch nicht von einem Kadaver, sondern von einem der Löwen stammte, einem männlichen Tier, das auf der Seite lag, den Kopf leicht angehoben und die Augen wegen seiner Wunden geschlossen. Er mochte mich gehört oder gewittert oder zwischen seinen geschwollenen Augenlidern hindurch gesehen haben – er entblößte die Zähne und knurrte. Ein Schwarm von Schmeißfliegen erhob sich von seinem Körper, als er sich bewegte. Voller Angst, aber eingedenk der Mahnung, man dürfe nicht wegrennen, ging ich langsam rückwärts, bis sich das Dickicht zwischen mir und dem Löwen befand; dann drehte ich mich um und eilte auf den Waldrand zu, wo ich notfalls einen Baum erklimmen konnte.

Als ich die Hütte erreichte, vergewisserte ich mich, daß ich alles verstand, was ich gesehen hatte. Ein Löwe lag in einem in der Nähe befindlichen Dickicht, noch lebend, aber allein und verletzt, bestimmt nicht fähig, größere Tiere zu jagen. Und nicht nur dies, sondern er wußte auch, daß ich nicht weit war – er hatte mir seine Zähne gezeigt. Bald würde er Hunger bekommen, und welche Nahrung würde für ihn leichter zu beschaffen sein, als ich oder Meri? Jetzt wußte ich, daß wir die Wölfin brauchten, die mehr hören und mehr riechen konnte als ich und die, da sie ein Tier war, wahrscheinlich wissen würde, wo sich ein anderes Tier aufhielt. Aber die Wölfin kam nicht zurück.

Ich fing an, auf sie zu warten; ich setzte mich auf das Dach in ihr altes Lager, teilweise um den Wald zu beobachten, wie sie es getan hatte, und teilweise, um nach ihr Ausschau zu halten. Zwei Tage vergingen. Nachdem wir unsere letzten Fleischreste aufgegessen hatten, ließ ich Meri in der Hütte zurück und versperrte sogar die Tür mit der Fichte. Ich wollte eigentlich das Junge draußen lassen, damit der Löwe, falls er käme, das Junge und nicht Meri auffressen würde, aber beide brachen daraufhin in Tränen aus, so daß ich das Junge hineinschob, damit der gefährliche Krach aufhörte.

Ich wagte nicht, auf der Ebene nach Nahrung zu suchen, deshalb versuchte ich es am Fluß. Ich pirschte mich mit erhobenem Grabstock an das Schilf heran, jederzeit bereit, einen der mageren, grünen Frösche zu erlegen, die sich im Frühjahr am Flußufer aufhalten und singen. Aber wo es früher einmal viele Frösche gegeben hatte, war jetzt keiner mehr zu finden. Dann stieg aus dem Schilf vor mir ein großer Kranich auf und überquerte den Fluß. Vielleicht hatte er die Frösche aufgefressen. Ich suchte nach Erdbeeren am oberen Rand des Ufers und fand ein paar Pflänzchen, an denen noch ein paar Beeren hingen, aber der Bär war offenbar vor mir hiergewesen. Er hatte auch viele große Binsen gefressen und Riedgraswurzeln, aber ich entdeckte noch einige, die er angebissen und dann fallengelassen hatte; diese nahm ich mit. Dann merkte ich, daß er fast überall gewesen war, wo etwas Eßbares wuchs. Er hatte einige gebrochene Spargelsprossen übersehen, sowie Lilienzwiebeln ohne Stengel und einige von Schnecken angefressene Pilze. All dies nahm ich dankbar mit. Er hatte einigen Portulak zertrampelt. Auch diesen nahm ich mit, obwohl man nicht von Portulak leben kann. Als die Abenddämmerung einsetzte, hatte ich immer noch nicht genug, um Meri und mich zu ernähren, aber der Gedanke daran, was der verwundete Löwe tun könnte, beunruhigte mich so, daß ich zurückging.

Als ich unterwegs stehenblieb, um etwas von dem süßen Harz zu sammeln, das die Lärchen im Sommer absondern, lauschte ich aufmerksam in den Wald hinein. Überall um mich herum stimmten die Vögel ihr Abendlied an, und der leise Abendwind erzeugte ein Wispern in den Baumästen. Ich strengte mich an, um über diese Geräusche hinaus etwas zu hören und vernahm schließlich einen hohen, klaren Ruf, das Geheul eines Wolfes; es stieg, bebte, fiel etwas ab und erstarb. Nach einer langen Pause erklang dieser Ruf von neuem. Ich spürte ein Prickeln zwischen meinen Schultern, und meine Augen wurden trocken und rund. Ich vergaß das süße Harz, ich vergaß sogar, leise zu gehen, und eilte auf die Hütte zu, als ob jemand mich gerufen hätte. Auf halbem Wege hörte ich das Geheul noch einmal.

Ich bin mir nicht sicher, was ich in der Hütte erwartete oder warum ich mich beeilte. Ich glaube, ich lief deshalb so schnell, weil ich so erleichtert war, die Wölfin zu hören. Ich muß ohne sie verängstigter gewesen sein, als ich selber merkte, und muß mich gefreut haben, als ich sie wieder hörte. Aber das Geheul schien auch ein Ruf zu sein, vielleicht an mich gerichtet, und der Gedanke

an die Wölfin ging mir nicht aus dem Sinn, denn furchteinflößende Gedanken an schlimmes Unglück stiegen ungebeten in mir hoch. Ich stellte mir vor, Meri sei vom Löwen gepackt und davongeschleppt worden.
Dann sah ich Meri plötzlich vor mir auf dem Pfad. Nur mit ihren zerschlissenen Hosen bekleidet, hockte sie an einer sonnenbeschienenen Stelle, und ihre Rippen und Schulterblätter hoben sich scharf unter ihrer von Dornen zerkratzten Haut ab. Sie hatte geweint. Auf ihrem verschmierten Gesicht waren saubere Streifen zu sehen, die Spuren ihrer Tränen. Ich fragte: »Was machst du hier?«
Sie begann wieder zu weinen. »Er ist weggelaufen«, sagte sie. »Auch sie ist weg. Sie wollten nicht auf mich warten.«
Meri nannte das Wolfsjunge *er* und die große Wölfin *sie*.
»Auf dich warten?« fragte ich. »Wo wolltet ihr denn hin?«
»Ich weiß es nicht«, sagte Meri. »Sie kam, um uns zu holen. Sie wollte, daß wir mit ihr irgendwo anders hingehen. Sie will hier nicht mehr bleiben.«
Ich war entsetzt. »Und du bist allein in den Wald gelaufen? Was hast du dir dabei gedacht und warum hat sie geheult?«
»Sie hat nicht geheult und ich war nicht allein«, antwortete Meri unter Tränen, »ich war bei ihr. Sie wartete eine Weile auf mich. Aber sie läuft schneller als du und schneller als Vater oder irgend jemand anderes. Sie gab das Warten auf und rannte davon. Ich konnte nicht mit ihr Schritt halten.«
»Hat sie das Junge mitgenommen?« fragte ich, aber Meri saß bloß niedergeschlagen da und wischte sich die tränennasse Nase und die Augen ab. Da wußte ich, daß die Wölfin das Junge mitgenommen hatte. Wahrscheinlich hatte Meri recht, und sie kamen nicht mehr zurück.
»Schön, wir müssen das Beste daraus machen«, sagte ich und versuchte, meine große Enttäuschung herunterzuschlucken. »Wir gehen jetzt zur Hütte zurück, es

wird bald Nacht.« Meri schüttelte wieder verdrossen den Kopf. »Komm mit, ich gehe jedenfalls, leb wohl.« Ich machte mich auf den Weg. Als ich aber über meine Schulter zurückblickte und sah, daß Meri mir nicht folgte, wurde ich wütend. Ich dachte: Jetzt, da alles schiefgeht, widersetzt du dich mir. Ich ging ein paar Schritte zurück. »Erinnerst du dich an diese brüllenden Löwen?« flüsterte ich. »Ich sehe einen in diesen Schatten, der beobachtet dich!« Meri sprang auf und folgte mir.

Als wir die Hütte erreichten, ging ich hinein, aber Meri stieg auf das Dach zum Lager der Wölfin. »Dann bleib meinetwegen draußen«, sagte ich. Allmählich hatte ich ihren Eigensinn satt; außerdem sah ich, daß sie auf dem Feuer kein Holz nachgelegt, sondern es gedankenlos hatte ausbrennen lassen.

Ich nahm meine Feuerstöcke von der Wand. Als ich ein neues Feuer entzündete, erklang ein Wolfsgeheul und verstummte kurz darauf – dasselbe Geheul, das ich aus weiter Ferne gehört hatte; jetzt ertönte es direkt über mir. Ich ließ die Feuerstöcke fallen und eilte hinaus, denn ich glaubte, daß die Wölfin schließlich doch noch zurückgekommen war. Aber auf dem Dach saß nur Meri, dünn und fröstelnd und tränenverschmiert; sie hatte die Arme um die Knie gelegt.

Im weiteren Verlauf des Abends gab Meri nach und kam herein, um sich mit offenen Augen auf dem Boden zusammenzurollen. Ich saß neben dem Feuer und dachte über all die Dinge nach, die ich nicht verstanden hatte. Ich hatte nicht begriffen, wie sehr wir beide von den Wölfen abhängig waren. Meri weinte um sie, obwohl sie nie um Mutter oder Vater geweint hatte. Sie schien die Wölfe zu verstehen – sie konnte sogar wie ein Wolf heulen. Vielleicht hatten sie es ihr beigebracht, als ich außer Hörweite war; als ich sie hörte, heulte sie für das erste Mal viel zu gut. Ich erkannte, daß Meri und ich hier am Marderfluß zwei getrennte Leben geführt hatten. Ich war zu beschäftigt und zu besorgt gewesen, um früher daran zu denken.

Ich erkannte, daß auch die Wölfin ein von uns getrenntes Leben geführt hatte, und zum ersten Mal wurde mir klar, wie wenig ich von ihr wußte. Wenn Wölfe in Gruppen leben, warum nicht auch sie? Wenn sie Höhlen in der Erde anlegen, warum entschied sie sich dann für die Hütte, wo es so viele Sandhügel gab, wo der Boden leicht aufzugraben war? Wenn Wölfe ihre Jungen warm halten, besonders unmittelbar nach der Geburt, warum waren drei ihrer Jungen erfroren? Wo waren der Ehemann oder die Schwester, die sie hätten wärmen können?

Lange dachte ich über diese Fragen nach, bis ich in ihnen schließlich ein Geheimnis sah, das Geheimnis der Wölfin, an dem ich wie an einem Knoten herumzupfte. Und als der Knoten aufging und ich die Wahrheit zu erkennen glaubte, war sie wie das Geheimnis eines Menschen, so daß ich zunächst dachte, mich geirrt zu haben. Doch so mußte es gewesen sein: Sie war schwanger geworden, als sie nicht hätte schwanger werden sollen, vielleicht von jemandem, der für sie verboten war, und als die Zeit ihrer Niederkunft heranrückte, war sie gezwungen gewesen, sich zu verstecken. Dies erklärte auch, warum sie nicht bei ihrer Gruppe geblieben war – sie verbarg sich vor ihr. Es erklärte auch, warum sie in der Hütte lebte – sie merkte, daß sie schwanger war, nachdem der Boden gefroren war. Und es erklärte, warum sie mich und Meri die Hütte mit ihr teilen ließ – sie brauchte Hilfe. Jetzt war sie weg, weil sie, wie ich und Meri, einsam war. Sie hörte ihr Volk weit draußen in den Wäldern singen und machte sich auf den Weg, es zu finden.

Nachdem ich ein Geist geworden war, als es schon zu spät war, um noch eine Rolle zu spielen, erkannte ich schließlich, wie nahe ich der Wahrheit über diese Wölfin gekommen war. Manchmal, wenn ich auf dem Dach der Hütte saß und mich langweilte, weil Geist Murmeltier und Geist Goldauge über Menschen redeten, die ich

nicht kannte, dachte ich über die Wölfin nach. Wie einsam muß sie gewesen sein – für Junge zu sorgen, die sie nicht verstehen konnten. Und auch, wenn wir in Wolfsgestalt auf Jagd gingen, erinnerte ich mich als Wölfin an jene andere Wölfin. Ganz gleich, wie stark der Wind oder wie naß der Schnee, ganz gleich, wie kalt oder wie dunkel die Nacht sein mochte oder wie müde ich war – wenn ich das helle Hinterteil von Murmeltier oder Goldauge vor mir auf dem Pfad auf und abtanzen sah, wußte ich, unser Hunger und die Müdigkeit würden nicht lange dauern; wir würden etwas essen, uns eines Tages wärmen können und die Feinde überwinden, die uns jetzt zu schaffen machten. Jedesmal, wenn in der kalten Luft eine Duftwolke stand oder wenn, wie eine Rauchschwade, eine Witterung – vielleicht nach Dung oder Fußspuren – durch den Schnee heraufkroch, schaute ich Murmeltier, den ältesten, unseren Führer, an, um zu erfahren, was wir tun sollten. Und Murmeltier und Goldauge sahen mich an, um zu erfahren, ob ich ebenso dachte wie sie.
Aber wenn ich als Wolf von den andern getrennt würde und ganz allein weite Strecken hinter mich bringen müßte, würde ich mich unsicher fühlen, vielleicht sogar hilflos sein. Ich könnte nur einen Teil meiner selbst die Wünsche des Schamanen ausführen lassen, während der Rest von mir nach den anderen Wölfen suchte. Ich würde jede Witterung nach Spuren ihrer Witterung absuchen und würde Augen und Ohren anstrengen, um einen Blick von ihnen in der Ferne zu erhaschen oder ein Echo ihrer Stimmen zu hören. Ich würde beim Laufen anhalten, um Spuren von Urin zu hinterlassen, falls sie hinter mir herkämen und die Witterung meines Körpers verweht sein sollte. Und so wie unser Duft zurückbleibt, um eine Nachricht zu übermitteln, auch wenn wir zu anderen Plätzen gehen müssen, so wandern unsere Stimmen, wohin unsere Körper nicht gelangen können, zu denjenigen, die weit entfernt sind. Am Abend, wenn die Sonne schon tief steht, würde ich sie rufen,

dann lauschen und wieder rufen. Während ich beobachte, wie die Sterne herauskommen, würde ich meine Rufe an die schwarze Stelle im Mittelpunkt des nördlichen Himmels senden, wo es keine Sterne gibt, an die Stelle, die sich nie bewegt, ganz gleich, zu welcher Nachtzeit, ganz gleich, in welcher Jahreszeit, wie die Öffnung einer Höhle. »Wo seid ihr?« würde ich ihnen zurufen.

Aber all dies lag noch weit vor mir in jener Nacht in der Hütte, als ich Wache hielt, während Meri schlief. Während der Nacht hoffte ich wider besseres Wissen, daß die Wölfin kommen würde, oder uns irgendwie rufen würde, weil auch ich sie vermißte. Wir sind jetzt wirklich allein, dachte ich bei mir, als ich das Lauschen aufgab. Wir haben niemanden. Die Wölfin hat ihr Kind mitgenommen und ist zu ihrem Volk zurückgekehrt; sie hat uns vergessen, unsere Leute haben uns vergessen, wir werden hier allein aufwachsen, wenn wir Glück haben, oder hier sterben, wenn wir kein Glück haben. Ein Kranich hat alle Frösche gefressen; ein Bär hat die Wurzeln und Erdbeeren gefressen, die wohlschmeckenden Milchraupen sind jetzt in ihren Schalen, und ein Löwe hält uns von der Ebene fern, wo wir vielleicht Aas finden könnten. Bevor die Bärentrauben und Kiefernzapfen reifen, werden wir verhungern. So waren meine Gedanken während der Nacht.
Ein paar Tage danach hatten wir nichts mehr zu essen, und ich beschloß, die Ebene aufzusuchen. Ich konnte dort immer noch Lilien und Spargel finden, und ich konnte vielleicht auf Aas stoßen, wenn ich die Vögel beobachtete. Wenn ich um die Mittagszeit hinging, würden die Löwen, falls es dort welche gab, höchstwahrscheinlich schlafen. Natürlich mußte ich Meri mitnehmen, da die Wölfin nicht mehr da war, um Wache zu halten, und als ich ohne weitere Worte einfach ohne sie losging, lief sie hinter mir her, denn sie sah ein, daß sie ganz allein sein würde, wenn sie nicht mitkam.

Gegen Ende des Tages, als ich vom Ausgraben der Lilienzwiebeln den ganzen Nachmittag hindurch erhitzt und mit Grassamen übersät war, als ich fast am Ende meiner Geduld mit Meri angelangt war, weil sie ständig jammerte und herumwanderte, hörten wir aus der Ferne die Stimme eines einzelnen Wolfs, der aus den Wäldern jenseits der Ebene herüberheulte. Wir hörten angespannt zu. Meri warf plötzlich den Kopf zurück und heulte eine Antwort; es klang so wolfsähnlich, daß ich, hätte ich sie nicht gekannt, nicht geglaubt hätte, was ich hörte. Der erste Wolf heulte wieder. »Er ist es«, sagte Meri. »Wir müssen gehen.« Sie zupfte an meiner Hand, und ich ließ sie vorangehen und versuchte, sie zur Vorsicht zu mahnen und alle Dickichte genau anzusehen, bevor wir sie passierten, bis wir zu einem grasbewachsenen Platz in der Nähe des Waldrands gelangten. Dort brach das Junge aus dem Gras hervor, sprang Meri an und beleckte ihr voller Freude den Mund. Dann kam er auf mich zugekrochen, die Beine gebeugt, den Kopf gesenkt, die Ohren angelegt und mit der Schwanzspitze leicht wedelnd. Meri legte die Arme um seinen Hals und küßte sein Gesicht.

Ich sah mich auf dem freien Platz um und entdeckte Fußabdrücke und Exkremente von Wölfen sowie ein paar abgenagte Knochen. Die Wölfin hatte aus irgendwelchen Gründen die Lichtung zu ihrem Lagerplatz gemacht, wie es Wölfe mit ihren Jungen am Ende des Sommers tun. Ich dachte zuerst, der Lagerplatz könnte den anderen Wölfen gehören, deren Geheul unsere Wölfin anscheinend veranlaßt hatte, die Hütte zu verlassen. Lebten sie jetzt hier? War sie hergekommen, um sich ihnen anzuschließen? Ich betrachtete aufmerksam die Fußspuren, fand aber nur die ihrigen und die des Jungen. Sie war allein hergekommen, vielleicht um sich vor den anderen zu verstecken, da diese inzwischen gewußt haben mußten, daß sie sich bei der Hütte befand. Dann war ich überzeugt, daß sie ihr Junges geheimhalten wollte, und begann zu verstehen, warum die Wölfin

Meri mitnehmen wollte. Meri hätte dem Jungen Gesellschaft geleistet, so daß er nicht versucht hätte, seiner Mutter zu folgen. Als wir die Lichtung verließen, kam er mit.

Er schien gewachsen zu sein, sogar in den wenigen Tagen, seit wir ihn das letzte Mal gesehen hatten. Und er war voller Aufregung und wollte immer nur spielen. Unterwegs fand ich ein Gänsefußgewächs mit seinen köstlichen, weißen Knollen und begann sie auszugraben; das Junge grub ebenfalls. Als ich eine der Knollen hatte, ergriff er sie und rannte um uns herum, wobei er sie kräftig schüttelte; ich gab das Sammeln auf und ging nach Hause. Er kam mit.

Nach Einbruch der Dunkelheit heulte ein Wolf in dem Wald, wo wir den jungen Wolf gefunden hatten. Er wirkte erregt, als er den Ton hörte, schien dann nachzudenken und heulte schließlich eine Antwort. Meri fiel mit ein; sie heulte einen Ruf, der anstieg, dann abfiel und schließlich verebbte. Nach sehr langer Zeit kam die Wölfin trabend aus dem Wald heraus. Sie tanzte einen Augenblick zum Ergötzen von Meri und dem Jungen, dann beschnupperte sie beide kurz. Wenn sie ein Mensch gewesen wäre, hätte man sie verärgert um eine Erklärung gebeten. Aber so legte sie sich einfach auf ihren Platz auf dem Dach nieder.

Während der Nacht wurden wir vom Geheul beider Wölfe aufgeweckt und hörten, daß sie auf viele andere Wölfe, die in der Ferne heulten, antworteten. Ich ging hinaus und sah im Mondschein die Wölfin, die neben ihrem Jungen stand und mit ihm in den Wald hinüberschaute. Das Junge wimmerte und wedelte mit dem Schwanz; die Mutter warf den Kopf zurück und stimmte ein Geheul an. Dann erhob auch das Junge seine Stimme, und das Geheul der beiden vereinigte sich, wobei seine Stimme zunächst stieg und dann abfiel, ihre Stimme zuerst fiel und dann anstieg, so daß ihre Stimmen sich immer wieder überlagerten wie die Strähnen in einem Zopf. Ihr Lied war seltsam und schön, beinahe beängstigend; die Stimmen der Schamanen, wenn sie wie Gänse, wie Adler singen, sind nicht bewegender. Auf den Armen standen mir die Haare zu Berge.

Dann plötzlich schien es im Wald von Wölfen zu wimmeln, ich sah ihre grauen Gestalten, die sich, blaß im Mondschein und dunkel im Schatten, unter den Bäumen bewegten. Die Wölfin sprang vom Dach, bellte einmal scharf, und das Junge stürzte in die Hütte. Dann stellte sich die Wolfsmutter steif neben die Tür.

Ich fürchtete einen Kampf. Meri war drinnen; ich stand draußen, wo ich vier große Wölfe zählen konnte, die auf uns zukamen. Wenn sie, wie die Wölfin zu erwarten schien, versuchen sollten, in die Hütte einzudringen, würde ich ihr helfen müssen, die anderen draußen zu halten, und ich wußte nicht wie.

Aber die vier Wölfe schienen nicht angriffslustig zu sein. Im Gegenteil, sie tanzten auf die Wolfsmutter zu, einige mit erhobenem Schwanz, andere mit gesenktem Schwanz, während sie einen Augenblick steif dastand, um die anderen an ihren Lippen und dem Fell riechen zu lassen. Als sich die bepelzte Gruppe an sie drängte, wich plötzlich die Spannung aus ihr, und mit angelegten Ohren und fast geschlossenen Augen berührte sie mit der Nase die Lippen der Neuankömmlinge.

Dann kam der junge Wolf herausgekrochen. Die Neuankömmlinge umdrängten ihn. Er rollte sich auf die Seite, seine Schwanzspitze wedelte schnell und der Mond schien weiß auf seinen Bauch. Er ließ Urin ab und stieß viele kleine Jammerlaute aus. Das gefiel den erwachsenen Wölfen. Sie sahen ihn neugierig an, hielten die Schwänze hoch erhoben, und dann stürzten zwei von ihnen in die Hütte, nur um im nächsten Augenblick ziemlich überrascht wieder herauszukommen.

Bis jetzt hatten sie mir keine Aufmerksamkeit geschenkt, aber plötzlich umringten sie mich und berochen meine Füße, meine Hände, meine Kleider. Ich blieb vollkommen ruhig stehen, während sie ihre Nasen an mich drückten, denn ich wußte, daß sie mich jeden Augenblick in Stücke reißen konnten, und ich fragte mich, was sie wohl mit Meri getan haben mochten. Aber nachdem sie meine Witterung in vollen Zügen eingeatmet hatten, niesten und schnaubten sie bloß und rannten dann plötzlich unter die Bäume davon. Die Wolfsmutter lief ihnen nach. Das Junge erhob sich und folgte ihnen ebenfalls.

»Meri!« rief ich. »Bist du in Ordnung?«

»Ja«, antwortete sie und kroch aus der Tür heraus.

»Was ist passiert?«

»Zwei Wölfe haben mich angesehen, weiter nichts«, sagte sie. »Wer waren sie?«

»Die Angehörigen der Wölfin, glaube ich«, antwortete ich. »Sie ist mit ihnen weggegangen. Auch der Kleine.«

»Schau, dort drüben«, sagte Meri. Ich blickte hinüber. Inmitten der Bäume, vor dem mondbeschienenen Himmel, zogen die Wölfe, einer hinter dem anderen, nach Osten. Wir erkannten die langbeinige Wölfin, deren Gestalt uns so vertraut war, als dritte in der Linie, mit zwei Wölfen vor ihr und zweien dahinter. Mit ihrem raumgreifenden Trab waren sie im nächsten Augenblick über dem Rand des Tales verschwunden, bevor wir den jungen Wolf hinter ihnen entdeckten. Seine zur Hälfte ausgewachsene Gestalt wirkte im Mondschein klein und dünn, als ob sie nur aus Beinen und Füßen bestünde. Er kämpfte sich mühsam und stolpernd voran.

8

Noch nie war mir die Hütte so dunkel, so still vorgekommen. Ich versuchte zu schlafen, weil ich glaubte, daß ich mich bei Tageslicht fröhlicher und hoffnungsvoller fühlen würde, aber der Schlaf wollte nicht kommen. Wenn ich daran dachte, allein mit Meri den ganzen Winter in der Hütte bleiben zu müssen, kroch in mir die Angst hoch, zu verhungern und zu erfrieren. Wenn ich an den Forellenfluß dachte, sah ich vor meinem geistigen Auge Löwen, ich sah uns ertrinken, ich sah uns verloren. Der Gedanke, verloren zu sein und von wilden Tieren gejagt zu werden, war schlimmer als der Gedanke an den Hungertod oder die Eiseskälte, aber ich wußte, daß wir weiterziehen mußten – wir konnten nicht bleiben. Ich erkannte, daß wir uns durch das Bedürfnis, uns zu bekleiden, von den Tieren unterschieden, denn diese brauchen nichts anzuziehen, um sich warm zu halten. Wir waren beide in dem Jahr nach Mutters Tod aus unseren Kleidern herausgewachsen – unsere Ärmel und Hosenbeine waren viel zu kurz. Unsere Kleider waren außerdem zerschlissen und die Mokassins fast unbrauchbar. Meri hatte nicht einmal eine Parka. Wenn wir bis zum Winter nicht bessere Kleidung haben sollten, würden wir erfrieren, und ich besaß keine Möglichkeit, neue Kleidung zu beschaffen. Ich hatte kein großes Stück Leder.

Aber abgesehen von unserem Bedürfnis nach Kleidung würden wir unterwegs kleinen Tieren ähneln – Füchsen vielleicht. Eine große Gruppe von Menschen kann etwas Großes erlegen und lange Zeit davon leben, wie Löwen oder Wölfe. Eine ganz kleine Gruppe wie Meri und ich würden wie Füchse leben und Frösche und Lemminge essen müssen, die die Kraniche übersehen hatten. Große Gruppen von Männern mit Speeren und Keulen können sich in einem fremden Land bewegen, wo sie wollen, und brauchen die Dunkelheit nicht zu fürchten; wir dagegen würden tagsüber sehr vorsichtig weiterwandern, und uns bei Nacht irgendwo in einem Loch verkriechen müssen. Ich entsann mich einer Geschichte, die Mutter zu erzählen pflegte, die Geschichte von dem Mann, der Feuer von dem Hasen stahl, und wie der Schneeleopard seitdem an jedes Lagerfeuer kommt, weil der Hase ihn losschickt, das Feuer zurückzuholen. Es ist wahr – wenn man ein Lagerfeuer sieht, weiß man, daß ein Mensch in der Nähe ist, vielleicht sogar schlafend. Wir durften kein Feuer anlegen.

Ich fragte mich, wie wir den richtigen Weg finden würden. Nachdem ich ein Geist geworden war und wie ein Tier umherwanderte, schien ich immer den Weg ohne Schwierigkeiten zu finden, und auch wenn ich das angestrebte Ziel nicht fand, konnte ich immer wieder nach Hause gehen. Manchmal richtete ich mich nach der Sonne, manchmal nach den Sternen, manchmal nach der Windrichtung und manchmal nach einer Duftspur, die andere vor mir zurückgelassen hatten. Ich erinnerte mich leicht an die aus Kot und Urin bestehenden Grenzen, die von anderen Tieren errichtet worden waren, an die Stille, die von den Kiefernnadeln am Boden herrührte, an das besondere Geräusch, das von einem Wasserlauf an Teilen seiner Strecke erzeugt wurde, an die Duftwolken, die von bestimmten Pflanzen aufstiegen – alle waren nützlich, sogar in der Dunkelheit. Aber als ich als Mädchen am Marderfluß lebte, verstand ich nichts von diesen hilfreichen Dingen.

Statt dessen setzte ich mich nieder, um nachzudenken. »Das Wasser fließt nach Norden«, hatte Vater immer gesagt. Aber er meinte damit nur, daß sich die Flüsse früher oder später nach Norden wenden oder in andere Flüsse münden, die nach Norden fließen. Nicht einmal dies traf auf den Feuerfluß zu. Ich nahm einen Stock und kratzte einen Strich in den Boden, den ich Marderfluß nannte. Als Meri mich fragte, was ich da tue, sagte ich ihr, sie solle mich in Frieden lassen. Ich setzte ein Zeichen für mich selbst auf das Südufer, und ein anderes für Meri.

Wenn ich aufmerksam lauschte, konnte ich hören, wo das Wasser um die Felsbrocken herumfloß, und ich legte einen kleinen Stein auf meine Zeichnung. Der Marderfluß mußte bergab fließen und zwar von dem ansteigenden Land südwestlich vor uns hinab. Ich legte Steine hin, die das ansteigende Land bezeichnen sollten. Ich blickte auf die Sonne. Der Marderfluß floß nach Osten, erkannte ich.

Ich kramte in meiner Erinnerung nach einer Vorstellung vom Forellenfluß. Er floß nach Westen, aber um ganz sicher zu sein, stellte ich mir vor, ich stünde auf dem Südufer des Kleinen Forellenflusses, an dem Tag, an dem ich Mutters Schwangerschaft bemerkt hatte. Ich entsann mich, daß Mutter stromabwärts auf mich zu gewatet war und ihr Gesicht in ihrem eigenen Schatten dunkel gewirkt hatte. Wenn die Sonne am Morgen hinter ihr stand, mußte Mutter dem Westen zugewandt sein. Wenn sich das Wasser an ihren Waden brach, floß es nach Westen. Bestimmt, der Forellenfluß floß nach Westen.

In die Mitte meiner Steine, die das ansteigende Land darstellten, legte ich größere Steine für die Berge, wo wir gewesen waren, als Mutter starb. Auf der hinteren Seite, von Ost nach West, zeichnete ich den Forellenfluß. Je länger ich meine Zeichnung betrachtete, desto sicherer fühlte ich mich, daß sie richtig war. Und als ich auf einen der kleineren Schierlingsbäume kletterte und durch die Baumwipfel hindurch auf die Bergspitzen schaute, wußte ich, daß meine Zeichnung gut war. »Wir können gehen«, sagte ich zu Meri, als ich wieder heruntersteig.

»Jetzt?« fragte sie.

»Warum nicht?« antwortete ich. So packten wir unsere

Sachen zusammen und folgten dem Südufer des Marderflusses, solange es draußen noch hell war.

Viele Male in meinem Leben stellte ich fest, daß Ereignisse, die meines Erachtens mit Sicherheit eintreten würden, gar nicht eintraten, während Dinge, die ich mir nicht hätte träumen lassen, ohne Vorwarnung passierten. Der Marsch zum Forellenfluß lebt in meiner Erinnerung weiter als eine Reihe guter und böser Überraschungen, wie Kugeln auf einer Schnur.
In der ersten Nacht war ich überrascht, daß es so schnell dunkel wurde. In der Abenddämmerung verließ mich aller Mut und ich wollte wieder umdrehen, aber wir waren natürlich schon zu weit von der Hütte entfernt. Wir bahnten uns den Weg durch das Buschwerk am Wasser, in der Hoffnung, einen Frosch zu fangen, aber entweder hatte ein Kranich schon alle Frösche entdeckt, oder sie wußten, wie spät im Jahr es war, und hatten sich in ihre kleinen Lehmhöhlen verkrochen. Statt dessen fand ich einen toten Fisch, der auf dem Rücken am Ufer vorbeitrieb; sein weißer Bauch glänzte in der Abendsonne. Ich nahm ihn mit. Dann sahen Meri und ich uns an. Wir wagten nicht, Feuer zu machen, deshalb bissen wir Stücke aus dem rohen Fisch heraus, schluckten sie mit Mühe herunter und warfen Kopf und Eingeweide zurück in den Fluß. Später entdeckten wir Riedgras, das auf kahlen Stellen zwischen den Büschen wuchs; wir blieben stehen, um im letzten Tageslicht die Wurzeln auszugraben. »Morgen werden wir unterwegs Nahrung finden und wir werden in der Sonne essen«, versprach ich Meri. »Wir werden auch vor Dunkelheit das Lager aufschlagen.«
»Wohin gehen wir heute abend?« fragte sie. Aber ich gab ihr keine Antwort. Ich wußte es selbst nicht. Den ganzen Nachmittag hindurch hatte ich kein Versteck gesehen. Das Dickicht war zu offen; es gab keine Gesteinsbrocken oder umgestürzte Bäume mit Verstecken dazwischen, keine Bäume, die so hoch waren, daß man sie

besteigen konnte. Als es fast dunkel geworden war, fiel mir auf, wie still es überall war, wie alle grasfressenden Tiere den Fluß verlassen hatten. Nichts rührte sich. Ich sah, daß wir uns in Gefahr befanden. Die großen Raubtiere hatten ihre abendliche Jagd begonnen. Ich merkte, wie unvorsichtig es gewesen war, das Dickicht am Fluß zu betreten, wo reißende Tiere auf Lauer liegen nach denen, die hierher zur Tränke kommen. Als die ersten Sterne herauskamen, blieb ich stehen, um nachzudenken und mich vorsichtig umzuschauen; ich wollte meine Angst überwinden.

Nicht weit vor uns bemerkte ich am Ufer langstieliges Gras, was mir zeigte, daß der Boden dort früher einmal gerodet worden war. Als ich näher heranging, glaubte ich, sogar in der wachsenden Dunkelheit eine dunklere Stelle hinter dem Gras zu sehen, und als ich mich diesem dunklen Fleck näherte, entdeckte ich ein Loch. Darum herum in der Erde waren Lagerstätten, wie sie die Wölfin bei der Hütte angelegt hatte – es war eine Wolfshöhle, vielleicht die Höhle des Volkes unserer Wölfin. Ich sah viele alte Exkremente, dick mit weißen Haaren überzogen, ein paar weiße, abgenagte Geweihe und weiße, abgenagte Knochen. Es gab keinerlei Fußspuren, außer denen von Mäusen. Die Wölfe hatten die Höhle im Frühling und Frühsommer benutzt, während sie ihre Jungen aufzogen, und jetzt, da die Jungen für die Höhle zu groß geworden waren, war das Rudel weitergezogen. Es gab keine Fußspuren oder Schleppspuren im Eingang des Tunnels. Im Augenblick schien nichts im Innern zu sein.

Gefolgt von Meri, kroch ich vorsichtig in den Tunnel hinein; ich schob Vaters Speer vor mir her, hielt ab und zu an, um zu schnuppern und zu lauschen, weil ich wissen wollte, ob sich nicht doch irgend etwas im Innern der Höhle befand. Als ich nur Staub roch und nichts hörte, krabbelte ich weiter.

Wir krochen langsam einen langen Gang hinunter und betasteten mit unseren Händen den harten Tunnelboden. Das Erdreich war warm. Wir zwängten uns durch einen Gang. Ich wollte Meri etwas zuflüstern, aber ich konnte mich nicht umdrehen. Mit den Schultern, dem Rücken und dem Kopf stieß ich am Dach des Ganges an. Dann spürte ich plötzlich freieren Raum. Mein Atem ging rasch. Ich tastete mit einem Arm nach rechts und fand keine Wand; ich kroch vorsichtig weiter, solange es ging. Als ich die hintere Wand fühlte, wurde mir klar, daß wir uns in einer kleinen Höhle befanden, die von den Wölfen ausgegraben worden war, ein Ort, wo wir beieinander sitzen und wo ein Wolf aufstehen oder sich hinlegen konnte. Hier konnten wir uns umdrehen, um das schwache, graue Licht oben im Tunnel zu sehen und den Zustrom frischer Luft zu riechen. Ich betastete die Decke und stellte fest, daß sie stark und gewölbt war, wie das Dach einer Hütte. Der Tunnel war zu klein für jede Art von Tier, das groß genug war, um uns zu verspeisen. Nur eine Hyäne oder ein Bär konnten uns gefährlich werden – nur eine Hyäne oder ein Bär konnten ihre Beute aus der Erde ausgraben. Und wenn irgend etwas nach uns in der Erde grub, während wir schliefen, würden wir von dem Kratzen und Schnüffeln und dem herunterrollenden Erdreich aufwachen, so daß wir mit dem Speer die Füße des Tieres durchbohren konnten. Wir sahen, daß wir uns hier in Sicherheit befanden, daß uns nichts etwas anhaben konnte, außer die vielen Flöhe, die uns zu beißen begannen. Erleichtert und sehr glücklich umarmten wir uns.

Als wir hinauskrochen, um unsere Sachen zu holen, hörten wir einen Hirsch aufstampfen und einen langgezogenen Pfeifton von sich geben, seinen Alarmruf. Dann wanderten viele Hirsche an uns vorbei; sie eilten leise weg vom Fluß, und wir wußten, daß irgendein großes und verborgenes Tier in der Nähe jagte. Wir krochen wieder in den Tunnel und rollten uns in die Felldecken ein. Es war warm, wir fühlten uns sicher und bequem, abgesehen von den Flöhen; wir machten uns nicht einmal die Mühe, auf das Geräusch zu achten, was es auch gewesen sein mochte.

Wir mußten sehr gut geschlafen haben. Während der Nacht fand uns der junge Wolf, ohne daß wir es merkten. Als ich morgens aufwachte, sah ich ihn eingerollt neben Meri liegen. Sie war begeistert, umarmte und küßte ihn. Draußen bei Tageslicht sahen wir, daß seine Ohren schlimm zerbissen waren. Die anderen Wölfe, oder vielleicht nur einige von ihnen, mußten ihn verjagt haben.

Er folgte uns dichtauf, er jagte nach Fröschen, wenn wir nach Fröschen jagten; er fing Heuschrecken, die vor uns aufflogen. Meri grub eine Riedgraswurzel aus und teilte sie in drei Stücke, eines für sich selbst, eines für mich und eines für das Junge. Obwohl es nicht falsch ist, Nahrung zu vergeuden oder mit ihr herumzuspielen, versuchte ich nicht, ihr Einhalt zu gebieten, als sie die Wurzel gefunden hatte.

Viele Tage hindurch folgten wir dem Fluß, bis er zu einem kleinen Wasserlauf wurde, der durch die Biberwiesen auf flachem, höher gelegenem Grund dahinfloß. Wir verbrachten eine Nacht in einem Biberbau, den wir am späten Nachmittag fanden, als die Biber draußen waren. Wie die Wolfshöhle war er gewölbt und fest gebaut, aber er roch nach feuchtem Lehm und Dung, und der Bau war so klein, daß wir uns nicht rühren konnten, als wir beide hineingekrochen waren. Während der Nacht versuchte ein Biber zu uns hereinzukommen; als wir Wasser am Eingang sprudeln hörten, schrien wir, um den Biber zu vertreiben.

Wir verbrachten eine Nacht in einem engen, hohlen Baumstamm, in dem es von Ameisen und Raupen wimmelte; sie krochen mit ihren winzigen, weichen Füßen langsam über unsere Haut. In einer anderen Nacht entdeckten wir auf höher gelegenem Grund eine vollkommene Höhle mit einer sehr kleinen Öffnung, eine Höhle, die von Hasen benutzt wurde und in der es nach Hasen roch, süßlich und nach Gras. Einmal fanden wir nichts Besseres als einen Spalt zwischen Felsbrocken, wo wir uns versteckten und hofften, daß kein Tier uns finden würde.

Jeden Tag hielten wir an, um Wurzeln auszugraben und, als wir uns weiter oben befanden, Beeren zu sammeln. Auf einem Geländeabsatz an der Quelle des Marderflusses entdeckten wir Aas – ein Stück vom Kadaver eines Moschustieres, das aus irgendeinem Grund von einem Schneeleoparden liegengelassen worden war. Wir trugen das stinkende Stück weit weg, falls der Leopard zurückkommen sollte, um es zu holen, und zündeten ein Feuer an, um es so lange zu braten, bis es besser roch. Die Leute sagten später, wir hätten wie Tiere gelebt, und ich nehme an, sie hatten recht, aber schließlich hatten wir keine andere Wahl.

Eines Tages spürte ich ein Völlegefühl im Bauch und Schmerzen. Als ich die Hose herunterzog, um mich zu erleichtern, entdeckte ich Blut zwischen den Hosenbeinen. Zuerst konnte ich mir nicht vorstellen, was mit mir los war, und rief vor lauter Angst nach Meri. Ich konnte an nichts anderes denken, als an Mutter, die am letzten Tag ihres Lebens geblutet und nicht gewußt hatte, warum.

»Du blutest!« rief Meri, ebenfalls verängstigt. »Hast du dich geschnitten? Bekommst du ein Kind?«

Ich wußte es nicht, und mein Herz schlug so schnell, daß ich keinen klaren Gedanken fassen konnte. Ich glaubte nicht, daß ich verletzt sei oder mich geschnitten habe, und ich wußte, daß es einen Vater geben müsse, bevor eine Frau ein Kind bekam. Aber traf dies immer und auf jeden zu? Hatten die Gänse, deren Schwärme bis an den Horizont reichten, und die Rentiere, deren Herden die Hügel bevölkerten, so weit das Auge reichte, hatten sie alle Väter? Einige gewiß. Aber alle? Unmöglich! Hatte ich ein Kind von einem Geist bekommen? Eines stand jedenfalls fest: Mein Bauch war so flach und dünn, daß meine Rippen und Hüftknochen hervortraten. Wenn dort ein Kind wäre, würden wir eine Wölbung sehen. »Es ist kein Kind«, sagte ich zu Meri.

»Ich rieche ein Kind«, flüsterte sie.

Sie hatte recht. Irgend etwas roch wie bei einer Geburt.

Ich roch wie bei einer Geburt, erkannte ich mit Entsetzen. Würde der Geruch Bären oder Tiger anlocken?
Der Geruch zog den jungen Wolf an. Er kam dicht an mich heran, um zu schnuppern und stieß kurz seine Hüften vor und wieder zurück. Und da erkannte ich natürlich, was mit mir geschah – ich menstruierte nur, wie die Hirschkühe im Herbst, wenn die Hirsche röhren, und wie bei der Brunft der Tiger im Winter, wonach wir den Mond den Mond der Schreie nennen. Menschen haben es auch, nur nicht in bestimmten Jahreszeiten, und die Männer haben Angst davor. »Ich glaube, ich menstruiere«, sagte ich.
»Tut es weh?« fragte Meri.
»Ja«, antwortete ich.
Meri begann zu weinen. »Ich will nicht zu Graugans' Hütte gehen«, sagte sie. »Wenn du heiratest, bin ich ganz allein.«
Der Gedanke machte mich frösteln. »Heiraten?« sagte ich. »Ich bin doch verheiratet. Wußtest du das nicht?«
»Nein«, sagte sie unter Tränen.
»Aber ich bin es. Mutter hat es mir gesagt. Aber deswegen werde ich dich nicht verlassen. Deswegen nicht und aus keinem anderen Grund.«
Meri schien erleichtert zu sein. Sie fragte auch nicht, wer mein Ehemann sei, und es fiel mir nicht ein, es ihr zu sagen.
So blieb nur das Problem der Blutflecken. Ich fand eine Birke, zog die Rinde ab und kratzte mit der Schneide von Vaters Speer etwas Bast ab, um diesen als Polster zu verwenden. Ich hatte mehr Bast, als ich brauchte, stellte sich heraus, denn am nächsten Tag hörte die Blutung auf und fing nicht wieder an.
Wenn der Beginn der Menstruation eine böse Überraschung war, so kam eine gute Überraschung kurz darauf, als wir den Gipfel eines der Berge erreichten und vor uns die ungeheure Weite der Steppe und der Taiga sahen, die vom Schwarzen Fluß durchzogen werden, in den der Geweihfluß und der Forellenfluß vom Westen

her einmünden. Ich sah das Glitzern von Wasser – es mußte der Geweihfluß gewesen sein –, und ich sah die Richtung, die wir einschlagen mußten, um das Wasser zu erreichen. Ich glaubte sogar, eine kleine Rauchwolke zu sehen. Mir kam in den Sinn, daß wir, wenn wir bis zum Einbruch der Dunkelheit warteten, sehen könnten, ob Menschen in der Ferne ein Lagerfeuer entfacht hatten, aber oben auf dem windigen Berg schien es sehr einsam und unwirtlich zu sein. Wir beschlossen, möglichst schnell weiterzugehen.
Es hätte länger dauern können, bis wir die Hütte fanden, aber zu gegebener Zeit hätten wir sie wahrscheinlich ohnehin gefunden, auch wenn wir nie auf den Geweihfluß gestoßen wären, denn wären wir weiter nach Westen gegangen, so hätten wir den Schwarzen Fluß sowieso erreicht. Wir rannten die letzten Tage unserer Wanderung wie gehetzt, so begierig waren wir, wieder Menschen zu sehen. In einer der letzten Nächte verbargen wir uns unter dem sandigen Ufer in einem Loch, das von Hyänen ausgegraben sein mußte. Es roch nach Hyänen, und wie in der Wolfshöhle wimmelte es von Flöhen.
»Macht nichts«, sagte ich zu Meri. »Bald sind wir in der Hütte.«
»Ich weiß«, sagte sie. »Mutter und Vater warten vielleicht schon auf uns.«
»Was?« sagte ich. »Sie warten nicht auf uns. Sie sind gestorben. Weißt du das nicht mehr?«
Meri schien verlegen. »Aber ich habe geträumt, daß sie auf uns warten«, sagte sie.
Ich mußte plötzlich weinen. Meri und das Junge waren über mein Schluchzen bestürzt. So überraschte mich Meri, und ich mich selbst auch. Schließlich war Meri doch noch ein Kind und zu jung, um vernünftig zu sein. Warum war ich nur so aufgebracht?
Aber die größte Überraschung der Wanderung und der Grund, warum ich mich an die Wanderung durch die Überraschungen erinnere, die sie uns bot, kamen zum

Schluß. Wir folgten dem Geweihfluß bis zum Forellenfluß und folgten dessen Südufer bis zur Biegung. Von dort sahen wir die Hütte mit Graugans' riesigen Geweihstangen auf dem Dach und Rauch, der aus einem der Rauchabzüge aufstieg. Wo wir die Stromschnellen überquerten, lagen die Felsbrocken für Meri zu weit auseinander, aber die Strömung war gering; wir zogen unsere Mokassins und Hosen aus, hielten unsere Hemden hoch und wateten brusttief durch das eisige Wasser. Das Junge schrie und rannte am Ufer auf und ab, doch schließlich stürzte es sich hinter uns ins Wasser. Dann zogen wir uns wieder an und liefen zur Hütte.

Die vertraute Windfangtür erwartete uns, offen und dunkel, und Essensduft strömte heraus. Wir stürzten hinein.

Als sich unsere Augen an das trübe Licht gewöhnt hatten, sahen wir, daß außer uns nur zwei fremde Frauen da waren; sie saßen nebeneinander an Graugans' Feuer. Der Bratenduft stammte von Fleischstücken, die ihnen gehörten. Obwohl sie älter als ich waren, waren beide noch jung; sie waren schlank, hatten glatte Haut, hübsche Gesichter, saubere, in Zöpfe geflochtene Haare und trugen neue Kleider. Bei unserem Anblick fragten sie erstaunt: »Wer seid ihr? Wo sind eure Leute?«

III

Die Hütte

9

Knochen, Heidekraut, Dung und Bäume scheinen alle verschieden, und doch ist alles Brennstoff, weil alles Feuer in sich hat. So ist es auch mit den Zeiten in unserem Leben, die verschieden aussehen, während sie geschehen, und doch sind sie sich letzten Endes gleich. Nachdem ich ein Geist geworden war und die Gestalt von Tieren angenommen hatte, geschahen Dinge, die mir dasselbe unsichere Gefühl verliehen wie damals, als Meri und ich schließlich doch noch den Forellenfluß fanden. Als ich mit Meri und den Wölfen am Marderfluß allein war, kam ich mir nur selten einsam vor, aber, so überraschend es auch scheinen mochte, ich kam mir einsam und verlassen vor, als ich die Menschen wiederfand. Als ich den Grund dafür begriff, spielte es keine Rolle mehr, denn ich war nur ein Geist, der sich mit niemandem besprechen konnte, außer mit zwei anderen Geistern, die bereits alles wußten, was ich wußte, und sogar noch mehr.

Eines Nachts, nachdem ich ein Geist geworden war, gab es nichts zu jagen. Zwar hatten sich Rothirsche an den Furten auf der Südseite des angschwollenen Flusses versammelt, weil sie nicht hinüberschwimmen konnten, aber die Tiere auf der Nordseite, die Bisons, Rentiere und sogar einige Pferde waren längst zu ihren Sommerweiden auf der Steppe gezogen. Unter dem Eisbrechenden Mond erschien Teals entrückte Gestalt in der Luft und bettelte um Nahrung.

»Bring Hirsche her«, bat Teal. »Treib sie in den Fluß, damit wir sie ertränken können. Rothirsche oder Rentiere, ganz gleich, solange wir etwas zu essen haben.« So fand ich mich in Gestalt einer Hirschkuh allein wieder

und folgte einem Pfad, der sich unter den niedrigen, vereinzelten Fichten, die am Südufer des Flusses wuchsen, entlangschlängelte. Ich hob den Kopf und ließ mir die kalte Frühlingsluft mit ihrem Duft nach Fichten und Schmelzwasser, nach Flechten und anderen Tieren in die Nase steigen. Ich roch auch die bittere, strenge Witterung der Tigerin, die vor kurzem hier vorbeigekommen war. Ich ging langsam und vorsichtig voran und bemerkte, wie gut der Pfad angelegt war. Wenn er durch die Bäume führte, wo man nicht klar sehen konnte, so führte er aber auch dort entlang, wo die Bäume das Geräusch des Flusses dämpften – obwohl ich also nicht Ausschau nach Gefahren halten konnte, konnte ich doch nach ihnen lauschen. Wenn sich der Pfad dem Fluß näherte, wo das Rauschen des Wassers alle anderen Geräusche übertönte, führte er zu höher gelegenem Grund hinauf, von wo aus ich die Gefahren sehen konnte.
Ich bemerkte auch, daß der Pfad sehr alt war. An einer ausgewaschenen Stelle neben dem Fluß hatten die Hufe vorbeiziehender Hirsche ihre Abdrücke hinterlassen. Hinter dieser Stelle überquerte der Pfad eine steile Böschung, und die Talseite des Pfades war durch einen Felsvorsprung befestigt. Seit undenklichen Zeiten waren Hirschkühe im Frühling hier vorbeigezogen, gefolgt von ihren Kindern und Kindeskindern, und flußaufwärts gewandert. Kleine Pfade führten bergab zu Suhlen dicht am Wasser, und ein einziger kleiner Pfad führte den Berg hinauf zu – ach, ihr süßer Duft kam mit dem Wind herunter! – einer Kiefer. Ich eilte zu ihr hin. Die Rinde war zum großen Teil verschwunden, und stellenweise war sogar das süß duftende Holz abgerieben. Kein Wunder! Eifrig begann ich, die eine Seite meiner Nase daran zu reiben. Oh! Der Duft nach anderen Hirschen an dem Kiefernholz war überwältigend, während ich sanft die Haut um meine Augen rieb, so daß sie prikkelte. Bevor ich die Augen wieder öffnete, rieb ich mit der Stirn auf und ab. Es war so angenehm, daß ich auch die Haut hinter jedem Ohr sehr sorgfältig rieb, wobei ich

die Falte gegen das Holz drückte und so herumdrehte, daß ich beim Reiben genau der Kurve folgte. Mir war ganz leicht im Kopf geworden, und ich rieb nun kräftig meinen Nacken.

Danach konnte ich nicht umhin, auch meinen Körper am Baum abzureiben. Ich stemmte meine Füße fest auf den Boden und bearbeitete jede Körperseite von oben bis unten und hörte erst auf, als meine Haut zu brennen anfing. Ein tiefes Wohlbefinden ließ meine Kehle anschwellen und meine Augen glänzen. Ich war dem Hirsch, dessen gefahrloser Pfad hierher führte und dessen jahrelanges Reiben das Holz schön geglättet hatte, sehr dankbar; zum Schluß schüttelte ich mich gründlich, wodurch Winterhaare in kleinen Häufchen zu meinen Füßen übrigblieben und meine Lungen mit dem Duft nach Kiefern erfüllten. Dann ging ich, beinahe tanzend, den Pfad entlang.

Bald erreichte ich die Furt, die jetzt zu einem gefährlichen Sturzbach geworden war. Auf einer Sandbank am Rande des Wassers wartete eine Herde von Hirschkühen – junge und alte, einige mit Jährlingen – auf das Absinken des Wasserspiegels. Ihr Duft nach Milch und Gras erfüllte mich mit Zuversicht; schließlich wanderte ich ganz allein vor mich hin, niemand half mir, auf Gefahren zu achten, niemand gab mir durch Bellen eine Warnung, so daß ich nervös und müde war; mir wurde klar, wie gut es wäre, Gesellschaft zu haben. Teils neugierig und teils scheu, näherte ich mich den Hirschkühen. Aber mehrere von ihnen hoben das Kinn und sahen mich mißtrauisch an. Eine schnaubte, und eine andere schlug mit dem Vorderfuß nach mir.

Enttäuscht trat ich zurück, um mit gesenktem Kopf in der Nähe still und bescheiden zu warten. Ich beschnupperte ein Grasbüschel und versuchte, die Hirschkühe zu beobachten, ohne daß sie es merkten, denn ich hoffte, daß sie sich eines anderen besinnen und mich in die Sicherheit ihrer Herde aufnehmen würden. Aber sie standen dicht beieinander, Mütter, Töchter und Enke-

linnen, hatten das Kinn gehoben, die Nüstern gebläht und schreckten mich mit ihren Blicken ab.
Bei Nacht, als der Wasserstand des Flusses gefallen war, fühlte ich mich so unwillkommen und so unbehaglich, daß ich mir sagte, die Furt sei jetzt gefahrlos, und um den Seitenblicken der anderen Hirschkühe zu entgehen, trat ich in das Wasser – jedoch zu früh. Ich wurde von der Strömung mitgerissen und gegen Felsbrocken geschleudert. Nur durch Laufen, so schnell ich konnte, obwohl nichts unter meinen Füßen war als Wasser, gelang es mir, das jenseitige Ufer zu erreichen und mich dort an Land zu ziehen. Kalt und verschrammt folgte ich dem Hirschpfad die mondbeschienenen Terrassen hinauf, wobei ich wußte, daß die Nacht mit allen ihren Augen nur mich beobachtete. Dann war mir, als habe ich all dies schon früher gewußt, als ich mit Meri ein kleines Mädchen war und zum Forellenfluß zurückkehrte.

Die beiden hübschen Frauen richteten sich gerade auf, und ohne den Versuch zu machen, freundlich zu wirken, musterten sie Meri und mich mit prüfenden Blikken und warteten darauf, daß wir uns einführten. »Ich bin Yanan«, hörte ich mich sagen. »Dies ist meine Schwester. Wir sind von hier.«
Die beiden jungen Frauen sahen sich stirnrunzelnd an. »Von hier?« fragte eine von ihnen. »Wieso von hier?«
»Unser Vater, Ahi, gehörte in diese Hütte.«
»Ahi?« fragte die andere Frau. »Ich kenne ihn nicht.«
»Unsere Tante ist Yoi und unsere Vettern sind der Stock und der Frosch«, sagte Meri.
Die beiden jungen Frauen sahen sich an. »Wir kennen sie nicht«, sagte die erste, sie hatte das Kinn gehoben und sprach sehr abweisend. Ich sah, daß sie uns nicht traute.
Nicht hier? dachte ich. Wo können sie sein? Haben neue Leute die Hütte übernommen und unsere Verwandten getötet? »Ich kenne die Besitzer dieser Hütte«, sagte ich

schließlich tapfer. »Graugans, Kind von Suussi, ist der Anführer, und sein Weib, die Schamanin Teal, gehört zu unserer Sippe. Seine Tochter ist Eule und seine Söhne heißen Timu und Elho. Seine erste Frau ist Ina, die Schwester unseres Vaters. Ich weiß nicht, wo die anderen sind – Yoi und der Stock und der Frosch –, wenn, wie ihr sagt, ihr sie nicht kennt. Aber unsere Eltern sind tot, deshalb sind wir hier. Ich bin hier, um bei Timu, meinem Ehemann, zu sein.«

»Deinem Ehemann?« fragte die erste Frau, die mir mit langsam größer werdenden Augen zuhörte. »Er ist mein Ehemann! Ich bin Ethis, Timus Weib.«

»Und ich bin Ankhi, ihre Schwester«, sagte die andere, »die Frau von Elho.« Sie drückte die Hände gegen ihren angeschwollenen Bauch. »Und dies hier ist sein Kind.«

Meri lehnte sich an mich, während uns diese hübschen Schwestern prüfend ansahen. Wir waren verschmutzt, wir waren mager, und unsere zerrissenen Kleider, die uns inzwischen viel zu klein geworden waren, zeigten, daß wir zu keiner Sippe gehörten. Meris strähnige Haare waren von Kletten verklebt, und meine Kopfhaut prikkelte, wenn ich daran dachte, wie zerzaust meine eigenen Haare sein mußten. Es tat mir weh, mit anzusehen, wie Meri demütig diese Frauen anstarrte, ihre glatten Zöpfe, ihre saubere, leicht mit Fett eingeriebene Haut, ihre rundlichen Arme, ihre rundlichen Beine, ihre Elfenbeinkugeln, ihre Hochzeitskleider – etwas weiter geschnitten als unsere, besonders um die Hüften herum, aber neu – und Akhis gerundeten Bauch, in dem Elhos Kind eingerollt lag.

Als ich merkte, daß die beiden hübschen Frauen Meris sehnsüchtigen Blick verächtlich erwiderten, fiel mir ein, daß ich ihnen nicht gesagt hatte, wie Meri hieß. »Der Name meiner Schwester ist Meri«, sagte ich, obwohl sie das vielleicht gar nicht interessierte.

Aber Ethis sagte: »Das wissen wir. Als du uns sagtest, wer ihr seid, wußten wir, daß dieses Mädchen deine Schwester sein muß, keine andere als Meri.«

Es geschah einfach zuviel. Diese Frauen verwirrten mich. Ich konnte nichts anderes sagen als: »Was?«
»Als unser Onkel feststellte, daß Meri nicht hier war, wurde er böse«, sagte Ankhi, »aber jetzt, wo sie hier ist, wird alles wieder gut werden.«
»Euer Onkel? Meri? Ich verstehe nicht.«
»Ach so«, sagte Ethis. »Graugans, Kind von Suussi, sagte dem Onkel, daß ihr hier warten würdet, wenn wir kämen. Jetzt, wo wir wissen, daß euer Vater starb, verstehen wir, warum ihr nicht früher gekommen seid.«
Diese Worte ergaben keinen Sinn. Warum wartete ein Fremder auf Meri? »Ist Graugans hier?« fragte ich. »Und seine Frauen? Ist Timu hier? Elho? Eule und ihr Ehemann? Weißfuchs und seine Eltern?«
»Alle sind hier«, sagte Ethis, »außer Weißfuchs' Eltern, die auf der Steppe geblieben sind. Und Eules armes kleines Kind, das unterwegs starb.«
»Starb? Wie?«
»Es wurde von der Frau Ohun getötet. Sie schickte uns letzten Sommer den Durchfall.«
»Warum sind Weißfuchs' Eltern auf der Steppe geblieben? Ist Weißfuchs bei ihnen?«
»Weißfuchs ist hier«, sagte Ethis. »Seine Eltern blieben bei seiner Schwester, die verheiratet ist. Das Winterquartier ihres Mannes liegt auf der Steppe.«
»Und wo?« fragte ich.
»Westlich von der Höhle am Haarfluß«, sagte Ethis voller Stolz. »Wir wären jetzt auch dort, wenn ihr nicht wärt.«
Die Höhle am Haarfluß sagte mir nichts. »Ich bin noch jung«, sagte ich. »Niemand hat mir von diesem Ort erzählt. Was haben wir mit eurer Wanderung dorthin zu tun?«
»Onkel will jetzt nicht gehen, weil es schneien könnte, solange wir unterwegs sind«, sagte Ethis.
»Was hat der Schnee mit ihr zu tun?« fragte ich in scharfem Ton und zeigte mit den Lippen auf Meri.
Ethis und Ankhi machten angesichts meiner Grobheit

lange Gesichter. »Da Onkel herkam, um sie abzuholen, wollte er ohne sie nicht wieder zurückgehen«, sagte Ethis. »Sie sind einander versprochen.«

»Euer Onkel und Meri sind verlobt?« fragte ich entsetzt.

»Ja.«

»Aber sie war schon verlobt. Mutter hat es mir gesagt.« Ich konnte mich in der Tat gut daran erinnern. Es war eines der letzten Dinge, von denen Mutter sprach.

»Irgend jemand muß dies geändert haben«, sagte Ethis. Plötzlich stieß Ankhi einen kleinen Schrei aus. Dann griff sie nach ihrer Axt. Erstaunt drehte ich mich um und sah, wie das Wolfsjunge an einigen Lederstücken zerrte, die im Windfang zusammengerollt lagen.

Mit Äxten und Pickeln rannten die beiden hübschen Frauen auf das Junge zu, aber die kleine Meri, die auf dem Boden gehockt hatte, die Arme eng um den Leib geschlungen, klein und dünn wie ein Frosch und ebenso ahnungslos über ihr eigenes Verlöbnis, sprang plötzlich auf und streckte die Arme aus. »Tut ihm nichts!« schrie sie, als das Junge ein Lederstück hochhob und damit wegrannte.

Ethis und Ankhi sahen uns mit weitaufgerissenen Augen an.

»War das ein Geist?« fragte Ankhi.

»Nein, kein Geist«, sagte ich, während eine ganze Reihe neuer Probleme vor meinem inneren Auge aufstieg. Am Marderfluß hatte ich alles auf einen Baum gelegt, was ein Wolf uns wegstehlen könnte. Hier, sah ich, kamen die Menschen auf diesen Gedanken erst, wenn es zu spät war. Wahrscheinlicher noch: Sie würden es überhaupt nicht tun.

»Wer hat dann das Leder mitgenommen?«

Ich setzte zu einer Erklärung an, aber Meri war schneller. »Ein Junges«, sagte sie. »Ein Wolfsjunges. Meines.«

»Deines?« fragte Ankhi erstaunt. »Was meinst du damit – deines?«

»Es gehört mir, so wie diese Axt dir gehört«, sagte Meri unverblümt. Jetzt sahen wir alle, Ethis, Ankhi und ich,

Meri an; die beiden zweifellos, weil sie kindischen Unsinn redete – schließlich muß man ein Tier, bevor man es besitzen kann, töten – und ich, weil ich sie nie so kühn hatte reden hören.

»Paß auf, was du sagst«, sagte ich.

Sie warf mir einen langen, bitteren Blick zu, dann kroch sie durch die Tür hinaus. Ich stürzte ihr nach, und gerade als ich aus der Tür kam, hörte ich sie aufschreien.

Was ich draußen sah, werde ich nie vergessen. Vor dem Einschlafen erscheint mir die Szene manchmal im Traum und läßt mein Herz beinahe stillstehen. Ich sah, wie Timu den Speer nach Meri warf.

Wie konnte dies geschehen? Als Elho und Timu zur Hütte kamen, lief das Junge hinaus. In dem Glauben, sie hätten einen Dieb gefangen, stießen sie das Junge auf den Boden und hoben ihre Speere, um es zu töten. Genau in dem Augenblick, als Timu zustoßen wollte, stürzte Meri aus dem Windfang und warf sich über das Junge. Ich schrie auf und hielt die Hände vor meine Augen; dann hörte ich ein schreckliches Krachen, und als ich die Augen wieder öffnete, sah ich, daß es Timu, obwohl er seinen Speer nicht hatte aufhalten können, gelungen war, ihn in die Erde und nicht in Meris Körper zu rammen.

Einen Augenblick lang rührte sich keiner. Elho und Timu starrten auf Meri hinab. Timu begann zu zittern. Elho hatte die Augen und den Mund weit aufgerissen und sah sich fassungslos um. Als er mich sah, schien er mich nicht zu kennen. Als wäre sie überrascht, noch am Leben zu sein, schaute Meri langsam zu Timu hinauf und dann hinunter auf das Junge. Von Meri festgehalten, versuchte das Wolfsjunge zu gefallen – es leckte vorsichtig zu Meris Gesicht hoch, seine Schwanzspitze bewegte sich leicht.

Timu zog langsam seinen Fuß unter Meri hervor. »Beim Großen Bären!« sagte er. Meri erhob sich auf Hände und Knie. Das Wolfsjunge stand langsam auf und rannte

dann davon. Timu sah Meri verblüfft an. »Beim Großen Bären!« sagte er noch einmal. »Du bist Meri!«
Meri nickte und begann zu weinen. »Du hast mir angst gemacht«, sagte sie.
Timu wurde wütend. »Dir angst gemacht?« brüllte er. »Ich habe dich beinahe umgebracht!«
Elho gewann als erster die Fassung wieder. Er legte die Hand auf Timus Schulter. »Niemand ist verletzt«, sagte er vernünftig. »Sei ruhig, bis wir sehen, was los ist.« Er schaute über meinen Kopf hinweg auf Ethis und Ankhi, die aus dem Windfang herausgekrochen waren und die Szene mit offenem Mund betrachteten. »Weib!« sagte Elho. »Bitte erklär mir das.«
Aber Ankhi blinzelte nur. Schließlich fragte sie: »Was soll ich erklären?«
Bestimmt war ich der einzige Mensch, der wußte, was geschehen war und warum wir uns alle fassungslos anstarrten. Aber niemand schien mich überhaupt zu bemerken. Plötzlich empfand ich bei dem vertrauten Anblick von Elho und Timu ein tiefes Gefühl der Erleichterung. Und plötzlich erschien mir der Anblick sehr komisch – alle machten einen verstörten Eindruck, und die beiden Männer beschimpften ihre Frauen, als ob sie schuld wären an der ganzen Sache. Ich begann zu lachen. »Ihr solltet euch selbst einmal sehen!« sagte ich. »Timu! Dein Bart ist gewachsen! Dein Mund sieht aus wie eine Bärenhöhle in einer Uferböschung. Du erkennst mich nicht. Und ich werde dir nicht sagen, wer ich bin!«
Timu sah mich unverwandt an. »Yanan«, sagte er schließlich. »Du bist es.«
»Ja, ich bin es«, sagte ich und wischte mir die Augen ab. »Ich und Meri. Wir sind heimgekehrt.«
Timu richtete sich auf und zog seinen Speer aus der Erde. »Hast du etwas gegessen?« fragte er, während er die Schneide seines Speeres untersuchte; sie war, wie ich erkennen konnte, schartig geworden, zu spröde, um in steinigen Untergrund gestoßen zu werden.

»Nein«, antwortete ich.
»Dann werden wir dir etwas zu essen geben«, sagte er. »Und ich werde versuchen, meinen Speer zu richten. Vielleicht kann ich ihn wieder verwenden. Komm, Meri, auch du.« Und Timu ging voraus in den Windfang. Im hinteren Teil der Hütte schürten die beiden hübschen Schwestern Graugans' Feuer, und wir setzten uns daneben. Als Timu und Elho Fleisch aufschnitten und Streifen davon auf die Holzkohlen legten, begannen die beiden Frauen zu plaudern; sie fühlten sich in Sicherheit, weil ihre Ehemänner uns kannten.
»Wir sind Schwestern von den Höhlen am Haarfluß«, sagte Ethis. »Ich bin die ältere. Ankhi ist die jüngere.« Sie sah Timu verstohlen an. »Wir heirateten im letzten Sommer, als unsere Ehemänner mit Graugans herkamen, um mit unserem Onkel zu jagen.«
»Wir kennen diesen Ort nicht«, sagte ich und fügte dann hinzu, damit meine Bemerkung nicht wie eine Herausforderung klang: »Ich bin nicht weit herumgekommen.«
»Der Haarfluß fließt in den Schwarzen Fluß draußen auf der Steppe«, sagte Timu bedeutsam. »Wir fanden unsere Frauen unter den Menschen, die dort Mammute jagen. Jetzt hast du eine Mitfrau«, fügte er leise hinzu und überraschte mich sehr mit seinem Tonfall. Fühlte er sich schüchtern in meiner Nähe? »Aber wo sind deine Eltern?« fuhr er fort; der schüchterne Unterton war verschwunden. »Wo sind der Stock und der Frosch? Wo ist Yoi? Und was ist mit diesem Wolf? Meri, du wärst beinahe getötet worden!«
»Mein Wolf«, sagte Meri.
»Deiner? Wieso? Lebt er nicht noch?«
»Er lebt noch«, sagte Meri, »aber er gehört mir.«
»Wieso kannst du sagen, daß er dir gehört?«
»Ich weiß nicht«, sagte Meri. »Aber so ist es.«
»Siehst du dies hier?« fragte Timu und zeigte ihr die abgebrochene Schnittfläche des Speers. »Siehst du, was du getan hast? Warum?«

»Ich weiß nicht«, sagte Meri, die wieder furchtsam geworden war.
»Deine Schwester wird alles erklären«, sagte Timu und drehte sich zu mir um.
So erzählte ich ihnen von Mutters Tod und Vaters Verletzung, und wie der Stock, der Frosch und Yoi uns dort verlassen hatten, da sie das Gefühl hatten, bei den Geistern der Hütte am Kiefernfluß nicht willkommen zu sein. Während ich redete, hörte ich das *Tick-tick-tick* von Timus Geweihmeißel, der eine neue Speerspitze schlug. Obwohl Timu arbeitete, hörte er weiter zu. Als ich von Vaters Tod erzählte, hörte das Geräusch auf. »Und was ist dann mit dir geschehen?« fragte er. »Wer hat für dich gesorgt? Wer hat euch hergebracht?«
Ich sagte einen Augenblick nichts, da ich nicht genau wußte, wie ich antworten sollte. Beim Gedanken an die Hütte am Marderfluß und die Wölfin, die sie einst bewohnt hatte, konnte ich nicht die richtigen Worte finden, um mich auszudrücken. Es kam jetzt sogar mir merkwürdig vor. »Wir haben selbst für uns gesorgt«, sagte ich schließlich. »Zuerst gingen wir zur alten Hütte von Vaters Sippe am Marderfluß, und als der Sommer vorbei war, kamen wir hierher.«
Da lachten Timu und Elho und ihre neuen Frauen und lobten uns; dann reichten sie die Streifen gerösteten Fleisches herum. Meri nahm ihren Anteil entgegen und verschwand damit nach draußen. »Was ist mit Meri?« fragte ich. »Ethis sagte, sie sei verlobt mit einem Mann vom Haarfluß. Das kann aber nicht sein. Sie war vor langer Zeit Weißfuchs versprochen. Das hat mir Mutter gesagt.«
»Vielleicht war sie es einmal«, sagte Timu. »Das hat sich geändert. Sie ist jetzt mit Schwalbe verlobt.«
Dann erzählte mir Timu, daß Schwalbe, der für diesen Tag mit Graugans weggegangen war, ein Schamane der Mammutjäger sei. Einige seiner Verwandten seien auch mit Graugans verwandt, was Graugans vermutet hatte, als er und Vater sich trennten. Schwalbe war einer der

ersten Menschen, denen Graugans begegnete, nachdem er uns am Feuerfluß verlassen hatte, und er und Graugans wurden enge Freunde. Aber Schwalbe wollte sich noch enger an Graugans anschließen.
Die Winterjagd am Haarfluß war nie besonders gut, weil die Tiere nur im Sommer auf der Ebene weideten, sagte Timu. Schwalbes eigene Winterjagdgründe seien im einen Jahr gut und im anderen Jahr schlecht. Schwalbe wünschte, daß einige seiner Leute zum Forellenfluß kämen, wo im Winter immer etwas gejagt werden könne. Und Graugans sei sehr für die Sommerjagd am Haarfluß. »Soviel Fleisch hast du noch nie gesehen!« sagte Timu. So beschlossen Schwalbe und Graugans, ihre Hütten durch den Austausch von Frauen zu verbinden.
Schwalbe war ein erfahrener Jäger – ein Mann des Fleisches, meinte Timu. Er sollte zwei Frauen haben, aber tatsächlich hatte er keine, denn er war geschieden und einige seiner Kinder waren tot. Schwalbe veranlaßte, daß Ethis und Ankhi an Timu und Elho gegeben wurden. Dafür bat er um ein Eheweib aus der Sippe der Schamanin Sali. Nur Meri war noch unverheiratet, deshalb wurde Meri ihm versprochen.
Ich fragte, wieso Graugans diese Zusage für Meri hatte abgeben können, wo doch seines Wissens Vater und Mutter noch am Leben waren. Das konnte er natürlich nicht, sagte Timu. Und er tat es auch nicht. Er konnte nur Weißfuchs' Eltern überreden, Weißfuchs aus dem Verlöbnis zu lösen. Als Schwalbe versprach, eine Frau für Weißfuchs zu finden, und als Junco einen von Schwalbes Verwandten am Haarfluß heiratete, hoben Weißfuchs' Eltern sein Verlöbnis gerne auf und planten, von Mutter das Feuersteinmesser und die Halskette mit Anhängern zurückzufordern, die ihr beim Eheversprechen übergeben worden waren. Schwalbe hätte Mutter natürlich viele gute Geschenke anstelle des Messers und der Halskette geben können. »Deine Mutter kannte Schwalbe nicht«, sagte Timu. »Er hätte ihr sehr schöne Geschenke gemacht, und sie hätte ihn gern gehabt. Je-

denfalls ist Meri jetzt frei. Da deine Eltern tot sind, wird Schwalbe seine Geschenke dir und Teal übergeben. Und du kannst mit mir teilen.«

Ich hörte diesen Worten bekümmert zu und wollte Timu nicht sagen, daß dieselben Geschenke, die er genannt hatte, jetzt in Mutters Grab lagen. Nach einer Weile ging ich hinaus.

Weiter unten auf dem Hang, unter einigen kleinen Bäumen, sah ich die winzige Gestalt von Meri, die auf dem Boden hockte und an ihrem Daumen lutschte. Ich setzte mich neben sie. Von ihrer freien Hand baumelte ein dünnes Stück Fleisch herab. Gleich darauf kam das Wolfsjunge zurück; es hatte die Ohren als Demutshaltung angelegt. Es schaute sich um, um zu sehen, ob irgendein gefährliches Wesen in der Nähe sei; als es aber niemanden außer uns sah, kam es herangekrochen und bat um einen Bissen. Meri fütterte das Junge. Es verschlang das Fleisch.

Wir blieben schweigend sitzen, während die Schatten der niedrigen Bäume immer weiter über das Gras fielen. Raben flogen aus dem Osten heran, kreisten, landeten auf dem Gras und ließen ihren Ruf ertönen. Kurz darauf erschien ein Mann auf einem Pfad, der von Osten heranführte – ihn hatten die Raben umkreist. Das Wolfsjunge stürzte davon. Der Mann war Graugans; wir erkannten ihn schon von weitem an seinem Gang. Er blieb stehen, als er uns sah, und schaute uns neugierig an. Dann wurden seine weißen Zähne in seinem Bart sichtbar, und er eilte lachend auf uns zu. »Aha! Meine Kinder!« rief er aus. »Ich war gespannt, wann ihr kommen würdet. Seid willkommen!« Als wir aufstanden, um ihn zu begrüßen, kratzte seine rauhe Handfläche über meinen Kopf und zog an meinen Haaren. Ich hätte ihm gern unsere Geschichte erzählt, aber in seiner raschen, entschlossenen Art machte er sich schon auf den Weg zur Hütte. »Ich will euren Vater begrüßen«, sagte er und eilte davon. Meri und ich setzten uns wieder hin.

Ich sah zu, wie der Wind kleine Wolkenfetzen über den

Himmel trieb. Als der Wind uns das Geräusch eines anderen Mannes zutrug, der sich näherte, drehte ich mich um und sah einen großen, fremden Mann.
Als hätte ich plötzlich einen Löwen gesehen, ließ mich sein Anblick erschaudern. Seine Augen waren hell, wie die eines Löwen, aber blau, und seine Haare hatten die Farbe trockenen Grases. Wie ein Löwe sah er aus, als könne er sich im Gras verstecken. Als er vorbeiging und uns dabei ansah, wirkten sein dunkles Gesicht und die blauen Augen wie eine Löwenhaut mit zwei Löchern darin, durch die der Himmel schaute. Sein Anblick erschreckte mich, so wie man immer Angst hat, wenn einen helle Augen ansehen.
Schließlich mußte er sich umdrehen, um nicht zu stolpern. Wir beobachteten, wie er Graugans in die Hütte folgte. Es mußte Schwalbe gewesen sein, dachte ich bei mir. Ich nahm Meri bei der Hand und führte sie leise zum Eingang des Windfangs, so daß ich hören konnte, was er und Graugans miteinander zu bereden hatten.
Der Windfang trug die Stimmen so deutlich weiter wie ein hohler Baumstamm. Wir hörten, wie sich der Fremde bei Graugans mit harten, krächzenden Worten beklagte; es klang wie die Redeweise der fremden Männer, denen wir am Feuerfluß begegnet waren. »Sie ist ein kleines Kind, verschmutzt und zerkratzt«, sagte er in seiner schrecklichen Aussprache. »Ihre Kleider sind zerlumpt oder fehlen ganz. Eine Frau, die plötzlich den Verstand verlor, hatte Haare wie sie.«
»Ich bin traurig«, sagte Graugans. »Mein Sohn sagt mir, daß ihr Vater tot ist. Ihre Mutter auch.«
»Tot?« fragte der Fremde.
»Er schlief genau an dieser Feuerstelle«, sagte Graugans. »Er erhielt seine Ehefrau wegen unserer Freundschaft, so wie er euch seine Tochter gegeben hätte.«
»Deine Neuigkeiten sind schlecht«, sagte der Fremde. »Jetzt seid ihr hier nur noch wenige. Eure Männer sind wenige, um im Winter zu jagen.«
»Yanan!« sagte eine andere Stimme hinter uns. Wir

wandten uns um und sahen Weißfuchs, der so groß geworden war, daß ich ihn beinahe nicht erkannt hätte. Ihm wuchs sogar schon ein schütterer Bart, und seine Handgelenke ragten aus den Ärmeln heraus. Aber es war trotzdem Weißfuchs; er trug Feuerstöcke für das Nachtfeuer. Er hockte sich neben uns nieder, und als ich ihm von meinen Eltern erzählte, seufzte er. »Auch ich habe keine Eltern mehr«, sagte er. »Sie bleiben bei Junco in der Höhle am Haarfluß. Ich mochte die Mammutjäger nicht, deshalb bin ich hierher zurückgekommen. Graugans mag die Mammutjäger zu sehr.« Weißfuchs zeigte mit den Lippen auf Meri und fuhr fort: »Graugans hat sie mir weggenommen, um sie einem von jenen Leuten zu geben. Ich bin nicht mehr verlobt.«
Wenn ich gedacht hätte, daß Meri nicht verstand, was ein Verlöbnis bedeutete, hätte ich mich geirrt. Sie nahm den Daumen aus dem Mund und sah Weißfuchs unverwandt an. »Sollte ich dich heiraten?« fragte sie.
Weißfuchs nickte. »Ja«, sagte er.
»Wolltest du mich heiraten?« fragte Meri.
Weißfuchs nickte ein zweites Mal.
»Wann?«
Er mußte nachdenken. »Später. Nachdem du erwachsen geworden wärst. Wenn du kein kleines Kind mehr wärst.«
Meri schob den Daumen wieder in den Mund und lutschte daran, während sie Weißfuchs nachdenklich beobachtete. Er rutschte verlegen hin und her, stand dann auf. »Jetzt, wo ihr hier seid, könnt ihr mir beide helfen, Brennholz zu sammeln«, sagte er. »Dann werde ich euch vom Haarfluß erzählen. Kommt mit.« Er schob seine Axt in den Gürtel und machte sich auf den Weg. Ich folgte, aber Meri rührte sich nicht. Nach einer Weile rief sie: »Weißfuchs!« Er drehte sich um. »Nenn mich nicht ein kleines Kind. Du bist das kleine Kind«, sagte Meri.

Bei Einbruch der Dunkelheit schlängelte sich eine Kette heimkehrender Menschen durch das Tal. Wie eine Rentierherde, die plötzlich etwas Verborgenes im Gras entdeckt, blieben sie stehen, als sie uns sahen. Teal weinte und umarmte Meri und mich, dann eilte sie mit den anderen hinein, um Mutter und den Rest unserer Gruppe zu finden; draußen ließ sie eine fremde Frau stehen, eine hochgewachsene, magere Frau, die weite Hosen trug. Auch sie hatte helle, eng zusammenstehende Augen, die uns einen Augenblick mißtrauisch betrachteten, bevor sie den anderen folgte.
Die fremde Frau war Schwalbes Halbschwester, wie ich durch Lauschen am Windfang erfuhr. Die übrigen nannten sie anscheinend Rin. Dann hörte ich Schwalbe nahe der Tür Stöcke für ein Feuer zerbrechen, an der Stelle, wo früher Vaters Feuer gewesen war; und ich begriff, daß dieser Platz jetzt das Feuer der Fremden war, und fragte mich, wo Meri und ich schlafen würden.
In der Abenddämmerung kroch das Wolfsjunge zu uns heran und prüfte die Luft, die nach bratendem Fleisch roch. Es wurde dunkel. In den Wäldern am anderen Flußufer rief eine Eule; ihr Ruf war ein einziger tiefer, hohler Ton für jeden der vier Finger an meiner rechten Hand, dann, nach einer Pause, einen für jeden der vier Finger an meiner linken Hand. Wir hörten einen Löwen in weiter Ferne auf der Ebene hinter uns; ihm antwortete oberhalb des Tales ein anderer Löwe, der viel näher sein mußte. Ich versuchte mir auszudenken, wie lange es her war, seit wir zum letzten Mal Löwen im Forellental gehört hatten. Bei Löwen mußte ich immer an die Steppe, an hohes Gras, an den Sommer denken. Wir hörten sie in unseren Sommergründen, nicht am Forellenfluß. Dann rief Teal in scharfem Ton: »Meri! Yanan! Was macht ihr dort draußen? Warum kommt ihr nicht herein?« Also krochen wir in die Hütte.
Graugans und die Fremden redeten alle gleichzeitig über die veränderten Verpflichtungen, jetzt, da meine Eltern nicht mehr lebten, um Meris Verlobungsgeschenke ent-

gegenzunehmen. Meri und ich paßten nicht ganz in den Kreis an Graugans' Feuer hinein, weil die Erwachsenen den ganzen Platz beanspruchten. Natürlich wäre es uns nicht in den Sinn gekommen, uns zu Schwalbe und Rin an das Feuer bei der Tür zu setzen. Statt dessen hockten wir mit Weißfuchs hinter Mutters Verwandter Teal und Vaters Schwester Ina. Ich war überrascht, daß Ina leise vor sich hinweinte. Und ich war überrascht, daß Teal nicht mit mir sprach, sondern ins Feuer starrte. Dann fiel mir ein, daß sie durch uns zum ersten Mal vom Tod meiner Eltern erfahren hatten, und ich sah, wie tief ihr Kummer war.

Ich hätte Teals Hand ergreifen oder mich an sie lehnen können, um zu zeigen, daß ich ihre Gefühle teilte. Aber Weißfuchs begann uns leise von Teal am Haarfluß zu erzählen. »Es gibt eine breite Stelle im Fluß unterhalb der Höhle«, sagte er, »wo sich die Mammute suhlen. Ihre losen Haare schwimmen und wenn Staub darüber geblasen wird, sieht es wie fester Boden aus. Eure Tante Teal wollte schon darauf gehen, aber die Leute warnten sie noch rechtzeitig. Und wenn sie hineingefallen wäre? Ihr wißt, wie sie geht.« Weißfuchs hob das Kinn und reckte die Schultern zurück, um unmittelbar hinter Teals Rücken deren stolze Haltung nachzumachen. »Ich sagte: ›Hör nicht auf sie, Tante. Geh, wo du willst!‹ Natürlich nicht laut.«

Ich fühlte mich tief beschämt, als Teal uns kichern hörte. »Gib mir deinen Kamm«, sagte sie leise. »Ich werde dir den Zopf flechten!« So setzte ich mich bescheiden zwischen Teals Knie und biß mir auf die Lippen, während der Kamm durch Knoten und Strähnen fuhr. »Morgen früh werden wir anfangen, neue Kleider für euch zu machen«, sagte Teal, als ob nichts gewesen wäre. »Ihr könnt dabei helfen. Wir haben eine Haut. Graugans wird euch noch eine Haut geben. Wir müssen auch Timu und Schwalbe um Häute bitten.« Und so redete sie weiter, bis mein Zopf fertig war. Jetzt war es für mich zu spät, ihre Hand zu ergreifen oder meine

Gefühle zu zeigen. Es tat mir leid, aber es gefiel mir auch, daß sie tapfer war, nach Art der Frauen vom Feuerfluß.

Die Erwachsenen begannen, sich für die Nacht in ihre Felldecken zu wickeln. Ich wußte nicht, wo Meri und ich schlafen sollten, und niemand sagte es uns. Ich hätte am liebsten bei Teal geschlafen, aber sie ging an ihren Platz neben Graugans. Der einzige Platz, den Meri und ich finden konnten, war vor dem Windfang, wo sonst niemand schlafen wollte. Ich wachte vor Tagesanbruch auf und sah Graugans am Feuer neben der Tür sitzen, wo er sonst immer mit Vater gesessen hatte, aber jetzt war Schwalbe bei ihm. Sie hatte den Rest eines Rentiergerippes zwischen sich und schnitten mit ihren Messern kleine Stücke davon ab. Ich konnte den starken Geruch nach rohem Fleisch riechen, das schon viele Tage gelegen hatte, und den Duft nach einigen gebratenen Stücken. Als Graugans sah, daß ich aufgewacht war, legte er ein frisches Stück auf das Feuer und gab mir mit seinem Messer ein Zeichen. Er hatte es für mich bestimmt. Als ich den Mund aufmachte, um ihm zu danken, erkannte ich in der Öffnung des Windfangs die Umrisse des Wolfsjungen; seine Ohren und das Fell wurden von hinten durch die aufgehende Sonne beleuchtet. Graugans sah ohne große Überraschung das Junge an. Auch Schwalbe schaute hin. »Was frißt das Tier?« fragte er sich laut.

Graugans nahm ein Stück Fleisch vom Feuer und gab es Schwalbe. »Kot, Knochen, dasselbe wie...« begann er, sprach aber nie zu Ende, denn das Wolfsjunge stürzte vor, entriß Schwalbe das Fleisch und stürzte durch den Windfang davon.

Graugans blieb vor Erstaunen der Mund offenstehen, während Schwalbe auf die Füße sprang. »Ich bringe ihn um!« brüllte Schwalbe in seiner abscheulichen Aussprache. »Muß ich mir von Wölfen mein Essen wegschnappen lassen?« Und er ergriff seinen Speer und rannte dem Jungen nach.

»Nein!« schrie Meri. Bevor ich sie fangen konnte, sprang sie von unserem Schlaffell auf und griff nach dem Speerschaft.

Schwalbe muß ihn sehr locker gehalten haben, denn als er schnell vorwärts rannte, glitt ihm der Speer durch die Hand und die Schneide schnitt ihm an den ersten Gelenken in die Finger. »Beim Großen Bären!« brüllte er und sah auf seine Handfläche. Dann drehte er sich zu Meri um. Den Schaft noch in der Hand, blickte sie sich angsterfüllt in der Hütte um. Als der am Boden schleifende Speer dann die brennenden Äste auseinanderfegte, sprang sie über das Feuer und rannte geduckt aus der Tür.

»Sie hat mich verbrannt!« rief die engäugige Rin und schlug sich brennendes Reisig von den Beinen.

»Haltet Meri auf«, rief Teal.

»Mein Speer!« brüllte Schwalbe und stürzte in den Windfang.

»Tu Meri nichts an!« rief ich, stolperte hinter ihm her und versuchte, sein Hemd zu fassen.

Meri konnte rennen wie ein Reh, seit ihre Beine lang gewachsen waren, und sie flog jetzt nur so dahin, dicht gefolgt von Schwalbe. Ich lief direkt hinter ihm; sein Hemdzipfel war gerade außerhalb meiner Reichweite. »Warte! Bitte!« Ich schrie lauter als alle die anderen Menschen, die anscheinend hinter mir herjagten. Gerade als Schwalbe nach Meri greifen wollte, ließ sie den Speer fallen. Der Schaft prallte zwischen seinen Beinen vom Boden ab. Das nächste, was ich wußte, war, daß er und ich über den Erdboden rollten und der Speer neben uns über die Erde klapperte. Einen schrecklichen Augenblick lang starrten wir uns gegenseitig mit offenem Mund an.

Dann spürte ich, daß mich jemand hochzog. Timu hob mich am Rücken meines Hemdes in die Höhe. Alle versammelten sich um uns, um Schwalbe anzustarren, der erst aufstand, als Graugans ihm auf die Beine half. Dann hob Graugans den Speer auf und übergab ihn

Schwalbe, der uns allen den Rücken zudrehte und, leicht humpelnd, zur Hütte ging. »Er ist verletzt!« rief Rin.

Dann fingen alle gleichzeitig zu reden an, sie deuteten mit den Händen und unterbrachen sich gegenseitig, während sie ihm folgten. Obwohl Timu seinen Griff an meinem Hemd nicht lockern wollte, gelang es mir, mich umzudrehen und zu sehen, wie eine angsterfüllte Meri hinter einer kleinen Fichte hervorkroch und uns langsam nachging. Elho und Weißfuchs rannten zu ihr und ergriffen ihre Arme, obwohl sie unaufgefordert zurückkam, geschweige denn gezwungen.

In der Hütte herrschte ein entsetzlicher Lärm. »Meri hat meinen Halbbruder verletzt!«

»Sie hat mich verbrannt!«

»Sie hat es wegen eines Wolfes getan!«

»Der Wolf muß getötet werden!«

»Sie hat mir die Füße verbrannt!«

»Timu hätte sie aufhalten sollen!«

»Schwalbe hat sich vergessen!«

»Sie hat mich erschreckt!«

»Er bedrohte Meri!«

»Ihr Verlobter schnitt sich alle Finger durch!«

Über den Krach hinweg hörte ich mich schreien: »Sie ist nicht seine Verlobte! Wir hassen ihn!«

Einen Augenblick trat Schweigen ein, bevor der Lärm wieder einsetzte, aber jetzt übertönte Schwalbes häßliche Stimme das Geschrei aller anderen: »Wenn sie einen Ehemann hat, soll er sie mit nach draußen nehmen und verprügeln!«

Sofort stimmten ihm die einen zu, und die anderen widersprachen, wobei jeder versuchte, den anderen mundtot zu machen. Eingeschüchtert durch die Ereignisse und das, was vielleicht noch kommen würde, kauerte ich mich mit Meri neben der Wand auf den Boden. Plötzlich trat Timu auf uns zu und streckte mir die Hand hin. »Komm mit!« donnerte er. Ich klammerte mich an Meri. Timu ergriff meinen Arm. Ich stieß mit den Füßen und wehrte mich, während er mich auf die eine und die schreiende Meri auf die andere Seite zog. Dann zerrte er uns beide zur Tür. Meri ließ meinen Arm los, warf sich gegen Timus Bein und biß ihn. Er packte sie am Kinn und starrte ihr in die Augen. »Du wartest hier«, sagte er drohend. »Ich komme zurück. Ethis! Halt sie hier fest.« Ethis rannte herbei, um Meri zu ergreifen, während Timu mich aus der Tür schleppte. Viele der anderen kamen hinter uns her und sahen uns nach. »Niemand darf Meri anrühren«, rief Timu über die Schulter zurück. »Haltet sie nur fest. Ich bringe das in Ordnung.«

Um mich tretend und beißend, Timu mit meiner freien Hand schlagend oder mich an Büschen festhaltend, kämpfte ich um jeden Schritt, aber Timu zerrte mich auf den Pfad hinunter zum Flußufer, ohne auf meine Bisse und Schläge zu achten. Dort, an einer geschützten Stelle, die durch ein Weidengestrüpp von der Hütte aus nicht einzusehen war, hockte er sich auf die Fersen und zog mich neben sich auf den Boden. Er sah mich einen Augenblick an und strich mir dann die Haare aus dem Gesicht. »So«, sagte er sanft. »Sei ruhig.« Als ich ihn angesichts dieser Veränderung überrascht ansah, legte er seine Hand auf die meine. Tief Luft holend, blickte er mir direkt ins Gesicht und sagte: »Diese Mammutjäger, sie sind streitsüchtig. Ich habe gern mit ihnen gejagt, aber ich traute manchmal meinen Augen nicht bei dem, was ich in ihren Lagern zu sehen bekam. Wie könnte ich dir weh tun? Bist du nicht mein Weib? Wirst du nicht bald in meiner Felldecke schlafen?«

»Was wird aus Meri?« fragte ich, noch außer Atem.

»Wer wird ihr etwas antun? Nicht die Leute meiner Frau. Sie schlagen ihre eigenen Angehörigen, aber sie würden es nicht wagen, Fremde zu behelligen. Außerdem will er, daß du verprügelt wirst. Du hast ihn niedergeschlagen. Du hast gesagt, daß du ihn haßt.«

»Aber wirst du Meri bestrafen, wie du gesagt hast?«

Timu machte ein erstauntes Gesicht. »Wann habe ich

das gesagt? Oder hältst du mich für einen Mann, der einem Kind wehtun würde? Nein, die Mammutjäger sind anders als wir – bei den Mammutjägern schlagen erwachsene Männer auf andere ein, die schwächer als sie selbst sind. Wir werden warten, bis sich alle beruhigt haben.«

Ich fürchtete mich nicht mehr vor Timu, sondern wurde wütend auf ihn. »Warum hast du mich hierher geschleppt? Du hast mich dazu gebracht, nach dir zu schlagen, und du hast meinen Arm herumgedreht!«

»Ist dies deine Dankbarkeit?« fragte Timu unwirsch. »Wäre es dir lieber gewesen, ich hätte dich in der Hütte gelassen, damit die anderen dich bestrafen?« Er seufzte. »Wir müssen diese ganze Aufregung jetzt beenden«, fügte er hinzu. »Wir waren solche Auseinandersetzungen nicht gewöhnt. Noch am letzten Tag, den ihr bei uns wart, kehrte dein Vater lieber in seine alte Hütte zurück, als sich mit jemandem zu streiten. Dein Vater lebte mit uns in Frieden zusammen.«

Wir verstummten; mein Zorn verflog, als ich an meinen Vater dachte und daran, wie recht Timu hatte. »Warum hast du eine von ihnen geheiratet?« fragte ich nach einer Weile.

»Ethis ist eine gute Frau«, sagte Timu. »Du wirst sie sicher mögen. Sie und ich werden Kinder haben, und du und ich werden Kinder haben. Unsere Sippe wird zahlreich sein und wir werden in Frieden leben, hier oder in einer neuen Hütte. Du wirst sehen.«

Wir hörten Getrampel. Jemand rannte auf uns zu. Als wir aufstanden, um nachzusehen, brach die tränenüberströmte Meri mit einer hocherhobenen Axt durch das Weidengebüsch.

»Halt!« schrie ich. Timu sprang beiseite, kurz bevor Meri die Axt in die Erde trieb, wo gerade noch seine Füße gewesen waren.

Er nahm ihr die Axt weg. »Das muß aufhören«, sagte er. »Wir sind Menschen, keine Tiere. Das sollten wir nicht vergessen.«

Weitere Leute kamen angelaufen. Kurz darauf erschien Graugans im Weidengebüsch; er sah sehr beunruhigt aus. Teal rannte außer Atem hinter ihm her, gefolgt von Ethis; beide waren in Tränen aufgelöst. »Meri hat eine Axt«, riefen sie. Aber Meri klammerte sich an mich und schluchzte.
Timu stand neben uns, die Axt baumelte von seiner Hand herab. »Was ist denn in dieser Hütte los?« fragte er. »Wir verfolgen uns gegenseitig, wir streiten, der Verwandte meiner zweiten Frau sagt mir, ich solle Yanan verprügeln, irgend jemand holt sich eine Axt. Wir waren an Schlägereien nicht gewöhnt. Sogar kleine Kinder hörten auf Vernunftgründe. Ist es so schwierig geworden, daß wir keine Vernunft walten lassen können? Oder sind die Leute meiner Frau gekommen, um uns Befehle zu erteilen?« Er zeigte auf die hübsche Ethis, die einen verlegenen Eindruck machte.
»Wir müssen reden, aber in aller Ruhe«, sagte Graugans. »Die Leute deiner Frau meinen es gut. Sie kennen uns noch nicht. Das müssen wir verstehen. Und du hast recht. Wir müssen uns jetzt von der Vernunft leiten lassen.«
Timus Vater und Stiefmutter gingen voraus, und ich folgte ihm zur Hütte. »Gut, Timu« sagte Teal über die Schulter hinweg, »ein kleines Kind hat dich beinahe mit einer Axt ins Bein gehackt. Du solltest zweimal nachdenken, bevor du sagst, du würdest jemanden verprügeln. Du hast übereilt gehandelt.«
»Ja, Stiefmutter«, antwortete Timu mit einem Seufzer.
»Die Aufregung läßt jetzt nach, Weib«, warnte Graugans. »Wir wollen sie nicht wieder entfachen.« Er fügte hinzu: »Wir hören jetzt Löwen, jede Nacht. Dieses Geschrei könnte sie anlocken.«
Aber das eigentliche Geschrei sollte noch kommen – als wir die Hütte erreichten, stellten wir fest, daß das Wolfsjunge, während wir alle draußen herumrannten, unsere letzten Fleischstücke gestohlen hatte. Jetzt wollte beinahe jeder den Wolf umbringen. Meri begann

hemmungslos zu weinen, bis ich ihr mit der Faust zwischen die Schulterblätter schlagen mußte.
Teal schlug verzweifelt die Hände zusammen. »Vom Töten wird jetzt nicht mehr geredet!« sagte sie. »Wir haben schon genug Ärger gehabt. Dreimal haben Menschen ihr Leben für diesen Wolf aufs Spiel gesetzt. Sollen wir einen Menschen wegen eines Tieres verletzen? Timu wurde wegen der Aufregung beinahe getötet. Rin wurde versengt. Schwalbe wurde verletzt. Das hört jetzt auf.«
Da es in der Hütte nichts mehr zu essen gab, machten sich Graugans, Timu, Weißfuchs und Schwalbe fertig, um an der Furt weiter flußabwärts Rothirsche zu jagen, wo die Tiere, wenn das Wasser im Herbst niedrig ist, hinüberschwimmen. Die Jäger nahmen ihre Schlaffelle mit, als ob sie über Nacht wegbleiben würden. Die übrigen Leute folgten dem Pfad am Hang entlang bis zu den Büschen, wo Bärentrauben wuchsen, Meri und ich folgten ihnen.
Gerade als ich im Begriff war, um die erste Biegung des Pfads herumzugehen, hörte ich, daß Graugans nach mir rief. Ich blieb stehen und sah mich um; er winkte mich zurück. Meri folgte mir. »Nehmt Äxte«, sagte er, »und fällt einen frischen Nadelbaum für die Tür. Ihr habt euch diesen Wolf ausgesucht. Jetzt wollen wir uns von ihm nicht berauben lassen.«
Wir holten uns also Äxte, überquerten den Fluß auf den herausragenden Felsbrocken und gingen in den Wald hinein. Wir wählten eine kleine Fichte aus, die wir bis Sonnenuntergang gefällt haben konnten, und begannen zu hacken. Da wir nicht ohne einen Baum heimkehren wollten, ruhten wir uns bei unserer Arbeit nicht aus, nicht einmal, um Nahrung zu sammeln. Aber der Baum wollte nicht fallen, bevor die Sonne untergegangen war. Wir schleppten ihn nach Hause und hofften, daß uns jemand Bärentrauben geben würde, aber niemand hatte daran gedacht, auch für uns welche zu sammeln, und so legten wir uns hungrig zum Schlafen nieder.

Im Bett fing Meri zu schluchzen an. »Hör auf! Wir haben dein Weinen jetzt satt«, flüsterte ich. »Dies ist nicht das erste Mal, daß du Hunger hast, und es wird auch nicht das letzte Mal sein.« Aber bevor ich noch geendet hatte, war Meri eingeschlafen. Mit ihren halbgeöffneten Lippen und den eingerollten Händen sah sie klein und kindlich aus. Wer hätte gedacht, daß sie so böse sein könnte?

10

Am nächsten Morgen nahm Teal mich und Meri an eine Stelle am Fluß mit, wo die Böschung eingefallen war und eine Tierfährte ins Wasser führte. Dort mußten wir uns ausziehen und mit Sand abschrubben. Sie löste uns unsere Zöpfe und schrubbte unsere Köpfe. Dann tauchte sie uns in die Strömung, die, obwohl der Winter erst bevorstand, eiskalt war. Unsere Lippen waren blau und unsere Zähne klapperten, aber es gelang uns, nicht zu schreien, auch als wir naß und zitternd vor Teal standen und sie uns eine Weile von oben bis unten musterte; dann mußten wir uns weiter abschrubben.

Als ich nach meinen Kleidern griff, sagte Teal: »Deine Brüste sind größer geworden.«

Das wußte ich, aber ich schaute trotzdem an mir hinunter. In dem Versuch, ungezwungen zu wirken, schüttelte ich meine Hosen aus und hielt sie vor mich hin, um hineinzusteigen. Aber bevor ich das tun konnte, nahm Teal sie mir weg und prüfte aufmerksam den Schritt. »Hat deine Menstruation begonnen?« fragte sie. Konnte der Fleck noch zu sehen sein, nach so vielen Tagen? Es schien unmöglich. »Nein, Tante«, sagte ich. »Aber es ist so«, sagte Teal. Sie kniff die befleckte Stelle zusammen und drückte dann die Hosen an sich, als ob sie ihr gehörten. Über den Rand hinweg sah sie mich an. Ich senkte den Blick.

»Manchmal versteht ein Mädchen die Zeichen nicht«, sagte Teal. »Oder sie fürchtet sich vor der Weihe. Oder vor dem Schlafen mit ihrem Ehemann. Es ist gut, daß wir es festgestellt haben. Wenn dieser Mond der gelben Blätter voll ist, müssen wir tanzen, damit die Frau Ohun dich beschützt. Dann kann Timu mit dir schlafen, wenn

er mag.« Sie hielt inne und fuhr fort: »Du stammst aus einer starken Sippe, einer Sippe vom Feuerfluß. Wenn du dich vor der Weihe oder dem Schlafen mit einem Mann fürchtest, darfst du es dir nicht anmerken lassen.«
»Nein, Tante«, sagte ich.
»Außerdem müssen wir dir neue Kleider nähen. Meri kann deine alten Hosen haben.« Teal gab mir die Hose zurück. »Sie kann auch deine Außenkleider haben. Wir müssen ihr neue Mokassins und ein Hemd anfertigen. Das deinige ist zu schäbig. Aber vorläufig trag dein eigenes weiter.« Ich zog die Hosen an. »Graugans hat eine Haut versprochen«, fuhr sie fort. »Du kannst sie dir mit Meri teilen. Heute werden wir mit Meris Hemd und deiner Hose anfangen. Eule wird ein vorbereitetes Leder hergeben, weil du mit ihrem Bruder verheiratet bist. Auch Timu wird dir Leder geben. Ethis hat von ihrer Hochzeit her eine Menge Leder, und sie könnte dir etwas davon abgeben.«
Ich glaubte nicht, daß Ethis ihre Hochzeitskleider mit mir teilen würde, aber wieder sagte ich nur: »Ja, Tante.«
Plötzlich legte Teal die eine Handfläche auf die Erde und hob die andere zum Zeichen, daß wir still sein sollten. Nach einem Augenblick flüsterte sie: »Was jetzt?«
Wir alle betasteten den Pfad. Irgend etwas sehr Großes auf unserer Flußseite erschütterte die Erde. Es konnten nicht die Hirsche sein, deren Fährte hier lag, denn Hirsche treten leichtfüßig auf.
»Es gibt hier keinen Baum, auf den wir klettern könnten«, sagte Teal ruhig. »Wenn wir nicht schwimmen wollen, sollten wir lieber diesen Platz verlassen.«
Wir stiegen die Böschung hinauf und schauten uns um. Zuerst sahen wir nichts, aber dann entdeckten wir, als sei jetzt ein Hügel dort, wo früher alles flach war, eine große Wölbung, auf der Vögel saßen. Die Wölbung bewegte sich und wir erkannten, daß es kein Hügel, sondern ein sehr großes Nashorn im Winterfell war. Wäh-

rend es um eine Biegung des Pfades herumging, sahen wir an seiner Seite ein kleines Nashorn, ein Kalb vom letzten Frühling, mit Haaren, die ihm am ganzen Körper wegstanden, wie bei einer Distel in der Morgensonne. Die Vögel ritten mit; ihre Köpfe ruhten auf ihren lockeren Hälsen und die Körper schwangen langsam hin und her.

»Ein Nashorn«, sagte Teal. »Woher kommt es und was macht es hier? Habt ihr jemals eines in diesem Tal gesehen?«

»Nein«, sagte ich. »Nur in der Steppe.«

»Ich habe Angst vor ihm«, sagte Meri.

»Das solltest du auch«, sagte Teal.

»Ich will zur Hütte zurück«, sagte Meri.

»Es kann die Hütte zertrümmern«, sagte Teal.

Aber wir gingen trotzdem zurück und blieben außer Sichtweite, indem wir einem höheren Absatz auf dem Hang folgten. Wir wollten nicht, daß das Nashorn uns sah, damit es uns nicht für seine Feinde hielt und uns angriff. Als wir lange gegangen waren, stiegen wir auf den dritten Absatz, schauten wieder hinab und sahen, weit entfernt, die behaarte Rundung des Nashornrükkens über dem Buschwerk. Es würde uns jetzt nicht mehr belästigen, das wußte ich, und als wir zur Hütte gelangten, hatte ich das Nashorn schon fast vergessen.

Bei der Hütte legten Teal und Ina außerhalb der Windfangtür ein Tagesfeuer an, damit sie genügend Licht hatten, um an den Häuten zu arbeiten. Meri wurde mit Ankhi weggeschickt, um Bärentrauben zu sammeln, während wir übrigen den Tag damit zubrachten, ein Hemd für Meri und eine Parka für mich zuzuschneiden und zu nähen, wobei wir mein altes Hemd als Vorlage nahmen. Wir benutzten Eules Feuersteinmesser und Inas Grünsteinmesser; wir kratzten die scharfe Schneide über die Fellhaut, wobei wir jedesmal das Leder ein wenig öffneten. Eule und Ina konnten nicht umhin, den Verlust des ausgezeichneten Feuersteinmessers, das Mutter bei Meris erstem Verlöbnis geschenkt worden war, zu bedauern. »Wenn wir dieses Messer hätten, würde die Arbeit viel schneller gehen«, sagte Eule. Aber das Messer lag bei Mutter in ihrem Grab.

»Da Meri jetzt Schwalbe heiraten soll, wäre das Messer an Weißfuchs' Eltern zurückgegeben worden«, sagte Teal vernünftig. »Wir hätten es gar nicht hier. Aber wenn unsere Arbeit zu langsam vorankommt, warum bitten wir nicht die Frauen der Mammutjäger, uns zu helfen? Ethis!« rief sie. »Rin!«

Dic Frauen antworteten aus dem Inneren der Hütte.

»Bringt uns eure Kratzer und Messer. Bringt uns eure Nadeln. Wir brauchen Werkzeuge und Helfer, wenn wir diese Arbeit zu Ende bringen wollen!«

So kamen Ethis und Rin heraus und begannen, an meinen neuen Hosen zu arbeiten; sie schnitten sie zu in dem Stil, der von den Mammutjägern bevorzugt wird: locker und weit, besonders im Sitz, mit viel Platz über dem Bauch, wo die Frauen der Mammutjäger einen Schmuck annähen. Ich glaubte, sie würden auch den Schmuck für mich anfertigen, und ich freute mich schon darauf, aber die Sitzfläche machte mir Sorgen – wie würde ich in so weiten Kleidern aussehen? Aber ich konnte natürlich nichts sagen; ich konnte nur Teal gehorchen, die mir die mühselige Arbeit übertrug, das Hemd für die Stiche vorzubereiten, indem ich jedes Loch für die Nadel hineinbohrte. Ich suchte mir einen flachen Stein aus, gegen den ich drücken konnte, und mühte mich den ganzen Tag ab, mit einer geborgten Steinahle Löcher in gleichmäßigen Abständen in das sehr zähe Leder zu bohren.

Ankhi und Meri kamen gegen Ende des Tages zurück; Meri hatte ihr Hemd ausgezogen und am Hals und an den Ärmeln zusammengebunden, so daß ein Beutel für die Bärentrauben entstand. Ich sah, wie erwachsen sie geworden war; im vergangenen Herbst hätte sie keine Handvoll Beeren gesammelt, ohne sie selbst aufzuessen,

und jetzt half sie uns, damit wir alle etwas zu essen bekamen. So viel Nahrung mußte natürlich aufgeteilt werden, und deshalb hoben wir etwas für die Männer auf. Aber auch daran hatte Meri gedacht – sie hatte eine zusätzliche Menge eingesammelt, so daß sie und ich eine ausgiebige Mahlzeit hatten. Wir leckten gerade den letzten süßen Geschmack von den Fingern, als Graugans und die anderen Männer mit Teilen eines jungen Rehes heimkehrten, das sie im Fluß schwimmend entdeckt hatten, während eine Herde von Hirschkühen und anderen Jungtieren vom anderen Ufer aus herabschauten. Das Tier mußte versucht haben, mit der Herde die Furt zu benutzen, war aber durch die Strömung abgetrieben worden.
Die Männer legten die Leber auf unser Tagesfeuer. Während sie briet, erzählten wir von der Nashornmutter und ihrem Kalb. Die Männer wußten es bereits, denn sie hatten die Spuren und den Dung gesehen und fragten sich erstaunt, warum sich dieses Steppentier in der steinigen und bewaldeten Gegend am Fluß aufhielt.
»Es ist gefährlich«, sagte Schwalbe. »Nicht von Natur aus. Auf der Ebene sehen wir viele, aber nicht in dieser Gegend – sie mögen keine Steine unter den Füßen.«
»Vielleicht zieht es hier nur durch«, sagte Timu, »oder will nach Süden und über den Fluß gehen. Meinst du nicht auch?« Timu wandte sich Schwalbe zu.
»Könnte sein«, stimmte Schwalbe zu. »Es will hinüber, tut es aber nicht.«
»Wie können wir das Tier loswerden?« fragte ihn Teal.
»Ganz einfach«, sagte Schwalbe. »Sie mögen kein Feuer.«
»Verletzt sie nicht nahe der Hütte«, sagte Graugans. »Laßt sie in Frieden. Macht keinen Lärm. Zeigt ihnen kein Feuer. Denkt daran, wie groß sie sind.«
»Aber sie mögen kein Feuer!« beharrte Schwalbe.

Im Laufe von zwei Tagen, an denen wir täglich eine gewisse Zeit an den neuen Kleidern arbeiteten, machten

wir neue Hemden und Mokassins für Meri und mich und neue, wenn auch bauschige Hosen für mich, die bis auf die Verzierung fertig waren. »Mach vorn etwas hin«, sagte Teal zu mir. »Die Vorderseite sieht ohne ein Muster merkwürdig aus.«
»Aber ich weiß nicht, wie. Und ich kenne keine Muster.«
Teal zuckte mit den Achseln. »Tu, was du kannst«, sagte sie. »Schließlich sind dies deine Hochzeitskleider.« Obwohl ich nie jemanden bei der Verzierung eines Kleidungsstücks beobachtet hatte, spitzte ich einen Stock, schwärzte ihn mit Feuer und zeichnete ein kleines Muster auf die Vorderseite. Dann arbeitete ich das Muster in Holzkohle aus und brannte es in das Leder. Es war nicht sehr gut, aber besser, als ich befürchtet hatte. Ich war sogar etwas stolz darauf.
»Was soll es darstellen?« fragte Ethis zweifelnd. Ihre eigene Kleidung war wunderschön verziert mit vielen feinen Streifen, sowohl mit Asche hineingekratzt als auch schwarz gebrannt.
»Ein Frosch«, sagte ich. »Dies sind seine Rippen.«
Ethis und Ankhi lächelten sich an. »Warum ein Frosch?« fragte Ethis.
Ich war verlegen. Mir war einfach ein Frosch eingefallen, als ich zu zeichnen begann – dies war der Grund –, aber ich wollte es vor Ethis nicht zugeben. Statt dessen sagte ich: »Meine Mutter hat mir gesagt, daß Schnee und Eis den Frosch nicht umbringen können. Ich habe ihn mir wegen seiner Kraft ausgesucht.«
Wieder lächelten Ethis und Ankhi. »Weißt du«, sagte Ethis vergnügt und überlegen, »die Vorderseite der Hose bedeckt deinen Leib. Die Verzierung redet von deinem Leib. Hier bei mir« – und sie wies auf die Vorderseite ihrer Hose, die sich über ihrem schwangeren Bauch spannte – »sind alle Federn von den Vögeln zu sehen, die Kinder bringen. Als ich dies zeichnete, wollte ich viele Kinder erkennen lassen. So zeichnen die Menschen am Haarfluß ihren Schmuck.« Dann sagte sie

belustigt: »Aber ein Frosch? Ein Frosch ist arm und dünn.«
»Kümmert euch nicht um die Verzierung«, sagte Teal; sie war unwirsch, weil das Gerede die Menschen von der Arbeit ablenkt. »Yanan, gibt Meri deine alte Hose.« Teal zerschnitt gerade Meris alte Hose, um ein Paar Wintermokassins daraus zu machen. »Meri ist kalt. Gib ihr deine alte Hose und zieh deine neue an. Wir wollen mal sehen, wie du im Stil der Mammutjäger aussiehst.«
Meri sah mich erwartungsvoll an und legte die Arme um ihre nackten Knie. So hatte ich keine andere Wahl, als aus meiner alten Hose herauszutreten und die neue anzuziehen.
Sofort wußte ich, daß die Hose entsetzlich war. Die Verzierung war häßlich, aber noch schlimmer: Ich spürte die Hose an den Beinen viel zu tief unterhalb meiner Oberschenkel. Ich merkte, daß die Hosenbeine unterhalb meiner Hüften so weit waren, daß sie von selbst stehen konnten und meinen Körper nur berührten. Entsetzt spähte ich über meine Schulter. Wo die Sitzfläche sein sollte, hing ein großer Sack herab.
Alle sahen mich an. Die dumme, abscheuliche Rin lächelte sogar, als gefiele ihr, was sie sah. Ethis und Ankhi machten ein schadenfrohes Gesicht, und Meri schien überrascht zu sein. Teal betrachtete mich lediglich in ihrer nüchternen Art und blickte dann zur Sonne hinauf. »Brennholz muß gesammelt werden«, sagte sie und packte ihre Lederfetzen, den Kratzer, die Nadel, die Sehne und die Ahle in ihren Lederbeutel. Dann erhob sie sich steif und ging auf den Pfad zu – wie immer überzeugt, daß wir übrigen ihr folgen würden.
Unser Weg führte an einigen niedrigen Felsbrocken vorbei, die durch ein paar Fichten in einer gewissen Entfernung von der Hütte abgeschirmt waren – der Platz, wo in diesen Tagen die Männer bei Tage saßen. Die meisten von ihnen, jetzt von der Jagd zurückgekehrt, kochten dort die Markknochen des Rehkitzes aus. Ich hörte sie lachen, wahrscheinlich beim Anblick meiner Hose. Am

liebsten hätte ich mich verkrochen. Statt dessen ging ich weiter und hoffte, daß mich keiner von ihnen ansprechen würde.

Aber: »Komm her, Neuhose!« rief Timu.

»Komm her, Frau der Mammutjäger! Ich will dich heiraten!« rief Weißfuchs.

»Endlich eine Frau!« rief Schwalbe belustigt in seiner entsetzlichen Aussprache. »Ich will dich heiraten!«

Als der Mond aufging, saß ich statt im Inneren der Hütte neben den anderen allein bei dem heruntergebrannten Tagesfeuer. Wenn ich die Hose loswerden könnte, vielleicht indem ich erklärte, daß eine Hyäne sie geraubt habe, während ich badete, hätte ich sie einfach weggeworfen. Aber Teal würde nie glauben, daß der Verlust meiner Hose ein Zufall gewesen sei, auch würde mir niemand wieder Leder geben, wenn ich Kleidungsstücke so verächtlich behandelte.

Weit hinten im Westen ging das Glühen der Sonne in ein dunkles Rot über, und der Wind lebte auf, wodurch wir wußten, daß es eine kalte Nacht werden würde. Jenseits des Flusses legte ein ferner Waldbrand einen roten Streifen und eine graue Rauchwolke in den Himmel. Auf der Ebene oberhalb der Hütte begannen zwei Löwen, sich zu rufen – einer, der weiter weg war und laut brüllte, der andere etwas näher, der lange wartete, bevor er antwortete, als ob er überhaupt nicht antworten wollte. Der weiter entfernte Löwe mußte sein Gebrüll immer wieder anstimmen, bis seine Stimme heiser wurde und sogar einen hohen Nebenton annahm, bevor der in der Nähe befindliche Löwe ein Knurren ertönen ließ. Wie bei den Menschen, dachte ich beim Zuhören. Der eine bittet um etwas, der andere mißgönnt es ihm.

Drinnen in der Hütte hörten auch Schwalbe und Graugans die Löwen und krochen heraus. Erst vor kurzem, meinte Graugans, seien die Löwen in die Nähe des Forellenflusses gekommen. Gewöhnlich seien ihnen tiefere Täler mit Höhlen oder die Täler lieber, die in offene Ebenen eingeschnitten seien. Schwalbe und Graugans schauten nachdenklich in die Richtung, aus der das Gebrüll kam. »Ich höre zwei«, sagte Graugans. »Vielleicht sind es mehr.«

»Nein, nicht mehr«, sagte Schwalbe. »Bloß zwei.« Graugans sah Schwalbe zweifelnd an. »Der weiter entfernte Löwe ist ein männliches Tier.«

»Ein männlicher Löwe?« fragte Graugans. »Erkennst du das an der Stimme?«

Schwalbe lachte. »Nicht an der Stimme! An der Zeit, die es dauert, bis der nähere Löwe antwortet!« Jetzt schüttelte Graugans ungläubig den Kopf. »Doch«, rief Schwalbe aus. »Eine Löwin bekommt die Antwort viel schneller.« Er schlug sich zweimal rasch hintereinander mit der Faust in die offene Hand.

Ihre vom Mond beschienenen Rücken mir zugewandt, saßen Schwalbe und Graugans auf dem Boden und lauschten den Löwen. Kurz darauf krochen Eule und Ethis auf Händen und Knien, gefolgt von Timu, durch den Windfang, um ebenfalls zu lauschen. Während sie die Hände an die Ohren legten, um das schwächere Brüllen aufzufangen, verglich ich den Schnitt von Ethis' Hose mit dem Schnitt von Eules. Eule trug natürlich unsere Art von Hosen. Während die Leute im Flüsterton von dem schrecklichen Winter sprachen, der dieses Jahr kommen könnte und die Tiere aus der Ebene weit nach Süden treiben würde, beschloß ich, meine Hose so zu ändern, daß sie wie Eules aussah, falls mir jemand ein Stück Sehne geben würde, um einen Faden daraus zu machen, und mir eine Ahle leihen würde. Und während die Leute in besorgtem Schweigen dasaßen, nachdem das Löwengebrüll aufgehört hatte und nun der Nachtwind in den Fichten ächzte – die Stimme des Großen Bären, die uns an den Winter erinnerte –, kroch ich durch den Windfang, um von Teal einen Faden zu erbitten und eine Ahle auszuleihen.

Ebenso mißgünstig wie der nähere Löwe, dauerte es

lange, bis Teal antwortete. »Du wirst Sehne und Leder verschwenden, wenn du den Schnitt deiner Hose änderst«, sagte sie schließlich. »Und was willst du anziehen, wenn du damit die Hose völlig ruinierst?«

»Bitte, Tante«, bettelte ich. »Ich werde sehr sorgfältig sein.« Zögernd nahm sie ihren Beutel von einer der Geweihstangen unter dem Dach herunter und griff hinein, um ihre Ahle und ein kleines Stück Sehne herauszuholen.

»Verwende auch die Sehnen, die du aus den alten Nähten herausziehst«, sagte sie.

Da ich mich von niemandem necken lassen wollte, wartete ich, bis alle von draußen langsam durch den Windfang hineingekrochen waren; als die Luft rein war, schlich ich geduckt zum Tagesfeuer, zog meine Hose aus und wendete sie. Dann zog ich die Nähte auf und bohrte mit der Ahle eine neue Reihe von Löchern für die Nadel. Nach einer Weile spürte ich, daß sich jemand in meiner Nähe befand; ich hob den Kopf und sah Meri, die still neben mir saß und ein kleines Stück Fleisch in der Hand hielt. Ich dachte, sie hätte mir das Fleisch gebracht, aber aus dem Dunkel der Nacht kam das Wolfsjunge vorsichtig, weil die meisten Menschen Steine nach ihm warfen, zu ihr, verschlang das Fleisch und verschwand wieder in der Dunkelheit.

Gerade hatte ich mir vorgenommen, Meri durch Schweigen zu bestrafen, weil sie dem Wolfsjungen und nicht mir zu essen gegeben hatte, da hörten wir das Wolfsjunge scharf bellen. Dann vernahmen wir ein entsetzliches, lautes Schnauben und ein Gestampfe, das die Erde erbeben ließ – etwas kam auf uns zugestürzt! Plötzlich rannte das Wolfsjunge aus der Finsternis zu uns, gejagt von dem jungen Nashorn. Das Junge versuchte, sich hinter Meri zu verstecken, aber wir beide sprangen beiseite, Meri nach rechts, ich nach links, während das Nashorn mitten zwischen uns hindurch stürzte, vorbei an dem Tagesfeuer, und wieder in der Dunkelheit verschwand.

Dort ließ das junge Tier ein trauriges Brüllen ertönen, als es sich ganz allein wiederfand. Aus dem Gebüsch stampfte die Mutter zu seiner Hilfe heran; ihr riesiger Kopf, so lang und glatt wie ein Bergabhang, schwang angsterfüllt von einer Seite zur anderen. Sie schien mir die Schuld zu geben, als sie mich sah – sie gab ein fürchterliches Schnauben von sich, und das nächste, was ich wußte, war, daß ich blindlings durch die Finsternis rannte und das Ungetüm hinter mir herdonnerte; ihr warmer Atem wehte wie Wind an meinen Beinen. Ich wich zur Seite aus. Sie versuchte mir zu folgen, aber sie war so dick und rannte so schnell, daß sie nicht rasch genug die Richtung ändern konnte. Ich kletterte an dem kleinen Absatz hinter der Hütte hinauf, und bevor ich mich versah, blickte ich über den Rand und hörte das Stampfen des Nashorns und die Menschen, die alle durcheinanderschrien. Wenn ich meine neuen, bauschigen Hosen angehabt hätte, würden sich meine Beine in dem weiten Leder verfangen haben und ich wäre vielleicht gar nicht mehr am Leben.
Die Nashornmutter mußte die Hütte angegriffen haben – die schreienden Menschen rannten auseinander. Ich hörte Schwalbes Stimme, die alle übertönte, sah dann eine brennende Fackel, die hin und her geschwenkt wurde, hörte einen dumpfen Aufprall und ein Gebrüll und sah dann das junge Nashorn in die Nacht davonrennen; ein Speer steckte wippend in seiner Seite, und seine langen Haare brannten wie eine in Flammen geratene Distel. Die Nashornmutter donnerte hinter ihm her. Ich glitt den Hang hinab und kroch zurück zu Hütte.
Die Nashornmutter hatte unseren Windfang so mühelos zertrümmert, wie ein Mann ein Bündel Reisig auseinanderbricht. Im Mondschein sahen wir, daß die Knochen und Äste der Wände und die Geweihe vom Dach zerbrochen und in das Fleisch unseres Rehkitzes hineingestampft waren, das wir an der Seite des Durchganges aufbewahrt hatten. Das Nashorn war auch in den Rest der Beeren hineingetreten; eine dunkle Pfütze von Bee-

rensaft sickerte wie Blut in die Fußspuren. Eule und Ina weinten. Teal rief: »Wie werden wir dies alles richten, bevor der erste Schnee fällt?«
»Sei froh, daß die Hütte noch steht!« sagte Graugans.
»Das Nashorn wird zurückkommen und uns alle zertrampeln«, sagte Ina. »Es weiß jetzt, wo wir sind, und da du sein Junges verwundet hast, haßt uns die Mutter.«
Graugans drehte sich zu Schwalbe um, der noch immer die Fackel in der Hand hielt, die er gegen das Nashorn benutzt hatte. »Habe ich dir nicht gesagt, du sollst einem Nashorn kein Feuer zeigen?« fragte Graugans wütend.
Sein Zorn kümmerte Schwalbe nicht. »Sie kommen nicht zurück«, sagte er und schleuderte seine Fackel in die glühenden Reste des Tagesfeuers. »Sie mögen kein Feuer.«

Schwalbe behielt recht. Die Nashörner kamen nicht wieder. Obwohl wir alle, mit Ausnahme der Mammutjäger, beschlossen, während der Nacht draußen zu bleiben – ich mit dem Nähen meiner Hose beschäftigt, die anderen dem fernen Schreien des jungen Nashorns lauschend, alle überzeugt, daß die Mutter jeden Augenblick zurückkommen würde, um die Hütte und alle ihre Bewohner zu zertrampeln –, tat die Nashornmutter nichts weiter, als ein paarmal ihren Ruf ertönen zu lassen. Sie schien sich oberhalb des Tales auf der Ebene zu befinden. »Seht ihr?« sagte Schwalbe, bevor er durch den zerbrochenen Windfang trat, um sich schlafen zu legen. »Das Feuer hat das Junge versengt. Jetzt ist das Kleine verletzt und das Große wird es nicht im Stich lassen.«
Spät in der Nacht dösten die anderen ein, aber ich nähte weiter. Gegen Morgen, als die Naht fertig war und ich nur das überschüssige Leder abzutrennen brauchte, hörte ich Hyänen *m-m-m-mmwoa?* rufen – ihren Schrei, der so klingt, als ob jemand eine Frage stellt. Dann hörte ich weiteres Geschrei, gefolgt von Schnauben und Stampfen. Timu und Elho wachten auf und

sahen sich an. Die Hyänen und die Nashörner kämpften miteinander.
Kurz vor Sonnenaufgang schnitt ich den letzten Rest des überstehenden Leders ab und zog die Hose an. Währenddessen krächzten die Raben am Himmel und ließen sich dann aus den Wolken auf die Ebene herabfallen, wo die Nashörner waren. Als Timu und Elho dies sahen, machten sie mit der Hand das Jägerzeichen für Kadaver.
»Weiber!« riefen sie. Ethis und Ankhi kamen heraus aus der beschädigten Hütte, wo sie im Vertrauen auf Schwalbes Erfahrung ohne Furcht geschlafen hatten.
»Was jetzt?« fragte Ankhi.
»Holt eure Axt und euer Messer«, sagte Elho. »Hyänen haben das junge Nashorn getötet.«
Mit ihren Mammutjägerfrauen machten sich die beiden Männer, geführt vom Anblick der Raben, auf den Weg zur Ebene. Plötzlich drehte sich Timu verärgert um. »Yanan!« rief er. »Willst du dort sitzen bleiben? Komm mit!« So nahm ich also, obwohl ich todmüde war, meine Axt und folgte ihnen. Anscheinend meinte Timu mich ebenso wie Ethis, wenn er seine Weiber aufrief.
Ich ließ die anderen vorausgehen und blickte verstohlen auf meine Hose. Die Sitzfläche, die früher ausgebeult war, paßte jetzt. Außerdem konnte ich das beruhigende Gefühl von Leder an den Beinen spüren. Der Einsatz mit seiner verunglückten Verzierung war zwar noch da, aber ich zog den Gürtel enger, um sie zu bedecken. Ich fühlte mich besser, nicht so beschämt, aber ich mußte zu langsam gegangen sein, weil Timu ungeduldig zurückschaute. Ich berührte Nase und Mund zum Zeichen, daß ich mich entschuldigen wollte. Er nickte – es sei schon alles in Ordnung – und machte mir dann das Handzeichen der Jäger, ich sollte auf der Hut sein.
Wir stiegen den Hang bis zur Ebene hinauf. Auf einer kleinen Bodenerhebung, wo keine Bäume standen, sahen wir die rundliche Seite des jungen Nashorns, das still im Heidekraut lag. Über ihm stand seine Mutter; sie hatte die breiten Hüften uns zugewandt und den

Schwanz erhoben. Hinter ihr, über der Heide kaum zu sehen, reckten vier Hyänen ihre Hälse und sahen uns an. Die Nashornmutter drehte die Hüften ruhelos hin und her – sie wollte sich umdrehen, um zu sehen, was die Hyänen sahen, wagte aber nicht, den Blick von ihnen zu wenden. Wir setzten uns hin, versteckt vom Heidekraut, und begannen ganz langsam, Grasbüschel wegen ihrer Erdklumpen herauszuziehen.
Der Wind blies auf meine Wange und drehte dann, um auf die Rückseite meiner Ohren zu wehen. Kurz darauf fuhr die Nashornmutter herum, um uns entgegenzutreten. Aber obwohl sie unsere Witterung hatte, schien sie uns nicht zu sehen, und obwohl sie drohend aufstampfte und schnaubte, wagte sie nicht, zum Angriff überzugehen. Der Anblick ihres Hinterteils war ein Signal für die Hyänen, die aus Angst, sie könnten auch nur einen einzigen Bissen an die Raben verlieren, näher heranrückten. Die Mutter drehte sich um und verjagte sie. Sie liefen auseinander und kamen dann wieder näher.
Die Zeit verging. Um die Mittagszeit hingen Kopf und Schwanz der Mutter herab, als ob sie müde wäre oder aufgeben wolle. Ein Rabe kam angeflogen und setzte sich auf ihren Rücken. Am frühen Nachmittag ging sie über kurze Entfernungen weg, um etwas zu fressen. Dann kamen die Hyänen jedesmal näher an das Junge heran, worauf die Mutter sie wieder verjagte.
Im Laufe des Nachmittags reizten die Hyänen sie absichtlich, um hinter ihnen herzujagen. Wenn sie einer Hyäne nachrannte, rückten die anderen näher an das tote Kalb heran. Wenn sie zurücklief, folgte ihr die Hyäne, die sie gerade verjagt hatte. Es war eine schwere Arbeit für die Hyänen, denn das Heidekraut war dick und federnd unter ihren Füßen, und der Tag war warm. Von Zeit zu Zeit reckten sie die Hälse und schauten uns aufmerksam an, um zu sehen, ob wir ihnen das Fressen raubten. Wir lachten in uns hinein, während wir seelenruhig im Heidekraut verborgen saßen; die Hyänen gin-

gen alle Risiken ein und ermüdeten das Nashorn für uns, obwohl sie zu ahnen schienen, was wir vorhatten. Dann führte eine der Hyänen das angreifende Nashorn plötzlich direkt auf uns zu – wir mußten aufspringen und auseinanderrennen.

»Hyänen sind gemein!« fluchte Timu, während er sich in Sicherheit brachte.

Schließlich verjagte das Nashorn die Hyänen nicht mehr, sondern stand in einiger Entfernung von ihrem Kalb, an dessen Kadaver sich die Raben gütlich taten. Vielleicht hatte sie die Hoffnung aufgegeben, als sie die Raben sah. Die Hyänen scharten sich um das tote Junge und knurrten sich gegenseitig an. Wir ließen sie kurze Zeit fressen und warteten, bis sich das Nashorn etwas weiter entfernt hatte. Als es sich in sicherer Entfernung befand, standen wir auf und gingen furchtlos auf die Hyänen zu.

Sie sahen uns an, drohten uns dann mit Knurren und zeigten uns alle ihre Zähne; sie hofften uns abzuschrekken. Aber Menschen können Dinge schleudern, Hyänen nicht. Timu warf einen Stein auf die am nächsten stehende Hyäne. Wir hörten ein Kreischen und ein scharfes Krachen – Timu hatte ihren Augenzahn abgebrochen!

»Ihr habt versucht, uns umzubringen«, höhnte er, während die Hyänen, auch diejenige mit dem blutenden Maul, zusahen, wie wir das Fleisch zerschnitten. »Seht uns nur an! Das nächste Mal töten wir euch.«

In der Hütte war es den Leuten, die den Windfang befestigten, inzwischen gelungen, einige Stücke des zertrampelten Fleisches aufzukratzen. Dieses brieten wir, zusammen mit dem Fleisch des jungen Nashorns, auf dem heruntergebrannten Tagesfeuer. Teal war immer noch beunruhigt, die Nashornmutter würde die Hütte während der Nacht noch einmal angreifen. Aber Eule und Kranich sichteten das Nashorn auf dem Südufer, als sie zum Ufer gingen, um einen Wasserschlauch aufzufüllen. »Sie ist geschwommen«, sagte Schwalbe. »Sie kommt nicht wieder.«

»Das sagst du.« Teal stocherte zweifelnd an einem brutzelnden Stück Nashornfleisch herum. »Aber sie hätte von vornherein gar nicht hier sein sollen. Da wir in dieser Gegend von Nashörnern nichts gewußt haben, warum bist du dir dann in diesem Fall so sicher?«
Als ob ihm Teals Unwissenheit weh täte, riß Schwalbe seine seltsamen, himmelblauen Augen auf. »Das Gelände war nicht gut für die Nashornmutter«, erklärte er ernsthaft. »Es gibt viele Steine hier. Sie ist groß. Sie ist schwer. Steine tun ihren Füßen weh. Sie wollte gar nicht hier sein, war es aber doch, und zwar wegen des Flusses.«
»Wegen des Flusses?«
»Natürlich wegen des Flusses!« Schwalbe wies auf das Fleisch des jungen Nashorns. »Seine Mutter kam aus den Ebenen im Norden. Sie fürchtete, der kalte Winter würde ihr Junges umbringen, und sie versuchte, im Süden gutes, ebenes Land zu finden. Aber sie stellte fest, daß euer Forellenfluß für ihr Kind zu tief war. Sie fürchtete, es könnte ertrinken wie dieses hier.« Schwalbe stieß einen Stock in das bratende Fleisch des ertrunkenen Rehkitzes. »Jetzt, wo ihr Junges nicht mehr lebt, kann sie hinübergehen und kommt nicht mehr zurück. Der tiefe Fluß ist für sie kein Problem.« Schwalbe schaute mit seinen hellen Augen uns alle an, die wir um das Feuer herumsaßen. Dann hob er das Kinn und sagte selbstbewußt: »Ich sage euch, der eine Löwe ist ein männliches Tier; ihr glaubt mir nicht. Ich sage euch, das Nashorn fürchtet sich vor dem Feuer; ihr glaubt mir nicht. Ich sage euch, es wird nicht wiederkommen; ihr glaubt mir nicht. Aber ihr solltet mir glauben – wir von der Ebene kennen uns bei Tieren der Ebene aus.« Da er die Worte so komisch aussprach, mußten wir unwillkürlich lächeln; uns gefiel der Gedanke, wir könnten ihn gar nicht verstehen.

»Timu nennt dich Weib«, sagte Teal eines Morgens zu mir, als der Gelbblattmond fast voll war. Wir beide

folgten einer Hirschfährte in die Berge hinein, um dort Lilien auszugraben. »Er beobachtet dich, wenn er glaubt, daß du es nicht merkst.« Ich wußte es, sagte aber nichts. Teal fuhrt fort: »Er will mit dir schlafen.«
Dies überraschte mich. »Er schläft doch mit Ethis!«
»Dummes Mädchen. Wenn er mit ihr schläft, erschrickt das Kind, das Ethis trägt.«
Ich kannte die Redensart »ein Fremder im Windfang«, um die Angst anzudeuten, die ein winziges, ungeborenes Kind empfinden muß, wenn es den Penis seines Vaters sieht, bevor es das Gesicht seines Vaters kennt; wenn aber Teal glaubte, dies könne Timu abschrecken, wußte ich es besser. Jedenfalls war Ethis' Schwangerschaft kaum zu sehen. Wenn dort ein Kind war, mußte es sehr klein sein. »Ich höre sie in der Nacht das Geräusch machen«, sagte ich.
»Ich habe Ohren!« gabt Teal zurück. »Aber es gibt noch andere Möglichkeiten, dieses Geräusch zu machen, als nur mit jemandem zu schlafen. Das wirst du auch noch feststellen. Schau nach Westen.« Ich schaute in die Richtung, in die Teal schaute, auf den Kreis des untergehenden Mondes. »Heute nacht ist er voll. Morgen werden wir dich weihen. Wenn er danach mit dir schläft, wird es dir nicht weh tun.«
»Ich will nicht mit ihm schlafen«, sagte ich.
»Einige Mädchen fürchten sich zuerst, aber die Furcht vergeht mit der Erfahrung. Sieht Timu nicht gut aus? Magst du ihn nicht?«
Nicht, falls es bedeutete, erst geweiht zu werden. »Ich will nicht beschnitten werden«, sagte ich.
»Du darfst dir deine Furcht nicht anmerken lassen«, sagte Teal. »Du vertrittst den Stolz deiner Sippe, wenn wir dich beschneiden. Denke daran. Wenn du dir Schmerzen oder Furcht anmerken läßt, werden die Leute glauben, daß dein Stamm kraftlos geworden ist und du nicht bereit bist, Kinder zu gebären. Weißt du noch, wie Eule schrie, als sie ein Kind zur Welt brachte?« Ich wußte es noch. Eines Nachts in der Hütte,

in dem Jahr, bevor wir zum Feuerfluß zogen, gebar Eule ihr erstes Kind und machte dabei so viel Aufhebens, daß Mutter, Teal, Ina, Juncos Mutter Bisti und sogar Yoi sie schalten, bis sie mehr wegen der Schelte weinte als wegen der Schmerzen. »Eule hat sich nicht gut verhalten«, sagte Teal. »Sie war nicht bereit. Auch Ankhi und Rin werden dich beobachten, und deine Mitfrau Ethis. Auch Meri. Willst du dich beschämen? Oder willst du Meri ein gutes Beispiel geben und den Mammutjägerfrauen zeigen, wie es gemacht wird?«

Aber ich fürchtete mich vor der Geburt. Mutter verstand etwas vom Kinderkriegen und war darauf eingestellt, dennoch starb sie daran. Ebenso ihr Kind. Nach all den schmerzhaften Geburtswehen war auch Eules kleiner Sohn gestorben. Was hatte dies alles für einen Sinn? »Ich bin noch zu jung«, gab ich zu bedenken.

»Jetzt nicht mehr«, sagte Teal.

Nachdem wir den Höhenrücken überquert und trokkene Lilienblätter gefunden hatten, die uns die Stelle zeigten, wo wir graben mußten, setzten wir uns auf die Fersen und stießen unsere Geweihpickel in den teilweise gefrorenen Boden. Mir war nicht kalt, aber trotzdem fröstelte ich, sogar in der Sonne am Südhang, wo die Lilien wuchsen, sogar in meiner neuen Parka.

Teal schien es zu verstehen. Sie ließ ihren Pickel ruhen und ordnete die Zwiebeln in ihrem Tragebeutel. »Hör mir mal zu, Yanan«, sagte sie. »Ich habe Weihe und Geburt durchgemacht, auch wenn ich zuerst Angst hatte und beides schmerzhaft war. Auch deine Mutter hat es getan. Sogar meine Mutter, keine Geringere als die Schamanin Sali, hat dies alles durchgemacht. Ich habe mir die Furcht nicht anmerken lassen, ebensowenig die anderen. Und auch du wirst es nicht tun. Mach dir über dies alles keine Sorgen. Diese Frauengeschichten – Menstruation, Weihe, Geburt – sind nicht sehr schwierig und erfordern weder Geschick noch Wissen. Sie sind nicht dasselbe wie Nahrung zu finden oder zu jagen oder eine Hütte zu bauen oder zu nähen. Sie ge-

schehen einfach. Du brauchst nur stillzuhalten; Lernen ist nicht notwendig.« Teal lächelte.
»Aber warum muß ich?«
Teal wurde ernst. »Wir müssen es alle. Es ist der Plan der Frau Ohun.«

In jener Nacht stieg bei Sonnenuntergang der volle Mond der gelben Blätter riesig und hellrot auf. Die ganze Nacht hindurch erhellte er den Himmel und ging unter, als die Sonne aufging. In der Morgendämmerung und Abenddämmerung dieses Tages nennen wir Sonne und Mond die Frau Ohun und ihre Tochter. Als die Sonne wieder hoch am Himmel stand, trugen alle Frauen der Hütte, sogar Meri, zwei Rentierhäute über den Fluß zu einem nach Süden führenden Pfad. Auf ihm gelangte man zu einer in Hügeln eingebetteten Wiese, wo unter Birken kurzes, dichtes Gras und Beerensträucher wuchsen. Rothirsche kamen zum Äsen hierher. Da wir ankamen, als die Sonne hoch am Himmel stand, lagen die Tiere kauend auf der Erde. Langsam erhoben sie sich – erst die Hinterhand, dann die Vorderhand – und zogen in zwei Gruppen über den Bergkamm zu einem Platz, wo wir sie nicht sehen konnten. Zuerst ordneten sich die Hirschkühe zu einer wie eine Speerspitze geformten Herde, mit Spähern vorn und hinten. Neben ihnen wanderten die Hirsche, jeder für sich allein, aber alle bewegten sich mehr oder weniger in dieselbe Richtung. Diese Hirsche würden bald röhren und um die Hirschkühe kämpfen.
Wir machten ein Feuer und legten alle unsere Kleider ab, sogar den Schmuck (wenn jemand Schmuck hatte), und sogar die Bänder unserer Zöpfe. Dann schüttelten wir die Haare aus und begannen den Hirschtanz. Wir sangen die Lieder und klatschten den Takt mit den Händen; dabei umkreisten wir das Feuer, gingen immer zwei Schritte vor, dann einen Schritt auf das Feuer zu und ließen die Haare über dem Rauch flattern. Meri und ich kannten zuerst weder den Tanz noch das Lied, aber

noch bevor wir eine halbe Runde hinter Eules vernarbten Beinen hinter uns hatten, wußten wir, wie es ging. Während wir herumtanzten, schrie Teal mit hoher Vogelstimme, und da ich anscheinend nur eine der Tänzerinnen war, begann ich mich zu fragen, was dies alles mit mir zu tun habe.

Aber zu gegebener Zeit nahm Teal meinen Arm und zog mich zum Feuer. Meri versuchte, mir zu folgen, aber Teal stieß sie zu den anderen Tänzerinnen zurück. Dann breitete Teal eine der Rentierhäute auf dem Boden aus und befahl mir, mich mit dem Gesicht nach unten hinzulegen. Die Frauen klatschten in die Hände, um den Gesang und das Tanzen zu beenden; plötzlich gab es kein anderes Geräusch als den Wind und das Feuer, und ich spürte aller Augen auf mich gerichtet. Da wußte ich, warum Teal gesagt hatte, ich würde fähig sein, alle meine Furcht zu vertreiben – ich konnte entweder weinen oder den Stolz unserer Sippe beweisen, wie die Frauen vor mir. Beinahe froh, holte ich tief Luft und warf mich mit einem lauten Schlag meiner Handflächen auf die Rentierhaut. Wenn ich eine Halskette oder ein Werkzeug ebenso achtlos vor den anderen Frauen auf die Erde geworfen hätte wie mich selbst, wäre ich gescholten worden.

Alle außer Teal und Meri entfernten sich nun, um Beeren zu pflücken. Ich sah sie nackt unter den Büschen hocken und sich Beeren in den Mund stopfen. Teal nahm ein scharfes Messer heraus und hockte sich neben mich. Tief beunruhigt, saß Meri neben dem Feuer. Da nur Meri und Teal, die jetzt mit dem Daumen die Schneide des Messers prüfte, anwesend waren, erkannte ich, daß niemand meinen Mut bewundern konnte.

Plötzlich fühlte ich, daß Teal an meiner Hüfte ein kleines Stück Fleisch löste. Ich blickte über die Schulter. Rasch zog sie das Messer über die Stelle und hob neben dem ersten Schnitt ein neues Stück Fleisch ab. Während sie den dritten Einschnitt machte, brannte der erste stark. Gerade als ich Tränen in mir aufsteigen spürte,

flüsterte Teal: »Beruhige dich jetzt. Dies sind die Male der Frau Ohun, die dich schützen sollen. Sie werden bald verheilen und dann ganz klein werden.« Ich atmete tief und versuchte, an etwas anderes als die Schmerzen zu denken. Als die anderen Frauen von ihrer Beerensuche zurückkamen und wieder zu tanzen begannen, tat ich so, als ob mir dies alles nichts ausmache; mit dem Kinn auf meinen beiden Fäusten beobachtete ich das Gewimmel in einem Nest von Ameisen, deren Bau, ein Stück Holz, auf das Feuer geworfen worden war.
Im Laufe des Tages wurde mir sehr kalt, da ich nackt auf dem Boden in der Herbstluft lag. Die Schmerzen waren schlimm, und das Gefühl, wie mein Blut von der Haut an meinen Oberschenkeln herunterrann, war beängstigend. An meinem rechten Oberschenkel und der rechten Hüfte hinauf und an der linken hinunter bewegte sich Teals Messer und schlitzte die Haut an verschiedenen Stellen auf. Obwohl ich mein Gesicht unbewegt halten konnte, konnte ich nicht still liegen und begann vor Kälte zu zittern. Nach einem Zeitraum, der mir wie ein halbes Leben vorkam, machte Teal den letzten Einschnitt und nahm dann warme Asche vom Feuer, um sie in die Wunden einzureiben. Dieser letzte Schmerz überraschte mich so sehr, daß ich beinahe aufgeschrien hätte. Ich biß mir auf die Lippen und drückte die Augenlider zu, um die Tränen zurückzuhalten.
Aber das war alles. Wieder blickte ich über die Schulter zurück und sah die Male von Ohun, die beiden Reihen von Einschnitten, die vom Oberteil meiner Oberschenkel bis zum Ende meines Rückgrats reichten, wie die Narbenreihen bei allen anderen Frauen, wie das Hinterteil eines Rentiers.
Ich glaubte, ich solle aufstehen, aber Teal drückte mich wieder fest auf den Boden. »Bleib liegen«, sagte sie und warf ein anderes Rentierfell über mich, um mich völlig zu bedecken, sogar meinen Kopf. Dann lag ich darunter in der Dunkelheit, ich hatte Schmerzen und fror, während die tanzenden Frauen, unter ihnen auch Teal, auf dem Boden in der Nähe herumstampften.

Als sie sich dann ausruhten, führten die Frauen lüsterne Reden. »Eine Erektion wie bei einem Pferd«, sagte Ethis von unserem Ehemann, und vor meinem geistigen Auge sah ich Timu, wie er dastand und sein Penis fast bis auf den Boden reichte, wie der eines Hengstes.

»Er könnte eine Frau zerreißen«, sagte Rin.

»Ein Pfad ist für ihn vorgezeichnet«, sagte Ankhi; sie sprach von den Narben. »Yanans Scheide läßt sich im Dunkeln finden.«

Eule, Teal und Ina lachten über diese Worte, fügten aber selbst nichts hinzu. Da sie Timus Schwester war, konnte Eule natürlich nicht lüstern über ihn reden, auch Teal und Ina nicht, die seine Stiefmütter waren. Und erst im nächsten Sommer, als ich die Weihe eines Mädchens der Mammutjäger draußen auf der Steppe beobachtete, erkannte ich, daß Frauen immer lüsterne Reden führen, wenn die Narbenreihen gemacht werden. Auf der Steppe lachte ich über die Scherze und versuchte, auch selbst lüstern zu sprechen. Aber bei meiner eigenen Weihe glaubte ich, weil nur die Mammutjägerfrauen Witze machten, daß sie versuchten, mich zu ärgern. Unter der Decke faßte ich den Entschluß, mich nicht zu bewegen, bis Teal mich rief, und dann ungezwungen aufzustehen, als ob nichts geschehen wäre, und mir nichts anmerken zu lassen. Ich lag so regungslos da, daß Meri Teal fragte, ob ich noch am Leben sei.

»Sie lebt«, sagte Teal. »Wenn der Mond aufgeht und der letzte rote Teil der Sonne vergangen ist, wird sie aufstehen.« Ich hörte die Stimmen der Frauen leiser werden, wahrscheinlich weil sie weggingen, um weitere Beeren zu essen.

Gegen Ende des Tages wehte ein kalter Wind. Ich war hungrig, steif und fröstelte. Ich hörte die Stimmen der zurückkehrenden Frauen, und dann hörte ich in weiter Ferne den Ruf der Wachteln, die oft an einem klaren Abend diesen Ruf ertönen lassen, wenn der letzte rote Teil der Sonne versinkt. Als Teal die Felldecke anhob, sprang ich auf und wischte mir die Oberschenkel ab, als ob ich vielleicht gerade gestolpert wäre. Ohne besonders auf mich zu achten, tanzten die Frauen wieder, und obwohl ich zu bluten begann und Blut an meinen Beinen hinunter in meine Fußspuren lief, so daß ich beim Umkreisen des Feuers sehen konnte, wo ich gewesen war, tanzte ich mit ihnen. Wir sangen:

Du, die du allem Leben schenkst,
Du, deren Kinder alle Tiere und alle Menschen sind,
Du, deren Kinder die Sterne sind,
Du, deren Haar in den Nordlichtern brennt,
Du, die du nackt im Schnee wanderst,
Nimm uns nicht das Leben, wenn wir Leben geben.
Schenk uns eine leichte Geburt, wie das Rentier gebärt.
Laß uns von jenem Ort unverletzt davonziehen.
Töte uns nicht.
Laß unsere Kinder stark werden
Wie die Kinder des Rentiers.
Laß sie bald in Gesundheit hinter uns gehen.
Töte sie nicht.
Schenk uns Leben, Ohun.
Schenk uns Kinder.

»Nun«, sagte Teal, als das Lied vorüber war, »mir ist kalt.« Der Kreis der Tänzerinnen brach auseinander; im Dämmerlicht holten wir unsere Kleider. Ich versuchte, mich so leicht wieder anzuziehen, wie ich es nach einem Bad getan hätte; ich zog meine Hose über die Narben von Ohun, und dann, noch immer mit ausdruckslosem Gesicht, zog ich mein Hemd an und flocht meinen Zopf.
»Gut«, sagte Teal, als wir uns auf den Weg machten. »Kein Jammern. Gut gemacht. Jetzt bist du anders geworden.«

II

Man erzählte sich oft die Geschichte von den ersten Männern, Rüsselkäfer und Vielfraß, und der ersten Frau, Mekka.

Als Rüsselkäfer der ersten Frau in seinen Sommerjagdgründen begegnete, wußte er nicht, wie er sie lieben sollte. In diesem Augenblick kam Vielfraß vorbei und sagte Rüsselkäfer, die Frau sei Fleisch. Rüsselkäfer legte ein Feuer an, um sie zu rösten, und tötete sie dann mit seinem Speer. Er röstete und aß sie, bot auch Vielfraß etwas davon an. »Das ist dein Weib, das du da ißt«, sagte Vielfraß. »Nichts für mich. Ich bin kein Kannibale.« Rüsselkäfer wurde so wütend, daß er den Hüftknochen gegen Vielfraß schleuderte. Der Hüftknochen traf einen Felsen, zerbarst und an seiner Stelle stand die erste Frau, mit dem Rücken ihnen zugewandt. Sie beugte sich nach vorn und schaute Rüsselkäfer zwischen den Beinen hindurch an; dabei sang sie:

Mann, bekämpfe dein Weib!
Weib, bekämpfe deinen Mann!

Plötzlich holte Rüsselkäfer mit der linken Hand aus und schlug seine rechte Hand. Seine rechte Hand hob einen Stock auf und schlug seine linke Hand. Seine linke Hand griff nach der Axt, aber die rechte Hand schnappte sie und warf sie weit fort. Die linke Hand nahm einen brennenden Ast vom Feuer und verbrannte die rechte Hand, aber die rechte Hand ergriff die linke Hand am Hals und würgte sie, bis sie blau wurde. Als es den Anschein hatte, daß die beiden Hände sich gegenseitig umbringen würden, sang die erste Frau wieder:

Mann, hör mit dem Kampf auf!
Weib, hör mit dem Kampf auf!

Jetzt ließen Rüsselkäfers Hände einander los und brachen erschöpft auf ihren Rücken zusammen. »Wie unglücklich ich bin«, sagte Rüsselkäfer. »Wenn meine Hände weiterkämpfen, werde ich verhungern.«
»Falte sie zusammen«, sagte die erste Frau. Also faltete Rüsselkäfer seine Hände. »Wenn sie gefaltet sind, können sie nicht kämpfen«, sagte die erste Frau.
Und Rüsselkäfer sah, daß dies zutraf, nicht nur auf seine Hände, sondern auch auf Mann und Weib. Also umschlangen sich Rüsselkäfer und die erste Frau, und danach wußte Rüsselkäfer, daß die erste Frau nicht dazu da war, getötet und aufgegessen zu werden wie ein Tier, sondern um sein Herz zu erfreuen und Kinder zu zeugen.

Eines Nachts, bald nach meiner Weihe, rüttelte mich jemand ganz sanft, und ich wachte auf. Abgesehen von den Atemgeräuschen schlafender Menschen und dem Gemurmel von Eule und Teal, die in ihren Betten in der Nähe des heruntergebrannten Feuers von Graugans miteinander sprachen, war es in der Hütte still und so dunkel, daß ich kaum die Umrisse des Menschen ausmachen konnte, der neben mir hockte. Als ich nachsehen wollte, wer es war, prickelte plötzlich meine Haut. Ein Mann! Er war groß, ein schwacher Geruch nach Mann ging von ihm aus, und obwohl ich ihn nicht sehen konnte, hörte ich ihn atmen und wußte, daß er mich ansah. Dann strich seine warme Hand, trocken und rauh wie eine Geweihstange, über meinen Oberarm, glitt hinab und umfaßte mein Handgelenk. Ich schüttelte Meri, die sich im Schlaf regte, während die Hand des Mannes zu meiner Hand glitt, die er hochhob und streichelte. Er sagte: »Komm.«
Es war Timu. Obwohl er ganz leise, beinahe flüsternd sprach, verstummten Eule und Teal und warfen etwas

Holz auf das Feuer. In dem sehr trüben Licht sah ich, daß Timu nackt war und mir ins Gesicht sah.
Neben mir richtete sich Meri plötzlich auf und warf ihre Arme um meinen Hals. Behutsam löste Timu sie von mir, faltete Meris Hände zusammen und legte sie auf ihre Brust. Dann zog er die Felldecke über Meri und drückte ihr die Augen mit seinen Daumen zu. »Sei ganz ruhig, Schwägerin«, flüsterte er so leise, daß es wie ein Atemzug klang. Sie riß die Augen weit auf, versuchte ihn aber nicht zu hindern, als er meinen Oberarm nahm und mich hochzog.
Ich erinnere mich jetzt noch an den Griff von Timus Hand – stark und warm, mit dem Pulsschlag, den man fühlen konnte. Ich erkannte, daß er auf den richtigen Augenblick gewartet haben mußte, um mich zu holen, als niemand am Feuer saß, um zu essen oder zu reden oder sich zu wärmen, als es in der Hütte dunkel war und sich alle zum Schlafen niedergelegt hatten.
Ganz leise und langsam führte mich Timu um Schwalbe und Rin in ihren Felldecken neben der Tür herum, um Elho und Ankhi, die zusammen in der Mitte der Hütte lagen, um Kranich und sein Weib, Eule, herum, die taktvoll ihr Gesicht mit der Felldecke verhüllt hatte, um Ethis, die allein und eingerollt auf der Seite lag, und um Graugans herum, der zwischen seinen Ehefrauen schlief. Bei seinem eigenen Bett hockte sich Timu hin und zog mich neben sich herab; dann schlang er seinen Arm um mich, rollte sich auf die Seite und zog seine Felldecke ganz über uns, sogar über unsere Köpfe.
Weil Timu mich wegen meiner Tapferkeit gelobt hatte, als die Weihe an mir vollzogen wurde, hatte ich seither versucht, stolz und aufrecht zu gehen, ohne zu zucken und ohne die Schmerzen und das durch die Schnitte verursachte Jucken zu erwähnen. Ich sah, daß Timu mein Schweigen so gedeutet haben könnte, daß die Schnitte verheilt waren. Wozu war die Tapferkeit gut, wenn sie mir das hier eingetragen hatte? Würde ich ein Kind bekommen? Ich begriff nicht ganz, was als näch-

stes geschehen sollte, aber ich wußte, daß ich darauf nicht vorbereitet war. Wenn er mir weh tat, würde ich vielleicht nicht stillhalten können. Was würde Teal von mir denken, wenn ich weinte? Oder irgendeiner der anderen? Schwalbe und Rin, kaum besser als Fremde, würden mich auslachen.

Gerade, als ich den Mund aufmachte, um etwas zu sagen, strich Timu mit der Handfläche über meine Hüfte. Es tat weh! Ich schnappte nach Luft. Er hielt inne; dann schlang er seinen Arm locker um meine Arme, sein Bein um meine Beine und legte seine Lippen dicht an mein Ohr, so daß nur ich ihn hören konnte, und sagte: »Hab keine Angst. Wehr dich nicht. Das ist gut, nicht schlecht, du wirst sehen.«

Plötzlich schnürte sich meine Kehle schmerzhaft zusammen, als er anfing, meinen Leib vom Bauch bis zum Hals zu reiben. »Meine Narben«, flüsterte ich.

Sein Gesicht an meinem Hals vergraben, streichelte Timu meinen Bauch mit seiner rauhen, trockenen Hand. Was geschieht mit mir? wunderte ich mich. Dann hörte ich ihn wispern: »Soll ich aufhören?« Ich fühlte das Kitzeln seines Atems, während er auf meine Antwort wartete, und wie ich das Erzittern der Erde beim Aufstampfen eines großen, näherkommenden Tieres spüren würde, fühlte ich sein Herz. Und ich versuchte, ihm zu antworten, aber inzwischen huschten meine Gedanken hin und her und verbargen sich wie Zeisige im Wald, und obwohl meine Narben mir wirklich noch ein wenig zu schaffen machten, war es mir jetzt gleichgültig geworden.

Einmal, nachdem ich ein Geist geworden war, und als der Mond des Wanderns eine Sichel bildete, die Kälte aber noch so stark war, daß die Nordlichter zischten wie brennende Fichtennadeln, bat Teal in Trance um Fleisch. Statt sich zu versammeln, um die Wanderung nach Norden zu den Ebenen anzutreten, standen die Rentiere verstreut in den lichten Wäldern auf dem Südufer des Flusses. Immer wieder hatten die Jäger sie gesucht, ohne sie finden zu können. Andere Tiere kamen von ihren Winterplätzen; gerade an diesem Abend flog eine Schnee-Eule leise durch die Luft, später gefolgt von einer weiteren Eule, als ob die Schnee-Eulen ihren eigenen Pfaden am Himmel folgten.

Weil die Schamanin uns eine schöne Belohnung in Gestalt von Fett versprach, falls wir Rentiere finden sollten, erklärte sich Murmeltier zu einem Versuch bereit. Aber statt die Gestalt eines Tieres anzunehmen, dessen Jagdgebiet sich über weite Strecken hinzieht, wie das eines Raben oder Wolfes, oder sogar eines Tieres, das bei Tage jagt – die Nacht war beinahe vorüber –, nahm er die Gestalt eines Schnee-Eulenhahns an. Er stieg auf, ließ sich einen Augenblick auf der längsten Geweihstange auf dem Dach nieder und flog dann geräuschlos ins Dunkel hinter den Hennen her.

Ein Schnee-Eulenhahn! dachte ich bei mir. Was für eine Selbstsucht! Aber in der Hütte weiter unten sangen die Menschen ein Lied zum Lobe von Murmeltier. Es stimmte mich traurig. Ich versuchte, dieses Gefühl beiseite zu schieben, und dachte: Wie leicht lassen sich die Menschen zum Narren halten; wenn sie Hunger haben, verdienen sie nichts Besseres. Aber nachdem ich noch eine Weile den ernsten, getragenen Stimmen gelauscht hatte, glitt ich in Gestalt einer Wölfin vom Dach, beschnupperte einen Augenblick die spärlichen Abfälle der Menschen auf dem Schnee und machte mich dann zum Südufer des Flusses auf den Weg.

Als ich den letzten Teil der Böschung am jenseitigen Ufer hinaufkletterte, kam die Morgendämmerung, und in dem hellen Schein sah ich vor mir gegen den Himmel die Umrisse eines großen Wolfes. Er sah mich, bevor ich ihn sah, und blieb mit erhobenem Vorderfuß mitten im Gehen stehen; er blickte mich direkt an, sein graues Gesicht lag im Schatten und der Pelz um seinen Kopf war von hinten beleuchtet. Vorsichtig gingen wir aufeinander zu, und da wir einander nicht kannten, ver-

suchten wir, in Kreisen langsam umeinander herumzugehen, damit wir uns nicht plötzlich zu nahe kamen.
Bald streckte er vorsichtig die Nase in Richtung auf mein Hinterteil aus; ich zog meinen Schwanz ein, während er seinen eigenen Schwanz, den er zuerst nach hinten ausgestreckt hatte, nach oben hob. Ich entdeckte einen starken, männlichen Geruch an ihm, der mir nicht ganz unbekannt war – er war ein junger Wolf aus dem großen Rudel, das in den Bergen lebte, wo der Forellenfluß entsprang. Ich hatte sein Zeichen bemerkt und seine Stimme schon früher oft gehört.
Im nächsten Augenblick tollten wir ausgelassen herum. Wir ließen uns auf die Ellbogen sinken, sprangen auf, tanzten, knabberten uns gegenseitig an Gesicht und Ohren und packten uns an der Kehle, bis ich ihn mit meinen Hüften wegstieß und davonrannte. Er jagte hinter mir her! Dann verlor ich ihn. Plötzlich erspähte ich ihn hinter einem Busch hockend; seine Ohren waren gespitzt, seine gelben Augen leuchteten, und als ich mich umdrehte, um weiterzurennen, sprang er mich an.
Den ganzen Tag spielten wir. Im Laufe des Nachmittags fraßen wir etwas Schnee und streckten uns auf einer Lichtung zur vollen Länge, Rücken an Rücken aus, so daß sich unsere Felle berührten. Wir lagen auf dem letzten, noch von der Sonne beschienenen Fleck, und als die Sonne unterging und es auf der Lichtung schummerig wurde, standen wir auf, dehnten uns und schüttelten das Fell aus. Ich küßte seine Lippen. Zärtlich nahm er meine Schnauze zwischen seine Kinnbacken. Ich hatte gedacht, wir würden auf die Jagd gehen, aber noch bevor ich wußte, was ich tat, hatte ich mich umgedreht, um ihm mein Hinterteil zu zeigen; ich schaute ihn über die Schulter an und zog meinen Schwanz zur Seite. Er warf sein graues Vorderbein über meinen Rücken. Ich spannte mich an, um ihn zu empfangen. Wir vereinigten uns. Er zog sein Hinterbein beim Umdrehen über mich, und in einer großen, dampfenden Wolke, die von unserem eigenen Atem stammte, standen wir regungslos da;

unsere Leiber waren aneinandergedrückt, wir hatten den Kopf erhoben, ließen die Ohren hängen und hielten die Augen geschlossen.
Oh, wie schnell mein Herz schlug und wie die Freude mich durchströmte! Als wir uns schließlich trennten, tanzten und küßten wir uns und jagten hintereinander her, obwohl es im Wald inzwischen still und dunkel geworden war. Und dann begannen wir, glücklich und beschwingt, unsere Jagd.
Wir blieben lange beisammen, mein Partner und ich; wir vereinigten uns, jagten und spielten. Sobald in der kalten Luft eine Duftwolke stand und wenn, wie Rauchschwaden, eine Witterung nach Dung oder Fußspuren von der Erde aufstieg, sahen wir uns an, um zu erfahren, was der andere dachte. Gemeinsam folgten wir vielversprechenden Gerüchen und bedeckten schlechte Gerüche mit Schnee.
Eines Tages jagten wir am Südufer des Flusses auf und ab, bis wir eine Hirschkuh entdeckten, die vom Winter noch mager und schwach von den vielen Zecken war, die wir unter ihrem ausfallenden Winterhaar erkannten. Krank wie sie war, benötigten wir doch den größten Teil des Nachmittags, sie niederzureißen. Auch nachdem wir sie rückwärts in ein Dickicht gedrängt hatten, mußten wir ständig ihren gefährlichen Huftritten ausweichen und gleichzeitig den Blick auf ihre Nüstern gerichtet halten, wo wir sie fassen wollten.
Erst später erkannte ich, daß uns eine Tigerin aus der Deckung einiger Bäume heraus beobachtet haben mußte. Als sich die Hirschkuh befreite und davonrannte, blieben wir ihr auf den Fersen und versuchten, sie in die Hinterhand zu beißen, damit sie zu bluten anfing; die Tigerin mußte uns gefolgt sein, aber wir waren so beschäftigt, daß wir es nicht bemerkten. Erst als ich der Hirschkuh die Nase durchbiß und mein Gefährte ihr hinteres Fußgelenk zu fassen bekam, erst als wir sie ausstrecken und niederreißen konnten, so daß sie krachend auf die Seite fiel, sah ich aus dem Augen-

winkel heraus eine große, gestreifte Gestalt, die sich unter den Bäumen bewegte. Dann blies mir ein Windstoß ins Gesicht, und ich witterte die Tigerin. Meine Haare stellten sich auf, während mein Mut sank. Ich versuchte, einen besseren Überblick zu bekommen, aber meine Zähne waren so tief in den Hals der Hirschkuh eingegraben, daß meine Wangen in Falten um meine Augen herum lagen – ich schien alles über den Rand eines Berges hinweg zu sehen. Die Hirschkuh hatte die Tigerin offenbar gesehen; plötzlich brüllte sie und begann, stärker als zuvor um sich zu schlagen und dabei meinen Kopf von einer Seite zur anderen mitzureißen. Ich hatte keine Möglichkeit, mich nach irgend etwas umzuschauen.
Als die Hirschkuh schließlich regungslos dalag und unsere Mägen sich auf das Fleisch zu freuen begannen, fiel mir die Tigerin ein; ich drehte mich um und sah sie seelenruhig auf uns zukommen. Sie starrte uns mit ihren furchtgebietenden gelben Augen an, bis ich in einem Anfall von Angst aufsprang, über den Kadaver hinwegrannte und mit eingezogenem Schwanz das Weite suchte. Mein Gefährte folgte mir. Aus sicherer Entfernung beobachteten wir die Tigerin, die sich langsam niederlegte und, als wäre es ihre Gewohnheit, den Kadaver beleckte, bevor sie zu fressen begann. Wir, die wir die eigentliche Jagd durchgeführt und alle Schrammen bekommen hatten, erhielten für unsere schwere Arbeit nur die paar Bissen, die wir ergattern konnten, und die Blutstropfen auf unserem Fell. Als wir das Blut abgeleckt hatten, war unsere Mahlzeit vorbei, und wir mußten wieder auf Jagd gehen.
Zu zweit waren wir zu wenige. Viele hätten vielleicht einen Tiger abwehren können; viele konnten mit Leichtigkeit noch eine Hirschkuh reißen. Im Wald wimmelte es von Rothirschen und Rehen, jedenfalls schien es uns so, aber wir konnten sie nicht reißen. Sie liefen zu schnell oder stellten sich, mit dem Rücken im Dickicht, dem Angreifer. Wir fraßen Hasen und Wühlmäuse.

Wir folgten dem Fluß stromaufwärts und suchten eine Stelle, die sich für eine Höhle eignete – ein Loch, das jemand bereits auszugraben begonnen hatte und das wir vergrößern konnten, denn der Boden war gefroren. Wir mußten am Wasser leben, damit wir trinken und unsere Jungen davon abhalten konnten, uns zu folgen. Vor meinem geistigen Auge sah ich mich die Höhle verlassen und die Jungen hinter mir herstolpern, bis ich das Wasser überquerte; dann mußten sie am Ufer warten, bis ich zurückkam. Auf einem sandigen Abhang fanden wir ein Loch, das von Hyänen angelegt worden war; es war zu breit für uns und zu flach, aber da sich die gefrorene Erde auf dem Boden des Loches leicht lösen ließ, begannen wir, die Höhle weiter auszugraben. Als sie tief genug war, legten wir uns an den Eingang, drückten den Bauch gegen das kalte, lockere Erdreich und ließen die Zunge heraushängen, um uns zu kühlen. Ich stellte mir den nächsten Winter vor, wenn unsere Jungen fast ausgewachsen und unser Rudel größer sein würde.
Bei Einbruch der Dunkelheit ging der Vollmond auf. Wir beschnupperten unsere Gesichter und wedelten mit dem Schwanz. Wieder waren wir zum Jagen bereit! Bevor wir die Höhle verließen, sangen wir gemeinsam, zuerst leise und dann aus vollem Halse; zum Schluß stießen wir ein Geheul aus, das unser Blut erwärmte und unsere Köpfe mit Siegeszuversicht erfüllte.
Während der vielen Tage, die ich mit meinem Gefährten auf der Südseite des Flusses blieb, dachte ich nicht ein einziges Mal an die Hütte und an die Menschen. Als ob ich sie nie gekannt oder es sie nie gegeben hätte, dachte ich nicht daran, zu ihnen zurückzukehren. Dann stießen wir eines Tages zu Beginn des Frühlings auf etwas sehr Merkwürdiges: das Bein eines Hasen, das ganz allein, ohne den dazugehörigen Hasen, etwa in Kopfhöhe über dem Pfad in einer Wolke menschlicher Witterung in der Luft hing. Mein Wolfsgefährte berührte das Hasenbein mit seiner Nase, nahm es dann zwischen die Zähne und flog plötzlich hoch, um mit

wild um sich schlagenden Beinen in der Luft zu hängen. Ich war so erschreckt, daß ich davonstürzte, um mich zu verstecken; erst viel später kroch ich mit gesträubten Haaren wieder hervor. Voller Entsetzen sah ich, daß er sich nur noch schwach bewegte; eine Wolke seines eigenen Dufts ging von ihm aus, vermischt mit dem Geruch nach seinen Samen und seinen Exkrementen. Ich wartete voller Angst, aber er kam nicht wieder herab, und nach Einbruch der Dunkelheit, als der Mond aufging, witterte ich Hyänen und kroch weg; ein Rudel von Hyänen, die sich gegenseitig die Beute streitig machten, zerrten seinen Körper herunter und knackten seine Knochen auf.

Ein letztes Mal kroch ich zu der Stelle zurück, wo er gewesen war. Jetzt stank die Erde nur noch nach Hyänen, und von meinem Gefährten war nichts außer ein paar Hautfetzen übriggeblieben. Es hatte zwar keinen Sinn, noch länger hier zu bleiben, aber ich wollte nicht weggehen. Ich blieb den größten Teil der Nacht in der Nähe, und als es im Osten hell zu werden begann, glaubte ich, sein graues Gesicht von niedrig hängenden Fichtenästen auf mich herabschauen zu sehen. Voller Freude lief ich auf ihn zu, aber er war nicht da, auch hatte er weder Fußspuren noch eine Witterung hinterlassen. Ich rief nach ihm, laut und mit hoher zitternder Stimme, aber es kam keine Antwort.

Wenn ich im Wald geblieben wäre, was wäre mit mir geschehen? Hätte ich einen Wurf von Welpen in die Welt gesetzt? Eines Tages schlief ich einsam auf einem nach Süden gerichteten Felsstück ein, das mit grauen Flechten überzogen war und von Glimmer silbrig glänzte, einem Felsstück, das auch noch nach Einbruch der Dunkelheit die Sonnenwärme gespeichert hatte. Im Schlaf träumte ich davon, mit Timu nach Pferden zu jagen, und ich erwachte in menschlicher Gestalt. Der verschwommene, abnehmende Eisbrechende Mond schien durch die Äste einer Fichte hindurch, und in seinem Licht begann ich den Rückzug zur Hütte am

Forellenfluß. Ich wanderte die ganze Nacht, die Frösche quakten am Rande des Wassers, und den ganzen nächsten Tag, während Schwärme von Enten um mich herumflogen, aus dem Schilf auftauchten und wieder darin verschwanden. Als ich die Hütte erreichte, fragte mich Murmeltier, wo ich solange gewesen sei und warum ich in Gestalt einer Frau den Rückweg angetreten habe, statt in Wolfsgestalt zu laufen oder in Gestalt eines Raben zu fliegen, und ich sah ihn abweisend an, weil ich nicht antworten wollte. »Wozu?« sagte ich.

Nachdem ich mit Timu zu schlafen begonnen hatte, wartete ich stets ungeduldig auf die Nacht, während ich gleichzeitig bei Tage alles tat, um in seiner Nähe zu sein. Ich versuchte, neben ihm am Tagesfeuer zu sitzen, wenn er eine Tierhaut abkratzte, oder wenigstens in Hörweite von ihm zu bleiben. Wenn ich ihn lachen hörte, mußte auch ich lachen. Der von Wolkenbändern durchzogene Himmel ließ mich an seine Rippen oder seinen Gaumen denken. Ich wollte alles tun, um ihm zu Gefallen zu sein, und verstand nun, warum manche Frauen tun, was ihre Männer sagen.
Ich war eifersüchtig auf Ethis und ihre Schwangerschaft, obwohl Timu deshalb jetzt bei mir schlief. Aber er würde sowieso mit mir schlafen, dachte ich verächtlich. Ich erinnerte mich, wie ich, als wir Kinder waren, immer versuchte, die Schelte der Älteren auf ihn zu lenken, oder ihn zu beschämen oder dafür zu sorgen, daß die anderen Kinder ihn auslachten. Welche Dummheit! Was hatte ich schon von der Liebe gewußt?
Wenn Timu mit seinem Halbbruder Elho oder dem Mann seiner Schwester, Kranich, auf Jagd ging, nahm ich Vaters Speer und folgte ihnen. Warum nicht? Ich war kräftig, konnte schnell laufen und war gut bei der Pirsch. Eines Tages verwundete ich einen Rehbock, dem Timu dann mit seinem Speer den Rest gab. Timu sagte daraufhin, er und ich reichten aus, um eine Jagdgruppe zu bilden.

So gingen wir gemeinsam auf die Jagd und durchstreiften weite Gebiete; manchmal hielten wir um die Mittagszeit an und liebten uns, falls der Frost nicht zu streng war und wir einen guten Platz fanden. Dann streifte ich meine Hose ab und ließ mich auf Händen und Knien auf den glatten, goldenen Blättern eines Birkenwäldchens oder auf den rauhen, sonnendurchwärmten Nadeln einer Fichtengruppe nieder und lächelte ihn über die Schulter an. Danach zupften wir uns gegenseitig sorgfältig die Birkenblätter oder Fichtennadeln aus den Haaren. Wir glaubten, wenn die anderen errieten, was wir taten, würden sie über uns lachen.

Aber wir erlegten keine Tiere, bekamen sogar nur selten welche zu Gesicht. Vielleicht kam es mir nicht so sehr auf Nahrung als auf Timu an, und wenn er offenbar an etwas anderes als an mich dachte, neckte ich ihn so lange, bis er hinter mir herrannte. An einem solchen Tage schien er nachdenklich zu sein, obwohl er mich rasch einholte und unsere Hosen auf einen Wermutbusch warf. Sosehr wir auch herumtollten, er schien ständig die Ebene mit seinen Augen abzusuchen. Und sobald wir fertig waren, nahm er seine Feuerstöcke und entzündete ein Feuer. Ich war verärgert und fragte ihn nach dem Grund. Er antwortete, daß nach dem Feuer hier im nächsten Frühling höchstwahrscheinlich frisches Gras wachsen und weidende Tiere anlocken würde. Er gab mir ein Heidebüschel als Fackel und befahl mir, die Flammen weit auszubreiten, damit das abgebrannte Gebiet möglichst groß wäre. Ich machte mich also in der einen Richtung auf den Weg, während er in der anderen Feuer anlegte, und als wir weit auseinander waren, setzte der Wind plötzlich den Wermutbusch mit unseren Hosen in Brand. Wir rannten zurück, aber es war zu spät. Timus Hose war angebrannt.

»Warum mußt du immer damit anfangen? Jetzt siehst du, wozu das führt!« rief er wütend und zog die Hose an, obwohl das eine Bein schwarz und kürzer als das andere war.

Auch ich war wütend. »Habe ich etwa die Hosen dorthin gelegt? Du warst es, der das Feuer gemacht hat!« rief ich.
In verbissenem Schweigen gingen wir zur Hütte zurück. Die Leute, die das Feuer in der Ferne gesehen hatten und auf uns warteten, bemerkten die angebrannten Hosen sofort. »Was ist mit deinen Kleidern passiert?« riefen sie. Meine Mitfrau Ethis war verblüfft und sagte dann verdrossen: »Ich habe ihm die Hose gemacht.«
Schwalbe lachte und entblößte alle seine Zähne. »Haha!« schrie er. »Wo war denn dein Bein, als die Hose Feuer fing?«
Dann lachten alle, jedenfalls schien es so, während ich auf meine Füße schaute und mein Zopf zwischen meinen Brüsten herunterhing. Als mir wieder zum Bewußtsein kam, was Teal mich gelehrt hatte, nämlich meinen Stolz zu zeigen, hob ich das Kinn und warf meinen Zopf nach hinten zwischen die Schulterblätter. Dann sah ich, daß Meri und Ethis gar nicht lachten, sondern mich ansahen, Meri furchtsam, Ethis eifersüchtig, und daß Graugans auch nicht lachte, sondern Timu wütend anblickte. »Bist du ein Kind, daß du eine Frau auf die Jagd mitnimmst?« brüllte er Timu an. »Brauchen wir etwa keine Häute? Brauchen wir kein Fleisch? Sollen wir etwa für dich auf die Jagd gehen, während du mit deinem Weib herumspielst?«
Timu sah seinen Vater mit kalten Blicken an. »Ich versuche, ihr das Jagen beizubringen. Ist das Herumspielen? Sind wir so zahlreich, daß wir in diesem Winter ihre Hilfe nicht nötig hätten?«
»Dann geh das nächste Mal mit jemand anderem auf die Jagd«, sagte Graugans. »Geh mit Schwalbe oder mir, damit du ganz bei der Sache bist.«
Timu wurde rot, aber sein Gesichtsausdruck blieb derselbe. »Mit Vergnügen«, sagte er schließlich. »Ich dachte, du und Schwalbe geht wegen eures Alters zusammen auf die Jagd. Ich freue mich, daß du der Ansicht bist, ich würde für euch nicht zu schnell gehen.«

Graugans' Gesicht lief rot an und seine Augen wurden rund. »Bin ich so langsam wie eine Frau?« fragte er und beugte sich vor, als wolle er einen Schritt auf Timu zugehen. »Muß ich mich von meinem eigenen Sohn beleidigen lassen?«
»Willst du den Kampf, Vater?« fragte Timu. »Wenn du willst, bin ich bereit.«
Jetzt riefen alle gleichzeitig durcheinander. »Keinen Kampf!«
»Hab Respekt vor deinem Vater!«
»Timu ärgert sich mit Recht!«
»Graugans ist zu Recht wütend.«
»Bitte, lieber Mann, reg dich nicht auf.«
»Sind wir Tiere, daß wir gegeneinander kämpfen müssen?«
Langsam ließen sich Graugans und Timu überreden, sich an den gegenüberliegenden Seiten des Tagesfeuers der Männer niederzulassen – Graugans neben Schwalbe, Timu neben Elho, so daß die beiden ihrem Herzen Luft machen konnten, indem sie übereinander statt gegeneinander redeten. Ich saß mit den anderen Frauen an unserem Tagesfeuer, wo wir so leise wie möglich Nüsse aufknackten, dabei aber verstohlen den Männern zuhörten. Ich hörte mit Erstaunen, daß sie den Streit dadurch beilegten, daß sie mir die Schuld zuschoben. »Yanan ist immer begierig«, erklärte Eules Mann, Kranich, gegenüber Schwalbe. »Meine Frau war auch so. Das kommt vor, wenn Mädchen noch nicht lange mit einem Mann schlafen.«
Schwalbe stimmte ihm zu. »Die Frauen stellen den Männern nach. Graugans kann ein Lied davon singen.« Schwalbe kramte in seinem Jagdbeutel, holte ein Eichhörnchen heraus und legte es auf das Feuer. »Ist zwar klein, aber immerhin ein Bissen für jeden von uns«, sagte er ernst. »Etwas zu essen vertreibt den Ärger.«
Dies alles war zuviel für Teal. Sie tat nicht mehr so, als knacke sie bloß Nüsse, sondern stand auf. »Wollt ihr damit sagen, daß Yanan schuld daran ist, wenn Timu

dauernd mit ihr schläft? Er hat sie schon besessen, bevor die Narben der Frau Ohun verschorft waren. Ihr beleidigt mich und meine Sippe, wenn ihr meine Verwandte beleidigt.«

Die Männer drehten sich um und sahen uns empört an. Wir erwiderten die Blicke. Wie es so oft geschieht, wurde aus einem Streit zwischen zwei Menschen ein Streit zwischen den Frauen und den Männern. »Timu hat Glück, daß der Geschlechtsverkehr kein Essen ist«, sagte ich zu den Frauen und versuchte, nicht steif, sondern belustigt zu klingen. »Er würde sterben, wenn er nichts mehr zu essen hätte.« Die Frauen lachten und schauten hinüber zum Feuer der Männer, um sich zu vergewissern, daß den Männern der Scherz nicht entgangen war. Verärgert blickten die Männer zurück.

Und so vergingen der Nachmittag und der Abend; die Männer teilten das Eichhörnchen nicht mit uns und wir die Nüsse nicht mit ihnen. Das Eichhörnchen war natürlich sehr klein, und wir hatten eine große Menge Nüsse, aber trotzdem waren wir tief gekränkt.

Am nächsten Morgen wurde nicht mehr davon geredet, daß Timu mit mir auf Jagd ging. Während ich noch drinnen beim Feuer war und eine Handvoll Nüsse knackte, um mir Kräfte für den Verlauf des Tages zu geben, machte sich Timu mit Kranich auf den Weg. Ich fand ihre Spuren im Schnee. Elho und Weißfuchs schienen auch an die Jagd zu denken – Elho klopfte winzige Schneeflocken von der Schneide seines Speers, während Weißfuchs zusah –, aber ich hatte keine Lust, mit ihnen zu gehen, selbst wenn sie mich bei sich haben wollten. Ebensowenig wollte ich heute in der Hütte bleiben, da Schwalbe und Graugans beim Tagesfeuer eine Rentierhaut bearbeiteten und offensichtlich dableiben wollten. Deshalb beschloß ich, allein auf Jagd zu gehen, und holte Vaters Speer aus der Hütte. Ich hob ihn hoch. Er war, wie immer, sehr schwer. Es würde mir, wie immer, sehr schwerfallen, ihn zu werfen.

Aber dann kam mir eine Idee. Ich würde heute einen

leichteren Speer benutzen, um zu sehen, ob ich treffsicherer geworden war. Ich würde einen Knabenspeer nehmen, den von Weißfuchs, mit abgebranntem und geschärftem Elfenbein an der Spitze. Weißfuchs konnte Vaters Speer nehmen. Als ich Vaters Speer zu Weißfuchs brachte, war dieser gern zu dem Tausch bereit, und ich überquerte kurz darauf den gefrorenen Fluß, während der kleine Speer locker zwischen zwei Fingern meiner Hand pendelte. In dem Rauhreif waren überall Rentierspuren zu sehen. Ich begann nach Abdrücken, die während der Nacht entstanden waren, Ausschau zu halten.

Das war jedoch nicht einfach. Obwohl ich Spuren fand, taute der Rauhreif gerade auf, wodurch es schwierig war, die frischen von alten Spuren zu unterscheiden. Vater hätte es gekonnt, auch Graugans und Timu, und auch ich hätte es geschafft, falls sich die Spuren im Erdreich befunden hätten. Aber ein Tier im Frost aufzuspüren, war etwas, was ich noch nicht oft getan hatte. Ich überlegte mir, wie ich es anfangen sollte.

Bald merkte ich, daß Meris Wolf mir folgte. Das war nichts Ungewöhnliches; er folgte mir oder Meri oft, wenn wir draußen unterwegs waren. Ich weiß nicht, wo er sich die übrige Zeit aufhielt – wir sahen ihn nur noch selten in der Nähe der Hütte –, aber sobald Meri oder ich hinausgingen, schien er plötzlich aus dem Nichts zu erscheinen. Er suchte sich sofort eine der Spuren aus und folgte seiner Nase. Und so machten wir uns auf den Weg; der Nordwind blies uns ins Gesicht. Das Tier, eine einzelne Rentierkuh, hatte sich nach Süden gewandt, als wollte sie zum hügeligen Gelände, aber an der Stelle, wo die Spur abbog, blieb der Wolf stehen und schaute nach Norden zurück zum Fluß. Das kann nicht sein, dachte ich; aber der Wolf hatte die Ohren gespitzt und zitterte ein wenig, während er in den Wald hineinschaute. Er weiß etwas, sagte ich mir und veränderte meinen Griff am Speer, so daß ich ihn schleudern konnte.

Ganz leise und vorsichtig ging ich durch die kleinen Bäume hindurch und sah sofort, daß sich dort ein Ren versteckt hatte. Der Wolf, merkte ich, war aufgeregt; er hatte den Kopf vorgestreckt, die Augen weit aufgerissen, und die Nase zeigte nach vorn. Er hatte das Ren offenbar gesehen, und da ich wußte, daß er es anfallen würde, wog ich den Speer in der Hand und warf.
Der Wolf sprang fast in dem Augenblick los, als der Speer meine Hand verließ. Während das Ren mit dem Speer im Genick aufsprang, schnappte es der Wolf an der Fessel. Ich rannte zu den beiden, während ich in meinem Gürtel nach dem Messer tastete. Mein Speer hatte die Luftröhre des Rens und die großen Adern verfehlt – er baumelte in seinem Genick und fiel dann ab, bevor ich das Tier erreichte, aber als es davonrennen wollte, riß es der Wolf zurück, so daß es sich plötzlich auf den Boden setzte.
Dies war genau die Zeit, die ich brauchte. Ich verzichtete auf das Messer, hob den Speer hoch und stieß ihn der Rentierkuh zwischen die Rippen. Mit einem jämmerlichen Gebrüll versuchte sie, wieder auf die Beine zu kommen, aber der Wolf hielt sie fest, und ich warf mich der Länge nach auf sie. Ihr braunes Auge war kaum eine Handbreit von meinen Augen entfernt. Ich schaute es an, sah es vor Angst verschwimmen und merkte dann, daß das Augenlid erbebte und die Pupille glasig wurde. Aber um ganz sicher zu gehen, zog ich mein Messer heraus und schnitt dem Tier die Kehle durch.
Gut! Ich sollte dieses Ren jetzt zerlegen, sagte ich mir, aber ich konnte an nichts anderes denken, als daß ich in kürzester Zeit ganz allein Fleisch gefunden hatte, während die glücklosen Männer seit Tagen unterwegs waren und noch nichts erlegt hatten. Soviel für Timu, der mir das Jagen beibringen wollte!
Ich ging die ganze Jagd in Gedanken noch einmal durch – die Spuren, das äsende Rentier, den Speer, den Wurf, das schreckliche Brüllen. Ich betrachtete das Tier

von oben bis unten und sah, daß der Wolf einen Hautlappen aus der Hinterhand des Tieres herausgerissen hatte und jetzt das Fleisch verschlang. Nun gut, vielleicht hatte ich das Ren nicht ganz allein zur Strecke gebracht; der Wolf hatte mir geholfen. Ich wußte, daß die Leute böse sein würden, wenn sie die Bisse entdeckten, aber ich ließ ihn eine Weile fressen; mir würde schon irgendeine Erklärung einfallen.
Plötzlich glaubte ich etwas hinter mir zu hören. Als ich mich umdrehte, entdeckte ich ein großes braunes Tier, das unter den Bäumen zur Hälfte verborgen war. Eine Hyäne! Natürlich. Vielleicht hatte sie auch das Ren gejagt. Mit Sicherheit mußte sie das Brüllen gehört haben. War sie allein? Gewöhnlich jagen Hyänen in Rudeln. Ich überlegte, was geschehen würde, falls ich jetzt das Tier abhäutete und zerlegte. Würde die Hyäne mich anfallen? Mit einer einzigen Hyäne würde ich schon fertig werden. Falls es viele waren, war ich nicht so zuversichtlich. Ich würde nur sehr ungern nach Hause kommen, wenn ich ein Ren erlegt und dann an mehrere Hyänen wieder verloren hätte! Wenn die Menschen schon dem Wolf seine paar Bissen mißgönnten, wie wütend wären sie erst, wenn ich die ganze Beute verlor! Ich sah den Wolf an. Würde er mir helfen? Ich glaubte es nicht. Er stand neben dem Rentier, als überlege er sich, ob er der Hyäne die Zähne zeigen solle; aber seine Ohren waren gesenkt und er hatte den Schwanz eingezogen – auch er dachte anscheinend an Flucht. Plötzlich heulte die Hyäne auf. Rief sie andere herbei? Der Wolf mußte so etwas vermutet haben, denn er drehte sich um und rannte davon. Ich blickte die Hyäne an. Sie verschwand hinter einem Fichtendickicht, aber da sie nicht wieder herauskam, wußte ich, daß sie noch da war. Vielleicht bedeutete dies, daß sie allein war.
Ich nahm jedenfalls meinen Gürtel ab, band ihn um die Geweihstangen der Rentierkuh und begann zu ziehen. Sie bewegte sich, aber nur sehr langsam. Es würde den Rest des Tages in Anspruch nehmen, sie auf diese Weise

nach Hause zu ziehen. Mir blieb also keine andere Wahl, als das Tier in Stücke aufzuschneiden und diese dann so hoch wie möglich in die Baumkronen zu legen, wie ich es am Marderfluß getan hatte, um das Fleisch vor der Wölfin in Sicherheit zu bringen. Aber zuerst mußte ich das Tier abhäuten. Mit Weißfuchs' Speer stach ich ein Loch in die zähe Haut oberhalb des Schambeins, hockte mich dann hin und schnitt mit dem Messer die Bauchdecke auf, wobei ich das Versteck der Hyäne im Auge behielt.

Ich hatte kaum die Haut aufgeschlitzt, als die Hyäne hinter ihrer Deckung auftauchte und durch die Bäume davonlief. Irgend etwas hatte sie erschreckt. Ich wandte mich um. Elho kam von hinten ganz leise auf mich zu. Ohne ein weiteres Wort zog er sein Messer heraus und beugte sich mit seinem langen Körper nieder, um eines der Beine abzuhäuten. »Graugans sollte dich mit Timu jagen lassen«, sagte er, als er mit dem Bein fertig war. »Wie kann ein einziger Mensch so viel Fleisch tragen?«

Diese Worte freuten mich, aber da ich immer noch verlegen war wegen der angebrannten Hose, wollte ich nicht über das Jagen mit Timu reden. »Hast du die Hyäne gesehen?« fragte ich ihn.

»Ja«, sagte Elho, »und den Wolf auch.«

Den Wolf? Der Wolf war doch schon lange weg. »Bist du mir gefolgt?« fragte ich.

Elho zögerte. »Niemand geht gern allein auf Jagd«, sagte er schließlich. »Ich bin gekommen, um dir zu helfen.«

Stimmte das? »Bevor du zu den Mammutjägern gingst, hast du dich nie um mich gesorgt«, sagte ich. »Aber du hast meiner Tante oft im Wald geholfen, nicht wahr?«

Elho entblößte seine weißen Zähne. Auch ich lächelte. »Damals waren wir noch Kinder«, sagte er.

»Und jetzt sind wir keine Kinder mehr. Jedenfalls nicht, seit Teal uns in den Wald mitnahm und uns die Geschichte unserer Sippenangehörigen Sali erzählte.«

»Jetzt sind wir verheiratet und bekommen Kinder«, pflichtete er mir bei.

Bekommen Kinder? »Du und Ankhi vielleicht«, sagte ich.
Sehr ernst geworden, wartete er und schaute auf mich hinab. »Oder du und Timu«, sagte er leise.
Ich betrachtete Elhos Brustkorb, seine Schultern, sein sonnenbeschienenes Gesicht. Er sah wirklich gut aus. Kein Wunder, daß sich meine Tante Yoi einmal von ihm mit »Weib« hatte anreden lassen.
Was machte ich eigentlich – ich redete von Kindern? Warum ließ ich Elho so nahe neben mir stehen? Ich trat einen Schritt zurück. »Ich und Timu? Wenn ich ein Kind bekomme, werde ich es Timu sagen, nicht dir. Ich bin nicht wie meine Tante Yoi, die unserer Sippe Schande brachte. Ich erinnere mich an die Geschichte der Schamanin Sali, im Gegensatz zu dir. Wenn du es vergessen hast, frag doch deine Mutter nach Sali.«
Elho hörte mir gar nicht zu. Obwohl ich bewußt einen etwas schärferen Ton angeschlagen hatte, veränderte sich sein ernster Gesichtsausdruck nicht. »Yanan«, sagte er sanft. Ich antwortete ihm nicht, sondern wartete und hielt den Atem an. »Jede Nacht schläfst du mit Timu. Ich höre euch beide und ich beneide ihn. Und er nimmt dich, während er mit dir jagt – dich, die schönste aller Frauen. Auch ich will dich besitzen.«
Weit hinten im Wald hörte ich einen Eichelhäher. Das Herz schlug mir bis zum Halse, und einen kurzen Augenblick schaute ich Elho fest in die Augen. »Schämst du dich nicht?« sagte ich, als ob ich mir so etwas nicht vorstellen könnte. »Was werden die Leute denken, wenn sie uns hier im Wald finden? Wenn du gekommen bist, mir bei der Jagd zu helfen, dann hilf mir jetzt mit dieser Beute. Ich erinnere mich an alles, was unsere Mutter uns erzählt hat, in jener Nacht im Wald, als die Tigerin kam. Mir ist nicht gleichgültig, was die Leute sagen!« Ich ergriff das Rentier an einer Geweihstange und zerrte den Kadaver zwischen uns, um meine Spuren zu verwischen.
Elho sah mich lange an. Ein anderes Mal, schienen seine

Augen zu sagen. Dann wandte er sich wieder dem Rentier zu und begann, ein weiteres Bein abzuhäuten. »Geh zur Hütte zurück und hole jemanden, der uns beim Tragen hilft«, wies er mich an.
Ich rannte los. Als ich den Fluß hörte, blieb ich stehen. Mit Erstaunen merkte ich, daß ich ihm wie ein Kind gehorchte. Und das Rentier gehörte mir! Elho und nicht ich hätte gehen sollen, um die anderen zu holen. Ich wollte schon umkehren, aber dazu war es jetzt zu spät. Er würde mich auslachen, wenn er mich so aufgebracht sähe, und meine Rückkehr vielleicht sogar als ein Zeichen ansehen, daß ich mich eines anderen besonnen hätte. Wütend über mich selbst, obwohl ich eigentlich stolz hätte sein sollen, lief ich an den Fuß den Berghanges zurück.
Von dort sah ich zur Hütte hoch. Es war gut, daß ich gerade in diesem Augenblick ankam. Graugans, Schwalbe und Timu schauten von ihren Plätzen am Tagesfeuer auf mich hinunter. Während sie mir zusahen, wie ich hinaufkletterte, fühlte ich mich schuldig, als ob Elho und ich uns tatsächlich geliebt hätten, statt bloß daran zu denken. Als ich oben ankam, fragte mich Timu spöttisch: »Hast du deine Jagd schon beendet?«
»Ja«, sagte ich.
Er machte ein überraschtes Gesicht. »Hast du einen Kadaver gefunden?«
»Ich habe frisches Fleisch«, sagte ich von oben herab. »Komm lieber mit, um es abzuholen, wenn du nicht willst, daß die Hyänen es auffressen.«
»Es auffressen? Ein Rentier?«
»Eine Rentierkuh. Ein Jährling.«
»Hast du das Tier erlegt?« fragte Timu.
»Hiermit«, sagte ich und hob Weißfuchs' Speer. Und ich drehte mich um und schritt davon, ohne mich umzusehen, wer mir folgte.
Als ich hinter mir ihre Füße auf dem Pfad hörte, wußte ich, daß sie mir zu dritt nachkamen. Es war zu spät, aber ich hätte erwähnen sollen, daß sie Elho dort finden

würden. Als wir uns dem Rentier näherten, bemerkten sie Elhos Spuren. »Elho?« fragte Timu neugierig. »Ist Elho hier?«
»Ja«, antwortete ich so beiläufig, wie ich konnte. »Habt ihr geglaubt, ich würde einen Kadaver für die Hyänen liegenlassen? Ihr wolltet heute früh nicht auf mich warten. Wenn niemand vorbeigekommen wäre, hätte ich den ganzen Tag gebraucht, das Fleisch in einen Baum zu legen.«
Die Männer sagten nichts. Was sie sich wohl dachten? Daß ich mich mit Elho im Wald verabredet hatte? Nun gut, das konnten sie auch selber herausfinden. Ich hatte etwas Besseres zu tun, als nur darüber zu reden.
Und sie haben tatsächlich selber nachgesehen. Als wir das Rentier und Elho erreichten, bemerkte ich, daß sich die drei Männer nach den Fußspuren auf dem Boden umsahen. Sie machten sich jedoch nicht die Mühe, die Spuren aus nächster Nähe zu betrachten; statt dessen überblickten sie den Boden nur flüchtig und kümmerten sich auch wenig um Elho. Er war mit seinem Messer bei der Arbeit und gab sich so unschuldig wie ein neugeborenes Kind; nur gelegentlich unterbrach er seine Arbeit, als ob er die anderen fragen wollte, warum sie ihm nicht halfen – was ich inzwischen tat. Timu und Graugans zogen ihre Messer heraus.
Schwalbe schien dasselbe tun zu wollen, als sich sein Verhalten plötzlich änderte. Mit einem Ausruf der Überraschung schaute er verwundert auf den Boden hinunter, begann den Raum um das Rentier herum abzuschreiten, ging dann zweimal um uns herum und verschwand unter den Bäumen. Timu und Graugans standen auf. Was hatte er gesehen? Gerade noch rechtzeitig fiel auch Elho ein, sich zu erheben. Die Männer wollten Schwalbe schon folgen, als dieser plötzlich aufgeregt auf uns zulief. »Yanan!« sagte er. »Dieser Wolf von dir, er hat dir geholfen! Hast du das gewußt?«
Natürlich wußte ich es! Schwalbe behandelte uns so, als wären wir dumm. Aber ich sagte nur: »Ja, Onkel.«

»Kommt her und seht euch dies an«, sagte Schwalbe zu den anderen Männern. Sie ließen sich von Schwalbe zeigen, wie der Wolf der Spur des Rentiers gefolgt war, wo er das Tier gesehen haben mußte, obwohl der Pfad in die andere Richtung führte, und wie er die Beute ansprang. Bei den Fußabdrücken neben dem Kadaver zeigte Schwalbe auf die Blutspuren der Wunde und den Eindruck der Hüfte, wo der Wolf die Beute auf den Boden gezogen hatte. Er sah die Jagd ganz genau vor sich.

Graugans und Timu sahen sich alles aufmerksam an. Elho hielt sich etwas zurück, da er keinen überraschten Eindruck machen wollte. Und Schwalbe entdeckte natürlich auch seine Spuren. »Du hast alles mit angesehen!« sagte Schwalbe.

»Nicht alles«, meinte Elho. »Ich kam zu spät, um den ganzen Vorgang zu sehen.«

Schwalbe hatte jede Frage nach irgendeinem Frevel vergessen. »Aber ich will es sehen. Yanan! Wenn wir das nächste Mal jagen, will ich mit dir gehen.«

Während wir das Rentier zerlegten, stellte mir Schwalbe viele Fragen über den Wolf. Ob ich gewußt hatte, was der Wolf tun würde? Ob der Wolf gewußt habe, was ich vorhatte? Wir trugen das Fleisch im Gänsemarsch nach Hause und ich versuchte unterdessen alle Fragen zu beantworten, die mir Schwalbe über die Schulter hinweg zurief. Dieser Wolf habe mir noch nie geholfen, sagte ich zu Schwalbe, aber mehrere Male habe seine Mutter versucht, meine Hilfe zu gewinnen. Schwalbe mußte sehr aufmerksam zugehört haben. Als wir in der Hütte angelangt waren und das Fleisch im Windfang verstauten, wiederholte er einige meiner Antworten, um sich zu vergewissern, daß er sich meiner Worte genau erinnerte.

Die anderen legten Holz auf dem Feuer nach, um das Fleisch zu rösten. Niemand kümmerte sich jetzt um den Wolf – alle warteten, bis ich das Fleisch aufgeteilt hatte. Timu half mir dabei, denn ein ganzes Tier aufzuteilen war für mich etwas Neues. Ich mußte dafür sorgen, daß meine angeheirateten Verwandten die besten Stücke bekamen – die rückwärtigen Teile –, während meine Familie zu gleichen Teilen Stücke aus der Schulterpartie erhielt. Auch tat Timu nicht so, als ob das Rentier sein Eigentum sei. Er schien auf mich sogar ziemlich stolz zu sein. Er machte taktvolle Vorschläge, ohne auf seiner Meinung zu beharren, und vertuschte auf nette Weise den einzigen wirklichen Fehler, den ich beging – ich behandelte Weißfuchs als Meris Verlobten und Schwalbe bloß als Verwandten meiner Mitfrau: Er entschuldigte sich, als ob er den Fehler selbst begangen hätte.

Sobald jedes Stück Fleisch im Windfang einen Besitzer hatte, schnitten wir die Leber in Streifen und legten sie auf das schwelende Feuer. Dabei kam mir ein Gedanke. Wir hatten soeben das Fleisch aufgeteilt, als ob es nur einen einzigen Jäger gegeben hätte. Wenn es aber mehrere Jäger gibt, muß das Fleisch natürlich anders aufgeteilt werden. Die Haut gehört zum Beispiel einer Schwester des einzelnen Jägers, wenn es aber viele Jäger gibt, gehört sie der Frau des ältesten Jägers. Wenn der Wolf nicht gewesen wäre, hätte ich das Rentier wahrscheinlich nicht zur Strecke bringen können; ich hätte es vielleicht nicht einmal gefunden. Ich war schließlich kein Einzeljäger – ich gehörte zu einem Paar, und die Haut, die jetzt meiner Schwester gehörte, sollte eigentlich Ethis gehören, da ich als Frau kein Weib hatte, nur ein Mitweib.

Niemand schien sich darüber Gedanken zu machen, deshalb vergaß ich die ganze Sache. Ich wollte sowieso, daß Meri die Haut bekam, und mehr als über die Beute freute ich mich, daß Timu mit mir zufrieden war. Was den Wolf betraf, so wollten alle nur sicher sein, daß er aus dem Windfang ferngehalten wurde. Als ich von der Jagd erzählte, fanden die Männer viel bemerkenswerter, daß sich so dicht am Fluß eine große Anzahl von Rentierfährten befand. Es kam ihnen merkwürdig vor, da sie

Rentiere in den Bergen gesucht hatten. Nur Schwalbe dachte noch an den Wolf. Mehrere Male erzählte er den anderen Männern, was er aus dem Verlauf der Wolfsspuren und meiner eigenen, als wir dem Tier folgten, erfahren und was er meinen späteren Erzählungen entnommen hatte. Als sich niemand wißbegierig zeigte, lehnte er sich zurück, um nachzudenken. »Wo ist dein Wolf?« fragte er Meri schließlich. Sie konnte ihn nirgends entdecken und zuckte mit den Achseln. Sie hätte es Schwalbe nicht gesagt, auch wenn sie es gewußt hätte. »Yanan! Wohin ist der Wolf gelaufen?« rief Schwalbe über die Köpfe aller Leute hinweg, die am Tagesfeuer saßen und auf die Leber warteten.

»Er sucht vielleicht nach Abfällen an der Stelle, wo wir das Fleisch zerlegt haben.«

»Stimmt«, sagte Schwalbe. »Ich werde ihn schon finden.« Er stand auf und griff nach seinem Speer.

»Rühr ihn nicht an!« schrie Meri. »Er gehört mir!«

Schwalbe lachte. »Ich tue ihm nichts an, mein Kleines. Ich will ihn bloß sehen, das ist alles.« So ging also Schwalbe los, um den Wolf zu suchen, was uns alle etwas verwunderte. Aber sobald die Leber richtig durchgebraten war, waren wir zu sehr damit beschäftigt, unsere Mägen zu füllen, als daß wir noch an den Wolf gedacht hätten.

Schwalbe kam in jener Nacht zurück, nachdem wir anderen uns in unsere Felldecken eingerollt hatten, ich wieder in der von Timu. Er versuchte, kein Geräusch zu machen, und streichelte die Innenseite meiner Oberschenkel, während er wartete, bis alle anderen eingeschlafen waren. Als Schwalbe meinen Namen rief, legte Timu seine andere Hand über meinen Mund, so daß ich nicht antworten konnte. Aber Schwalbe wartete eine Antwort gar nicht ab. »Dein Wolf ist allein davongelaufen«, sagte Schwalbe. »Aber ich will ihn bei der Jagd sehen. Das nächste Mal jage ich mit dir.«

»Großartige Männer des Fleisches, diese Mammutjäger«, flüsterte Timu.

Bevor das Rentier aufgegessen war, zog ein Schneesturm auf, und weitere Rentiere suchten Zuflucht unter den Bäumen. Schnee auf dem Boden war gut für uns – man konnte die Fährten leicht erkennen und sich sehr leise bewegen. Graugans hatte jetzt nichts mehr dagegen, daß Timu und ich gemeinsam auf Jagd gingen; so machten wir uns mit unseren Speeren über den Neuschnee auf den Weg und waren gespannt, ob wir uns trotz der Kälte lieben könnten, wenn wir schnell genug waren und nicht alle unsere Kleider auszogen. Als aber Schwalbe uns weggehen sah, kam er mit. Er wollte mit dem Wolf jagen, soviel wußten wir, und wir versuchten, unsere Enttäuschung zu verbergen. »Falls es dir beliebt, Onkel«, wagte ich sehr ehrerbietig zu sagen, »laß den Wolf allein mit dir gehen. Dann kannst du ihn besser beobachten.«
»Er will nicht mit mir gehen«, sagte Schwalbe rundheraus. »Er will bei dir sein.« Ich sah Timu an, der mit den Achseln zuckte. Alle weiteren Worte hätten die anderen nur argwöhnisch gemacht. Schwalbe und ich folgten Timu über den Fluß hinweg, wo wir schon bald den Wolf entdeckten, der vor uns dahintrabte und sich gelegentlich über die Schulter umsah, um festzustellen, ob wir uns tatsächlich auf Jagd befanden. Kurz darauf beschnupperte er ein Dickicht am Fuße eines Abhangs, und Schwalbe gab als Jäger das Handzeichen für Rentiere. Ganz leise bewegten wir uns vorwärts. Plötzlich sprang der Wolf vorne in das Dickicht, während ein Rentierbulle auf der hinteren Seite hinaus- und den Abhang hinaufstürzte, den Wolf unmittelbar hinter sich.
Unser Pirschgang war verdorben, und ich kann nicht behaupten, daß es mir leid tat. Jetzt konnte Schwalbe sehen, daß ein Wolf die Jagd ebensogut zum Scheitern bringen wie unterstützen konnte; er würde vielleicht nicht mehr darauf bestehen, uns zu begleiten. Ich wollte schon umkehren, als mir Schwalbe den Weg mit seinem Speerschaft versperrte. »Leise«, wisperte er. Oben am Abhang versuchte das Rentier, den Wolf von sich abzu-

schütteln, und schlug mit der Vorderhand gegen den Verfolger.
Schwalbe machte seinen Speer bereit. Niemand kann so weit werfen, dachte ich, aber als das Rentier uns seine Flanke zukehrte, hörte ich den Speer schwirren, dann kam ein dumpfer Aufprall und ein Schrei, und dann sah ich das Ren mit dem Speer in seinen Rippen taumeln. Der Wolf verbiß sich in seiner Nase und riß das Tier auf den Boden. Schwalbe stürzte mit gezogenem Messer den Hang hinauf, stieß den Wolf mit Fußtritten beiseite und schnitt dem Rentier die Kehle durch.
Schwalbe und Timu waren sehr glücklich. Hoch oben am Hang sah der Wolf erwartungsvoll zu, während Schwalbe und Timu die Größe des Rentiers und die dicken Fettschichten bewunderten, sich dann hinhockten und mit dem Abhäuten begannen. »Yanan! Lauf zur Hütte und sag dort, es soll uns jemand beim Tragen des Fleisches helfen«, sagte Timu. Was hätte ich sonst tun können? Ich lief los.
Die Leute kamen begierig mit mir. Als das Fell abgezogen und zu einem Bündel eingerollt und das Fleisch aufgeschnitten war, trugen wir laut singend die Beute nach Hause. Wir nahmen auch die Geweihstangen mit, um Nadeln und Ahlen anzufertigen, so daß nichts übrig blieb außer blutgetränktem Schnee und dem Pansen, um den Wolf zu belohnen. Der Wolf konnte den Schnee fressen, dachte ich bei mir, aber ich hatte Zweifel, ob er auch das wiedergekäute Futter fressen würde, denn darin ist kein Fleisch enthalten, bloß die Überreste zerkauter Flechten, und meines Erachtens fraßen Wölfe so etwas nicht.
Während wir die Leber zubereiteten und Rin, Schwalbes Halbschwester, das lange, weiße Winterhaar des Rentierfelles, das jetzt ihr Eigentum war, streichelte, erzählte Schwalbe den aufmerksam lauschenden Männern, wie sehr der Wolf ihnen helfen könne. Ein Wolf könne die Fährten besser riechen als ein Mensch, erklärte er, und besser hören könne er auch. Ein Wolf

wisse immer, wo sich die Tiere befanden, denn er lebt mit ihnen die ganze Zeit draußen im Wald und verbringt die Nacht nicht in einer Hütte. Und wenn die Tiere wegzogen, sehe ein Wolf immer, welche Richtung sie einschlugen. Auf der Ebene, sagte Schwalbe, könnten Menschen die Tiere selbst erlegen, aber nicht in den Wäldern. Wie kommt es denn, fragte er freundlich, daß ein Mann aus der Ebene den Waldmännern zeigen müsse, wie sie in ihrem eigenen Gebiet auf Jagd gehen sollten?

Schwalbe war zweifellos ein Mann des Fleisches. Kein Wunder, daß alle Männer ihn achteten. Sie lachten sogar, als er sie neckte. Und jetzt wollten sie alle mit dem Wolf auf die Jagd gehen.

Jedesmal, wenn zwei oder drei von ihnen loszogen, schauten sie sich um, um zu sehen, ob der Wolf in der Nähe sei. Natürlich nie – sie hatten zu viele Steine nach ihm geworfen. Schwalbe glaubte, daß der Wolf käme, wenn die Männer mich auf die Jagd mitnahmen. Aber auch dies wirkte nicht; der Wolf scheute sich, Schwalbe nahezukommen, seit dieser ihm bei dem toten Rentier einen Fußtritt versetzt hatte. Die anderen Männer gaben es schnell auf, aber Schwalbe versuchte es immer wieder, sehr zum Ärger von Timu, der es nicht gern sah, wenn ich soviel Zeit bei jemand anderem zubrachte. Auch ich ging nur ungern mit Schwalbe hinaus und hätte es auch nicht getan, wenn ich nicht gewußt hätte, daß Graugans es ausdrücklich wünschte. Schwalbe legte weite Strecken zurück und hielt nie an, um zu rasten oder zu reden, sondern wanderte den ganzen Tag so schnell dahin, daß ich rennen mußte, um mit ihm Schritt zu halten. Und wenn er ein Beutetier sah, ließ er mich zurück und pirschte sich allein an; manchmal vergaß er sogar, daß ich auf ihn wartete, so daß ich allein den Heimweg antreten mußte.

Wenn ich nicht allein war, hielt sich der Wolf sogar von mir fern. Die Männer waren von ihm sehr enttäuscht. Vielleicht war er auch von uns enttäuscht, denn er hatte nichts anderes zu fressen bekommen als einen Pansen voll halbverdauter Flechten. Ihm waren unsere Ausscheidungen in der Latrine und das Fleisch, das er aus dem Windfang stehlen konnte, lieber. Die einzige, die ihn mit Sicherheit zu sehen bekam, war Meri; sie erzählte uns, daß er sie manchmal suchte, wenn sie Brennholz sammelte. Aber Meri und Jagen? Sie lutschte immer noch am Daumen! Es wäre niemandem von uns, nicht einmal mir, in den Sinn gekommen, Meri auf die Jagd mitzunehmen.

12

Der Sturmmond brachte uns in diesem Winter schweren, nassen Schnee. Oft mußten wir wegen der Schneestürme in der Hütte bleiben. Manchmal wurde unser Brennholz knapp und da niemand hinausgehen und Reisig sammeln wollte, blieben wir unter unseren Falldekken, um uns zu wärmen. Auch das Essen ging zu Ende. Kurz nachdem ich die Rentierkuh und Schwalbe den Rentierbullen getötet hatten, zogen die meisten Rentiere über den Bergrücken zu den Südhängen; wir mußten weite Strecken zurücklegen, um sie zu finden. In jenem Winter waren wir hungrig, kalt und naß, und die Stürme sorgten bei allen für schlechte Laune. Manchmal versuchten wir, überhaupt nicht zu sprechen, damit wir nicht etwas Ungehöriges sagten. Wir fürchteten uns vor Streitereien, denn wir würden bis zum Frühling eng zusammenbleiben müssen.

Eines Abends zu Beginn des Hüttenmonds schenkte mir Schwalbe ein wunderschönes Halsband: Meinen Anteil an den Verlobungsgaben für Meri. Ich hatte nichts, womit ich das Geschenk erwidern konnte, denn ich besaß fast nichts. Es spielte jedoch keine Rolle – sogar Mammutjäger müssen an lange Wartezeiten bis zum Geschenkeaustausch bei Verlobungen oder Hochzeiten gewöhnt sein. Als ich die Hände ausstreckte, um dieses Halsband entgegenzunehmen, hatte ich ein ganz merkwürdiges Gefühl, denn ich war in Gedanken darauf eingestellt, daß Meri und Schwalbe nicht heiraten würden. Aber ich nahm das Geschenk natürlich an. Wenn die Verlobung auseinanderging, war immer noch Zeit, das Halsband zurückzugeben. Ich schäme mich, wenn ich daran denke, wie sehr mir das Halsband gefiel; es mußte viele, viele Tage gedauert haben, jedes Kügelchen polierten Elfenbeins in die richtige Form zu bringen und zu durchbohren. Und das Elfenbein leuchtete neben dem Feuer, als ob es sein eigenes milchiges Licht erzeugte. Ich würde kein derartiges Geschenk von Weißfuchs oder seinen Leuten bekommen. Ich wünschte mir, ich könnte es behalten, und legte es an.

Ankhis Kind wurde im Hüttenmond geboren. Die Geburt mußte einfach gewesen sein, jedenfalls tat Ankhi so – sie versuchte, zu plaudern und zu lächeln, nicht nur, wenn die Wehen sie überkamen, sondern auch, während sie das Kind ausstieß. Wir übrigen hatten nichts weiter zu tun, als ihr Gesellschaft zu leisten und hinterher alles sauberzumachen. Es mußte ihr aufgefallen sein, wie ich während meiner Weihe die Schmerzen ertragen hatte; sie hielt ständig den Blick auf mich gerichtet, damit mir die Tatsache nicht entgehe, daß sie Schmerzen ebenso leicht wie ich ertragen konnte; aber ihre Schmerzen waren stärker.

Das Kind war ein kleines Mädchen. Elho war begeistert und spielte oft mit ihr am Feuer, wenn er dort bei Nacht im Kreise der Männer saß. Zuerst waren alle glücklich; bald machten wir uns jedoch Sorgen, weil der Hunger Ankhis Milch versiegen ließ. Im Hungermond kam es immer wieder vor, daß Ankhi keine Milch mehr hatte, und dann mußten wir uns das Greinen des Säuglings anhören. Die Kleine tat uns leid, aber das Weinen strapazierte unsere Nerven. Auch die von Ankhi; eines Nachts, nachdem das Weinen nicht aufhören wollte, hörte ich einen Klaps, dann Stille und schließlich ein schreckliches Geschrei. Am Feuer richtete sich Elho auf, biß sich dann auf die Lippen, um die Beherrschung nicht zu verlieren, während Rin zu Ankhi ging und in zornigem Tonfall mit ihr sprach, aber so leise, daß wir die Worte nicht verstehen konnten. Ankhi antwortete mit einer Stimme, die wie die eines Kindes klang.

Gegen Ende des Hungermonds war ich ständig müde. Als wir hinausgingen, um Kiefernzapfen zu sammeln, glaubte ich, daß mir meine Beine den Dienst versagen würden, noch bevor wir das Wäldchen erreicht hatten. Aber irgendwie schaffte ich es doch. Manchmal dachte ich an Mutter und fragte mich, warum ihr so daran gelegen hatte, immer fröhlich zu sein. Vielleicht war sie tatsächlich in fröhlicher Stimmung gewesen und hatte nicht nur so getan; oder vielleicht war sie nicht so müde gewesen wie ich. Anders als sie, wollte ich niemandem etwas vormachen. Ich wollte nur schlafen.

Ethis, inzwischen hochschwanger, wollte ihre Felldecke mit niemandem teilen, so daß Timu jede Nacht zu mir unter die Decke kroch. Früher wäre ich glücklich gewesen, aber jetzt ärgerte es mich, wenn er mich ständig streichelte. Wenn ich ihm sagte, er solle damit aufhören, glaubte er, ich wolle ihn necken, und versuchte, meine Schenkel gewaltsam zu öffnen. Einmal biß ich ihn sogar. Wütend sprang er auf und nahm die Felldecke an eine andere Stelle in der Hütte mit. Dadurch blieb mir nichts als meine Parka; sie war zwar nicht warm, aber ich schlief wie eine Tote.

Eines Nachts wurde ich am Einschlafen gehindert, weil die anderen von alten Zeiten sprachen. Sie saßen um Graugans' Feuer herum und schirmten die Hitze des glühenden Holzes ab, das ich den ganzen Tag über draußen eingesammelt hatte. Zu dieser Zeit im Winter ist es mit Brennholz wie mit Nahrung – es ist schwer zu beschaffen, und wir brauchen es dringend. Wenn wir Nahrung finden, essen wir zu viel auf einmal, nur um satt zu werden, und wenn wir Holz auftreiben, verbrennen wir davon zu viel auf einmal, nur um uns zu wärmen. Ich war noch naß von dem Marsch durch die Schneewehen, um Brennholz zu finden, und sehr kalt vom Liegen auf dem Boden, aber ich war zu abgespannt, um am Feuer zu sitzen, und zu gelangweilt von dem Gerede der Leute.

Die alten Menschen redeten von anderen alten Menschen und zählten alle ihre Namen auf. Ich kannte keinen von ihnen. Graugans erinnerte die anderen an den

Winter, in dem viele Menschen gestorben waren, darunter auch seine drei Brüder. Es hätte mich traurig stimmen müssen, an jene zu denken, die mit dem Bau unserer Hütte begonnen hatten, nur um bei der Hilfe für andere selbst umzukommen. Statt dessen war ich verärgert. Waren die alten Menschen die einzigen, die strenge Winter erlebt hatten? Was hatten wir denn ihrer Meinung nach jetzt?

Die Art, wie Graugans sprach, mußte Schwalbe ungeduldig gemacht haben. Schwalbe sagte, daß man strenge Winter vorhersehen könne, und erklärte allen, wie er diesen Winter vorausgesagt hatte, als das Nashorn mit seinem Kalb in unser Tal kam, um Schutz unter den Bäumen zu suchen.

Wie haßte ich doch Schwalbes endlose Prahlereien über sein Wissen! Er sollte bei seiner Sippe sein und nicht hier, wo er unsere Aufmerksamkeit auf sich ziehen wollte. Ich hätte den Mund halten sollen, aber in dieser Nacht konnte ich es nicht. »Wie können Tiere wissen, wie streng ein Winter sein wird?« fragte ich. »Wissen sie mehr als wir Menschen?« Schwalbe saß mit dem Rükken zu mir, aber jetzt wandte er sich um und sah mich lange fragend an. Ich stützte mich auf meinen Ellbogen und begegnete dem Blick seiner hellen Augen. »Und was wäre geschehen, wenn du uns tatsächlich gesagt hättest, daß ein schlimmer Winter bevorsteht?« fragte ich. »Hast du etwa geglaubt, wir könnten ihm Einhalt gebieten?«

»Yanan!« rief Teal entsetzt. »Achte unseren Gast!«

»Entschuldige dich!« forderte Graugans.

Aber mir war übel und ich war zu müde, um an eine Entschuldigung zu denken. Statt dessen legte ich mich wieder hin und sagte nichts. Nach einem langen, betretenen Schweigen bat Graugans für mich um Entschuldigung. »Das Weib meines Sohnes hat uns Schande zugefügt«, sagte er.

Das traf mich wie ein Stich. »Er redet, als wären wir alle dumm, Schwiegervater«, sagte ich.

»Halte den Mund!« rief Graugans in aufwallendem Zorn. »Timu sollte dich mit hinausnehmen und dir eine Tracht Prügel geben für das, was du gesagt hast!«
»Sind wir denn wie die Mammutjäger? Es ist mir egal, ob Timu mich schlägt oder nicht.«
Was wußte ich denn schon von den Mammutjägern? Die einzigen, denen ich je begegnet war, saßen hier in unserer Hütte: Schwalbe, Rin, Ankhi und Ethis, mein eigenes Mitweib. Jetzt würden sie ahnen, daß wir alle hinter ihrem Rücken über sie tuschelten.
Ein betretenes Schweigen trat ein, und die Leute am Feuer sahen sich nicht mehr gegenseitig an. Graugans warf mir einen funkelnden Blick zu. »So! Jetzt wirst du um Entschuldigung bitten!«
Ich hatte Dinge gesagt, die man nicht vergessen konnte. Was hatten Graugans oder die Mammutjäger mir angetan, damit ich sie beleidigte? Ich war so müde, daß ich hätte weinen mögen, und mir war übel. Nach einem betretenen Schweigen stand Teal auf, stieg über einige Leute hinweg und hockte sich neben mir auf den Boden.
»Yanan, was ist los?« fragte sie. »Da stimmt etwas nicht.« Sie befühlte meine Wange. »Hast du Fieber? Warum liegst du in nassen Kleidern herum?«
»Ich bin so müde«, sagte ich. »Den ganzen Tag bin ich durch den Schnee gestapft, um Brennholz zu sammeln. Jetzt verbrennen es die Leute, als ob der Vorrat unerschöpflich wäre. Morgen kann jemand anders hinausgehen und Holz besorgen. Ich werde nicht gehen.«
»Timu! Dein Weib muß sich sofort bei uns allen entschuldigen!« sagte Graugans mit lauter Stimme.
»Das wird sie schon tun. Sie ist nicht sie selbst«, sagte Teal rasch. Zu mir sagte sie: »Du solltest lieber um Verzeihung bitten.« Als ich nichts sagte, blickte sie mich scharf an. »Wenn du müde bist, geh schlafen! Hör mit dieser Unhöflichkeit auf! Und gib mir deine Kleider, damit ich sie beim Feuer trocknen kann.« Also gab ich ihr meine Kleider und zog mir die Felldecke über den Kopf. Als das Gerede am Feuer wieder einsetzte, kamen

die Worte langsam und gespreizt heraus wegen der Kränkung, aber die Stimmen dröhnten in meinen Ohren. Trotz meiner Erschöpfung konnte ich nicht ruhig liegenbleiben, sondern wälzte mich hin und her. Vielleicht war ich wirklich krank, oder bloß hungrig. Aber was spielte das schon für eine Rolle? Nur Rentierknochen lagen im Windfang, und an ihnen befand sich so wenig Fleisch, daß den ganzen Tag über keiner von uns mehr als ein paar Bissen gegessen hatte. Es waren die Männer und nicht ich, über die sich die Leute ärgern sollten. Wo blieb unser Fleisch? Einer nach dem anderen standen die Leute vom Feuer auf, um ihre Felldecken zu suchen. Allmählich wurde es in der Hütte still, und ich spürte Timu neben mir. »Was ist los mit dir?« flüsterte er. »Warum warst du so grob? Schwalbe unterhielt sich mit den Leuten am Feuer, nicht mit dir. Und warum warst du unhöflich zu Vater? Jetzt sind alle wütend auf dich. Ich auch.«
»Dann schlaf bei Ethis«, sagte ich laut. Die Worte taten mir leid, kaum daß ich sie ausgesprochen hatte.
Timu setzte sich auf. »Muß ich dich schlagen?« fragte er, und seine Stimme wurde gefährlich laut. »Macht dich der Hunger zornig? Glaubst du etwa, du seist die einzige, die Hunger hat? Glaubst du etwa, du seist die einzige, die müde ist? Ich bin den ganzen Tag im Schnee herumgelaufen. Die anderen Männer wollen, daß du morgen mit uns auf Jagd gehst, jedenfalls wollten sie es, bevor du unsere Hütte beleidigt hast. Und morgen mußt du dich bei Schwalbe und Rin und Vater, und auch bei Ethis und Ankhi entschuldigen.« Er senkte die Stimme wieder. »Das letzte Mal, als du Schwalbe gekränkt hast, wußten alle, daß ich dich nicht verprügelt, sondern nur mit hinausgenommen hatte. Das nächste Mal werden sie verlangen, daß ich dich hier in der Hütte verprügele, damit sie es sehen können. Und ich werde es tun. Dann werden wir alle unglücklich sein. Treib die Sache nicht auf die Spitze, Yanan.«
Dieses ganze Gerede vom Schlagen hatte er von den

Mammutjägern gelernt. Bei anderer Gelegenheit hätte ich es vielleicht gesagt, aber heute nacht hatte ich das Gefühl, ohnehin schon genug gesagt zu haben. »Es tut mir leid, Mann«, sagte ich. »Ich bin müde und fühle mich nicht wohl.«

»Wir sind alle müde und keiner fühlt sich wohl. Denk daran. Laß es im Winter nicht zu Streitereien kommen.«

»Ich werde aufpassen«, versprach ich ihm.

»Und bitte morgen um Entschuldigung. Denke dir über Nacht etwas Nettes aus, was du sagen willst, und sprich es dann vor allen aus.«

»Ja, das werde ich tun«, sagte ich.

Während der Nacht trieb der Wind nassen Schnee durch den Rauchabzug herein, und wir hörten, daß es draußen stürmte. Am nächsten Morgen brauchten wir uns nicht zu entscheiden zwischen Jagen oder Brennholz sammeln – das Schneetreiben nahm jedem die Sicht. Die meisten von uns blieben in den Felldecken liegen, gingen gelegentlich hinaus, um nach dem Wetter zu sehen oder die Latrine aufzusuchen. Da wir jetzt alle anwesend und zum größten Teil wach waren, erhob ich mich und sagte in aufrichtigem Tonfall: »Gestern abend beleidigte ich unsere Gäste und die Bewohner dieser Hütte. Es war nicht mein Ernst, was ich sagte; ich schäme mich und es tut mir leid. Ich bitte euch um Verzeihung, obwohl ich diese nicht verdient habe.« Ich wartete auf eine Antwort aller Anwesenden. Aber niemand sagte ein Wort. Dies war für mich der Augenblick, Schwalbe oder Rin ein Geschenk anzubieten, vielleicht ein neues Paar Mokassins, die ich gerade für Timu machte, aber ich ließ den Augenblick vorbeigehen. Dann setzte ich mich.

Sobald ich mich hingesetzt hatte, wußte ich, daß ich in einem weinerlichen Tonfall hätte sprechen oder ein Geschenk überreichen sollen. Auch Graugans war sich darüber im klaren. Da er Frieden und keine Auseinandersetzungen wünschte, sagte er: »Das ist ihre Entschuldigung. Falls Yanan keine weiteren Schwierigkeiten macht, werden wir die Entschuldigung annehmen.« Er wartete und hoffte, daß einer der Mammutjäger ihm beipflichten würde. Aber es tat keiner.

Dann versuchte es Teal. »Yanan ist jung und unwissend«, begann sie. »Sie scheint auch nicht gesund zu sein. Keiner von uns ist gesund. Laßt uns ihr kindisches Gerede vergessen, und denken wir lieber an die Jagd.«

Auch Ina, Vaters Schwester, sprach. »Wir sind alle böse auf die Tochter meines Bruders, weil sie den Frieden dieser Hütte gestört hat. Hier in dieser Hütte sind wir alle befreundet und sorgen füreinander. Yanan sieht ein, was für dumme Sachen sie gesagt hat. Wären ihre Eltern noch am Leben, hätten sie ihr bessere Sitten beigebracht. Jetzt, da sie weiß, daß sie Unrecht hat, wird sie nicht wieder dummes Zeug reden.«

Ich schaute mich um, um zu sehen, wie die anderen diese Worte aufnahmen. Timu schien befriedigt zu sein; ich hatte genau das getan, was er mir aufgetragen hatte. Elho sah mich kalt unter gesenkten Augenlidern an. Wie konntest du es wagen? fragten seine Augen. Eule machte einen sanften und verzeihenden Eindruck, als würde sie sagen: Ach, was spielt das denn für eine Rolle? Meri schien Angst zu haben, Ethis wirkte gekränkt. Rins Gesichtsausdruck war nichtssagend, und Schwalbe zuckte mit den Achseln und brummte leise etwas vor sich hin, als ob er, wenn auch widerwillig, bereit sei, meine Entschuldigung anzunehmen. Was machte es ihm schon aus, wenn eine junge Frau ihn kränken wollte? Aber Ankhi, die ihren Säugling schützend in den Arm nahm, als wolle sie ihn vor mir in Sicherheit bringen, blickte mir direkt in die Augen. »Einen Vogel kann man in der Schlinge fangen, aber ein gesprochenes Wort fliegt auf ewig frei herum«, sagte sie. Ich versuchte, mir nichts anmerken zu lassen, aber ich war schockiert. Was hatte Ankhi gegen mich? Gestern abend war ich wütend auf Schwalbe, nicht auf sie. Ankhi war die letzte, die ich meiner Meinung nach beleidigt haben konnte. Eigentlich dachte ich überhaupt nicht an sie. Ob sie wohl wußte, daß Elho, ihr Ehemann, mir einmal in den Wald gefolgt war? Hatte er etwas gesagt? Und warum schützte sie den Säugling vor mir? Du hast ihn geschlagen, nicht ich, du ungezogenes Biest, sagte ich zu mir. Wer bist du eigentlich, daß du dich hier so aufspielst?

Aber jetzt war nicht die richtige Zeit, mit Ankhi oder irgend jemandem sonst zu streiten. Ich befand mich in Ungnade, deshalb ließ ich eine Weile meinen Kopf hängen. Um nicht beschämt und untätig herumsitzen zu müssen, tastete ich auf meinem Schlafplatz nach den Mokassins, die ich nähte, und hoffte, irgend etwas Unerwartetes würde passieren und die Aufmerksamkeit von mir ablenken. Aber nichts geschah. In einer dunklen Ecke schnarchte Rin.

In der Hütte war es so kalt, daß ich meine Parka anziehen mußte, und so rauchig, daß ich die Löcher für meine Nadel nicht sehen konnte. Der Schnee verstopfte beinahe den Rauchabzug, und das Feuer erzeugte nicht genug Hitze, um den ganzen Rauch hinauf und nach draußen zu tragen. Ich hustete, bis mir die Augen tränten. Die Männer begannen, sich mit heiseren Stimmen über Meris Wolf zu beschweren, der ihre Schlingen beraubte. Dann steckten sie die Köpfe zusammen, um sich flüsternd zu unterhalten, und ich hatte die dunkle Ahnung, daß sie auch für ihn eine Falle errichtet haben könnten. Das sieht ihnen ähnlich, dachte ich. Sie konnten ihn nicht dazu bewegen, ihnen zu helfen, und jetzt versuchen sie, ihn umzubringen, aber sie haben nicht den Mut, es einem kleinen Kind wie Meri zu sagen. In mir brannte die Wut.

Trotzdem saß ich da und nähte an einem Geschenk für Timu! Schnell verstaute ich die Mokassins unter der Decke. Nun hatte ich nichts mehr zu tun. Als Eule Teal bat, ihr eine Geschichte zu erzählen, faßte ich neue Hoffnung. Als aber Teal zu erzählen begann, wie Weißfisch das Feuer vom Hasen stahl, biß ich verärgert die Zähne zusammen. Ich konnte gar nicht mehr zählen, wie oft ich diese Geschichte schon gehört hatte; sie noch einmal zu hören, war mehr, als ich ertragen konnte. Ich zog meine Parka aus und rollte mich in meiner Felldecke ein. Im Handumdrehen war ich fest eingeschlafen.

So verging der Hungermond. In dieser Zeit erlegten wir nur ein einziges Rentier, obwohl sich viele von ihnen in den Bäumen am anderen Flußufer versteckt hielten. Während des Mondes der Schreie erschien auch die Tigerin wieder, um Rentiere zu jagen. Die Paarungszeit der Tiger war angebrochen, und während der Nacht hörten wir den Ruf der Tigerin, *aao-o, a-a-oo-ng*. Wie schon einmal hielten wir den Wald jetzt für gefährlicher und bildeten für die Jagd zwei Gruppen. Zu der einen Gruppe gehörten Graugans mit Kranich, seinem Schwiegersohn, und sein Sohn Elho, während in der anderen Gruppe Schwalbe, Timu, Weißfuchs und ich waren. Schwalbe und Graugans waren die Anführer. Ihrer Meinung nach kamen Weißfuchs und ich zusammen etwa Elho oder Kranich gleich. Das hätte mich vielleicht geärgert, als ich mich noch wohl fühlte – zu einer Zeit, die lange zurückzuliegen schien. Jetzt war ich zu müde, um mir darüber Gedanken zu machen.
Wegen meiner Müdigkeit fiel es mir schwer, mit den Männern Schritt zu halten. Manchmal, wenn ich außer Sichtweite war, hockte ich mich auf die Fersen, schlang die Arme um die Knie und senkte den Kopf, um mich auszuruhen. Manchmal mußte ich mich rasch auf Händen und Knien vornüberbeugen, um mich erbrechen zu können, ohne meine Kleider zu beschmutzen. Das Erbrochene war schaumige, gelbe Galle, die aus meiner Nase tropfte.

Durch die Anwesenheit der Tigerin wurden die Rentiere noch vorsichtiger. Wir konnten nicht nahe genug an sie herankommen. Eines Tages, als sich Schwalbe und der Rest der Gruppe unter den Bäumen auf der Suche nach Spuren oder Anzeichen von Verbiß weit verteilt hatten, umkreiste ich eine Anhöhe, und als ich meine eigene Spur wiederfand, sah ich die Fußabdrücke der Tigerin über meinen Fußspuren: Sie folgte mir. Voller Angst suchte ich einen freien Platz, wo die Tigerin mir nicht auflauern konnte, und stieß den Alarmruf aus: *lululululululu!*

Die Männer fanden mich schnell, sie hielten ihre Speere in Bereitschaft, und obwohl mein Alarmruf unsere Jagd verdorben hatte (und ich hoffte, wir könnten jetzt nach Hause gehen), bestanden sie darauf, der Tigerfährte am Flußufer nachzugehen, um soviel wie möglich über die Tigerin in Erfahrung zu bringen und ihre Exkremente zu finden. Sie entdeckten einen Eiszapfen aus Urin, der an einem Zweig hing, und Exkremente voller Haare. Als die Exkremente auseinanderbrachen, stellten sie zu ihrer Überraschung fest, daß die Haare von zwei Tieren, einem Rothirsch und einem Rentier, stammten. Was bedeutete der Kot? fragten sie sich. Diese Tigerin hatte vermutlich ein sehr ausgedehntes Jagdgebiet, was ihnen größere Sorgen machte als die Tatsache, daß sie mir gefolgt war. Nach Einbruch der Dunkelheit redeten die Männer an unserem Feuer lange über Jagd und Tiere. Wenn die anderen Frauen nicht die weite Strecke bis zu den Kiefernwäldern zurückgelegt und zwei große Beutel mit Zapfen gefüllt hätten, wäre unsere Mahlzeit an diesem Abend wahrscheinlich nur Schnee gewesen. Ich war zu müde, um die Zapfen aufzuknacken; deshalb bat ich Meri, ein paar für mich zu öffnen, rollte mich in meine Felldecke und schlief ein. Als Meri mich aufweckte, hörte ich den Gesang, der einen Schamanen in Trance versetzen sollte. Ich traute meinen Augen nicht, als ich Schwalbe, nackt bis zu den Hüften und mit Ockerstreifen bestrichen, vor mir sah. War er wirklich, wie er behauptete, ein Schamane? Um ihm dabei zu helfen, in Trance zu fallen, sangen wir:

Ihr, die ihr alle Tiere und alle Menschen beobachtet,
Hört uns!
Schenkt uns jene, die Geweihe tragen!
Schenkt uns jene mit weißen Haaren!
Schenkt uns jene mit runden Hufen!
Ihr, deren Kinder die Rentiere sind,
Helft uns unter dem Mond der Schreie!
Helft uns unter dem Mond der abgeworfenen Geweihe!
Schenkt uns Leben,
Ihr, die ihr Leben gebt!
Schickt uns Nahrung,
Ihr, die ihr Nahrung gebt!
Helft uns im Winter.

Wie kraftvoll Schwalbe aussieht, dachte ich. Obwohl er sehr mager war, ließ der Feuerschein die ausgeprägten Muskeln des Jägers an Rücken und Schultern erkennen. Seltsamerweise zog sich mir bei seinem Anblick die Kehle zusammen. Er drehte sich unentwegt im Kreis herum und schaute dabei zum Rauchabzug hinauf, bis er zu Boden fiel. Teal geriet nicht in Trance mit ihm, sondern rieb ihm den Rücken, die Arme und Beine, während er bewußtlos dalag. Schließlich setzte er sich auf, wischte sich das Gesicht ab und sagte: »Ich habe den Geist von Sali gesehen. Sie ist hier. Sie ist zornig. Die Rentiere gehören ihr – sie will sie jagen, wir dürfen sie nicht erlegen. Das ist es, was sie sagte.«

Sali! Sali gehörte zu unserer Sippe, die berühmte Schamanin vom Feuerfluß, deren Tochter Teal war! Aber wie hatte Schwalbe Sali gefunden? Sie gehörte nicht zu den Geistern der Hütte; ihr Geist war jener, der nackt in den Wäldern herumwanderte und ein Kind auf den Armen trug, oder in Gestalt eines Tigers an den Uferböschungen auf Lauer lag.

Keiner wußte, was dies zu bedeuten hatte. In zweifelndem Tonfall sagte Graugans: »Hona!« Die Frauen der Mammutjäger schienen begeistert zu sein und starrten

Schwalbe mit offenem Mund an. Aber der Gedanke an Sali verlieh Meri und mir ein unbehagliches Gefühl, und wir faßten uns bei der Hand. Schwalbe selbst saß vollkommen ruhig am Feuer uns gegenüber; er hatte die Ellbogen auf die Knie gelegt, und mit den Händen beschattete er den Feuerschein.

Teal stand hoch aufgerichtet da, von unten durch das Feuer angestrahlt. Als ob sie Schwalbe nicht glaubte, blickte sie auf ihn hinab. »Sag uns, Schamane Schwalbe«, sagte sie, »wie meine Mutter ausgesehen hat.«

Schwalbe lehnte sich zurück und war wieder ganz der große Jäger. Mit seinen hellen Augen schaute er zu Teal hinauf, und in dem geduldigen Tonfall, den er zuweilen anschlug, um Fragen von Frauen zu beantworten, sagte er: »Sie sah wie ein Tiger aus, gestreift und mit einem langen Schwanz. Sie will das Rentierfleisch selbst essen, verstehst du? Aber sie will nicht, daß wir Hunger leiden, deshalb wird sie uns statt dessen einen schlafenden Bären finden lassen.«

Teal setzte sich hin und machte ein erstauntes Gesicht. Wir waren alle erstaunt. Sali hatte nie zuvor so ausgesehen, nicht einmal in den Augen ihrer eigenen Tochter. Wie seltsam! Aber das Ungewöhnliche der ganzen Sache schien Schwalbe nicht aus der Fassung zu bringen, denn er dachte anscheinend nur an den Bären. Obwohl er sich von der Trance noch nicht ganz erholt hatte, fügte er hinzu: »Ein Tiger jagt keine ausgewachsenen Bären – und im Winter nicht einmal junge.«

Am nächsten Morgen hatte das Wetter aufgeklart. Graugans ging auf die Jagd und nahm Timu, Weißfuchs und mich mit. Vielleicht weil er so lange mit einer Schamanin verheiratet gewesen war, oder vielleicht weil er Schwalbe nicht ganz glaubte, schien sich Graugans von Schwalbes Botschaft in der Nacht zuvor nicht beirren zu lassen. Graugans sagte uns, jeder könne sagen, was er wolle, aber wir würden auf die Jagd nach Rentieren

gehen – Sali hin oder her. Schließlich litt Salis eigene Tochter. Auch ihr Enkelsohn. Am meisten litt ihre Urenkelin – Elhos kleiner Säugling, der jetzt die ganze Zeit weinte und laufend schwächer wurde.
Timu war einverstanden. Wie sein Vater, hielt er nicht viel von Geistern, wenigstens nicht bei Tage. Ich fand, wir sollten nicht gegen die Wünsche eines Geists verstoßen. Timu sah mich verächtlich an. »Du denkst nur an dich selbst und an deine eigene Angst«, sagte er. »Aber du hast weniger zu befürchten als wir. Sali gehört zu deiner Sippe, nicht zur unsrigen. Und was ist mit den anderen Menschen? Sie haben Hunger, auch wenn du keinen hast.«
Aber Graugans sagte: »Dein Weib hat recht. Wenn wir ein Rentier töten, können wir den Anteil des Geistes für die Tigerin liegenlassen. Das sollte sie befriedigen, falls sie tatsächlich Sali ist. Sie kann bedürftigen Menschen die Nahrung nicht vorenthalten. Das Weib ihres eigenen Enkels braucht sie am dringendsten; ohne Essen geben Frauen keine Milch!« Ich warf Timu einen siegreichen Blick zu; dann zogen wir los und überquerten den Fluß auf der Eisdecke.
Das nächtliche Schneegestöber hatte alte Fährten zugedeckt. Alle Rentierspuren, die wir sahen, waren frisch. Bevor die Sonne hoch am Himmel stand, entdeckten wir eine vielversprechende Fährte, machten das Rentier in einem Dickicht aus, umzingelten das Dickicht und erlegten das Rentier. So viel für meine Schwiegermutter, schien Graugans' Verhalten auszudrücken, als er die Bauchseite aufschnitt. Es war ein Jährling, so klein und mager, daß wir zu zweit das Tier tragen konnten. Wir waren schon im Begriff, das gesamte Fleisch mitzunehmen, als ich Graugans an den Teil für den Geist erinnerte; er legte mit Bedacht das Bauchfleisch auf den blutgetränkten Schnee. Dann kehrten wir zur Hütte zurück – die Männer mit dem Fleisch und ich mit allem Brennholz, das ich einsammeln konnte –, entzündeten dort ein Feuer und legten die Leber zum Braten darauf.

Es duftete so herrlich, daß mir die Tränen kamen. Der durch den Rauchabzug aufsteigende Duft brachte alle Frauen, die in der Nähe nach Brennholz und Beeren suchten, zurück in die Hütte. Lachend und plaudernd hängten sie ihre nassen Kleider an die Geweihstangen unter dem Dach und freuten sich aufs Essen. Ethis mit ihrem hochschwangeren Leib und Ankhi mit ihrem Säugling saßen dicht am Feuer und starrten unverwandt auf das Fleisch, als liefe ihnen das Wasser im Mund zusammen. Wir legten einen großen Anteil für Schwalbe und seine Begleiter beiseite, und sobald unsere Teile fertig waren, nahmen wir sie vom Feuer und aßen sie auf; sie waren so heiß, daß wir uns den Mund verbrannten. Wie gut sie schmeckten! Graugans legte noch Streifen des Vorderbeins, seines eigenen Anteils, auf das Feuer, die wir ebenfalls verzehrten.
Vielleicht hatte ich zu schnell gegessen, oder vielleicht war mein Magen an die Nahrungsaufnahme überhaupt nicht mehr gewöhnt, jedenfalls wurde mir sofort übel. Entsetzt legte ich mich auf den Rücken und versuchte, das Essen bei mir zu behalten. Aber es hatte keinen Sinn. Plötzlich mußte ich aufspringen und aus der Hütte rennen, wo ich mehrmals würgte, und bald lagen alle Leber- und Vorderschenkelstücke, kaum verdaut, auf dem Schnee.
Mir war zum Weinen zumute. Was würden die Leute von dieser Verschwendung denken? Ich schaute mich um, für den Fall daß mich jemand sah, und bemerkte Meris Wolf, der mich gespannt aus einem Dickicht heraus beobachtete. Auch er hatte die röstende Leber im Rauch gerochen. Langsam, mit angelegten Ohren und einem bettelnden Ausdruck im Gesicht, kroch er auf eingeknickten Beinen auf mich zu und blickte von meinem Gesicht auf das Erbrochene. Er war am Verhungern. Sogar unter seinem Winterpelz sah man die Knochen hervortreten. »Friß«, sagte ich und trat zur Seite. Ich wäre jetzt nicht an dieser Stelle gewesen, wenn seine Mutter nicht dasselbe für mich getan hätte. Dank-

bar lief er auf das Erbrochene zu, und bevor ich mich versah, war es verschwunden.
In der Hütte bat ich um noch ein Stück Fleisch und aß es langsam. Diesmal behielt ich es bei mir. Später aß ich noch ein Stück und behielt auch dieses. Anschließend legte ich mich nieder, um auszuruhen, und fühlte mich endlich etwas kräftiger.
Nach dem Sonnenuntergang verging eine lange Zeit, aber Schwalbe, Kranich und Elho kamen nicht zurück. Als der Mond aufging, krochen wir hinaus, um nach ihnen Ausschau zu halten, und sahen sie den gefrorenen Fluß überqueren. Sie kamen mit leeren Händen, wie wir aus der Ferne erkennen konnten, aber sie winkten uns fröhlich zu. Nachdem sie ihren Anteil an dem Rentier gegessen hatten, erzählten sie uns, wo sie gewesen waren und was sie entdeckt hatten.
Mit schnellem Schritt und unterwegs Birkenzweige essend, um den Hunger zu bekämpfen, hatten sie die ganze Strecke zu den Bergen zurückgelegt, wo der Forellenfluß entspringt. Dort fanden sie, wie Sali versprochen hatte, eine Bärenhöhle aufgrund des kleinen Loches, das durch den warmen Atem des Bären in der Schneedecke entstanden war. Der Bär im Inneren der Höhle schlief vermutlich; es war wahrscheinlich eine Bärin. Während sie an dem kleinen Loch lauschten, glaubten sie, ein Junges zu hören.
Ein Bär! Vielleicht zwei! So viel Fleisch könnte uns fast bis zu dem Zeitpunkt ernähren, an dem wir zu unseren Sommerjagdgründen weiterzogen. Welch ein Glück, daß wir jetzt das Rentier hatten, so daß wir Kräfte sammeln konnten, um den langen Weg bis zu den Bergen zurückzulegen, den Bären auszugraben, ihn zu erlegen und das Fleisch nach Hause zu tragen. Schwalbe und Graugans legten sich bereits den Jagdplan zurecht. Wir würden mindestens zwei Tage, vielleicht länger, fort sein, da wir ein Lager aufschlagen müßten und unter der Last von so viel Fleisch nur langsam zurückkehren könnten – falls wir das Fleisch bekämen. Alle Männer

würden mitgehen außer Elho, der dableiben sollte, um den Frauen zu helfen, falls diese von der Tigerin belästigt werden sollten.
Elho protestierte und schien gekränkt. Er habe schließlich dazu beigetragen, den Bären zu finden. Ich machte mich erbötig, an seiner Stelle dazubleiben, denn ich konnte meines Erachtens ebensogut wie Elho mit einem Speer umgehen und der bloße Gedanke an die Jagd ermüdete mich von neuem; und war nicht Elho ertappt worden, als er seine Blutsverwandte »Weib« nannte, als er das letzte Mal bei den Frauen allein zurückgelassen worden war?
Aber Graugans' Entschluß stand fest. Ich könne beim Ausgraben des Bären ebensogut wie Elho helfen, aber Elho sei größer und stärker, was wichtig sei, falls die Tigerin über die Hütte herfallen sollte. Er sei außerdem älter und erfahrener im Umgang mit wilden Tieren, sagte Graugans. Und Elhos Weib sei vor kurzer Zeit niedergekommen. Wenn es sich bei der Tigerin um Sali handele, sei sie Elhos Großmutter, für mich aber nur eine Blutsverwandte. Nun – Elho sollte dableiben und ich würde mitgehen. Damit war der Fall erledigt.
Am frühen Morgen, unter dem abnehmenden Mond, der noch aus dem klaren, bleichen Himmel herabschien, machten wir uns auf den Weg; die Luft war so kalt, daß unser Atem auf dem Gesicht gefror. Wir gingen den ganzen Tag. Am späten Nachmittag führte der Pfad zu einem Nordhang, wo uns Schwalbe ein kleines Loch unter dem Wurzelwerk einer Kiefer zeigte. Wenn wir die Hände über das Loch legten, spürten wir einen schwachen, warmen Luftzug, der langsam nach oben stieg: der Atem des schlafenden Bären. Der Nordhang war zwar ungünstig – um dort zu graben, mußten wir die gefrorene Erde in winzige Stücke aufhacken, so wie Eis –, aber andererseits war das Wetter so kalt, daß der Südhang auch nicht viel besser gewesen wäre. Mit dem Graben am späten Nachmittag anzufangen, wäre töricht gewesen; vor Einbruch der Dunkelheit hätten wir nicht

viel geschafft und womöglich den Bären aufgeweckt. Wir wollten am nächsten Morgen mit der Arbeit beginnen und einstweilen ein Lager aufschlagen.
In einiger Entfernung von der Höhle, damit wir den Bären nicht zu früh aufscheuchten, suchten wir uns eine kleine Lichtung aus, die von niedrigen Kiefern geschützt war. Die Männer legten aus Zunder ein kleines Feuer an und schickten mich dann weg, um Brennholz für den Rest der Nacht zu sammeln. Es war nicht schwierig, denn es gab überall viel trockenes Holz. Allein im Wald, fiel mir jener Tag wieder ein, als ich mit Meri dieselben Hügel überquert und zuviel Angst gehabt hatte, um ein Feuer zu entzünden.
Als ich mein Holzbündel zur Lagerstelle brachte, stellte ich fest, daß die Männer die kleinen Flammen beinahe erstickt hatten, indem sie Mengen von Rentierfleisch auf das brennende Holz schichteten. Sie beachteten mich kaum, sondern fuhren mit ihren Männergesprächen fort; es ging, wie ich bald merkte, um Sali. Schwalbe erzählte Timu von ihr, und Graugans fügte ab und zu ein paar ergänzende Bemerkungen hinzu. Es wurde bald klar, daß ein Verwandter von Schwalbe kein anderer als Salis Ehemann gewesen war. Kein Wunder, daß Schwalbe von ihr wußte. Hatte er aus diesem Grunde geglaubt, er habe sie während seiner Trance gesehen? Angeregt hörte ich zu.
Vor langer Zeit, erzählte Schwalbe den anderen, habe es einen Mann mit zwei jüngeren Schwestern gegeben. Ihre Sommerjagdgründe waren am Haarfluß, und ihre Leute seien Mammutjäger gewesen. Die beiden Schwestern fanden Ehemänner in ihrer eigenen Sippe: Schwalbes Vater und einen anderen Mann. Die Enkelinnen jenes anderen Mannes seien Ethis und Ankhi.
Ich vermutete jetzt, daß wir letzten Endes keine spannende Geschichte, sondern eine langweilige Namensliste unbekannter Menschen hören würden, und so war es auch, wenigstens eine Zeitlang. Als Schwalbe wieder von dem älteren Bruder erzählte, schaute ich mich nach

meinem Bündel um. Als ich hörte, daß der Bruder zum Feuerfluß gegangen sei und dort jemanden geheiratet habe, rollte ich meine Felldecke auf, und als ich hörte, daß er und seine Frau die Eltern von Salis Ehemann waren, legte ich mich zum Schlafen nieder. Wer war schon neugierig auf Ehen, die so lange zurücklagen?

Aber Schwalbes dröhnende Stimme hielt mich wach, und seine seltsame Aussprache verwunderte mich immer wieder, da ich nicht alles verstehen konnte. Doch plötzlich vernahm ich das Wort »Verrat« und wurde hellwach. Sali habe die Sippe ihres Ehemannes nicht geschätzt. Na ja, kein Wunder, wenn sie Schwalbes Verwandte waren. Sie sei von ihrem eigenen Verwandten schwanger geworden, nicht weil sie ihn liebte, wie Teal und Mutter einmal behauptet hatten, sondern um die Hütte ihres Ehemannes zu schänden! »Sali glaubte, sie könne tun, was sie wollte«, sagte Schwalbe. »Darin irrte sie sich. Manche Dinge können überhaupt nicht getan werden, weder von ihr noch von irgend jemand anderem. Aber eine Zeitlang glaubten die Leute, Sali könne alles tun. Sie besaß Macht. Habt ihr gehört, wie sie die Frau Ohun zu all den Menschen brachte, die auf der Steppe lagerten?«

»Manche haben es nicht gehört«, sagte Graugans. »Mein Sohn hat es nicht gehört, auch Weißfuchs nicht.«

Auch ich hatte es nicht gehört, und ich stützte meinen Kopf auf den Ellbogen, um keines der gesprochenen Worte zu überhören.

»Sali war eine sehr berühmte Schamanin, deren Name uns allen am Haarfluß bekannt war. In dem Sommer, als sie von ihrem Blutsverwandten schwanger geworden war, zogen mein Vater und die anderen Männer aus, um das Lager ihrer Sippe zu finden und um zu sehen, ob wir Frauen tauschen und Federn und Muschelschalen bekommen könnten. Ich war damals ein Knabe, und mein Vater war so alt, wie ich jetzt bin. Als wir ihre Sippe fanden, wurden wir willkommen geheißen, und wir lagerten zusammen mit ihnen auf der offenen

Ebene. Wir erfuhren bald von den Schwierigkeiten zwischen Sali und ihrem Ehemann. Alle redeten davon, und wir natürlich auch.
In der Nacht, als der Mammutmond voll war, legten die Leute ein großes Feuer an. Sali befahl ihnen, zu singen, und mein Vater und all die anderen bei ihm gehorchten wie Kinder, denn sie fürchteten sie.
Aber über den Gesängen hörten wir ein unbekanntes Geräusch. Es klang wie ein Herzschlag. Was war es? Wir sahen, daß Sali etwas in der Hand hielt. Es war ein rundgebogener Zweig, über den eine Schwanenhaut gespannt war, und als Sali darauf klopfte, sang es *ah, ah, ah, ah.*
›Was macht sie da?‹ fragte mein Vater.
›Sie ruft einen Geist‹, sagte ein Mann. ›Diese Stimme wird einen Geist anrufen. Wartet und ihr werdet sehen.‹
Aber jetzt fürchteten wir uns vor dem runden Ding, und als Sali es auf den Boden legte, schauten wir es nicht an. Wir fürchteten uns auch vor Sali. Sie war über und über mit Ocker bemalt und ihre losen Haare wehten im Wind. Und als sie sich mit Feuer wusch, um ihre Kraft zu erhitzen, roch es nach verbrannter Haut.
Dann sahen wir, was Sali uns zeigen wollte. Aus dem Feuer stieg eine große Rauchwolke empor, und in der Wolke sahen wir noch eine Frau, so groß wie ein Bison. Sie war so riesig, diese Frau, daß sie uns in Angst und Schrecken versetzte. Auch sie war nackt. Sie hatte dicke, lange Schienbeine und dicke Oberschenkel und einen riesigen Bauch. So stand sie da, mit nach oben gereckten Armen und dem zurückgelegten Kopf, so daß wir ihr Gesicht nicht sehen konnten. Wir sahen nur die Vorderseite ihres Leibes und die Unterseite ihres Kinns.
Wir waren erstaunt, das kann ich euch sagen. Aber wir waren noch erstaunter, als sie die Beine spreizte und die Knie beugte, um sich hinzuhocken. Es schien uns nicht recht zu sein, einer Frau dabei zuzusehen, auch wenn sie ein Geist war. Aber sie wollte uns etwas zeigen.
Was dann geschah, wird euch erschrecken. Es er-

schreckte zumindest uns. Sie hockte sich nicht ganz nieder, sondern hielt auf halbem Wege inne. Und wir sahen einen Kopf aus ihrem Leib herauskommen, mit dem Gesicht nach unten. Es war ein Kind, das mit fest zugedrückten Augen nach draußen strebte.
Wir betrachteten dieses Kind und hofften, es würde die Augen nicht öffnen und uns ansehen. Und dann sahen wir es verschwinden. Die große Frau richtete sich auf, das Kind schlüpfte in ihren Leib zurück.
Die Frau wartete. Wir wären gern weggelaufen, wagten aber nicht, uns zu rühren. Als ob ein Löwe neben uns wäre, zwangen wir uns, still dazusitzen.
Als die Frau bereit war, beugte sie ihre Knie ein zweites Mal. Und wieder glitt ein Kopf heraus, diesmal bis zum Genick. Aber jetzt war der Kopf länger und hatte eine zerfurchte, stumpfe Schnauze. Und wir sahen, daß es kein Mensch, sondern das Junge eines Tieres war! Die Frau blieb lange so, damit wir alles sehen konnten. Und dann streckte sie ihre Beine wieder, und der Kopf des Jungen rutschte wieder in ihren Leib zurück.
Ein drittes Mal beugte sie die Knie. Und ein dritter Kopf glitt aus ihr heraus, ein schmaler Kopf mit langen, angelegten Ohren – der Kopf eines Rehkitzes oder eines Fohlens. Die große Frau bewegte sich schwerfällig, wie ein Mammut. Als sie bereit war, streckte sie sich ein drittes Mal, und der Kopf des Tieres glitt wieder hinein und verschwand.
Dann ließ die Frau die Arme sinken und neigte den Kopf, so daß ihre Haare nach vorn fielen. Wir sahen ihren Bauch, riesig wie einen Berg, aber wir wußten nicht, was sich darin befand. Wir sahen nie ihr Gesicht, denn es war von den Haaren verborgen. Und als Nächstes merkten wir, daß sie gar nicht mehr da war.
An ihrer Stelle stand Sali am Feuer. Wie bei der großen Frau war auch Salis Gesicht durch die Haare verschleiert. Sie warf die Haare zurück und sagte: ›Die Frau Ohun. Jetzt habt ihr sie gesehen. Ihre Botschaft ist meine Botschaft. Macht daraus, was ihr wollt.‹

Was sollten wir davon halten?« fragte Schwalbe. »Noch jetzt wagen die meisten von uns nicht von jener Nacht zu sprechen. Für die meisten von uns heißt sie ›die Nacht, da wir zum ersten Mal eine Trommel hörten‹. Aber unserer Meinung nach glaubte Sali, die Botschaft sei für die Familie ihres Ehemannes bestimmt. Wie die Frau Ohun würde Sali irgend etwas nach ihrem eigenen Belieben gebären. Was konnte es sie stören, wenn es dem Großen Bären nicht gefiel? Die Frau Ohun gebiert auch Bären.

So lautet die Geschichte«, sagte Schwalbe. »Ihr kennt den Rest. Als Salis Wehen begannen, war sie nicht so stark, wie sie geglaubt hatte. Von Anfang an hatte sie Schwierigkeiten. Das Kind war von ihrem Blutsverwandten, deshalb lag es quer, es zeigte sein Hinterteil, verbarg aber sein Gesicht aus Scham. Es wollte nicht geboren werden.«

Alle Männer nickten verständnisinnig und warteten darauf, von Salis Bestrafung zu hören. Aber ich war erschüttert über das, was Sali getan hatte, und fand, die Geschichte sollte an dieser Stelle enden. Alles Übrige, nämlich daß Sali im Kindbett starb, wollte ich von diesen Männern nicht erfahren.

Sie aber redeten weiter – nichts hätte ihnen Einhalt gebieten können. Eine Zeitlang stritten sie sich über die Art und Weise, wie Sali starb. Timu beharrte auf einer Geschichte, die er von Elho gehört haben mußte, daß nämlich Salis Ehemann ihre Beine zusammenband, so daß das Kind nicht herauskommen konnte. An diese Geschichte glaubte auch ich, aber Schwalbe war anderer Meinung. Salis Ehemann habe sie nicht getötet, sprach Schwalbe zu Timu. So etwas hätte er nie getan, denn gewaltsamer Tod erzeugt Not. Sogar das Töten eines Säuglings könne zu Gewalttaten führen, und manchmal sogar zu weiterem Töten. Falls Salis Ehemann irgend jemanden umgebracht habe, würde die Schande seine Sippe bis auf den heutigen Tag belasten. Aber obwohl Salis Ehemann ihr nichts zuleide getan habe, habe er verhindert, daß ihr jemand half. »Laßt Sali die Frau Ohun zu Hilfe holen. Ich werde nicht wagen, die Frau Ohun aufzuhalten«, habe Salis Ehemann gesagt.

Vor diesem Ereignis, fuhr Schwalbe fort, hätten Leute aus den Sippen der Mammutjäger und den vom Feuerfluß untereinander geheiratet. Aber nach dem Vorfall nicht mehr, jedenfalls nicht mehr so oft. Jede Gruppe fürchtete die andere. Teal, Salis Tochter, sei früher einmal den Mammutjägern versprochen worden, sagte Schwalbe. Aber nach dem Vorfall hätten sich die Leute vom Feuerfluß und die Mammutjäger eines anderen besonnen. »Aus diesem Grund konnte Teal dich heiraten«, sagte Schwalbe zu Graugans. Graugans nickte. Er wußte es bereits.

»Aber Gutes entsteht aus Bösem, wie Pilze aus Dung«, sagte Schwalbe; er rollte sein Schlaffell auseinander, als wolle er in dieser Nacht keine weiteren Geschichten erzählen. »Wegen dieses alten Vorfalls hielten sich unsere Sippen voneinander fern. Unsere Menschen sind nicht mehr miteinander vermischt, und wir können ohne Schwierigkeiten Ehefrauen in den Lagern des anderen finden. Timu bekam Ethis und Elho bekam Ankhi, was gut ist. Alles, was ich bekam, war Meri.« Schwalbe lachte; er hatte längst vergessen, daß ich vielleicht mithörte. »Nicht so gut für mich – sie ist noch ein Kind. Aber sie wird heranwachsen.«

Die letzten Worte mußten Weißfuchs hart getroffen haben. Er stocherte mit einem Stock im Feuer herum, so daß Funken aufflogen. Seine Verärgerung blieb Schwalbe nicht verborgen; er beugte sich zu ihm und sagte in freundlichem Ton: »Wir werden am Haarfluß eine Frau für dich finden. Erinnerst du dich an Sasa? Sasas Familie wird sie dir geben. Schau dir Yanan an, sie ist schon eingeschlafen. Sie ist die einzige, die stark genug sein wird, den Bären zu töten.« Alle lachten, mit Ausnahme von mir und Weißfuchs.

Timu und Graugans blieben auf, um sich zu unterhalten und Holz auf das Feuer nachzulegen, und behielten dabei den dunklen Wald im Auge. Ich schlief ein, und als mir kalt wurde, wachte ich auf und sah, daß Timu jetzt allein Wache hielt. Ich stand auf, um mich zu wärmen, und wir saßen still beieinander. Der Himmel und die Wälder wurden vom abnehmenden Mond der Schreie erhellt. Die Luft war ganz still, so daß die Wärme des Feuers vom Wind nicht weggeweht wurde, sondern uns einhüllte, als ob wir uns in einer Hütte befänden, die wir nicht sehen konnten. »Glaubst du«, fragte ich Timu, »daß wir unsere Sippen mit den Mammutjägern verbinden sollten?«

Er dachte einen Augenblick nach und sagte dann: »Ich weiß es nicht. Solche Dinge werden von den jungen Leuten nicht entschieden. Die Alten und die Leute vor ihnen – sie wissen am besten über Heiraten und Sippen Bescheid. Wenn wir alt sind, werden auch wir es wissen.«

Ich dachte eine Weile darüber nach, wie es wohl sein würde, wenn Timu und ich zusammen alt würden. Es war schwer, sich das vorzustellen. »Wenn du die Wahl hättest«, fragte ich ihn, »was für eine Sippe hättest du gewählt?«

Timu machte ein überraschtes Gesicht. »Ich habe doch gewählt«, sagte er. »Ich wählte Ethis.« Obwohl dies stimmte, fühlte ich mich unwillkürlich enttäuscht. Aber dann fügte er hinzu: »Das meine ich, wenn ich sage, daß die Alten Bescheid wissen. Ich wählte Ethis, aber die Alten wählten dich.«

Als Timu schlief, hielt ich allein Wache, obwohl ich schon wieder müde war. Als mir übel wurde, was jetzt oft vorkam, aß ich ein Stück Fleisch. Es war der letzte Bissen, den wir hatten; unsere nächste Mahlzeit würde Bärenfleisch oder Schnee sein. Als Schwalbe und Graugans aufwachten, sahen wir den Morgenstern aufgehen. Der abnehmende Mond stand noch am Himmel – wir brauchten auf den Tagesanbruch nicht zu warten. Wir trugen unsere Bündel durch den stillen Wald zur Höhle, die ganz dunkel im Schatten der Kiefer lag. Wir untersuchten die Stelle und versuchten uns auszumalen, was passieren würde, wenn der Bär herauskäme; wir legten fest, wessen Speer geschleudert werden und wer mit dem Speer zustechen sollte und wo wir alle stehen würden. Wir entwarfen zwei Pläne für den Angriff auf die Bärin – den einen, falls sie sich aufrichtete, und den anderen, falls sie es nicht tat. »Denkt immer daran«, sagte Graugans, »ein Bär kann schnell herauskommen.« Schließlich kratzten wir den losen Schnee beiseite und begannen, mit unseren Geweihpickeln das Eis um die Öffnung herum aufzuhacken. Das Eis war hart wie Stein. Wir hämmerten darauf herum und lockerten kleine Stücke, die nicht größer als Schmuckkugeln waren.

»Diese Bärin schläft wirklich fest!« sagte Schwalbe. »Wie macht sie das bloß?«

Wir lachten – die Männer über Schwalbes Witz, ich über seine Redeweise. Ich nutzte die Gelegenheit, mich eine Weile auszuruhen. Graugans lauschte an der Öffnung und winkte dann Schwalbe heran. »Sie wacht auf«, sagte Graugans. »Und sie hat ein Junges.« Nun lauschten wir alle, und in der Stille hörte ich eine schwache Stimme unten in der Erde – keine laute Stimme, bloß eine junge. Ich hörte auch das Atmen der großen Bärin, das viel Luft in Bewegung versetzte, aber unten in der Erde klangen die Geräusche, als kämen sie aus weiter Ferne.

»So viel Fleisch«, sagte Schwalbe und versetzte dem Eis einen gewaltigen Schlag mit seinem Pickel. Er zerbrach. »Beim Großen Bären!« sagte Schwalbe in bedauerndem Tonfall und setzte die gebrochenen Stücke zusammen. Der Pickel sah zwar wieder ganz aus, aber Schwalbe konnte ihn natürlich nicht mehr verwenden; er warf ihn in den Wald und griff nach seinem Speer. »Ich glaube nicht, daß sie sehr tief liegt«, sagte er. »Ich werde es jetzt einmal versuchen.«

»Warte noch ein bißchen«, sagte Graugans. »Ich glaube,

die Höhle sieht so aus.« Er zeigte mit den Händen, wie sich seiner Meinung nach der Eingang unter dem Baum hineinzog und dann ein bißchen nach oben verlief. »Sie befindet sich unter dem Wurzelwerk. Wenn wir sie dort drinnen töten, kriegen wir sie nicht heraus.«
»Das ist richtig«, sagte Schwalbe nachdenklich. »Also holen wir sie heraus.« Und Schwalbe und Graugans stießen ihre Speere in das Loch hinein. Plötzlich hielten sie inne und wandten sich uns zu. »Steht dort nicht untätig herum!« sagte Schwalbe. »Macht euch bereit.« Wir hielten unsere Speere in Bereitschaft. Schwalbe sah uns wieder an. »Nicht so nahe! Wollt ihr uns oder die Bärin umbringen?«
»Sie ist aufgewacht«, sagte Graugans.
»Macht euch fertig! Geht zurück!« sagte Schwalbe. Wir hörten ein Rumpeln – die Bärin war wach! »Aufpassen!« rief Schwalbe warnend. Er hatte den Speer erhoben; Graugans stocherte vorsichtig noch einmal in dem Loch herum, sprang dann beiseite. Und schon kam die Bärin herauf mit einem ohrenbetäubenden Brüllen, Erdklumpen und trockene Kiefernnadeln fielen von ihrem Pelz auf die Erde. Wie groß sie war! Wie ein Mammut! Sie stand da, ohne sich aufzurichten – ich sollte den Speer gegen ihre Brust schleudern. Ich warf mit aller Kraft. Mein Speer war dahin, deshalb rannte ich weg.
Nach ein paar Sprüngen blieb ich stehen und sah mich um. Schließlich richtete sich die Bärin auf, jetzt aber mit vier Speeren in ihrer Brust, mit dem meinigen in der Nähe ihrer Schulter. Auch Timu, Kranich und Weißfuchs hatten auf ihre Brust gezielt, und Kranichs Speer, in der Mitte, war tief eingedrungen. Blut floß aus der Schnauze der Bärin. Von der Seite her stießen Schwalbe und Graugans ihre Speere zwischen die Rippen der Bärin, als sie sich nach ihnen umdrehte. Durch diese Bewegung landete sie auf allen Vieren, und sie rannte davon. Wir sahen ihren riesigen Rumpf zwischen den Bäumen verschwinden und folgten dann ihrer Spur. Zuerst schüttelte sie meinen Speer ab, dann den von Timu.

Wir hoben die Speere auf. Wir fanden den von Weißfuchs – der eigentlich meinem Vater gehört hatte – mit Blut am Schaft. Dann fanden wir Schwalbes Speer, der ebenfalls blutverschmiert war. Wir gingen vorsichtig hinter ihr her und waren auf einen Kampf gefaßt, falls sie uns angreifen sollte. Und fanden sie auf dem Schnee liegend. Aus Vorsicht warteten wir eine Weile in sicherer Entfernung. Als sie sich nicht bewegte, näherten sich Schwalbe und Timu mit meinem Speer und dem von Weißfuchs langsam ihrem riesigen Körper, warfen etwas Schnee auf sie, stießen sie mit dem Fuß an, als nichts geschah, und bohrten ihr dann die Speere ins Herz. Sie war bereits tot. Sie rührte sich nicht und gab keinen Laut von sich.
Wie glücklich wir waren! Dieser Berg von Fleisch und Fett! Und dazu noch eine Bärenhaut! Die Sonne hatte gerade die Baumwipfel erreicht, so daß wir viel Zeit hatten, um noch bei Tageslicht an die Arbeit zu gehen. Wir gingen zur Höhle zurück, um unsere Sachen zu holen, und sahen das Gesicht des Jungtiers in der Öffnung. Timu tötete den kleinen Bären mit einer Axt. Noch mehr Fleisch, und zwei Häute! Teal und Ina würden sich freuen, denn die große Haut stand ihnen über Graugans zu. Und Eule würde sich freuen, denn die Zähne würden ihr wegen Kranich gehören. Mein Speer hatte das Tier verwundet, das sah ich, als wir die Bärin aufbrachen, aber Kranich hatte sie zur Strecke gebracht. Bis auf drei Handbreiten zum Schaft war der Speer in sie eingedrungen und hatte ihre Lunge durchbohrt.
Wir brauchten den Rest des Tages, um das große Fell abzuziehen und das Fleisch in Stücke zu schneiden, die wir tragen konnten. Wir legten ein Feuer an, schnitten das Fleisch in Streifen, rösteten ein paar davon und hängten den Rest an Äste, damit das Fleisch ausbluten konnte und dadurch leichter wurde. Raben entdeckten uns und landeten über unseren Köpfen; sie riefen andere Raben heran, bevor sie auf die Erde niedergingen, um den blutgetränkten Schnee zu fressen. Ihre Krächzlaute

oder der Geruch mußten sich über weite Strecken ausgebreitet haben, denn im Laufe des Nachmittags sahen wir die Wölfe zwischen den Bäumen. Sie hatten Angst, sich uns zu nähern, obwohl sie daran zu denken schienen, aber schließlich waren wir sechs, und ich konnte sehen, daß sie höchstens sechs oder sieben waren. Vielleicht glaubten sie, wir hätten zuviel zu schleppen und könnten nicht alles mitnehmen. Jedenfalls mußten wir die schwersten Knochen vom Fleisch befreien, und wir überlegten uns eine Weile, ob wir nicht die Haut in zwei Hälften auseinanderschneiden sollten, denn sie war sehr schwer und gehörte beiden Ehefrauen von Graugans. Aber es wäre eine Schande gewesen, das Fell zu zerschneiden, und als Kranich erklärte, er glaube, es tragen zu können, kratzten wir die Haut nur oberflächlich ab und rollten sie zusammen, falls sie gefrieren sollte.

Am späten Nachmittag war die gesamte Wärme aus dem Fleisch vergangen, und es wurde draußen sehr kalt. Wir sahen, daß alles einfrieren würde, und so beeilten wir uns, richteten Bündel her, weideten das Junge aus, verstauten die meisten Därme, die Köpfe und die schweren Knochen ganz unten in der Höhle und deckten sie dort zu. Falls wir sie aus irgendeinem Grund brauchen würden, konnten wir immer zurückkommen und alles wieder ausgraben.

Dann hoben wir unser Gepäck hoch. Das meinige und kleinste war so schwer, daß ich es nicht von der Erde anheben konnte. Timu mußte helfen, mir das Bündel aufzuladen. Meinen Speer als Stock benutzend, folgte ich den Männern in den Wald und war sehr dankbar, daß der Heimweg hauptsächlich bergab führte. Trotzdem fiel ich bald weit hinter die anderen zurück, bis ich außer Sicht- und sogar Hörweite geraten war. Aber der Pfad war leicht zu erkennen – er war jetzt viermal benutzt worden. Ich erkannte ihn im Sternenlicht. Als ich vor Kälte und Müdigkeit zu stolpern begann und schon bereit war, mich auf dem Schnee niederzulegen, sah ich einen großen Mann durch die Bäume auf mich zukommen. Es war Timu auf der Suche nach mir. Als er mir die Last abnahm, hatte ich das Gefühl, als flöge ich in die Luft. Er erzählte mir, die anderen hätten ein Lager aufgeschlagen, und ließ mich dann vor sich hergehen, damit ich zu größerer Eile angetrieben wurde. Es war nicht gut, eine große Menge Fleisch bei Dunkelheit durch ein fremdes Waldgebiet zu tragen.

Der Pfad führte direkt zu einer herrlichen Lagerstelle – einer kleinen, offenen Höhle am Berghang. Schwalbe mußte diesen Platz auf seinem ersten Gang erkundet haben, weil er wußte, daß wir ihn auf dem Heimweg mit viel Fleisch nötig haben würden. In der Höhle konnten wir das Fleisch während der Nacht aufbewahren und brauchten nicht jedes Raubtier im Wald abzuwehren. Die Männer hatten Holz gesammelt, ein Feuer im Höhleneingang entzündet und waren beim Braten. Ich hatte nichts weiter zu tun, als mein Rentierfell auszubreiten und mich hinzulegen.

Es war ein guter Tag gewesen und es war jetzt eine gute, sternenklare, kalte Nacht, mit einem gelben Lichtschein hinter den Hügeln, wo der Mond aufgehen würde. Die Höhle füllte sich bald mit Rauch. Aber das war uns egal. Ich mußte eingeschlafen sein, weil Timu mich aufweckte, um mir mein Essen zu geben.

13

Als wir mit den Bären zurückkamen, fanden wir Elho vor der Hütte; er hatte Abschürfungen im Gesicht und trug keine Parka. Rin hockte auf Händen und Knien im Windfang mit einer Axt. Elhos Wut mußte so hitzig gewesen sein, daß er nicht erfroren war – Rin wollte ihn nicht hereinlassen. Als wir das Fleisch zur Eingangstür brachten, zog sich Rin zurück, um uns durchzulassen, und setzte sich dann am hinteren Ende der Hütte mit Ankhi auf den Boden. Elho eilte hinter uns hinein.

Ankhi weinte. Rin starrte uns mit grimmigen Blicken an, sprach aber nur mit Schwalbe. Im vorderen Teil der Hütte klammerten sich Eule und Meri aneinander. Neben ihnen saß Teal steif aufgerichtet; sie machte einen unbehaglichen und sehr strengen Eindruck. Es war kein Brennholz vorhanden, so daß wir nicht kochen konnten. Um sich ungestört über den Vorfall, was es auch gewesen sein mochte, unterhalten zu können, schickten die Alten uns Junge hinaus, um Brennholz zu holen, einschließlich derjenigen, die gerade zurückgekommen waren.

Sobald wir außer Hörweite waren, erzählte mir Meri, daß Ankhi von Elho geschlagen worden sei. Meri wußte nicht genau, warum. Elho und Ankhi hatten sich den ganzen Vormittag gestritten, und schließlich hatte er sie wegen der Art, wie sie das Kind behandelte, beschimpft. Meiner Meinung nach hatte sie das Kleine tatsächlich schlecht behandelt, denn sie hatte es einmal geohrfeigt, als es schrie, aber Meri sagte, sie habe dem Kind ihre Felldecke gegeben und sich geweigert, Elho auch unter die Decke kriechen zu lassen. Alle Frauen, sagte Meri, hätten Elho von Ankhi weggezogen, so daß Rin ihn mit

ihrem Grabstock schlagen konnte. Als er sich geduckt in den Windfang zurückzog, um von Rin wegzukommen, holte sie ihre Axt und wollte ihn nicht wieder in die Hütte hineinlassen. Warum er ins Freie gegangen war, wußte Meri nicht, es sei denn, er habe sich nur aufrichten und Atem holen wollen. Sobald er aber draußen war, schwor Rin, er könne ständig draußen bleiben. Es sei ihr gleichgültig, ob er dabei erfrieren würde.
Ein so handfester Ärger verschwindet nicht von selbst. Nicht einmal Graugans konnte etwas dagegen tun. Dies war keine einfache Auseinandersetzung, wo die Männer für den Ehemann und die Frauen für die Ehefrau Partei ergreifen – dies wurde zu einem Kampf von Männern gegen Frauen, Sippe gegen Sippe, Hütte gegen Hütte. Die meisten von uns waren der Meinung, daß Elho, so oder so, alle mit Schande bedeckt habe. Dies machte Elho wütend, weil er von Rin so schändlich behandelt worden war. Schwalbe war verärgert, weil seine Halbschwester, als Gast, einen ihrer Gastgeber hinausgeworfen hatte. Timu war verärgert, weil Rin Elho hätte umbringen können, da sie ihn draußen im Hemd, ohne Feuerstöcke oder Zunder, hatte stehenlassen. Wenn wir nicht rechtzeitig gekommen wären, um Elho zu retten, sagte Timu, wäre sein Halbbruder erfroren.
Rin beharrte auf ihrem Standpunkt, daß sie das einzig Mögliche getan habe. Wenn Elho versprochen hätte, Ankhi in Frieden zu lassen, sagte Rin, hätte sie ihn gern wieder hereingelassen. Aber Elho habe nichts versprechen wollen, deshalb habe Rin ihn aussperren müssen. Timu sei unvernünftig, wenn er es nicht verstehe. Er solle wenigstens glauben, daß Rin Elho seine Kleider und Feuerstöcke früher oder später nachgeworfen hätte. Ethis sprach nicht mehr mit Timu, um ihn dafür zu bestrafen, daß er Elhos Halbbruder war und roh mit ihrer Blutsverwandten umgegangen sei.
Die Frauen der Mammutjäger waren empört über Graugans' Leute, weil sie einen Beschützer zurückließen, der statt dessen jemanden von ihrer Sippe geschlagen hatte.

Die meisten Frauen in unserer Hütte waren auch auf Elho wütend. Hatte er nicht einmal einem anderen Mann die Frau gestohlen, als er zurückblieb, um die Frauen zu beschützen? Elho erklärte beharrlich, er habe es nicht getan. »Ach! Du lügst!« rief ich aus. »Du hast meines Vaters Weib, Tante Yoi, genommen!«

Aber ich ergriff später Partei für seine Mutter, Teal, da Elho zu unserer Sippe gehörte, die wir in Schutz nehmen mußten. Teal gab zu bedenken, daß Ankhi eine sehr spitze Zunge habe und Elho wahrscheinlich herausgefordert hätte. Ich erinnerte alle daran, daß Ankhis Mammutjägerfamilie stets mit Prügel drohe, wenn es gelte, jemanden zu etwas zu zwingen. Ankhi sollte an die Sitten ihrer eigenen Leute gewöhnt sein; wie könnte sich ein Mammutjäger durch Prügel überraschen lassen?

Jetzt ergriff Schwalbe für Ankhi Partei. Die Männer der Mammutjäger ließen ihren Frauen nach der Geburt immer eine lange Frist, bevor sie wieder mit ihnen schliefen. Elhos Gewalttätigkeit hätte das Kind töten können.

»Nein!« rief Teal. »Bevor mein Sohn deine Blutsverwandte anrührte, nahm er ihr das Kind weg. Ethis hielt das Kind, während Ankhi von Elho und Elho von Rin geschlagen wurde. Ich war hier. Ich sah den ganzen Streit. Ihr wart weit weg, aber ihr wollt uns trotzdem erzählen, was wir gesehen haben!«

Schwalbe und Graugans witterten eine Gefahr für ihre Planung, unsere Hütten zusammenzulegen, und da sie der Auseinandersetzung ein Ende bereiten wollten, gaben sie allen den Befehl, das Gerede über die Prügelei zu beenden. Aber die Dinge waren schon zu weit gediehen, und niemand wollte den Mund halten. Nachdem die Streitereien in der dunklen verräucherten Hütte zwei Tage und zwei Nächte angedauert hatten, legten Schwalbe und Timu neue Schlingen aus, um etwas zu tun zu haben und ins Freie zu kommen.

Am nächsten Abend, als es in der Hütte dunkel war, kamen sie von ihren Schlingen mit einem Wolfsfell zurück. Aber niemand außer mir bemerkte das Fell oder sah, wie es von den Männern in eine Ecke geworfen wurde. Timu und Schwalbe gingen zu Graugans' Feuer und nahmen sich etwas zu essen, während ich auf Händen und Knien, so leise wie möglich, hinüberkroch, um mir das Fell anzusehen. Niemand achtete auf mich.

Das Fell war anscheinend einem einjährigen Wolf abgezogen, der Kopf und die Füße abgeschnitten worden. Da ich es genauer betrachten wollte, rollte ich es leise zusammen, ohne daß es jemand bemerkt hätte, und ging hinaus. In dem Wind und unter dem Mondschein rollte ich das Fell auseinander und sah es mir aufmerksam an. Es stammte von einem einjährigen Tier und war mit Sicherheit das Fell eines Rüden. Was für ein Wolf hätte es sein können, wenn nicht Meris? Ihr Wolf war immer hungrig und suchte überall nach Abfällen. Ein Köder mußte für ihn ein herrlicher Anblick gewesen sein. Ich sah mir das Fell lange an und beobachtete, wie sich die Haare im Wind bewegten. Meri durfte nichts davon erfahren, das war mir klar. Ich würde das Fell weit weg bringen, und zwar gleich jetzt, und es verschwinden lassen. Schwalbe und Timu würden ohne ihr Fell auskommen müssen.

Auf dem mondbeschienenen Pfad wurden die Geräusche der streitenden Menschen vom Wind davongetragen. Ich lauschte dem Säuseln des Windes in den niedrigen Bäumen und sah zu, wie sich die Baumschatten im Mondschein hin und her bewegten; ich mußte an die Hütte am Marderfluß und an die am Kiefernfluß denken. Durch den Rauchabzug fiel jetzt der Mondschein still auf Vaters Leichnam, und außer den schwarzen Schatten der Bäume draußen auf dem Schnee war nichts Lebendiges dort. Vor einem Jahr war er gestorben; vor einem Jahr hatte die Wölfin mir und Meri geholfen, die Wölfin mit den langen Beinen und gelben Augen, die nicht mit ihren eigenen Genossen zusammenleben konnte, genau wie Meri und ich. Ganz allein hatte sie für ihr Junges gesorgt, und wegen des Jungen hatten auch wir überlebt. Wer kümmerte sich schon um unser Leben dort? Keiner. Ich hatte eigentlich noch niemandem davon erzählt. Was war daraus geworden? Ein Fell, das jetzt unter der Eisdecke des Flusses verschwinden würde, in einem Loch über den Stromschnellen, wo das Wasser nicht gefriert.

Der Wind trug von weither das Brüllen der Tigerin herüber: *a-a-oo-ng.* Sicherlich war Sali die Tigerin, allein mit dem Kind, das ihr Mann getötet hätte, wie mich und Meri, die niemand gesucht hatte, wie die Wölfin, deren Junges ihr Rudel nicht bei sich haben wollte.

Unterhalb des Pfades hörte ich das Wasser unter der Eisdecke rauschen – die Stimme der Stromschnellen. Ich rutschte die Terrassen nacheinander hinunter, entdeckte ein paar Löcher im Eis neben einem Felsbrocken und schob das Fell, mit dem Kopfende nach unten, in eines der Löcher hinein. Die Strömung riß mir das Fell aus der Hand.

Als ich mich der Hütte näherte, hörte ich aufgebrachte Stimmen. Die Streitereien waren lauter geworden. Meri weinte! Ich hörte Graugans rufen, alle sollten sich hinsetzen. Verstört kroch ich durch den Windfang. Alle standen, außer Meri. Jemand hatte sie geschlagen! Nur Teal war bei ihr, aber Meri kauerte noch auf dem Boden, sie weinte und hatte das Gesicht in den Händen vergraben. »Schwester!« rief ich.

»Setz dich, Yanan!« brüllte Graugans. Meri lief zu mir und schlang mir die Arme um den Leib. »Hinsetzen!« sagte Graugans. »Alle sollen sich hinsetzen! Wir werden reden, nicht kämpfen! Hinsetzen!« Sogar Meri gehorchte ihm, während sich alle Anwesenden, außer mir, um die beiden Feuer herum langsam auf die Fersen niederließen. Aber das Geschrei ging weiter. Über das Gezänk hinaus rief Graugans: »Ich habe dir gesagt, du sollst dich hinsetzen, Yanan!«

Aber die Wut stieg in mir hoch, und ich blickte von einem zum anderen. Dann zischte ich durch die Zähne: »Was habt ihr getan?«

Alle redeten durcheinander, aber ich hörte nur Ankhi: »Sie hat ein Fell genommen, das mir gehörte. Sie wurde dafür bestraft.«
Die Wut brach aus mir heraus. Wie das Eis im Frühling den Fluß nicht aufhalten kann, konnte auch ich mich nicht beherrschen. »Ja! Ein Wolfsfell!« schrie ich. »Ich habe das Fell an mich genommen! Ich, die Tochter von Kiebitz! Vielleicht gehörte es dir, aber der Wolf gehörte Meri, und du wirst kein Stück von ihm bekommen! Sein Fell ist dort, wo du es nie finden wirst! Du wirst es nie haben! Und du wirst nie Meri haben. Es steht dir nicht zu, Meri irgend jemandem zu geben oder sie zu bestrafen, und ich nehme sie dir weg!« Ich schaute in die entsetzten Gesichter der Leute, die mich mit offenem Mund anstarrten, und spürte, wie ich vor Zorn bebte.
Timu stellte sich vor mir auf. »Beherrsche dich, Yanan«, sagte er. »Setz dich hin, wie Vater es verlangt!« Aber jetzt konnte ich nicht mehr aufhören. Ich schob ihn beiseite. »Wer hat sie geschlagen? Wer hat es gewagt? Wer anders als er!« Ich zeigte quer durch die Hütte auf Schwalbe. »Du sagst, sie gehöre dir, aber das ist eine Lüge, du Tier! Du Löwe! Versteck dich im Gras, wohin du gehörst! Such dir dort eine andere Frau!« Ich riß mir die Verlobungshalskette ab und schleuderte sie auf ihn. Sein Blick begegnete dem meinigen, als er die Kette seelenruhig auffing.
Timu ergriff mich bei den Haaren. Heute glaube ich, daß er keine andere Wahl hatte – er wickelte meinen Zopf um seine Hand und schlug mich mit seinem Gürtel. Ich biß ihn so heftig, daß meine Zähne aufeinandertrafen und sein warmes, salziges Blut in meinen Mund spritzte. Unter Schlägen und Fußtritten krachten wir zusammen auf den Boden und rollten bis zum Feuer. Schließlich gelang es den anderen, uns auseinanderzuziehen; sie hielten uns an den Armen fest, während wir versuchten, aneinander heranzukommen. Ich muß ein schrecklicher Anblick gewesen sein: Meine Haare stan-

den zu Berge, meine Kleider waren versengt und meine Zähne blutverschmiert. Auch Timu sah furchtbar aus, er war von Asche und Schweiß verschmiert und blutete von meinen Bissen und Kratzern. Ohne seinen Gürtel rutschte ihm die Hose herunter, und an einem Arm hing ein Stück seiner Haut herab.

Weißfuchs begann zu lachen. »Timu! Yanan! Ihr solltet euch einmal selber sehen!« sagte er und wischte sich die Augen ab. »Im Gras verstecken? Na, so etwas!«

Niemand sonst hielt dies alles für komisch. Timu und ich ließen uns schließlich von den anderen zu entgegengesetzten Seiten der Hütte führen, wo wir uns hinsetzten.

Was hatte uns dazu gebracht, so etwas zu tun? Es war eine ziemlich lange Geschichte. Als Timu Graugans erzählte, er habe einen Wolf in der Schlinge gefangen, wünschte Graugans, daß Ankhi das Fell erhielt, als Entschädigung für die Prügel. Timu konnte das Fell nicht finden und gab Meri die Schuld. So erfuhr Meri, daß ihr Wolf tot war, und fing hemmungslos zu weinen an. Es kam zu einer heftigen Auseinandersetzung über Meri und mich, weil wir um ein Tier soviel Aufhebens machten. Teal bestrafte Meri wegen ihres Geschreis, indem sie sie heftig schüttelte. In diesem Augenblick brach ich durch den Windfang. Bis zu diesem Zeitpunkt hatte niemand bemerkt, daß ich weg war.

Nach dem Wutausbruch fühlte ich mich elend und schwach. Meine Kopfhaut tat weh, und die Striemen vom Gürtel fingen zu schmerzen an. Niedergeschlagen lehnte ich mich gegen Teal und hob ab und zu den Kopf, um Timu auf der anderen Seite der Hütte wütende Blicke zuzuwerfen. Teal streichelte meine Stirn und redete mir gut zu; sie sagte, der Frühling komme jetzt und werde allen unseren Schwierigkeiten ein Ende bereiten. »Denk an das Fleisch, das du mit herangeschafft hast, mein braves Mädchen, meine Tochter«, sagte sie. »Und an das Rentier, als wir nichts mehr zu essen hatten. Du hast dich in diesem Winter wirklich bewährt.«

Es hatte keinen Sinn. Am nächsten Morgen stellte ich mich vor allen auf und erklärte, ich ließe mich von Timu scheiden. Es überraschte alle. Ich wies darauf hin, daß der Austausch von Hochzeitsgeschenken sowieso noch nicht beendet sei. Was bereits übergeben worden sei, könne zurückgegeben werden; ich würde meiner Familie sagen, daß sie ihre Anteile zurückgeben sollten, wenn ich bei ihnen am Feuerfluß leben würde. Und ich würde Meri mitnehmen.

Ich setzte mich. Wie ich mich jetzt erinnern kann, sprach niemand ein Wort, am allerwenigsten Timu. Ich rollte mich in meine Felldecke und legte mich wieder zum Schlafen nieder. Meinetwegen sollen die anderen Holz sammeln, dachte ich bei mir. Ich werde ihr Feuer nicht mehr benutzen.

Später am Tag rüttelte mich Teal an der Schulter. »Setz dich auf«, sagte sie. »Ich will mit dir reden.« Ich war immer noch verärgert und zog mein Hemd hoch, um ihr die blauen Flecken zu zeigen. »Das macht nichts«, sagte Teal. »Du mußt mir jetzt zuhören. Du hast etwas Schlechtes vor und darfst es nicht tun. Deine Ehe wurde mit Bedacht geschlossen. Dein Schwiegervater, dein Vater, deine Mutter, ihre Schwester und ich – wir alle waren beteiligt. Wir haben dich an diese Hütte gebunden.

Graugans' Hütte ist die beste Winterhütte weit und breit. Wir haben Nahrung, Brennholz, Schutz vor Stürmen, wir haben Pelztiere für die Parkas, Geweihe und Grünsteine für die Werkzeuge. Nicht viele Gegenden können dies alles bieten. Deine Eltern wollten dich und sich selbst an Graugans und seine Hütte binden.

Und unsere Sommerjagdgründe? Du hast den Grasfluß gesehen, aber du weißt nicht, womit du ihn vergleichen könntest. Du hast nie den Haarfluß gesehen. Du hast keine Ahnung, wieviel Fleisch jeden Sommer am Fuße der Steilhänge liegt – mehr, als alle Menschen der Welt jemals aufessen könnten! Graugans will seine Familie an dem gesamten Sommerfleisch von Schwalbe

teilhaben lassen. Warum glaubst du wohl, daß wir sonst wünschen würden, daß Schwalbe Meri bekommt?
Ihre Ehe wurde ebenfalls sehr sorgfältig vorbereitet. Unsere Leute wollen Schwalbes Sommerjagdgründe nutzen, und Schwalbes Familie möchte im Winter in Graugans' Hütte wohnen! Da du und Graugans durch Timu miteinander verbunden seid, haben wir dafür gesorgt, daß Schwalbe und Graugans über deine Schwester miteinander verbunden sind. Du bist noch jung und verstehst so etwas nicht. Hörst du mir überhaupt zu?«
Ich schaute auf meine Füße hinunter und gab keine Antwort. Teal schwieg einen Augenblick und sagte dann: »Meine Geduld ist bald am Ende, Yanan! Ich will mit dir reden, aber du hörst mir nicht zu! Ich bin froh, daß Timu dich geschlagen hat.«
Diese Worte machten mich sehr wütend, aber was konnte ich dagegen tun? Es wäre mir vielleicht in den Sinn gekommen, unhöflich zu Schwalbe zu sein, aber ich habe Teal niemals Widerworte gegeben. Ich hielt den Blick auf meine Füße gerichtet und wartete.
Als Teal weitersprach, zitterte ihre Stimme. »Wir alten Menschen, wir, die wir die Welt verstehen, wir haben unsere Familien sehr sorgfältig miteinander verbunden. Jetzt willst du dich von Graugans' Sohn scheiden, und du hast Meris Verlobungshalsband Schwalbe ins Gesicht geworfen. Du willst unseren Plänen und unserer ganzen Arbeit ein Ende setzen. Was, glaubst du wohl, werden die Alten davon halten?«
Die Alten hatten kein Recht, Meri einem Mann zu versprechen. Sie waren nicht ihre Eltern. Und Teals eigener Sohn begann die Auseinandersetzung damit, daß er sein Mammutjägerweib verprügelte, und zwar nur aus dem Grund, weil sie nicht mit ihm schlafen wollte. Und sie hatte erst vor kurzem entbunden! Wie gemein von Teal, mir so viel Schuld zuzuschieben! Das sagte ich natürlich nicht – Teal war zu sehr empört – aber irgend etwas mußte ich sagen. Ich hob den Kopf. »Ich weiß, Tante«, sagte ich. »Ich weiß, daß viele verär-

gert sind. Sind Schwalbe und Rin ebenso böse auf Ankhi, weil sie deinen Sohn abgewiesen hat?«

»Es ist gut, daß du diese Frage stellst«, sagte Teal. »Du hättest dich besser als Ankhi verhalten. Schwalbe und Rin nahmen Ankhi beiseite und erinnerten sie an das, was ich dir jetzt sagen will. Sie wiesen sie darauf hin, daß ihre Heirat auch unsere Familien aneinander bindet. Es ist kein so starkes Band wie das zwischen Meri und Schwalbe, aber dennoch ein Band. Anders als du, hat Ankhi begriffen. Sie ist nicht besonders aufgebracht und sagt, sie werde später bereit sein, die ganzen Auseinandersetzungen zu vergessen, aber du – du redest von Scheidung!«

»Ja, Tante«, sagte ich.

»Meri ist noch sehr jung, deshalb wird Schwalbe warten müssen, bis sie herangewachsen ist. Das ist ihr Nachteil. Du bist so unhöflich, daß Schwalbe nur darauf wartet, die nächste Kränkung aus deinem Munde zu hören, und du bist Meris Schwester. Auch das ist ihr Nachteil. Aber Schwalbe und Graugans verbindet eine enge Freundschaft. Graugans kann Schwalbe vielleicht dazu bringen, das Verlöbnis zu erneuern. Was hätte dies aber für einen Sinn, wenn du von Timu geschieden bist? Meri ist durch dich an diese Hütte gebunden!«

Ich sah ein, daß sie recht hatte. Aber ich hatte mir noch nie darüber Gedanken gemacht. Auch jetzt spielte es für mich nicht dieselbe Rolle wie anscheinend für Teal.

»Schwalbe hat häßliche Augen, Tante«, sagte ich. »Und seine Sprache ist seltsam.«

»Ja, er ist häßlich. Und er ist der beste Jäger mit den besten Sommerjagdgründen und dem meisten Fleisch von allen Hütten und in allen Sippen weit und breit! Ich hoffe, du trennst dich von Timu! Ich hoffe, du wirst für dich und Meri zwei gutaussehende Männer finden! Und ich bin froh, daß du eine gute Jägerin bist, weil dir hübsche Gesichter so viel bedeuten. Du kannst die ganze Jagerei selbst betreiben und deine Kinder können hinter dir hertrotten und deine Pirsch verderben. Du glaubst, alles zu wissen, aber das stimmt nicht, Yanan. Du bist eigensinnig und du benimmst dich töricht. Denk mal darüber nach!« Teal stand auf und ging.

Sehr unglücklich, rollte ich mich wieder in meine Felldecke. Bedeuteten denn meine Gefühle gar nichts? Waren sie allen gleichgültig? Sah denn keiner, wie müde ich war und wie oft mir übel wurde? Sah denn kein einziger Mensch, wie hart ich für alle gearbeitet hatte, ohne Rücksicht darauf, wie ich mich fühlte? Tränen rannen über mein Gesicht in meine Haare hinab. Ich schaute durch den Rauchabzug zum Himmel hinauf und schob die Haare nicht einmal beiseite.

Als ich am nächsten Tag im Wald war, um Brennholz zu sammeln, kam Teal zu mir. »Graugans will mit dir sprechen«, sagte sie. »Wenn wir heimkehren, wünsche ich, daß du zu ihm gehst und ihn fragst, was er dir zu sagen hat. Und benimm dich gefälligst anständig! Wir haben von deiner Ungezogenheit genug.«

In der Hütte saß Graugans mit Elho und Timu am Feuer. Ich legte mein Holz hin und blieb ehrerbietig in einiger Entfernung stehen; ich wartete darauf, daß er von mir Notiz nahm. Als es soweit war, gab er Elho und Timu ein Zeichen, hinauszugehen, damit er sich unter vier Augen mit mir unterhalten könne. Als ob er nie in seinem Leben einen Fehler gemacht hätte, sprang Elho sofort auf und ging, aber Timu erhob sich langsam und warf mir mit Vorbeigehen einen drohenden Blick zu. Was konnte Graugans mir wohl sagen wollen? Ich setzte mich auf der anderen Seite des Feuers auf die Fersen und sagte: »Schwiegervater, hier bin ich. Meine Tante sagt, du wolltest mit mir sprechen, deshalb bin ich gekommen.«

»Das ist gut. Und gut gesagt.« Graugans lächelte. »Du bist jung, Schwiegertochter, und wie viele andere Menschen hast du Temperament. Auch mein Sohn verliert manchmal die Fassung. Ihr beide werdet lernen, euch zu beherrschen, wenn ihr älter werdet. Diese Gefühlsausbrüche sind schuld an deinen Schwierigkeiten. Ich bin ein alter Mann, aber ich habe noch nie zwei Menschen durch ein Feuer rollen sehen, wie du und mein Sohn es getan habt. Denk einmal nach. Hättest du so etwas getan, wenn du dich beherrscht hättest? Nein. Du hättest dich vor den Verbrennungen gefürchtet. Das hat etwas zu bedeuten, Schwiegertochter.«

Ich nickte ehrerbietig. Ich gab ihm recht.

»Vielleicht hätte dich mein Sohn nicht schlagen sollen. Aber versuche einmal, dich zu erinnern, wie es dazu kam. Du bist aufgebraust, weil du glaubtest, jemand habe deiner Schwester weh getan, aber dies war ein Irrtum. Jetzt will ich dich folgendes fragen: Wenn du gewußt hättest, daß sie nur vor Wut weinte, und nicht deshalb, weil ihr jemand wehgetan hatte – hättest du dich dann auch so vergessen?«

»Nein, Schwiegervater.« Graugans konnte mich immer beschämen, und das tat er auch jetzt.

Er fuhr fort: »Du willst für Meri sorgen. Deshalb willst du sie mit zum Feuerfluß nehmen. Das verstehen wir. Aber wir, die Alten, wollen für euch alle sorgen. Eine solche Fürsorge erfordert Denken und Planen. Du versuchst, unbedacht für deine Schwester zu sorgen, so wie du gedankenlos durch das Feuer gerollt bist. Übereilte Handlungen können schmerzen wie Brandwunden.« Er wartete meine Zustimmung ab.

»Ja, Schwiegervater«, sagte ich.

»Wenn du gewartet hättest, um zu erfahren, was wirklich mit Meri geschehen war, hättest du nicht alle Anwesenden beleidigt. Jetzt solltest du über unsere Pläne nachdenken, bevor du Hals über Kopf zum Feuerfluß gehst. Vielleicht verstehen die Alten mehr vom Leben als du.«

»Ja, Schwiegervater.«

»Gut. Geh jetzt. Denk an das, was ich dir gesagt habe.«

»Ja, Schwiegervater«, sagte ich, aber nur weil ich ihn achtete. Ich wußte bereits alles, was er mir gesagt hatte. Deshalb kam es bei mir zu keiner Sinnesänderung.

Als Timu und ich noch immer nicht miteinander spre-

chen wollten und wir bei Nacht unsere Felldecken so weit wie möglich auseinander legten, kam Teal zu mir. »Ich möchte, daß du mit Timu auf das andere Flußufer hinübergehst«, sagte sie. »Ich möchte, daß ihr euch einen schönen Platz in der Sonne sucht, wo ihr euch hinsetzen und miteinander reden könnt, bis ihr euch nicht mehr zankt. Wenn ihr es nicht tut, werden wir euch zwingen, in Gegenwart aller zu sprechen. Du hast es noch nie gesehen, aber die Hütte kann zwei Menschen zum Reden zwingen. Es kann sehr beschämend sein. Überlegt es euch selbst.«
»Was ist, wenn ich den Fluß überquere, Tante? Woher weiß ich, daß auch Timu hinübergehen wird?«
»Graugans wird ihn dazu zwingen«, sagte sie.
Also marschierten Timu und ich gehorsam auf dem Eis über den Fluß, fanden einen großen Gesteinsbrocken, der die Sonnenwärme zurückwarf und uns Schutz bot. Wir setzten uns einander gegenüber hin. Mit hocherhobenem Kinn und funkelnden Augen sahen wir uns längere Zeit an. Ich hatte nicht die Absicht, das Gespräch zu eröffnen, und Timu offenbar auch nicht. Aber Graugans mußte mit Timu sehr ernst gesprochen haben, oder Timu glaubte, daß er, da er der Mann war, eine größere Verantwortung trug, denn er sagte schließlich: »Wir müssen unsere Zwistigkeiten beenden, wenn unsere Ehe Bestand haben soll.«
Wie wahr, dachte ich bei mir und empfand die Stärke meiner Lage. Rede weiter.
Timu wartete lange, und als er sah, daß ich ihm nicht entgegenkommen wollte, sagte er: »Die Alten haben unsere Heirat beschlossen. Du verletzt und verärgerst sie durch deine ganze Handlungsweise.«
»Es tut mir leid«, sagte ich mit spöttischem Unterton. Er konnte hören, daß es mir nicht leid tat. In Wirklichkeit versetzte ich ihn in Wut, als ob ich ein Feuer entfachte. Sehr befriedigt, wartete ich.
Er warf mir einen bösen Blick zu und sagte dann: »Und ich bin wütend.«

»Du siehst auch wütend aus«, sagte ich. »Mit großen runden Augen wie ein Tier, das zum Sprung ansetzt.«
»Bin ich etwa ein Tier? Schau dir dies an.« Er zog seinen Ärmel hoch, um mir die jetzt gerötete und geschwollene Bißwunde zu zeigen. »Dies ist ein Biß«, sagte er. »Dies ist der Biß eines Tieres. Und wer ist dieses Tier? Was hast du jetzt zu sagen?«
»Ich habe zu sagen, daß ich dich noch schlimmer beißen werde, falls du mich je wieder schlägst.«
»Wenn ich dich noch einmal schlage, wirst du nie wieder jemanden beißen.«
»Du sagst, du willst unsere Zwistigkeiten beenden. Jetzt redest du davon, mich umzubringen. Das ist sehr gut. Du machst dich. Jetzt können wir heimgehen.« Und ich stand auf und ging. Timu kam auf einem anderen Weg zurück.
Alle konnten sehen, daß Timu und ich nichts bereinigt hatten; deshalb mußten wir in dieser Nacht, wie Teal angedroht hatte, vor der ganzen Hütte reden. Wir mußten uns gegenüber hinsetzen, dann bildeten alle einen Kreis um uns herum. Teal, Ina, Graugans, Eule und Kranich machten uns Vorwürfe, während die Mammutjäger zuhörten. Elho hielt sich aus der Sache heraus, da er selbst in Ungnade gefallen war; Weißfuchs und Meri saßen in einiger Entfernung, weil sie wegen ihres jugendlichen Alters ausgeschlossen waren. Ich glaubte, die Anschuldigungen seien mehr für mich als für Timu bestimmt, und er mußte das gleiche gedacht haben – obwohl er versuchte, sich seine hämische Schadenfreude nicht anmerken zu lassen, gelang ihm dies nicht besonders gut. Jedenfalls wußte ich, was er sich dachte. Deshalb kam auch die Macht der Hütte nicht zum Tragen, obwohl das Ganze beschämend war, wie Teal gesagt hatte.

An schönen Tagen trockneten wir Fleisch für die Wanderung zu unseren Sommerjagdgründen – in meinem Fall zum Feuerfluß, im Fall der anderen zum Haarfluß.

Eines Tages schnitt ich einige Streifen aus meinem Anteil an einem Hirsch auf, den Graugans erlegt hatte, und hing sie an die Enden der langen Geweihstangen auf dem Dach. Dort trockneten die Streifen und gefroren, wodurch sie leichter zu tragen waren. Ich wollte sie gerade für die Nacht hereinbringen, als ich Füße auf dem Dach krabbeln hörte. Mit Speeren und Äxten drängten sich viele von uns durch die Tür des Windfangs, bereit, den Räuber zu töten, und sahen zu unserer Überraschung einen Wolf, der, auf den Hinterbeinen stehend, das letzte und höchste meiner Fleischstücke herunterzerrte. Den Rest schien er bereits aufgefressen zu haben. Es war Meris Wolf, ohne jeden Zweifel. Er ließ sich Zeit, das Weite zu suchen, da er genau wußte, wie weit der Mensch einen Stein werfen konnte. Die anderen rannten ihm nach und hofften, ihn mit dem Speer treffen zu können, aber ich war so erschüttert, daß ich mich niedersetzen mußte. Was hatte ich im Fluß versenkt?

Das Fell eines anderen Wolfes natürlich. Junge Wölfe sehen sich sehr ähnlich, und ohne den Kopf und die Füße, aus denen das Gesicht und die Fußabdrücke ersichtlich gewesen wären, hatte ich mir gar nicht sicher sein können. Ich hatte mich geirrt. Wie ein kalter Sturzbach im Frühling überkam mich die Erinnerung an alles, was ich gesagt und getan hatte – meine Wut, die Beleidigungen, der Kampf, Meris Verlöbnis, meine Scheidung.

Konnte ich etwas davon wiedergutmachen? Nicht den Bruch von Meris Verlöbnis, denn ich hatte das Halsband, meinen Anteil an dem Geschenkaustausch, zurückgegeben. Wenn jetzt irgend etwas getan werden konnte, so mußte Schwalbe den ersten Schritt tun. Und auch wenn er es tat, hatte ich nicht die Absicht, Meri den Launen der Mammutjäger zu überlassen – ganz gleich, was die Leute sagten. Ebensowenig konnte ich die Kränkung ungeschehen machen, die ich Schwalbe angetan hatte. Ich konnte mich entschuldigen, konnte aber die einmal ausgesprochenen Worte nicht mehr zurückholen. Auch konnte ich die Auseinandersetzung mit Timu nicht beenden. Ich wollte es auch gar nicht. Der bloße Gedanke daran machte mich wieder wütend. Zum mindesten konnte ich Meri von ihrem Wolf erzählen. Sie war gerade mit Teal für längere Zeit fort, um Brennholz zu holen, und so nahm ich denselben Pfad und begegnete ihnen unterwegs, als sich der Himmel bereits verdunkelte. Ich nahm Meri die Hälfte ihrer Traglast ab und erzählte ihr, was ich gesehen hatte. Sie war so überglücklich, daß mir das Herz weh tat – inmitten all dieser Auseinandersetzungen unter den Erwachsenen hatte sie ganz für sich allein um den Wolf trauern müssen, ohne ein tröstendes Wort von irgend jemandem. Sie übergab mir den Rest ihres Bündels und rannte voraus; wahrscheinlich hoffte sie, ihn irgendwo zu Gesicht zu bekommen. Es war jetzt dunkel und der Wolf war davongelaufen, deshalb konnte sie ihn nicht gesehen haben, als sie aber in die Hütte kam, nachdem sich alle anderen um die Feuerstellen versammelt hatten, um zu kochen, strahlten ihre Augen.

Es war schön, Meri glücklich zu sehen, aber dadurch wurde das Unrecht meiner Fehler nicht wieder gutgemacht. Ich entschuldigte mich bei Schwalbe wegen meines ungebührlichen Benehmens, diesmal jedoch nicht vor allen anderen. Er zuckte mit den Achseln, als ob er sagen wollte, eine Entschuldigung sei gar nicht nötig. Schließlich sei ich ja geschlagen worden. Ich wartete einen Augenblick und hoffte eigentlich, daß er Meri erwähnen werde. Aber als ob er in meinen Gedanken lesen konnte, nickte er nur freundlich und entließ mich. Ich entschuldigte mich auch bei Timu – nicht, weil ich ihn gebissen, sondern weil ich sein Wolfsfell im Fluß versenkt hatte, und ich sprach dabei gespreizt, weil es mich schmerzte, mich überhaupt zu entschuldigen. Ich dachte, daß auch er sich vielleicht bei mir für die Rolle entschuldigen werde, die er in unserer Auseinandersetzung gespielt hatte, aber er sagte nichts.

Es gab sonst nur sehr wenig zu tun, außer Ankhi ein

neues Fell zu schenken. Ich hatte kein anderes Fell, deshalb bat ich Meri um die Haut, die ihr Anteil an dem Rentier war, das ich erlegt hatte. Zuerst weigerte sie sich, mir die Haut zu geben. »Tu mir bitte nur diesen einen Gefallen«, bat ich sie. »Eines Tages besorge ich dir eine andere.« Mißmutig erfüllte sie meine Bitte. Ich brachte die Haut zu Ankhi, die sie mit spöttischen Blikken betrachtete. Obgleich es ein Winterfell war, waren die Haare nicht so gut wie die auf dem Wolfsfell – für Kleider nicht geeignet. Aber was hätte ich dagegen tun sollen?

IV

Der Mond des Wanderns

14

Im Mond des Wanderns hörten wir Gänse in der Nacht; sie waren auf dem Weg zu ihren Sommergründen. Vor Sonnenaufgang waren auch wir bereits unterwegs, unsere lange Reihe von Menschen, die, einer hinter dem anderen, dem Fluß zum See folgten. Graugans führte uns. Nach ihm kamen Ethis und Timu, der den größten Teil von Ethis' Sachen trug. Ihre Schwangerschaft machte ihr das Gehen schwer, und ich erinnerte mich an meine Mutter auf unserer letzten, langen Wanderung durch die Berge. Dann folgte Rin und Schwalbe; zwischen ihnen befand sich Ankhi, die auf diese Weise von Elho getrennt werden sollte. Ankhi trug ihr Kind, und Schwalbe trug einen Teil von Ankhis Gepäck. Elho ließ den Rest von Graugans' Leuten zwischen sich und Rin gehen. Nach einer Lücke in der langen Reihe hinter Alho kam Meri, dann ich.

Ebenso wie beim ersten Mal, als ich zum Feuerfluß aufbrach, warf ich auch jetzt einen letzten Blick zurück auf die langen Geweihstangen oben auf dem Dach der Hütte, die ich bestimmt nicht wiedersehen würde. Dort waren sie; die Geweihe, wie eine Rentierherde, wie eine Baumgruppe, und die Sonne ging hinter ihnen auf so wie damals, vor so langer Zeit.

Als wir in jener Nacht das Lager aufschlugen, teilten Meri und ich nicht die Feuer der anderen. An wessen Feuer hätten wir uns noch setzen können? So sammelten wir Kiefernzapfen und Zweige und legten unser eigenes Feuer an. Als ob wir bereits weg und vergessen wären, besuchte uns niemand an der Feuerstelle.

In den zahlreichen folgenden Nächten erinnerte ich mich an das erste Mal, da ich hier unterwegs gewesen war und nachts sorglos und sicher in einer Felldecke mit Meri und Mutter oder Meri und Tante Yoi geschlafen hatte. Jetzt mußte ich den größten Teil jeder Nacht wach bleiben, Heidekraut auf die glühenden Holzkohlen nachlegen, den Geräuschen von den weiten, dunklen Ebenen um mich herum lauschen und besorgt sein, daß mein Brennmaterial bis zur Morgendämmerung ausreichte. Als Meri und ich allein vom Marderfluß wegwanderten, suchte ich uns Verstecke aus, wo wir in Sicherheit schlafen konnten. Obwohl ich jetzt allein war, befand ich mich auch mit anderen Menschen zusammen, und sie wählten den Pfad und die Lagerstätten aus. Ich mußte tun, was sie sagten.

Eines Tages sahen wir im Süden den Höhenzug, wo der Frühlingsfluß entspringt und wo wir von dem Tiger besucht worden waren. Mein Weg und Meris führte nach Südwesten über jenen Höhenzug hinweg, der Weg der anderen dagegen in nordwestlicher Richtung zum Haarfluß und den grasbewachsenen Ebenen.

Als wir nachts das Lager aufschlugen, kamen Graugans und seine beiden Frauen zu mir. Sie warfen zuerst einen Blick auf Meri, um sicher zu sein, daß sie schlief; dann setzten sie sich an mein armseliges Feuer, nur ein paar Heidebüschel und ein Klumpen brennenden Dungs. Ich konnte nicht einmal ihre Gesichter sehen, nur ihre dunklen Umrisse, die noch dunkler waren als der Nachthimmel. Aus der Art, wie sie sich bewegten, langsam und steif, merkte ich, daß sie müde waren.

Graugans sprach. »Wenn Kiebitz' Tochter uns zuhören will«, begann er, »möchten wir mit ihr noch einmal sprechen. Wir wünschen, daß sie unsere Gedanken und Gefühle kennt, damit sie gut von uns denkt, wenn sie sich im Kreis ihrer eigenen Leute befindet.«

Ich wußte nicht, wie ich antworten sollte. Eine so formelle Rede, ein so ehrerbietiges Benehmen verliehen mir das Gefühl, als ob sie nicht wüßten, wer ich war, als ob sie mich für das älteste Mitglied irgendeiner anderen Gruppe hielten. Noch nie hatte mich jemand »Kiebitz'

Tochter« genannt – zuerst glaubte ich gar nicht, daß Graugans zu mir sprach. Und niemand hatte mich bis jetzt mit »sie« angeredet. Nur einfach mit »du«. Ich hatte immer gedacht, die Alten behielten sich diese Redeweise für ihresgleichen vor.

Ich sagte: »Ja. Bitte, sprich.«

»Es war nie in Frage gekommen«, sagte Graugans in ernstem Tonfall, »daß irgend jemand, der jetzt zu unserer Hütte gehört, für eine von Kiebitz' Töchtern ein Eheversprechen abgeben könnte. Das konnten nur ihre Eltern tun.« In drückendem Schweigen warteten wir alle eine Weile.

Graugans fuhr fort: »Deshalb bitten wir die Frau meines Sohnes, dies nicht zu vergessen: Als das Verlöbnis ihrer Schwester vereinbart wurde, glaubten wir, ihre Mutter sei noch am Leben.« In der Dunkelheit nickte ich, um mein Verständnis zu zeigen. Vielleicht haben sie mich gar nicht gesehen. Graugans sagte: »Yanans Vater, Ahi, hätten die guten Jagdgründe am Haarfluß sicher gefallen. Yanans Mutter, Kiebitz, hätte gewußt, daß unsere Familien in der Vergangenheit oft untereinander geheiratet haben. Meine zwei Frauen – Ina, die Schwester von Yanans Vater, und Teal, die Blutsverwandte von Yanans Mutter – wissen, daß Yanans Eltern glücklich gewesen wären, vor allem als sie sahen, was für einen guten Mann wir für ihre jüngste Tochter fanden, und wieviel Fleisch.« Wieder nickte ich.

»Es überraschte uns zu hören, daß die Frau meines Sohnes Einwände erhob. Und meine Frauen und mich stimmt dies traurig. Sie möge wissen, daß wir nicht übereilt oder ohne reifliche Überlegung gehandelt haben.«

Wieder trat Schweigen ein. Vielleicht wollte Graugans mir eine Gelegenheit geben, selbst etwas zu sagen. Aber ich konnte es nicht. Mir war so seltsam zumute, als ob ich keinen Boden unter den Füßen hätte, oder mich in einem Wald befände, den ich noch nie zuvor gesehen hatte und wo ich den richtigen Weg nicht kannte.

Deshalb fuhr Graugans fort: »Jetzt beabsichtigt die Frau meines Sohnes, sich ihrer Familie anzuschließen. Das ist ihr gutes Recht – wir werden nicht versuchen, sie daran zu hindern. Ebensowenig dürfen wir versuchen, sie von der Scheidung abzuhalten. Wenn dies ihr Wunsch ist, dann muß es so sein.« Graugans wirkte jetzt sehr traurig und hielt wieder einen Augenblick inne. »Mein Sohn tat etwas Schreckliches, als er es zum Kampf kommen ließ. Er trägt daran die Schuld. Wir haben mit ihm gesprochen. Er weiß, daß seine Stiefmütter und ich böse auf ihn sind. Junge Menschen sind nicht daran gewöhnt, Hunger zu leiden wie im letzten Winter. Wir alten Menschen wissen, wie leicht ein strenger Winter zu vielen Schwierigkeiten führen kann. Zwischen mir und meinen Frauen hat es solche Schwierigkeiten nie gegeben. Keiner von uns wünscht, die Frau meines Sohnes zu verlieren, eine gute Frau aus einer guten Sippe, die Tochter guter Menschen, die ihre Aufgaben gut erfüllte, sogar das Jagen. Wir hoffen, daß sie und mein Sohn eines Tages den Zwist vergessen können und wieder zusammenkommen. Bis dahin hoffen wir, daß die Frau meines Sohnes und ihre Schwester Nahrung, Unterkunft und einen guten Weg für ihre Wanderung finden.«
Es machte mich sehr unglücklich, Graugans so formell reden zu hören, als ob alles vorbei und er ein Fremder wäre. Jetzt gab er Timu die ganze Schuld, als ob ich eine Fremde wäre, in der die Menschen unserer Hütte keinerlei Fehler finden konnten. Und doch war dieser Mann einmal mein eigener Schwiegervater gewesen, der noch vor wenigen Tagen sagen konnte: »Yanan, setz dich!« Die Frauen, die er erwähnte und die jetzt so höflich und so traurig zuhörten, waren die alten Menschen, die meinen Eltern am nächsten standen. Ina hatte mich erst vor kurzem losgeschickt, um Brennholz zu sammeln. Teal hatte mich erst vor kurzem angewiesen, mich am Fluß auszuziehen, und mich dann mit Sand abgeschrubbt.

Was mußten diese Frauen von mir denken, da ich nicht eine, sondern zwei Ehen zerstörte und dazu noch ihre guten Beziehungen zu Schwalbe belastete? Was mußte Graugans von mir denken, der so gern die Gänse hörte, die ihre Schwärme zusammenhielten, gegen Wind und Kälte mit der Kraft ihrer Gruppe ankämpften? Natürlich mußte man in mir eine Fremde sehen.
Als hörte ich eine Fremde sprechen, hörte ich mich selbst sagen: »Ich danke dir für dein Lob und deine guten Wünsche. Und ich danke dir dafür, daß du die Schwierigkeiten der Vergangenheit vergessen willst. Auch für mich hat es diese Schwierigkeiten nie gegeben. Auch ich will diese Dinge vergessen. Meine Achtung für deinen Sohn. Möge auch er den Zwist vergessen, so wie ich vergessen habe. Später werde ich dir Geschenke schicken für alles, was du für meine Schwester und mich getan hast.«
»So sei es«, sagte Graugans und nickte Teal und Ina zu. Lange sahen ihre drei im Schatten liegenden Gesichter mich traurig an. Dann streckte Graugans steif seine Beine aus und stand auf; Teal und Ina folgten ihm. Die Tränen kamen mir, als ich Graugans mit seinen älteren Ehefrauen beobachtete, der Blutsverwandten meiner Mutter und der Schwester meines Vaters, wie sie sich langsamen Schrittes im Gänsemarsch zurück zu ihrer Feuerstelle begaben. Mir war nie trauriger zumute gewesen, nicht einmal am Kiefernfluß.

Am nächsten Tag vor Sonnenaufgang schulterten Elho und Weißfuchs ihre Traglasten, nahmen die Speere in die Hand, traten über die in ihrer Felldecke schlafende Meri hinweg und hockten sich neben mir auf den Boden. Ich war den größten Teil der Nacht wach geblieben – obwohl Meri schläfrig ab und zu aufgestanden war, um mir beim Wachehalten und Nähren des Feuers zu helfen –, und ich war müde. Aber in diesen Tagen war ich sowieso immer müde. Ich sah Elho und Weißfuchs an, um zu erfahren, warum sie zu mir gekommen waren.

»Wir werden mit dir gehen«, sagte Elho. »Auch ich kann die Mammutjäger nicht leiden und will, wie du, unsere Sippe finden. Vielleicht wird unsere Familie eine Ehefrau für mich finden, denn ich bin Ankhis überdrüssig.«
»Und ich werde mit Meri gehen«, sagte Weißfuchs. »Später werde ich zum Haarfluß gehen und meine Eltern fragen, warum sie mein Verlöbnis aufgelöst haben.«
Ich packte langsam meine Sachen zusammen und hoffte vielleicht, daß Teal erscheinen würde, um mich dafür zu schelten, daß ich mich von einem guten Mann getrennt hatte, oder daß vielleicht sogar Timu kommen würde, um mir zu sagen, daß die Alten am besten über Heiraten Bescheid wußten. Aber anscheinend wollten sie meine Wünsche respektieren. Keiner kam.
Über das niedrige Buschwerk hinweg sah ich zu, wie sie sich gegenseitig halfen, ihre Bündel zu schultern. Dann schlug mein Herz höher – Graugans kam zu uns! Aber leider folgte ihm Schwalbe. Sie wollten mit Elho sprechen, zu dem Schwalbe sagte: »Es wird dir guttun, eine Weile bei deiner Familie zu bleiben. Ich werde inzwischen für Ankhi sorgen.« Elho sah Schwalbe mit einem halben Lächeln an.
Dann drehte sich Schwalbe zu mir um. »Versteck-dich-im-Gras! Wir sind froh, daß diese Männer mit euch gehen«, sagte er und setzte dann hinzu: »Nicht, daß wir vergessen hätten, wie ihr allein vom Marderfluß herübergekommen seid.«
Es schien meine letzte Chance zu sein, Schwalbe und Graugans oder irgend jemand anderem irgend etwas zu sagen. Die anderen standen in einiger Entfernung da und warteten mit geschultertem Gepäck auf den Abmarsch.
»Es tut mir leid, Schwiegervater«, sagte ich zu Graugans.
»Mir auch«, sagte er.
»Es tut mir leid, Onkel«, sagte ich zu Schwalbe. Er nickte mir freundlich zu. Ich wollte noch mehr sagen,

vielleicht über Meri, aber er wollte sich jetzt mit mir darüber nicht unterhalten.
»Dies ist ein prächtiger Mann«, sagte Graugans und legte seinen Arm um die Schultern von Weißfuchs, »er wird sich um dich kümmern. Wir werden uns keine Sorgen machen, wenn du bei ihm bist.« Erfreut über das Lob, senkte Weißfuchs den Blick und lächelte bescheiden. Zu Weißfuchs sagte Graugans: »Du wirst also bald wieder zu uns kommen. Vielleicht, wenn die Bärentrauben reif sind. Und du tätest gut daran, zu kommen, denn sonst hole ich dich selbst. Ich könnte meinem Neffen oder deiner Mutter nicht mehr ins Auge sehen, wenn du nicht kommst!«
Weißfuchs sah Graugans grinsend an. »Ich komme bestimmt, Onkel. Du brauchst mich nicht zu holen.«
Graugans umarmte ihn. »Also dann«, sagte er und nickte uns allen freundlich zu. Auch Schwalbe warf uns allen einen freundlichen Blick zu.
Mit langen, kräftigen Schritten begaben sie sich zu den anderen Leuten zurück und setzten sich dann an die Spitze der Reihe.
Wie zwei Rehe, die zufällig nebeneinander stehen, aber nicht zueinander gehören, sahen Elho und ich ihnen nach, bis sie außer Sichtweite waren. Dann hob ich mein Bündel hoch und schritt davon, in Richtung auf den Feuerfluß. Elho, Weißfuchs und Meri folgten mir.

»Sind sie böse auf uns?« fragte ich später, als wir mühsam in Richtung Berge stapften.
»Glücklich sind sie nicht«, sagte Elho.
»Du warst doch bei ihnen – was sagen sie denn?«
»Wir machen ihre Vereinbarung mit den Mammutjägern zunichte. Sie wollen, daß wir umkehren und zusammen mit ihnen weiterziehen.«
»Warum hast du es nicht getan?«
»Wie kann ich mit ihnen gehen? Sie beschämen mich.«
»Wir haben zuviel gestritten«, sagte ich.
»Allerdings«, stimmte Elho zu.

Noch etwas später fragte ich: »Warum hat mich Timu nicht noch einmal besucht?«
»Wie hätte er das tun können?« sagte Elho. »Er muß bei Ethis bleiben und auch noch so tun, als ob er froh darüber wäre. Graugans und die Mammutjäger brauchen sich gegenseitig. Jetzt ist Timu das einzige Bindeglied, das sie haben.« Er dachte einen Augenblick nach. »Bis ich zu Ankhi zurückkehre«, fügte er hinzu. Wir brachen das Gespräch ab und setzten, in unsere eigenen Gedanken versponnen, die Wanderung fort und entfernten uns mit jedem Schritt weiter von den anderen. Aber so sollte es sein.

Nachdem wir Graugans, Schwalbe und ihre Leute verlassen hatten, wanderten wir viele Tage durchs Land; Elho weit vor Weißfuchs und Meri, ich weit hinten. Elho und ich sprachen nur wenig mit den anderen und miteinander gar nicht. Weißfuchs und Meri stellten sich Rätsel und Scherzfragen und lachten darüber. Unsere Lagerstätten waren immer einsam, leer, und nur ein kleines Feuer brannte nachts. Ich merkte, daß ich ohne Grund allmählich auf die anderen wütend wurde und nicht zuhörte, wenn sie zu mir sprachen. Meine Gedanken waren weit weg, aber ich wußte nicht, wo; und fast immer, wenn ich schlief, hatte ich Angstträume. Natürlich hatten wir nur sehr wenig zu essen. Wir legten bei Nacht Schlingen aus und hielten bei Tag Ausschau nach toten Tieren, aber wir fingen nur wenig, und der Hunger war unserer Stimmung nicht förderlich.
Als der Mond der Fliegen eine ganz dünne Sichel bildete, gelangten wir an die Stelle, wo wir den Tiger gesehen hatten. Ich erinnerte mich zwar an keine der Geländemerkmale, aber vor meinem geistigen Auge stieg unsere erste Wanderung hierher wieder auf, jede fade schmeckende Hickorynuß und jedes Wort, das damals gesprochen worden war. Ich erinnerte mich, daß Mutter und Teal losgegangen waren, um den Frühlingsfluß zu finden, aber statt dessen auf die Fremdlinge gestoßen

waren. Ich wußte noch, daß sie Elho mitgenommen hatten, weil sie ihn nicht zurückzulassen wagten, und ich entsann mich, daß Elho durch den Birkenhain auf der Suche nach uns zurückgekommen war und das Geschenk der Fremdlinge mitbrachte. Das Vorderbein eines Hengstes – ein dürftiges Geschenk. Mein Zorn wurde immer größer, bis ich kaum noch mit jemandem sprach, nicht einmal mit Meri.

Wir waren nicht in der Lage gewesen, den Frühlingsfluß bei unserer ersten Wanderung zu finden, und wir fanden ihn auch jetzt nicht. Elho, Weißfuchs und ich schwärmten aus, ihn zu suchen, und ließen Meri auf einem Baum zurück. Ich fand mich bald in einem Birkenhain wieder und erkannte, daß ich am falschen Ort war. Als der Tiger unser Lager umkreiste, hatte ich Fichtenstämme um ihn herum gesehen, also mußte der Fluß in der Nähe von Fichten sein. Die Fichten standen aber auf der Nordseite des Hanges. Ich war zu weit südlich, um das Gewässer zu finden.

Der Boden war von langem Gras bedeckt; es war nach dem Winter noch feucht, und man konnte trotz der überall verstreut liegenden gelben Blätter sehr leise auf ihm gehen. Trotzdem fühlte ich bald, daß jemand heimlich meiner Spur folgte. Mich überkam eine kalte Wut, denn ich brauchte mich gar nicht umzudrehen, um zu wissen, wer es war. Und dort stand auch Elho, in seinen weichen Mokassins auf dem weichen Untergrund.

Zornig starrte ich ihm entgegen, als erwartete ich diesen unwillkommenen Besuch, und sprach kein Wort. Dann prickelte mir plötzlich die Haut auf meinem Rücken. Er erinnerte mich an den Tiger.

Elho wollte anscheinend etwas sagen. Vielleicht überlegte er sich seine Worte. Schließlich lächelte er statt dessen und machte mit beiden Händen eine einladende Geste. Aber irgend etwas in meinem Benehmen veranlaßte ihn, die Hände wieder sinken zu lassen. Eine lange Zeit hindurch sah ich ihm direkt in die Augen, vor Wut steif aufgerichtet und das Kinn erhoben. Aber plötzlich bückte ich mich, band meine Mokassins auf und trat aus ihnen heraus. Dann löste ich meinen Gürtel, zog meine Hose herunter und stieß sie weg. Ich zog mir das Hemd über den Kopf und warf es auf den Boden, schwang meinen Zopf nach vorn, wo ich ihn fassen und lösen konnte, und schüttelte meine Haare aus. Dabei sah ich Elho unverwandt an.

Unvermittelt begann auch Elho, sich auszuziehen. Er ging dabei schneller zu Werke als ich, schüttelte seine Mokassins ab und hüpfte auf einem Fuß umher, wenn ihm die Hose im Wege war. Ich lächelte nicht, ich sagte kein Wort, und ich näherte mich ihm nicht – ich starrte ihn nur an, mit zusammengebissenen Zähnen und zu Fäusten geballten Händen. Der Wind blies auf meine nackte Haut und ließ mich frösteln. Bald klapperten mir die Zähne. Als sich Elho von seinen Mokassins und Hosen befreit hatte, drehte ich ihm den Rücken zu und sank auf Hände und Knie hinunter. Ich neigte den Kopf hinunter, so daß mir die Haare über die Hände herabfielen.

Noch im Hemd, hockte sich Elho hinter mich und kurz darauf spürte ich, wie er in mich eindrang. Ich krümmte meinen Rücken; er drückte meinen Kopf nach unten; ich ließ mich auf die Ellbogen sinken; er schob seine starken Arme unter mich und zog mich eng an sich. Mein Höhepunkt kam bald; auch er hatte seinen Höhepunkt; er lockerte seinen Griff, holte tief Atem und stand auf. Wieder sah er mich zärtlich an, als wolle er etwas sagen.

Aber jetzt wollte ich ihn nicht mehr ansehen. Statt dessen blickte ich verärgert ins Leere, während ich mich wieder anzog. Ich teilte mein Haar in drei Teile, zog ein paar Grashalme aus den Haaren und flocht mir einen Zopf. Als ich fertig angezogen war, drehte ich mich um und ging davon. Aber hinter mir hörte ich die leisen Schritte von Elho, der mir noch immer folgte. Jetzt drehte ich mich zu ihm um. »Bleib weg«, sagte ich. »Geh und suche den Fluß.«

Viel später, nachdem ich ein Geist geworden war, bat mich Schwalbe in Trance oft, ihm Meris Wolf als Jagdhelfer zu bringen. Ich hatte immer wieder Ausreden, tat aber nie, worum er mich bat. »Warum sagst du mir, du könntest diesen Wolf nicht finden, wo er uns doch ständig bestiehlt?« fragte mich Schwalbe einmal. »Warum setzt du seinen Raubzügen kein Ende?« Vermutlich tat ich es deshalb nicht, weil ich es nicht konnte. Jedesmal, wenn ich die magere Gestalt von Meris Wolf aus dem Wald herauskriechen sah, wenn er hoffnungsvoll den Fleischgeruch schnupperte, wurde mir beim Anblick seines Hungers weich ums Herz, und ich tat so, als bemerkte ich nicht, daß er sich so viel nahm, wie er konnte.

Eines Abends war Schwalbe überzeugt, daß ich nicht den Versuch unternahm, diesen Wolf zu finden. »Geh hinaus und bring ihn sofort her«, sagte er. »Und komm bloß nicht allein zurück.«

»Gern«, antwortete ich, denn ich fand, ich müßte meine guten Absichten beweisen. Und in der Gestalt einer Wölfin ging ich in den Wald, um auf dem Hang oberhalb des Forellenflusses nach Spuren zu suchen. Meris Wolf hielt sich meistens irgendwo in der Nähe auf, obwohl er sich vor mir und Murmeltier versteckte, ebenso wie vor dem großen Wolfsrudel, das in den Bergen lebte. Als ich seine Spuren fand, ging ich ihm nach und holte ihn dann auch ein.

Zunächst war er überrascht. Vielleicht glaubte er, ich gehörte zu dem großen Rudel und sei unterwegs, Eindringlinge zu vertreiben. Aber als er sah, daß ich allein war, zeigte er sich erfreut. Hatte Schwalbe dies beabsichtigt? Es war die Paarungszeit der Wölfe, und mein Geruch zog ihn offenbar an. Dann forderte er mich zum Spielen auf, und bevor ich es mich versah, legte er ein Bein über meinen Rücken.

Ich war empört! Ich und dieser Jüngling? Möglicherweise kannte er mich nicht, aber ich erinnerte mich sehr gut an ihn! Für mich war er immer noch das winzige Junge! Mit wütendem Geknurr und gefletschten Zähnen fuhr ich herum und biß in die Luft, wo sein Gesicht gewesen war. Er zog den Schwanz ein und rannte um sein Leben; ich blieb ihm auf den Fersen, bis ich sah, daß er schneller war, und ließ mich dann zurückfallen. Damit wurden zwar Schwalbes Hoffnungen enttäuscht, Meris Wolf als Jagdgehilfen zu bekommen, aber es geschah ihm ganz recht.

Später dachte ich oft an die Begegnung zwischen mir und Meris Wolf. Er war nicht mit mir verwandt, aber damals schien er es fast zu sein. Deshalb behandelte ich ihn so, wie ich lange zuvor Elho in dem Birkenhain hätte behandeln sollen. Aber statt dessen hatte ich mich von Elho begatten lassen, womit ich nichts erreichte außer der Befriedigung, die mich auf gewisse Weise das Leben kostete. Elho und ich waren kaum wieder auf den Beinen, als ich sah, daß ich einen schrecklichen Fehler begangen hatte. Noch eine Missetat, die ich nicht ungeschehen machen konnte. Aber in dem Höhepunkt selbst hatte ein merkwürdiger, kalter Sieg gelegen, einfach und rasch, eine Strafe für alle – hauptsächlich für Elho und mich selbst und Timu, aber auch für den Rest von Graugans' Leuten. Eine solche Rache war den Frauen unserer Sippe nicht fremd, so traurig das auch sein mag.

15

Wenn ich zuvor verärgert gewesen war, so war ich jetzt außer mir. Ganz allein fand ich den Fluß und ging dann in unser Lager, um Meri abzuholen. Sie saß dort mit Weißfuchs und Elho und wartete auf mich. Sie hatten zur Erwärmung ein Feuer angelegt, denn zu kochen hatten wir sowieso nichts, und sie aßen Farnkräuter, von denen sie mir ein paar aufgehoben hatten. Wie war es möglich, dachte ich kalt, Farne zu finden, ohne den Fluß zu finden? Sie mußten eine Speerwurfsweite von ihm entfernt gestanden haben. »Wir können gehen«, sagte ich und kaute weiter an dem Farn. »Komm, Meri.«
»Wir haben den Fluß nicht gefunden«, sagte Weißfuchs. »Wir müssen es morgen noch einmal versuchen.«
Die Sonne stand tief im Westen, aber ich hob trotzdem mein Bündel auf und sah Meri an. »Komm«, sagte ich zu ihr.
»Wohin geht ihr?« fragte Weißfuchs.
»Zum Feuerfluß«, sagte ich. »Ich habe das Wasser gefunden, während ihr hier herumgesessen habt.«
»Wollt ihr jetzt aufbrechen?« Er schien überrascht. »Es ist schon spät. Wir haben ein Lager aufgeschlagen.«
»Bleibt hier, wenn ihr wollt«, sagte ich. »Meri!« Vielleicht lag ein drohender Unterton in meiner Stimme. Statt widerspenstig zu werden, stand Meri auf. Ich marschierte davon und hörte sie hinter mir. Bald hörte ich Elho und Weißfuchs hinter ihr; sie beschwerten sich, daß wir einen guten Platz und eine Menge Brennholz verließen, aber sie kamen trotzdem mit. Schließlich drehte ich mich zu ihnen um. »Seid ihr Weiber, daß ihr dauernd reden müßt?« fragte ich. »Seid ihr nicht hungrig? Glaubt ihr etwa, wir können bei einem solchen

Krach auf Jagd gehen?« Zu meiner Überraschung und vielleicht auch zu ihrer eigenen verstummten sie völlig. Und das war auch gut so. In der hereinbrechenden Dunkelheit sahen wir die Umrisse eines Ohres neben einem Baum, legten unsere Traglasten ab und pirschten uns an das Tier heran. Es war ein Moschustier, zwar klein, aber genug für uns vier, falls wir es erlegen konnten. Weißfuchs versteckte sich mit dem Wind in einem Gebüsch, während wir übrigen ihm das Tier zutrieben. Als er seinen Speer warf, stieß es einen lauten, ohrenbetäubenden Schrei aus.

Dann mußten wir ein Lager aufschlagen. Der Platz war schlecht, mit viel Buschwerk und Unterholz, so daß jedes Tier dort eine gute Deckung fand, wenn es uns angreifen oder den Kadaver rauben wollte. Aber es war jetzt schon zu dunkel, um weiterzugehen. Elho und Weißfuchs waren böse auf mich, weil ich uns in diese mißliche Lage gebracht hatte, und bei einer anderen Gelegenheit hätte ich ihnen keinen Vorwurf daraus gemacht.

Es war außerdem zu spät, um Brennholz zu suchen, wenn es dort überhaupt welches gab. Als wir in der Dunkelheit dasaßen und versuchten, frische Wacholderzweige zum Brennen zu bringen, umgeben von dichtem Gebüsch und dem starken Geruch nach dem frischen Kadaver, fiel mir ein, was Graugans über die Selbstbeherrschung gesagt hatte. Daß ich sie nicht besaß, hatte mich hierher verschlagen, und mein Ärger konnte uns alle das Leben kosten.

In Gedanken hörte ich Teal sagen, es liege nur an mir, etwas in dieser schlimmen Lage zu tun. Ich antwortete ihr in meinen Gedanken, es sei mir gleichgültig. *Das stimmt nicht,* sagte sie. *Soll ich das Moschustier von unserem Schlafplatz wegtragen?* fragte ich sie. *Das wäre ein Anfang,* erwiderte sie. *Denke an den Tiger.*

Nachdem wir uns an dem Moschustier, fast roh, sattgegessen hatten, nahm ich es an den Hinterbeinen und schleppte es weit fort. Elho und Weißfuchs hatten

nichts dagegen – vermutlich dachten auch sie an den Tiger. Es gab keinen Baum, der hoch genug gewesen wäre, um den Kadaver zu retten, deshalb versuchte ich ihn unter einem Busch zu verstecken, aber bevor ich wieder bei den anderen war, hörte ich zwei Füchse, die sich darum balgten. Plötzlich trat Stille ein, dann hörte man das Krachen von Knochen. Irgendein großes Tier hatte die Füchse verscheucht. Weil alles so schnell geschah, konnten wir nicht erkennen, um was für ein Tier es sich handelte, aber es war jedenfalls nicht weit entfernt gewesen.
Was konnten wir tun? Nichts, außer zu versuchen, unser Feuer so hell zu halten, daß es uns etwas Licht gab, uns gegen die Kälte in unsere Felldecken zu wickeln und mit bereitgehaltenen Speeren wach zu bleiben. Meri schlief als erste ein, dann Weißfuchs – er saß zwar noch da, hatte aber den Kopf auf die Arme gelegt –, so daß Elho und ich allein wach blieben; wir sprachen aber nicht miteinander. Ich sah Elho nicht einmal an, sondern dachte statt dessen an den lauten Aufschrei des Moschustieres. Waren Schmerzen die Ursache des Schreies? Ich glaubte es nicht – Tiere verhalten sich, wenn sie verletzt sind, ganz still. Angst? Auch das glaubte ich nicht – wir stoßen manchmal einen Angstschrei aus, wenn wir glauben, es könne uns jemand zu Hilfe kommen, aber niemand würde einem Moschustier helfen. Also warum? In einer kalten Nacht wie dieser kann man einen Schrei über weite Entfernungen hören. Das große Tier, das jetzt die Knochen aufknackte, mußte den Schrei gehört haben und hergekommen sein. Hatte das Moschustier gehofft, irgendein Tier würde kommen? Konnte das Moschustier getan haben, was ich jetzt offenbar selbst tat – versuchen, andere zu verletzen, weil ich selbst verletzt worden war? *Ihr habt mich getötet,* konnte der Schrei bedeuten. *Aber ich habe jemanden herbeigerufen, der euch töten wird.*
Und das Moschustier hätte uns fast getötet – oder ich durch meine Wut. Abgespannt und zugleich voller

Furcht schliefen Elho und ich ein, obwohl wir es eigentlich nicht wollten, und das nächste, was wir sahen, war der Morgenstern, der aufging, und der Himmel, der sich noch vor Sonnenaufgang grau verfärbte. Frierend und steif schauten wir uns um und sahen, ganz in unserer Nähe, die Fußabdrücke eines Tigers. Wir glaubten, es könne derselbe riesige, männliche Tiger sein, der vor so langer Zeit um unsere Lagerstelle herumgeschlichen war. Beim Anblick seiner Fußspuren wurde mir beinahe übel. Wenn wir wach gewesen wären, hätten wir ihn berühren können. »Ich frage mich, ob er sich an uns erinnert«, sagte Weißfuchs. »Es ist gut, daß du ihm das Moschustier gegeben hast.«
An jenem Tag verging mein Zorn und kam nicht mehr zurück. Ich war nicht glücklich, aber netter zu Weißfuchs und Meri. Elho und ich beachteten einander nicht, als sei nie etwas zwischen uns geschehen. Mit der Zeit verhielten wir uns ganz natürlich zueinander, fast so, als sei das, was wir vorgaben, wirklich wahr.
Im späteren Verlauf dieses Tages fanden wir den Feuerfluß; er enthielt noch einige Weißfische, aber von Menschen war nichts zu sehen. Wir gingen mehrere Tage stromaufwärts zum Frauensee, änderten dann aber unseren Plan und marschierten weit stromabwärts bis zu der Stelle, wo sich der flache Fluß in die Ebene hineinschlängelte. Als Meri und ich uns schon fragten, was wir tun sollten, falls wir niemanden fänden – wir wußten nicht, wohin wir sonst gehen sollten –, entdeckte Weißfuchs einen Pfad am Ufer mit menschlichen Fußabdrücken, und wir folgten dem Pfad bis zu dem Lager. Um unsere guten Absichten zu zeigen, denn gewissermaßen waren wir Fremdlinge, ließen wir die Speere in einem Busch zurück, als wir näher kamen.
Es war ein ausgedehntes Lager mit Menschen aus vielen Hütten, die in Bauten lebten, die oberhalb des Ufers über die Ebene verstreut waren. Einige davon waren Nachbildungen von Büschen, mit Gras bedeckte Kuppeln aus Zweigen, andere waren Hemlocktannen nach-

gebildet und deren Stangen waren mit Häuten bedeckt. Viele Menschen befanden sich in dem Lager und brieten Weißfische. Einige schauten uns flüchtig an und standen dann überrascht auf, als sie uns nicht erkannten. Aber wir erkannten einen von ihnen, einen großen Mann mit breitem Mund und hervortretenden Augen – es war kein anderer als Kamas, Kind der Ina, mein Vetter der Frosch.

Ich muß sagen, ich hatte ein merkwürdiges Gefühl, als ich ihn sah – ich war froh und verärgert zugleich. Und wer kann sagen, was er empfand? Er schien beinahe entsetzt, Meri und mich zu sehen. Er glaubte wahrscheinlich, wir wären inzwischen gestorben. Vielleicht hatte er die Leute am Feuerfluß angelogen, um zu erklären, warum er Graugans und Vater verlassen hatte. Aber er verbarg seine Verwirrung und kam, uns zu begrüßen. Elho und Weißfuchs freuten sich sehr, sein vertrautes Gesicht zu sehen.

Viele Menschen versammelten sich um uns, unter ihnen auch Vetter Stock, der über unsere Köpfe hinwegschaute, um zu sehen, ob noch andere bei uns waren. Er erkundigte sich nach seiner Mutter, Ina, und fragte dann, wie es Vater gehe. Ich erzählte ihm, daß Vater kurz nach seinem Weggang gestorben sei. Der Stock nickte; er hatte es offenbar erwartet. Tante Yoi habe wieder geheiratet, kurz nachdem sie hier angekommen sei, sagte er. Sie habe gewußt, daß sie eine Witwe sei. Wo sie wohl war? fragte ich mich, und schaute mich nach ihr um. Sie grabe gerade Schilfwurzeln aus, würde aber bald zurückkommen und sicher überrascht sein, uns zu sehen, sagte der Frosch. Inzwischen müßten wir die anderen Leute begrüßen und etwas essen.

Kurz darauf aßen wir Weißfisch, und eine große Menschenmenge stand um uns herum, Alte und Junge, Männer, Frauen und Kinder, alle redeten durcheinander, alle Erwachsenen waren begierig auf Neuigkeiten, besonders über Teal. Sie wußten bereits von Mutter. Außer-

dem wollten sie von den Kindern ihrer Blutsverwandten, Eule und Timu, die die meisten noch nie gesehen hatten, hören. Elho brachte mich in eine peinliche Lage, als er allen erzählte, ich sei einmal Timus Frau gewesen, hätte mich aber nach einer Auseinandersetzung von ihm getrennt. Ich hätte es den Leuten lieber selbst erzählt, nachdem ich sie besser kennengelernt hatte. Bei dieser Nachricht sahen mich die Vettern Stock und Frosch neugierig an, als ob sie mehr erfahren wollten, aber ich sagte nichts.
Als das Gespräch auf Meris Verlöbnis mit Schwalbe kam, wurde man ernst. Geschenke müßten von Schwalbes Sippe gegeben werden, sagten die Leute. Als sie erfuhren, daß Meris Verlobung mit Schwalbe auseinandergegangen war, schienen sie enttäuscht zu sein. Schwalbe hatte einen guten Eindruck gemacht. Weißfuchs war zu taktvoll, um so kurz nach der Begegnung mit Meris Familie von seiner eigenen aufgelösten Verlobung zu sprechen, aber er erwähnte die Geschenke, die für Eules Mitgift fällig seien. Es kam zu einer geräuschvollen Auseinandersetzung über Halsbänder, Feuersteine, Grünsteine, Muscheln, Elfenbein und regenbogenfarbene Federn der Krickenten auf dem Frauensee.
Wir blieben lange in der Sonne neben dem Feuer sitzen, über uns der nebelige Himmel und um uns herum das Rascheln des Windes im Gras. Wir aßen Weißfische, bis wir nichts mehr hinunterbrachten. Ich hätte glücklich sein müssen, das wußte ich. Ich war seit drei Jahren nicht mehr in den Sommerjagdgründen gewesen – nicht mehr seit damals, als ich mit Graugans und den anderen Leuten am Grasfluß gewesen war, bevor ich wußte, daß ich verheiratet war. Und zum ersten Mal in meinem Leben war ich mit Menschen zusammen, die mich nur als Erwachsene kannten und sich für das interessierten, was ich zu sagen hatte. Und obwohl mir die meisten Anwesenden fremd waren, war ich für sie keine Unbekannte – sie erinnerten sich an Mutter vielleicht besser, als es Meri möglich war; sie kannten Timu und Eule

dem Namen nach, wenn nicht sogar persönlich; sie erinnerten sich an Teal und Mutter, als diese noch junge Mädchen gewesen waren, und nannten sie mit Spitznamen. Viele dieser Menschen waren mit mir blutsverwandt. Aber trotzdem befand ich mich seltsamerweise in einer traurigen Stimmung. In diesem Augenblick hätte ich alles gegeben, um wieder in Graugans' Hütte zu sein, sogar im Winter, auch wenn es zu Streitereien gekommen wäre. Von Heimweh beinahe überwältigt, konnte ich nur noch an Timu denken. Vor meinem geistigen Auge sah ich sein braunes Gesicht, seine wohlgeformten, breiten Schultern, seine langen Arme und Beine, seinen prächtigen Rücken. Ich spürte einen Stich in der Magengrube. Was tat er in diesem Augenblick? fragte ich mich. Ich vermißte ihn.

Eine Frau mit freundlichem Gesicht hockte sich neben mir auf den Boden. Sie heiße Eider und gehöre zu meiner Sippe, sagte sie mir. Ich sah sie genau an, um festzustellen, ob sie Mutter irgendwie ähnele. Es mochte stimmen – sie hatte einen kleinen, stämmigen Körper mit eckigen Schultern und sie war ungefähr so alt wie Mutter jetzt gewesen wäre, wenn sie noch gelebt hätte. Wie sie hatte Eider einen tadellosen, glänzenden Zopf und weiße Zähne, die sie häufig sehen ließ. »Deine Tante wird sich freuen«, sagte Eider. »Sie glaubte, du seiest tot.« Eider rief einen kleinen Jungen zu uns und sagte ihm, er solle zum Fluß zu Tante Yoi gehen. »Sag Hamas Tochter, jemand sei hier, der sie überraschen wolle«, sagte sie. Dann erzählte sie mir, wie sie und ich miteinander verwandt seien. Mutters Mutter, Hama, habe eine jüngere Schwester, Schwarzwolf, die Eiders Mutter sei. Schwarzwolf sei noch am Leben, jetzt eine alte Frau. Und sie sei hier, zwar nicht am Feuer, aber sie schlafe unter ihrer Decke. Sie sei blind.

Eider nahm Meri und mich mit, damit wir Schwarzwolf kennenlernten. Sie lag neben ihrem kleinen Feuer auf einer Felldecke – sehr klein und gebrechlich. Wie beim Skelett eines Vogels zeichneten sich ihre Knochen unter

der dünnen, runzeligen Haut ab. Ihre Augen, die offen waren, waren blau, nicht hellblau wie die von Schwalbe, sondern dunkel und von einer dünnen Haut überzogen – häßliche Augen. Ihr Fellhemd und die Hosen waren für sie zu groß, und ihre Haare, das Gesicht und die Kleider waren sehr schmutzig; sie hatte Asche an den Händen und hatte anscheinend nicht gemerkt, daß sie sich grau machte, wenn sie sich mit den Händen berührte. Als sie Eiders Stimme hörte, setzte sie sich auf und wandte langsam den Kopf, als ob sie versuchte, uns zu entdekken. Eider hockte sich neben Schwarzwolf auf den Boden und ergriff ihren Arm. »Deine Verwandten sind hier, um dich zu besuchen, Mutter«, sagte sie. »Yanan und Meri, die Kinder von Kiebitz.«
»Kiebitz?« rief die alte Frau erregt und streckte den Arm aus, um mich zu berühren. »Bist du es?«
»Die Tochter von Kiebitz, Mutter«, sagte Eider.
Schwarzwolf verstand sie nicht. Ganz leise sagte sie: »Ich kann nichts sehen.«
»Zwei Töchter von Kiebitz sind hier, Mutter.« Eider legte Schwarzwolfs Hand an mein Gesicht.
Die trockene Handfläche strich langsam über meine Augen und meine Nase; die dünnen Finger betasteten meine Augenbrauen. »Die kleine Kiebitz«, sagte die alte Frau zärtlich. Eider sah mich lächelnd an und zuckte mit den Achseln. Auch ich lächelte, war aber traurig, weil ich mit Mutter verwechselt wurde, wenn auch nur in der Erinnerung von Schwarzwolf.
Hinter mir sagte eine Stimme: »Es ist nicht Kiebitz, Tante. Kiebitz ist gestorben. Yanan ist hier.«
Ich drehte mich um. Tante Yoi stand hinter uns; sie schaute auf uns herab, ohne zu lächeln. Daß wir unverhofft gekommen waren, schien sie aus dem Gleichgewicht gebracht zu haben. Ich ließ mir nur Freude anmerken und stand auf. »Tante!« sagte ich. »Ich bin hier. Auch Meri, Elho und Weißfuchs, wir sind alle hier, um unsere Verwandten zu besuchen. Ich freue mich, dich zu sehen.«

»Kommt mit«, sagte Tante Yoi. »Nehmt eure Sachen mit, ich werde euch zeigen, wo ihr schlafen könnt.«
Also nahmen Meri und ich unsere Sachen in die Hand und folgten Yoi zum Rand des Lagers, wo vor einem kleinen, mit Gras gedeckten Dach ein alter Mann saß.
»Mein Ehemann«, sagte Yoi. Der Mann blickte auf.
»Onkel. Wir sind gekommen«, sagte ich beflissen.
Er und Yoi schienen auf irgend etwas zu warten. Kurz darauf stieß mich Yoi an. »Entbiete deinen Gruß«, sagte sie. »Wo sind deine Manieren geblieben?«
In meiner Verlegenheit versuchte ich, mir etwas auszudenken. Ich hatte in der Hütte von Graugans nie einen höflichen Gruß entboten, da wir uns alle gegenseitig kannten. Ich erinnerte mich, nur zweimal davor Fremden begegnet zu sein – zuerst den Leuten am Feuerfluß, als meine Eltern die Grußworte gesprochen hatten, und dann, als ich zur Hütte von Graugans zurückkam, nachdem ich am Marderfluß gelebt hatte und draußen mit Meri saß und Schwalbe auf dem Pfad zu mir herunterkommen sah. Ich hatte nicht einmal daran gedacht, ihn förmlich zu begrüßen. Hätte Yoi nicht wissen sollen, daß ich nicht gewöhnt war, Fremde kennenzulernen? Warum beschämte sie mich? Plötzlich fielen mir alle die anderen Menschen ein, denen ich heute keine förmliche Begrüßung entboten hatte. Was mußten sie von mir denken? Mir stieg die Röte ins Gesicht.
Yoi sah meine Verlegenheit und begann, an meiner Stelle eine Begrüßung auszusprechen. »Ehre sei deiner Sippe«, sagte sie. Murmelnd wiederholte ich diesen Satz. »Ehre sei deiner Mutter«, fuhr Yoi fort. Ich sah sie von der Seite her an und erinnerte mich, wie ich, vor gar nicht langer Zeit, oft aufgeschaut hatte, um ihr Gesicht zu sehen. Das werde ich nicht tun, beschloß ich, und statt ihre Worte zu wiederholen, sah ich ihren Mann direkt an und sagte: »Es tut mir leid, Onkel. Bei mir zu Hause begegnen wir nicht oft neuen Leuten. Meine Schwester und ich haben keine Unhöflichkeit beabsichtigt – wir ehren dich und deine ganze Familie.«

Er nickte und warf Yoi einen Seitenblick zu. »Seid willkommen, du und deine Schwester«, sagte er herzlich. »Es freut uns, die Nichten meiner Frau hier in unserem Lager zu haben.«
»Ich danke dir, Onkel«, sagte ich.
»Habt ihr etwas gegessen?« fragte er.
»Vielen Dank, Onkel. Wir haben Weißfische gegessen.«
»Ja«, sagte er. »Das habt ihr getan. Ich war dabei.«
Es blieb anscheinend nichts weiteres zu sagen. Ich setzte mich, ebenso Meri. Einige Frauen mit Kindern kamen auf dem Weg zum Fluß an uns vorbei. Die Kinder, die an Fremde nicht gewöhnt waren, blieben stehen und starrten uns an. Ein Säugling wollte ebenfalls zu uns herüberschauen, wurde aber weggetragen. Er konnte sich nur in seiner Schlinge umdrehen, um wie eine kleine Eule die Augen auf uns gerichtet zu halten. Die Frauen sahen ihre Kinder mit strengen Blicken an, damit sie uns in Ruhe ließen, und kamen dann zu uns. Wir unterhielten uns und bald folgten wir den Frauen zum Fluß.
Viele Frauen und Kinder waren schon vor uns dort, alle nackt und alle im Wasser badend, wo der Fluß eine Biegung machte. Im Sonnenschein glitzerte das schnellfließende Wasser, und die nasse Haut der Menschen leuchtete wie die Haut von Hirschkühen. Auch diese Frauen trugen die Male der Frau Ohun. Aber warum überraschte mich dies? Teal, die mir diese Male zugefügt hatte, stammte von hier. Ich zog meine Kleider aus und lockerte meine Haare. Dann watete ich ins Wasser, das so kalt war, daß ich etwas warten mußte, als es mir bis an die Oberschenkel reichte.
Yoi und Meri wateten neben mir ins Wasser – Yoi so schön wie eh und je, mit glatten Armen und Beinen. Aber etwas stimmte nicht – eine erwachsene Frau mit mädchenhaften Brüsten. Sie tat mir beinahe leid, da sie immer noch kinderlos war und so viele andere Frauen Kinder hatten, die sie waschen, herumtragen, mit denen sie reden und singen konnten – alle die Lieder vom

Feuerfluß, die Mutter mir immer vorgesungen hatte. Seit Jahren hatte ich nicht mehr so viele Kinder gesehen. Während ich an die Menschen in Graugans' Hütte dachte, wo nur das Kind von Ankhi noch lebte, sah ich diesen Kindern zu, die mit runden Kieselsteinen am Ufer spielten. Sie bauten eine kleine Hütte auf und errichteten einen kleinen Stapel von Holzstöcken daneben – einen Stapel von Geweihstangen!
Ich drehte mich zu Tante Yoi um, um sie darauf aufmerksam zu machen, und merkte, daß sie mich insgeheim von oben bis unten betrachtete. Auf ihrem Gesicht lag ein sehr merkwürdiger Ausdruck – halb lächelte sie, halb schien sie verärgert zu sein. »Yanan«, sagte sie.
»Tante?«
Aber statt mit mir zu sprechen, wandte sie sich an eine Frau, die sich neben uns wusch. Es dauerte einen Augenblick, bis ich in der nackten Frau Eider erkannte. Zu ihr sagte Yoi: »Yanan ist schwanger.«
Ich war verblüfft. Ich konnte nicht klar denken. Ich konnte weder das Rauschen des Flusses noch die vielen Menschen hören, und vor meinem geistigen Auge sah ich nur noch Elho – Elho über meiner Schulter in dem Birkenhain.
Yoi lächelte und fragte: »Ist es nicht so?«
Ich zwang mich, nicht an mir selbst hinabzuschauen und starrte statt dessen sie an. War ich gezeichnet? Wußte Yoi, wer der Vater war? Vollkommen verwirrt, merkte ich plötzlich, daß ich nackt vor vielen Fremden stand, die mich jetzt alle anschauten und etwas zu sehen schienen, von dem ich nichts wußte. »Nein!« sagte ich. Dann: »Ja!« Ich wollte nicht unwissend erscheinen. Aber Yoi beobachtete mich noch immer mit einem seltsamen, halben Lächeln. Sie wußte, daß sie mich überrascht hatte.
Es gab für mich nichts anderes zu tun, als mich zu waschen. Möglichst ruhig und gelassen schöpfte ich Wasser über meine Arme und spürte dabei kaum die

Kälte. Dann hockte ich mich in die Strömung bis zum Kinn in das schnellfließende Wasser, und wünschte, ich müßte nicht wieder aufstehen. Was konnten die anderen sehen? Ich neigte den Kopf, als ob ich meine Haare waschen wollte, und betrachtete unter Wasser meinen Körper. Sah mein Bauch anders aus? Oder vielleicht meine Brüste? Das Wasser schäumte. Ich konnte es nicht genau sagen. Als ich ans Ufer zu meinen Kleidern watete, betrachtete ich mich noch einmal sehr genau. Vielleicht waren meine Brustwarzen größer und dunkler geworden. Vielleicht wirkte mein Bauch rundlicher. Ich entdeckte eine dünne Linie, die vom Nabel in die Schamhaare verlief, genau in meiner Mitte. War dies das Anzeichen? Nichts hätte mich bewegen können, Yoi danach zu fragen, und ich sehnte mich von ganzem Herzen nach Mutter. Mutter hätte ich fragen können. Auch Teal hätte ich fragen können. Aber wenn ich bei Teal geblieben wäre, wäre dies alles natürlich nicht passiert.

Bei Sonnenuntergang gelang es mir, allein in ein Gestrüpp zu kriechen. Dort zog ich mein Hemd hoch und betrachtete mich aufmerksam. Mein Bauch war rundlicher, als ich mich erinnern konnte, gewiß. Ich stieß ihn an und versuchte, die Bewegungen des Kindes zu erfühlen. Nichts. Vielleicht war es tot. Wenn Elho anscheinend der Vater war, wäre dies wahrscheinlich das Beste, was geschehen könnte. Mein Bauch würde sein Grab sein, und eines Tages würde ich gar nicht mehr daran denken. Aber vielleicht rührte es sich doch und war nur noch zu klein, als daß ich es fühlen konnte. Früher oder später würde irgend etwas geschehen, aber was? Und wie lange würde ich warten müssen, um Klarheit zu haben?
In der Nacht war ich überzeugt, schwanger zu sein. Der Gedanke war so beängstigend, daß er wahr sein mußte. Da ich mir nicht anhören konnte, was andere Leute zu mir sagten, ging ich ins Bett, schlief aber nicht ein,

sondern lag am Feuer von Yoi und schaute zu den Sternen hinauf. Yois Ehemann, der, wie ich schließlich erfuhr, Otter hieß, war unterwegs, um jemanden zu besuchen. Yoi und Meri schliefen nebeneinander vor dem Schutzdach. Yoi hatte sich sogar einen Teil von Meris Felldecke übergezogen, so, wie sie es auch früher zu tun pflegte.

Zuerst wollte ich mir einreden, daß Timu der Vater war. Dies war nicht leicht. Ich war seit dem Ende des Sommers mit Timu beisammen gewesen, als wir den Mond der gelben Blätter sahen; wir hatten während des Herbstes und im Laufe des ganzen Winters immer wieder miteinander geschlafen, bis wir unsere Auseinandersetzung hatten, aber niemandem war jemals irgendeine Veränderung an mir aufgefallen. Aber kaum hatte ich mich Elho hingegeben, bemerkte Yoi sofort, daß ich schwanger war. Sosehr ich auch wünschte, daß Timu der Vater war, ich hatte das Gefühl, er könne es nicht sein. Und wenn ich mir auch einreden wollte, er sei der Vater, so änderte dies nichts an dem, was ich selbst fühlte.

Dann erinnerte ich mich, wie Mutter und Teal die Tigerin, vielleicht Sali, angerufen hatten. Ich entsann mich, daß Mutter und Teal Tante Yoi von Kindern erzählt hatten, die von ihren Blutsverwandten gezeugt worden waren – von Kindern ohne Arme und Beine, die im Schnee ausgesetzt oder unter dem Gebüsch den Füchsen zum Fraß überlassen worden waren, und von Kindern, die, wie Salis, in Querlage geboren worden waren. Und von den Männern, die solche Kinder töten, Männern, die solchen Kindern den Kopf gegen einen Felsen schlagen. Und von den Lagerstätten der Toten, wo die Sippen solche Frauen ablehnen und ihnen den Platz an ihren Feuerstellen verweigern. Ich hätte daran denken müssen, bevor ich mich in dem Birkenhain auszog. Jetzt war es zu spät. Aber die Gedanken wollten nicht vergehen. Konnte man einen solchen Fehltritt denn nie wieder gutmachen? Viele Menschen vertuschten Sachen, vielleicht konnte auch dies vertuscht werden. Schließlich hatte Sali ihrem Ehemann von ihrem blutsverwandten Geliebten erzählt. Sie hatte aus Rache den Namen ihres Blutsverwandten laut ausgesprochen; und als Yoi zugelassen hatte, daß Elho sie »Weib« genannt hatte, war Vater eingeschritten und hatte sie gepackt. Ich hatte andererseits noch niemandem etwas gesagt. Vielleicht konnte ich verbergen, was andere nicht verbergen konnten. Wenn Mutter noch lebte, würde sie mir den Rat geben, die Wahrheit zu verbergen und zu lügen, wie sie es Yoi geraten hatte.

Warum schauen wir zum Nachthimmel hinauf, wenn wir Fragen haben? In meinen Gedanken sprach Timu zu mir. *Wenn du nicht schläfst, stehen deine Augen offen. Es gibt nichts zu sehen, außer den Himmel,* sagte er.

Aber man stellt keine Fragen, die man nicht beantworten kann, sagte ich ihm. *Der Himmel ist groß, und wir wissen eigentlich nicht, was Sterne sind. Wir wissen von ihnen nur aus Geschichten – noch nie ist ein Mensch hinaufgegangen, um selbst nachzuschauen. Meine Fragen scheinen klein, wenn ich soviel Finsternis sehe.*

Wie lauten deine Fragen, Weib? fragte Timu.

Auch in meinen Tagträumen konnte ich es ihm natürlich nicht sagen. Ich versuchte, nicht mehr an ihn zu denken. Ich hatte das Recht eingebüßt, über ihn auf diese Art nachzudenken. Statt dessen hörte ich im Geiste Teal sagen: *Wohin wirst du denn jetzt gehen, du, die du nichts aus der Erfahrung anderer lernst? Was willst du tun? Du, die du gutaussehende Männer liebst, suche dir einen, der im nächsten Winter für dich auf die Jagd geht. Willst du in Otters Hütte leben? Wo liegt sie? Wer ist seine Familie? Ich hoffe, sie mögen ungesittete Frauen, denn sonst werden sie dich nicht mögen, du Weib ohne Ehemann.*

Ich werde schon einen neuen Ehemann finden, sagte ich. *Ich bin gerade erst hergekommen. Ich kenne die Menschen hier noch nicht. Ich werde mich schon durchsetzen.*

Unsere Sippe wird dich mit einem Mann verheiraten, der am besten zu uns paßt, sagte Teal in meinen Gedanken. *Deine Heirat könnte sehr hilfreich für sie sein. Hoffentlich sind sie auch hilfreich für dich.*
Vielleicht bin ich gar nicht schwanger, sagte ich in Gedanken. *Was weiß denn Yoi?*
Vielleicht bist du es nicht. Vielleicht ist Yoi gar nicht eifersüchtig auf jede Frau, die schwanger ist. Du mit deinen Tagträumen hast dir vielleicht nur eingebildet, was unter den Birken geschehen ist.
Yoi hat einen Gatten gefunden, sagte ich.
Er ist aber alt, sogar für sie, hörte ich Teal im Geiste sagen.
Ich erwachte aus diesem Tagtraum, als ich Otter heimkommen hörte. Er entrollte eine Felldecke und schlug sie sich um die Schultern, dann legte er Holz auf dem Feuer nach, als ob er noch eine Weile dasitzen wolle. Dann merkte er, daß ich ihn ansah; er lächelte und nahm zwei Fische aus seinem Beutel, die er hochhielt – einer für ihn und einer für mich. Ich stand auf und setzte mich neben ihm an das Feuer, während die Fische brieten. Er erkundigte sich über unsere Wanderung hierher, und was für Tiere wir gesehen hätten. Er machte einen so freundlichen und aufmerksamen Eindruck, daß ich ihm von dem Tiger erzählte, und daß wir denselben Tiger schon vorher einmal gesehen hatten, und daß wir schon vor mehreren Jahren die Lagerstelle hier am Feuerfluß gesucht hatten. Aber er wußte es bereits – er hatte zuerst von Yoi davon erfahren. Trotzdem hörte er mir höflich zu und sagte mir erneut, ich sei hier willkommen und könne so lange bleiben, wie ich wollte.
Würde er mich im Winter ernähren, auch wenn ich nicht zu seiner Familie gehörte, auch wenn ich keine nutzbringende Verbindung zu einer guten Hütte oder guten Sommerjagdgründen mitbrachte? Er schien mir genau dieses anzudeuten, und ich wollte ihn schon nach seiner Hütte fragen, als Yoi aufwachte. Otter sagte ihr, die Fische seien fertig, worauf sie sich mit ihm an das Feuer setzte.

Besonders liebenswürdig reichte ihr Otter einen Fisch auf der Spitze eines Messers und gab mir den anderen Fisch. Ich wollte ihn ablehnen, aber er sagte, er habe keinen Hunger – er brate Fisch nur zum Zeitvertreib. Ich war sehr hungrig, und der Fisch roch gut; ich versuchte noch einmal abzulehnen, als aber Otter den Fisch immer noch nicht zurücknehmen wollte, aß ich ihn auf. Yois Fisch war natürlich schon weg.

Yoi wollte jetzt wissen, wie unsere Pläne aussähen und ob es stimme, daß ich tatsächlich geschieden sei. Als ich ihr dies bestätigte, war sie verärgert. Jetzt habe sie keinen Platz mehr in Graugans' Hütte. Sie könne diesen Platz brauchen, meinte sie. Wer könne wissen, welche Winter ihr der Große Bär schicken würde? Wer wisse, ob sie nicht Hunger leiden würde? Außerdem meinte sie, sie würde jetzt ihren Anteil an meiner Mitgift zurückgeben müssen, ohne daß sie einen Ersatz dafür bekomme, da ich nicht verheiratet sei. Ich sollte meine Scheidung rückgängig machen, sagte sie, und die Schwierigkeiten beheben.

Ich erklärte Yoi, da ich die Verbindung von Graugans mit den Mammutjägern belastet habe, sei ich vielleicht nicht willkommen, falls ich zurückkäme.

»Auch dann nicht, wenn du schwanger bist?« fragte sie. »Ist ein Kind denn nicht immer willkommen?« Als ich nicht antwortete, warf sie mir einen seltsamen Blick zu. Später erzählte sie mir, daß ein Witwer von einer Hütte am Frauensee, wo man große Fische auch im Winter fange, zur Zeit hier sei. Wenn ich meine Scheidung nicht rückgängig machen wolle, könnte ich ihn heiraten. Natürlich, meinte sie, könnte er, wenn mein Kind lebte, mit mir für einige Jahre kein Kind zeugen. Aber am nächsten Morgen würde sie mit Eider über den Witwer und mich sprechen.

Ich fragte Yoi, ob sie seine Hütte kenne. Nein, aber sie stehe in einem guten Ruf, meinte sie. Die dort lebenden Menschen gingen auch auf Rentierjagd und hätten einen großen Berg aus Geweihen von allen Rentieren in der

Nähe der Hütte angesammelt. Für Yoi war dieser Haufen aus Geweihstangen anscheinend eine Sehenswürdigkeit. Ich erinnerte mich an die Stäbe, die von den Kindern wie ein Stapel von Geweihstangen am Flußufer aufgehäuft worden waren. Gehörten diese Kinder zur Hütte des Witwers, fragte ich. Yoi zuckte mit den Achseln. »Mag sein«, meinte sie. »Es ist mir nicht aufgefallen. Morgen werde ich dich zur Familie dieses Witwers bringen, falls Eider einverstanden ist. Du kannst bei den Leuten bleiben. Wir können über die Geschenke sprechen, die sie für dich bieten könnten.«
»Morgen?« fragte ich. Ich war nicht bereit, schon morgen wieder zu heiraten.
»Spricht etwas dagegen?«
»Deine Nichte ist hier auf Besuch, Weib«, sagte Otter. »Vielleicht will sie noch nicht wieder heiraten.«
»Nein? Was wird sie dann im Winter machen? Die Hütte deines Bruders ist übervoll und es gibt nicht viel zu jagen. Wird sie bei dir bleiben?«
»Gern, wenn sie mag«, sagte Otter. »Sie und auch ihre Schwester.«
»Wo leben meine Vettern?« fragte ich Yoi.
»Bei den Leuten ihrer Ehefrauen. Kamas' Frau stammt aus einer Hütte am Feuerfluß, wo dieser aus dem Frauensee herausfließt, und Hennos Frau stammt aus einer Hütte am anderen Ufer des Frauensees. Auch dort wohnen zu viele. Sie können Meri vielleicht aufnehmen, dich aber nicht.« Yoi wechselte das Thema. »Du hast den See noch nicht gesehen. Er ist sehr groß. Noch nie ist jemand um ihn herumgegangen.«
Otter lachte. »Natürlich sind Menschen um den See herumgegangen, Weib. Dafür ist kein See zu groß.« Er wurde ernst. »Er ist schon groß«, fügte er hinzu. »Man braucht einen ganzen Vormittag, um im Winter über das Eis ans andere Ufer zu kommen.« Als ich allmählich erkannte, wie sich die Dinge für mich entwickeln könnten, bekam ich Angst. Ich hatte keine Lust, mich über die Größe des Frauensees oder die an ihm liegenden

Hütten zu unterhalten. Vielleicht merkte man es mir an, denn Otter begann von etwas anderem zu reden. »Wie steht es mit den beiden Männern, die bei dir sind?« fragte er. »Elho, so heißt er doch? Weißfuchs?«
Weißfuchs – ein Mann? Ich hätte ihn so nicht bezeichnet, sagte aber: »Ja, Onkel, Weißfuchs ist gekommen, um für Meri einen Mann in unserer Familie zu finden.«
»Und der andere Mann? Heißt er nicht Elho?«
Was war mit ihm? Einen kurzen Augenblick versuchte ich angestrengt, mir etwas über Elho einfallen zu lassen. Als das Schweigen bedrückend wurde, sagte ich hastig: »Weißfuchs war einmal mit Meri verlobt.« Dann stotterte ich weiter, als ob Elho gar nicht erwähnt worden wäre. »Dann wurde sie einem Mann von den Mammutjägern versprochen...«
Aber ich konnte nicht zu Ende sprechen, weil Yoi mich anstarrte, als ob ihr plötzlich ein Gedanke gekommen wäre. »Elho ist unser Blutsverwandter und ist auf Besuch hierhergekommen«, antwortete sie an meiner Stelle. Ich warf ihr einen empörten Blick zu. Sie beobachtete mich kalt und überlegen, als sähe sie etwas. Ich versuchte zu lächeln, um meine Verlegenheit zu verbergen, aber es war zu spät.

Im Laufe der folgenden Tage erfuhr ich einiges über die Schwangerschaft von anderen schwangeren Frauen; es gab hier viele, und sie waren alle froh, darüber zu reden. Ich konnte mir gut vorstellen, wie die erwachsenen Frauen in meiner Kindheit über solche Dinge miteinander gesprochen hatten. Und wie die Frauen unserer Hütte sprach auch hier keine mit den Kindern darüber. Wenn ein Kind, sogar Meri, vorbeikam, um zuzuhören, redeten die Frauen sofort von etwas anderem. Es genügte offenbar, daß Kinder wußten, wen sie heiraten durften und wen nicht. Wahrscheinlich hatten diese Frauen wie ich von ihrer Schwangerschaft erst erfahren, als sie merkten, daß ihre Hosen täglich enger wurden, weil ihre Kinder im Bauch größer wurden.

Obwohl ich sorgfältig darauf achtete, stets von Timu als dem Vater zu sprechen, interessierte sich Yoi außerordentlich für unsere Wanderung von Graugans' Hütte hierher. Sie wollte jetzt genau wissen, wann wir uns auf den Weg gemacht hatten. War Timu einen Teil der Strecke mit uns gekommen? Was für ein Mond stand am Himmel? Lag noch Schnee? Viel oder nur ein wenig? Waren die Flüsse offen oder zugefroren? Was hatten wir gegessen? Hatten wir Farnbüschel am Forellenfluß gefunden? Waren die Winterbeeren rot oder schwarz? Waren wir vier während des ganzen Weges beisammen geblieben? Begegneten wir anderen Menschen?
Da ich ahnte, daß sie feststellen wollte, ob ich mit Timu beisammen gewesen war, als ich schwanger wurde, log ich und antwortete ausweichend, so daß Yoi aus mir nichts herausbekam. Manchmal hörte ich, daß sie Weißfuchs befragte und sogar Meri. Aber sie konnte Weißfuchs nicht in die Zange nehmen – sie war nicht seine Tante –, und Meri fürchtete sich vor Yoi, gab also auch keine Antwort. Yoi versuchte selbst Elho auszufragen, mit einer geflüsterten, mädchenhaften Stimme, als wollte sie ihn an ihre gemeinsame Vergangenheit erinnern. Aber Elho hatte sicherlich Geheimnisse mit mehreren Frauen. Keine alten Missetaten würden Elho die Zunge lösen, denn wenn er noch weitere zugab, würde er erst recht in Schwierigkeiten geraten. Er mag kein kluger oder besonnener Mensch gewesen sein, aber er war nicht so achtlos, gegenüber Yoi etwas auszuplaudern. Yoi sah verärgert und enttäuscht aus, wenn sie von ihren Gesprächen mit Elho zurückkam.
Ich verbrachte die Tage mit Schlafen, dem Ausgraben von Wurzeln oder mit Gesprächen mit den anderen Frauen, aber in den Nächten lag ich unruhig wach. Eines Abends saß ich allein an Yois Feuer, als Yoi aus dem Bett aufstand und sich neben mich setzte. Sie versuchte erneut, mir irgendwelche Abenteuer zu entlocken, die ich auf dem Weg zum Feuerfluß gehabt haben könnte, aber wie üblich antwortete ich ihr nicht. Schließlich

fragte sie mich unverblümt, vor wie langer Zeit ich mich von Timu getrennt hätte und wer der Vater des Kindes sei. Ich starrte sie an, als ob ich entsetzt wäre. »Du kannst es mir sagen«, drängte sie. »Du hast keine Mutter, niemanden, mit dem du sprechen könntest. Aber du brauchst jemanden, mit dem du reden kannst. Ich bin deine Tante. Wem kannst du es sagen, wenn nicht mir?«

»Es gibt nichts zu sagen, Tante«, sagte ich unschuldig. »Ich bekomme ein Kind – das ist alles.«

»Warum gehst du dann nicht zu deinem Ehemann zurück?«

»Die Leute dort wollen mich nicht, Tante. Ich habe dir doch gesagt, daß ich unsere Verbindungen mit Graugans' Leuten abgebrochen habe.«

»Du könntest trotzdem zurückgehen«, sagte sie. »Wenn das Kind von deinem Ehemann ist, würden sie dich willkommen heißen.« Ich sagte nichts. »Wenn du es nicht von deinem Ehemann hast, solltest du dich natürlich in weiter Ferne halten«, fuhr sie fort. »Hast du menstruiert, seit du Timu verlassen hast?«

»Ich habe in meinem ganzen Leben nur einmal menstruiert, Tante. Das war vor langer Zeit am Geweihfluß, als Meri und ich vom Kiefernfluß zurückkehrten, wo du uns zum letzten Mal sahst. Ich blutete von den Schnittwunden der Frau Ohun, statt zu menstruieren.« Falls ich dachte, daß sie zu fragen aufhören würde wenn ich davon sprach, daß sie Vater verlassen hatte, irrte ich mich. »Weißt du«, sagte sie, »du beantwortest mir nie meine Fragen. Was verbirgst du vor mir? Zuerst hatte ich keinen Zweifel daran, daß Timu der Vater deines Kindes sei. Aber dann merkte ich, daß du mir etwas verschweigst – den Namen des wirklichen Vaters. Es muß Weißfuchs sein.«

»Tante!« rief ich aus. »Es war nicht Weißfuchs. Weißfuchs ist ein Kind.«

Ganz langsam überzog ein Lächeln Tante Yois Gesicht. »Vielleicht ist er kein Kind mehr, aber immerhin noch

ein Jugendlicher«, sagte sie. »Der Mann ist natürlich nicht Weißfuchs. Der Mann ist unser Blutsverwandter. Wer denn sonst? Es ist Elho, das Kind von Teal – von Teal, dem Kind von Sali. Also gut, Yanan. Wir gehören alle zu derselben Sippe – Sali, Elho, du und ich!«
Ich sah ihr direkt ins Gesicht. »Wenn du Unrecht getan hast, heißt dies noch lange nicht, daß ich dasselbe getan habe«, sagte ich. »Ich habe nichts dergleichen getan. Timu ist der Vater. Und jetzt bin ich müde. Ich lege mich schlafen. Die Schwangerschaft macht Frauen müde. Hast du davon schon einmal gehört?« Yoi sah mich lange an, als wolle sie sagen: Ich bin mit dir noch nicht fertig. Aber ich breitete die Felldecke für die Nacht aus.

Als ich allein war, hörte ich in Gedanken wiederum Teal zu mir sprechen. *Du handelst falsch,* sagte sie. *Deine Tante hat dein Geheimnis erkannt, oder sie ist zumindest argwöhnisch. Warum sonst will sie es so genau wissen?*
Die Menschen sind immer neugierig, immer wißbegierig, antwortete ich.
Es kommt noch etwas hinzu, sagte Teal. *Deine Tante ist eifersüchtig. Sie war eifersüchtig auf deine Mutter, sie ist eifersüchtig auf alle Schwangeren, und sie ist eifersüchtig auf dich. Was wird sie mit ihrem vermeintlichen Wissen anfangen?*
Ich weiß es nicht. Ich habe Angst vor ihr.
Du tust gut daran, dich vor ihr zu fürchten. Sie wittert Morgenluft. Paß genau auf, wenn der Ärger beginnt. Was ist, wenn sie alles weitererzählt?
Das wäre schlimm, sagte ich.
Würdest du tun, worum sie dich bittet, um sie zum Schweigen zu bringen?
Natürlich würde ich es tun. Ich wußte es. In Gedanken hörte ich Teal weitere Fragen stellen. *Würdest du jemanden ihrer Wahl heiraten und an einem Ort ihrer Wahl leben, würdest du zulassen, daß sie dich und dein*

Kind benützt, das befleckt wäre und allein mit Ausnahme seiner eigenen Familie? Sie könnte dich und das Kind auf immer und ewig ausnutzen. Denk daran, wie es um deine Tante Yoi steht; im Winter ist das Jagen kümmerlich und es sind viele Menschen da; sie hat keine Kinder, die ein Band zwischen ihr und den anderen darstellen könnten, und jetzt auch kein Band mehr zu Graugans. Was wird aus ihr werden? Sie ist noch jung, noch schön, aber schon jetzt kann sie sich als alte Frau sehen – allein, ohne Kinder, dem Tod im Schnee preisgegeben.

Otter ist freundlich. Er ist gut zu ihr.

Otter ist alt, Yanan. Und die Hütte gehört seinem Bruder. Hast du dich erkundigt, ob dieser Bruder Söhne mit eigenen Familien hat? Wenn Otter tot ist, werden sie dann deine Tante bei ihnen leben lassen, wenn sie keine Kinder bekommt, um sie an die anderen zu binden? Du gibst Yoi große Kraft, falls sie sie nutzen kann. Sie könnte dich mit Schande bedecken und dein Kind den Füchsen zum Fraß vorwerfen. Sie braucht diese Kraft, und sie glaubt einen Weg zu sehen, wie sie sie nutzen kann. Sie ist gefährlich.

Sie vermutet etwas, hat aber keinen Beweis, sagte ich tapfer.

Sieh zu, daß sie keinen Beweis bekommt, sagte Teal. *Sei vorsichtig und paß auf, was du sagst.*

Zwei Tage danach gruben Meri und ich Schilfwurzeln in dem hohen Gras am Ufer aus. Als wir das Gras rascheln hörten, blickten wir auf und sahen gegen den Himmel und die Spitzen der Grashalme die Gesichter von Weißfuchs und Elho. Er läuft mir immer noch nach, dachte ich verärgert. Ich wurde noch ungehaltener, als ich merkte, daß er und Weißfuchs irgendeinen Plan verfolgten. Ohne mir etwas zu sagen, bat Weißfuchs Meri, mit ihm den Fluß stromabwärts entlang zu gehen, wodurch Elho und ich allein blieben. Elho hockte sich in das tiefe Gras und sah mich über das Loch hinweg, das ich grub, an.

»Was werden die Leute sagen, wenn sie uns hier zusammen sehen?« fragte ich. »Hast du nicht soviel Verstand, mich in Ruhe zu lassen? Und was hast du Weißfuchs erzählt, daß er dir hilft?«
»Glaubst du etwa, ich bin hier, um mit dir zu schlafen, Blutsverwandte?« fragte er. »Man sagt, du seist schwanger. Ich bin gekommen, um von dir zu hören, ob es stimmt.«
»Bist du meine Mutter, um mir diese Frage zu stellen?«
»Antworte mir, Yanan.«
»Warum, wenn es dich nichts angeht?«
»Weil Yoi von deiner Heirat mit einem Witwer redet.«
»So?« Ich grub weiter.
»Seine Verlobungsgeschenke werden nicht zahlreich sein, wenn er Jahre warten muß, um ein Kind von dir zu bekommen.«
Ich erkannte Elhos Gedankengänge und ließ meinen Grabstock ruhe. »Dein Anteil wird nicht groß sein«, pflichtete ich ihm bei.
»Ich brauche Geschenke für Ankhi. Jetzt sagst du, du seist schwanger – was für einen Anteil erwartest du für mich von deiner nächsten Ehe? Du schaffst eine schwierige Lage, Yanan. Hast du jemals an andere Leute gedacht, bevor du einen Plan gefaßt hast?«
»Falls ich schwanger bin – glaubst du denn, ich kann etwas dagegen tun?«
Elho wischte die Erde von einer Wurzel ab und biß hinein. »Du regst mich auf, Yanan«, sagte er kauend. »Du verärgerst die Leute.« Er schluckte. »Erst bringst du Meris Verlobung auseinander, so daß wir kein Elfenbein bekommen. Dann trennst du dich von Timu, so daß wir die Geschenke zurückgeben müssen, die wir für dich bekommen haben. Und schließlich erzählst du den Leuten, du seist schwanger, so daß wir nur sehr wenig bei deinem nächsten Geschenkeaustausch erhalten werden. Was sollen wir davon halten?«
Ich zuckte mit den Achseln und begann, noch eine Wurzel auszugraben.

Elho hielt das Ende meines Grabstocks fest. »Ich will etwas von dir, Yanan«, sagte er. »Da du Ärger verursacht hast, mußt du ihn wiedergutmachen.«
»Wir sind beide verärgert«, sagte ich. »Du willst, daß ich mich wieder verheirate, und zwar nur wegen der Geschenke. Du hast sogar die Stirn, mich zu fragen, ob ich schwanger sei, und zwar nur aus Habgier!«
»Frauen verstehen nichts von dem Verlöbnisaustausch«, sagte er steif.
»Du bist derjenige, der nichts davon versteht. Deshalb bist du jetzt hier, gräbst nach Wurzeln wie eine Frau und führst grobe Reden, obwohl du als Bittsteller gekommen bist.«
»Ich habe Yoi und Eider gesagt, ich würde dich überreden, daß Schwalbe Meri bekommt. Deshalb bin ich hier. Deine Tante wird mir bei meinem Geschenkeaustausch helfen, falls du Vernunft annimmst. Ich tue, was ich tun muß.«
Plötzlich kam mir ein Gedanke, und ich starrte Elho an, ohne ihn überhaupt zu sehen. Warum war er wirklich hier? Wenn Yoi und Eider etwas von mir wollten, warum fragten sie mich dann nicht selbst? Glaubten sie, ich hegte besondere Gefühle für Elho, so daß er mich besser als sie überreden könnte? Oder baute Yoi eine Falle für uns auf, eine Falle, die sorgfältig versteckt und mit einem Köder versehen war, den wir beide bis jetzt nicht gesehen hatten?
So war es! Ich sah sie vor mir! Plötzlich begann ich zu lachen. »Wer hat Weißfuchs angewiesen, Meri von hier wegzuholen?«
Elho machte ein erstauntes Gesicht. »Deine Tante. Sie dachte, ich könne dich leichter überreden, wenn ich mit dir allein spreche. Jedenfalls reden wir von Meri. Wir wollen nicht, daß sie es hört.«
»Du bist habgierig, Blutsverwandter«, sagte ich. »Und du bist einfältig. Meine Tante ist zwar auch habgierig, aber sie ist nicht einfältig. Sie hat dich hergeschickt und Geschenke versprochen. Sie ist durch dich Weißfuchs

und Meri losgeworden. Du und ich, wir sind hier so lange allein, wie wir wollen. Wir könnten wieder miteinander schlafen, worauf Tante Yoi hofft. Steh auf und geh weg. Es kommt jemand.«
»Wovon redest du?«
»Tu, was ich sage! Bleib nicht hier bei mir hocken. Steh auf und geh!«
»Glaubst du, du kannst mir Befehle geben?« fragte Elho wütend. Er machte keine Anstalten, zu tun, was ich sagte, und als wir uns wütende Blicke zuwarfen, raschelte es wieder im Gras und Vetter Frosch stand über uns. Er machte ein ziemlich überraschtes Gesicht, vielleicht weil er uns bekleidet und über einem Haufen von Schilfwurzeln sitzen sah, nicht nackt und umschlungen; er sah uns nicht einmal in die Augen, sondern schaute über den Boden hin, wie es ein Mann tut, wenn er zufällig auf einen anderen Mann stößt, der allein mit einer Frau im Gebüsch liegt. Falls wir bereits getan hätten, was er sehen wollte, aber zu spät kam, würde das niedergetretene Gras die ganze Geschichte offenbaren.
Elho wirkte verlegen, als ob uns der Frosch bei einem Fehltritt erwischt hätte, aber ich sagte lächelnd: »Vetter! Da bist du also. Vielleicht hat dir meine Tante erzählt, wo wir seien«, sagte ich. Er brummte erstaunt etwas vor sich hin. »Weißfuchs und Meri sind dort drüben«, fuhr ich fort und zeigte mit den Lippen flußabwärts, »und ich gehe jetzt zu ihnen.« Ich stand auf und streckte mich, dann bückte ich mich, hob die Wurzeln auf und übergab sie Elho. »Bring diese meiner Tante. Sie gehören ihr – sie hat mir gesagt, wo sie zu finden sind. Ich werde Meri holen.« Und ich ging. Elho und der Frosch blieben beschämt zurück; sie konnten sich nicht in die Augen sehen.
Vielleicht handle ich jetzt besser, sagte ich zu mir, während ich Weißfuchs und Meri nach Hause begleitete. Jedenfalls fühle ich mich besser. Und nun zu Yoi.

Ich hatte einen Plan, der auch Yoi ein wenig helfen würde. Aber, was wichtiger war, der Plan würde mir weiterhelfen. Yoi wußte es zwar nicht, aber sie würde mich zu Timu zurückbringen und alle Angehörigen von Graugans würden mich willkommen heißen und loben. Ich könnte alles Unrecht wiedergutmachen und in Ehren leben – jedenfalls vorläufig, falls niemand die Sache mit Elho herausfand.

Mein Plan machte mich glücklich, fröhlich und liebevoll, nicht nur Meri gegenüber, sondern auch allen anderen. Als Yoi den Witwer und einige Leute aus seiner Hütte herbrachte, um mir einen Besuch abzustatten, sagten sie zu Yoi, ich sei eine gute Frau. Sie meinten, ich sei eine Frohnatur und würde im Winter die Stimmung heben. Sie würden mich sehr gerne bei sich haben, und wenn Jahre vergingen, bevor ich von dem Witwer ein Kind bekäme, dann ließe sich daran eben nichts ändern. Ich dankte ihnen für ihre Güte, neigte bescheiden den Kopf und versprach, mit meiner Sippe über den Geschenkeaustausch zu sprechen. Yoi schien ein wenig überrascht zu sein – vielleicht hatte sie nicht geglaubt, ich würde so leicht meine Zustimmung geben. Vielleicht war sie auch enttäuscht. Wenn sie mehr Zeit gebraucht hätte, um mich zu überreden, wäre ihr Anteil an dem Geschenkeaustausch womöglich größer gewesen. Als der Witwer mit seinen Leuten gegangen war, dankte ich Yoi für ihre Hilfe.

Eider kam und setzte sich zu Yoi ans Feuer; sie schien über die Neuigkeit erfreut zu sein. Nur Otter machte ein betrübtes Gesicht. Etwas später machte er mich darauf aufmerksam, daß ich nicht übereilt heiraten müßte; ich könne solange bei ihm bleiben, wie ich wollte. »Vielen Dank, Onkel, aber ich bin zufrieden«, sagte ich.

Meri schien sich Sorgen zu machen. Als wir allein waren, sagte sie: »Was tust du? Wohin gehst du? Ich werde mit dir gehen, denn ich will hier nicht bleiben.«

»Du wirst mit mir kommen. Du wirst nicht hierblei-

ben. Habe keine Angst – alles wird sich zum Guten wenden. Geh und suche Elho. Bitte ihn, mich an der Stelle zu treffen, wo wir die Schilfwurzeln ausgegraben haben, wenn der Mond heute abend aufgeht. Sag ihm, es sei sehr wichtig, und erzähle sonst niemandem davon – niemandem, auch Weißfuchs nicht, unter gar keinen Umständen. Hast du verstanden?«
»Ja«, sagte Meri, tief beeindruckt.
»Gut, denn wenn du es weitererzählst, werde ich den Witwer heiraten müssen und mit ihm gehen, während du bei Tante bleibst, und dann werden wir uns nie wieder sehen.«
Meri sah mich mit runden Augen an. »Ich werde niemandem etwas davon sagen«, versprach sie.

Ich ging früh zu Bett, während der Himmel im Westen nach dem Sonnenuntergang noch rötlich angehaucht war. »Meine Schwangerschaft macht mich müde«, erklärte ich zufrieden, als Yoi mich fragend ansah. Als der Himmel im Osten vor dem Aufgang des Mondes sich rötlich-gelb verfärbte, hatten mich alle vergessen. Ich bauschte meine Felldecke, so daß es aussah, als schliefe jemand unter ihr, kroch zum Rand des Lagers und schlug den Weg zum Fluß ein, wo ich mich in dem hohen Gras niedersetzte.
Stromaufwärts watcten Bisons im Wasser. Ich hörte, wie sie planschten und schnaubten. Ich freute mich über das Geräusch, denn die Bisons würden nach Löwen und Hyänen Ausschau halten; anscheinend war die Frau Ohun auf meiner Seite. Bald hörte ich das Gras rascheln und hob das Kinn, um über die Grashalme hinwegzusehen. Vor dem aufgehenden Mond sah ich die Umrisse von Elho. Er hätte mich nie gefunden, wenn ich nicht aufgestanden wäre.
»Du bist also gekommen«, sagte ich so leise, wie ich konnte.
Trotzdem begann er aufgeregt: »Yanan? Was hat dies zu bedeuten? Meri sagte, ich solle dich hier treffen.«

»Setz dich ins Gras«, flüsterte ich. »Ich habe einen Plan und ich brauche deine Hilfe.«
»Einen Plan?«
»Wir gehen zu Graugans zurück, mit einer Frau für Schwalbe. Er will eine Frau aus meiner Sippe haben, deshalb werden wir ihm eine bringen. Der Geschenkeaustausch sollte sich sehen lassen können, denn sie ist erwachsen und hübsch.«
»Wer ist diese Frau?«
»Tante Yoi. Wer sonst?«
»Deine Tante? Aber sie ist doch schon verheiratet.«
»Mit einem alten Mann aus einer armen Hütte. Sie verließ meinen Vater, weil sie sich vor Geistern fürchtete. Denk nur daran, wie schnell sie Otter verlassen wird, denn sie ist gierig auf Elfenbein.«
Elho dachte eine Weile nach. »Wie willst du dies bewerkstelligen?«
»Ich nicht. Wir! Wir werden es machen, und Weißfuchs wird uns helfen, wenn er merkt, daß er Meri dabei gewinnt.«
»Und was soll ich dabei tun? Soll ich versuchen, deine Tante zu überreden?«
»Überlaß sie ruhig mir. Du mußt den Haarfluß schildern. Erzähl unseren Verwandten von dem Fleisch und dem vielen Elfenbein dort. Erzähl ihnen von den Geschenken, die bei deiner Heirat ausgetauscht werden. Die Leute müssen erkennen, was sie bekommen, falls Yoi Schwalbe heiratet.«
»Es ist gut, Yanan. Die Leute hier lieben Elfenbein.« Elho lächelte, runzelte dann aber die Stirn. »Und was wird aus Otter?« fragte er.
»Sag Otter nichts davon.«
»Er ist ein sehr sanftmütiger Mann.«
»Er ist sanftmütig, das stimmt.«
»Ist es recht, ihm seine Frau wegzunehmen?«
»Hat dich etwas gehindert, Vaters Frau oder Timus Frau wegzunehmen? Auch sie waren sanftmütig.«
»Sie mußten sanftmütig sein, denn sonst wären ihre

Frauen nicht so bereitwillig zu mir gekommen. Haben eigentlich die Frauen unserer Sippe keine Bedenken, einen guten Mann zu verletzen?«
»Wieso tue ich Otter weh? Yoi will das Bett nicht mit ihm teilen. Er ist gut, sie aber nicht.« Aber Elho hatte mich nachdenklich gemacht, und ich machte mir Sorgen. Otter war so freundlich zu mir, daß es mich schmerzte, gegen ihn zu arbeiten. Ich suchte nach einer Möglichkeit, nicht so hart zu handeln, aber es fiel mir nichts ein. »Nun, es tut mir leid«, sagte ich schließlich. »Aber er wird schließlich von Yoi gekränkt, nicht von uns. Sie wird sicher dafür bezahlen müssen. Schwalbe ist so ungestüm, daß er sie bestimmt irgendwann verprügeln wird, und dann wird es ihr leidtun, daß sie einen so gütigen Mann verlassen hat.« Einen kurzen Augenblick sah ich vor meinem geistigen Auge ein sehr befriedigendes Bild: Schwalbe mit Bißwunden an seinen Armen und Yoi mit Striemen von Stockschlägen.
»Vielleicht wird Schwalbe deine Tante verprügeln«, stimmte Elho nachdenklich zu. »Sie kann sehr aufreizend sein. Schön – wir wollen es so machen.«
»Gut. Fangen wir morgen damit an. Ich will meinen Ehemann wiedersehen.«
»Und das Kind?«
»Wieso? Hat Timu denn Kinder nicht gern?«
Im Mondschein hörten wir die Bisons aus dem Fluß steigen und das Wasser an ihren Flanken herunterlaufen. Elho sah mich aufmerksam an und sagte dann mit leiser, seltsamer Stimme: »Ist es nicht meines?«
Ich sah, daß der Zeitpunkt gekommen war, um mit Elho über meine Schwangerschaft zu sprechen. »Du mußt die Sache so sehen«, begann ich. »Vielleicht ist es dein Kind. Zuerst habe ich auch so gedacht. Wenn es so ist, bringt Timu es vielleicht um, Ankhi wird dich vielleicht verlassen, und wir beide werden für den Rest unseres Lebens in Schande dahinleben. Vielleicht wird Graugans uns nicht mehr bei sich dulden, auch wenn Teal deine Mutter ist. Wenn er uns verstößt, werden wir

irgendwo herumirren und jemanden suchen, der uns bei sich aufnimmt.
Wenn es aber Timus Kind ist, wird meine Scheidung rückgängig gemacht werden und ich bleibe Timus erstes Weib, mit allen Ehren nach dem Willen der Alten. Es wird für immer einen Platz in der Hütte für mich und dich und Meri und Ankhi geben, und du wirst eine Nichte oder einen Neffen haben, die mit deiner Tochter aufwachsen. Ich glaube, daß ich eine kleine Bewegung in meinem Bauch gespürt habe, noch bevor wir den Forellenfluß verließen. Das bringt mich auf den Gedanken, daß dieses Kind von Timu stammt.«
»Ich verstehe«, sagte Elho.
»Gut. Wir sind uns also einig. Wir können gehen.«
»Noch nicht«, sagte er. Seine Stimme klang weich, und sein Blick ruhte auf dem Rand meines Hemdes, das mit der Elfenbeinnadel zusammengehalten wurde, mit der jetzt seine Finger spielten. Er zog langsam an und das Hemd öffnete sich. Ich sah im Mondschein auf meine Brüste hinab und beobachtete, wie meine Brustwarzen hart wurden. Ich konnte nichts dagegen tun – wie Elho mich wollte, so wollte ich ihn.
War das Unglück nicht schon geschehen? Konnte ich mich ihm nicht jetzt aus reiner Glückseligkeit hingeben, nachdem ich mich ihm schon aus Verzweiflung und Zorn an den Hals geworfen hatte? Aber nein. Ich nahm ihm die Nadel ab und machte mein Hemd wieder zu. »Willst du mein Kind durch Geschlechtsverkehr in Angst und Schrecken versetzen?« fragte ich und stand auf. Auch er erhob sich, hielt aber meinen Arm fest. »Hast du nicht von dem Fremdling in dem Windfang gehört?« flüsterte ich und entzog ihm meinen Arm. Dann ging ich rasch und leise inmitten der riesigen schwarzen Gestalten der grasenden Bisons in der Dunkelheit davon. Wenn dieses Kind einen Penis sehen sollte, dann nur den von Timu. So hatte es zu sein.

Am nächsten Tag verrichteten Elho und Weißfuchs ihre Arbeit sehr gut. Gegen Abend, als ich Yoi erzählte, daß Meri nur deshalb Schwalbe versprochen war, weil Schwalbe darauf bestand, eine Frau aus unserer Sippe zu haben, war Yoi mehr als bereit, diese Frau zu sein. Sie sah mich mit leuchtenden Augen an. »Warum wurde ihm denn ein Kind wie Meri überhaupt angeboten?« fragte sie. »Warum ist man nicht gleich zu mir gekommen, einer jungen Witwe?«

»Tante! Alle dachten, du seist mit Vater verheiratet. Dann wußte niemand, wo du warst. Jetzt steht nur Meri im Weg, weil die Mammutjäger nichts von deiner Bereitschaft wissen und immer noch auf sie hoffen. Vergiß nicht, ihr Verlöbnis mit Weißfuchs wurde aufgelöst.«

»Durch wessen Wort wurde das Verlöbnis gelöst? Niemand hat mich gefragt! Ich habe euren Eltern geholfen, Weißfuchs als Meris Ehemann auszusuchen, und Weißfuchs soll dieser Ehemann sein! Ich werde zum Haarfluß gehen und alles in Ordnung bringen.«

Aus dem Dunkel erschien Eider und setzte sich zu uns. Als Yoi Eider von ihrem Verlobten (wie sie Schwalbe bereits nannte) erzählte, schien Eider entzückt. Sie redete sofort vom Elfenbein und überlegte sich mit Yoi, wer Geschenke hergeben oder empfangen sollte.

Aber plötzlich, gerade als Eider von einer Halskette sprach, hielt sie inne. »Überleg dir, was du tust, Yoi«, sagte sie erregt. »Ich habe einige dieser Mammutjäger gesehen. Sie haben Haare wie gelbe Raupen und eine weiße Haut wie gerupfte Vögel. Genau wie die Tiere. Sie sehen aus, als ob wir sie auffressen sollten. Wie sollen wir denn wissen, daß sie Menschen sind, wo sie doch nicht wie Menschen aussehen?«

Mir gefielen diese Worte nicht – Eider konnte alle meine Pläne zum Scheitern bringen. Ich war immer sehr vorsichtig gewesen, wenn ich die Mammutjäger schilderte, und jetzt platzte Eider mit allem heraus. Aber was konnte ich sagen? Sie sprach die Wahrheit – sie sahen wirklich nicht wie Menschen aus. »So schlecht sind sie

gar nicht, Tante«, sagte ich trotzdem, »und nicht alle von ihnen sehen wie Tiere aus. Elho heiratete eine von ihnen. Und meine Mitfrau, Ethis, sieht fast aus wie du. Sie ist ebenso hübsch. Und es ist nicht ihre Schuld. Sie sind nicht verdreckt, bloß häßlich. Einige von ihnen können ganz nett sein...« Meine Stimme versagte. Dann fiel mir ein, daß ich mir vorgenommen hatte, besser zu handeln, und ich fuhr in festerem Ton fort: »Auch die Häßlichen sind nicht so häßlich, wenn man sie näher kennenlernt. Es ist jedenfalls nicht ihr Aussehen. Es sind ihre Jagdgewohnheiten. An das Aussehen gewöhnt man sich.«
Ich atmete erleichtert auf, als Yoi mir beipflichtete. »Das äußere Aussehen ist nicht wichtig«, sagte sie.
»Da ist noch etwas anderes«, sagte Eider, »was ich nicht verstehe. Warum hat sich Kiebitz' Tochter so plötzlich anders entschlossen, und was werden wir dem Witwer sagen, der sie heiraten will?«
»Was spielt das jetzt für eine Rolle?« sagte Yoi. »Erzähl ihm, was du willst.«
Aber ich hatte das Gefühl, Eider eine Erklärung schuldig zu sein. »Als ich mich von Timu trennte, wußte ich nicht, daß ich schwanger war«, sagte ich. »Aber als ich von ihm fortging, erkannte ich die Zeichen. Ich entschloß mich dann, auf Besuch hierher zu kommen, aber nicht hier zu bleiben. Meine Tante verstand dies nicht, als sie von einem anderen Ehemann für mich sprach. Vielleicht hatte ich ihr nichts von meiner Schwangerschaft erzählt, weil es mir peinlich war. Aber jetzt werde ich zu meinem Ehemann zurückkehren. Alle sollen die Geschenke aus meiner Mitgift behalten können.«
Yoi sah mich zweifelnd an. »Du erkanntest deine Schwangerschaft erst, als du fortgingst?« fragte sie. »Durch welche Anzeichen?«
Obwohl ich so viel für sie tat, wollte sie mich immer noch aus dem Gleichgewicht bringen. Aber es gelang ihr nicht mehr; ich hatte schließlich von anderen schwan-

geren Frauen einiges erfahren. »Nun, mein Bauch wölbte sich«, sagte ich. »Meine Brüste wurden größer, die Brustwarzen dunkler, und ich sah eine Linie unterhalb meines Nabels, die sich nach unten zieht. Und ich spürte, daß sich dort etwas regte. Wir, die wir schwanger sind, erkennen diese Anzeichen sofort.«

Damit war Yoi zum Schweigen gebracht. Mürrisch wartete sie, bis Otter zurückkam, und als er sich neben sie setzte, um ihr, wie üblich, ein Stück Fisch anzubieten, sagte sie ihm, sie werde ihn verlassen. »Deine Leute waren zu knauserig, um viele Geschenke herzugeben, deshalb wird es keinen großen Austausch geben«, sagte sie.

Ich beobachtete Otter aufmerksam, konnte aber aus seinem Gesichtsausdruck nicht entnehmen, was er sich dachte. »Wenn du es willst, Weib«, war alles, was er sagte.

Am nächsten Morgen brachen wir zum Haarfluß auf.

16

Es tat mir weh, den Menschen Lebewohl zu sagen, die sich noch an Mutter erinnerten, besonders Schwarzwolf, die ich erst wiedersehen würde, wenn wir uns an der Feuerstelle unserer Sippe an den Lagerstätten der Toten wieder begegneten. Aber sobald wir uns hintereinander durch das hohe, rote Gras auf den Weg machten und die Morgensonne auf uns lag, erwachten meine Geister wie die Schwalben, die über unseren Köpfen dahinzogen. An der Spitze gingen Elho und Weißfuchs, dann kamen ich und Meri, und als letzte Yoi. Wir waren alle in gehobener Stimmung, und Yoi lehrte uns ein Lied.

Nachdem wir eine gewisse Strecke zurückgelegt hatten, hörten wir Menschen hinter uns. Wir drehten uns um und sahen meine Vettern Stock und Frosch, die uns mit ihren Familien folgten. Da ich am Feuerfluß mit meinen eigenen Problemen so beschäftigt gewesen war, kannte ich ihre Familien kaum, und ich sah mir alle genau an. Beide Ehefrauen trugen kleine Kinder auf dem Arm, ein größeres Kind, ein Knabe, folgte dem Frosch. Wie kam es, daß ich so wenig von diesen Menschen wußte? Der ältere Knabe mußte ein Sohn der Ehefrau aus einer früheren Ehe sein, denn er war zu alt, um ein Kind vom Frosch zu sein. Wir blieben stehen und warteten auf sie, und als sie uns eingeholt hatten, begrüßten wir sie.

»Vater wird sich freuen, euch zu sehen«, sagte Elho. »Er erwähnt oft euren Weggang. Ahis Platz in der Hütte ist leer.«

»Wir werden uns freuen, Graugans wiederzusehen«, sagte der Frosch. »Es ist eine lange Zeit gewesen.«

»Zwei Jahre«, erinnerte ich ihn.

Er sah mich an, sagte aber nichts, und ein kleiner Kälteschauer überkam mich. Gerade als ich glaubte, alle meine Probleme seien gelöst, erschien Vetter Frosch, ausgerechnet er, der mich im Verdacht hatte, er, der mich mit Elho in dem hohen Gras gefunden hatte. Was für eine Überraschung hatte Yoi ihm in Aussicht gestellt? Aber ich hatte mir damals nichts zuschulden kommen lassen und brauchte mir jetzt seinetwegen keine Sorgen zu machen. Ich war viel zu glücklich.

»Wenn du nicht vorangehen willst, tue ich es«, sagte ich zu Elho und übernahm die Führung. Aber da ich den Weg nicht genau kannte, riefen mir Elho und meine Vettern nach einiger Zeit zu: »Dorthin! Dorthin!« und zeigten in eine andere Richtung. Ich war zwar den anderen weit voraus, sah jedoch, wohin sie zeigten, und versuchte, im Gelände einen Punkt zu finden, auf den ich zugehen könnte. Aber die Ebene war flach und von Gras bewachsen. Es gab keine Hügel und keine Bäume, nur das Gewölbe des Himmels und in weiter Ferne die Bisonherden. Ich blieb stehen, um Elho und Weißfuchs an mich herankommen zu lassen.

»Wieso gehe ich in die falsche Richtung?« fragte ich.

»Schau auf die Sonne«, sagte Elho. Ich blickte hinauf. »Wir wollen nach Norden gehen.«

»Keine Richtpunkte?« fragte ich.

»Kaum«, sagte Elho. »Die Gegend ist flach und offen auf der ganzen Strecke.«

»Seid ihr vom Haarfluß hierhergekommen?«

»So weit nicht, aber es sieht überall gleich aus.«

»Wieso weißt du das?«

»Würden es mir die Leute nicht sagen?«

»Gut. Dann weißt du es«, sagte ich und ging weiter, aber kurz darauf wurde wieder nach mir gerufen. Und wieder wartete ich, und wieder holten mich Elho und Weißfuchs ein.

»Du rennst, Yanan«, sagte Elho. »Wir haben doch kleine Kinder bei uns. Kannst du ihretwegen nicht etwas langsamer gehen?«

»Nein«, sagte ich. »Ich will Timu sehen. Bleibt zurück, wenn ihr wollt. Ich nehme Meri mit und gehe allein weiter.«
»Du wirst den Weg nicht finden.«
»Doch, ich werde den Weg finden. Wenn ich weiterhin genau nach Norden gehe, müßte ich doch zum Haarfluß kommen, oder nicht?«
»Du wirst die Menschen nicht finden.«
»Doch. Haben sie keine Spuren hinterlassen?«
»Yanan«, sagte Elho ungeduldig, »der Haarfluß ist sehr lang. Die Menschen gehen nicht in seiner ganzen Länge an ihm entlang. Die Höhle wirst du nicht finden.«
»Dann bleibt also bei mir«, sagte ich.
Aber bald war ich mit Meri wieder weit voraus. Sie wollte nicht so schnell gehen, aber ich bestand darauf.
»Bedenke doch, was ich für dich getan habe«, sagte ich, als wir außer Hörweite waren. »Ich habe dich vor einer Heirat mit Schwalbe bewahrt. Du mochtest Schwalbe nicht. Jetzt bist du wieder mit Weißfuchs verlobt, oder wirst es bald wieder sein. War dies denn nicht dein Wunsch?«
»Ich will überhaupt nicht heiraten«, sagte Meri.
»Es wird in den nächsten Jahren sowieso nicht dazu kommen«, sagte ich.
»Ich will keinen Beischlaf.«
Beischlaf! Was wußte Meri vom Beischlaf? Es war vielleicht doch besser, wenn sie so bald wie möglich heiratete. Aber jetzt wollte ich mich nicht mit ihr darüber unterhalten und eilte weiter. Insgeheim nahm ich mir vor, Weißfuchs zu fragen, was er ihr gesagt hatte.
Nach einer Weile beschwerte sie sich wieder, daß ich zu schnell ginge.
Ich versuchte, sie aufzumuntern: »Wir können schon bald dort sein, wenn wir uns beeilen.«
»Du willst Timu sehen. Ich nicht«, sagte sie.
»Warum nicht?«
»Er hat dich geschlagen. Vielleicht wird er auch mich schlagen.«

»Das ist alles vergessen«, sagte ich. »Und er wird dich bestimmt nicht schlagen.« Wieder wanderten wir wortlos dahin und lauschten dem Wind im Gras und unserem eigenen, schweren Atmen.

»Du strengst mich zu sehr an«, sagte Meri nach einer Weile.

»Nein. Geh einfach weiter und rede nicht, wenn du müde wirst.«

»Die anderen werden uns nicht finden.«

»Hinterlassen wir etwa keine Fußspuren?«

»Das Gras schlägt hinter uns wieder zusammen. Wir könnten auf einen Löwen stoßen.«

Ich blieb stehen und drehte mich um. »Was ist denn los, Meri?« fragte ich. »Warum jammerst du?«

»Ich will nicht zum Haarfluß gehen«, sagte sie.

»Nein? Warum denn nicht?«

»Weil du dort ein Kind bekommen wirst. Dann werde ich dich nicht mehr sehen. Ich muß dann weggehen.« Meri begann zu weinen.

Ich hockte mich auf den Boden und legte die Arme um sie. »Wieso denn? Wie kommst du auf diesen Gedanken?« fragte ich. »Ich werde dich nicht verlassen. Und wenn das Kind da ist, kannst du mit ihm spielen. Du bist dann die Tante.« Ich setzte hinzu: »Werde bloß nicht wie Tante Yoi«, denn ich hoffte, der Scherz würde ihre Tränen trocknen.

Aber Meri klammerte sich an mich und sagte: »Was ist, wenn du wie Mutter wirst? Wenn du stirbst?«

Zum zweiten Mal an diesem Tag rann mir ein Kälteschauer über den Rücken. »Ich werde nicht sterben«, sagte ich. »Hast du alle die Kinder am Feuerfluß gesehen? Wie könnten es so viele sein, wenn ihre Mütter gestorben wären? Sprich mit mir nicht vom Tod.« Dann sah ich ein, daß ich unfreundlich zu ihr war, und ich dachte einen Augenblick nach. »Meri«, sagte ich schließlich, »hör mir zu. Was ist, wenn ich doch sterbe? Du wirst mich vielleicht vermissen, und ich würde dich vermissen, aber du wirst nicht allein sein. Du wirst

heiraten und andere Menschen um dich haben. Erinnerst du dich an Junco?« Meri machte ein zweifelndes Gesicht. »Die Schwester von Weißfuchs. Du würdest bei ihr sein. Menschen gibt es immer.«
»Ich erinnere mich an Junco«, sagte Meri und wischte sich die Augen ab.
»Gut. Weißt du, sie ist am Haarfluß und wartet darauf, dich zu sehen.«
Meri dachte einen Augenblick nach. »Wir können weitergehen«, sagte sie schließlich. Wir liefen den Rest des Tages so schnell, wie wir konnten, und rasteten am Abend in einem Dickicht aus Beifuß, um uns vor dem Wind zu schützen. Meri sucht nach Bisondung als Brennmaterial, und ich hielt Ausschau nach Wolfsmilchranken, deren Wurzeln wir abschaben konnten, um mit dem austretenden Saft unseren Durst zu löschen. Ich hatte fast vergessen, während wir den ganzen Tag unterwegs waren, daß es auf der Ebene vielleicht kein Wasser geben würde.
Bei Einbruch der Nacht holten Elho und Weißfuchs uns ein, etwas später Yoi. In der Dunkelheit kamen der Stock und der Frosch und ihre Familien in unser Lager; sie waren sehr müde. Sie hatten unterwegs angehalten, um Nahrung zu sammeln und gaben uns jetzt davon ab; als Gegengabe erhielten sie ausgepreßte Wurzeln anstelle von Wasser.
Es tat mir etwas leid, alle so sehr zur Eile angetrieben zu haben, besonders da ich merkte, daß die Leute böse auf mich waren. Wirklich leid tat mir der kleine Junge, der Stiefsohn vom Frosch, der Kakim hieß; mit seinen dunklen Ringen unter den Augen sah er jetzt so erschöpft aus, als breche er im nächsten Augenblick zusammen. Er mußte ungefähr ebenso alt wie Meri sein, doch sie war in der Lage, mit mir Schritt zu halten. Kakims Bündel war sehr dick und schwer, fiel mir auf, aber ich fragte mich außerdem, ob er vielleicht krank sei. Ich sah ein, daß wir uns mehr Gedanken über den einzuschlagenden Weg machen mußten.

»Es tut mir leid, daß ich so schnell gegangen bin«, sagte ich. »Ich habe es eilig, aber alle übrigen haben das nicht nötig. Ich habe nicht die Absicht, die Kinder zur Eile anzutreiben.«
»Du solltest auch an die anderen denken«, sagte die Frau vom Frosch mit bösem Unterton. »Es sei denn, es macht dir Spaß, deine Schwester zu hetzen und Kinder weinen zu hören.«
Ich spürte, wie der Ärger in mir aufstieg. »Ich will euch folgendes sagen«, erklärte ich. »Ich gehe zum Haarfluß. Ich gehe zu meinem Ehemann, und der einzige Mensch, den ich mitnehmen muß, ist Meri. Und natürlich meine Tante«, fügte ich rasch hinzu, »wenn sie sich beeilen will. Der Rest von euch kann nach Belieben nachfolgen.« Ich sah meine Vettern an. »In Vaters Hütte am Kiefernfluß habe ich nie jemanden gebeten, auf mich zu warten.« Ich hielt einen Augenblick inne, um ihnen Zeit zum Nachdenken zu geben. »Und das tat auch niemand. Ich bin erstaunt, daß ihr glaubt, ich solle auf euch warten. Wenn ich als erste am Haarfluß ankomme, werde ich den Leuten sagen, daß ihr wegen der Kinder langsam nachkommt. Mehr habe ich nicht zu sagen.« Ich setzte mich mit erhobenem Kinn auf die Erde und betrachtete die Glut des brennenden Bisondungs.
»Dies ist sehr rücksichtslos«, sagte die Frau vom Frosch und unterbrach damit das Schweigen, das auf meine Ansprache gefolgt war. »Wenn Menschen auf Wanderung sind, sollten sie zusammenbleiben.« Sie sah empört die anderen an und wartete auf eine Erwiderung. Aber nur die Frau vom Stock schien ihr zuzustimmen, und eine lange Zeit hindurch warteten die übrigen.
Schließlich sagte Weißfuchs: »Yanan kann sich beeilen, wenn sie will. Wenn niemand etwas dagegen hat, werde ich mit ihr laufen. Ich möchte meine Eltern sehen. Ich habe sie seit über einem Jahr nicht mehr gesehen.«
Elho meinte nachdenklich: »Vielleicht sollten wir uns über den Weg zum Haarfluß unterhalten, falls wir uns trennen. Einige von uns kennen den Weg nicht.«

»Gut«, sagte ich. »Beschreib uns den Weg.«
Elho erklärte nun, wie wir tagsüber die Sonne zur Orientierung benutzen und welchen Sternen wir bei Nacht folgen sollten. Und wenn wir am Fluß angelangt seien, sollten wir stromabwärts wandern und nach hohen Ufern Ausschau halten. Die Höhle, die wir erreichen wollten, liege in einer Schlucht. »Wenn ihr auf den Fluß in der Schlucht trefft, solltet ihr nach Westen gehen. Ihr werdet euch auf den Sommerweidegründen der Mammute befinden, deshalb seid vorsichtig«, schloß er.
»Warum sollten wir vorsichtig sein?« fragte ich; ich war erstaunt, daß von Mammuten Gefahren ausgehen könnten.
Elho mißverstand meine Frage. »Yanan – immer vorlaut«, sagte er mit müder Stimme. »Seid nicht vorsichtig, wenn ihr nicht wollt.«

Am nächsten Morgen schienen Elho, Weißfuchs und Yoi mit Meri und mir Schritt zu halten. Gegen Mittag waren der Stock und der Frosch mit ihren Familien weit zurückgefallen. Wir rasteten und aßen im niedrig wachsenden Gebüsch von Bärentrauben, aber die Familien holten uns nicht ein. Weißfuchs fragte, ob wir überhaupt auf sie warten sollten. »Ich nicht«, sagte ich. »Als sie bei Vater waren, warteten sie weder auf ihn noch auf mich.« Dann mußte ich unwillkürlich Yoi ansehen, die ebenfalls nicht auf uns gewartet hatte.
Yoi gähnte, als ob ihr meine Worte gleichgültig wären. Elho schien es etwas unbehaglich zu sein, von den anderen Menschen getrennt zu werden, aber er wollte den Haarfluß ebenso schnell erreichen wie ich. Schließlich sagte er: »Es sind erwachsene Männer. Sie brauchen uns nicht, um auf ihre Familien aufzupassen.« So eilten wir weiter und bekamen meine Vettern in der ganzen Zeit, die wir brauchten, um den Haarfluß zu erreichen, nicht wieder zu Gesicht.

In der Nacht, da wir den Feuerfluß verließen, war der aufgehende Mond, der uns beschien, der Bärentraubenmond im letzten Viertel.
Als wir die riesige, im Schatten liegende Schlucht am Haarfluß erreichten, folgte die Sichel des nächsten Mondes, des Mammutmondes, der Sonne. Die Strecke ist sehr lang, aber so schnell wanderten wir – Elho eilte zu Ankhi und seiner Tochter, Weißfuchs eilte zu seinen Eltern, Yoi hatte es auf das Elfenbein abgesehen und ich eilte zu Timu.
Elho hatte recht wegen der Mammute. Als wir auf der grasbewachsenen Ebene dahingingen und dem Fluß stromabwärts in Richtung Höhle folgten, sahen wir viele Mammute, riesengroß und behaart, mit gewaltigen, aufgebogenen Stoßzähnen, die sich weit vor ihnen überkreuzten – genug Elfenbein, um die gesamte Menschheit mit Hochzeitsgeschenken zu versorgen. Nur Kühe und Kälber waren in den Herden; die Bullen waren allein oder höchstens zu dritt; manchmal wurde ein alter Bulle von Jungtieren begleitet. Die Mammute machten uns Sorgen – sie waren so riesig, daß unsere Speere wie kleine Zweige neben ihnen aussahen. Wir wußten, wenn uns ein Mammut verfolgte, dann würde es uns töten, deshalb hielten wir uns am Rand der Schlucht und machten uns darauf gefaßt, hinunterzurutschen, wohin uns kein Mammut folgen würde. Wenn die Schlucht zu steil wurde, um hinunterrutschen zu können, betrachteten wir ängstlich die Felsen unter uns und hofften, wir würden nicht zwischen den Mammuten und den Felsen zu wählen haben.
Als wir uns einen Tagesmarsch von der Höhle entfernt befanden, begegneten wir ganz dicht an der Schlucht einer Mammutherde. Wir blieben stehen und überlegten, ob wir warten sollten, bis die Mammute weitergezogen waren, ob wir sie umgehen oder lieber gleich hinunter in die Schlucht steigen sollten.
Die Mammute schienen auch über uns nachzudenken; sie wiesen mit ihren Rüsseln auf uns, stießen Luft aus,

wedelten mit den Ohren und stießen tiefe Brummtöne aus. In der Herde waren ganz kleine, langbeinige Kinder, die uns unter ihren Müttern hervor ansahen, während ältere Kälber vor der Herde auf und ab trabten; sie hielten die Ohren abgespreizt und die Schwänze hoch aufgerichtet, als ob unser Anblick sie aufregte. Plötzlich stürzte eines der Kälber in einem schwankenden Trab auf uns zu; aus seinen leuchtenden Augen sprach nichts Gutes.

Ich ließ mein Bündel fallen und sprang in die Schlucht, Yoi und Meri folgten mir auf dem Fuß. Wir klammerten uns an Büsche, um nicht abzurutschen, und blieben am Hang liegen. Als wir hinaufschauten, sahen wir Weißfuchs und Elho über die Kante springen, sie landeten unter uns. Oben trompetete ein Mammut.

Da wir ohnehin fast im Fluß waren, glitten wir den Rest der Strecke auf dem Hang hinunter und wuschen uns sorgfältig. Dann glätteten wir unsere Haare und legten sie in Zöpfe, damit wir ordentlich aussahen, wenn wir die anderen trafen. Während wir uns wuschen, hörten wir ein Mammut über uns etwas mit Wucht auf den Boden schlagen, und als wir wieder hinaufkletterten, sahen wir, daß mein Bündel plattgedrückt war. Die Mammute, die dies angerichtet hatten, grasten jetzt in einiger Entfernung. Abgesehen von meinem Elfenbeinkamm, enthielt mein Bündel aber nur Sachen aus Leder und Stein, also nichts, das zerbrochen werden konnte, und so warf ich den zertrümmerten Kamm weg und reinigte das Bündel ein wenig, bevor ich es mir wieder auflud. Dann zogen wir weiter und schauten nur ab und zu über die Schulter zurück, um festzustellen, ob es sich nicht ein anderer Unruhestifter in den Kopf gesetzt haben sollte, uns zu folgen.

Im weiteren Verlauf des Tages rochen wir Aas und hörten, wie jemand etwas zwischen zwei Steinen weichschlug. Als wir in die Schlucht hinunterschauten, sahen wir den Kadaver eines Mammuts neben dem Wasser – und einen Pfad. Elho führte uns zu diesem Pfad hinun-

ter, um einen breiten Felsvorsprung herum und in einen großen, dämmerigen Raum in der Wand der Schlucht hinein: in die Höhle der Mammutjäger.
Unsere Augen waren an die Dunkelheit nicht gewöhnt. Wir blieben unschlüssig im Eingang der Höhle stehen und versuchten, die vielen im Schatten liegenden Gesichter der Menschen hier zu erkennen. Es waren mehr, als ich erwartet hatte. Unsere Herzen waren von Glücksgefühl erfüllt, weil wir endlich angekommen waren, und ich suchte überall nach Timu, als zu unserer Überraschung einige der Männer aufsprangen und nach ihren Speeren griffen! Wir schrien und lachten zugleich.
»Sollen wir kämpfen, Vater?« rief Elho.
»Elho! Weißfuchs! Da seid ihr ja endlich!« Graugans stieß seinen Speer in den sandigen Boden der Höhle und warf die Arme um die beiden. »Wolltet ihr, daß wir euch töten? Wir haben euch nicht erwartet! Wir sahen eure Umrisse und die Speere!«
»Wir sind es, keine Fremden! Du hattest doch wohl nicht erwartet, daß wir unsere Speere im Gebüsch zurücklassen! Wir werden euch nichts antun!«
»Meine Töchter!« Teal umarmte mich und Meri und Yoi. »Wie lang ist es her, seit ich euch gesehen habe. Seid willkommen.« Ich war so glücklich, daß ich zu weinen anfing, und ich verbarg mein Gesicht an Teals Schulter.
Die Höhle hallte von den Stimmen der Männer wider, die Elho und Weißfuchs begrüßten. Plötzlich stand eine hochgewachsene junge Frau vor mir. Ich riß den Mund auf. Es war Junco, die Schwester von Weißfuchs, kräftig und hübsch, mit einem Halsband aus Elfenbein um den Hals. »Bist du's wirklich?« riefen wir beide aus und umarmten uns.
Dann stand Ethis neben mir. In ihrem offenen Hemd sah ich ein kleines Kind in einer Schlinge. Es gehört sich nicht, über einen Säugling viel Aufhebens zu machen, aber ich legte meine Hand sanft auf die Wölbung, die er verursachte. Ethis legte ihre Hand auf meinen Bauch.

Unsere Blicke trafen sich, und wir lächelten uns verständnisinnig zu.
»Versteck-dich-im-Gras!« sagte Schwalbe. »Komm her und iß etwas. Du bist hungrig von der langen Wanderung.« Dann bemerkte er Yoi. Er ließ seine himmelblauen Augen von ihren Füßen bis zum Gesicht hinauf gleiten, wo er ihren braunen Augen begegnete, die ihn offen ansahen. Er nickte höflich. »Willkommen«, sagte er.
»Sie ist meine Tante«, sagte ich zu ihm. »Meines Vaters Witwe, meiner Mutter Schwester, Yoi, Kind von Hama.« Und zu Yoi: »Dies ist Schwalbe, Sohn von Akima, Onkel meiner Mitfrau und Anführer der Mammutjäger.«
Als Neuankömmling begann Yoi die lange, feierliche Begrüßung; sie entbot ihre Achtung für Schwalbe und alle, die bei ihm waren. In ihrer Stimme, die so oft ein bedrohliches Gezeter war, lag jetzt ein Anflug von Heiserkeit. Ihre Augen waren niedergeschlagen. Schwalbe hielt den Blick auf sie gerichtet, auch nachdem sie ihre Grußworte zu Ende gesprochen hatte. Schließlich, beinahe zögernd, wandte er sich ab, um Elho und Weißfuchs zu begrüßen.
»Warum hat er dich ›Versteck-dich-im-Gras‹ genannt?« flüsterte Yoi.
»Weiß nicht mehr, habe ich vergessen. Vielleicht ist es ein Spitzname.«
»Warum kann er nicht richtig sprechen?« flüsterte sie wieder.
»Still, Tante!«
»Er ist ziemlich weiß.«
»Er wird dich hören!«
»Aber seine Zähne sind hübsch.«
Dann hörte ich hinter mir eine Stimme. »Warum flüsterst du, Weib?« sagte die Stimme. Ich drehte mich um und sah Timu hinter mir stehen.
Jetzt fehlten mir die Worte. Ich sah meinen Ehemann nur an, und meine Augen füllten sich mit Tränen.

»Was ist denn das?« fragte er und lachte. »Machen wir dich so traurig?«
Auch ich mußte lachen, aber es klang wie ein Schluchzen. Dann schluchzte ich wirklich! Rasch holte ich tief Atem und wischte mir Augen und Nase ab. Wieder lachte ich. Er sah so gut aus, daß ich nur sagen konnte: »Hier bin ich.«

V

Die Höhle

17

In der Schlucht brach die Dunkelheit schnell herein, aber die Höhle war erfüllt vom Widerschein der Feuerstellen. Wir aßen Fleischstücke von dem Mammut, das tot am Fluß lag, wobei die Frauen an der einen Feuerstelle saßen, die Männer an der anderen. Was ist das doch für eine gute, sichere Höhle, dachte ich mit einem Blick auf die trockenen Wände und die hohe Decke. Was für ein guter Platz, mit soviel zu essen, und was für gute Menschen.

So aß ich also vergnügt, bis ich satt war, und hörte kaum, was die anderen Frauen sagten, denn ich lauschte Timus Stimme. Sogar das rauhe Gelächter der Mammutjägermänner klang gut – und warum auch nicht? Ich saß behaglich zwischen Junco und Ethis, gegenüber von Tante Teal, die mich ab und zu anlächelte, und lachte ebenfalls.

Ich mußte immer wieder an diese Nacht denken, auch nachdem ich ein Geist geworden war. Manchmal war es die Einsamkeit, die mich an diese Nacht denken ließ und den Wunsch in mir wachrief, daß ich noch einmal soviel Mammutfleisch inmitten der vielen Menschen in der erleuchteten Höhle essen könnte. Aber seltsamerweise dachte ich meistens an diese Nacht, nachdem ich mich eine Zeitlang den Artgenossen desselben Mammuts zugesellt hatte, das wir damals aßen.

Dazu kam es wegen eines Ereignisses, das mit Jagen und Fleisch zu tun hatte. Beim Beginn des ersten Sommers, nachdem ich ein Geist geworden war, sah ich vier Mammutkühe und ein Kalb im hellen Mondschein auf der Ebene oberhalb der Schlucht dahinwandern. In der Höhle wimmelte es von tatendurstigen Jägern, aber die

Mammute schienen sich der Gefahr nicht bewußt zu sein. Langsam und bedächtig, aber nicht verängstigt, begaben sie sich auf dem schmalen Pfad von der Ebene zum Fluß hinunter.
Kurz darauf stürzten die Jäger aus der Höhle heraus, und bevor ich wußte, was geschah, prallten große Gesteinsbrocken von den Mammuten ab. Laut um Hilfe schreiend, drängten sie sich aneinander; einige versuchten umzukehren, während andere versuchten, weiterzulaufen. Plötzlich stürzten drei von ihnen ab und fielen auf die Felsen unten. Den Rüssel ausgestreckt und den Schwanz hochgereckt, rannte die vierte Kuh direkt auf die auseinanderlaufenden Jäger zu und schlug dann, mit dem Kalb hinter sich, die Richtung auf die offene Ebene ein.
Die Jäger gingen in die Höhle zurück, um das Tageslicht abzuwarten. Keiner wollte bei Nacht unter verletzten Mammuten herumlaufen. Die vom Feuer erleuchtete Höhle hallte wider von den Stimmen der Menschen, die die Schamanen, die Geister und sich selbst lobten.
In der dunklen Schlucht lagen die drei gewaltigen Tiere still da. In dem Drang, sie zu beobachten, wartete ich eine lange Zeit. Schließlich, wie in Trance, schien sich der Rücken des einen Mammuts zu öffnen, wie die Larve einer Köcherfliege, und ein behaarter Geist stieg aus ihm auf. Die Kuh stemmte sich mit ihrem Rüssel und einem Vorderbein, dann mit dem anderen Vorderbein ab, beugte ein Knie, um ein Hinterbein unter ihren Leib zu ziehen, und erhob sich dann mühsam. Sie hatte noch nicht lange auf den Beinen gestanden, als sich der Rücken des zweiten Mammuts spaltete und der zweite Mammutgeist neben ihr aufstand.
Die beiden berührten sich mit den Rüsseln und berührten dann das dritte Mammut, das auf den Felsbrocken lag. Nichts geschah. Die beiden Mammutgeister wanderten zum Fluß und besprühten sich geruhsam Brust und Schultern. Dann kamen sie zurück, um noch einmal den Leib des dritten Mammuts anzurühren. Wieder

nichts. Die beiden Geister gingen zu den Felswänden, wo sie schwankend stehenblieben und von Zeit zu Zeit die Pflanzen beschnupperten, die in den Felsspalten wuchsen, und etwas Gras herauszogen, das sie ins Maul steckten oder sich auf den Rücken warfen. Als der Mond unterging, rot und dunstig vor dem dunklen Horizont, und der Himmel im Osten eine blaßgraue Färbung annahm, brach der Rücken des dritten Mammuts schließlich auch auf, und der große, behaarte Geist kletterte aus ihm heraus. Inzwischen waren die beiden anderen ein längeres Stück durch die Schlucht gezogen; sie hatten ihre Kehrseite der Morgendämmerung zugewandt, aber als ob sie wüßten, daß der dritte bereit sei, gingen sie jetzt zielstrebig weiter und gelangten stromabwärts, wohin ihnen der dritte folgte, außer Sicht.
Ich war beeindruckt. Hier sind Tiere, die den Zusammenhalt verstehen, sagte ich zu mir selbst. Ich wollte mehr über sie in Erfahrung bringen. Am Morgen flog ich in der Gestalt eines Raben hinaus, um eine Herde zu suchen. Ohne Schwierigkeiten fand ich eine und umkreiste sie eine Weile. Aber die Mammute weideten auf der Ebene, weit entfernt von jedem Baum, auf den ich mich setzen konnte. Und ich brachte nicht den Mut auf, im hohen Gras zu landen. Als ich müde wurde, mußte ich abfliegen, ohne irgend etwas über sie in Erfahrung gebracht zu haben. Später versuchte ich es erneut in der Gestalt einer langbeinigen Trappe. Durch das Gras zu waten, war jetzt leicht und angenehm, und ich fing Heuschrecken, die von den Füßen der Mammute aufgescheucht waren. Aber als Trappe hatte ich Schwierigkeiten, mich auf die Mammute zu konzentrieren, denn meine Gedanken blinkten wie Leuchtkäfer in einer kalten, dunklen Nacht. Zunächst undeutlich und nicht sehr zahlreich, schienen sie plötzlich aus dem Nichts zu erscheinen, und ich konnte nicht sagen, wann einer aufleuchten und wohin er anschließend fliegen werde. Außerdem schienen die Kälber zu glauben, ich sei da, um mit ihnen zu spielen, und sie jagten mich gnadenlos

über den Boden. Schließlich sah ich ein, daß ich für den Besuch bei Mammuten die Gestalt eines Mammuts annehmen sollte; und so fand ich mich eines Abends unter dem aufgehenden Mond auf vier kreisrunden Füßen wieder.

Plötzlich merkte ich, daß Mammute überall um mich herum laute Rufe ausstießen – keines war in der Nähe, alle weit entfernt. Mammute sind geräuschvolle Tiere, die quietschen und quieken, brummen, trompeten, poltern und brüllen, aber noch nie zuvor hatte ich Mammute diese tiefen, grollenden Töne ausstoßen hören, wie Bisons, aber lauter und tiefer. Es war ein merkwürdiges Gefühl, meine Nasenlöcher an die Erde zu drükken, während meine Augen über die Wipfel eines Birkenwäldchens schweiften, und doch tat ich genau dies, als ich den Rufen lauschte. Zunächst schienen die Rufe ohne Bedeutung zu sein. Einige Mammute fragten lediglich, wo die anderen waren, und die anderen antworteten; sonst nichts. Aber schon bald unterschied ich die Rufer nach ihren Stimmen, und bald konnte ich sagen, wie weit die einzelnen Herden entfernt waren. Ohne besonderen Grund zog ich einige Grashalme heraus und warf sie mir über die Schulter, dann machte ich mich auf den Weg, um den nächsten der Rufer zu finden.

Während sich der Mond auf den Horizont herabsenkte, wanderte ich über die Ebene und griff unterwegs Grasbüschel auf, um sie zu essen. Schließlich hörte ich einen lauten, tiefen Ruf, der fast wie eine Warnung klang; ich roch frischen Dung und die dichte, warme Behaarung der Mammute und hörte das laute Grunzen von Mammuten, die sich erheben. Die Vorsicht sagte mir, nicht näher heranzugehen, deshalb blieb ich stehen, und obwohl es noch nicht ganz hell war, so daß ich die anderen Mammute nicht deutlich sehen konnte, sog ich mit meinem Rüssel die Luft ein.

Plötzlich erfaßte ich den starken Duft einer älteren Kuh und erkannte dann in dem trüben Morgenlicht ihre riesige Gestalt vor den dunklen Umrissen der anderen

Tiere, die den Rest der Herde ausmachten. Alle waren mir zugewandt. Ganz langsam, mit auf die Seite geneigtem Kopf, bewegte ich mich ehrerbietig auf sie zu.
Die Anführerin wartete auf mich, bis ich näher herangekommen war. Mit hocherhobenem Haupt und prüfendem Blick, mit eingesogenen Wangen und fest aufeinander gepreßten Lippen, schien das riesige Mammut zu allem entschlossen. Die Ohren der Mammutkuh waren klein und zerfledert, als ob sie erfroren wären, als sie noch klein war. Ihre Stoßzähne waren lang; sie bogen sich zunächst in weitem Schwung nach unten und dann wieder hinauf, mit Rillen und Kratzern darauf – Stoßzähne, die viel älter als die meinigen waren, denn meine wuchsen erst langsam in die nach unten gerichtete Biegung. Im frühen Morgenlicht wirkte ihr schütteres Haar schwarz; es war an den Flanken verfilzt, aber glatt an der Brust, wo sich ihr Sommerpelz über den Brüsten teilte: diese zeigten sich hinter ihren Vorderbeinen, wie sich die Brüste einer Frau, die auf Händen und Knien hockt, hinter ihren Armen zeigen. Als das zunehmende Licht durch die Behaarung dieses Mammuts hindurchschien, sah ich seine rote Färbung.
Wie sollte ich mich verhalten? Noch nie war ich jemandem begegnet, der so alt oder so bedeutend gewesen wäre. Die riesigen ausgewachsenen Kühe um sie herum waren ihre Töchter und Enkelinnen. Einige der Kälber waren ihre Urenkelinnen. Als Graugans noch ein Knabe war, war die rothaarige Anführerin erwachsen und hatte Kinder. Sie war in Gegenden gewesen, die ich nie gesehen hatte, Gegenden, die weiter entfernt waren, als meine Gedanken jemals geflogen waren, und sie führte andere, wie weit auch immer, zu Wasser und Fressen, zu Zuflucht und Sicherheit. Sie hatte häufiger, als irgend jemand wußte, Leben geschenkt oder gerettet, und alle die riesigen Kühe mit ihren halbwüchsigen Söhnen und Töchtern, ihren jungen Kindern und ihren kleinen Säuglingen waren der Beweis für ihr Wissen.
Voll Achtung ging ich zu ihr und versuchte, trotz der

Schüchternheit, die sie mir einflößte, höflich zu sein. Sanft hob ich meinen Rüssel, zuerst an ihre Lippen, dann an die meinigen. Damit wußte sie, daß ich sie erkannt hatte, sie war nicht zu übersehen, sondern jemand, von dem ich etwas lernen konnte. Sie blieb steif stehen, während ich sie berührte, schien aber befriedigt zu sein. Ich schmeckte Gras in ihrem Maul, aber außerdem etwas Bitteres: Angespanntheit. Höflich berührte ich die Vertiefung in ihrer Schläfe. Auch dort eine gewisse Spannung. Ich berührte ihre Vulva. Sie war nicht in Hitze. Nährte sie ein Kind? Durch den bloßen Anblick konnte ich nicht sagen, ob ihre Brüste gefüllt waren. Mit der Spitze meines Rüssels drückte ich sanft auf eine ihrer Brustwarzen und berührte dann meine Zunge. Sie hatte ein wenig Milch, ziemlich dünn und wässrig, aber schließlich war sie fast zu alt, um überhaupt noch Milch zu haben. Der Geruch eines Kalbes lag außerdem auf ihrer Brust. Eines Kalbes, aber wem gehörte es? Es schien nicht das ihrige zu sein. Hatte ein Kalb etwas Milch von der rothaarigen Anführerin gestohlen, oder nährte sie das Kalb eines anderen Tieres?
Ich senkte den Blick, weil die Frage heikel schien, und berührte ihre andere Brust. Auch dort war Milch sowie der Duft nach dem Maul des Kalbes. Es hatte nicht gestohlen, sondern war genährt worden. Ich sah mich nach dem Kalb um und entdeckte ein großes, junges männliches Tier mit struppigen Haaren, bei dem sich schon kleine Stoßzähne zeigten. Er starrte mich unverhohlen an, als ob er daran gewöhnt sei, seine eigenen Wege zu gehen. Wer war er? Er nahm sich nicht die Mühe, seine Abneigung gegenüber Fremden zu verbergen oder die rothaarige Anführerin in Gesellschaft von jemand anderem zu beobachten. Er machte einen leicht verwöhnten Eindruck, wirkte dadurch wie das Kind einer Anführerin, auch wenn der Geschmack seines Mundes nicht so wie der ihrige war.
Mit der Zeit begann die rothaarige Anführerin, mich zu berühren. Als sie ihren Rüssel über meine Schultern

legte, schüttelte ich sie nicht ab. Statt dessen hielt ich meinen Kopf gesenkt, und als ich mich schließlich bewegte, tat ich es ganz langsam. Sie sollte sehen, daß ich sie und ihre Erfahrung ehrte. Als sie den Rüssel an meinem Hals heruntergleiten ließ und neben mich trat, stapfte ich an den übrigen Tieren der Herde vorbei und begann, Gras auszurupfen.

Und so schloß ich mich den Mammuten an. Noch am selben Tag, als sie weiterzogen, um zu grasen, folgte ich ihnen. Sie bildeten eine große Familie, und ich war ein Fremdling, deshalb nahmen sie mich nicht in ihre Herde auf. Sie hielten sogar ihre Kinder von mir fern, riefen mich nicht oder warteten nicht auf mich, wenn sie weiterzogen, aber solange ich mich am Rande ihrer Gruppe aufhielt und nicht versuchte, in den Mittelpunkt vorzudringen, jagten sie mich auch nicht weg.

Außer mir hielten sich in der Nähe der Herde auch einige junge männliche Tiere auf, Söhne der Kühe in der Herde, die in Rufweite, wenn auch oft außer Sicht blieben, und ein paar riesige, alte Bullen, die nur ab und zu näher kamen. Bei Beginn des Sommers erwachte in ihnen die Brunst; dann rochen sie stark nach den Duftstoffen aus ihren Schläfendrüsen und nach altem Urin, der die Behaarung ihrer Beine verklebte. Lange bevor wir einen dieser Bullen hörten oder sahen, konnten wir ihn riechen, und dann warteten wir, bis seine gewaltige Gestalt, still wie eine Gewitterwolke über dem Horizont, vor uns auftauchte. Sorgfältig strich er mit seinem Rüssel über einige von uns hinweg und suchte nach dem Geruch der Hitze, und wenn er glaubte, diesen Duft gefunden zu haben, riß er das Maul auf und drückte die Spitze seines Rüssels an seinen Gaumen. Aber in der Herde der rothaarigen Anführerin war keine Kuh mehr in Hitze, obwohl einige, die keine Jungen säugten, tragend waren, wahrscheinlich von einem der großen, furchtgebietenden Bullen.

Manchmal blieb ein Bulle eine Weile in unserer Nähe, aber das Verhalten der Kühe und Kälber interessierte sie nicht besonders. Die Kälber reizten die Bullen sogar, und manchmal, wenn wir von unserem Grasen aufblickten, stellten wir fest, daß unser männlicher Besucher verschwunden war.

Jeden Morgen grasten wir. Um die Mittagszeit tranken wir und suhlten uns in einem Schmelzwassertümpel auf der offenen Ebene, und am Nachmittag weideten wir erneut. Wir machten so viel Krach, wie wir wollten – wir kreischten, wenn uns plötzliche Bewegungen überraschten, wir knurrten die Kälber an, wenn sie auf uns zustürzten, und wir riefen laut und oft andere Herden, Freunde und Geschwister der rothaarigen Anführerin, die auf entfernteren Teilen der Ebene grasten. Aber sonst herrschte um uns herum völlige Stille, abgesehen von Lerchen und Insekten und dem Rauschen des Windes im Gras. Andere Tiere machten uns Platz, wenn wir in die Nähe kamen – auch Löwen und Bisons, und sogar ein Nashorn, dem wir eines Tages begegneten; es schnaubte uns an, besann sich aber dann eines Besseren, als die rothaarige Anführerin es mit einer Bewegung ihres Rüssels verscheuchte. Das Nashorn konnte uns nicht ärgern und wollte es nicht auf einen Kampf mit einer Herde weiblicher Mammute ankommen lassen. Es trottete davon. Spät in der Nacht, als die Welt still und alles ruhig war, legten wir uns seitlich auf den Boden nieder. Jede Nacht schlief ich tief. Jede Nacht träumte ich von Gras, auf dem, so weit ich sehen konnte, nur der Wind seine Spuren hinterließ. Keine Löwen, keine Menschen kamen in diesem Traum vor – nur Gras. Nicht einmal im Traum wagte es irgendein Geschöpf, uns zu belästigen. Noch nie hatte ich mich so sicher gefühlt oder so gut geschlafen.

So verging der Sommer. Die anderen Mammute ließen mich nie in ihre Herde und antworteten mir nicht, wenn ich nach ihnen rief, aber sie boten mir ihren Weidegrund und den Schutz, der sich aus ihrer großen Anzahl ergab. Dann reiften die Grassamen zu zahllosen, köstlichen Bissen, der Wind wurde kalt, und über uns

flogen am Nachthimmel Schwärme von Vögeln dahin, die sich nach den Sternen richteten, um ihr Winterquartier zu finden. Hin und wieder begegneten wir Herden anderer Mammute, deren Stimmen wir kannten; wir begrüßten sie, grasten eine Zeitlang in ihrer Nähe und zogen dann weiter. Aber aus den aus weiter Ferne herandrängenden Rufen wußte ich, daß einige der Herden die Ebene verließen und sich auf den Weg zu ihren Winterplätzen machten. In diesen Tagen hörten wir aufmerksam auf jeden Ruf, der aus der Ferne kam, und beantworteten jeden. Die rothaarige Anführerin wollte die Verbindung mit den anderen nicht abreißen lassen.
Zum ersten Mal schien ihre Herde etwas ruhelos zu werden, denn es war klar, daß man auf der Ebene keinen Winter verbringen konnte. Vor meinem geistigen Auge sah ich uns draußen in der offenen Landschaft ohne Schutz vor dem eiskalten Wind, der schon bald das abgestorbene Gras mit Schnee bedecken würde; ich sah uns auf der weißen Fläche knien und mit unseren Rüsseln verzweifelt nach etwas Eßbarem kratzen. Aber die rothaarige Anführerin wollte noch nicht gehen.
In einer kalten Nacht führte sie uns direkt zum Fluß. Alle schienen beunruhigt wegen der Jäger, aber wir zogen trotzdem dorthin. Sie hatte sich nicht geirrt – dies erkannte ich, als wir den Fluß erreichten. Die Höhle war verlassen. Sogar die Geister von Murmeltier und Goldauge hatten sich zu den Winterplätzen am Forellenfluß begeben. Aber die Tatsache, daß Menschen hier überhaupt gewesen waren, schien die rothaarige Anführerin zu verärgern; umgeben von ihren Töchtern, stieß sie einen Felsbrocken von der Steilwand hinunter. Wir hörten das Echo des Aufpralls aus der Tiefe des Tals. Dann folgten wir der rothaarigen Anführerin, einer nach dem anderen, auf dem Pfad in die Schlucht hinunter.
Unten auf dem Boden fanden wir die teilweise aufgegessenen Körper der drei toten Mammute, die ich zu Beginn des Sommers hatte abstürzen sehen. Die rothaarige Anführerin und ihre Töchter beschnupperten die Kada-

ver für eine Weile. Die toten Mammutkühe sahen einsam und verlassen aus, wie sie so im Mondschein dalagen. Mit ihren herausgezogenen Stoßzähnen und zerbrochenen Knochen wirkten sie wehrlos. Alle ihre Gedanken und Erinnerungen mußten sich aus ihren zerschmetterten Häuptern ergossen haben. Wenn ein böses Tier herankam, um an ihnen weiterzufressen, konnten sie mit ihren zerbrochenen, zertrümmerten Beinen nicht mehr aufstehen und davongehen. Sie konnten sich kein Wasser zum Trinken oder Gras zum Fressen beschaffen. Eines der Tiere mußte die Mutter des männliches Kalbes gewesen sein, das jetzt der rothaarigen Anführerin folgte, denn es schnupperte unter ihrem Vorderbein nach der Haut ihrer trockenen Brust. Sie konnte nicht einmal mehr den Ellbogen bewegen, um ihn trinken zu lassen.
Schließlich setzte die rothaarige Anführerin ihren Fuß auf die Schulter einer der toten Kühe: Sie schlang den Rüssel um das Vorderbein und zog kräftig an. Langsam glitt das Bein aus dem Gelenk. Die rothaarige Anführerin veränderte ihren Griff, so daß das große Bein ins Gleichgewicht kam, und marschierte mit ihm davon. Dann sah ich, daß auch die anderen Mammute Stücke von den Toten herauszogen und teils stromaufwärts, teils stromabwärts wegtrugen. Wir wollten den Kadavern helfen, so gut wir konnten. Wir wollten so viel von ihnen verstecken, wie möglich. Auch ich half dabei und lockerte den nackten Schenkelknochen von einer der Kühe und trug ihn auf meinen Stoßzähnen zu einem Abhang, wo ich Kies über ihn streute.
Nachdem wir alle Körperteile, die wir aus den Kadavern loslösen konnten, versteckt hatten, tranken wir Wasser aus dem Fluß, besprühten uns Ohren und Brust und zogen davon. Wir nahmen den Pfad zur Ebene und wanderten lange in dem kalten Wind dahin, während das trockene Gras über unsere Fußgelenke strich. Es roch nach Schnee. Spät in der Nacht hielten wir an, um zu fressen, und gingen dann noch einmal weiter, bevor wir

uns niederlegten. Ich wachte in tiefer Nacht auf und war von Schnee eingedeckt. So schnell wie möglich stand ich auf, da ich fürchtete, die anderen hätten mich verlassen. Aber nein – sie lagen alle schlafend um mich herum und schnarchten leise. Trotzdem beunruhigte mich der Gedanke, daß sie mich im Stich lassen könnten; so blieb ich in dem Schneegestöber wach und döste stehend still vor mich hin.

Mehr Tage lang, als ich zählen konnte, folgten wir alten Mammutfährten und überquerten den Feuerfluß, indem wir uns den Weg durch das Eis aufbrachen. Auf der ganzen Strecke hielten sich einige der jungen Bullen in unserer Nähe. Schließlich gelangten wir zu einem Ort, den ich noch nie gesehen hatte, zu einer Ebene wie derjenigen am Kiefernfluß, aber in einem Höhenzug mit Fichten und Lärchen gelegen. Es war der Winterplatz der rothaarigen Anführerin, und von hier aus rief sie laut und lange drei oder vier entfernten Mammutherden zu, die ihr sofort antworteten.

Die rothaarige Anführerin hatte ihr Winterquartier gut gewählt, denn der Wind wirbelte um die Hügel herum und hielt den Schnee in Bewegung. Fast jeden Tag fanden wir eine Stelle, wo wir, ohne viel zu graben, grasen konnten. Und wir brauchten auch nicht weit zum Wasser zu gehen, da wir uns in der Nähe eines der kleinen Bäche befanden, die in den Frauensee flossen. Jeden Morgen brachen wir ein Loch in das Eis und tranken, so viel wie wir wollten.

Mir wuchs ein Winterpelz aus fettigen, schweren Haaren. Abgesehen von meinen Ohren und der Spitze meines Rüssels fühlte ich mich warm, deshalb drückte ich meine Ohren eng an den Kopf und die Spitze meines Rüssels in den Mund oder unter den Arm. Dies hatte ich bei der Beobachtung anderer Mammute gelernt. Und endlich, eines Tages, als mich die anderen zurückließen und ich nach ihnen rief, antwortete mir die rothaarige Anführerin zum ersten Mal. *Hier sind wir*, sagte ihre Stimme. Als ich sie fand, berührte sie meine Lippen und

die Schläfe, um zu sehen, wie ich mich fühlte. Nun war ich glücklich.
Sobald mich die Mammute in ihre Herde aufgenommen hatten, meine Rufe beantworteten, bemerkten, wie es um mich stand, und mich in ihrer Nähe grasen und mit ihren Kälbern spielen ließen, war ich so zufrieden, daß ich die Menschen vollkommen vergessen hätte. Aber eines Morgens fand ich mich, zu meiner Überraschung, in der Gestalt eines Raben wieder. Irgendwie hatte mich die Schamanin entdeckt. Ich erkannte, daß ich keine andere Wahl hatte, als zum Forellenfluß und zur Hütte von Graugans zu ziehen, die ich zu Lebzeiten mit Schwalbes reich mit Fleisch versorgten Sommerweiden verbunden hatte. Unwillkürlich ließ ich mich vom Wind zum eiskalten Himmel emporheben und begann, mit einem letzten Blick hinab auf die eiförmigen Rükken der weidenden Mammute, den langen Flug gegen den beißenden Wind und die gleißende Helligkeit der Sonne auf dem Schnee.

18

In der dämmerigen, vom Feuer spärlich beleuchteten Höhle über dem Haarfluß wurden viele wichtige Dinge besprochen. Und so begann ich, den Mund vom Fleisch fettverschmiert, das Herz voll von Timus Nähe, den Frauen um mich herum zuzuhören. Ich erfuhr, daß Ethis auf dem Weg vom Forellenfluß hierher ihren kleinen Sohn geboren hatte. Wie bei Ankhi war die Geburt bei Ethis ohne Schwierigkeiten abgelaufen; sie hatte ein sicheres Versteck gefunden, sobald ihr das Fruchtwasser an den Beinen herabzulaufen begann. Ankhi war bei ihr geblieben und hatte geholfen, die Nabelschnur durchzutrennen.

Yoi erzählte Ina, daß ihre Söhne verheiratet seien und daß sie Enkelkinder habe, sogar einen Stiefenkel von der Frau des Frosches. Ina war nicht besonders froh, als sie erfuhr, daß wir den Familien ihrer Söhne vorausgeeilt waren. Yoi sagte: »Du beklagst dich, weil du deine Söhne wiedersehen willst. Aber wenn wir gewartet hätten, wäre jetzt noch keiner von uns hier. Du hast wirklich keinen Grund zur Klage.« Als Ina nichts zu entgegnen wußte, lächelte Yoi zufrieden – aber nur kurz. Zur Mutter von Weißfuchs sagte sie scharf: »Wir waren zur Eile gezwungen, weil wir bekümmert waren, daß Meris Verlöbnis aufgelöst wurde! Wir wollen Weißfuchs für Meri und niemand anderen!«

Überrascht gab die Mutter von Weißfuchs zu, daß man an ein anderes Mädchen für ihren Sohn gedacht habe, an das Mädchen mit Namen Sasa, deren Sippe etwa eine Tagesreise flußabwärts in einer anderen Höhle lebte. Meri, sagte die Mutter von Weißfuchs, sei Schwalbe versprochen worden.

Yoi schob diesen Einwand beiseite. »Dein Sohn kann Sasa nicht haben, weil er noch immer mit Meri verlobt ist«, sagte sie. »Wie kann das Verlöbnis von Kindern ohne die Einwilligung der Erwachsenen, die es zustande gebracht haben, aufgelöst werden? Ich war eine dieser Erwachsenen. Die anderen, abgesehen von euch selbst, waren Meris Eltern, und diese sind tot. Ich hätte nicht zugestimmt, das Verlöbnis zu lösen, und ich würde dem starken und ehrenwerten Anführer in dieser Höhle kein kleines Kind anbieten. Er sollte ein Kind zeugen, aber keines heiraten.«

»Da er eine Frau von unserer Sippe will, hast du jemanden für ihn?« fragte Teal trocken.

»Ich?« sagte Yoi. »Wie kann ich dir einen Vorschlag machen? Ich bin gerade erst gekommen.«

Da ich selten den Blick von Timus schönem Rücken wandte, der sich im Kreis der Männer vor dem Feuerschein abzeichnete, bemerkte ich zwangsläufig, daß Schwalbe den Kopf schräg hielt, als ob er hören wollte, was Yoi sagte. Auch das machte mich glücklich. Teal, die mir gegenüber am Feuer saß, fing meinen Blick auf und hob ganz leicht das Kinn ein wenig, um mich heranzuwinken. Ich erhob mich und setzte mich hinter sie.

Sie stand auf, und ich folgte ihr aus der Höhle hinaus über den dunklen Pfad bis zum oberen Rand der Schlucht, wo ein Steinhaufen lag, der weiß im Mondschein glänzte. Manchmal brannte hier ein Tagesfeuer, wie ich durch die Asche erkannte. Es roch nach Gras in der frischen Brise, und ich sah Leuchtkäfer. »Also, mein Kind«, sagte Teal. »Sag mir, was hier vorgeht.«

Ich erzählte ihr von Yois Bereitschaft, Schwalbe zu heiraten. Teal dachte eine Weile nach. »Es ist traurig«, sagte sie, »daß Yoi kinderlos ist. Ich frage mich, wie Schwalbe darüber denkt.«

Auch ich hatte Yois Kinderlosigkeit erwogen, fand aber, daß dies nicht unbedingt ein Problem zu sein brauchte. »Yoi ist vorläufig kinderlos, Tante«, sagte ich. »Aber denk einmal nach. Vater hatte von ihr kein Kind, weil er meistens mit Mutter schlief. Ich sollte es wissen, denn ich habe bei Yoi geschlafen. Ohne Beischlaf konnte Yoi keine Kinder bekommen.«

»Ist das wirklich wahr?« fragte Teal.

Sei vorsichtig, sagte ich zu mir selbst. Dies hier ist Teal, nicht irgendeine junge Frau am Feuerfluß. »Es stimmt, Tante«, sagte ich und lachte. »Ich habe Yois zweiten Ehemann kennengelernt, einen Mann namens Otter. Er war ein sehr gütiger Mann, aber sie trennte sich von ihm, weil er zu alt war, um ihr Kinder zu schenken.«

»Ach so?« sagte Teal in zweifelndem Tonfall.

»Und ohne Yoi kann die Verbindung, die du zwischen Schwalbe und Graugans herstellen möchtest, nicht zustande kommen. Da Yoi und ich älter als Meri sind, wird Yoi nicht zulassen, daß Meri Schwalbe heiratet.«

»Nicht, wenn Yoi ihn für sich selbst haben will«, sagte Teal.

»Aber was können wir dagegen tun? Yoi und Schwalbe sind keine Kinder mehr. Wer wird den beiden Vorschriften machen, wen sie heiraten können und wen nicht? Sie mögen sich. Paß auf, wenn wir zurückgehen. Sie sehen sich ständig an.«

»Allerdings«, sagte Teal. »Schön, Yanan. Ist es nicht gut, daß alles so gekommen ist? Wenn ich nicht wüßte, daß du eigensinnig und voreilig bist, hätte ich vielleicht gedacht, daß du an diesen Plänen mitgearbeitet hast.«

»Wieso, Tante«, sagte ich, »Yoi kam gerne mit, als sie hörte, daß Schwalbe eine Frau aus unserer Sippe haben möchte.«

»Irgend jemand hat Gutes über Schwalbe gesagt«, meinte Teal. »War es jemand, der ihn einmal einen Löwen genannt hat?«

»Ich hatte Zeit zum Nachdenken, Tante«, sagte ich.

Teal lächelte. »Und wie steht es mit dir?« fragte sie. »Wie ich sehe, wirst du nicht kinderlos bleiben.«

»Nein, Tante.«

»Wann wird das Kind auf die Welt kommen?«

Ich stockte, weil ich mich fürchtete, dieses Gespräch

fortzusetzen. Ich wußte nicht, wann ich gebären würde. Und was noch schlimmer war – auf ihre Frage gab es eine richtige und eine falsche Antwort, eine gefahrlose Antwort und eine gefährliche Antwort. Ich haßte es, Teal anzulügen, aber schließlich holte ich tief Luft und sagte: »Ich spürte neues Leben, bevor wir den Forellenfluß verließen.«

»Und trotzdem bist du von uns weggegangen?« Teal wartete. Auch ich wartete, denn ich wollte mich nicht durch weitere Worte offenbaren, wie es bei Yoi der Fall gewesen war. Als ich keine Antwort gab, fuhr Teal vorsichtig wie ein Jäger fort: »Wenn du neues Leben am Ende des Winters gespürt hast, dann muß dein Kind bald auf die Welt kommen. Bist du auch dieser Meinung?«

Ich sagte nichts. Teal sah mich aufmerksam an. »Du siehst nicht so aus, als wärest du bald soweit«, sagte sie. Als ich immer noch nicht antwortete, nahmen Teals Fragen eine neue Wendung. »Hast du am Feuerfluß geheiratet, oder willst du deine Scheidung rückgängig machen?«

»Ich habe nicht geheiratet. Es war falsch von mir, mich von Timu zu trennen. Ich habe die ganze Zeit darüber nachgedacht. Ich weiß nicht, warum es geschehen ist. Jedenfalls bin ich wieder da, falls Timu mich haben will.«

»Er wird dich haben wollen, besonders wenn das Kind von ihm ist. Sein Vater wird auch noch ein Wort mitzureden haben.«

Aber ich hatte an Timus Freude erkannt, daß Graugans ihn nicht würde zwingen müssen. Und als Teal und ich auf dem Rückweg zur Höhle waren, begegneten wir Timu, der uns entgegenkam. Er hatte seinen Speer in der Hand. »Laß mich eine Weile mit meinem Weib sprechen, Stiefmutter«, sagte er. Teal ging also allein weiter, und ich folgte Timu zurück zu den Gesteinsbrocken.

Im Mondschein sahen wir uns an. »Ich bin froh, daß du gekommen bist«, sagte er.

»Ich habe mich beeilt, Mann. Ich weigerte mich, auf meine Vettern und deren Familien zu warten, und ich drängte Meri zur Eile. Ich bin gerannt.«

»Und du bist schwanger?«

»Ja, das bin ich.«

»Ist das Kind von mir, oder bist du jemandem am Feuerfluß begegnet?«

»Von dir«, sagte ich, obwohl ich merkte, wie mir die Tränen in die Augen stiegen.

Timu mußte die Tränen in meiner Stimme gehört haben. »Warum bist du traurig, Weib?« fragte er.

Seine Stimme klang so sanft, dort in der kühlen, angenehmen Luft unterm Mondschein und inmitten von Leuchtkäfern, daß ich nur den einen Wunsch hatte, ihm von Elho zu erzählen. Ich wollte keine Lüge zwischen Timu und mir bestehen lassen. Ich öffnete den Mund, um zu sprechen.

Aber genau in diesem Augenblick hörte ich die Stimme eines Nachtvogels, einer Höhleneule, und den Seufzer des Windes, der wie der Atem der Frau Ohun klang. Ich fühlte sie, sie, der der Schoß aller Tiere und Menschen bekannt war. Sie war in der Nähe. *Still*, flüsterte sie. *Sei still.*

»Ich bin nicht traurig, Mann«, sagte ich.

Timus Hand strich über die Wölbung meines Unterleibs bis zum Gürtel, den er löste. »Ist deine Schwangerschaft schon zu weit fortgeschritten?« fragte er. »Oder kann ich dich haben? Ich habe dich vermißt.«

Ich stand auf. »Nicht hier«, sagte ich.

Timu zögerte. »Du bist seit deinem Weggang schüchtern geworden. Warum?« fragte er.

»Ich weiß es nicht, Mann.« Er griff nach meinem Handgelenk. »Komm mit«, sagte er und führte mich auf dem Pfad zu einem kleinen Birkengehölz; der erdige Boden unter den Bäumen war sogar im Mondlicht noch dunkel und schattig. Am hinteren Ende der Baumgruppe ruhte der riesige, weiße Schädel eines Mammuts auf seinen oberen Zähnen; die Stoßzähne waren herausgezogen und die Nasenhöhlen klafften in der Stirn wie ein riesiges, dunkles Auge. »Der Tanzplatz«, sagte Timu und stieß das Ende seines Speers in die Erde, um die Waffe griffbereit zu haben, falls uns ein Tier belästigen sollte. »Vielleicht hört uns der Große Bär, aber kein Mensch.« Plötzlich hörte ich einen kurzen Pfeifton; er klang so tief, so leise und ruhig, daß ich ihn eher spürte als hörte, und mir sträubten sich die Haare. »Was ist denn das?« flüsterte ich.

»Das Summen? Es ist die Stimme des Mammutschädels. Durch den Wind klingt es so.« Timu umarmte mich und zog dann langsam die Nadel an meinem Hemdkragen heraus. Wieder einmal in einem Birkengehölz zog ich also meine Mokassins, die Hose und das Hemd aus und stemmte mich mit Händen und Knien gegen die kalte Erde. Timus harter Körper fühlte sich warm an meinem Rücken an, und sein Handgelenk an meiner Brust, als er unter mich griff, um mich an sich zu ziehen, benahm mir fast den Atem.

Trotzdem weinte ich, als wir fertig waren. Timu hockte auf dem Boden und beobachtete mich. »Weinst du noch immer? Warum?« fragte er.

»Ohne Grund«, antwortete ich. »Außer daß ich in der Ferne einsam und verängstigt war und jetzt wieder froh bin.«

Meine Antwort schien ihn nicht zu befriedigen, wie ich seinem Gesichtsausdruck entnahm. Als sich unsere Blicke begegneten, hörte ich das gedämpfte Summen des Schädels, während mir der kalte Atem der Frau Ohun über die nackte Haut strich. Sie sagte: *Du glaubtest, du wärest in Sicherheit, wenn du deinen Mann findest. Aber er kann dir keine Sicherheit geben. Trotz aller deiner Pläne und der Hast, hierherzukommen, schwebst du noch immer in Gefahr. Sicherheit wirst du niemals finden. Du wirst immer in Furcht und Gefahr leben müssen.* Und wieder kamen mir die Tränen, weil ich erkannte, daß dies die Wahrheit war.

Ich konnte aber nichts gegen die Gefahr tun, außer zu

warten, und ich konnte nichts gegen die Angst tun, außer mich an sie zu gewöhnen. Morgens, wenn ich mit den anderen Frauen hinunterging, um im Fluß zwischen den dort herumliegenden Mammutknochen zu baden, zeigte ich allen meinen geschwollenen Leib, meine großen Brüste und die dunklen Brustwarzen, sowie die Linie, die in meiner Körpermitte nach unten führte. Man sagte, daß eine braune, kräftige Linie anzeige, daß das Kind gesund sein würde. Und darüber war ich froh. Froh wollte ich unbedingt sein. Ich lachte viel, entblößte meine Zähne und tauchte mehrere Male in das eiskalte Wasser. Dann bemerkte ich Junco und Eule, Ethis und Teal, die mich alle vergnügt beobachteten, als ob sie sich freuten, mich bei sich zu haben.

In den folgenden Tagen hörte ich oft, wie die Leute über mich redeten, daß ich recht gehabt hätte, zurückzukommen, wie glücklich ich aussähe und wie gut ich alles geregelt hätte. Man dankte mir sogar für die Ehe zwischen Schwalbe und Yoi, die bereits begannen, dieselbe Schlafdecke zu teilen, bevor die ersten Geschenke für ihren Hochzeitsaustausch überreicht worden waren. Schwalbe versprach mir Elfenbeinperlen als Ersatz für das Verlobungshalsband, das ich ihm ins Gesicht geworfen hatte. Yoi ging dazu über, mich »Versteck-dich-im-Gras« zu nennen, nur weil es Schwalbe tat. Ich glaube, sie kannte den Grund gar nicht. Und als Yoi und ich eines Tages allein waren, schenkte sie mir als Dank eine Haarnadel aus Elfenbein. Ich nahm die Nadel stumm entgegen, vielleicht sogar mit einem leichten Gefühl der Beschämung.

Nur Timu beobachtete mich manchmal, als ob er sich über mich Gedanken machte. Wegen meiner Schwangerschaft schlief er bei Ethis, wie alle, sogar ich, erwartet hatten. Und er verbrachte die Tage mit den anderen Männern bei der Jagd auf der Steppe oder am Tagesfeuer. Ich war nicht häufig genug bei ihm, um zu wissen, was in seinem Kopf vorging.

Aber Ethis und ich fanden uns oft sehr vergnügt zusam-

men. Da ich jetzt Knie und Fäuste in meinem Bauch fühlen konnte, interessierte ich mich sehr für Ethis' kleinen Sohn. Eines Tages, als wir mit den anderen Frauen hinuntergingen, um im Fluß zu baden, bat mich Ethis, ihn eine Weile zu halten. Ich streckte meine Hände nach ihm aus und drückte ihn an mich. Seit Mutter gestorben war, hatte ich nur meine eigene Schwester als Säugling auf dem Arm gehabt. Ich ging in die Hocke und sah ihn an. Wie meine Schwester, drehte dieses Kind den Kopf, wenn ich mit einer Brustwarze seine Wange berührte, und tastete nach ihr. Im Gegensatz zu damals, als meine Schwester geboren wurde, waren meine Brüste jetzt jedoch prall gefüllt, die Brustwarzen traten heraus, und als der Säugling eine Brustwarze fand, griff er nach ihr. Zu meiner Überraschung saugte er, und ein starkes, prickelndes Gefühl, das einem Schmerz nahekam, schoß von meiner Brust bis in meine Kehle. Dann schaute der Säugling zu mir auf! Unsere Blicke trafen sich! Und genau in diesem Augenblick tauchte sich Ethis in das eisige Wasser und stieß einen Schrei aus. Beim Klang ihrer Stimme ließ ihr Kind meine Brustwarze los, um in ihre Richtung zu schauen. Auf meiner staubigen Brust sah ich den nassen Abdruck seines Mundes und, zu meinem Erstaunen, etwas Milch auf meiner Brustwarze! Meine Milch? »Tante!« sagte ich. »Sieh mal her!«
»Was soll ich sehen?« fragte Teal und beugte ihren nackten und schlanken Körper herab, um besser sehen zu können.
»Ich habe Milch in meiner Brust!«
»So? Hast du etwas anderes erwartet?«
»Aber so früh?«
Jetzt schaute Teal etwas näher her. »Es ist nicht deine Milch. Er hatte etwas davon in seinem Mund.«
»Aha!« sagte ich und blickte dem Kleinen in die Augen, als er wieder nach meiner Brustwarze griff. Dann sagte ich: »Er sieht mich an. Er kennt mich.« Aber Teal hatte mir schon den Rücken zugedreht und sprach mit einer

anderen Frau, deshalb lächelte ich den Säugling nur an. »Ist das dein Fuß?« flüsterte ich und umspannte seinen Fuß. Er lächelte! »Seht her! Er lächelt«, sagte ich. Aber die anderen Frauen unterhielten sich, und keine drehte sich nach mir um. Es war mir auch recht. »Du kleiner Kerl«, sagte ich, legte meine Stirn an seine Stirn und ließ ihn nach meinen Haaren greifen. Und so vergnügten wir uns, bis Ethis tropfnaß aus dem Fluß herausstieg.

Fast jeden Tag ging ich mit Ethis über die Ebene und sammelte Mammutdung für das nächtliche Feuer. Manchmal trug sie den Säugling und manchmal trug ich ihn. Wenn wir genug Dung gesammelt hatten, blieben wir meistens an einem der vielen Feuerdornsträucher stehen, wo wir zwischen den Ästen die roten, bittersüßen Beeren abpflückten und sie uns in den Mund warfen. Anders als Ethis nahm ich so viele mit, wie ich aß, und schüttete sie abends Timu in die Hände, während er am Feuer der Männer saß und von nichts anderem als von Mammuten redete.

Ich wanderte sehr gerne mit Ethis und ihrem Kind unter dem dunstigen Sommerhimmel dahin, durch das dünne, rötliche Gras, das, so weit das Auge reichte, im Wind zitterte und hin und her wogte. Ethis meinte, daß der Spätsommer die Jahreszeit der Trappen sei, und oft begegneten wir tatsächlich einer Gruppe von fünf grauen Riesentrappen, die sich alle aufmerksam wie Jäger durch das Gras vorwärtsbewegten. Manchmal sahen wir draußen auf der Ebene eine kleine, braune Trappe, die sich senkrecht in die Luft erhob, flatterte und rief und sich dann wieder ins Gras hinabfallen ließ. Aber die Ebene war so flach, daß wir nicht weit sehen konnten, und so erblickten wir gewöhnlich keine weiteren Tiere und keine Menschen. Dennoch schaute ich mich immer nach Timu um und wünschte mir, ich wüßte, wo er war.

»Wo sind die Männer?« fragte ich Ethis einmal.

»Wer weiß das?« sagte sie und neigte den Kopf, damit

ihr die Beeren nicht aus dem Mund fielen. »Die Männer denken nur an Mammute, deshalb sind sie wahrscheinlich einigen davon auf der Spur, beobachten, was sie fressen und riechen den Urin und Dung.«
»Tatsächlich?« sagte ich. »Warum?«
»Um festzustellen, ob sie genug Wasser auf der Steppe finden oder ob sie den Steilhang hinuntersteigen und Wasser aus dem Fluß trinken müssen. Die Tümpel auf der Steppe trocknen im Sommer aus. Dieses Jahr war naß, sonst wären die Tümpel jetzt schon trocken.«
»Was ist, wenn die Mammute den Steilhang hinuntergehen?«
»Wir stoßen sie hinunter.«
»Die tote Mammutkuh am Flußufer – habt ihr sie auch hinuntergestoßen?«
»Ja, während Rothaar versuchte, sie zum Suhlen hinunterzubringen. Das tote Tier hatte viele große Maden von Pferdebremsen unter der Haut.«
»Rothaar? Wer ist Rothaar?«
»Rothaar ist ein Mammut, eine Anführerin.«
»Gebt ihr den Mammuten Namen?« fragte ich und legte eine Handvoll Feuerdornbeeren in meine Tragtasche.
»Die Männer geben ihnen Namen«, sagte Ethis. »Warum hebst du die Beeren auf? Es gibt hier doch genug davon.«
»Ich hebe sie für Timu auf«, sagte ich überrascht.
»Ach ja«, sagte Ethis.
Ihr Ton überraschte mich. »Warum sollte ich sonst wohl Beeren aufheben?« fragte ich.
»Natürlich mußt du ihm etwas mitbringen«, sagte sie in beruhigendem Ton. »Natürlich mußt du ihm eine Freude machen. Das sehe ich ein.«
Bekümmert hockte ich mich unter die Zweige des Feuerdorns. »Schwester«, sagte ich, »gibt es einen besonderen Grund, warum ich Timu eine Freude machen sollte? Ich sehe nämlich keinen besonderen Grund. Ich sammle Beeren für ihn, weil er unser Ehemann ist. Ich sammle Beeren für ihn jedesmal, wenn wir hinausgehen. Ich

frage dich, womit sollte ich ihm sonst eine Freude machen?«
Ethis schien verlegen zu sein, setzte sich aber neben mich und nahm das Kind auf den Schoß. »Es tut mir leid«, sagte sie. »Es gibt keinen anderen Grund.«
»Doch«, sagte ich. »Es gibt einen.«
»Aber du mußt ihn doch selber kennen!« rief Ethis verärgert aus.
»Ich kenne keinen Grund!«
»Aber, Yanan«, sagte Ethis, »natürlich kennst du den Grund! Wenn das Kind, das du trägst, nicht von ihm ist, möchtest du, daß er vergißt.«
Diese Worte hätten mich nicht aufregen sollen, aber sie taten es. Ich hatte schon fast vergessen, woran sich andere Leute anscheinend noch sehr gut erinnerten. Und ich erkannte, daß ich dadurch, daß ich Timu immer Geschenke mitbrachte, die Wahrheit von Ethis' Worten bewies. Beeren wuchsen überall. Wenn Timu Beeren haben wollte, brauchte er nur von den Büschen zu essen, wie es andere Männer taten. Ich sah, daß ich die einzige Frau war, die jeden Abend an das Feuer der Männer kam, um Beeren in die Hände ihres Mannes zu schütten. Aber: »Glaubt er denn, dieses Kind sei nicht von ihm?« fragte ich.
»Yanan. Du warst eine lange Zeit fort und kamst schwanger zurück. Eines Tages hörte ich, wie unser Ehemann Elho fragte, mit was für Männern du am Feuerfluß zusammen warst.«
Ich bekam eine Gänsehaut. »Was sagte Elho?«
Ethis sah mich aufmerksam an. »Mit lauter Stimme erklärte Elho, er wisse es nicht, denn er sei mit dir nicht die ganze Zeit beisammen gewesen.« Ethis dachte einen Augenblick nach und fügte dann hinzu: »Die laute Stimme verursachte die Aufregung. Jeder, der die Antwort hörte, konnte die Frage ahnen. Timus Stiefmutter erinnerte Timu an sein Verhalten auf den alten Sommergründen eurer Leute und daß er von allen Männern am besten über die Ehefrauen anderer Männer Bescheid

wissen müßte. Sie erinnerte ihn außerdem daran, daß dein Vater Elho mit deiner Tante Yoi ertappt hatte.«
»Welche seiner Stiefmütter hat das gesagt?«
»Natürlich Ina. Ina ist böse auf dich. Sie ist böse, weil ihre Söhne und deren Familien nicht hier sind. Sie weiß, daß du Yoi und Elho hastig von ihren Söhnen getrennt hast, statt ihnen zu helfen, ihre Kinder zu tragen.«
Ich erkannte, daß etwas Wahrheit in diesen Worten lag, und hörte mit Bedauern, daß viele Menschen immer noch gegen mich eingestellt waren.
»Was sagte Tante Teal?«
»Glaubst du, Ina hätte vor deiner Tante Teal gegen dich gesprochen? Würdest du gegen mich sprechen vor meiner Tante Rin?« Der bloße Gedanke war so unwahrscheinlich, daß ich ein Lächeln nicht unterdrücken konnte, was Ethis zu gefallen schien. »Also, Yanan«, sagte sie lachend. »Sei nicht traurig.«
Aber ich war traurig und wütend dazu. Auf dem Heimweg teilte ich alle meine Beeren in meiner Tragtasche mit Ethis, so daß keine mehr für Timu übrig waren, als wir die Höhle erreichten. Jetzt schämte ich mich, ihm Beeren zu geben.

Falls es Timu aufgefallen sein sollte, daß ich ihm abends kein Geschenk mehr mitbrachte, so ließ er es sich jedenfalls nicht anmerken. Vielleicht dachte er ebenso wie die anderen Männer zuviel über die Mammute nach. Aus den nächtlichen Gesprächen der Männer entnahm ich, daß die Schmelzwassertümpel auf der Ebene schließlich austrockneten und daß, obwohl die Mammute anscheinend schon über uns Bescheid wußten und den Pfad in die Schlucht hinunter so lange wie möglich mieden, sie bald gezwungen sein würden, Wasser aus dem Fluß zu trinken. Jeden Abend saß Timu im Kreis der Männer mit dem Rücken zur Feuerstelle der Frauen und redete nur von der Jagd. Die Stimmen der Männer hallten in der Höhle wider; sie unterbrachen sich gegenseitig und gestikulierten wild, und übertönt wurde das

Gerede durch die Geräusche von Meißeln gegen Feuerstein. Sie bereiteten sich selbst und ihre Werkzeuge für ein großes Unternehmen vor. Ich erkannte, wie sehr Graugans und seinen Männern die Aufregung gefiel, die durch ihre Bindungen mit Schwalbe herbeigeführt worden war.

Nachdem ich Timu keine Beeren mehr schenken konnte, erbat ich einen Teil einer Bisonhaut von Ethis und fing an, ihm statt dessen ein Paar Wintermokassins anzufertigen. Ich arbeitete unter den Frauen am Feuer still vor mich hin und versuchte immer, neben Teal oder Ethis zu sitzen. Von Zeit zu Zeit suchte ich Inas Blick zu erhaschen, damit ich sie vorwurfsvoll ansehen und sie erkennen konnte, wie falsch ihre Anschuldigungen waren. Jenes Glücksgefühl, das die Menschen empfunden haben mochten, als ich kam, schien vergangen zu sein, und da jede Frau sich um ihre eigenen Angelegenheiten kümmern mußte, schenkte man mir nur wenig Aufmerksamkeit.

Ich wollte sehr gern mit Timu sprechen. Ich glaubte, ich könnte ihn dazu bringen, seine Zweifel an mir zu vergessen. Aber das Leben am Haarfluß war nicht das gleiche wie am Forellenfluß – die Männer bildeten nie kleine Jagdgesellschaften, denen sich eine Frau anschließen konnte, und halfen nie den Frauen beim Sammeln von Brennmaterial. Es bestand nie ein Anlaß für Timu und mich, beisammen zu sein. Ich bat Ethis, ihm in der Nacht zuzuflüstern, daß ich einmal allein bei ihm sein wollte. Aber falls sie es tat, kam nichts dabei heraus.

An einem langen Abend im Spätsommer, als das Licht in der Schlucht verschwommen und bläulich war und die Schwalben niedrig über den Fluß dahinflogen, hörten wir Stimmen auf dem Pfad außerhalb der Höhle. Überrascht sahen wir uns alle an. Keiner fehlte. Wer konnte es sein? Die Männer sprangen auf die Füße und stellten sich am Eingang der Höhle mit bereitgehaltenen Speeren breitbeinig auf, als ob sie jede Art von

Aufregung, sogar einen Kampf, begrüßen würden. Aber ganz vorsichtig erschienen um die Ecke herum die unverwechselbaren Gestalten von Kamas dem Frosch und Henno dem Stock; sie wurden von hinten beleuchtet und gingen mit leeren Händen langsam und vorsichtig auf uns zu. Ina stieß einen lauten Schrei aus und stürzte vor, um sie zu umarmen.

Alle erhoben sich, um sie zu begrüßen. Den beiden Männern folgten ihre Ehefrauen und Kinder und begrüßten zuerst schüchtern nur Yoi, eine der wenigen Menschen, die sie kannten. Für mich hatten die Ehefrauen nur mißbilligende Blicke übrig. Kurz darauf umarmte Ina sie alle, hieß die Kinder willkommen und brachte sie in der Nähe ihres Schlafplatzes zwischen dem rückwärtigen Teil der Höhle und dem Feuer der Frauen unter. Und bald danach, da das Fleisch des letzten Beutetieres der Männer aufgegessen worden war, befanden Ethis und ich uns auf dem Weg hinunter zum Fluß, um Fleisch aus dem toten Mammut für die Abendmahlzeit der Neuankömmlinge herauszuschneiden.

Das von Fliegen übersäte Fleisch war ziemlich verrottet, sogar für den Geschmack der Mammutjäger. Deshalb schnitten wir Stücke tief aus dem Inneren des Kadavers heraus und wuschen uns und die Fleischstücke anschließend im Fluß ab, um die Maden und den üblen Geruch loszuwerden. Ich dachte mit einiger Genugtuung an die Frauen meiner Vettern, die an diesem Essen etwas auszusetzen haben würden, denn sie waren im Sommer jeden Tag an frische Fische gewöhnt. Aber ich hatte vergessen, wie lange sie gewandert waren. Alle Neuankömmlinge aßen so dankbar und so gierig, daß sie mich beschämten, und ohne dazu aufgefordert zu sein, ging ich allein zu dem Kadaver, um noch mehr Fleisch für sie zu holen.

Inzwischen herrschte in der Schlucht tiefe Dunkelheit, und das Echo des Windes war überall zu hören. Die abnehmende Sichel des Mammutmondes lag auf dem träge dahinfließenden Wasser, und ein Fuchs flüchtete von dem Kadaver weg, als ich näher herankam. Ich hörte jemanden hinter mir, und als ich mich umdrehte, sah ich vor dem Nachthimmel Timus Kopf und breite Schultern. Er hatte seinen Speer in der Hand. Er war gekommen, um mich vor den Tieren zu beschützen, die in der Finsternis hier sein könnten. Ach, Mann, dachte ich. Sei gegrüßt. Und als er neben mich trat, legte ich meine Hand auf seinen Arm.

Aber er blieb steif stehen und sah wortlos und nachdenklich auf mich herab. Ich lehnte mich ein wenig an ihn, als ob ich nachgeben wollte, und zog die Elfenbeinnadel aus meinem Hemd heraus, so daß sich der Kragen öffnete. »Timu«, flüsterte ich.

»Was soll das heißen? Ist deine Schwangerschaft denn noch nicht weit fortgeschritten?« fragte er brüsk. »Bist du so gierig, daß du jetzt mit mir schlafen möchtest? Tue, was du tun mußt, und mach es rasch. Hier kommen manchmal Löwen her.« Obwohl seine Worte und sein Verhalten mich tief kränkten, drehte ich mich um, um in dem Kadaver nach weiteren Fleischstücken zu suchen, und eilte dann hinunter, um das Fleisch im Fluß abzuwaschen, während er mir zusah. Ich wollte nicht weinen, aber trotzdem kamen mir die Tränen, und ich wischte sie mit dem Ärmel von meinem Gesicht ab.

Auf dem Rückweg zur Höhle ging Timu voraus und ließ mich das Fleisch tragen. Auf halbem Wege nach oben hörte ich Stimmen über uns und erkannte, daß die Gelegenheit, mit ihm zu sprechen, bald vorbei wäre. Ich blieb stehen, als ob ich eine Ruhepause brauchte. Er ging noch ein Stück weiter, bevor er merkte, daß ich nicht hinter ihm war, kam dann aber nicht wieder zurück. Ich lehnte mich gegen einen Felsen, um anzudeuten, daß ich so bald nicht nachkommen würde. Nach einer Weile kam er auf dem Pfad zu mir zurück. »Was ist jetzt los?« sagte er.

Dort stand er mit dem Schein des tiefstehenden Mondes auf seiner Stirn, und plötzlich verließen mich die Worte. Ich befeuchtete meine Lippen. Er wartete. »Ich frage

mich, warum du mir nichts zu sagen hast?« begann ich ängstlich. »Bist du böse? Hätte ich nicht herkommen sollen?«
»Warum nicht?« fragte er. »Bist du nicht mein Weib?«
»Ist es das Kind? Hat dir jemand etwas über das Kind gesagt?«
»Bin ich eine Frau, um mich über deine Schwangerschaft zu unterhalten?«
»Nein, Timu. Ich frage mich, woran du denkst.«
»Ich denke an die Jagd, nicht an Frauengeschichten«, sagte er.
»Ich möchte mit dir sprechen, und zwar jetzt.«
»Dann sprich.« Aber er schien so abweisend, daß ich kein Wort herausbrachte. Statt dessen nahm ich seine Hand und legte sie auf meinen Leib, so daß er fühlen konnte, was darin war. Unsere Blicke begegneten sich, und er zog seine Hand zurück. »Komm«, sagte er. »Deine Vettern warten.« Und er wandte sich um und ging wieder voraus. Ich folgte ihm und hoffte, daß ich keine Tränenspuren im Gesicht hatte. Vielleicht hätte ich am Fluß daran denken sollen, wo ich mir das Gesicht hätte abwaschen können.
Es war einfach, unbemerkt an den Leuten vorbeizuschlüpfen, da sich alle angeregt an den Feuerstellen unterhielten. Ich rollte mich in meine Felldecke, lag aber wach und lauschte. Timu saß am anderen Ende – ich hörte ihn ab und zu lachen. In meiner Nähe fütterten die Frauen vom Stock und vom Frosch ihre Kinder mit kleinen Fleischstücken. Der kleine Stiefsohn vom Frosch, Kakim, hatte sich ein Plätzchen neben mir ausgesucht und schlief bereits fest. Als ich seinen flachen Atem hörte, stützte ich mich auf den Ellbogen, um sein Gesicht anzusehen. In dem trüben Licht, das von der Decke der Höhle zurückgeworfen wurde, sah ich, wie dünn er war, wie leicht seine Lider über den Augen lagen, wie gespannt und bläulich seine Haut schien und wie sein Gesicht sogar im Schlaf etwas zitterte. Er sah schlimmer aus als das letzte Mal, da ich ihn gesehen

hatte, als wir den Feuerfluß verließen. Hatte er gegessen? Ich glaubte es nicht – ich bemerkte keinen Fleischgeruch in seinem Atem, und sein Gesicht war nicht fettverschmiert. Ich streckte die Hand aus, um ihn leicht zu berühren, worauf er sich bewegte, aber nicht aufwachte. Seine Haut war kalt und trocken. Er litt an einer alten Krankheit. Ich spürte, daß mich jemand beobachtete, und blickte auf. Neben mir stand Ethis; unsere Blicke trafen sich. Auch ihr war dieses Kind aufgefallen.

Die Gespräche am Frauenfeuer in dieser Nacht standen wegen der neuen Frauen unter einer gewissen Spannung. Nur Yoi kannte sie gut, und ich hatte das Gefühl, daß sie nicht viel von ihnen hielt. Sie beachtete sie kaum und fiel ihnen oft ins Wort, wenn sie etwas sagen wollten. Für Yoi war ein solches Benehmen zwar nichts Ungewöhnliches, aber die beiden Neuankömmlinge machten eine Unterhaltung auch nicht einfach. Sie hatten nichts weiter zu bieten als Klagen über die lange Strecke, die sie zurückgelegt hatten, und über den Mangel an Trinkwasser auf der Ebene. Ihr Lob galt den Menschen, die sie zurückgelassen hatten, und manchmal tuschelten sie sogar miteinander, als ob sie von uns redeten. Ich bin sicher, daß Ina sich ein Bild von ihnen gemacht hatte, bevor sie sie kennenlernte, denn sie waren ihre neuen Schwiegertöchter, und ich fragte mich, ob sie jetzt enttäuscht war. Sie machte viel Aufhebens von den beiden Säuglingen, ihren Enkelkindern. Der kleine Kakim war, wie Ina aus dem Gespräch mit den neuen Frauen erfuhr, nicht nur das Stiefkind vom Frosch, sondern auch das Stiefkind der Frau vom Frosch – das Kind vom ersten Ehemann dieser Frau, der ein Witwer gewesen war. Yoi hatte dies bestimmt gewußt, aber vielleicht war ihr Interesse an den beiden neuen Frauen so gering, daß sie es vergessen hatte.

Die Gespräche und das Gelächter am Männerfeuer hallte von den Wänden wider. Der Stock und der Frosch hatten wunderbare Neuigkeiten zu bieten: Mammutherden tranken stromaufwärts aus dem Fluß. Zweifellos würden weitere Mammute bald auch hier aus dem Fluß trinken. Der Stock und der Frosch wollten gern wissen, wie Mammute gejagt wurden, denn am Forellenfluß, Kiefernfluß und am Feuerfluß wurden Mammute von den Menschen meistens in Frieden gelassen. Alles redete durcheinander, und die anderen Männer schilderten, wie Mammute, wenn sie den schmalen Pfad in die Schlucht hinuntergingen, von oben mit Steinen beworfen wurden, damit sie Angst bekamen, davonlaufen wollten und so den festen Halt verloren. Die meisten, die abstürzten, konnten nicht wieder aufstehen. Da es am Ufer nicht viel zu fressen gab, konnten die anderen Mammute die verletzten Mammute nicht länger als etwa einen Tag bewachen. Dann ließen sich die verletzten Mammute ganz leicht erlegen. »Wir weinen über so viel Nahrung«, sagte Schwalbe. »Und wir lachen über so viel Elfenbein.«

Am Morgen schlossen sich der Stock und der Frosch bereitwillig den anderen Männern an und trugen viele große Gesteinsbrocken aus dem Fluß herauf. Den ganzen Tag hindurch arbeiteten sie in Gruppen zusammen, rasteten, wenn die Sonne hoch stand, und badeten am Nachmittag. Ich merkte, daß meine Vettern bei Timu blieben. Die Frauen stellten Blenden aus Zweigen her, die aus dem Gebüsch herausgeschnitten waren. Fast alle gingen auf in der Aufregung der Jagdvorbereitungen. Schwalbe war jetzt sicher, daß die von Rothaar angeführte Mammutherde nicht mehr viel länger warten würde, bis sie den Pfad benutzte. Der kleine Kakim wurde nicht für zu jung gehalten, um den Männern zu helfen, und oft sah ich ihn geduldig den Pfad hinaufstolpern, jedes Mal mit einem Stein, der eigentlich zu schwer für ihn war. Er versuchte, sich eine Weile in der Höhle auszuruhen, aber sein Stiefvater, der Frosch, rief ihn wieder hinaus. Oft mußte sich Kakim von der Arbeit entfernen und im Gebüsch hinhocken. Ich sah, daß seine Krankheit von Durchfall stammte.

Bei Einbruch der Nacht waren sogar die zwei neuen Frauen vergnügt und hoffnungsvoll. Wie es die Mammutjäger ausdrückten – die Zeit des Fleisches rückte näher. Aber der kleine Kakim schlief ein, bevor er aß, gerade als wir Fleisch zum Braten auf das Feuer legten. Wieder tauschten Ethis und ich Blicke. Schließlich konnte ich nicht anders und wandte mich an die Frau des Frosches. »Dein kleiner Sohn braucht Nahrung«, sagte ich ihr. »Darf ich ihn aufwecken?«
»Warum sorgst du dich jetzt um ihn?« fragte sie. »Beobachtet jemand deine Manieren?« Ihre Grobheit war genau das, was ich erwartet hatte. Aber was spielte es schon für eine Rolle? Ich zuckte mit den Achseln. Als ich Inas höhnischen Blick auffing, lächelte ich freundlich, um sie zu ärgern. Ich wollte nichts mehr zu tun haben mit den Neuankömmlingen, die meinetwegen ihr Essen selbst beibringen und zubereiten konnten. Aber später, als wir aßen, bemerkte ich, daß Ethis bei dem Knaben war und ihn sanft rüttelte. Sie ließ ihn langsam aufwachen, legte dann den Arm um seine Schultern und fütterte ihn mit einem Stück Fleisch. Er blickte so dankbar und so ergeben zu Ethis auf, daß ich plötzlich traurig wurde. Noch später bemerkte ich, daß er, an Ethis gelehnt, wieder eingeschlafen war.
Mitten in der Nacht hörte ich ihn weinen. Ich setzte mich auf. Er hockte neben seinen Stiefeltern und sagte unter Tränen, er müsse sich erleichtern. Keiner der beiden wollte aufstehen und mit ihm hinausgehen. »Bitte«, bat er, denn er hatte Angst, allein zu gehen.
»Geh ein Stück auf dem Pfad entlang. Dort passiert dir nichts«, murmelte der Frosch. So bahnte sich der kleine Bursche schließlich langsam einen Weg durch die schlafenden Menschen bis zum Ausgang der Höhle. Ich stand auf. »Was ist denn jetzt los?« murmelte der Frosch.
»Ich muß mich auch erleichtern«, sagte ich. »Ich nehme ihn mit zur Latrine.«
»Gut«, sagte der Frosch verschlafen.
Draußen im Sternenlicht, während die Höhleneule in

der Baumgruppe ihren dumpfen Ruf ertönen ließ und das leise Plätschern des Wassers vom Fluß unter uns heraufdrang, ergriff ich Kakims magere, trockene Hand und führte ihn auf die Ebene. Er hockte sich eine Zeit hin und konnte sich nur wenig erleichtern. Ich hörte, daß er schwer atmete. Er schien sehr müde und krank zu sein. Schließlich stand er auf. »Bist du Yanan?« flüsterte er.

»Ja, Kakim.«

»Ich kann jetzt wieder zurückgehen.«

»Dann gehen wir«, sagte ich und nahm wieder seine Hand.

»Ist noch etwas Fleisch übrig?« flüsterte er, als wir in der Höhle waren. »Ich habe großen Hunger.«

»Ich werde nachsehen«, sagte ich und versuchte, mich leise zu bewegen. Ich schaute auf alle die flachen Steine neben den Feuerstellen, wo vielleicht noch ein Stück Fleisch herumlag. Ich entdeckte keines, weckte aber Ethis zufällig auf. Sie blickte neben Timus nackter Schulter unter der Felldecke hervor.

»Was willst du?« fragte sie.

Ich hockte mich neben ihrer Lagerstatt hin und wisperte ganz leise: »Der kleine Kakim hat Hunger. Ich versuche, etwas für ihn zu finden.«

Darauf bedacht, Timu nicht aufzuwecken, stand Ethis mit ihrem Säugling auf und stopfte ihre Brust in seinen Mund, damit er nicht zu weinen anfing. »Ich werde dir helfen«, sagte sie. Also suchten wir beide, fanden aber nichts.

Jetzt sahen wir uns gegenseitig lange in die Augen. Es gab keine andere Wahl – einer von uns mußte hinunter zu dem Kadaver gehen. »Ich werde gehen«, sagte ich. »Ich bin nicht müde.«

»Ich gehe mit dir«, flüsterte Ethis. Wir saßen neben dem kleinen Kakim. »Wir haben bald etwas zu essen«, sagte sie. Ich nahm meinen Speer und wir machten uns auf den Weg.

In der Schlucht war es sehr dunkel. Auf halbem Wege

hinunter warfen wir ein paar Steine hinab, um alles aufzuscheuchen, was dort vielleicht auf uns lauerte, und fingen dann zu singen an:

Rettet mein Leben, Jäger!
Tötet zehn Pferde,
Eines für jeden meiner Finger!

Das Echo unseres Liedes klang von den Wänden der Schlucht zurück. Ethis mit dem Säugling hielt Wache, während ich mein Hemd auszog und mich in den Kadaver hineingrub. Ich hatte vergessen, ein Messer mitzunehmen, und mußte das Fleisch mit dem Speer herausschneiden. Nur die untere Seite des Mammuts war noch von Wert, und da sich der Speerschaft in den Rippen verfing, dauerte die Arbeit längere Zeit. »Schwester!« flüsterte Ethis plötzlich, als wäre sie alarmiert. Ich kroch aus der Brusthöhle des Mammuts heraus. Dort stand Timu; er sah uns wortlos an und sah so böse aus, daß ich erschrak.
»Was ist los, Mann? Du hast uns erschreckt«, sagte Ethis.
»Warum sind meine Weiber hier, zu dieser Nachtzeit? Ihr habt alle mit eurem Singen aufgeweckt! Man wundert sich, was ihr macht. Ich bin gekommen, um euch zu finden!«
»Was glaubt ihr denn, was wir machen?« fragte Ethis, von seinem Ton vielleicht etwas verärgert.
»Kommt. Wir gehen zurück«, sagte er.
»Bist du fertig, Yanan?« fragte Ethis.
»Fast«, sagte ich und beugte mich in die Brusthöhle, um noch mehr Fleisch herauszuschneiden.
Timu hielt den Schaft meines Speeres fest. »Wir gehen jetzt«, sagte er.
»Ein Stück Fleisch ist beinahe lose. Ich habe es gleich.«
Aber Timu wollte den Speer nicht loslassen.
Was war mit mir geschehen? Vor meinem geistigen Auge sah ich das gleiche Ereignis vor einem Jahr. Ich

hätte mich mit den Beinen gegen den Boden gestemmt, meinen Speer in beide Hände genommen und ihn kraftvoll herumgerissen. Jetzt, als sich etwas in meinem Leib regte, stand ich ängstlich vor Timu und fragte mich, was ihm an mir mißfallen hatte; ich fürchtete mich, ihn danach zu fragen, ich fürchtete mich sogar, überhaupt mit ihm zu sprechen, aus Angst, ich könne erst recht sein Mißfallen erregen.

»Schluß damit«, sagte er und schob den Speer brüsk beiseite. Ich tat, wie er sagte, und ging zum Fluß, um das Fleisch und mich selbst abzuspülen. Während ich dort war, hörte ich Ethis und Timu in sehr leisem Ton miteinander reden. Ich stand auf. »Warum hörst du auf jeden, der es böse meint?« sagte Ethis gerade.

»Ich höre nicht auf jeden«, sagte Timu. »Aber da Elho mein Halbbruder ist, weiß ich, was er tut. Warum sollte ich dem Frosch nicht glauben?«

Elho und der Frosch. Ich ahnte natürlich, was geschehen war. Auf die eine oder andere Weise hatte Timu gehört, was die Leute über Elho und mich zu wissen glaubten. Oder weil Timu wegen meiner Schwangerschaft bereits Verdacht geschöpft hatte, brauchte ihm vielleicht der Frosch nur zu erzählen, daß er mich und Elho im Gras am Feuerfluß gesehen hatte. Ich fühlte mich wie gelähmt. Erstaunlicherweise war mir jedoch klar, daß Elho mit Timu nicht gesprochen hatte. Hätte er es getan, würde sich Timu jetzt anders verhalten. Timu würde sich sicher sein über das, was geschehen war, was zu einem Wutausbruch geführt hätte. So aber ließ er den hintergründigen Zorn erkennen, der durch bloßen Verdacht entsteht, und sein Zorn erstreckte sich auf uns alle, Ethis ebenso wie mich.

Ich wußte nicht, was ich tun sollte, und ging langsam zu den beiden zurück. Sie unterbrachen ihr Gespräch und sahen mich an. »Wir können jetzt gehen, Timu«, sagte Ethis. Und so stiegen wir in der Dunkelheit auf dem Pfad wieder hinauf und suchten mit den Füßen einen festen Halt – erst Timu, dann Ethis, dann ich.

Ethis ließ Timu weit vorausgehen und flüsterte dann: »Er ist überzeugt, daß er nicht der Vater deines Kindes ist. Der Frosch hat ihm erzählt, daß du mehrmals allein mit Elho weggegangen bist.«

»Ich weiß. Ich habe Timu reden hören«, sagte ich.

»Das ist für einen einzigen Menschen nur schwer zu ertragen«, sagte Ethis.

»Ja.«

»Ich werde dir helfen! Und ich werde mich von Timu scheiden, wenn er seinen Frauen nicht mehr Achtung entgegenbringt! Wie du uns mit Graugans verbindest, bin ich das Band zu Schwalbe. Denk daran.«

»Wenn du mir zu viel hilfst, könnte er uns beide verstoßen.«

»Und damit alle gegen sich aufbringen? Das glaube ich nicht«, sagte sie.

In der Höhle schnitten Ethis und ich das Mammutfleisch in sehr dünne Streifen, damit sie auf der schwachen Glut rasch gar wurden und außerdem leicht zu essen waren. Als wir das Fleisch dem kleinen Kakim brachten, fanden wir ihn schlafend vor. Da es fast Morgen war, entschieden wir, ihm das Fleisch zu geben, wenn er aufwachte. Dann kroch Ethis mit ihrem Kind neben Timu ins Bett zurück, der zu still war, um zu schlafen. Ich schlüpfte unter mein eigenes Fell, während ich spürte, daß sich ein anderer Mensch in meinem Inneren regte. Bald herrschte völlige Stille. Meine Gedanken sammelten sich in meinem Leib, genau in meiner Mitte. Das Kind, das sich geregt hatte, lag jetzt ruhig da, warm und gesichert, ohne etwas zu wissen von Zorn oder Gefahren oder von irgend etwas, das sich ereignet hatte oder das noch kommen konnte. Aber es kannte mich vielleicht. Vielleicht konnte es mich hören. Vielleicht sorgte es sich bereits um mich, so wie ich mich früher einmal um meine Mutter gesorgt hatte und wie ich es auch jetzt noch tat, wo sie auch sein mochte.

19

Im zweiten Sommer, nachdem ich ein Geist geworden war, als Murmeltiers Bruder Goldauge zufällig bei uns war und der Mond der Fliegen eine dünne Sichel bildete, lagerte ein Rudel Löwen in einer der leeren Höhlen oberhalb des Haarflusses. Die Löwen hatten zahlreiche Fährten, um über den Abhang auf die Ebene und wieder hinunter zum Wasser zu gelangen. Als die Menschen den Haarfluß erreichten, stießen sie überall auf Löwen und fragten sich, ob diese durch das Aas angelockt waren, das im Herbst dort liegengeblieben war.

Dann begannen die Menschen, das Brüllen der Löwen zu hören; es war manchmal so laut, daß sogar wir, die Geister, glaubten, der Widerhall im Tal würde unsere Köpfe zum Platzen bringen. Zunächst dachten wir, daß die Löwen den Menschen Angst einjagen wollten, aber später sahen wir, daß sie einfach lebten, wie sie wollten: Sie fühlten sich so wohl, daß sie schnurrten und schnarchten, sich gegenseitig anfauchten und balgten, ohne einen Gedanken an die Menschen zu verschwenden.

Nachdem sie einige Tage vorsichtig herumgewandert waren, aus Furcht, von einem auf der Lauer liegenden Löwen überrascht zu werden, sangen die Menschen, und die Schamanen gerieten in Trance, bis Schwalbe und Teal über dem hohlen Mammutschädel standen, der in dem Birkenwäldchen lag. Die Schamanen sprachen keineswegs ehrerbietig mit uns, sondern schalten und bedrohten uns, weil wir die Löwen überhaupt herangelassen hatten.

»Wir konnten nicht anders«, sagte Goldauge.

»Dann vertreibt sie wieder!« sagte Teal. »Sie fressen

unser ganzes Fleisch auf! Dann werden sie uns auffressen! Keine Widerrede! Tut, was ich sage!«

Ihr Zorn beschämte uns, und wir verabredeten, es wenigstens zu versuchen. In derselben Nacht machten wir uns in der Gestalt von Löwen auf den Weg, während der Himmel noch dunkel war.

Auf großen, weißen Pfoten, mit angelegten Ohren und steifem Schwanz, den Kopf und die Schultern gesenkt, schlichen wir auf dem Felsabsatz entlang. Über unseren Köpfen näherte sich der Morgenstern langsam den Rentiersternen und brachte uns zum Bewußtsein, daß die Zeit für die Jagd nahe war. Als der Morgenwind aufkam und die Vögel zu singen begannen, stiegen wir zum Rand des Tales oberhalb der Lagerstätte der Löwen hinauf und blieben stehen, um ihren Geruch zu prüfen, der schwer war von Duftstoffen und Fleisch.

Entsetzt erkannte ich, daß es nach sehr vielen Löwinnen roch; einige säugten Junge und andere waren in Hitze. Auch Murmeltier und Goldauge merkten es und knurrten leise. Dann sagte mir meine Nase, daß die Löwinnen nur einen einzigen männlichen Löwen bei sich hatten. Sein Duft war nicht so schwer und männlich wie der Geruch von Murmeltier oder Goldauge, sondern leicht und frisch. Er war noch jung. Dann krabbelte es auf meiner Haut und mein Gesicht zog sich zusammen: Mit dem Wind kam der gesunde Geruch nach Löwenjungen – seinen Jungen. Plötzlich jaulte eines auf. Eine der Löwinnen zischte eine Warnung, und dann hörte man das gleichmäßig schabende Geräusch ihrer Zunge, als sie das Junge anscheinend leckte.

Ich wußte, daß ich diesen Löwinnen nicht zu nahe kommen sollte. Ihnen gehörte die Höhle. Ich war bloß ein Fremdling. Sie konnten mich zerreißen, falls sie mich auf ihrem Gelände entdeckten. Als ihr gleichmäßiges Atmen in Gähnen und Knurren überging, stieg meine Furcht. Ich fing zu zittern an, und bald hielt mich hier nichts mehr. Im heller werdenden Licht schlich ich von dem Rand des Tals auf die offene Ebene. Murmeltier und Goldauge folgten mir nicht. Statt dessen traten sie gemeinsam vom Rand des Absatzes zurück und stießen gemeinsam ein herausforderndes Brüllen aus, das den jungen Löwen und alle seine Löwinnen veranlaßte, auf die Ebene hinaufzustürmen. Ich sprang auf.

Aus einem Wacholdergebüsch, wo ich hoffte, meine Zähne würden aufhören zu klappern, lauschte ich dem schrecklichen Gebrüll der kämpfenden Tiere. Stromaufwärts hörten auch die entsetzten Menschen zu; sie wagten nicht einmal, ein Feuer zu entzünden – sie machten keinen Rauch und kein Geräusch. Nach einer langen Zeit hörte ich ein Rascheln in dem hohen Gras und sah den männlichen Löwen des Rudels wegrennen – allein. Von Blut gerötet und bei dem Versuch, sich gleichzeitig zu verstecken und wegzurennen, war er so damit beschäftigt, über seine Schulter zu blicken, um zu sehen, ob Murmeltier oder Goldauge ihm folgten, daß er mich gar nicht bemerkte. Als ich den überwältigenden Geruch seines sauren Atems wahrnahm, seiner Angstduftstoffe, seines Urins und seiner frisch geschlagenen Wunden mit ihrem Geruch nach zerrissener Haut, Muskelfleisch und sogar freigelegten Knochen, zog ich eine Grimasse.

In dem Glauben, daß Murmeltier und Goldauge das Rudel verjagen würden, wartete ich darauf, daß die Löwinnen dem Löwen folgten. Als aber die Sonne höher stieg und die Löwinnen nicht kamen, schlich ich zurück und sah, daß die Löwinnen von Goldauge bewacht wurden. Einige leckten ihre Wunden, und die anderen sahen zu, wie Murmeltier mit einem kleinen Jungen im Maul den Pfad hinaufkletterte. Es hing schlaff herab, sein Kopf rollte hin und her. Blut sickerte aus seiner Nase. Murmeltier öffnete das Maul und ließ das Junge wie ein Stück Fleisch herunterfallen. Leichtfüßig schwang sich Murmeltier noch einmal auf den Pfad hinunter und kam mit einem weiteren kleinen Jungen zurück, aber jetzt stürzten ein paar ältere Jungtiere an ihm vorbei und verstreuten sich auf der Ebene. Mein Schwanz zuckte

vor innerem Unbehagen und dem Wunsch, ebenfalls davonzulaufen, aber da ich wußte, daß die Löwinnen mich verfolgen würden, wenn sie mich sahen, blieb ich in Deckung.
Murmeltier ließ das zweite Junge fallen und schlug mit heiserem Gebrüll auf eines der Jungtiere, die an ihm vorbeihuschten. Er erwischte es mit einem Prankenhieb, der das Junge zuckend zu Boden streckte. Ein anderes Jungtier versuchte, sich im Gras zu verstecken, doch Murmeltier war schneller, schnappte nach seinem Genick und schüttelte den kleinen Löwen hin und her. Die Schreie des Jungen taten mir weh. Bald hing auch dieses Tier schlaff herunter, die Zunge schaute zwischen den Zähnen hervor und Blut tropfte aus den Nasenlöchern. Einige der Löwinnen knurrten drohend, aber keine rührte sich. Der schwere Geruch ihrer Angst und Wut brannte mir in der Nase.
Wenn sie mich jetzt fingen, das wußte ich, dann würden sie mich für das, was Murmeltier und Goldauge taten, bestrafen. Ich strengte mich so an stillzuhalten, daß mir die Glieder schmerzten. Angsterfüllt wartete ich, während Murmeltier und Goldauge mit erhobenem Kopf langsam die Löwinnen umkreisten. Einige Löwinnen zischten die beiden laut an, und eine schlug Murmeltier hart aufs Ohr. Er brüllte sie an. Aber schon bald darauf rieb eine andere Löwin langsam ihren ganzen Körper unter Murmeltiers Kinn entlang. Ich hörte Schnurren; plötzlich legte Murmeltier sein offenes Maul über ihr Genick, ergriff ihren Leib, um ihr Hinterteil zwischen seine Beine zu ziehen, und machte mit den Hüften ein paar heftige Stoßbewegungen.
Die brünstigen Löwinnen stellten für Murmeltier und Goldauge anscheinend eine zu große Versuchung dar. Sie wollten das Rudel nicht mehr verscheuchen, sondern versuchten, sich ihm anzuschließen. Würden sie ihre neuen Löwinnen zu einer Jagd nach mir anführen? Entsetzen packte mich, ich spürte, wie sich mir die Haare aufstellten und meine Augen zu Schlitzen wur-

den, und bevor ich darüber nachdenken konnte, rannte ich auch schon davon, den Bauch dicht am Boden.
Ich war noch nicht weit gekommen, als das hohe Gras hinter mir raschelte, und ich fuhr herum, bereit, um mein Leben zu kämpfen. Aber ich entdeckte nur ein Jungtier, das mich erwartungsvoll ansah – ein kleiner Löwe, noch nicht einmal ein Jahr alt, mit langem Hals und großen Ohren. Ich fauchte ihn an und sprang davon. Er folgte mir. In einem Wacholdergebüsch drehte ich mich um. Er war unmittelbar hinter mir und sah mich an, als warte er auf ein Zeichen, was er tun solle. Obwohl ich ein Gebrüll loslassen wollte, wagte ich nicht einmal, laut zu zischen. Statt dessen fletschte ich meine Zähne und fauchte noch einmal. Er wich zurück, aber nur zögernd.
Inzwischen paarten sich anscheinend sowohl Murmeltier als auch Goldauge mit den Löwinnen. Jedes lustvolle Miauen erschreckte mich. Aber ich wußte, daß ich entkommen konnte, während alle beschäftigt waren. Ich streckte den Kopf aus dem Wacholder nach oben, und als ich weit draußen auf der Ebene aufrecht stehendes Gras und niedriges Gebüsch erblickte, lief ich darauf zu. Das Junge folgte mir. Unterwegs hörte ich das Gesumm von Fliegen, kurz darauf kreuzte ich den Pfad des verwundeten Löwen und sah, daß die Fliegen von den Blutspritzern auf dem Gras und dem Blut in seinen Fußabdrücken tranken; er würde nicht mehr lange leben. Auch er rannte auf das niedrige Gebüsch zu. Ich hatte keine Angst vor ihm – er war schwach und verwundet und ich war noch kräftig –, aber der Gedanke an die anderen Löwen, die ihm den Rest geben wollten, ließ mich meine Richtung ändern. Ich rannte über die Ebene, hielt mich dabei so flach, wie ich konnte, und das Junge blieb immer hinter mir. Je weiter ich mich von den Löwinnen absetzte, desto schneller lief ich jedoch, bis ich in hohen Sätzen über den Boden sprang. Bald fiel das Junge weit zurück, und das war gut so. Jetzt konnte ich ein sicheres Versteck ausfindig machen,

ohne daß das Jungtier Löwinnen anlockte, die mir vielleicht auf der Spur gewesen waren. Gegen Mittag fand ich ein dichtes Beifußgestrüpp und legte mich dort nieder, ohne auf das Geschrei eines grauen Würgers zu achten, der mich beobachtete.

In der Mitte des Dickichts waren die Stauden trocken und eingeknickt, so daß ich einen Platz fand, wo ich mich auf der Seite ausstrecken konnte. Und die Büsche um mich herum waren stark belaubt und strömten einen Geruch aus, der mich vor Insekten schützte. Ich konnte durch die Zweige hinausschauen, aber von draußen konnte mich niemand sehen. Der graue Würger saß jetzt still auf dem höchsten Zweig. In einer Gabelung unter ihm sah ich den trocknenden Kadaver eines Käfers. Seine Beute, dachte ich. Er lebt hier wie ein Leopard. Wenn er wieder einen Löwen sieht, wird er es mir sagen. Ich fühlte mich plötzlich einsam, aber auch gelöst und schläfrig in dem Sonnenschein, der so warm war wie im Frühling.

Gerade als ich zu träumen begann, erschreckte mich der Würger mit lautem Kreischen. Ich sprang auf die Beine, zum Kampf bereit, sah aber nur das Junge, das mit gerunzelter Stirn langsam durch das Gebüsch heranschlich, als ob es bei mir sein wollte. Ich schaute über seinen Kopf hinweg und suchte die Ebene nach anderen Löwen ab, aber das Jungtier war allein. Es mußte meinen Spuren gefolgt sein. Gereizt zeigte ich ihm alle meine Zähne und schob mein Gesicht ganz dicht an seinen Kopf, so daß er mich nicht mißverstehen konnte. Er wirkte betrübt und trat zurück. Befriedigt legte ich mich wieder hin und ließ mich von der Sonne wärmen. Aber er war nicht weggegangen. Als ich aufwachte, weil mir kalt wurde, schlief er neben mir. Ich schaute ihn von oben bis unten an. Der Pelz an seinem Genick war verfilzt, als ob er einmal naß geworden wäre. Murmeltier oder Goldauge müssen ihre Kiefer hier gehabt haben, dachte ich bei mir und beschnupperte die Stelle. Es war Murmeltier gewesen, ich roch Murmeltiers Atem.

Ich beleckte den verfilzten Pelz, um ihn in Ordnung zu bringen. Das Junge wachte auf, drehte sich auf den Rükken und betastete mit den Pfoten mein Gesicht. Ich hielt ihn mit meiner Pranke nieder, während ich seinen Bauch beleckte und zwischen seinen Hinterbeinen schnupperte, um zu erfahren, was er gefressen hatte. Um seinen After und den Penis herum roch es schwach nach Bison und Milch. Frißt Fleisch, ist aber noch ein Säugling, stellte ich fest und hob meine Pfote. Das Junge schob sich unter meinen Schenkel, und plötzlich spürte ich ein Kitzeln den ganzen Weg von meiner Brustwarze bis zu meiner Kehle – er versuchte zu saugen. Sein warmer Leib fühlte sich an meinem Körper gut an, und seine rauhe Zunge war angenehm, als er versuchte, meine Brustwarzen vom Pelz zu befreien. Ich legte mich wieder hin und hob mein Hinterbein, um Platz für ihn zu machen. Gelöster und nicht mehr so einsam schlief ich wieder ein.

Ich wachte auf, als ich Zähne in meinem Schwanz spürte. Das Junge spielte mit mir. Ich schwang meinen Schwanz zur Seite. Er sprang vor mir herum, aber ich wollte nicht spielen. Statt dessen schaute ich durch das Buschwerk auf die Ebene dahinter. Vielleicht wanderte dort etwas Eßbares herum. Ja! Ich sah eine Reihe Bisons auf dem Weg zum Fluß, aber es waren sehr viele, sehr große und starke Tiere, und ich konnte mich in dem kurzen Gras nicht verstecken. Außerdem würde ich nicht versuchen, einen Bison im Alleingang zu töten. Sie gingen hintereinander her, so daß es schwer war, außer dem ersten einem der Tiere aufzulauern. Und natürlich war der Anführer bestimmt der größte und gefährlichste von ihnen. Außerdem waren Bisons nicht wie die Rentiere, die einen in Ruhe ließen, wenn man ein Tier aus der Herde erbeutete. Bisons ließen sich nicht abschrecken. Man konnte einen Bison zu Boden reißen und gleich darauf von hinten von einem anderen Bison angegriffen werden.

Enttäuscht schaute ich, ob nach den Bisons irgendwel-

che Tiere kamen. Manchmal schlossen sich ihnen Steppenantilopen an. Aber heute waren die Steppenantilopen offenbar woanders. Rothirsche? Keine. Rentiere? Keine. War denn da auf der Ebene nichts für mich? In weiter Ferne sah ich eine Staubwolke, die von einer Mammutherde aufgewirbelt worden war. Aber hinter Mammuten war ich nicht her – sie konnten mich zertrampeln und stückweise in alle Richtungen verstreuen. Mit eingezogenem Kopf und gesenkten Schultern ging ich traurig aus dem Dickicht heraus; ich würde nur schwer etwas zu fressen finden. Das Junge folgte mir. Bald wurde es lästig und sprang vor mir herum, was mich ärgerte; wenn ich Glück hatte und etwas sah, konnte mir der Kleine mein Anpirschen verderben. Aber es war niemand da, der ihn von mir hätte fernhalten können, und im neuerlichen Gefühl der Einsamkeit wanderte ich auf den Horizont zu, während sich der Himmel rötete und der Nachtwind zu wehen begann, kühl und nach Beifuß duftend.
Plötzlich spürte ich einen Biß an meinem Kopf! Ich blickte auf. Der Würger war auf mich herabgestoßen. Zornig sprang ich hoch, aber er flog natürlich davon. Das Löwenjunge glaubte, ich wolle spielen, und lief mir zwischen die Füße. Meine Geduld war zu Ende. Ich knurrte ihn an. Dann fiel mir das große Rudel in der Nähe ein, das jetzt wahrscheinlich ebenfalls jagte und mich womöglich hören konnte, und ich bedauerte den Krach.
Was konnte ich anderes tun, als weiterzuwandern? Ich hielt mich im Gegenwind. Weite Strecken ging ich über die Ebene dahin und überquerte die Fährten vieler köstlicher Tiere, deren Spuren aber schon kalt waren. Trotzdem lief mir bei dem Geruch das Wasser im Maul zusammen. Das Junge rannte vor mir her oder blieb zurück; dabei sprang es auf Heuschrecken und alles, was sich bewegte. Als es längere Zeit verschwand, suchte ich nicht nach ihm, da es ja nicht meines war. Aber es hatte sich nur versteckt, und als ich an einem kleinen

Wermutgebüsch vorbeikam, stürzte es heraus und sprang mich an.
Kurz bevor es dunkel wurde, erreichte ich eine Anhöhe, wo ich mich so groß und meinen Hals so lang machte, wie ich nur konnte, und eine Pferdeherde entdeckte. Rasch duckte ich mich, um einen anderen kleinen Wermutbusch zu erreichen, der mir Deckung bieten würde. Dann hielt ich Ausschau nach einem weiteren Gebüsch. Ich sah eine mit hohem Gras bewachsene Stelle und schlich langsam und leise auf sie zu, wobei ich meine Ohren angelegt und die Augen auf die Pferde gerichtet hielt; ich achtete darauf, daß das Gras nicht raschelte. Neben mir hatte sich das Junge auch geduckt, die Ohren gespitzt und die Augen weit aufgerissen.
Versteckt in dem hohen Gras, beobachtete ich den Hengst. Sein Kopf war unten, er weidete. Um ihn herum fraßen auch seine Stuten, den Schwanz dem Wind und den Kopf mir zugewandt. Mit dem Wind würden sie auf mich zukommen, deshalb wartete ich. Und ich wartete lange. Ich suchte mir ein Pferd aus – die junge Stute, die mir am nächsten stand – und starrte sie an, bis meine Augen brannten. Mein Schwanz zuckte. Mein Maul wurde wäßrig. Je näher die Pferde herankamen, desto enger zog ich meine Beine unter mich, bis mir die Muskeln in meiner Hinterhand wehtaten. Ich konnte die Augenwimpern meiner Stute und Spuren von Speichel an den Rändern ihres Maules sehen. Das Geräusch ihres Kauens erregte mich so sehr, daß ich mich kaum noch zurückhalten konnte. Ich ärgerte mich, weil der Kleine schwer atmete. Würde er mir alles verderben? Plötzlich hob meine Stute den Kopf. Hatte sie ihn gesehen? Ihre Ohren waren hoch aufgerichtet und die Augen aufgerissen – sie sah verängstigt aus. Ja, sie sah ihn! Aus dem Augenwinkel heraus bemerkte ich, daß das Junge seinen Hals gestreckt hatte, um die Stute besser sehen zu können. Sie blickten sich gegenseitig an! *Jetzt!* dachte ich und sprang aus dem Gras heraus.
Mit lautem Schnauben sprang meine Stute zurück. Die

anderen Pferde warfen ihre Köpfe auf und stürmten davon; ich blieb hinter ihnen, das Gras peitschte mir ins Gesicht und das Erdreich von ihren Hufen prasselte mir entgegen. Mein Herz begann von dem Rennen zu hämmern. Aber der Abstand wurde kleiner, ich holte immer mehr auf, bis das runde Hinterteil meiner Stute grau und breit vor mir glänzte, und mit letzter Anstrengung sprang ich sie an.
Mein Bauch schlug dumpf gegen ihre Hüften. Ich rang nach Atem. Die Krallen meiner Vorderpfoten schossen heraus und verhakten sich in ihren Rippen. Sie schrie und bäumte sich auf, wobei sie mit den Hufen wild um sich schlug. Ich spürte, daß ich abrutschte, und bemühte mich, die Krallen meiner Hinterläufe in ihre Schenkel zu graben; ich versuchte, höher hinaufzuklettern und außer Reichweite ihrer gefährlichen Hufe zu gelangen. Durch ihr Bocken tanzte die Welt vor meinen Augen auf und ab, und ihre Mähne peitschte meine Augen, aber ich hielt mich fest und versuchte, an ihr Gesicht heranzukommen. Gerade als sich einer meiner Hinterfüße lockerte und hilflos in der Luft baumelte, fühlte ich ihre Wange unter meinen Klauen, dann ihr Fleisch, das unter meinen Pranken aufriß. Mit dem Maul tastete ich nach etwas Hartem unter ihrer Mähne, und als ich an meiner Zunge Haut spürte, biß ich zu. Blut spritzte heraus. Die Stute warf sich nach vorn, ich rutschte ab und beide verloren wir das Gleichgewicht. Mit einem schrecklichen Krachen schlugen wir auf dem Boden auf, sie fast auf mich drauf. Sie schrie mir genau ins Ohr, so daß mir fast der Kopf platzte, aber ich beugte mich über sie und vergrub meine Zähne in ihrer Kehle. Ich werde es schon schaffen, dachte ich bei mir; ihre Schreie hallten immer noch in meinem Schädel wider. Ich holte tief Luft und biß rasch etwas höher wieder zu, so daß sich meine Reißzähne im Fleisch ihres Halses verkeilten und meine Backenzähne ihre Luftröhre abdrückten. Sie schlug wild um sich, aber ich hatte sie fest gepackt, und obwohl alles in mir danach drängte, mein

Maul aufzumachen, tat ich es nicht, sondern versuchte, stoßweise durch meine Nüstern zu atmen. Ich wußte, daß ich sie nicht mehr lange würde festhalten müssen. Als ich sie dann losließ, stand ich langsam auf und sah mich um. Meine Stute lag still da; sie roch nach Kot und Blut und Pferdeschweiß. Ich blieb zufrieden einen Augenblick stehen, holte Atem und füllte meine ermattete Nase mit diesen herrlichen Gerüchen. Die anderen Pferde sahen mir aus einiger Entfernung zu und dachten nicht einmal daran, mich zu bedrohen. Kurz darauf rannten sie weg – wie gehorsame Jungtiere, die sich verstecken, wenn man sie ansieht. Auch das Junge beobachtete mich; sein gestreckter Hals war über den Grasspitzen zu sehen.
Die Dunkelheit war hereingebrochen. Im Osten zeigte ein blasser Lichtschimmer in den Wolken den Aufgang des Mondes an. Über unseren Köpfen kroch der Abendstern auf einen anderen Stern zu, der wiederum versuchte, außer Reichweite zu gelangen, so wie es ein Pferd vielleicht tut. Als ich auf meine Stute hinabschaute, füllte sich mein Herz mit einem Gefühl der Dankbarkeit. Wie hübsch sie war, wie sie da vor mir still vor sich hindampfte. Wie rund ihr Bauch und ihre Hinterhand waren. Ich neigte den Kopf und drückte meine Schnauze an ihre weiche Schnauze und schritt dann langsam um sie herum. Ich beschnupperte ihre Hinterhand, dann ihren Bauch. Vielleicht würde ich bei der Hinterhand anfangen. Schwerfällig legte ich mich hin und bereitete mich aufs Essen vor.
Aber was war denn das? Das Junge stürzte heran und vergrub seine Zähne in ihrem Bauch! Ich sprang auf die Füße und brüllte den Kleinen an. Er zog sich rasch ins Gras zurück. Wieder beruhigt, strich ich mit meiner Zunge ein paarmal über das Hinterbein und holte mir dann den ersten Bissen. Das köstliche Fleisch rutschte in meiner Kehle hinunter. Ich nahm noch einen Bissen und dann noch einen. Bald stießen meine Zähne auf Knochen; ich leckte mir die Lippen und veränderte

meine Lage, um weiter oben an dem Bein zu fressen. Hier war das Fleisch heißer und dicker. Mein Magen begann sich zu füllen. Es war ein wohliges Gefühl. Als aber das Junge wieder heranschlich, um an der Bauchseite zu fressen, kam mir das Bauchfleisch besser vor. Ich sollte dort fressen, nicht der Kleine! Wieder jagte ich ihn weg und biß selbst in den Bauch, wodurch ich das Gedärm freilegte. Ich mochte den großen Darm gern; gerade drückte ich zwischen meinen zusammengepreßten Vorderzähnen den Darminhalt heraus, als ich sah, wie das Junge zu der Hinterhand schlich. Ich wurde wütend und bleckte alle meine Zähne. Ich wurde noch wütender, als auch er mir die Zähne zeigte. Wir knurrten uns gegenseitig an. Schließlich hockten wir uns gegenüber, damit wir einander im Auge behalten konnten und verschlangen das Fleisch so schnell, wie wir konnten, obwohl ich mich zum Fressen lieber hinlege, weil das Fleisch dann leichter hinunterrutscht.
Auf einmal stellten sich meine Genickhaare auf und ich hob den Kopf, um zu lauschen – ich glaubte, das langsam ansteigende Geheul einer Hyäne zu hören. Die Hyäne war weit weg und allein; jedenfalls schien es mir so. Bis ich noch eine hörte, dann mehrere – es war ein ganzes Rudel, das aufheulte, bevor es auf Jagd ging. Ich stand auf und wußte nicht recht, was ich tun sollte. Wir waren hier auf der offenen Ebene, meine Stute und ich, wo unsere Witterung vom Wind weitergetragen wurde und wo uns nach dem Mondaufgang jeder sehen konnte. Das gefiel mir nicht. Das Wermutgebüsch, in dem ich mich versteckt hatte, als ich die Pferde zum ersten Mal sah, wäre besser. Mit dem Geheul der Hyänen in meinen Ohren, schritt ich zum Hals der Stute, biß in die Kehle und begann zu ziehen.
Der Kleine packte ein Hinterbein, aber er wußte nicht, wohin wir wollten oder warum wir das Pferd wegzerrten, deshalb zog er in eine andere Richtung. Nun lag das Pferd gespreizt da, so daß nicht einmal ich es noch bewegen konnte. Wutentbrannt rannte ich auf das Junge

zu und ließ mein bösestes Knurren und Brüllen ertönen. Es lief davon. Als ich stehenblieb, um Luft zu holen, merkte ich, daß die Hyänen plötzlich still geworden waren. Ich blieb stehen und lauschte gespannt. Bestimmt, dachte ich bei mir, werden sie wieder heulen. Aber es blieb still. Das Junge schlich wieder heran, um sich noch ein Maulvoll zu stehlen.
Meine Besorgnis wuchs. Ich ergriff die Stute erneut, diesmal am Genick, so daß sich ihre Knie abbogen, legte sie mir zwischen die Beine und schritt langsam auf die Wermutsträucher zu, wobei der Rücken des Pferdes gegen meinen Bauch stieß. Das Gebüsch war weiter entfernt, als ich geglaubt hatte. Aber ich mühte mich ab, bis mir die Kiefer vom Gewicht der Stute weh taten. Ich spürte ein Zerren hinter mir und wußte, daß sich das Junge Fleischbissen stahl; was die Hyänen gehört haben mochten, wußte ich nicht, wollte aber keine Zeit damit verlieren, sie zu verjagen. Ich hörte außerdem nur mehr eine Eule. Schließlich brüllten weit entfernt andere Löwen; es waren sicherlich Murmeltier und Goldauge mit allen ihren Löwinnen, die ein Beutetier auffraßen. Ich hoffte, daß die Hyänen vielleicht zu den Löwinnen statt zu mir kamen, aber da ihr Geheul mir sagte, daß sie viele waren, während aus der Stimme des Jungen und meiner Stimme hervorging, daß wir nur wenige waren, konnte ich nicht daran glauben. Ich versuchte, das Gebüsch im Trab zu erreichen, aber meine Stute wurde allmählich steif und behinderte mich. Plötzlich stieß das Junge einen entsetzten Schrei aus und rannte vor mir davon. Ich ließ das Pferd los und fuhr herum. Viele große, grüne Augenpaare tanzten im Mondschein auf und ab, und viele dunkle Gestalten galoppierten hinter mir her; fast holten sie die Stute ein. Hyänen!
Drohend brüllte ich sie an. Sie rannten zwar heulend auseinander, aber bevor ich einen klaren Gedanken fassen konnte, waren ein paar bei der Stute und die anderen hinter mir. Entsetzen ergriff mich. Vielleicht wird mir das Junge jetzt beistehen, dachte ich in meiner Angst.

Aber das Junge war nirgends zu sehen. Statt dessen spürte ich den Atem einer Hyäne an meinem Hinterbein. Wieder brüllte ich, um meine Beute zu verteidigen, drehte mich um und schlug mit meiner Pranke mit aller Macht nach dem Angreifer. Aber plötzlich war er wieder hinter mir. Als ich mich erneut umdrehte, erblickte ich viele gierige Gesichter um mich herum. Einige Hyänen warteten auf den Augenblick, da sie mich beißen konnten, andere zerrten an der Stute. Ihr Kopf rutschte unter meinem Leib zur Seite. Ich sah ihr offenes Auge und die Klauenabdrücke auf ihrer Wange – meine Klauenabdrücke! Sie gehört uns! Wieder brüllte ich und versuchte, mich hinzusetzen, um mein Gesäß zu schützen. Ein schrecklicher Schmerz fuhr mir durch die Hinterhand: Ein Biß! Ich wirbelte wieder herum und erwischte eine Hyäne mit einem Prankenhieb, der sie durch die Luft schleuderte, aber sie sprang auf, als wäre sie unverletzt. Mein Bein fühlte sich gebrochen an. Jetzt war mir die Stute gleichgültig geworden, ich hatte nur mehr Angst vor den Hyänen. Mit all meiner Kraft sprang ich, so weit ich konnte, über die Hyänen hinweg und rannte davon.

Ich glaubte, mein Herz würde vor Anstrengung platzen. Als mir schwindlig wurde, blieb ich stehen und sah mich um. Keine Hyäne folgte mir. Warum auch? Sie hatten, was sie wollten. Ich hörte sie aufheulen und knurren, hörte Fleisch auseinanderreißen und Knochen splittern. Mein Fleisch! Meine Knochen! dachte ich bekümmert.

Mein Rumpf tat mir weh. Ich setzte mich, hob ein Hinterbein hoch und steckte den Kopf zwischen die Beine, um meine Wunden zu betrachten. In meinem Schenkel waren Löcher. Langsam und vorsichtig strich ich mit der Zunge über die Löcher, eins nach dem anderen.

Gerade als ich das letzte Loch leckte, war mir, als habe mich jemand gerufen. Ich hob den Kopf. Das Junge rief nach mir, nicht vor Schmerz oder Angst, sondern fra-

gend. Es hatte mich verloren. Wie seltsam! Ich saß doch hier, mitten im Gras. Ich leckte das Loch noch einmal. Der Kleine hörte nicht auf zu rufen. Er wird noch die Hyänen anlocken, dachte ich und wartete ab, ob seine Stimme umschlug, wenn die Hyänen ihn entdeckt hatten. Aber seine Rufe wurden allmählich schwächer. Er geht in die falsche Richtung, dachte ich. Warum? Ich stand auf, legte den Kopf auf den Boden und brüllte. Unter meinen Füßen zitterte die Erde. Ich brüllte noch einmal auf und ließ diesmal den Schrei langsam lauter werden. Obwohl meine Wunde immer noch etwas schmerzte, ging ich dann in seine Richtung, und bald kam er glücklich auf mich zugesprungen und hob sein kleines Gesicht zu mir herauf. Unsere Nasen berührten sich. Wir küßten uns. Als ich weiterging, hörte ich, wie er mir nachkam. Auf einer felsigen Anhöhe streckte ich mich aus, um zu rasten, und er legte sich neben mir auf den Boden. Bevor er einschlief, half er mir, die Wunden an meinem Bein zu säubern.
Während der Nacht wurde es kalt, und Mücken umschwärmten uns. Der Mond schien hell. Ich konnte in der Ferne noch die anderen Löwen hören, die sich um den letzten Rest der Knochen stritten. Ich fragte mich, was für ein Tier sie erlegt hatten. Vielleicht ein großes, einen Bison. Vielleicht eine gute Beute mit viel Fleisch. All diesen Löwinnen konnten die Hyänen die Beute nicht gewaltsam abnehmen, sondern nur auf Überbleibsel hoffen. Die Löwinnen würden sich sattfressen und wenn irgend etwas übrigblieb, würden Murmeltier oder Goldauge die Reste bewachen, während sie schliefen. Als ich sie so hörte, wie sie alle gemeinsam fraßen, bekam ich Hunger, aber es war nichts zu essen da. Außerdem hatte ich mich schon lange nicht mehr ausgeruht. Ich träumte von Pferden. Ich lag inmitten vieler toter Pferde und brauchte nur den Kopf zu drehen, um von irgendeinem der Tiere zu fressen.
Vor Tagesanbruch stand ich auf und reckte mich; ich gähnte ein paar Mal, stellte mich über ein Grasbüschel

und spritzte Urin darauf, kratzte mit den Hinterbeinen, ließ einen mickrigen Kothaufen fallen, kratzte wieder und ging dann los. Bald hörte ich, wie das Junge hinter mir herlief. Da ich kein Ziel hatte, ging ich geradeaus und blickte dabei erwartungsvoll über die Ebene. Ich sah nur andere Herden in weiter Ferne, alle beunruhigt, weil jetzt die Morgendämmerung kam. In jeder Herde hielt jemand den Kopf hoch und hielt nach mir Ausschau. Die Jagd war aussichtslos, wenn jeder so vorsichtig war. Als die Sonne aufging, entdeckten mich Raben und umkreisten mich kreischend, weil sie der Meinung waren, ich nehme ihnen ihre Nahrung weg. Ich beschloß, den Tag schlafend zu verbringen.

So vergingen die Tage. Gefolgt von dem Jungen, wanderte ich dahin und schlief, wanderte und schlief und versuchte, mich irgendwelchen Rudeln zu nähern. Am zweiten Tag entdeckte ich kreisende Raben; in der Hoffnung auf ein liegengelassenes Beutetier lief ich zu der Stelle, aber nur zerbrochene Knochen waren von einem großen Festmahl übrig geblieben. Hyänen hatten einen Damhirsch erlegt, das Fleisch aufgefressen, und Füchse und Raben hatten den Rest verschlungen, wobei sie sogar die Geweihstangen von ihrem Belag gereinigt hatten. Enttäuscht spritzte ich Urin auf die nutzlosen Überbleibsel.

In der Morgendämmerung des dritten Tages fand ich am Waldrand die Fährte eines Rehbocks und legte mich daneben auf die Lauer. Ich brauchte nicht lange zu warten, bis der Rehbock erschien, vorsichtig witterte und sich überall umschaute, während er zum Gras auf der Ebene stakste. Was nützte ihm soviel Aufmerksamkeit, wenn er immer denselben Wechsel benutzte? Ich hatte ihn sofort und erlegte ihn so rasch, daß er keine Zeit mehr hatte, mit seinen kleinen Füßen um sich zu schlagen. In Erinnerung an die Hyänen schleppte ich ihn in ein dichtes Gebüsch. Dort begann ich bei der Hinterhand, aber die ist bei einem Rehbock natürlich klein. Bald hatte ich beide Hinterläufe aufgefressen. Dann ging

ich zu seinem Bauch über und riß den großen Darm heraus. Fett hing daran. Ich schlang das hintere Ende herunter, während der Darminhalt vorn heraustrat. Der Rehbock hatte im Gegensatz zum Pferd einen großen Grasmagen. Ich zog ihn sorgfältig heraus und legte ihn beiseite. Ich fraß keinen Grasmagen – ich wollte ihn nicht einmal ansehen. Ich fürchtete, ich könnte mich versehentlich drauflegen und ihn zum Platzen bringen und dann würden alle die schleimigen Grasreste an meinem Fell kleben bleiben. Der Rehbock war so klein, daß ich ihn in jede Richtung verteidigen konnte, und so mußte das Junge diesmal still sitzen bleiben und mir beim Fressen zusehen. Zum Schluß nahm ich einen Bissen aus dem Genick, aber ich konnte kaum noch schlucken, so voll war ich. Mühsam stand ich auf, ging ein paar Schritte von dem Kadaver weg und ließ mich fallen. Ich war eingeschlafen, bevor ich es merkte.
Das Junge mußte die Gelegenheit zum Fressen genutzt haben, während ich nicht zusah. Als ich aufwachte, war das Fleisch weg. Das Junge hielt einen Knochen in seinen Pfoten und leckte das Mark heraus. Ich brummte, aber da ich noch satt war, klang mein Geknurre nicht überzeugend. In der warmen Sonne duftete der Salbei süß. Ich schlief lange und wachte erst bei Dunkelheit auf. Das Junge saugte an meiner Brustwarze.
Der Mond ist ein Magen, der sich mit Fleisch füllt und dann während der Verdauung wieder abnimmt. Während ich mit dem Jungen zusammenlebte, aß sich der Mond voll und wurde dann wieder kleiner. Ein Feuer mit Rauchwolken kam; die weidenden Tiere auf der Ebene kniffen die Augen zusammen und drehten dem Rauch ihr Hinterteil zu. Bei soviel Rauch sind wir alle unglücklich, aber die weidenden Tiere ließen sich mehr verwirren – ich hatte keine Schwierigkeiten, ein Pferd von hinten anzufallen. So fraß ich von Zeit zu Zeit, zwar nicht so viel, wie ich gewünscht hätte, aber immerhin genug, und abgesehen von meinen Befürchtungen wegen der Löwinnen ging es mir gut.

Auch das Junge fühlte sich wohl. Eines Tages, als ich meinen Bauch säuberte, sah ich, daß meine letzten zwei Brustwarzen hervortraten, rosig und ohne Fell; nachdenklich strich ich mit der Zunge über sie hin. Zu meiner Überraschung entdeckte ich auf jeder von ihnen einen winzigen Tropfen Milch. Ich leckte die Milch ab. Es war nur sehr wenig, aber ich merkte, daß das Junge nicht umsonst gesaugt hatte. Der kleine Kerl. Kein Wunder, daß er mir nachläuft.

Mit der Zeit gewöhnten wir uns aneinander; der Kleine half mir sogar beim Wachehalten. Zu zweit konnten wir besser lauschen und Witterungen aufnehmen. Wenn ich sah, daß er den Kopf hob und seine Ohren zuckten, paßte ich besonders gut auf.

Manchmal spielten wir miteinander. Vielleicht war ich zu alt, um noch zu spielen, und ich hätte es ohne ihn auch sicher nicht getan, aber wenn er herumtollte und nach meinem Schwanz schnappte, jagte ich ihn über die Ebene. Dann bleckten wir uns an und berührten uns mit den Zähnen, als ob wir richtig miteinander kämpfen wollten. Ich liebte die Art, wie er mir das Gesicht ableckte, und ich mochte es, wenn ich seinen Atem an meinem kurzen Bauchfell spürte. Und ich liebte seinen jugendlichen Geruch. Jungtiere kennen ihren eigenen Geruch nicht – der ist so gut, daß er dir das Herz erweicht und deinen Zorn verjagt. Ich war so eifrig damit beschäftigt, mit ihm zu spielen und an die Weidetiere auf der Ebene zu denken, daß ich vergaß, wer ich war oder warum ich gerade hier war. Ich dachte nicht einmal an die Schamanen.

Dann, eines Abends bei Sonnenuntergang, als sich der Löwenstern im Westen einem Pferdestern näherte, wurde ich plötzlich wieder zum Menschen. Dort stand ich, auf zwei Beinen, aber in einer Wolke von Löwengeruch, in der Nähe eines Wermutgebüsches mitten auf der Ebene, aber ich wußte nicht einmal, wo ich mich befand. Mir zu Füßen saß ein Löwenjunges. Es gab ein erstauntes Zischen von sich und stürzte dann davon. Ich

sah seine grünen Augen an der Stelle, wo es sich in das hohe Gras geduckt hatte.
Löwen! dachte ich nur. Dann entsann ich mich des Schamanen. Das ist Schwalbes Werk, sagte ich mir. Er will mich nicht länger fortbleiben lassen. Ich mußte zurückkehren. Aber ich kannte den Weg nicht. Da die Nacht finster und die Höhle wahrscheinlich sehr weit entfernt war, dachte ich mir, ich sollte lieber fliegen, und versuchte, die Gestalt einer großen Eule anzunehmen. Statt dessen wurde ich nichts anderes als ein kleiner Waldkauz mit gestreiften Federn. Da erkannte ich, wie verärgert Schwalbe wirklich war.
Wenigstens hatte ich Flügel, und so erhob ich mich in die dunkle Luft hinauf. Im Gras unter mir hörte ich das Rascheln einer Wühlmaus und stürzte auf sie hinunter. Ihr Blut rann zwischen meinen Krallen hindurch. Aber als ich ihren Kopf in meinen Schnabel steckte, konnte ich sie nicht hinunterschlucken. Schwalbe gibt mir nicht einmal Zeit zum Fressen, dachte ich betrübt. Er muß es eilig haben. Ich sollte lieber heimkehren, bevor er sich noch mehr ärgert. Und so flog ich in größerer Höhe dahin, bis ich den Mondschein auf dem Fluß sah, und dann stromaufwärts bis zur Höhle.
Dort wartete Schwalbes Geist in Trance auf mich. Ich landete auf einem Baum in der Nähe und verwandelte mich schnell in einen Menschen, als Schwalbe gerade nicht herschaute. Ziemlich verängstigt begrüßte ich ihn. »Du?« fragte Schwalbe in scharfem Ton. »Wo sind deine Onkel? Ich habe euch alle hierherbestellt.«
Ich konnte ihm natürlich keine Antwort geben. Ich hatte nicht einmal die Stimmen meiner Onkel gehört, außer in großer Entfernung. Ich war froh, daß sie nicht in der Nähe waren, denn die Angst vor ihnen hatte mich noch nicht verlassen. »Sie sind unterwegs, geehrter Schamane«, log ich.
Aber Murmeltier und Goldauge kamen natürlich nicht. Der Mond der Fliegen verschwand vom Himmel und der Mond der Bärentrauben ging als Sichel auf. Sie blieben

weg. Aber überall wimmelte es von Löwinnen, die fast alle Tiere erlegten. Die Menschen taten, was sie konnten; sie waren jetzt besorgter denn je, denn manchmal merkten sie, daß zwei ausgewachsene männliche Löwen sich an sie heranpirschten. Und das Brüllen war schlimmer als zuvor. Die Menschen hätten sich gar nicht so bemühen müssen, leise zu sein. Das Löwengebrüll übertönte jedes Geräusch, das die Menschen machten. Und was das Schlimmste war, das laute Brüllen zog Hyänen an, die den menschlichen Spuren bis in die Höhle nachgingen und eine Rentierhaut stahlen. Während des Mondes der Bärentrauben sprachen die Menschen darüber, zur Hütte am Forellenfluß zurückzugehen, obwohl der Sommer noch andauerte – nur um von den Löwen wegzukommen.

In der Gestalt eines Rabens versuchte ich, den Schamanen aus eigenen Stücken gefällig zu sein; ich stieg hoch in die Lüfte hinauf, hielt Wache und stieß Warnrufe aus. Draußen auf der Ebene entdeckte ich Fohlen und Kälber aller Art, die von Löwen, Hyänen oder Wölfen gefressen wurden. Die Knochen wurden von Vögeln und Füchsen abgenagt. Von einem kleinen Bison fraß ich, bis ich kaum noch fliegen konnte.

Soviel Nahrung brachte mir das Löwenjunge wieder ins Gedächtnis. Hatte der Kleine auch etwas zu fressen? Bei all den Kadavern hatte er bestimmt genug, um am Leben zu bleiben, falls er sich von Murmeltier und Goldauge fernhielt. Er konnte Nahrung finden, so wie Meri und ich Nahrung fanden in dem Jahr, als wir mit dem Wolf zusammengelebt hatten. Beim nächsten Mal, als ich in Gestalt eines Raben hinausflog, hielt ich Ausschau nach ihm.

Ich sah aber nur drei riesige Löwen, die ziemlich weit stromaufwärts aus der Suhle von Büffeln tranken. Keiner dieser Löwen war Murmeltier oder Goldauge; sie waren Neuankömmlinge. Aus der Art, wie sie sich nach dem Saufen aneinander rieben und küßten, erkannte ich, daß sie Brüder, vielleicht Zwillingsbrüder waren –

jedenfalls mehr als bloße Freunde. Außerdem erkannte ich aus der Art, wie sie mit den langsamen, gleichmäßigen Schritten erwachsener Löwen vom Flußufer hinaufstiegen, daß sie alt genug zur Paarung waren. Aber oben auf dem Pfad schlug der eine Löwe plötzlich auf den Schwanz des anderen Löwen, der vor ihm war und sich mit lautem Knurren und einem Hieb seiner großen linken Pranke zu ihm umdrehte. Sie waren also, obwohl ausgewachsen, immer noch jung genug, um zum Spielen aufgelegt zu sein. Als sie wieder ernst wurden und hintereinander auf die Höhle zugingen, wo die Löwinnen wohnten, wußte ich, daß Murmeltier und Goldauge bald mehr zu tun haben würden, als sie bewältigen konnten. Und nach einer schlimmen Nacht voller Gebrüll und Röhren erschienen wirklich Murmeltier und Goldauge in menschlicher Gestalt und setzten sich, in Rentierfelle gehüllt, auf dem Boden nieder. Sie waren mürrisch und schweigsam, wollten nicht erklären, was ihnen zugestoßen war oder warum sie so lange ausgeblieben waren.

Ich wußte, daß es ihnen leid tat, wieder da zu sein. So leise, daß ich sie kaum hören konnte, begannen sie über die Löwinnen zu sprechen. Wenn eine Löwin ein Beutetier erlegt hatte, vertrieben Murmeltier oder Goldauge sie offenbar von dem Beutestück und fraßen sich voll.

»Ich habe ihr das gezeigt«, sagte Murmeltier und streckte seine gewaltige Pranke vor.

»Das haben sie verstanden«, stimmte ihm Goldauge zu. »Sie gaben nichts her, wenn man sie nicht dazu zwang.«

»Hast du gesehen, wie ich das hier bekam?« fragte Murmeltier und zeigte Goldauge einen Riß im Ohr. Goldauge nickte. »Hast du gesehen, wie ich sie dafür bestraft habe?« Goldauge nickte wieder verständnisinnig. »Sie hat mich nie wieder gebissen«, sagte Murmeltier.

»Und woher hast du das hier?« fragte Goldauge und zeigte mit seinen Lippen auf lange Narben an Murmeltiers Bein.

»Das war eine andere«, sagte Murmeltier.

»Diejenige, mit der du dich zuerst gepaart hast?«
»Eine der vielen, mit denen ich mich zuerst gepaart habe.«
»Wir fraßen und wir paarten uns. Wir paarten uns und wir fraßen. Und jetzt sind wir hier, kaum besser als zwei aufgebäumte Vögel. Yanan! Was hast du die ganze Zeit gemacht? Haben dich die drei Löwen gefunden?«
»Nein, Onkel«, sagte ich. »Ich rannte von den Löwinnen weg und lebte auf der Ebene mit einem Jungen zusammen. Ihr habt mehr über die drei Löwen erfahren als ich.« Mir gefiel mein Scherz und ich lachte.
Goldauge drehte sich verärgert zu mir um. »Was für eine Unverschämtheit!« sagte er. »Wie kannst du es wagen, dich über die Alten lustig zu machen?«
Aber Murmeltier dachte eine Weile nach. »Du sagst, mit einem Jungen? Wieso mit einem Jungen? Ich kann mich an keine Jungen erinnern.«
»Zuerst waren junge Tiere da, Onkel.«
Er dachte wieder nach. »Mag sein«, sagte er. »Ich frage mich, was aus ihnen geworden ist.«
»Wir hatten andere Sorgen, als über Jungtiere nachzudenken«, sagte Goldauge. »Wir versuchten, ihren Müttern gefällig zu sein. Das ist jetzt vorbei. Wir sollten die Gestalt von Nashörnern annehmen und diese Löwen und Löwinnen einfach zertrampeln.«
»Obwohl wir nur zu zweit sind?« fragte Murmeltier. »Ich würde mich nicht an sie heranwagen, wenn wir nur zu zweit sind. Überlassen wir das lieber den Menschen, wenn sie Lust dazu haben. Ich bleibe jedenfalls hier.«
Gegen Morgen hatte ich ihre übergroße Selbstsucht wirklich satt. Wegen Murmeltier und Goldauge mußten die Menschen vielleicht die Sommergründe schon jetzt verlassen und in der Hütte wohnen, bevor die Tiere in die Wälder dort zurückkehrten. Die Menschen würden Hunger haben. Aber wenn sie noch dablieben, könnten die Löwen jemanden von ihnen töten. Und wieso, fragte ich mich, konnte Murmeltier – und wahrscheinlich auch Goldauge – Löwenjunge töten und sich dann nicht

mehr daran erinnern, wo ich es doch so genau wußte? Was war mit denjenigen geschehen, die davonrannten, und dem Jungen, das mir nachgelaufen war, und das ich nicht mehr finden konnte?
In Gestalt eines Raben versuchte ich es noch einmal. Ich entdeckte das Beifußgestrüpp wieder, wo ich mich versteckt hatte, wo sich der Kleine mir angeschlossen hatte. Ich fand die Stelle wieder, wo ich das Pferd und dann den Rehbock gerissen hatte. Es war nicht einfach, meiner alten Fährte nachzuspüren, denn damals war ich auf dem Boden und jetzt in der Luft, aber schließlich entdeckte ich den Platz, wo ich mich in einen Menschen verwandelt hatte. Das Löwenjunge war natürlich nicht da. Aber in einem dichten Weidengebüsch, nicht weit entfernt, fand ich seine Knochen. Die Weiden verbargen seinen Kadaver, den die Sonne ausgedörrt hatte. Vögel und Ameisen hatten sein Fleisch gefressen, ohne die Knochen zu verstreuen, deshalb erkannte ich, daß der Hunger ihn umgebracht hatte: Er war eingerollt in seinem Versteck gestorben, die Hinterbeine unter den Leib gezogen und den kleinen Kiefer auf den Arm gelegt. Danach überfiel mich Traurigkeit und ließ mich nicht mehr los. Bis die Menschen zum Forellenfluß wanderten, lag ich in der Nähe des Mammutschädels eingehüllt in meine Geisterfelldecke. Manchmal lag ich auf der einen, dann wieder auf der anderen Seite. Ich sprach weder mit Murmeltier noch mit Goldauge, und auch sie redeten nicht mit mir, denn sie waren voll damit beschäftigt, sich ihres Lebens mit den Löwinnen zu erinnern.
Im Geiste sah ich das Löwenjunge, wie es sich im Weidengestrüpp versteckte. Vielleicht war es gestorben, als es auf mich wartete. Obwohl es jetzt keine Rolle mehr spielte, betrübte mich der bloße Gedanke an das junge Tier.
Bevor die Menschen zum Forellenfluß aufbrachen, versetzten sich die Schamanen in Trance, um den Großen Bären zu ehren. Das Feuer der Schamanen brachte uns

etwas ausgebranntes Fett, aber ich ließ meinen Anteil auf einem Baum liegen, bis ein Vogel kam und es auffraß. War ich einsam? Zornig? Ich konnte es nicht sagen. Aber als die Zeit für uns gekommen war, die Gestalt von Vögeln anzunehmen und den Menschen zum Forellenfluß zu folgen, sah ich zu, bis alle aus meinem Blickfeld verschwunden waren; dann legte ich mich auf den Rücken und schaute durch die Birkenblätter nach oben. Erst nach einem Tag und einer Nacht wurde ich wieder zum Raben und folgte den Menschen gegen meinen Willen.

20

Der kleine Kakim starb im Schlaf, einige Nächte nachdem Ethis und ich in die Schlucht hinabgestiegen waren, um Mammutfleisch für ihn zu besorgen. Ich erfuhr davon am nächsten Morgen, als ich den Frosch sah, der ihn hinaustrug. Seine Arme standen ab wie Buschzweige, und sein winziges Hinterteil war von den Überresten seines Durchfalls befleckt. Ich begann zu weinen, konnte dann nicht mehr aufhören und steckte mir die Faust in den Mund, um mein Schluchzen zu dämpfen. Die anderen sahen mich merkwürdig an. Die meisten hatten zwar tränenfeuchte Augen, aber niemand sonst, nicht einmal seine Stiefeltern, verloren über Kakim die Selbstbeherrschung.

Ich sah, daß ich mich selbst und auch andere in eine peinliche Lage versetzte. Aber ich konnte mich nicht zusammennehmen. In der Stille hörte ich, wie mein Schluchzen von den Felswänden der Höhle widerhallte. Ich mußte mich plötzlich erbrechen. Dann spürte ich, wie mich jemand hochzog. Es war Teal. Sie ergriff meine Hand und starrte die anderen wütend an, sogar den Frosch, der, mit Kakim auf dem Arm, verstört im Höhleneingang stand. Einige erhoben sich langsam, nahmen ihre Werkzeuge in die Hand und folgten dem Frosch nach draußen, um ihm beim Ausheben eines Grabes für Kakim zu helfen.

Teal führte mich hinter der Gruppe auf dem Pfad zur Ebene hinauf. Aber während die anderen den Frosch in die eine Richtung lenkten, ging Teal mit mir in die andere. Die Tränen rannen mir übers Gesicht, meine Augen waren fast blind und mein Atem stockte, ohne daß ich etwas daran ändern konnte. Ich bekam einen

Schluckauf. Langsam schritten wir eine lange Strecke am Oberrand der Schlucht dahin, bis wir zu einem großen, flachen Stein gelangten, der von Wacholder umwachsen war. Auf diesem von der Sonne angewärmten Stein setzten wir uns nieder.

»Es ist jetzt an der Zeit«, sagte Teal, »daß du mit mir sprichst. Du wirst ein Kind bekommen, von dem dein Ehemann glaubt, er sei nicht der Vater, und andere meinen, es stamme von Elho. Du hast große Angst, und zwar aus gutem Grund, und die Furcht macht dich krank. Du mußt mir alles erzählen, und wir werden dann sehen, was getan werden muß.« Mein Schluchzen raubte mir jegliche Empfindung, sogar das Gefühl von Scham und Vorsicht. Deshalb erzählte ich Teal alles, was sich zugetragen hatte.

Als ich zu Ende gesprochen hatte, ergriff mich Entsetzen. Wenn ich jedes Wort hätte zurücknehmen können, so hätte ich es getan. Mein Herz hämmerte so schnell, daß mir schwindlig wurde, denn ich erkannte, daß meine Worte mich umbringen konnten. Statt zu sprechen, hätte ich mich in meinen Speer stürzen oder von der Schlucht auf die unten liegenden Felsbrocken fallen lassen sollen. Ich war ein Feigling, und außerdem noch dumm. Vor meinem geistigen Auge sah ich unsere Leute einen Säugling aus der Hütte hinaustragen und im Schnee niederlegen.

Teal sagte: »Du sprichst von der einen Sache, aber es gibt noch zwei andere Dinge.« Dann hielt sie inne und schüttelte mich. »Hör mir zu, Yanan!«

Als ich aufschaute, sprach sie weiter: »Es gibt hier zweierlei. Zunächst das, was du mit Elho getrieben hast. Er hat daran ebensoviel Schuld wie du, und man muß euch beiden für eine solche Missetat Vorwürfe machen. Sogar in den Lagerstätten der Toten ist unsere Sippe empört darüber! Wir müssen eure Missetat sühnen. Wir alle, auch Meri, werden heute zu diesem Stein kommen und unser Blut in ein Feuer gießen. Und der Rauch wird zum Himmel und dem Ende der Welt aufsteigen, um unsere

Sippe von dem Makel zu säubern, den du und mein Sohn auf uns gebracht habt. Yoi hat uns einmal befleckt. Jetzt hast du uns befleckt. Aber mein Sohn hat uns zweimal befleckt. Beim ersten Mal war er jung, und beim zweiten Mal war er weit entfernt und in arger Versuchung, aber wenn er es wieder tut, werde ich wissen, daß er krank ist, und ich werde ihn zusammen mit anderen fangen und wie ein Tier töten. Er darf nicht so weitermachen. Dies ist die erste Sache.«
Ich war verblüfft. Wie konnte Teal etwas so Schreckliches sagen und dabei keine Gefühlsregung erkennen lassen? Sie wartete eine Weile, bis sie sicher war, daß ich sie ernstnahm.
Dann fuhr sie fort: »Die zweite Sache ist die Frage, wer der Vater des Kindes ist. Kinder, die im Winter empfangen werden, werden im Herbst geboren. Kinder, die im Frühling empfangen werden, werden im Winter geboren. Du hast anscheinend davon keine Ahnung, aber so ist es das ganze Jahr hindurch, bei allen lebend geborenen Kindern, ohne Ausnahme. Dein Bauch ist für ein Kind, das du erst im letzten Frühling empfangen hast, sehr groß. Ich glaube, daß Timu der Vater ist, auch wenn ihr beide, du und er, es nicht glaubt. Aber nur durch den Umfang des Bauches der Mutter kann man nicht sagen, wann ein Kind empfangen worden ist. Deshalb müssen wir die Geburt abwarten. Dann können wir sicher sein, falls du, wie du behauptest, nur mit Timu und Elho geschlafen hast.«
Teal packte mich am Kinn und sah mir in die Augen: »Ich nehme an, du hast die Wahrheit gesagt.«
»Ja, Tante«, sagte ich kleinlaut. Jetzt begann ich wieder zu weinen, aber diesmal aus Angst, ich würde das Kind zu spät zur Welt bringen, um noch sagen zu können, Timu sei der Vater, und aus Erleichterung, weil er vielleicht doch der Vater war.
»Ein Kind liegt in deinem Leib schon einige Zeit, bevor du es merkst«, sagte Teal. »Ich weiß noch, wie du oft erbrochen hast und eingeschlafen bist und im letzten Winter häufig wütend wurdest; es war, glaube ich, nach

dem Mond der Schreie. Erbrechen und Müdigkeit sind Anzeichen. Auch das schnelle Aufbrausen. Als Yoi deine Schwangerschaft bemerkte, war sie demnach schon fortgeschritten. Wie ich gesagt habe – meines Erachtens ist Timu der Vater.«

Teal ließ mich auf der Felsplatte liegen, um Yoi und Meri zu mir zu schicken und auch Elho herzubringen, nachdem sie mit ihm gesprochen hatte. In der warmen Sonne, bei dem Gesumm der kleinen gelben Wespen in den Wacholderbüschen um mich herum, empfand ich nach allem, was geschehen war und was Teal mir gesagt hatte, eine große Leere in mir und schlief ein. Ich träumte von Kakim. Dann träumte ich, daß mein Kind geboren worden war – ein Knabe, der gehen und sprechen konnte. Er stammte von Timu, das erkannte ich, denn er hatte den kräftigen, untersetzten Körper von Timu und Graugans.

Irgend etwas weckte mich auf. Ich schaute auf und blickte in die grauen Gesichter zweier großer Wölfe. Die Vorderbeine auf der Steinplatte, sahen sie mich neugierig an und sprangen dann ab, als ich mich plötzlich aufsetzte. Als ob sie glaubten, ich könne ihnen nichts antun, drehten sie mir das Hinterteil zu und trabten davon, ohne sich noch einmal umzuschauen.

Ich merkte, daß dies kein geeigneter Schlafplatz war, und ließ den Blick über die Ebene schweifen. Während ich geschlafen hatte, war eine Bisonherde herangekommen. Vielleicht zu nahe; wenn ich meine Faust auf Armeslänge von mir weghielt, war sie gerade ein bißchen größer als eines der Bisons. Aber statt mich zu beunruhigen, tat mir der Anblick dieser in der Nähe befindlichen Bisons sehr wohl. Gelbe Bachstelzen schwirrten um sie herum und schnappten nach Insekten. Ich hörte die Bisons atmen und kauen. Vielleicht waren die Wölfe gekommen, um festzustellen, ob in der Herde etwas für sie zu holen war, und hatten dann mich bemerkt. Hinter den Bisons sah ich eine Herde Steppenantilopen, die durch ihre Färbung kaum zu erkennen

waren: gelbbraun vor dem kurzen, gelbbraunen Gras, mit hellerer Brust.
So viele Tiere, dachte ich bei mir. Überall hier. Vielleicht hatten Ethis und ich selten welche gesehen, als wir Dung sammelten, weil wir nie so weit gelaufen waren. Aber die Tiere, die den Dung zurückgelassen hatten, waren wegen der Jäger natürlich nicht dageblieben. Außerdem war das Gras in der Nähe der Höhle hoch, hier aber kurz, und vielen Tieren ist kurzes Gras lieber als langes – was eigentlich unverständlich ist. Trotzdem zogen sie das kurze Gras vor und veranlaßten die Jäger, das lange Gras niederzubrennen. Am Horizont entdeckte ich den Rauch von einem dieser Brände.
Dann, in weiter Ferne, sah ich Mammute. Sie schienen gar nichts zu tun, obwohl es in der flimmernden Luft, die zu dieser Tageszeit von der Ebene aufstieg, schwer war, sie deutlich zu sehen. Die meisten waren anscheinend weit verstreut, einige wanderten langsam dahin. Sie hatten die Köpfe erhoben, und ihre riesigen, gebogenen Stoßzähne glänzten schwach in der Sonne.
Ein Bison schnaubte. Der Vogel auf seinem Rücken hüpfte in die Luft, während die ganze Herde kehrtmachte und langsam eine kurze Strecke davongaloppierte, wobei sie Staub und Grassamen hinter sich aufwirbelte. Ich versuchte zu erkennen, was sie erschreckt hatte, und als es mir nicht gelang, fand ich, die Bisons sollten es mir selbst zeigen. Sie blieben kurz darauf stehen und drehten sich um. Gleich darauf ließen sie die Köpfe sinken und fuhren mit dem Grasen fort; ihre Schwänze schwangen hin und her. Was sie gesehen hatten, schien sie nicht besonders zu beunruhigen. Vielleicht war es ein Wolf oder eine Hyäne oder eine Frau, denn sie können anscheinend Frauen von Männern unterscheiden und rennen weiter weg, falls sie Männer sehen. Aha – hier kamen Yoi und Meri.
Ich war bereit, sie zu begrüßen. Wenn ich, wie Teal sagte, krank gewesen war, so hatten der Schlaf, der Sonnenschein, der friedvolle Anblick der Ebene und der

Gedanke, daß ich jetzt wiedergutmachen konnte, was ich getan hatte, mich wieder gesund gemacht.
Meri wußte anscheinend nicht, was geschehen sollte oder warum sie hier war. Aber ich konnte sehen, daß Teal mit Yoi darüber gesprochen haben mußte. Wir saßen still beisammen auf der heißen Steinplatte in dem süßlichen Duft des von der Sonne durchwärmten Wacholders, beobachteten die Bisons und warteten auf Teal. Ich war sehr froh, daß Yoi nicht mit Fragen in mich drang oder Anschuldigungen gegen mich erhob. Statt dessen begann sie zu singen, nachdem wir längere Zeit gewartet hatten. Meri und ich fielen mit ein – es war Yois Lied vom Feuerfluß, das von mindestens zwei Menschen gesungen werden mußte, denn die Melodie stammte von Liedern der Wölfe, mit zwei Stimmen. Yoi begann und Meri und ich schlossen uns an; wir sangen laut, obwohl der weite Himmel uns das Lied wegzuziehen schien.
Als die Sonne tief stand, wurden wir hungrig. Wir hätten gern Beeren gesammelt, fürchteten aber, Teal zu verpassen. Yoi zog aus ihrem Beutel ein langes Stück Fleisch von dem toten Mammut heraus; es war nur wenig angebraten und roch schlecht. Ein kleines Stück davon war genug. Yoi meinte, wir würden bald etwas Besseres bekommen. Nach dem Begräbnis von Kakim, sagte sie, seien alle Männer auf die Jagd gegangen. Teal sei auf die Suche nach Elho gegangen, und dies sei der Grund dafür, daß sie so lange ausblieb.
Gerade als wir uns fragten, wie weit die Sonne noch sinken müsse, bevor wir uns auf den Rückweg zur Höhle machten, erschienen Teal und Elho hinter uns. Teal war ruhig, aber Elho wirkte niedergeschlagen. Seine Augen waren rot und das Gesicht vom Weinen geschwollen. Er tat mir plötzlich leid – es mußte schrecklich für ihn gewesen sein, seine Mutter sagen zu hören, daß sie und andere, ungenannte andere, ihn jagen und töten würden. Es muß auch beängstigend gewesen sein, da er spüren mußte (wie wir alle es spürten), daß

Teal, falls sie seinen Tod wünschte, auch dafür sorgen würde, daß er starb, und daß nicht einmal Graugans, sein Vater, sie daran hindern könnte. Und es mußte überraschend gewesen sein, so wie es eine Überraschung ist, wenn man erfährt, daß jemand gestorben ist. Wir blickten auf Teal, die uns helfen und beschützen konnte, und wir hatten alle das Gefühl, daß ein Teil unserer Sicherheit in ihr lag.

Keinem von uns brauchte gesagt zu werden, was wir zu tun hätten, nachdem wir unsere Kleider abgelegt hatten. Nur zu Meri sagte Teal: »Dies ist eine Sache unserer Sippe. Einer von uns wird es dir eines Tages erklären. Was wir heute tun, darfst du niemandem weitererzählen.« Meri nickte und machte ein ernstes Gesicht. Teal nahm ihre Feuerstöcke und Zunder heraus und entfachte auf der Steinplatte ein Feuer. Wir übrigen sammelten Gras und trockene Wacholderzweige, und als das Feuer entflammt war, holte Teal ihr Messer aus ihren kniehohen Mokassins.

Sie zog die Klinge über ihren linken Arm, und Blut lief über ihre Hand hinunter in das Feuer. Dann zog sie die Klinge über ihren rechten Arm. Yoi nahm das Messer und tat dasselbe, und ich ebenfalls, und ich zuckte bei dem Schmerz nicht zusammen, sondern war beinahe froh darüber. Teal hätte wahrscheinlich auf Meris Brustbein einen kleinen Einschnitt gemacht, wie sie es einmal vor langer Zeit getan hatte, aber bevor sie noch dazu kam, nahm Meri mir das Messer weg, und mit zusammengekniffenen Zähnen und weit aufgerissenen Augen ritzte sie sich die Arme auf wie wir. Dann nahm Elho das Messer und schnitt beide Arme tief ein. Blut tropfte ins Feuer. Seine Hände wurden schlüpfrig, aber er griff das Messer so fest, daß seine Fingerknochen hervortraten, und schnitt sich in Brust und Schultern. Seine Mutter hätte ihm in diesem Augenblick Einhalt gebieten können, aber er war schneller und zog die Messerklinge an seinem Körper vom Nabel bis zum Kinn in gerader Linie herauf, trat dann vors Feuer, so daß sein Blut Rauch aufsteigen ließ.

Nun stellten wir uns alle dicht ans Feuer, um unser Blut hineintropfen zu lassen, und wir tanzten schwankend auf der Stelle. Wir sangen:

Du, die du im Himmel lebst,
Du, deren flammendes Haar die Wolken macht,
Du, deren Stimme im Gewitter ertönt,
Du, die du die Mutter aller Tiere und aller Menschen
 bist,
Finde unser Blut in dem Rauch.
Wir wollen etwas dafür haben.
Wir wollen Leben.
Wir wollen Nahrung.
Hilf uns, Ohun.
Gib uns Kinder.

»Wir gehen jetzt zum Fluß«, sagte Teal, »wo wir uns waschen und etwas trinken können. Wir werden hier schlafen. Bis zum Morgen werden diese Schnittwunden von Schorf überzogen sein, und unsere Hemden werden sie bedecken. Elho, ich danke dir. Du hättest weniger Blut vergießen können. Aber du hast dich als ein starker Sohn unserer Sippe erwiesen, und ich bin stolz auf dich.«
Unten in der Schlucht war das Wasser nicht so klar wie unterhalb der Höhle. Trotzdem badeten wir und tranken, soviel wir wollten. Da entdeckten wir Mammut- und Bisondung, und wir sahen, daß viele Tiere hier tranken und sich suhlten. Teal und Elho, die das Land im Vorjahr kennengelernt hatten, erzählten von einer weiten Gegend im Westen, wo sich die Ebene fast bis zum Fluß hinabsenkte. Dort konnten die Tiere Wasser finden, ohne einen steilen Pfad benutzen zu müssen. Aus der Anzahl der Fußspuren entnahmen wir, daß Tiere, die früher unseren Pfad benutzt hatten, sich jetzt vielleicht an dieser tieferen Stelle versammelten. In diesem Jahr wurde unser Pfad wahrscheinlich nicht begangen, und wir würden nicht so viel Fleisch erbeuten, wie

wir gehofft hatten. Wir nahmen uns vor, den anderen diese traurige Neuigkeit mitzuteilen.

In der Schlucht herrschte gegen Abend ein bläuliches Licht, aber über der Ebene war der Himmel noch hell. Im Zwielicht streiften wir lange herum und suchten nach Beeren, die wir gleich aufaßen. Außerdem sammelten wir Dung und Heidekraut für das nächtliche Feuer. Die Bisons waren inzwischen weitergezogen; sie standen mit gesenkten Köpfen gegen den Wind, ihre dichte Behaarung schimmerte rötlich in der Abendsonne. Die gelben Bachstelzen flogen weg. Wir lagerten bei der Steinplatte, und da wir keine Schlaffelle hatten, in die wir uns hätten einrollen können, schliefen wir auf dem Stein, denn er war von der Sonne noch warm.

Während der Nacht hörten wir Schnauben und Planschen in der Schlucht, und wir wußten, daß sich die Bisons suhlten. Später hörten wir Gebrumm, noch mehr Planschen, dann Trompeten und Gekreisch. Auch Mammute suhlten sich. Auf der Ebene hörten wir Löwen brüllen, einen nach dem anderen. Da sie sich über eine weite Strecke verteilt hatten und abwechselnd brüllten – zuerst der am weitesten entfernte Löwe, dann der nächste, dann der nächste –, klang es fast so, als ob sich uns ein einzelner Löwe auf der Ebene mit weiten Sprüngen näherte. Der Löwe, der als letzter brüllte, war sehr nahe. Sein Gebrüll dröhnte uns in den Ohren. Was machten sie? Jagten sie wie unsere Jäger, die sich manchmal zu einer langen Kette auseinanderzogen?

Als die Löwen verstummten, vielleicht weil sie nicht mehr zu rufen brauchten, begann ein Ziegenmelker mit seinem *bak! bak! bak! bakbakbak!*, fast so laut wie die Löwen. Weit entfernt hörten wir Hyänen und in der Nähe die Bisons, die mit ihren großen Mäulern Gras herauszogen und zermalmten. Das Kauen war ein leises, gleichmäßiges Geräusch, wie von fließendem Wasser.

Spät in der Nacht erhob sich die abnehmende Sichel des Mammutmondes langsam über der Ebene. Mit ihr kam ein kalter Wind, der den starken, grasigen Bisongeruch mit sich führte. Seufzend begannen die großen Tiere, sich niederzulegen. Dies war die tote Zeit der Nacht, genau wie mittags, wenn nichts sich bewegt oder schreit, wenn alles still ist. Auch in meinem Bauch rührte sich nichts, und vor meinem geistigen Auge sah ich ein Kind, das eingerollt und still dalag, wie der Mond auf dem Rücken zwischen den Sternen.

Als der Himmel im Osten bleich wurde und die Helligkeit einsetzte, hörten wir, wie sich gewaltige Tierkörper bewegten. Die Bisons erhoben sich langsam auf die Beine. Wir hörten sie schnauben, rufen und antworten, und als es etwas heller geworden war, sahen wir ihre großen, dunklen Gestalten langsam nach Westen abziehen; vielleicht waren sie auf dem Weg zu ihrem Pfad durch die Schlucht.

Unsere Wunden hatten aufgehört zu bluten. Wir kratzten uns das getrocknete Blut von der Haut, zogen unsere Hemden an und traten den langen Weg zurück zur Höhle an, wobei wir unterwegs Beeren aßen. Im Lauf des Vormittags erreichten wir die Höhle, aus der uns eine dicke, blaue Rauchwolke entgegenschlug. Drinnen rösteten die Leute, wie uns unsere Nasen sagten, frisches Bisonfleisch.

Wir warteten am Höhleneingang. Das Licht lag hinter uns, so daß uns die Menschen sehen konnten. Wir wollten sie nicht erschrecken. »Da seid ihr ja«, sagte jemand, und wir traten ein. Obwohl uns viele neugierig anschauten, besonders wegen des Kratzers, der bis zu Elhos Kinn hinaufführte, gaben wir keine Erklärungen ab. Meri schien sich der Bedeutung dessen, was wir getan hatten, voll bewußt zu sein; ihr junges Gesicht war ruhig und ausdruckslos. Wie eine Erwachsene suchte sie sich einen Platz am Feuer der Frauen und setzte sich nieder; sie wartete darauf, daß ihr jemand ein Stück Fleisch anbot, als ob sie nie fortgewesen wäre. Von Meri würde niemand etwas erfahren.

Auch Yoi schloß sich den Frauen am Feuer an, setzte sich aber mit dem Rücken zu Schwalbe am Feuer der

Männer. Die beiden begannen, sich über die Schulter hinweg zu unterhalten, reichten sich gegenseitig Fleischstücke und drehten sich ab und zu um, um liebevolle Blicke auszutauschen.
Teal blieb lange stehen und ließ ihren ausdruckslosen, gelangweilten Blick langsam über die Gesichter der anderen gleiten, die zu ihr aufsahen. Als sie sich schließlich auf den Boden hockte, war klar, daß man von ihr keine Neuigkeiten erwarten konnte. Auf der Suche nach irgendwelchen Hinweisen schauten Ankhi und Timu abwechselnd Elho und mich an, also diejenigen, die wahrscheinlich als letzte irgend etwas preisgegeben hätten. Während ich mich früher einmal von diesen forschenden Blicken hätte einschüchtern lassen, fühlte ich mich jetzt sicher.

Seit meiner Ankunft in der Höhle am Haarfluß war ich nicht so glücklich gewesen wie in den nächsten Tagen. Zweifel über meine Schwangerschaft mochten immer noch bei einigen bestehen, das wußte ich, aber nicht bei mir. Ich wollte, daß das Kind von Timu war, und es würde auch von Timu sein. Zwar nicht, wenn es im Winter geboren wurde – aber das würde nicht geschehen! Und selbst wenn – hatten wir den Makel nicht beseitigt?
Ich arbeitete, bis mir die Augen brannten und meine Finger schmerzten, weil ich Timus Bisonmokassins fertignähen wollte. Und sie waren wunderschön! Das braune, zottige Fell, das aus dem Schaft herausschaute, machte sie so weich und fest und warm, wie Mokassins nur sein konnten. Mit jedem Schritt, den er im Winter tat, würde er mir dankbar sein.
Ich brachte sie Timu. Er und Ethis hockten am Tagesfeuer in einer Gruppe, bei der auch der Stock und der Frosch mit ihren Frauen saßen. Timu war von den Mokassins nicht überrascht, da er mich bei der Näharbeit gesehen hatte. Als ich sie ihm aber voller Stolz übergab, nahm er sie beinahe zögernd entgegen und sah mich,

statt mir zu danken, lange an. Dies war nicht das, was ich erwartet hatte. Peinlich berührt, setzte ich mich nieder und erwartete, daß sich die Gruppe weiter unterhalten würde.
Aber niemand sagte ein Wort. Die Frauen meiner Vettern tauschten verstohlene Blicke aus. Die anderen machten ein abweisendes Gesicht. Sogar der Stock und der Frosch sahen aus, als ob sie mich mißbilligten – gerade sie, die meinen Vater im Tode verlassen hatten! Dann nahm die Frau vom Frosch einen der Mokassins in die Hand und prüfte die Arbeit. Timu hielt den anderen nachlässig in der Hand. Ethis sah mich mitleidig an, und die Röte stieg mir ins Gesicht.
Ich stand auf. »Vielen Dank«, sagte Timu verlegen und hob den Mokassin in die Höhe.
»Sie waren leicht zu machen«, erwiderte ich und ging.
Als ich an diesem Nachmittag zum Brennholzsammeln ging, versuchte ich gar nicht erst, jemanden zu finden, der mich begleitete. Ganz allein lief ich weit auf die Ebene hinaus – allein unter dem blauen Himmel. So sieht es also aus, dachte ich bei mir, und so wird es bleiben. Die ungeklärte Frage nach meinem Fehltritt band die Gruppe um Graugans enger zusammen und schloß mich aus. Ina mußte das nur recht sein, denn ich hatte einmal erkennen lassen, wie sehr ich bereit war, ihren Söhnen das gleiche anzutun. Jetzt waren der Stock und der Frosch und ihre Frauen im Mittelpunkt der Gruppe, und ich stand am Rande.
Ich erwartete von den anderen, daß sie fühlten wie ich, was natürlich töricht war. Wie konnte sich Timu beruhigen, nur weil ich beruhigt war? Warum sollte er mir meine Missetat verzeihen, nur weil diese in meiner Sippe bereinigt worden war? Warum sollte er Elho, seinem Halbbruder, die Schuld geben, der bereitwillig sein Partner bei Liebeleien mit den Frauen in unseren alten Sommergründen gewesen war? Und wer konnte wissen, was Elho den anderen bereits erzählt hatte? Er schien mit allen auf gutem Fuße zu stehen, aber wie hatte er

das geschafft? Indem er einen Teil der Wahrheit erzählte! Indem er sagte, daß Yanan tatsächlich mit einem anderen Mann geschlafen habe. Wie ein Fuchs in der Falle war ich gefangen.

Am nächsten Tag ging ich mit Ethis hinaus zum Beerensammeln. Wir redeten von Timu. Ich sagte ihr, daß mein Kind von Timu stamme, obwohl ich wußte, daß andere eine andere Meinung hatten. Ich sagte ihr, was Teal mir erzählt hatte, und fügte hinzu, daß ich vor dem Weggang vom Forellenfluß Leben in mir gespürt hätte. Und ich sagte ihr, was fast der Wahrheit entsprach oder ebensogut wahr gewesen sein konnte, seit unsere Sippe Blut ins Feuer gegossen hatte – nämlich, daß ich nie mit einem anderen Mann geschlafen hatte.

Ich sah, daß sie mir nicht glaubte. Inzwischen mußten der Stock und der Frosch und deren Frauen, einschließlich Ina, so viel und so oft mit den anderen geredet haben, daß ich mit meiner Unwahrheit fast nichts mehr ausrichten konnte.

Aber obwohl Ethis mir nicht ganz glaubte, wollte sie mir helfen. »Was immer geschehen ist, die Menschen werden es vergessen«, sagte sie. »Sei ruhig. Bleibe bei deiner Tante Teal. Bleibe bei deiner Tante Yoi und meinem Onkel Schwalbe. Er ist Anführer aller Menschen in dieser Gegend, und die Jagdgründe auf der Ebene im Umkreis von vielen Tageswanderungen gehören ihm. Was kann es ihm schon bedeuten, was deine Leute sagen? Wenn dein Kind geboren ist, wird Timu sehen, daß es von ihm ist. Er wird es lieben. Er liebt das von mir.« Sie lächelte in Gedanken.

Auf dem Rückweg sah ich die einsame Gestalt einer großen Frau, die sich vor dem Himmel abhob. »Dort steht Teal. Ich werde mit ihr sprechen«, sagte ich zu Ethis. Dann schlang ich meine Arme um sie. »Ich danke dir, Schwester. Ich fürchtete mich vor dir, als ich dich kennenlernte. Aber du hast mir geholfen«, sagte ich.

Wir konnten uns wegen meiner Schwangerschaft und ihrer Kinderschlinge nur mühsam umarmen, aber wir

versuchten es. »Ich war auf dich eifersüchtig«, flüsterte sie, als wäre es ihr peinlich, dies zuzugeben. »Du brauchst dir keine Sorgen mehr zu machen.«
Nun, im Augenblick war sie bestimmt nicht eifersüchtig. Ich ließ sie allein weitergehen und wartete auf Teal. Als sie mich eingeholt hatte, sagte ich: »Die Leute verhöhnen mich ganz offen.«
»Einige mögen dich verhöhnen«, sagte Teal. »Ich nicht.«
»Könntc Timu mich verstoßen?«
»Selbstverständlich. Aber er wird es nicht tun.«
»Kannst du mir nicht helfen?«
»Noch nicht«, sagte sie. »Schließlich entspricht das, was sie sagen, der Wahrheit. Aber wenn das Kind von Timu ist, werden wir es wissen. Dann kann ich dir helfen, wenn du noch Hilfe brauchst. Warum, glaubst du, tragen wir die Narben der Frau Ohun? Sie ermahnen uns, tapfer zu sein, notfalls auch über eine lange Zeit hin.«
An einem Abend bald darauf, als ich vom Reisigsammeln zurückkam, legten viele Leute neben dem Mammutschädel ein Feuer an. Die Schamanen sollten in Trance fallen, um Mammute herzubringen, erzählte mir Ethis. Ich bemerkte, daß Schwalbe bereits mit Ocker beschmiert war; er trug ein Schamanenhemd wie Teal, mit Fransen an den Ärmeln. Als er mich sah, rief er: »Versteck-dich-im-Gras! Hast du Brennholz gefunden? Bring es nicht in die Höhle. Bring es hierher. Heute nacht werde ich deiner Tante Teal etwas Neues zeigen!«
Ich bezweifelte sehr, daß irgend etwas, was Schwalbe als Schamane tat, irgendeinen von uns erstaunen könnte, ganz zu schweigen von Tante Teal, aber ich sagte: »Ja, Onkel«, und brachte mein Bündel aus Dung und Heidekraut zu dem Feuer. An dem Schädel lehnte wirklich etwas Neues: drei lange, gerade Zweige eines Kreuzdornstrauches von der Art, wie er im Dickicht neben einem Fluß wächst – eine Art, die tatsächlich in der

Nähe vorkam –, aber diese waren hohl, wie Knochen ohne Mark. Jemand hatte das Innere hinausgestoßen. Wie machte man so etwas, fragte ich mich. Und warum?

Ethis suchte sich einen Platz in dem Kreis, der um das Feuer herum saß. Als sie mich heranwinkte, quetschte ich mich dankbar neben ihr in die Reihe. »Was machen wir jetzt?« flüsterte ich.

»Dies ist unser Tanz«, sagte Ethis. »Er ist anders als der Tanz, den ihr am Forellenfluß kennt. Du wirst schon sehen.« Ethis hielt ihren kleinen Sohn unter den Achseln und hob ihn ein paar Mal hoch, als ob er aufrecht stünde und mit den Füßen auf dem Boden herumspränge. »Etwa so«, sagte sie. Der Kleine kreischte vergnügt. Um uns herum zogen die Männer ihre Hemden aus und rieben sich die Arme mit Fett ein. Ethis tat so, als riebe sie auch die Arme des Kleinen ein. Er zappelte vor Vergnügen.

Als sie Anstalten machte, ihn in ihr Hemd zu stecken, bat ich sie, ihn halten zu dürfen, und Ethis ließ mich gewähren. Unter meinem Hemd ruhte er auf der Wölbung, die von seinem Artgenossen erzeugt wurde. Beide strampelten zur selben Zeit, als ob sie sich gegenseitig fühlen könnten. Wenigstens diese beiden würden eines Tages miteinander spielen, dachte ich bei mir, wenn alles gutging.

Der Abendwind hob sich und trug die ersten trockenen Birkenblätter in den gelben Himmel hinauf. Die Menschen stimmten ein Lied an, wie Tante Yois Lied eines für viele Stimmen, die sich wie Wolfsstimmen miteinander verwoben – einige stiegen auf, andere fielen herab. Ich hörte Ethis einen Augenblick zu und sang dann mit. Wir hielten den Takt durch Händeklatschen. Hinter uns begannen die Männer den Mammuttanz; sie schwenkten den Oberkörper hin und her und streckten die Arme aus, starr wie die Stoßzähne der Mammute.

Dann hörte ich um uns herum einen tiefen Ton, als ob eine Stimme aus dem Boden aufstiege. Es war die

Stimme des Schädels, unterstützt von drei Männern, die durch die ausgehöhlten Kreuzdornzweige in seine Nasenlöcher hineinbliesen. Der Klang war fremd und furchteinflößend. Mir prickelte die Haut. Es war gut, zu singen und in die Hände zu klatschen, in einem großen Kreis von Menschen etwas Großes zu tun – meine eigenen Schwierigkeiten wirkten klein, und ich hatte das Gefühl dazuzugehören. Deshalb sang und klatschte ich so laut und aufmerksam wie ich konnte. Als Ethis' Säugling greinte, nahmen ihn Ethis und ich aus meinem Hemd heraus und schoben ihn rasch in ihr Hemd hinein, damit uns nichts entging.

Plötzlich hörten wir Gebrüll! Ängstlich ergriff ich Ethis' Arm. »Die Klinge«, sprach sie in mein Ohr. »Die Stimme der Elfenbeinklinge!« *Aaong! Aaong! Aaong!* ertönte es, erst laut, dann wieder leiser, hörte aber nie auf. Ich schob die Handflächen unter mein Kinn, um den Feuerschein aus meinen Augen fernzuhalten, und blickte über die Köpfe der Singenden hinaus in die Dunkelheit. Dort sah ich inmitten der Birken einen von Schwalbes Söhnen, der etwas Dünnes und Weißes am Ende einer Schnur herumwirbelte. Es war nicht groß, und es flatterte wie eine Motte, aber der Klang, der aus ihm herauskam, übertönte fast den Gesang.

Schwalbe und Teal legten ihre Hemden ab, lösten sich die Haare und wuschen ihre Arme in heißer Asche, um neue Kräfte zu gewinnen. Über dem Singen und Klatschen, über den Stimmen des Schädels und der Elfenbeinklinge, sang Teal in der Stimme eines Adlers, mit hohen, durchdringenden Schreien. Stolz betrachtete ich diese starke Frau aus meiner Sippe. Würden andere ihre Blutsverwandte beiseite drängen? Das wollen wir mal sehen!

Schwalbe verdrehte die Augen, so daß das Weiße uns anstarrte. Bei einem Menschen mit dunklen Augen hätte ich so etwas erschreckend gefunden, aber bei einem Mann mit hellen Augen wie Schwalbe mußte ich zweimal hinschauen, um es überhaupt zu erkennen.

Trotzdem war Schwalbe aufregend. Mit seinen losen Haaren, die wie eine Mähne wirkten, und seinen Muskeln, die rot im Feuerschein schimmerten, strahlte eine merkwürdige, starke Kraft von ihm aus, als ob ein Löwe ohne Fell tanzte. »Bak! Bak! Bakbakbak!« rief er aus, während die blassen Pupillen seiner Augen wieder zum Vorschein kamen, wie die Augen eines Toten, der wieder zum Leben erwacht, wie zwei Spiegelungen des Mondes.

Mit weit ausgebreiteten Armen, wie die Schwingen fliegender Vögel, tanzten Schwalbe und Teal Rücken an Rücken; sie drehten sich langsam, kamen immer mehr in Trance. Dann verschränkten sie ihre Arme und drehten sich wie ein Feuerstock um die eigene Achse, so daß wir zuerst Schwalbes Gesicht, dann Teals, eines Mannes Gesicht und das einer Frau, zu sehen bekamen, bis sie sich voneinander lösten, taumelten und bewußtlos zu Boden sanken. Schwalbe fiel auf der einen Seite des Feuers, Teal auf der anderen nieder. Und plötzlich wurde mir klar, warum Schwalbe so darauf bedacht gewesen war, eine von uns zu heiraten. Was für ein Kind konnte er aus der Sippe von Sali erwarten! Auf der ganzen Welt der Lebenden, sogar in den Lagerstätten der Toten, würde man ehrfürchtig vor so einem Schamanenkind stehen. Warum hatte ich daran noch nie gedacht?

So laut wir konnten, sangen wir und klatschten in die Hände, um den Schamanen zu helfen und ihren entfernten Geistern zu zeigen, wie sie heimkehren konnten. Als sich die Schamanen wieder aufsetzten, zuerst Schwalbe, dann Teal, um die Gesichter in ihren Händen zu vergraben, bis sie wieder klar bei Verstand waren, umarmten Ethis und ich uns gegenseitig; wir waren erschreckt und erregt, weil der Große Bär nicht weit sein konnte.

»Ich habe den Großen Bären gesehen«, sagte Schwalbe schließlich. »Er verspricht uns Mammute.« Und wir waren überzeugt, daß die Mammute bald dahin kommen würden, wo wir sie jagen konnten. Aber noch war es nicht an der Zeit, mit dem Singen aufzuhören. Wir sangen und klatschten, während die Männer tanzten und die Stimmen des Schädels und der Elfenbeinklinge brüllten. Als die schmale Sichel des Mondes der gelben Blätter aufging, gewannen wir Kraft durch den Mond, und als die Sonne aufging, zogen wir Kraft aus der Sonne. Ich wollte nicht, daß die Nacht zu Ende ging, und war eine der allerletzten, die noch sang.

Bei hellem Tageslicht gingen wir zur Höhle zurück, warfen uns auf den kühlen Boden und schliefen ein; wir waren völlig entspannt und erschöpft. Am Nachmittag wachten wir auf und bereiteten Bisonfleisch zu; dann gingen wir zum Fluß, um uns zu waschen und zu trinken, und in der Nacht schliefen wir wieder ein.

Während wir schliefen, kamen die Mammute über unseren Pfad herab und tranken aus dem Fluß. Am Morgen fanden wir große Dunghaufen und riesige runde Fußabdrücke. Die Mammute, die uns diese Zeichen hinterlassen hatten, mußten wie Schatten gekommen sein, wie es nur Mammute können. Aufgebracht eilten die Männer in die Schlucht, um zu sehen, ob dies das Werk von Rothaar war, während die Frauen über den Rand der Schlucht hinunterschauten. Es war Rothaar! Kein anderes Mammut hinterließ diesen halb gespaltenen Abdruck des rechten Hinterbeines! Wir sahen Rothaar so deutlich, als ob sie vor uns stünde – Rothaar und viele andere Mammute neben ihr, zehn oder mehr. Sie machte alle unsere Arbeit, das Abschneiden des Buschwerks und Aufhäufen von Gesteinsbrocken, sinnlos, denn nicht einmal Schwalbe würde Mammute bei Dunkelheit jagen.

In der nächsten Nacht kamen die Mammute wieder und erneut in der dritten Nacht. Aber jetzt kamen sie nicht mehr leise. Wir hockten in der durch die Feuerstelle erleuchteten Höhle und lauschten dem Trompeten der Mammute auf der Ebene über uns, den Mammuten auf dem Pfad und denen, die sich unten suhlten. Auch wenn

sie nicht trompeteten, wurde die Erde erschüttert und Erdreich rieselte durch die Spalten in der Decke der Höhle. Sie mochten zwar still sein, aber sie waren da! In der vierten Nacht, als wir schon glaubten, sie wären schließlich weitergezogen, hörten wir Gesteinsbrocken mit lautem Krachen in die Schlucht stürzen. Unsere Gesteinsbrocken! Rothaar zerstörte unseren Hinterhalt. Schwalbe ließ sich nicht gern von einem Tier erniedrigen, und bei jedem neuen Krach rief er: »Beim Großen Bären!« Sogar Graugans war enttäuscht. Im letzten Jahr waren viele Mammute erbeutet worden, aber in diesem Jahr, das wußte er, würde es nur ein einziges sein. Nur ein Verrückter jagte Mammute bei Nacht, Graugans jedenfalls nicht. Und die Zeit war gekommen, zum Forellenfluß aufzubrechen, wenn wir vor dem ersten Schneefall in der Hütte ankommen wollten.
Bald packten wir, die wir zum Forellenfluß gehen wollten, unsere Bündel. Im letzten Augenblick entschloß sich Weißfuchs, bei seinen Eltern zu bleiben. Er fürchtete jetzt nicht mehr, Meri zu verlieren, und sagte, er habe keine Lust, noch einen Winter wie den letzten zu erleben. Ich konnte ihm daraus keinen Vorwurf machen. Auch ich fürchtete mich vor dem Winter in der Hütte, vor allem wegen Timus Zorn, aber was konnte ich tun? Nachdem ich mir große Mühe gegeben hatte, Tante Yoi zu Schwalbe zu bringen, hatte ich jetzt keine nahen Verwandten mehr am Feuerfluß, abgesehen von Menschen, die keinen Platz für mich hatten. Und der einzige wirklich gute Mensch dort war Otter.
Manchmal fragte ich mich, ob sich Yoi noch daran erinnerte, daß wir ihr große Mengen Fleisch und Elfenbein unterhalb der Steilhänge im Sommer in Aussicht gestellt hatten. Aber wenn sie enttäuscht war, so ließ sie es sich nicht anmerken. Im Gegenteil – sie und Schwalbe schienen in Hochstimmung zu sein. Während wir packten, neckten sie sich ständig, bis Yoi die Elfenbeinnadel von Schwalbe ergriff und ihn veranlaßte, ihr nachzujagen, um die Nadel wieder zurückzuholen.

Sprachlos sahen Ethis und Ankhi zu, wie sich ihr Onkel herumbalgte. Auch ich sah zu, etwas verblüfft wegen meiner Tante, aber auch traurig, denn ich erinnerte mich an meine eigene Balgerei mit Timu. Ob auch er daran denkt? Wehmütig suchte ich ihn in der vom Tageslicht nur schwach beleuchteten Höhle, sah ihn aber nur von hinten. Sein Bündel lag bereit. Er plante, im nächsten Sommer mit Schwalbes Söhnen auf Jagd zu gehen, und sagte ihnen gerade Lebewohl, da sie mit einigen anderen zu dem neuen Ehemann einer der früheren geschiedenen Frauen Schwalbes gehen wollten; er bewachte die Jagdgründe in der Nähe einer Winterhöhle weiter unten am Haarfluß.

Als Schwalbe und Yoi sahen, daß wir alle fertig waren und nur darauf warteten, daß sie ihre Spielereien beenden würden, wurden sie ernst und packten ihre Sachen zusammen. Und so sagten wir den anderen Leuten Lebewohl und folgten Schwalbe auf die Ebene, wo ein kalter Wind blies und Wolkenbänke vor sich hertrieb, so daß deren Schatten an uns vorbeistürmten, als wollten sie sich über unsere langsamen Schritte lustig machen.

Unterwegs kamen wir an einer Stelle vorbei, wo frisches Erdreich aufgehäuft war: Das Grab des kleinen Kakim. Einige der Steine, die auf dem Grab lagen, hatte er vielleicht selbst vom Fluß heraufgetragen. Nicht einmal seine Stiefeltern blieben stehen, um einen Blick auf das Grab zu werfen. Schließlich war Kakim ein Waisenkind gewesen, und sein Geist war bestimmt auch unterwegs, nicht mit uns nach Osten, sondern ganz allein nach Westen, zum Platz seiner Sippe in den Lagerstätten der Toten. Vor meinem geistigen Auge sah ich die Eule, wie sie vor dem kleinen Kakim über das kurze Gras glitt, wie sie stehenblieb, um ihn herankommen zu lassen, und dann wieder weiterflog.

VI

Der Mond der Rentiere

21

Der Weg führte uns eine Weile am Südufer des Haarflusses entlang und später quer über die Ebene. Bei Tage richteten wir uns nach der Sonne und bei Nacht nach einem großen, nicht sehr hellen Stern. Dieser Stern, sagte Graugans, sei der Fleckhirsch und er würde uns bis zu seiner Hütte den Weg weisen. Vor unserem geistigen Auge sahen wir die Hütte mit dem Fleckhirschgeweih auf dem Dach, diesen langen und dunklen Stangen, die so siegessicher wirkten wie bei einem Hirsch, der den Kopf gehoben hat.
Aber die Hütte schien weit entfernt, wenigstens für mich. Mein Leib war schwer, meine Stimmung gedrückt. Da es das beste zu sein schien, wenn ich mit Yoi und Meri am Ende unserer Kette ging, sah ich von Timu die ganze Zeit nur seinen Rücken weit vor mir. Und die einzigen Worte, die ich von ihm hörte, waren an andere gerichtet. Er blieb meistens beim Stock und beim Frosch, die sich an alle die alten Witze erinnerten, die sie sich früher erzählt hatten. Bei Nacht teilte Timu eine Schlafdecke mit Ethis, so daß ich bei Meri schlafen mußte; es war einsam an Schwalbes Feuer, da dort nur Yoi, Schwalbe und Rin saßen.
Wir kamen nur langsam voran, obwohl die Kinder getragen wurden. Ich war langsam, Ankhi und Ethis und die Frauen meiner Vettern waren langsam wegen ihres Gepäcks und der Kinder, und die älteren Kinder wurden schnell müde, so daß wir fast jeden Tag frühzeitig lagerten. Überall, wo es Feuerdorn gab, blieben wir stehen, um so viele Beeren zu essen, wie wir konnten. Weiter stromaufwärts am Haarfluß hielten wir an, um zu jagen, denn anders als im Frühling gibt es auf der Ebene im

Herbst nur wenige Kadaver. Wir erlegten eine Steppenantilope und verloren dadurch einen Tagesmarsch. Nachdem wir den Flußlauf verlassen hatten, mußten wir oft anhalten und Wolfsmilchwurzeln ausgraben, um unseren Durst löschen zu können.

Die Frauen meiner Vettern klagten, daß ihnen die Nahrung, die wir auf der offenen Ebene fanden, Magenbeschwerden bereite. Als auch Ethis' Säugling Magenschmerzen zu bekommen schien, half ich ihr, nach dem weichen, gekräuselten Gras zu suchen, das sich am besten eignet für das zarte Hinterteil von Kleinkindern. Ich war froh über die Gelegenheit, mit ihr allein sprechen zu können und bat sie, bei Timu noch einmal ein gutes Wort für mich einzulegen. In ihrer herzlichen, nachgiebigen Art schien sie sofort bereit zu sein, mir zu helfen. Aber am nächsten Tag, als ich sie danach fragte, schüttelte sie nur den Kopf, und ich sah, daß sie weinte.

»Was ist los?« fragte ich und fürchtete, sie habe schlechte Nachrichten für mich.

»Meine Milch ist nicht gut«, sagte sie und öffnete ihr Hemd, um mir den Säugling zu zeigen. Er war unruhig und weinte. »Er mag meine Milch nicht.« Zum Beweis schob sie ihre Brustwarze in den Mund des Kleinen. Er wandte sich ab.

Mir fielen die Klagen der Frauen meiner Vettern ein. »Können es die Beeren sein? Vielleicht schmeckt deine Milch nach ihnen.«

Ethis drückte sich einen Tropfen Milch in die Handfläche und leckte daran. »Sie schmeckt scharf«, sagte sie, nahm meine Hand und drückte Milch in meine Handfläche.

Ich kostete und fand die Milch milde. »Den scharfen Geschmack könnten die Beeren auf deiner Hand hinterlassen haben. Vielleicht hat er aber auch keinen Hunger.«

»Vielleicht«, sagte sie zweifelnd.

»Laß mich ihn tragen. Vielleicht ist ihm nur langweilig.« Sie übergab ihn mir in der Schlinge, und ich schob ihn in mein Hemd. Er fühlte sich heiß an, schlug um sich und schrie, und so gab ich ihn ihr zurück. Gerade als Ethis ihn nahm, bekam er Durchfall.

Im Lager trug Ethis das Kind zu Rin, damit sie sich den Kleinen anschauen konnte. »Kommt seine Verdauung oft?« fragte Rin.

»Ja«, antwortete Ethis betrübt.

»Zeig ihn mir beim nächsten Mal«, sagte Rin.

»Er hat es immer«, sagte Ethis, zog das Graspolster unter dem Säugling hervor und reichte es Rin. Diese betrachtete es kurz, warf es dann weg und wandte sich an Teal. Die beiden Frauen sprachen von der stopfenden Wirkung des Spitzwegerichs, aber auch darüber, daß sich diese Pflanze nur auf der Tundra und in Niederungen findet, wo dünnes, saftiges Gras wächst. Hier gab es keinen Spitzwegerich, hier wuchsen nur trockene Grasbüschel. Wir sahen uns gegenseitig fragend an, falls eine von uns ein Stück dieser Wurzel hatte. Die Frauen meiner Vettern zögerten, woran ich erkannte, daß die Wurzel in ihren Bündeln war. Vielleicht hatten sie Kakim damit gefüttert. Widerwillig zog die Frau des Frosches eine Spitzwegerichwurzel heraus. Ethis kaute sie weich und schmierte den Brei in den Mund ihres Kindes.

Als Timu bemerkte, was los war, hockte er sich neben uns auf den Boden und nahm sein Kind in die Arme. Er hielt es dicht an sich gedrückt, während es leise weinte. Ganz zärtlich wiegte Timu den Kleinen hin und her. Aber mehr war nicht zu tun, und als Ethis die Hände ausstreckte, gab Timu ihn zurück.

Mit Säuglingen passiert alles plötzlich. Am nächsten Abend war Ethis' Kind viel zu ruhig. Der Kleine lag auf ihrem Arm, der Kopf hing schlaff herunter und der trokkene Mund stand offen. Teal wies uns an, ein Feuer anzulegen und zu singen, so daß sie in Trance fallen und die Frau Ohun anrufen könne. Dann rief sie ihren Namen mit der lauten Stimme eines Auerhahns. Schwalbe zog aus einem Bündel die dünne Elfenbeinklinge heraus,

befestigte sie an einer Schnur und wirbelte sie dann um den Kopf, bis sie wie ein Mammut aufheulte.
Die Geräusche trugen weit, aber die Frau Ohun und der Große Bär waren noch weiter. Als Ethis und Timu und dann ihre Schwestern Ankhi und Eule während der Nacht zu wehklagen begannen, wußten wir an Schwalbes Feuer, daß etwas Schreckliches geschehen war. Niedergedrückt erwarteten wir den Morgen. Als er schließlich kalt und windig heraufdämmerte und viele Schwärme kleiner Vögel über den Himmel zogen, bat mich Ankhi, meinen Grabstock zu holen und ihr zu folgen. Auch Eule kam mit. Ihre Augen waren vom Weinen gerötet, und als wir ein Loch an einer Stelle gruben, die Ankhi ausgewählt hatte, sagte mir Eule, daß Ethis' Kind tot sei. Ich wußte es natürlich schon, aber die Worte zu hören, entsetzte mich. Als Timu den kleinen Körper, eingewickelt in seine Trageschlinge, herbrachte und ihn neben uns auf den Boden legte, konnte ich ihn nicht ansehen. Auch Timu wandte sich ab, ging sogar wieder zum Lagerplatz zurück.
Als die Grube ausgehoben war, warteten Eule und Ankhi, bis ich den Säugling hineingelegt hatte. Er wog nicht mehr als ein trockenes Blatt, aber seine starre, kühle Stille zog sich an meinen Armen herauf und machte sie gefühllos. Ankhi öffnete ihr Hemd und brachte sich mit dem Messer einen Kratzer auf ihrer Brust bei. »Ich betrauere dich, meiner Schwester Kind«, sagte sie. Dann schoben wir Erdreich in die Grube, traten sie fest und schritten langsam zum Lager zurück; wir sahen uns gegenseitig nicht an, denn keine von uns wußte, wessen Kind das nächste sein würde. Der Wind trug uns vom Lager her die Stimme eines Kindes zu – wahrscheinlich Ankhis, das nach seiner Mutter rief. Und in meinem Innern rumorte jemand, wie ein Frosch vielleicht in meinen Händen strampeln würde. Auf dieser Ebene lag auch Eules Kind in einem Grab; es war vor einem Jahr gestorben. Mir wurde klar, daß überall da, wo Menschen lebten oder wanderten, die Erde mit klei-

nen Gräbern übersät war. Gras wuchs über ihnen, oder Fichtennadeln bedeckten sie, aber sie waren da und bargen die Säuglinge, die zu jung gewesen waren, um Namen zu tragen. Wie viele es waren, wußte niemand. Aber auch die klügsten Menschen auf der Welt konnten sie nicht zählen.
»Wo sind deine Tränen für das Kind deines Mitweibes, wo du doch so viele für Kakim vergossen hast?« fragte die Frau des Frosches, als ich meine Sachen zusammenpackte.
Entsetzt sah ich sie an. »Ich weine«, sagte ich.
Da erwiderte sie mit bösem Unterton: »Das ist nur recht.«
Während ich mir einen Augenblick Gedanken über ihr merkwürdiges Benehmen machte, geschah etwas Unerwartetes in mir, als ob ein Kiefernzapfen im Feuer platzt. Als steckte eine Fremde, nicht ich selbst, in meinen Kleidern, merkte ich, wie ich mich erhob. Ich wußte, daß ich im nächsten Moment dieser Frau die Zöpfe abreißen würde! Aber jemand packte mich an der Schulter und drückte mich nieder. Es war Schwalbe. »Sei friedlich, Versteck-dich-im-Gras«, sagte er. »Wir sind alle unglücklich.«
Da brachen die Tränen aus mir heraus, ich schluchzte laut. Und auch andere begannen zu weinen. Aber Schwalbe wechselte einen Blick mit Graugans. Graugans wirkte ernst und wies dann den Stock und den Frosch an, ihm mit ihren Frauen zu folgen. Auch die übrigen brachen auf. Als Rin Ethis' Ellbogen berührte, setzte sich Ethis wie im Schlaf hinter den anderen her in Bewegung. Ich bin sicher, daß sie nicht einmal wußte, wem sie folgte.
Ich wollte Ethis begleiten, um sie vielleicht später zu trösten, wenn ich konnte, aber Schwalbe hielt mich zurück. »Bleib noch eine Weile bei uns, Versteck-dich-im-Gras«, sagte er, nicht unfreundlich. »Laß die anderen vorausgehen.« Glaubte er etwa, ich könnte die Zöpfe der Frau vom Frosch zu aufreizend finden?

Aber ohne ein Wort tat ich, worum er mich bat. Ich war schon so weit von Timu entfernt, und dieser Todesfall würde mich noch weiter von ihm wegbringen. Fast war ich wieder zu einer Fremden geworden, mehr eine Bedrohung denn eine Hilfe. Es würden Monate vergehen, bevor Timu den Säugling vergaß, der mit meiner Hilfe unter die Erde gebracht worden war. Bis dahin würde der Verlust seines Kindes den Zorn in ihm nur erhöhen. Was konnte aus soviel Verärgerung entstehen? Trotz der Worte von Teal konnte er mich verstoßen. Und wenn er es tat, wohin würde ich gehen? Zu irgendeiner übervölkerten Hütte am Frauensee, wo Leute wie die Frau vom Frosch mir jeden Bissen neiden würden? Wenn ich keinen guten Platz finden konnte, würde mit mir dasselbe geschehen, was Ethis soeben zugestoßen war.
An diesem Tag kamen wir nur langsam vorwärts. Den ganzen Vormittag versuchte der Wind, meinen Zopf und mein Hemd zu lockern. Am Nachmittag roch es in der Luft nach Schnee. Wir versuchten, schneller zu marschieren, um den Schutz des Waldes zu erreichen, aber weil wir am Vormittag zuviel Zeit verloren hatten, befanden wir uns bei Einbruch der Nacht noch immer auf der Ebene.
Diese Nacht war die schlimmste, die ich je verbracht habe. Unser Brennmaterial lag unter dem Schnee begraben – wir konnten nur ein einziges kleines Feuer machen. Wir hatten nichts zu essen außer einer Handvoll Erbsen, und kein Wasser außer aufgetautem Schnee. Ich wollte mich nicht niederlegen – von Schnee bedeckt zu werden, brachte mich auf den Gedanken, ich würde begraben. Obwohl einige von uns so elend waren, daß sie kein Wort herausbrachten, zankten sich die anderen. Die drei Kinder, die noch lebten, froren und hatten Hunger, und als sie deswegen weinten, wurden sie von ihren Eltern gezwickt, worauf sie noch mehr weinten. Und wir hörten Löwen. »Vielleicht kommen sie hierher«, sagte die Frau des Frosches.

»Wenn schon«, sagte Timu. Es waren die einzigen Worte, die ich ihn den ganzen Tag über sprechen hörte.

In der nächsten Nacht erreichten wir die baumbestandenen Niederungen des Schwarzen Flusses und lagerten unter einer Hemlocktanne. Die Nacht war klar, und im Wald herrschte ein bläuliches Licht. Wir fanden Hickorynüsse – keine gute Nahrung, aber ausreichend, um unseren Hunger zu stillen – und viele Fährten, die von kleinen Tieren benutzt wurden; dort legten wir unsere Schlingen aus. Wir hofften, bis zum Morgen eine gute Mahlzeit zu haben. Und natürlich hatten wir viel Brennholz, deshalb entzündeten wir ein großes Feuer.
In den tiefer gelegenen Wäldern war es kälter als auf der Ebene, aber es wimmelte von Tieren. Wir hörten Schritte und das *tsi! tsi! tsitsirivi!* eines Haselhuhns. Wir hörten Wölfe in der Ferne und dann, ganz nahe, das laute Röhren eines Rothirsches. Schwalbe legte die Hände an den Mund und holte tief Luft.
»Halt«, sagte Graugans rasch. »Ruf ihn nicht! Heute nacht kriegen wir ihn nicht!«
»Ich kenne Hirsche«, sagte Schwalbe. »Wir erwischen ihn heute nacht.« Er legte die Hände noch einmal hohl an den Mund und stieß ein lautes Röhren aus, worauf der Hirsch in unsere Richtung losstürzte und dabei einen dröhnenden Laut aus seiner Kehle aufsteigen ließ. Die Männer waren sofort auf den Beinen und verteilten sich kreisförmig im Wald, um den Hirsch zu umzingeln. Wir hörten Gestampfe und das Knacken von Ästen. Kurz darauf kamen die Männer wieder zurück. Sie hatten ihn verloren. »Wir holen ihn uns morgen!« sagte Schwalbe, als wäre die Jagd auf den Hirsch am frühen Morgen seine Idee gewesen. »Ihm gefällt es hier. Er wird nicht weit wegrennen.«
Während der Nacht merkte ich, daß Ethis weinte. Ich konnte sie gar nicht hören, aber ich spürte ein plötzliches Prickeln auf der Haut, und ich ahnte, warum. Vielleicht hörte ich auch irgend etwas – Ethis, die ihre

Tränen zurückdrängen wollte oder seufzte. Timu sprach ganz leise. Ich lauschte. »Sie fließt. Schau«, flüsterte Ethis. Es wäre mir lieber gewesen, ich hätte nicht gewußt, was sie damit meinte: Ihre Milch floß noch immer. Timu sagte nichts. Nach langem Schweigen hüstelte er rauh, und es klang, als ob er weinte.
Auch Rin mußte mitgehört haben. »Stille das Kind deiner Schwester«, flüsterte sie. »Das hilft. Es hat mir auch geholfen. Als ich ein Kind verlor, habe ich dich gestillt.«
Beim ersten Tageslicht machten sich die Männer im Wald auf den Weg. Ihr Atem bildete Wolken, und ihre Schritte knirschten auf dem Rauhreif. Der Hirsch mußte sie gehört haben. Törichterweise beantwortete er das Geräusch mit einem so lauten Röhren, daß es von den Bäumen widerhallte. Wir waren sicher, daß wir bald sein Fleisch essen würden.
Die Frauen gingen an diesem Morgen nicht zum Sammeln von Brennholz oder Nahrung, sondern blieben bei Ethis, um ihr Trost zu spenden. Wir waren zehn, aber nur drei von uns hatten noch kein Kind verloren – ich, Yoi und Ankhi. Wir saßen am Rande der Gruppe und hörten zu, wie Mädchen, die noch nicht die Narben der Frau Ohun haben, älteren Frauen zuhören. Ich glaubte nicht, daß die anderen Frauen für Ethis ein großer Trost waren, aber sie vermittelten ihr zumindest das Gefühl, nicht allein zu sein.
»Je schneller ein totes Kind vergessen wird, desto besser«, sagte Teal.
»Das eine geht, das andere kommt«, sagte die Frau des Frosches.
»Beim ersten Mal ist es besonders schlimm«, sagte die Frau des Stocks.
»Du hast immer noch den Säugling deiner Schwester zum Spielen, und Yanans Kind ist unterwegs«, sagte Rin.
»Wir alle verlieren Kinder – eines Tages gewöhnen wir uns daran«, sagte Ina.
»Ich hoffe, es geht dir nicht wie mir: immer wieder eine

Geburt, nur um stets aufs neue Schmerz zu empfinden«, sagte Eule. Zum ersten Mal hörte ich hier, daß Eule mehr als einen Säugling verloren hatte. Es mußten schon mehrere auf unseren alten Sommergründen am Grasfluß gestorben sein. War ich denn damals noch so jung gewesen, daß ich so etwas nicht bemerkt hatte?
»Ethis und ich hatten einen Bruder wie diesen«, sagte Ankhi zu Eule. »Viermal wurde er geboren und starb; er lebte nicht ein einziges Mal lange genug, um einen Namen zu erhalten.«
Ethis weinte und sagte dann, sie habe Schmerzen in der Brust. Wieder schlug Rin vor, sie solle doch Ankhis kleines Mädchen stillen, woraufhin Ankhi wortlos ihr Kind der Schwester hinhielt.
Das kleine Mädchen wußte nicht so recht, was es zuerst tun sollte, aber Ethis nahm es in den Arm und bot der Kleinen die pralle Brust. Als sie schließlich saugte, verzog Ethis das Gesicht, als ob sie sich gerade einen Splitter herauszöge. Das kleine Mädchen hörte mit dem Saugen auf und warf Ankhi einen verstohlenen Blick zu. Mache ich einen Fehler? schienen ihre Augen zu fragen. Auch Ankhi schien unwirsch zu sein, wandte sich jedoch ab, um ihrer Tochter zu zeigen, daß sie noch zu arbeiten habe. Da beging Ethis den Fehler, das Kind von der einen Brust an die andere zu zerren, und es begann zu greinen. Ärgerlich nahm Ankhi das verstörte Kind wieder zu sich, und Ethis mußte nun ihre Brust entleeren, indem sie die Milch ins Feuer tropfen ließ.
Im Laufe des Vormittags kamen alle Männer außer Schwalbe zurück und brachten die Vorderhand des Hirsches, die Hinterhand, die Flanken und Seitenteile mit; der Stock trug die gute Winterhaut, und Timu schleppte den Kopf an einer Geweihstange hinter sich her. Wir entzündeten ein großes Feuer und brieten die Leber, während wir uns fragten, was mit Schwalbe geschehen sei. Die anderen Männer konnten es nicht sagen. Während sie den Hirsch zerlegten, sei Schwalbe verschwunden.

Bald sahen wir ihn durch die Bäume hindurch; er trug etwas über der Schulter. Als er seine Last neben unserem Lager zu Boden warf, sahen wir, daß es ein Wolf war.
Überrascht fragten wir ihn, warum er das ganze Tier mitgebracht habe. Warum nicht nur das Fell? Wolle er den Wolf aufessen? Als er sich bewegte, sahen wir, daß er ihn nicht einmal getötet hatte. Was jetzt? Aber Schwalbe nahm sich nicht die Zeit, Erklärungen abzugeben. Er eilte wieder fort und ließ uns erstaunt zurück.
Der Wolf war noch ganz jung, ein Welpe vom letzten Frühling, ein männliches Tier. Seine vier Beine waren eng zusammengebunden und der Kopf an den Beinen befestigt, so daß er sich nicht bewegen konnte. Sogar die Kiefer hatte Schwalbe ihm zusammengebunden. Nur sein Schwanz war frei, aber diesen hatte er unter sich gezogen. Obwohl seine Augen offen waren, schien er nichts wahrzunehmen; er starrte ins Leere. Aber als wir über ihm standen, warf er uns verstohlen einen Blick aus den Augenwinkeln zu, schaute dann jedoch rasch wieder weg, als ob das, was er sah, so schlimm war, daß er nicht wagte, länger hinzuschauen.
Schön, er gehörte Schwalbe. Wir mußten noch warten, um zu erfahren, was Schwalbe mit diesem Wolf vorhatte. In der Zwischenzeit aßen wir die Leber des Hirsches und sahen schließlich Schwalbe zwischen den Bäumen auftauchen. Wieder trug er ein Bündel, und auch diesmal war es ein Wolf, der auf die gleiche Art zusammengeschnürt war. Schwalbe warf das Tier neben das erste auf den Boden.
»Versteck-dich-im-Gras!« rief Schwalbe aus. »Jetzt sieh mal her, wie wir in diesem Winter jagen werden! Du wirst uns zeigen müssen, wie man es macht!« Ich mußte auf meinen Bauch geschaut haben, denn Schwalbe fügte hinzu: »Später.« Dann sah er Meri an. »Die jüngere Nichte meiner Frau wird diese Wölfe in Frieden lassen. Sie gehören mir, nicht ihr«, sagte er streng.

Wir legten mehr Fleisch auf das Feuer und aßen, während Schwalbe uns erzählte, wie er die Wölfe gefangen hatte. Bei der Jagd auf den Hirsch habe er zufällig eine Lichtung entdeckt, sagte er, eine Stelle, wo Bäume entwurzelt lagen. Da er glaubte, dies sei ein Ort, den Wölfe vielleicht gern hätten, sei er dorthin zurückgegangen. Neben den herausgerissenen Wurzeln eines Baumes habe er eine zuckende Bewegung gesehen – etwas Graues, ein Ohr. Er habe sich mit erhobener Axt angeschlichen. Drei junge Wölfe hätten im Schutz des umgestürzten Baumes zusammengerollt auf dem Boden gelegen und sich erschreckt niedergedrückt, als er über ihnen erschien. Er versetzte dem ersten, dem zweiten und dem dritten einen Schlag auf den Kopf und setzte sich dann auf den einen, während er den anderen zusammenschnürte. Er habe aber nicht schnell genug zu Werke gehen können – der dritte sei wieder zu Bewußtsein gekommen und davongerannt. Aber der Wolf, auf dem er saß, habe sich nicht geregt, obwohl er die Augen geöffnet hatte. Schlaff habe er dagelegen, während er, Schwalbe, ihn zusammenband.
Wir schauten Schwalbes Gefangene an. Sie machten auf mich einen toten Eindruck. Vielleicht waren Schwalbes Schläge zu fest gewesen. Keineswegs, sagte er. Sie seien sehr lebendig. Zum Beweis band er sie los, und obwohl sie sich kaum bewegten, legte er ihnen Riemen um den Hals und band sie an einen Baum.
Zum dritten Mal legten wir neues Fleisch auf das Feuer; ab und zu blickten wir auf die Wölfe und waren gespannt, ob wir unsere Mahlzeit mit ihnen würden teilen müssen. »Hallo!« rief Timu plötzlich. Wir schauten auf. Beide Wölfe waren weg. Schwalbe rannte zu dem Baum und lachte dann. Sie versteckten sich hinter dem Stamm, aber da er feststellte, daß sie an den Riemen kauten, band er ihnen wieder die Mäuler zu.
Im Laufe des Nachmittags schnitten wir das gesamte noch vorhandene Fleisch in Streifen und hängten sie in die Äste, damit das Blut heraustropfen konnte. Da unser

Lager stark nach Hirsch roch, vermutete Graugans, wir würden einen Bären oder noch Schlimmeres anlocken. Also kletterten Timu und Elho auf den Baum, um das Fleisch höher zu hängen, und wir sammelten eine Menge Brennholz, damit wir notfalls um unser Fleisch kämpfen konnten.

Während der Nacht hörten wir weiter drinnen im Wald einen einzelnen Wolf heulen. Dicht neben mir sagte Schwalbe zu Yoi: »Die ausgewachsenen Wölfe sind wieder in ihr Lager zurückgekehrt. Ich hätte eine Falle stellen sollen. Ich habe nicht daran gedacht.«

»Ich will die Felle haben, falls du es dir mit den beiden gefangenen Wölfen anders überlegst«, sagte Yoi.

»Ja, falls ich es mir anders überlege«, sagte Schwalbe.

Später in der Nacht sahen wir viele Wölfe um uns herum; ihre Augen schienen grün im Feuerschein, und ihre dunkelgrauen Gestalten schimmerten undeutlich zwischen den Bäumen hindurch. Schwalbe schien sich darüber zu freuen. Ich hörte, wie er Yoi erzählte, daß Bären von Wölfen ferngehalten werden.

Als wir den Morgenstern sahen, weckte ich Meri, rollte unsere Schlafdecken zusammen und packte unsere Bündel. Von unseren Wanderungen zu den alten Sommergründen her kannte ich diese Gegend am Schwarzen Fluß und wußte, wenn wir frühzeitig aufbrachen, würden wir vor Sonnenuntergang eine flache Stelle im Fluß erreichen, wo das Wasser durch große, flache, quer über den Fluß verstreute Steine hindurchrauschte. Diese Furt konnten wir benutzen und das Lager am anderen Ufer aufschlagen. Ich wollte bereit sein für diesen schweren Tag, wollte den anderen helfen und freundlich sein, damit niemand Grund hatte, die Geduld mit mir zu verlieren. Als ich hörte, wie jemand den Baum hinaufkletterte, ging ich hin, um zu sehen, ob ich beim Zusammenpacken des Fleisches behilflich sein könnte. Aber der Stock und der Frosch saßen bereits im Baum und reichten Fleischstücke hinunter zu Timu und Elho am Boden. Timu schien meine Hilfe nicht zu wünschen. Im Gegenteil – die Männer fuhren mit ihrer Arbeit fort, als ob ich gar nicht da wäre, und so kehrte ich zu Schwalbes Feuer zurück und setzte mich hin, um zu warten.

Yoi schlief noch, aber Schwalbe packte bereits sein Bündel zusammen. »Versteck-dich-im-Gras«, rief er, »du kennst dich mit Wölfen aus. Hilf mir, meine zusammenzuschnüren.« Als sich das graue Morgenlicht durch den nebligen Wald ausbreitete, folgte ich ihm. Aus der Ferne sahen wir die dunkle Gestalt des männlichen Wolfes am Ende des Riemens, der ihn festhielt. Er lag flach auf der Seite, Kopf und Schwanz auf dem Boden und die Beine nach vorne ausgestreckt, als ob er sich schon selbst für einen Kadaver hielte. Aber die Wölfin war weg. Ihr Lederriemen lag durchgebissen auf dem Boden, und in dem trüben Licht fanden wir große, runde Fußabdrücke, die uns zeigten, daß andere Wölfe ihr geholfen hatten. »Beim Großen Bären!« rief Schwalbe aus. »Ich hätte sie zu unserem Feuer bringen sollen.«

Der männliche Wolf schien sich ohne seine Schwester mehr denn je zu fürchten. Als er uns hörte, zuckte er mit einem Ohr und hob dann den Kopf um eine Handbreite. Bei unserem Anblick erschrak er, kroch dann zur Rückseite des Baums und kauerte sich dort nieder.

Schwalbe blickte enttäuscht auf den durchgebissenen Riemen. Aber da der Riemen immer noch gutes Leder war, hockte er sich neben dem Baum auf den Boden und begann, den Knoten zu lösen. »Steh nicht einfach herum«, sagte er. »Binde ihn fest.«

Es schien kaum der Mühe wert zu sein. »Du wirst von diesem Wolf nicht viel Hilfe bekommen. Du solltest ihn abhäuten«, sagte ich.

»Warum?« fragte Schwalbe, als überraschte ihn der Gedanke.

»Er ist zu ängstlich. Wenn du ihn losbindest, rennt er weg. Und du hast die Wölfin vergeudet.«

»Vergeudet?« fragte Schwalbe gereizt. Die anderen waren jetzt alle wach und redeten miteinander; wahr-

scheinlich warteten sie auf uns. Womöglich verlieren sie doch noch die Geduld mit mir, dachte ich. So gab ich Schwalbe keine Antwort. Statt dessen legte ich den Wolf auf die Seite, band ihm die Füße zusammen und schlang einen Riemen um seine Knöchel. Obwohl er demütig die Ohren zurücklegte und versuchte, seine Schenkel ein wenig zu heben, wagte er nicht mitanzusehen, was ich mit ihm anstellte.
Meine Bemerkung schien Schwalbe zu ärgern. »Ich habe sie vergeudet?« wiederholte er. »Wieso denn?«
»Du hast ihr nicht das Fell abgezogen.«
»Nein, denn ich hatte sie nicht wegen ihres Felles gefangen!«
»Schön, es ist jetzt weg«, sagte ich. »Sie wird verhungern, da ihr Maul zugeschnürt ist. Das würdest du auch.«
»Ha, Versteck-dich-im-Gras«, sagte Schwalbe lachend. »Wer hat soviel Kraft, um mir das Maul zu verbinden?«

22

Als wir den Schwarzen Fluß überquerten, waren die langen Sommertage vorbei. Wir hatten nicht genügend Helligkeit, um so lange zu wandern, wie wir uns gewünscht hätten, obwohl wir es jeden Tag versuchten. Am Abend des letzten Tages waren einige von uns schon sehr erschöpft, aber es war noch ein weiter Weg bis zur Hütte. Trotz des Fleisches, das uns viel Kraft verlieh, konnte sich unsere Gruppe nicht mehr beeilen. Am Ufer des Forellenflusses hörten wir den Tiger.

Den ganzen Tag über war ich so müde gewesen, daß ich weit hinter den anderen zurückblieb, und so setzte ich mich hin, als die anderen stehenblieben, um auf den Tiger zu lauschen. Ethis setzte sich neben mich. »Yanan muß sich ausruhen«, sagte sie entschieden. »Wenn sie anhält, dann raste ich auch.« Die Frau des Stocks sah sich nach uns um; vielleicht dachte sie daran, daß ich auf dem Weg zum Haarfluß nicht auf sie gewartet hatte. Auch Ethis schien dieser Gedanke gekommen zu sein. »Geh weiter, wenn du willst und wenn du jemanden finden kannst, der dir den Weg zur Hütte zeigt. Niemand hat etwas dagegen.« Die Frau des Stocks sagte nichts.

Schwalbes Traglast lehnte sich gefährlich zur Seite. Oben darauf trug er seinen eingeschnürten Wolf, der sich im Laufe des Tages bewegt haben mußte. Jetzt nahm er sein Bündel herunter, legte den Wolf auf den Boden, schulterte das Bündel wieder und bat mich um das meinige. »Gib es mir«, sagte er. »Ich habe es satt, wie ein Käfer dahinzukriechen. Ich komme später wieder zurück.« Ohne auf mich zu warten, nahm er mir meine Last ab. Wie üblich, wenn man nach einem langen Tag von einer schweren Last erleichtert wird, hatte ich das Gefühl zu schweben. Mit der zweifachen Last schritt Schwalbe auf seinen langen Beinen in Richtung Hütte davon und war bald außer Sichtweite. Da fiel mir wieder ein, wie er mich auf die Jagd mitgenommen hatte, dabei aber so schnell gegangen war, daß ich jedesmal weit hinter ihm zurückblieb.

»Er wird unterwegs Brennholz sammeln«, sagte Graugans. »Wer mit Schwalbe gehen will, soll es tun. Wir brauchen nicht alle auf Yanan zu warten. Aber ich bleibe bei ihr.« Also wanderten Ina mit ihren Söhnen und deren Frauen und Kindern und Eule mit ihrem Mann weiter, und wir blieben zurück.

Schwalbes Wolf lag ganz still da. Seit er gefangen worden war, hatte er weder Nahrung noch Wasser bekommen; er konnte bereits tot sein. Wenn ja, bestand kein Grund, das tote Tier mitzuschleppen. »Wir könnten ihn rasch abhäuten, Schwiegervater«, sagte ich zu Graugans. Er nickte und kniete sich hin, um mir dabei zu helfen. Aber der Wolf zuckte zurück, als das Messer ihn berührte. »Wir wollen ihn losbinden, während wir rasten. Vielleicht braucht er Wasser.«

»Laß ihn nicht weglaufen«, sagte Graugans. »Das wäre ein schlechter Dank für Schwalbes Freundlichkeit.« Ich löste den Riemen, der den Wolf zu einem Bündel verschnürte. Aber da ich erkannte, daß er sofort davonrennen würde, wenn er merkte, er sei frei, band ich den Riemen um seinen Hals, bevor ich seine Beinfesseln löste. »Wir sollten uns beeilen«, sagte Graugans. »Wir müssen entweder weitergehen oder ein Lager aufschlagen.« Er dachte einen Augenblick nach. »Yanan kann nicht im Freien schlafen, weil Schwalbe ihre Schlafdecke mitgenommen hat.« Die anderen standen auf; sie waren bereit, aufzubrechen.

Aber jetzt hatte ich es mir in den Kopf gesetzt, den Wolf Wasser trinken zu lassen; ich hob ihn auf meine Schultern, hielt seine Vorderbeine in der einen und seine Hinterbeine in der anderen Hand und trug ihn zum

Flußufer. Dort setzte ich ihn ab und hielt ihn an dem Riemen fest. Der Wolf stand unsicher auf den Beinen, und ich sah, daß er nicht saufen konnte, weil seine Kiefer zusammengebunden waren. Also machte ich eine Schlinge, schob sie ihm über die Kinnbacken und löste den Riemen. Jetzt konnte ich die Schlinge ein wenig lockern, und der Wolf konnte sein Maul so weit öffnen, daß er die Zunge herausstrecken konnte. Damit die Schlinge nicht heruntergleiten konnte, band ich das andere Ende um seinen Hals.
Plötzlich machte der Wolf einen großen Sprung und riß mir fast den Riemen aus der Hand. Aber ich hielt ihn fest, so daß der Wolf nach seinem Sprung lediglich auf der Seite landete, halb im Wasser. Ich merkte, daß ich warten mußte, bis er begriff, was er tun sollte, und ich sagte zu den hinter mir stehenden Leuten: »Bitte, wartet hier nicht länger. Ich kenne den Heimweg und habe keine Angst.«
»Wir können dich nicht allein lassen«, sagte Timu. »Hast du den Tiger nicht gehört?«
»Er wird mich nicht entdecken. Hat es hier nicht immer einen Tiger gegeben?«
»Beeil dich, bitte, Weib«, sagte Timu.
»Ja«, sagte ich. Aber ich tat es nicht.
Dic Zeit verging. »Yanan!« rief Timu. »Denk an den langen Weg! Schau zum Himmel hinauf!«
Ich brauchte gar nicht zum Himmel hinaufzuschauen. Im Tal des Forellenflusses war es bereits so dunkel, daß ich kaum noch den im Wasser stehenden Wolf sehen konnte. »Ich habe doch gesagt, ich komme«, rief ich zurück. Aber ich kam nicht – ich lauschte der Zunge des Wolfes, der begierig Wasser aufschlapperte.
Auch Timu war müde, denn sonst wäre er gekommen, um mich zu holen. Statt dessen rief er wieder: »Weib!« Aber ich gab keine Antwort, denn mein Rufen hätte den Wolf womöglich vom Saufen abgehalten. »Wenn du nicht kommst, werden wir ein Lager aufschlagen und du kannst auf dem Boden schlafen«, sagte Timu.

»Ich hole mir einen Schluck Wasser«, sagte ich. Das tat ich auch. Dann zog ich die Schlinge am Maul des Wolfs fester und hob das Tier wieder auf meine Schultern; ich spürte, wie das Wasser aus seinem Fell an meinem Hals herunter und in meine Kleidung lief. »Ich bin bereit«, sagte ich, und wir brachen auf.

Wir waren nur eine kurze Strecke gewandert, als wir auf Schwalbe trafen, der uns holen wollte. »Hier seid ihr ja«, sagte er zu den Männern. »Ihr müßtet Weiber sein. Ihr seid nicht weit vorangekommen!« Er lachte über seinen eigenen Scherz und merkte nicht, daß die anderen Männer schwiegen. Schwalbe brummte und nickte, als er sah, wie ich seinen Wolf trug, nahm Yoi, Meri und Ethis die Tragelasten ab und verschwand wieder im Dunkel. Yoi nahm Elhos Schlafdecke und Ethis die von Ankhi, und wir beschleunigten unseren Schritt, während wir dem Flußlauf folgten. Der vertraute Fluß glitt ruhig zwischen den Felsbrocken dahin, auf dem schwarzen Wasser schimmerte der Gelbblattmond.

Zum dritten Mal erschien Schwalbe auf dem Pfad. Jetzt konnten wir schon Rauch riechen und vor dem Sternenhimmel die langen Geweihstangen auf der Hütte erkennen, und wir wußten, daß es nicht mehr weit war. Jetzt brauchten wir keine Hilfe mehr. Dennoch nahm Schwalbe das Bündel von Ankhi auf sich und den Wolf von mir und verschwand wiederum. Wir holten ihn vor der Hütte ein.

Irgendwie hatte er genug Zeit gefunden, um in der Nähe des Tagesfeuers einen dicken Reisighaufen aufzubauen, und darinnen wurde sein Wolf angebunden, denn dort konnten ihn andere Wölfe nicht befreien, falls sie so nahe herankamen. Wir konnten fast nicht mehr reden, weil wir so müde waren, aber Schwalbe schien voller Tatendrang. Gerade als ich ihn daran erinnern wollte, daß der Wolf nur von einer Schlinge abgehalten war, seinen Riemen aufzukauen, sagte er: »Ich habe seine Schnauze wieder zusammengebunden. Niemand soll sich trauen, mir dasselbe anzutun!« Er lachte und dachte dann einen Augenblick nach. »Und Meri darf ihn nicht losbinden, bitte«, fügte er hinzu. »Wenn ihr Wolf angebunden gewesen wäre, dann wären die von euch im letzten Sommer in der Hütte zurückgelassenen Sachen nicht verkommen.«

»Hat er unsere Sachen aufgefressen?« fragte ich. An den Ärger, der daraus entstehen konnte, wollte ich lieber nicht denken. »Jedes Tier hätte dies tun können.«

»Sag das den anderen, wenn sie dir erzählen, was er sich geschnappt hat. Jetzt werden wir ihn fangen, wie sehr deine Schwester auch dagegen aufbegehrt.«

Schwalbe konnte Meri in der Finsternis hinter mir nicht sehen. »Nein, das wirst du nicht tun«, sagte sie.

Daß Meri mitgehört hatte, ärgerte Schwalbe überhaupt nicht. »Doch, wir werden es tun«, sagte er. »Und deine Schwester wird uns nicht davon abhalten können. Vergiß das nicht!«

Meri erkannte, ebenso wie Schwalbe, wie es um mich stand. »Tante Yoi wird dich davon abhalten«, sagte sie.

Schwalbe lachte laut. »Wenn sie das Fell nicht haben will«, sagte er.

Drinnen sah ich den Stock und den Frosch und deren Familien mit Ina an Graugans' Feuer, wo ihnen ein Platz zustand. Eule war da mit ihrem Mann; sie saßen auf demselben Platz wie immer, zumindest soweit ich mich erinnern konnte. Elho und Timu gingen mit Ethis und Ankhi ebenfalls dorthin. Ich erkannte, daß ich nicht bei Timu bleiben sollte; falls er mich wollte, würde er mich rufen. Mein Bündel lag neben dem Feuer an der Tür, wo ich mit Vater und Mutter immer geschlafen hatte. Ich war zu müde, um mir darüber Gedanken zu machen.

Ich war beinahe zum Essen zu müde, aber Rin gab mir und Meri die letzten Stücke ihres gebratenen Fleisches; also aß ich meinen Anteil, rollte dann meine Schlafdecke aus und legte mich auf den Rücken. Mein dicker Bauch lag wie ein Hügel über mir. Niemand sprach ein Wort über Meris Wolf. Meri legte sich neben mich, und sofort war ich fest eingeschlafen.

Während der Nacht rüttelte mich jemand. Es war Ethis, die neben meiner Schlafstätte hockte. Draußen hörte ich Gewinsel: Schwalbes Wolf versuchte zu heulen, ohne das Maul aufzumachen. Ethis weinte. Ich setzte mich auf.
»Schwester! Was ist denn los?« fragte ich.
»Schau her«, sagte sie. Ich sah, daß Milch aus ihren Brüsten tropfte. »Sogar wenn draußen der Wolf weint, fängt es an. Komm mit mir zum Fluß. Ich fürchte mich, allein zu gehen.« So stand ich auf und folgte Ethis durch den Windfang hinaus. Wir nahmen uns beide nicht die Mühe, uns anzuziehen, deshalb biß uns die Kälte, während wir aufmerksam auf die Geräusche der Nacht lauschten und nach dem Geruch des Tigers schnupperten. Aber wir hörten nur den leise dahinströmenden Fluß und den Wind in den Fichten, und in der klaren Luft rochen wir nur Fichtennadeln. Schwalbes kleiner Wolf gab keinen Ton mehr von sich. Leise wanderten wir über den steinigen Abhang zum Flußufer hinab, wo sich Ethis die Brüste mit eiskaltem Wasser begoß. »Ich habe es satt, wenn Leute mir sagen, ich werde ein anderes Kind haben«, sagte sie, »denn ich weiß, daß ich wieder ein Kind bekommen werde. Unser Ehemann läßt mir einfach keine Ruhe.«
Das überraschte mich. Wie kann er nur? fragte ich mich. »Trauert er nicht auch um sein Kind?«
»Doch«, erwiderte Ethis. Dann setzte sie hinzu: »Männer sind anders als Frauen, besonders wenn sie traurig sind.«
»Ich hatte eine Schwester, die kurz nach der Geburt starb«, sagte ich. »Vater war sehr traurig.« Dann erinnerte ich mich an die Wanderung aus den Bergen zum Marderfluß und fügte hinzu: »Aber er schlief schon kurz danach mit Tante.«
»Mit deiner Tante Teal?« fragte Ethis.
»Mit Tante Yoi. Sie war damals seine Frau.«
»War das Kind ihr Kind?«
»Nein«, sagte ich.

Über uns begann Schwalbes kleiner Wolf wieder zu weinen. Ethis watete in den Fluß und hockte sich hin; das kalte Wasser, das über ihre Schultern schäumte, nahm ihr fast den Atem. »Meine Brüste wissen anscheinend nicht, was geschehen ist«, sagte sie, und ihre Zähne klapperten. »Jetzt werden sie es wissen.« Auch ich wusch mich, schöpfte mir Wasser über Arme und Beine und hockte mich dann neben Ethis hin. Ich sprang aber gleich wieder auf und kletterte hinaus. Ethis folgte mir gemächlich und schaute an sich hinab. »Ich bin jetzt wieder in Ordnung. Wir können gehen.« Als ich in meine Schlafdecke kroch, erschrak Meri vor der Eiseskälte meines Körpers.

Am nächsten Morgen zeigten große Fußabdrücke um Schwalbes Wolf herum, daß Meris Wolf ihn besucht hatte. Den ganzen Tag über kauerte Schwalbes Wolf unter dem Reisighaufen. Niemand fütterte ihn, denn nur wenige Fleischabfälle waren übriggeblieben, und niemand führte ihn zum Fluß zur Tränke. Einige von uns glaubten, er würde bis zum Morgen gestorben sein, und Yoi machte Pläne für die Verwendung seines Felles. Aber bei Tagesanbruch waren nur noch seine Fußabdrücke und die Fährten von Meris Wolf in Schwalbes Einzäunung zu sehen.
Ich dachte, dem jungen Wolf sei es gelungen, sich den Riemen über die Schnauze zu ziehen und durchzubeißen, aber die anderen glaubten, daß Meris Wolf ihn befreit habe. Das Verhalten der Wölfe ging aus den Spuren nicht klar hervor, und sie schienen die Riemen aufgefressen zu haben.
Schwalbe tat seine Enttäuschung mit einem Achselzucken ab. Er könne im nächsten Frühjahr wieder ein Junges finden, sagte er. Der Wald sei voller Wölfe. Aber die anderen waren wütend darüber, daß uns Meris Wolf wieder einmal bestohlen hatte. Als alle in die Berge oberhalb des Forellenflusses aufbrachen – die Männer, um zu jagen, und die Frauen, um Kiefernzapfen zu su-

chen –, nahm Timu eine Schlinge und etwas Mark aus einem Knochen. Ich wollte schon Teal folgen, da ich meine Pflichten erfüllen wollte und mir außerdem dachte, daß ich auf diese Weise erfahren könnte, wo die Schlinge ausgelegt war, um sie später Meri zuliebe wieder zu öffnen. Aber Teal sagte mir, ich solle zurückbleiben und mich ausruhen.

Der lange Marsch vom Haarfluß hierher hatte mich alle meine Kräfte gekostet. Ich war zu abgespannt, um ihr zu widersprechen. Meri wollte Winterbeeren sammeln gehen und verschwand im Wald. Allein blieb ich auf dem Beobachtungsplatz unterhalb eines nach Süden gerichteten Felsbrockens sitzen, wärmte mich zwischen der Sonne und dem Tagesfeuer, röstete einen der Hirschknochen und knackte ihn dann mit einem Stein auf, um das Mark herauszuholen. Aus dem Umfang und Gewicht meines Leibes und aus der Art, wie die kleinen Fäuste und Füße in meinem Innern mein Hemd in Bewegung brachten, wußte ich, daß es nicht zu früh war, um mich nach einem Platz für die Geburt umzusehen. Eine Hemlocktanne auf einem warmen Südhang wäre hervorragend geeignet, aber in dieser Gegend schwer zu finden. Hemlocktannen wuchsen meistens im Tal, an kalten, dunklen Plätzen. Eine Kiefer auf einem höher gelegenen Südhang wäre vielleicht besser. Aber wenn man durch Kiefernäste hinaufschaute, sah man nur blauen Himmel. Zu offen, dachte ich bei mir, und ließ meine Gedanken wieder zum Tal zurückkehren. Vielleicht konnte ich Beeren in der Nähe finden. Vielleicht war das Tal gar nicht so schlecht, denn ich besaß keinen Wasserschlauch und würde vielleicht gern Wasser trinken. Und wenn ich schrie, würde der Fluß das Geräusch übertönen. Ich wußte, ich würde wahrscheinlich schreien, und ich würde vielleicht mein Gedärm entleeren müssen. Vor meinem geistigen Auge sah ich viele Menschen, die mir zuhörten und lachten. Ich hatte aber nicht vor, das Kind in der Hütte zur Welt zu bringen, es sei denn, der erste Schnee fiele, bevor die Wehen einsetzten.

Meri kam mit nur drei Winterbeeren zurück, die sie mir schenkte. Aber sie sei nicht wegen der Beeren hinausgegangen, gab sie zu. Das überraschte mich nicht. Im Wald habe sie ihren Wolf getroffen, sagte sie. Er sei nicht so nahe an sie herangekommen, wie er es früher tat, sondern sei in einiger Entfernung neben ihr unter den Bäumen dahingetrabt. Und sie glaubte, bei ihm noch einen anderen Wolf gesehen zu haben. Sie war sich nicht sicher, aber sie meinte, es sei Schwalbes Wolf.
Auch das überraschte mich nicht. Wo hätte das Jungtier sonst hingehen sollen? Wem hätte es folgen sollen? Wer mich überraschte, war Meri, deren Augen glänzten. »Diese beiden sind wie du und ich«, sagte sie. »Jedenfalls wären sie es, wenn sie Schwestern wären.« Von den drei Beeren, die in meiner Handfläche lagen, nahm sie eine und aß sie auf. »Weißt du noch, wie wir mit dem Wolf zusammenlebten, nur du und ich?«
»Natürlich«, sagte ich.
»Warum müssen wir mit Timu zusammenleben? Er mag uns nicht. Warum können wir nicht dorthin zurückkehren? Vielleicht begegnen wir ihr dort.« Meri meinte die Wölfin, das war mir klar. »Und wir könnten dein Kind aufziehen. Ich habe dir ja gesagt, du sollst nicht wieder zu Timu gehen.«
Tief in meinem Innern rührte sich etwas – ein Gefühl, nicht das Kind. Ich nahm Meri in die Arme. »Wir können es nicht«, sagte ich. »Ich wünschte, wir könnten es. Aber wir würden vielleicht nicht überleben. Wir haben es kaum durchgestanden, obwohl wir nur den letzten Teil des Winters dort verbrachten. Hier wird es uns gutgehen. Und wir werden zusammenbleiben.«
»Ach, das weiß ich auch«, sagte Meri. »Darum geht es gar nicht. Dies ist kein guter Platz für uns, das ist alles. Denk an die Falle!« Aber der Gedanke an meine eigenen Schwierigkeiten ließ mich jedes Interesse an Meris Problemen verlieren, deshalb machte ich die Augen zu und gab keine Antwort. Meri blieb beharrlich. »Schwester, wach auf!« sagte sie.

»Du weißt doch«, antwortete ich schließlich, »man hat diesem Tier bereits viele Fallen gestellt, es aber nie gefangen. Erinnerst du dich denn nie an die Nacht, als wir glaubten, Schwalbe habe ihn gefangen? Weißt du noch, warum mich Schwalbe immer Versteck-dich-im-Gras nennt? Und überhaupt«, fügte ich hinzu, »vielleicht hatte Timu die Falle für ein Schneehuhn gestellt.«
»Nicht, wenn der Köder Knochenmark war«, sagte Meri.

Als alle, außer Yoi und Rin, sich zu Graugans setzten, um an seinem Feuer Kiefernzapfen aufzuknacken, wurde mir klar, daß ich mit den Frauen in die Berge hätte gehen sollen. Bis jetzt hatte ich an diesem Tag nichts außer etwas Knochenmark und zwei von Meris Beeren gegessen. Die Männer hatten nichts erlegt, deshalb gab es nur wenig Fleisch, und die Frauen hatten Beeren nur für sich selbst gesammelt. Natürlich gaben sie reichlich weiter an die Männer, die am Feuer saßen. Es war etwas anderes, Leute gegen mich zu haben, als ich mich kräftig genug fühlte, um weite Strecken wegen der Kiefernzapfen zurückzulegen oder selbst auf Jagd zu gehen.
»Willst du uns Kiefernzapfen abgeben?« fragte ich Yoi.
»Ihr hättet heute mit uns kommen können«, sagte sie, aber sie gab mir ein paar.
Ich knackte und aß die Kerne, ging dann zu Graugans' Feuer und hockte mich hinter Teal auf den Boden. »Gibst du mir ein paar Kiefernkerne ab, Tante?« flüsterte ich. Teal unterhielt sich, gab mir aber geistesabwesend eine Handvoll ab.
Schließlich mußte ich es laut zugeben: »Ich habe Hunger.« Daraufhin mußten die Leute an Graugans' Feuer mit mir teilen. Aber sie waren keineswegs gezwungen, großzügig zu sein. Ihre mangelnde Anteilnahme tat weh, aber ich machte ihnen keinen Vorwurf daraus. Ich wiederum teilte mein Essen mit Meri, die mich stets

aufs neue überraschte, weil sie mit sehr wenig Essen auskam.

Am nächsten Morgen war ich immer noch abgespannt von der langen Wanderung. Mein Rücken schmerzte, und ich fühlte eine große Schwäche in meinen Hüften. Ich hatte keine Lust, den ganzen Tag wegen der Kiefernzapfen in die Berge und zurück zu gehen. In der Hoffnung, daß die Männer irgendein Beutetier erlegen würden, ging ich mit Meri in den nahegelegenen Wald, um Winterbeeren zu sammeln. Dort sahen wir Meris Wolf wieder, im Schatten der Bäume. Er blieb stehen, um uns einen Augenblick anzusehen, lief dann aber davon. Ich sah keinen anderen Wolf bei ihm.

Um die Mittagszeit, wenn die Tiere ruhig sind und die Jagd kaum einen Sinn hat, kam Timu aus dem Wald zurück und trug den schlaffen Körper eines Wolfs auf den Schultern. Es war natürlich Schwalbes Wolf. Da er keine Eltern hatte, die ihn füttern konnten, war es so gut wie sicher gewesen, daß er in Timus geköderte Falle ging. Timu schleuderte das Tier neben dem Tagesfeuer auf den Boden und zog sein Messer heraus. Nun sah ich Schwalbes Irrtum – er hatte den Riemen nicht sorgfältig genug an das Buschwerk angebunden. Das Maul des jungen Wolfes war noch verschnürt, und der Riemen lag noch um seinen Hals. Er mußte an seiner Fessel gezerrt haben, bis er frei war, und dann mußte ihn der Köder in Versuchung gebracht haben, obwohl er ihn nicht fressen konnte.

Nachdem er gefangen war, hatte ihn ein Fuchs oder ein Marder gebissen und sein Fell zerrissen. Wenn der Wolf nicht gewesen wäre, hätte Timu in seiner Falle einen Marder gefangen. Ich konnte nicht anders – ich lachte. »Das hast du gut gemacht! Mit deiner Falle hast du eine Haube für Tante gefangen«, sagte ich.

Als ob Timu all die Fehler begangen hätte, warf er mir ärgerlich das Messer vor die Füße. »Häute ihn ab«, sagte er.

»Darf ich das Fleisch haben?«

»Wolfsfleisch?« fragte Timu. »Warum? Es schmeckt ekelhaft!«
»Aber ich habe Hunger, Ehemann«, sagte ich.
»Meine Falle, aber Schwalbes Wolf. Frag Schwalbe«, sagte Timu.
Das tat ich. »Es sind bereits Rentiere im Wald«, sagte Schwalbe. »Heute abend oder spätestens morgen werden wir viel zu essen haben.«
»Willst du mich zurückweisen?« fragte ich überrascht.
»Nein, ich weise dich nicht zurück! Du kannst natürlich dieses Fleisch essen, wenn du willst.« Schwalbe wandte sich zu den anderen Männern um. »Yanans Hunger beschämt uns«, sagte er.
Vielleicht war es so. Ich hatte einfach Hunger. Ich schnitt Fleischstücke aus dem jungen Wolf heraus und legte sie auf das Feuer. Als sie gar waren, wußte ich nicht, ob ich sie den anderen anbieten sollte. Vielleicht kränkte ich sie, wenn ich ihnen solches Fleisch anbot. Deshalb legte ich die gebratenen Fleischstücke auf einen Stein und sagte: »Dieses Fleisch gehört nicht mir. Ich habe Onkel dafür zu danken.« Dann aß ich allein, während die anderen mir verächtlich zusahen. Ich schämte mich.
Ich hätte noch etwas warten sollen. An diesem Abend, als die Männer bei Mondschein von Stein zu Stein über den Fluß sprangen, sahen wir, daß sie auf den Schultern ein zerlegtes Rentier trugen, wie Schwalbe vorausgesehen hatte. Sofort wurde die Leber gebraten. Es war Pech für mich, daß Timus Speer das Rentier zur Strecke gebracht hatte, deshalb durfte er die Leber aufteilen, und mein Anteil war beleidigend klein.
Teal wollte etwas sagen, aber ich fiel ihr ins Wort. »Ich habe keinen Hunger, Tante«, sagte ich. Da ich die anderen nicht daran erinnern wollte, was ich vorher gegessen hatte, fügte ich hinzu: »Meri und ich haben Beeren gefunden.«
Meine Ausrede befriedigte Teal nicht im mindesten, und sie sagte: »Ehemann!« Graugans war überrascht

von ihrem Tonfall. »Schau, was dein Sohn seiner Frau gegeben hat.«
Als es Graugans sah, sagte er zu Timu: »Komm schon, Sohn. Verärgere die Frauen nicht.« Deshalb schnitt Timu noch ein kleines Stück ab und warf es mir vor die Füße.
Da die anderen einen Streit heraufziehen sahen und hofften, ihn vermeiden zu können, drückten sie mir plötzlich Fleisch in die Hände. Aber zu spät. Teal stand auf, blickte auf Timu hinab und sagte: »Du darfst keine Frau aus meiner Sippe beleidigen. Entschuldige dich jetzt und gib deiner Frau einen Anteil, der zeigt, wie sehr du sie achtest.«
Timu blickte die anderen an, die um das Feuer herumsaßen, und wußte nicht, was er tun sollte. Die meisten mußten ihm zu erkennen gegeben haben, daß er der Aufforderung nicht sofort Folge leisten müsse. Er nahm sich Zeit und blickte Teal ziemlich abweisend an. »Tue es, Sohn«, sagte Graugans in ruhigem Ton.
Also sagte Timu mit leiser Stimme: »Es tut mir leid, Weib«, dann hob er das Fleisch vor meinen Füßen auf, warf es ins Feuer und schnitt ein neues Stück für mich ab.
»Gut«, sagte Teal und kreuzte die Beine, um sich hinzusetzen.
Vielleicht fürchtete Graugans, daß Teals Forderungen für Timu beschämend seien. »Mein Sohn kann für seine Gefühle nicht zur Rechenschaft gezogen werden«, sagte er.
»Du hast recht, Ehemann«, sagte Teal. »So mag es sein. Und du hast recht, offen darüber zu sprechen, denn dies ist nicht mehr eine Angelegenheit zwischen deinem Sohn und meiner Blutsverwandten, sondern eine Sache, die die ganze Hütte angeht. Angehörigen meiner eigenen Sippe sind Vorwürfe zu machen, denn der für das Ärgernis verantwortliche Mann, dein Sohn Elho, ist auch mein Sohn.«
Es war beängstigend, Teal so unverblümt über Dinge

sprechen zu hören, die große Gefahren heraufbeschwören konnten und die besser ungesagt geblieben wären. Aber so zeigte Teal Graugans, daß Elho bedroht war, und Graugans verstand, was Teal meinte. Ihre Blicke trafen sich. Wir alle saßen eine Zeitlang still da. Ich fragte mich, ob Teal ihrer Sache sicher sei. Ich hoffte es, denn das Leben in meinem Leib lag in ihrer Hand.
Sie schien völlig sicher zu sein. Ihr Blick wanderte über die vom Feuer beleuchteten Gesichter, die ihr zugewandt waren. Die Angehörigen unserer Sippe waren aufs höchste gespannt, während die anderen Anwesenden nicht verstanden, worum es wirklich ging. Teal fuhr fort: »Unser Sohn ist für das Ärgernis verantwortlich, weil er allen erzählt hat, daß Yanan am Feuerfluß mit einem Fremden geschlafen hat. Ist dies wahr, Yanan?«
»Nein«, sagte ich.
»Elho«, sagte Teal. »Hast du so etwas gesagt?«
»Mag sein, aber ich kann mich nicht erinnern«, sagte Elho. Ich konnte aus der unsicheren Art, wie er antwortete, erkennen, daß er nicht merkte, wohin Teal uns führte. Ich übrigens auch nicht.
»Hast du es gesagt, oder hast du es nicht gesagt? Andere Menschen hier erinnern sich, falls du dich nicht erinnerst.«
»Ja«, sagte Elho leise.
»Da haben wir es«, sagte Teal zu Graugans. »Yanan erklärt, sie habe sich mit keinem anderen Mann eingelassen, und unser Sohn sagt, sie habe es getan. Yanan hat Grund genug zu lügen, aber unser Sohn nicht. Ich meinerseits glaube Elho. Ich bin sicher, daß auch du ihm glaubst.« Graugans beobachtete Teal sehr aufmerksam, sagte aber nichts. Teal fuhr fort: »Aber jetzt kommt meine Frage an dich. Angenommen, sie hat es getan – was spielt es für eine Rolle?«
»Wer war der Mann?« fragte die Frau des Frosches.
»Daß du Fragen über Yanan stellst, erstaunt mich«, sagte Teal. »Du bist doch erst vor kurzem in unsere Hütte gekommen. Yanan wurde hier geboren, so wie ihr

Kind auch hier geboren werden wird. Ich sprach mit meinem Ehemann, der seine eigenen Fragen stellen kann. Du brauchst ihm nicht zu helfen.«

»Die Frau meines Sohnes hat ein Recht, sich zu äußern«, sagte Ina.

»Meine Frau stellte eine wichtige Frage«, sagte der Frosch. »Ich kenne die Antwort, und sie bringt Unfrieden in unsere Hütte.«

»Dann sag es uns«, erklärte Teal.

»Der Mann war Elho«, sagte der Frosch. In der Annahme, daß sie Teal und auch mich überführt hatten, tauschten Ina und der Frosch befriedigte Blicke aus. Ich tat so, als hätte ich keine Ahnung, was sie meinten, und Teal machte ein erstauntes Gesicht. »Mein Sohn?« fragte sie. »Hast du meinen Sohn und Yanan zusammen gesehen?«

»Ich sah sie abends im Gras sitzen. Allein.«

»Im Gras zu sitzen mag für dich Beischlaf bedeuten«, sagte Teal, »aber nicht für Frauen. Frag deine Frau, was unter Beischlaf zu verstehen sei. Sie könnte dich überraschen.« Schwalbe lachte laut. Sonst gab niemand einen Ton von sich.

Aber der Frosch war jetzt unsicher geworden. »Yoi erzählte mir von Yanan und Elho«, sagte er.

»Wenn sie es tat«, sagte Teal, »trifft unsere Sippe eine noch größere Schuld. Deshalb frage ich Yoi, ob sie Yanan und Elho zusammen gesehen hat.«

»Nein, Tante«, sagte Yoi vom Rand der Gruppe her. »Ich habe sie nicht gesehen. Der Frosch lügt.«

»Hat Yanan oder Elho dir gesagt, daß sie zusammen geschlafen haben? Hat es dir sonst jemand erzählt?«

»Nein, Tante«, sagte Yoi.

»Wenn es so ist, bin ich auch der Meinung, daß jemand lügt. Aber vielleicht hat Yanan mit einem anderen Mann am Feuerfluß geschlafen. Und jetzt, Ehemann, wiederhole ich meine Frage. Wenn sie es tat, was spielt es für eine Rolle?«

»Es mag für dich, Weib, ohne Bedeutung sein«, sagte

Graugans in ernstem Ton. »Aber es muß für meinen Sohn wichtig sein. Meine Brüder und ich fanden diesen Platz und errichteten diese Hütte. Mit unseren Kindern gehören uns die Jagdgründe. Wie können wir den Winter überleben, ohne zu jagen? Wir sind nicht damit einverstanden, das Kind eines Fremden mit uns auf die Jagd gehen zu lassen.«

»Kein Kind eines Fremden wird mit uns auf die Jagd gehen. Yanan sagt, ihr Kind sei von Timu.«

»Sollen wir dem Wort einer jungen Frau Glauben schenken, die vielleicht oder auch nicht andere Männer hat?«

»Ihr solltet es tun, obwohl ihr anderer Meinung seid«, sagte Teal. »Wie kann das Kind von einem anderen Mann als Timu stammen? Mit wem hatte Yanan denn sonst noch Umgang? Falls ein Mann am Feuerfluß versuchte, mit Yanan ein Kind zu zeugen, war es für ihn zu spät. Sie empfing das Kind im Winter. Haben wir es nicht alle gehört, wie Timu im letzten Winter mit Yanan geschlafen hat?« Einige lachten verlegen, aber Teal sprach weiter. »Seht euch Yanan an. Sie wird bald ein Kind zur Welt bringen. Wenn das Kind schon bald geboren wird, wurde es im Winter empfangen, dicht neben uns, während wir zu schlafen versuchten.«

Wenn Menschen miteinander schlafen, machen sie anscheinend wirklich Geräusche, an die sich andere Leute erinnern. Ich wußte, daß sich die meisten genau erinnern konnten, wie und wo sie diese Geräusche gehört hatten.

Aber obwohl ich verlegen war und sah, daß auch Timu unbehaglich zumute war, wollte ich jetzt etwas sagen. »Der Vater meines Kindes ist von dieser Hütte«, sagte ich. »Ich weiß nicht, was man über mich redet. Keiner hat den Mut, es mir zu sagen. Das Kind wurde nicht durch einen Mann am Feuerfluß gezeugt. Wer etwas anderes behauptet, der lügt. Ich habe nichts weiter zu sagen.«

Aber dann wollte ich noch etwas hinzufügen. »Ich mag meinen Platz in dieser Hütte vielleicht verloren haben«, sagte ich. »Wenn es so ist, werde ich, statt in dem Winkel neben der Tür zu liegen und statt Nahrung zu erbetteln von denjenigen, die mich und Meri und Vater am Kiefernfluß verlassen haben, im nächsten Frühling zum Frauensee gehen, aber diesmal dort bleiben. Und ich werde mein Kind aus eurer Hütte mitnehmen. Nun habe ich nichts mehr zu sagen.«

In jener Nacht sprach als letzter der Frosch. »Yanan hat unrecht, wenn sie sagt, daß mein Bruder und ich sie am Kiefernfluß verlassen haben. Wir wußten, daß ihr Vater krank war, als wir gezwungen wurden, weiterzuwandern. Er war der Bruder unserer Mutter, unser Blutsverwandter, unsere Sippe. Wir haben alles nur Mögliche versucht, ihn mitzunehmen; Yanan weiß dies vielleicht nicht mehr. Aber was ich sage, ist die Wahrheit. Ihre Tante Yoi kam mit uns, aber ihr Vater weigerte sich. Konnten wir seine Kinder ohne seine Zustimmung mitnehmen?«

Früher hätte ich vielleicht in der Erinnerung an Vaters Tod geweint. Aber jetzt war ich ruhig und beinahe glücklich. Und die Worte des Frosches regten mich nicht auf, deshalb beachtete ich sie nicht.

Am nächsten Morgen ging ich hinaus, um nach meiner Hemlocktanne am Südhang zu suchen. Als ich die Hütte verließ, begegnete ich Timu, der Brennholz heranbrachte. Wir blieben beide stehen und sahen uns an, ohne zu lächeln, und gingen dann aneinander vorbei. An dem Gefühl in meinen Hüften erkannte ich, daß ich nicht zu früh nach einem Baum suchte. Bei jedem Schritt schwankte ich. Irgend etwas machte mich schwach.

Mein ganzes Leben lang hatte ich von den Bäumen am Forellenfluß Zweige abgebrochen, ohne daran zu denken, daß einer davon mir eines Tages vielleicht Zuflucht bei der Geburt bieten könnte. Mir fielen ein paar Bäume am Nordufer ein, und ich machte mich dorthin auf den Weg. Aber die Äste waren zu spärlich oder der

Abhang zu steil oder die Erde zu steinig. Ich wollte den Fluß nicht überqueren – ich besaß nicht mehr genügend Gleichgewicht, um von Stein zu Stein über das Wasser zu springen –, und so gab ich den Gedanken an einen sonnigen Abhang auf und stieg die Terrassen bis zum Flußufer hinab. In der Nähe der ersten Flußbiegung kamen die Bäume fast bis zum Wasser herab. Und dort fand ich eine Hemlocktanne mit breiten Ästen und darunter ein dickes Nadelbett.
Der Wald war kalt und dunkel, aber nicht so dicht, daß ich nicht hätte hindurchsehen können. Ich wollte nicht, daß mich ein Raubtier überraschte. Der Fluß war nahe und noch nicht zugefroren, außer am Ufer; ich konnte notfalls das Blut abwaschen und so viel Wasser trinken, wie ich wollte. Und das Moos machte den teilweise gefrorenen Boden etwas weicher. Ich konnte alles, was ich von der Geburt verstecken mußte, in dem Moos vergraben. Hinzu kam, daß überall gerade gereifte Winterbeeren wuchsen; sie leuchteten rot zwischen ihren grünen Blättern hervor. Befriedigt sammelte ich Moos, um notfalls Blut aufzusaugen, und brach trockene Zweige von den Bäumen ab, so daß ich ein Feuer entzünden konnte.
Bei der Arbeit hörte ich jemanden herankommen. War es letzten Endes doch Timu, der mit mir sprechen wollte? Ich war mir gar nicht sicher, ob ich überhaupt etwas von Timu hören wollte, jedenfalls nicht heute. Aber es war nicht Timu, sondern Schwalbe, der Mann des Fleisches, der aus dem Wald heraustrat, sich auf seinen Speer lehnte und meinen Haufen Brennholz betrachtete. »Versteck-dich-im-Gras«, sagte er. »Hier bist du also und machst ein Nest für dich und dein Kind.«
Ich wollte mit Schwalbe nicht über die Geburt sprechen. »Nein, Onkel«, sagte ich. »Ich sammle Holz für die Hütte.«
Zu meinem großen Erstaunen berührte Schwalbe sanft meine Haare. »Nein«, sagte er, »du sammelst Holz, um hier dein Kind zu bekommen. Du bist zu stolz, um es in der Hütte zu bekommen!«

In meinem Gesichtsausdruck mußte er die Überraschung sehen können. »Wenn ich es bin, Onkel, ist es Frauensache«, sagte ich ihm.
»Frauensache«, stimmte er zu, »aber es geht auch mich an.«
»Und wie kommt das, Onkel?« fragte ich abweisend.
»Weil ich dich gesucht habe, Versteck-dich-im-Gras«, sagte er. »Ich weiß, was du tust und warum. Ich bin gekommen, weil ich dich nicht an die Männer verschwendet sehen will, mit denen du im nächsten Frühling beisammen sein wirst, den Fischessern am Feuerfluß und am Frauensee. Aber dort wirst du sein. Ich erkannte es, als Timu dir das Stück Fleisch vor die Füße warf. Ich sah, wie du im hinteren Winkel einer vollbesetzten Hütte Fischköpfe zerlegt hast. Aber du mußt mit mir kommen.«
Da ich nicht sicher war, was er meinte, sagte ich schlicht: »Vielleicht gehe ich dann zum Haarfluß. Ich danke dir, Onkel.«
»Nein, Versteck-dich-im-Gras, wenn du mitkommst, wirst du mich nicht mehr Onkel nennen. Ich will dich heiraten.«
Seine seltsame Aussprache klang in meinen Ohren wider. Ich kreuzte die Beine und setzte mich langsam hin; aufmerksam betrachtete ich diesen Mann, während ich versuchte, das, was er gesagt hatte, zu verstehen. Schließlich platzte ich mit dem Naheliegendsten heraus. »Und was ist mit meiner Tante?« fragte ich. »Du kannst nicht eine Tante und eine Nichte heiraten.«
Auch Schwalbe setzte sich hin. »Deine Tante hatte vor mir zwei Ehemänner, ist aber noch immer kinderlos«, sagte er. »Viele haben mich inzwischen auf diese Tatsache hingewiesen. Und ich wünsche mir Kinder aus deiner Sippe. Nur aus deiner Sippe. Ich werde mich von deiner Tante trennen.«
Gerade jetzt, da sie endlich zufrieden zu sein schien? Was würde mit ihr geschehen? »Du kannst dich ja von ihr trennen«, sagte ich, »aber nicht meinetwegen. Sie ist die Schwester meiner Mutter.«

»Ich werde sie nicht allein zurücklassen«, sagte Schwalbe. »Die Männer am Haarfluß beneideten mich, als ich sie heiratete. Sie kann also, wenn sie will, einen Mann von dort auswählen. Sie ist schön, so wie du.«
Was tat ich hier eigentlich? Ich redete seelenruhig über Tante Yois weiteres Leben, und dabei hatte ich mir nicht einmal im tiefsten Inneren meines Herzens je Schwalbe als meinen Ehemann vorgestellt. Ich versuchte, mir einen Ruck zu geben, aber nichts geschah. Schließlich sagte ich: »Ich weiß nicht, wie ich dir antworten soll.«
»Meri wird zum Haarfluß gehen«, fuhr Schwalbe fort. »Weißfuchs ist jetzt schon dort. Ist er nicht der Mann, den du für Meri gewünscht hast? Wenn du mit mir kommst, wirst du also bei Meri bleiben.«
»Gut, aber was wird aus meinem Kind?«
»Wenn auch dieses Kind nicht von mir ist, so wird es bestimmt das nächste sein. Ich werde dein Kind als das meinige erklären, obwohl ich nicht der Vater bin.«
»Als das deinige?«
»Ja, Versteck-dich-im-Gras, und zwar aus folgendem Grund: Ich will dich haben. Die Männer in deiner Hütte machen sich Gedanken über den Vater. Aber dies ist nicht meine Hütte – warum sollte mir diese Frage Sorgen machen? Du bist so stark wie ein Mann, du hast geschickte Hände, und du bist schön. Du verstehst viel vom Jagen, und du hast keine Angst. Ich dachte, du würdest zu Timu zurückkehren, nachdem sich dein Zorn wegen des Fells, das er erbeutete, abgekühlt hat. Aber als er dir das Fleisch vor die Füße warf, lachte ich innerlich. Weißt du noch, wie du das Verlobungshalsband quer durch die Hütte geworfen hast?«
»Du läßt es mich nicht vergessen«, sagte ich.
»Während das Halsband noch in der Luft war, sagte ich mir: ›Soll Weißfuchs ruhig das kleine Mädchen nehmen. Ich nehme die Schwester.‹ Und das werde ich auch tun.«
Ich konnte nicht umhin, Schwalbes Angebot als verführerisch anzusehen. Früher mußte ich bei seinem An-

blick an einen Löwen denken, aber wer konnte schon seine gewaltige Kraft und seine weißen Zähne verabscheuen? Ich sah ihn eine Weile an und glaubte zu verstehen, warum er von anderen bewundert wurde. Jedenfalls gefielen mir seine Sommerjagdgründe – ich liebte die grasbewachsenen Ebenen und den weiten Himmel über dem Haarfluß und die Höhle. Und mir gefiel der Gedanke, noch einmal von neuem anzufangen und all die alten Schwierigkeiten zu vergessen, die mich weiter bedrängen konnten, falls ich hierblieb. Timu würde vielleicht nie überzeugt sein, daß mein Kind auch sein Kind war. Und dann würde auch dem Kind stets ein Zweifel folgen. Zweifel können lange Zeit im verborgenen liegen und, wie eine böse Krankheit, die langsam beginnt, gefährlich werden. Trotzdem war noch viel zu überlegen, bevor ich Schwalbe eine Antwort gab.

»Und vergiß nicht«, sagte er, als er merkte, daß ich zögerte, »Timu würde dich für den Rest seines Lebens Tante nennen müssen. Dies allein sollte dir gefallen.«

Ich mußte unwillkürlich lächeln. »Also, Versteck-dich-im-Gras«, sagte Schwalbe und schlug mit der Hand auf mein Knie, »wir werden uns später noch darüber aussprechen. Denk darüber nach. Du wirst es nicht bereuen.«

»Ich werde darüber nachdenken, falls du einen anderen Namen für mich findest!«

»Niemals!« sagte Schwalbe. Worauf wir beide lachten.

Nichts war entschieden, deshalb gab es auch nichts zu sagen. Am Abend mochten die Leute vielleicht erstaunt gewesen sein, Schwalbe allein bei mir zu finden, während wir uns an dem heruntergebrannten Tagesfeuer unterhielten und den Sonnenuntergang beobachteten. Timu ging vorbei, als sähe er mich nicht, während Schwalbe und ich über die Wölfe sprachen. Ich wies Schwalbe auf die vielen Fehler hin, die er meines Erachtens mit seinem Gefangenen gemacht hatte, und er-

zählte ihm von der Zeit, in der Meri und ich allein mit der Wölfin in Vaters alter Hütte gelebt hatten.
Außer Meri hatte noch nie jemand die ganze Geschichte gehört, obwohl mir Schwalbe vielleicht einige Angaben entlockt haben mochte. Schwalbe erzählte mir dafür vom westlichen Teil des Haarflusses und wie dieser sich über einen Wasserfall bis zu einer weiten Ebene ergießt. Er sprach von den Jagdmöglichkeiten dort und von den Winterhöhlen und Hütten seines Volkes. Es war mir klar, daß ich, wenn ich ihn heiratete, einige dieser Orte sehen würde. Vor allem wollte ich einen Wasserfall sehen. Als Schwalbe plötzlich abbrach, weil er hörte, daß Graugans über die Jagd am nächsten Morgen sprach, war ich seltsamerweise enttäuscht. Ich wollte mehr hören.

So standen also die Dinge an dem Tag, als meine Wehen begannen – Timu und ich, wir gingen uns aus dem Weg, während zwischen Schwalbe und mir eine Freundschaft entstand. Inzwischen gefielen mir sogar seine Löwenaugen.
An diesem Tag gingen die Männer auf die Jagd und die Frauen sammelten Kiefernzapfen. Ein böser Schmerz im Rücken hatte mich in der Nacht zuvor nicht schlafen lassen, aber ich wußte nicht, was diese Schmerzen bedeuteten. Sobald alle außer Sichtweite waren – die Männer in westlicher, die Frauen in östlicher Richtung –, zogen sich die Schmerzen herum bis zu meinem Bauch, und ich wußte, daß ich meine Hemlocktanne aufsuchen sollte. Vielleicht hatte mir Schwalbes Antrag mein Selbstvertrauen zurückgegeben, oder ich vertraute auf die Zeichen an meinen Schenkeln, die Zeichen der Frau Ohun, die dem Schutz der Frauen dienen. Aus welchem Grunde auch immer, ich empfand jedenfalls keine Furcht.
Ich brauchte nicht zu erklären, wohin ich gehen wollte, denn außer mir war nur Meri in der Hütte. Ich zog meine Parka an, wickelte meine Schlafdecke um die

Schultern, nahm mein Messer und ein Stück glimmende Holzkohle vom Feuer und begab mich zu der Flußbiegung. Meri folgte mir und redete unentwegt, so daß ihr Atem eine Wolke erzeugte. Bald würde sie eine Nichte oder einen Neffen zum Spielen haben, meinte sie. Ich war besorgt um meine Hosen und Mokassins, denn ich glaubte etwas Wasser herabrinnen zu spüren. Obwohl es kalt und der Boden gefroren war, blieb ich stehen und zog sie aus. Und keinen Augenblick zu früh, denn ein großer Schwall warmen Wassers lief mir zwischen den Beinen hinunter ab. Wir gingen weiter, bis wir zu dem Baum gelangten, wo ich die Holzkohle in etwas Zunder legte und sie anblies. Als das Feuer brannte, holte ich tief Luft, wickelte mich dann fest in meine Schlafdecke und setzte mich mit dem Rücken gegen den Baumstamm auf den Boden.

Die Schmerzen waren viel schlimmer, als ich erwartet hatte, und sie dauerten den ganzen Tag an. Ein riesiger, trockener Stein in mir schien meine Knochen auseinandersprengen zu wollen. Warum taten Frauen so etwas, nicht nur einmal, sondern immer wieder? Bei dem ersten starken Schmerz, der so heftig war, daß ich nicht einmal fühlte, wie ich mit den Zähnen in meine Fingerknöchel biß, schwor ich beim Großen Bären, ich würde nie wieder mit einem Mann schlafen. Als ich glaubte, mehr könne ich nicht ertragen, blickte ich hinauf durch das Geäst und sah strahlenden Sonnenschein. Es war noch immer Morgen, obwohl ich glaubte, es müsse schon Nacht geworden sein. Und dann wurde es Nacht, und der Wald war kalt und bläulich. Aber kein Kind kam, und ich war erschöpft.

Wenn wir einen Wasserschlauch gehabt hätten, hätte mir Meri etwas zu trinken bringen können. So aber kroch ich auf Händen und Knien zum Fluß. Während ich trank, durchfuhr mich ein neuer Schmerz, und ich legte mich mit zusammengebissenen Zähnen auf die Seite und zitterte vor Kälte. Als der Schmerz nachließ, hörte ich irgend etwas planschen, und als ich den Kopf hob, sah ich einen Otter, der mich vom Ufer her aufmerksam beobachtete. Der Otter war klein und hatte braune Augen und lange, helle Barthaare. Unsere Blicke begegneten sich kurz. Da röhrte auf der anderen Seite des Flusses ein Hirsch im Wald. Der Otter und ich schauten gleichzeitig in die Richtung, aus der der Ruf kam. Aus dem Wald trat ein großer Hirsch, an dessen Geweihstangen trockenes Gras hing. Er reckte den Hals und ließ abermals ein lautes Röhren ertönen, das in dem Tal widerhallte. Als seine Stimme wie die eines jungen Mannes brach, befeuchtete er sein Maul mit einem Schluck Wasser und röhrte dann wieder laut. Es kam keine Antwort. Der Hirsch watete in den Fluß, wo das Wasser flach war, überquerte den Flußlauf, ohne schwimmen zu müssen, und verschwand auf unserer Seite zwischen den Bäumen. Als er an meinem Baum vorbeikam, blieb er stehen und stampfte mit den Füßen auf. Aber ich hatte keine andere Zuflucht als diesen Baum. Als der Hirsch weg war, kroch ich wieder unter die Äste; ich merkte, daß ich eine Blutspur auf dem Boden zurückließ.

Wenn die Wehen nachließen, schlief ich ein, und wenn eine neue kam, wachte ich auf. Eine Zeitlang glaubte ich, Meri reden zu hören; dann dachte ich, sie sei fort. Ich wollte nach ihr rufen, brachte aber keinen Ton heraus, und plötzlich fiel mir ein, wie unklug es war, irgendeinen Lärm zu machen, während ich nach Blut und Fruchtwasser roch und auf dem Boden lag. Auch der Platz war nicht gut gewählt. Wenn ich warm und gesichert in der Hütte liegen könnte, hätte ich jetzt gern die anderen Leute zusehen und sogar über mich lachen lassen. Ich wünschte, ich hätte mich nicht für die Abgeschiedenheit einer Hemlocktanne entschieden. Erneut setzten die Wehen ein, und ich sah in den Himmel hinauf, bis sie wieder vergingen. Als mich ein neuer Anfall aufweckte, hörte ich den Hirsch in weiter Ferne und sah durch die Äste hindurch die schmale, gelbliche Sichel des zunehmenden Mondes, des Rentiermondes –

er scheint so hell, daß die Rentiere auch in der Nacht wandern und die Menschen sie jagen können.
Als ich das nächste Mal erwachte, sah ich in den Schatten viele Menschen, die um mich herumsaßen. Ich glaubte, in der Hütte zu sein, aber nein, der Lichtschein des Feuers lag auf den Ästen der Hemlocktanne. Ich versuchte zu lächeln, als ich Teal und Ethis sah, aber sie zogen ihre Hemden aus und drängten sich zwischen Eule und Ina, die meine Knie hochhoben. Warum zogen Teal und Ethis ihre Hemden aus? Ich begriff erst, als ich einen neuen, starken Schmerz verspürte, während Teal ihre Hand in meine Scheide schob. Ich erkannte, daß sie ihre Ärmel nicht beschmutzen wollten. Und ich bekam Angst, weil ich mir dachte, was Mutter geschehen war, mußte jetzt auch mir geschehen.
Jemand griff mir unter die Arme. Es war Yoi, die mich hochzog, so daß ich mich gegen sie lehnen konnte. Zwischen meinen Knien waren Teal und Ethis am Werk; sie runzelten die Stirn und bissen sich auf die Lippen, während Teal ihre Fäuste in meine Seiten stieß. Ethis lehnte sich nun vor, und als sie sich wieder aufsetzte, hielt sie einen Säugling in der Hand – ein kleines, mageres, blutbeschmiertes Kind mit einer dicken, dunklen, gewundenen Schnur, die aus seinem Bauchnabel kam. Bei Ethis begann die Milch zu fließen.
Die Schmerzen hielten an, sehr lange und sehr tief; wenn sie nachließen, dann nur, um gleich wieder anzufangen. Ich zuckte zusammen, als ich Teals Hand wieder in meiner Scheide fühlte; sie zog etwas heraus. Später hörte ich Männerstimmen. Nach einer langen Weile hob mich Timu hoch und trug mich weg. Ich hörte ihn sprechen, wußte aber nicht mehr, was er sagte. Er trug mich weit fort. Jemand zog mich ein Stück über den Boden. Dann wurde ich aufgerichtet, und jemand zerrte mir die Arme aus den Ärmeln. Ich sah vom Feuer beschienene Geweihe in der Wölbung des Dachs, von denen Yois Elfenbeinhalsband herunterbaumelte, und da wußte ich, daß ich mich an meinem Platz an Schwalbes

Feuer befand. Ich sah Sonnenschein durch den Rauchabzug hereinfallen, dann wieder das Licht des Mondes. Leute sangen. Die Schmerzen vergingen allmählich. Als läge ich im Winter in einem See, war ich kalt, gefühllos, fast eingeschlafen – wie ein Fisch, der sich unter der schwarzen Eisschicht im dunklen Wasser bewegt. Ethis weinte, und Meri rief meinen Namen, und dann begann Teal, als wäre sie hoch über mir, in der durchdringenden Stimme eines Auerhahns zu singen.

23

Murmeltier, der Geist, verstand wenig vom Kinderkriegen. Er folgte den Wanderungen der Rentiere, als Ina den Stock gebar, und grub einen Bären aus, als sie den Frosch gebar. Nicht, daß er seiner Frau während ihrer Wehen zugesehen hätte – zu seiner Zeit, wie auch in der meinigen, saßen die Männer so weit wie möglich von einer Frau entfernt, die in der Hütte ein Kind zur Welt brachte. Und ich würde nie einem Mann gegenüber, der älter war als ich, irgend etwas erwähnen, das die Gedanken auf Körperteile lenkte, über die man nicht sprach. Deshalb redeten weder Murmeltier noch ich jemals über das, was mir widerfahren war.

Ich fand es selbst heraus. Ich legte mich auf dem Dach auf den Bauch, steckte meinen Kopf in das Rauchloch und beobachtete, was unten vor sich ging. In Ethis' Hemd, neben ihrem vollen, warmen Busen, lag ein kleiner Säugling, ein Knabe – derselbe, den ich unter der Hemlocktanne geboren hatte. Ethis und Timu steckten die Köpfe zusammen, lächelten auf ihn hinunter und schoben ihre Finger in seine Fäustchen, um die Stärke seines Griffs zu spüren.

Ich konnte nicht umhin, etwas eifersüchtig zu sein. Eine Zeitlang hatte ich gedacht, daß Timu und ich Elhos Kind aufziehen würden, wobei nur ich den Vater kannte. Jetzt sah ich, daß Timu und Ethis Timus Kind aufziehen würden, wobei jeder den Vater kannte.

Und es war Timus Kind. Kurz nach meinem Tod ergoß Teal einen Wortschwall über die Leute in der Hütte und zeigte ihnen, welche Narren sie gewesen waren, um zu glauben, daß irgendein anderer Mann der Vater sein könnte. Was für einen besseren Beweis dafür gebe es,

fragte sie, als das zweite Kind, das totgeborene, der Zwilling?
Teal hatte also unter der Hemlocktanne zwei Kinder aus mir herausgezogen! Ich hatte in dem Augenblick keine Zeit, über ihre Worte nachzudenken, denn Teal fuhr wütend fort: »Wenn Yanan mit einem Fremden geschlafen hat, nachdem sie mit Timu Umgang hatte, war vielleicht der Fremde der Vater des Zwillings«, sagte sie. »Aber Timus Kind war als erstes draußen, weil er als erster drinnen war!«
Die Leute versuchten Teal zu beruhigen, weil sie ihre Wut über den Verlust einer Blutsverwandten verstanden. Sie wüßten, Timu sei der Vater, erklärten sie. Sie hätten nie etwas anderes gedacht! Sie freuten sich über das Kind – Timus Kind – und bedauerten, daß sich für Yanan alles zum Bösen gewendet habe. Sie bedauerten außerdem, daß Timu die Schande des Zweifels zu spüren bekommen habe, denn jetzt sähen sie, daß ein Zweifel gar nicht angebracht war. Und auch das andere Kind tue ihnen leid – obwohl es jetzt keine Rolle mehr spiele.
Aber für mich spielte es eine Rolle. Wo war der Säugling? Eines Tages ging ich zu dem Baum zurück, um nachzusehen, doch ich fand weder seinen Leichnam noch seinen Geist. Irgendwo hatte jemand die Nachgeburt und auch das Kind begraben. Aber was war mit seinem Geist? Er war nicht in meiner Nähe, das wußte ich. Ebensowenig sah ich ein, wie ein Vogel seinen Geist in meinem Leib gefunden haben könnte, um ihn zu meiner Sippe zu bringen. Aber der Geist mußte irgendwo sein.
Schließlich erinnerte ich mich an das Otterweibchen, das mir am Flußufer in die Augen geschaut hatte, und an das Planschen und Raufen der Otter, als sie sich im Frühsommer paarten. Das bedeutete, daß in dem langen, kräftigen Körper des Otterweibchens die Jungen für Geister bereit waren. Befand sich mein Kind jetzt auf einer wilden und schnellen Reise durch das Wasser? Ich sah nicht ein, was sonst mit ihm geschehen sein

könnte. Natürlich würde ich ihm später nicht mehr begegnen, da er kein Mensch sein würde. Aber Otter hatten bestimmt ihre eigenen Sippen, denn in jeder anderen Hinsicht schien es ihnen gutzugehen. Sogar im Winter hatten sie ausreichende Nahrung. Nichts schien sie zu gefährden, nicht einmal die Menschen, denn die Jagd auf ihre Felle ist zu mühsam. Ich konnte mich nicht erinnern, jemals einen toten Otter gesehen zu haben. Und so war ich zufrieden.

Manchmal nur dachte ich mir, ich sollte in der Gestalt eines Otters losziehen, um ihn zu besuchen, aber vielleicht hätte die Ottermutter mit ihren neugeborenen Kindern etwas dagegen, auf ein anderes Weibchen im Fluß zu stoßen. Also ließ ich sie in Frieden und suchte nur nach bestimmten Zeichen. Natürlich ließ ich auch Ethis und Timu in Frieden, damit sie das Kind aufziehen konnten, was sie sehr gut machten. Durch den Rauchabzug schauten Murmeltier und ich liebevoll hinunter auf unsere Kinder – er auf seine Knaben, wie er den Stock und den Frosch nannte (obwohl diese großen Männer jetzt älter waren als Murmeltier), und ich auf meinen Sohn, der bald zu sprechen lernte und durch sein Plappern die anderen zum Lächeln brachte.

Nach drei Jahren nannten ihn die Leute Fleckhirsch. Der Name gefiel mir. Ich stellte mir gerne vor, daß er groß und stark wurde, um dem Namen dieses großartigen Tieres gerecht zu werden. Und nach drei Jahren, wenn ich die Zeichen der Otter richtig gedeutet hatte, war mein Otterkind voll ausgewachsen und besaß eine hübsche, lange Strecke des Flusses.

Schwalbe benahm sich anders mir gegenüber, seit er wußte, daß ich ein Geist war. Er nannte mich nicht mehr Versteck-dich-im-Gras, und die Tatsache, daß wir von Heirat gesprochen hatten, wurde nie wieder erwähnt. Außerdem hatte ich mehr Achtung vor ihm, denn erst nachdem ich ein Geist geworden war, erkannte ich seine Kräfte in vollem Ausmaß. Als er mich einmal am Haarfluß in trockenen Birkenblättern schlafen sah, nachdem ich sehr lange mit den Mammuten fortgewesen war, riß es mich plötzlich hoch; ich stand starr und steif da, unfähig, mich zu bewegen oder zu sprechen oder etwas zu sehen. Aber ich konnte noch hören. »Was steht hinter der Hütte, nackt im Winter und bekleidet im Sommer?« sagte eine Stimme aus weiter Ferne. »Wenn ich je zurückkommen sollte, werde ich wissen, wo ich dich finden kann.«

Wie lange er mich auch als eine Birke zurückgelassen haben mochte, verwurzelt in der Erde und mit Insekten, die auf meiner Haut herumkrochen – es kam mir viel länger vor. Ich hatte nichts anderes zu tun, als nachzudenken, was er sicher auch im Sinne hatte, aber wenn er mich über die Lektion nachdenken lassen wollte, die er mir erteilte, scheiterte dieser Plan – das einzige, woran ich denken konnte, war Feuer. Dann saß ich plötzlich zusammengesunken vor Schwalbes Füßen – wieder in menschlicher Form, aber geschwächt von dem Erlebnis. Ich schaute mit offenem Mund zu ihm auf, und in seinen hellen Augen sah ich eine Wahrheit: daß wir, die wir Geister sind, Besitzer haben.

Oder diejenigen von uns, die einmal Menschen waren, haben Besitzer. Wer kannte sich schon mit den anderen aus? In Schwalbes Birkenwäldchen am Haarfluß kamen bei Nacht die Geister von Tieren oft in menschlicher Gestalt. Zweimal habe ich dies gesehen – zwei Paare von Tiergeistern, die den Mammutschädel sehen wollten – jedes Paar aus einem anderen Grund. Das erste Paar waren Löwengeister in der Gestalt eines Mannes und einer Frau. Sie sahen eher wie Schwalbe aus als Schwalbe selbst und wanderten unbekümmert von der Ebene zu dem Schädel herauf und blickten in die Augenhöhlen. Was sie dort zu finden glaubten, konnte ich nicht sagen. Sie blieben nicht lange – gleich darauf drehte sich der Löwengeist um und wandte sich einem Busch zu. Markierte er ihn? Beide gingen kurz darauf weg, einer hinter dem anderen, die Schultern gestrafft, den Kopf erhoben, mit wiegenden Schritten.

Das zweite Paar waren Mammutgeister in Frauengestalt. Beide waren hochgewachsen und kräftig, und ihre trockene, braune Haut war von kleinen Runzeln überzogen. Beide hatten lange, struppige Haare, die ungeschickt zum Zopf geflochten waren, so wie Zöpfe kleiner Kinder, wenn ihnen niemand beim Flechten hilft. Aber diese Frauen dachten gar nicht an ihren Zopf. Sie bewegten sich langsam auf den Schädel zu und strichen mit den Händen auf dessen Stirnseite auf und ab. Dann gingen sie weiter zu den Steinhaufen der Jäger und den Reisigringen. Die Ringe untersuchten sie sorgfältig, betrachteten lange den Boden und zogen dann ein paar Zweige heraus, um die losen Enden zu schmecken. Schließlich wanderten sie langsam, aber stetig, wieder auf die Ebene zurück, und ich sah zu, wie sie in der Ferne immer kleiner wurden. Sie gingen nebeneinander, aber weit voneinander entfernt, nicht einer hinter dem anderen, wie wir es tun. Eine Zeitlang trug eine einen Ast, ließ ihn dann aber fallen.
Besitzer dieser Geister waren nicht unsere Schamanen. Schwalbe zitterte sogar, als ich von ihnen erzählte, und fragte sich, welche Geschenke er ihnen machen könne. Die Löwen hätten vielleicht Fett gern, so wie wir, aber nicht die Mammute. Gras? Es gab ohnehin schon zuviel Gras, und es war leichter dort zu holen, wo es wuchs, statt es irgendwo zu lagern. »Wir wissen ja, sie wollen nicht, daß wir sie töten«, sagte Schwalbe. »Aber wie können wir das vermeiden?«
Eines Tages besuchten Schwalbe und Teal, gefolgt von allen anderen Menschen, den Mammutschädel, sangen in seine Nasenlöcher hinein und schmückten seine Stirn mit Ocker. Ich habe nie erfahren, ob diese Ehrenerweisung die Tiergeister beeindruckte, denn falls sie seither wieder einmal den Schädel besucht haben, dann nicht als Männer und Frauen – jedenfalls nicht in den Jahren, in denen ich dort war.

In meinem dritten Jahr als Hilfsgeist für die Hütte und die Lebenden wurde ich auf immer weggeschickt. Nie mehr sah ich Damhirsch oder gar meinen Ottersohn, die Schamanen oder die Menschen, die Tiere im Wald oder auf der Ebene. Ich wurde vertrieben wegen der Schwierigkeiten, die, wie schon oft, durch einen strengen Winter und großen Hunger entstanden waren. Die Schwierigkeiten waren teilweise meine Schuld, teilweise aber nicht. Nachdem sie überwunden waren, war ein Mann gestorben und die Schamanen wollten mich nicht mehr bei sich haben.
Das schlimme Jahr begann im Sommer, der sehr trocken und so kalt war, daß die Beeren nicht reiften. Da es so wenig Nahrung gab, blieben viele der Rentiere nicht in unseren Wäldern, sondern zogen weiter. Kein Schnee fiel, um den Menschen zu helfen, die Hütte vor dem Wind zu schützen, Fährten sichtbar zu machen oder den Rothirschen das Vorwärtskommen zu erschweren. Die hartgefrorene Erde erschwerte das Heranpirschen, da Hirsche und Rentiere die Menschen rechtzeitig hören und leicht entkommen konnten. Außerdem verscheuchte sie die Tigerin immer wieder.
Goldauge war im Frühherbst bei uns, behielt aber stets, als ob er das Heraufkommen des Winters vorausgesehen hätte, die langen Züge der Gänse im Auge, die über uns dahinflogen. Wie er seinen alten Schwarm wiedererkannte, konnte ich nicht sagen – es sei denn, er erkannte die Stimmen. Aber eines Tages stieg er plötzlich mit geräuschvollem Flügelschlagen in die Luft. Er befand sich hoch in der Luft, als ein Schwarm vorbeizog. Es waren die Gänse, denen er damals den Flug gegen den Wind gebahnt hatte, und jetzt schloß er sich dem Schwarm ganz hinten an. Vielleicht hatte er einige Gänse aus dem Gleichgewicht gebracht, als er plötzlich in ihrem Schwarm auftauchte – aber sie waren so mit dem Fliegen beschäftigt, daß sie nichts gegen ihn unternahmen. In wenigen Augenblicken waren alle verschwunden.

Während der Herbst in den Winter überging, verstärkte sich die Kälte. Nachts platzten die Bäume auf, und jedesmal erschraken die Menschen bei dem Geräusch. Und wenn im Forellensee das Eis krachte, spürten die Menschen in der Hütte die Schwingungen. Die Kälte drang durch die dicke Kleidung der Menschen hindurch und ließ ihre Zehen und Finger gefrieren. Auf dem Fluß war das Eis so dick, daß die Menschen kein Wasserloch offenhalten konnten.

Zur Zeit des Eisbrechenden Mondes wurde es etwas wärmer, aber zu spät. Die Menschen waren fast verhungert. In den um die Hütte verstreuten Abfällen suchten sie nach gebrochenen, gefrorenen Knochen, um sie zu Pulver zu zerschlagen oder Reste von Mark herauszuholen. Als die Eisdecke auf dem Fluß zum ersten Mal knackste – ein Geräusch, das uns sagte, das Wasser würde bald wieder freiliegen –, baten uns die Schamanen inständig, das Wasser wieder fließen zu lassen. Es tat uns weh, nicht helfen zu können, da wir wußten, wie dringend die Menschen Nahrung brauchen mußten, wenn sie sogar um Fische statt um Fleisch bettelten. Aber nur die Frau Ohun setzt den Fluß in Bewegung, draußen in einem Wasser, das so tief ist wie der Himmel und fast so weit vom Fluß entfernt wie die Lagerstätten der Toten. Hilflos angesichts so viel Hungers, machte sich Murmeltier in Gestalt eines Vielfraßes davon.

Dann sangen die Menschen, und die Schamanen fielen in Trance und baten mich um einen Bären. Aber sie baten mich nicht höflich und nannten mich auch nicht »geehrter Geist«. Schwalbe schwor sogar, daß er, falls ich nicht binnen drei Tagen Neues zu berichten hätte, mich für immer in der Erde verwurzeln würde. Kurz darauf fand ich mich als große Bärin wieder, die den Bergen zustrebte, in denen der Forellenfluß entspringt. Ich hätte sehen können, daß der Plan fehlschlagen würde. Es war noch zu früh im Jahr. Ich war verwirrt, schläfrig, mir war kalt und ich hatte Hunger, weil es nichts zu essen gab. Nichts. Andere Bären lagen in ihren

Höhlen, aber ich wanderte durch die dürren, gefrorenen Wälder; die Kräfte verließen mich allmählich, und ich hatte keinen Zufluchtsort. Ich wanderte, ohne anzuhalten, zwei Tage und eine Nacht, und erst als ich auf meine eigenen Spuren stieß, merkte ich, daß ich im Kreis herumgelaufen war.
Die Jäger warteten nicht auf meine Rückkehr. Vielleicht hatte ich sie zu oft enttäuscht. Ich hörte plötzlich Menschen auf meiner Fährte. Obwohl ich sehr müde war, lief ich schneller – nicht schnell genug. Die Jäger mit ihren langen Beinen holten mich ein. Ich schaute über die Schulter zurück in ihre weit aufgerissenen Augen, in ihre gierigen Gesichter, und bevor ich wußte, was ich tat, drehte ich mich um und griff sie an. Mit einem Prankenhieb streckte ich einen Mann auf den Schnee nieder. Mit dem nächsten Hieb riß ich einem anderen Mann die Kleider an der Seite auf. Ein Speer prallte von meinem Schulterblatt ab, aber ich spürte den Schlag kaum, während ich davonrannte. Ich wunderte mich nur, daß die Menschen zurücktraten, um mich durchzulassen.
Ebenso plötzlich, wie ich zur Bärin geworden war, fand ich mich als Mensch wieder, aber jetzt allein im Wald und verloren. Niedergeschlagen wanderte ich nach Süden, bis ich den Fluß fand; dann folgte ich ihm bis zur Hütte, wo ich Menschen singen hörte. Inzwischen war es dunkel geworden. Eingehüllt in seine Schlafdecke saß Murmeltier auf dem Dach der Hütte – er war endlich wieder heimgekommen. Ich freute mich sehr, ihn zu sehen.
Aber die Neuigkeit, die er für mich hatte, war schlimm. Eine Bärin habe den Frosch so schwer verletzt, daß er in der Hütte im Sterben liege. Der Frosch! Murmeltiers Sohn, von meiner Hand getötet! Murmeltier würde dies nicht verzeihen. Ob er meinem Sohn dasselbe zufügen würde, was ich seinem Sohn angetan hatte?
Inständig bat ich die Frau Ohun, den Frosch zu verschonen oder wenigstens, wenn es nicht ginge, die Men-

schen in dem Glauben zu lassen, daß ein anderer Bär ihn getötet habe. Durch den Rauchabzug hörte ich, wie sich die Menschen über sein Begräbnis unterhielten. Da der Boden noch gefroren war, beratschlagten sie, auf welchen Baum sie ihn legen sollten. Auf einmal begannen seine Frau und viele andere Leute zu weinen, und mir wurde klar, daß er dahingegangen war.

Gerade als ich mich Murmeltier zuwandte und mir die Ansprache zurechtlegte, in der ich meine Schuld bekennen und ihn um Verzeihung bitten wollte, erschien der Geist des Frosches plötzlich neben uns. Da er noch nicht wissen konnte, was mit ihm geschehen war, schien er erstaunt, mich zu sehen, und erkannte Murmeltier nicht. Aber Murmeltier war hoch erfreut und erklärte, so väterlich er konnte, seinem großen, verwirrten Sohn die Lage. Ich beschloß, den Schamanen die Entscheidung zu überlassen, wer ihn getötet habe.

Ich brauchte nicht lange zu warten, bis die in Trance befindlichen Geister von Schwalbe und Teal langsam, wie die aufsteigende Hitze in der Luft über dem Rauchabzug, Gestalt annahmen. In sehr ehrerbietigem Ton begrüßten sie Murmeltier und den Frosch. Offenbar hatte Teal ihn eingefangen. Während sie anfing, ihm die Not der Menschen auseinanderzusetzen und ihn zu bitten, als Rentier zu gehen, um den Jägern andere Rentiere zuzuführen, nahm mich Schwalbe beiseite.

»Geehrter Geist«, begann er, »was soll ich sagen? Die Menschen sind böse, weil wir ihnen einen Bären versprachen, nur damit der einen Mann töten und meine Parka zerfetzen kann. Der Frosch wird nie wieder jagen, und ich kann in diesem Wetter nicht jagen, bis wir ein Fell für eine neue Parka haben. Die Leute geben uns die Schuld. Aber sie haben Hunger und brauchen unsere Hilfe, so wie wir ihre Hilfe brauchen. Wie können wir in Trance fallen ohne ihren Gesang? Und warum sollten sie singen, wenn ihre Gesänge ihnen den Tod, aber kein Essen bringen? Du bringst uns Unglück, deshalb wird dein Vetter dich ersetzen. Jetzt mußt du gehen und deine Sippe suchen, wo man die Sonne ißt. Leg für uns ein gutes Wort ein, wenn du den Ort gefunden hast. Ich habe zu Ende gesprochen.«

Ich wollte die Hütte, bei der ich mein ganzes Leben verbracht hatte, nicht verlassen, und ich wollte auch meine zwei Kinder nicht zurücklassen, aber was konnte ich tun? Den Schamanen gehörte die Luft.

Ich packte alle meine Sachen zusammen, meine Grabbeigaben, und sagte Murmeltier sehr ehrerbietig Lebewohl. Ich sagte sogar dem Frosch Lebewohl. Als sich der Himmel verfärbte, glitt ich vom Dach herab und begab mich nach Westen. Es wäre leichter gewesen, als Vogel zu fliegen, aber meine Fähigkeit, die Gestalt zu verändern, schien bei den Schamanen zu liegen. Jetzt hatte ich diese Kraft verloren, deshalb wanderte ich über den Boden. In Gestalt eines Falken umkreiste mich Murmeltier eine Zeitlang. Ich war froh darüber – anscheinend wollte er mich nicht sofort aus den Augen verlieren. Vielleicht wußte er sogar, was geschehen war, und verzieh mir. Dann mußte irgend etwas in der Ferne seine Aufmerksamkeit erregt haben – mit einem Aufblitzen von Weiß unter seinen Schwingen stieg er hoch empor, wurde immer kleiner und verschwand.

Ich wußte nicht, wohin ich gehen sollte, deshalb folgte ich dem Forellenfluß. Am Nachmittag erreichte ich die Ebene auf der anderen Seite des Schwarzen Flusses und wußte nicht, wohin ich mich wenden sollte. Aber plötzlich mußte mich ein Schneehuhn entdeckt haben – es brach geräuschvoll aus einem Busch hervor, flatterte dicht über dem Boden vor mir her und bat mich so, ihm zu folgen. Und das tat ich auch. Es zeigte mir den Weg. So kam ich schließlich zu einer weiten, baumlosen Ebene, frei von Schnee, auf der Beerenbüsche und hohes Gras wuchsen. Weit entfernt sah ich die Lagerstätten vieler Menschen, die einem Wald aus Büschen und Hemlocktannen glichen: Es gab gewölbte Schutzdächer aus Gras, die über Äste gelegt waren, und spitze Dächer aus Tierhäuten, die über Pfähle gelegt waren. Als ich

näher herankam, standen viele Menschen auf, um zu sehen, wer da kam.
Ich erkundigte mich bei einem Fremden nach dem Lager unserer Sippe, und er wies mir mit Lippen und Kinn die Richtung. Als ich an den Menschen vorbeiging, merkten sie, daß sie mich nicht kannten, und hockten sich wieder hin. Aber als ich Mutter sah, blieben alle Menschen in ihrer Nähe auf den Beinen. »Yanan. Du bist gekommen«, sagte sie.
»Ich bin da«, antwortete ich und freute mich, sie zu sehen. Von all den Menschen auf der Lagerstätte unserer Sippe war sie die einzige, die ich kannte. Aber ich erkannte, welches Schutzdach das ihrige war, und zwar an dem Halsband mit Anhängern, das im Inneren hing. Ich bemerkte, daß ein betretenes Schweigen eintrat.
Meine Verwandten setzten sich nacheinander wieder hin. Ich blieb stehen, wobei ich mich zwingen mußte, die anderen nicht anzustarren. Trotzdem stellte ich insgeheim fest, daß nicht alle meine Verwandten so wie ich gekleidet waren. Einige trugen ein einzelnes plumpes Kleidungsstück, das aus zusammengenähten Fellen gemacht war, als ob diese Menschen versuchten, wie Tiere auszusehen. Andere trugen nur einen Lendenschurz, während wieder andere, obwohl sie bei Tage im Freien waren, vollkommen nackt waren, mit losen, verfilzten Haaren. Diese kleinen Menschen sahen am merkwürdigsten aus, wie sie sich da am hinteren Rand der Lagerstätte aufgeregt zusammendrängten und offenkundig herüberstarrten. Schließlich, als ob er sich Mut genommen hätte, trat ein kleiner, splitternackter Mann vor. »Du hast eine Jagd gestört«, sagte er.
Ich wußte nicht, wer er war oder wie ich ihn anreden sollte, deshalb antwortete ich so einfach wie möglich: »Ja, Onkel.« Als sonst niemand etwas sagte, fügte ich hinzu: »Es tut mir leid.«
»Laßt mich mit meiner Tochter sprechen«, sagte Mutter zu den Menschen. Und sie führte mich zu ihrer Unterkunft, wo andere nicht mithören konnten. »Die

Alten hatten große Hoffnung auf dich gesetzt und wollen dich wissen lassen, daß sie enttäuscht sind«, begann sie.
Davon war ich überzeugt, wer immer sie sein mochten, aber da ich mir dachte, Erklärungen seien sowieso nutzlos, sagte ich: »Die Sache mit dem Frosch tut mir leid.«
»Denk nicht an ihn«, sagte Mutter. »Seine eigene Familie soll sich über ihn Gedanken machen. Die Alten kränken sich über Dinge, die uns getroffen haben.«
»Was für Dinge?« fragte ich. Mir fielen viele ein, und mir war unbehaglich zumute.
Aber Mutter ging nicht sofort auf meine Frage ein. Statt dessen sagte sie: »Es ist meines Erachtens ihre eigene Schuld. Sie haben zu viel von dir erwartet. Sie erwarteten deinen Tod am Kiefernfluß, aber du hast sie in Erstaunen versetzt. Als die Alten sahen, wie gut du für dich selbst und Meri gesorgt hast, wurden sie gierig. Deshalb schickten sie die Geister zweier Menschen, statt nur eines einzigen. Deshalb hattest du eine Zwillingsgeburt. Ich behaupte, die Schuld lag bei ihnen, denn du hattest vom Gebären keine Ahnung, aber sie behaupten, du seiest schuld, weil du dir einen unsicheren Platz aussuchtest, um diese Kinder zur Welt zu bringen.«
Ich nickte, um zu zeigen, daß ich sie verstand. Mutter fuhr fort: »Und wir bemerkten den Geruch unseres verbrannten Blutes im Wind und erkannten, daß du mit einem Blutsverwandten geschlafen hattest. Du warst angewiesen worden, dies nicht zu tun. Was wäre, wenn deine Missetat die Hütte geteilt hätte?«
»Wenn ich mit jemandem geschlafen habe, dann geschah es, nachdem ich schon schwanger war.«
»Aber das wußtest du nicht! Und wenn jemand das Kind getötet oder die Angehörigen unserer Sippe veranlaßt hätte, aus der Hütte auszuziehen? Waren denn so viele von uns in Graugans' Hütte, daß wir auch nur einen Menschen wegen eines erzürnten Ehemanns verlieren hätten können? Könnten denn ein paar von uns ohne die anderen überhaupt überleben?«

Ich wußte, daß sie recht hatte. »Ich habe meinen Fehltritt verborgen«, sagte ich.
»Teal hat ihn verborgen«, sagte Mutter. »Teal hat sich um alles gekümmert. Die Alten sind mit Teal zufrieden, schon seit Jahren. Und abgesehen von diesen Dingen, die ich dir genannt habe, sollten sie auch mit dir zufrieden sein. Schließlich hast du unsere Anzahl, wenn schon nicht vergrößert, so doch zumindest nicht verringert. Und darauf kommt es an. Wenn die Alten an den Fingern nachgezählt hätten, so hätten sie feststellen müssen, daß du gut gehandelt hast. Was sie in Wirklichkeit ärgert, ist die Tatsache, daß du einen von uns an die Otter verloren hast. Dafür könntest du irgendwann um Verzeihung bitten.« Sie lächelte. »Nun gut, Yanan. Sei willkommen. Morgen werde ich dir helfen, Gras für ein Schutzdach zu sammeln. Oder du kannst bei mir schlafen. Ich werde dich später zu den Alten mitnehmen, damit sie dich begrüßen können.«
Ich sah mich in ihrer Hütte um und bemerkte ihre vertraute Felldecke, die auf einem Graspolster lag. »Ich danke dir, Mutter«, sagte ich zufrieden. Da die Aufzählung meiner Verfehlungen anscheinend vorüber war, konnte ich nun nicht umhin, sie zu fragen: »Wer sind die kleinen, nackten Menschen?«
Mutter legte den Finger auf die Lippen. »Sprich leise, wenn du von ihnen redest!« flüsterte sie. »Das sind die Alten!«
»Unsere?«
»Unsere«, sagte Mutter. »Sie hassen Verschwendung, wie zum Beispiel eine ergebnislose Jagd, und weil sie arm sind, glauben sie, daß wir sie mißachten. Aber sonst kann man ihnen leicht zu Gefallen sein.« Mutter rückte näher und flüsterte mir ins Ohr: »Wenn du eine Gelegenheit hast, schau dir ihre Grabbeigaben an, falls du sie finden kannst. Nur sehr einfache Menschen würden Speisereste und Stöcke und alte Eierschalen als Grabbeigaben aufheben. Genau wie die Raben.« Sie lehnte sich etwas zurück, damit ich sehen konnte, daß sie lächelte.

»Die Alten hatten aber trotzdem ein seltsames Leben, deshalb erzählen sie gute, seltsame Geschichten.«
Am Abend versammelte sich eine große Gruppe von Männern mit Speeren und Äxten, als erwartete sie etwas. Andere, die schon eingeschlafen waren, richteten sich auf, schärften ihre Messer und redeten aufgeregt miteinander, als stünde eine Mahlzeit bevor. Hungrig fragte ich Mutter, wo unser Essen sei, und sie wies hinauf zum Himmel, wo die Sonne gerade unterging.
Die Sonne war riesig, groß wie ein Mammut, ganz heiß und flammend, und sie sank schnell herab. Furchtlos schleuderten die Leute ihre Speere auf sie. Als sie zitternd zu Boden ging, zerteilten sie sie mit den Äxten, schnitten sie dann in kleine Stücke und gaben jedem eines. Heiß und knusprig brannte es mir im Mund, schmeckte aber gut, weil es, wie ich mir gedacht hatte, hauptsächlich aus Fett bestand. Was sonst brennt so gut?

QUELLENANGABEN UND DANKSAGUNG

Vor zwanzigtausend Jahren, als ein großer Teil der nördlichen Halbkugel von Eis bedeckt war, traf dies auf Sibirien nicht oder nur teilweise zu. Auch war es nicht in demselben Maße wie heute bewaldet. Es war eher mit einem Mosaik aus Wald, Tundra und Steppe bedeckt – einer kälteren Abart der afrikanischen Savanne mit einer entsprechenden Fauna. Auf der sibirischen Savanne lebten, wie der sowjetische Paläontologe N. K. Wereschtschagin nachgewiesen hat, nördliche Formen von Löwen, Hyänen, Nashörnern und Elefanten (wolligen Mammuten), Bisons anstelle von Büffeln, Pferde anstelle von Zebras, Dingos anstelle von Wildhunden, Füchse anstelle von Schakalen, Wölfe als Hetzer anstelle von Geparden und viele Arten von Hirschen anstelle der Antilopen, wobei der Riesenhirsch *Megaceros* (der Fleckhirsch in diesem Roman) anstelle der Giraffe an den Baumwipfeln äste. Ich habe keine Ahnung, ob *Megaceros* tatsächlich gefleckt war; er wird hier so beschrieben, weil sein ökologisches Gegenstück, die Giraffe, gefleckt ist, ebenso wie sein nächster noch lebender Verwandter, der Damhirsch.

Ich habe versucht, die Tiere in diesem Roman sorgfältig darzustellen. Reptilien treten nicht auf, weil ich glaube, daß die Klimaverhältnisse für sie zu hart waren, und Frösche habe ich zögernd und nur deshalb aufgenommen, weil der Waldfrosch und ein Wasserfrosch jetzt in der Nähe der Hudson Bay leben. Mit einer Ausnahme kommen alle Vögel auch jetzt noch in Sibirien vor, und ich habe versucht, deren Verbreitungsgebiete dem damaligen Klima anzupassen. Sehr wenig ist bekannt über das Insektenleben in der jüngeren Steinzeit, und noch weniger ist mir darüber bekannt. Aber da das Vorkommen sehr kleiner Lebewesen viel über eine Gegend aussagen kann, hoffe ich, daß meine Unwissenheit mit dichterischer Freiheit entschuldigt wird und den Gehalt meines Romans nicht beeinträchtigt.

Die Lebensgewohnheiten ausgestorbener Tiere sind natürlich rein fiktiv. Meine Mammute, die ich von Elefanten abgeleitet habe, haben eine Paarungszeit wie viele andere Huftiere, allerdings nicht wie die Elefanten. Meine Höhlenlöwen sind von heutigen afrikanischen Löwen abgeleitet und infolgedessen Bewohner der Ebene; einige leben in Rudeln mit eigenen Jagdgebieten, einschließlich der begrenzten Anzahl von schutzbietenden Höhlen, wo die Fortpflanzung das ganze Jahr lang möglich gewesen sein könnte. Einige Löwen sind jedoch einsame Wanderer ohne ein eigenes Gebiet oder eine Höhle und haben keine Möglichkeit, im Winter – wenn überhaupt – Junge aufzuziehen. Meine Löwen haben also weder als Rudeltiere noch als Einzelgänger eine feste Paarungszeit. Dies ist meiner Fantasie entsprungen. Meine Tiger dagegen sind sibirische Tiger, die in Wäldern leben, eine Paarungszeit haben und auch heute noch im Februar Junge zur Welt bringen. Die Buchstabierung des Tigerschreis ist dem Buch von George Schaller entnommen.

Die Menschen sollen keine bestimmte steinzeitliche Kultur darstellen, außer daß ihre Hütten denjenigen ähneln, die in der Jenissei-Angara-Senke gefunden wurden. Ihre Werkzeuge und Kleider sollen lediglich mit Ort und Zeit übereinstimmen. Die Stärke ihrer Gruppen und ihr Lebensstil, einschließlich der Strecken, die sie bei Wanderungen zurücklegen, und der Art und Weise, wie sie ihre Zeit verbringen, sind teilweise angelehnt an echte Jäger-Sammler, die Ju/wa-Buschmänner der Kalahari, unter denen ich in den fünfziger Jahren mehrere Jahre lebte.

Die Charaktere meiner fiktiven Menschen und ihre Kultur, sowohl spirituell als auch materiell, sollen weder den Ju/wassi noch einem anderen Volk ähneln. Sie sind vollkommen meine eigene Erfindung. Das Wort Parka hat mehrere Leser des Manuskripts gestört, weil das Wort an heutige Sportbekleidung erinnert, doch das Kleidungsstück ist bestimmt uralt, und sein Name ist aus der Sprache der Inuit.
Die Koordinaten dieses Romans fallen zufällig in die Nähe des Baikal-Sees, aber ich dachte, daß ein so großer See wie der Baikal-See die Geschehnisse dieses Romans zu sehr beeinflussen würde, und so habe ich ihn weggelassen. Da die Region weitgehend fiktiv ist, ersetzte ich den Baikal durch einen kleineren See.

Nancy Jay ermutigte mich, dieses Buch zu beginnen. Ich bin ihr sehr dankbar, denn ich habe mit großer Freude an dem Text gearbeitet. Megan Biesele, Naomi Chase, Joan Daves, Lexi Eliot, Eleanor Gerber, Ingrid Honaker, Bill Langbauer, Lorna Marshall, Katy Payne, Claire Ritchie, Peter und Susannah Schweitzer, Stephanie Thomas und Ramsay Thomas haben mir viel geholfen mit Ratschlägen, Informationen und/oder kritischem Lesen des Manuskripts. Katy Payne und Bill Langbauer, meine Mitarbeiter und Partner bei einer derzeit laufenden Studie über Elefanten, halfen mir großzügig, indem sie viel von der Arbeit übernahmen, während ich *Im Mond der Rentiere* zu Ende schrieb.

Viele Leute beschafften mir Informationen über die UdSSR während der letzten Eiszeit. In diesem Zusammenhang möchte ich besonders Charles Fishman danken. Ich bin außerdem Robert Hoffman von der Universität Kansas in Lawrence dankbar, sowie Alex Hromockji von der Science and Technology Division der Kongreßbibliothek, Beverley Kaemmer von der Universität Minnesota Press und Patra Leaming vom Quaternary Research Center der Universität Washington.

Besonders danken möchte ich dem Verleger dieses Buches, Peter Davison, für sein dichterisches Verständnis und sein Vertrauen in mein Vorhaben, sowie meinem Ehemann, Steve Thomas, für seine unschätzbare Hilfe beim Beschaffen schwer zu findender Quellen, für seine ausgezeichneten Übersetzungen aus dem Russischen von einem großen Teil der unten aufgeführten Literatur, sowie vor allem für seine begeisterte Mitarbeit an diesem Werk.

Dank schulde ich den folgenden Informationsquellen über sibirisches Klima, Ökologie und Bevölkerungsstruktur während der letzten Eiszeit, sowie über die heutige Fauna und Ökologie, aus der ich Rückschlüsse über die Gegebenheiten in der Vergangenheit gezogen habe.

Alexejewa, E. V. 1980. Säugetiere im Pleistozän im Südosten Westsibiriens. Nauka, Moskau. In Russisch.

Darling, F. F. 1937. A Herd of Red Deer. Oxford.

Flint, V. E., Kostin, Y. V., und Kuznetsov, A. A. 1984. A Field Guide to Birds of the USSR. Princeton.

Gitterman, R. E., und Golubeva, L. V. 1967. Vegetation of Eastern Siberia During the Anthropogene Period. In: The Bering Land Bridge. Ed. David M. Hopkins. Stanford.

Jermolowa, N. M. 1978. Theriofauna des Angara-Tales im späten Anthropogenium. Nauka, Nowosibirsk. In Russisch.

Kuz'mina, I. E. 1977. Über Ursprung und Geschichte der Theriofauna der sibirischen Arktis. Akademie der Wissenschaften der UdSSR, Zoologisches Institut. Trudy 63, 18–55. In Russisch.

Levin, M. G., und Potapov, L. P. 1964. The Peoples of Siberia. Chicago.

Markova, A. K. 1984. Late Pleistocene Mammal Fauna of the Russian Plain. In: Late Quaternary Environments of the Soviet Union. Ed. Andre A. Velichko. Minnesota.

Payne, K., Langbauer, W. R., und Thomas, E. M. 1986. Infrasonic Calls of the Asian Elephant *Elephas maximus*. Behavioral Ecology and Sociobiology. 18: 297–301.

Powers, R. 1973. Paleolithic Man in Northeast Asia. Arctic Anthropology. Vol. X, No. 2, 1–23.

Praslov, N. D. 1984. Paleolithic Cultures in the Late Pleistocene. In: Late Quaternary Environments of the Soviet Union. Op. cit.

Schaller, G. B. 1967. The Deer and the Tiger. Chicago.

Soffer, O. 1985. The Upper Paleolithic of the Central Russian Plain. Academic Press. Orlando.

Wereschtschagin, N. K. 1971. Der Höhlenlöwe und seine Geschichte im Holozän und in der Sowjetunion. In: Materialy po faunam antropogena SSSR. Nauka, Leningrad. In Russisch.

ders. 1984. Late Pleistocene Mammal Fauna of Siberia. In: Late Quaternary Environments of the Soviet Union. Op. cit.

ders., und Barjischnikow, G. F. 1983. Die ökologische Struktur der Mammutfauna Eurasiens. Zoologichesky Zhurnal, Vol. LXII, No. 8. In Russisch.

Zeuner, F. E. 1963. A History of Domesticated Animals. Harper and Row.

Schließlich empfinde ich eine besondere Dankesschuld gegenüber Joseph Campbell, dessen Arbeiten jeden beflügeln müssen, der versucht, sich die menschlichen Kulturen vor langer Zeit vorzustellen. In den Geschichten und Bildern, die wir heute noch besitzen, ist ein Teil unserer Vergangenheit bewahrt. Ich weise insbesondere auf Campbells 1983 erschienene Arbeit, *The Way of the*

Animal Powers, Band 1, hin, das bei Harper and Row erschienen ist.
Ursprünglich war ein Teil dieses Buches als Sachbuch geplant, um das Verhältnis der Jäger-Sammler zu ihrer Umwelt zu erörtern. Dieser Teil wurde unter Förderung durch das Mary Ingraham Bunting Institute in Radcliffe und das National Endowment for the Humanities vollendet.

Peterborough, N. H.
Juni 1986

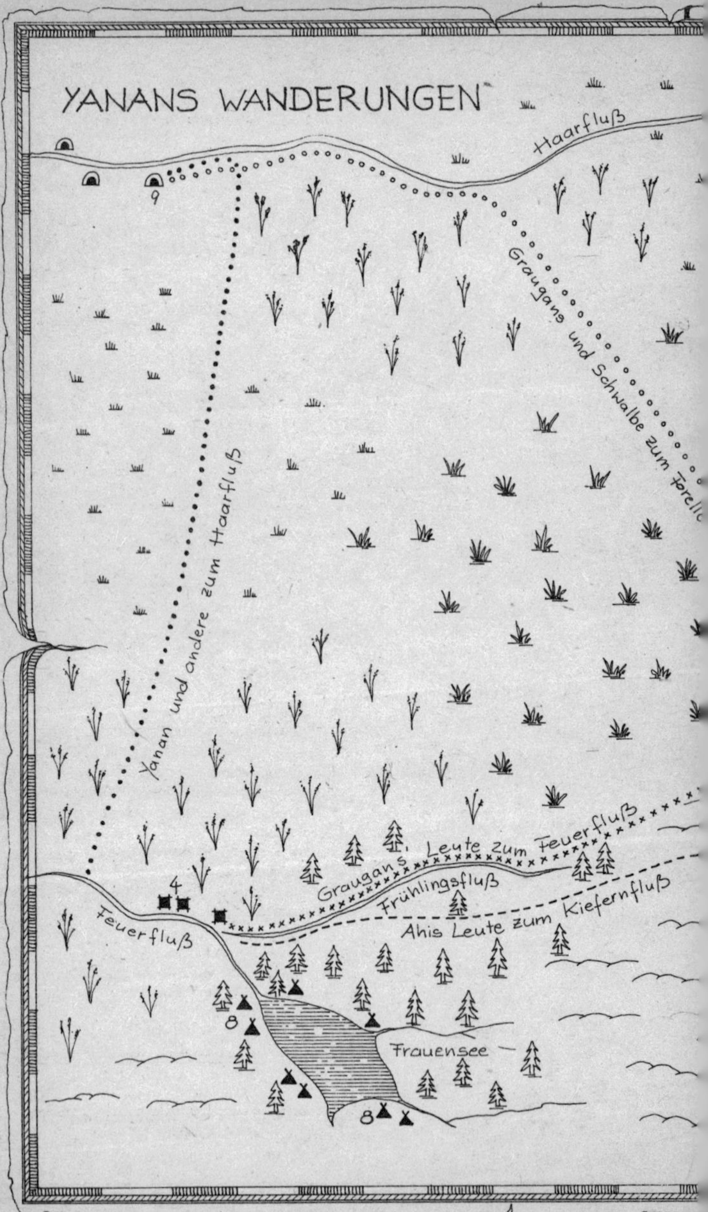
YANANS WANDERUNGEN
Haarfluß
9
Graugans und Schwalbe zum Forell
Yanan und andere zum Haarfluß
Graugans Leute zum Feuerfluß
4
Frühlingsfluß
Feuerfluß
Ahis Leute zum Kiefernfluß
8
Frauensee
8

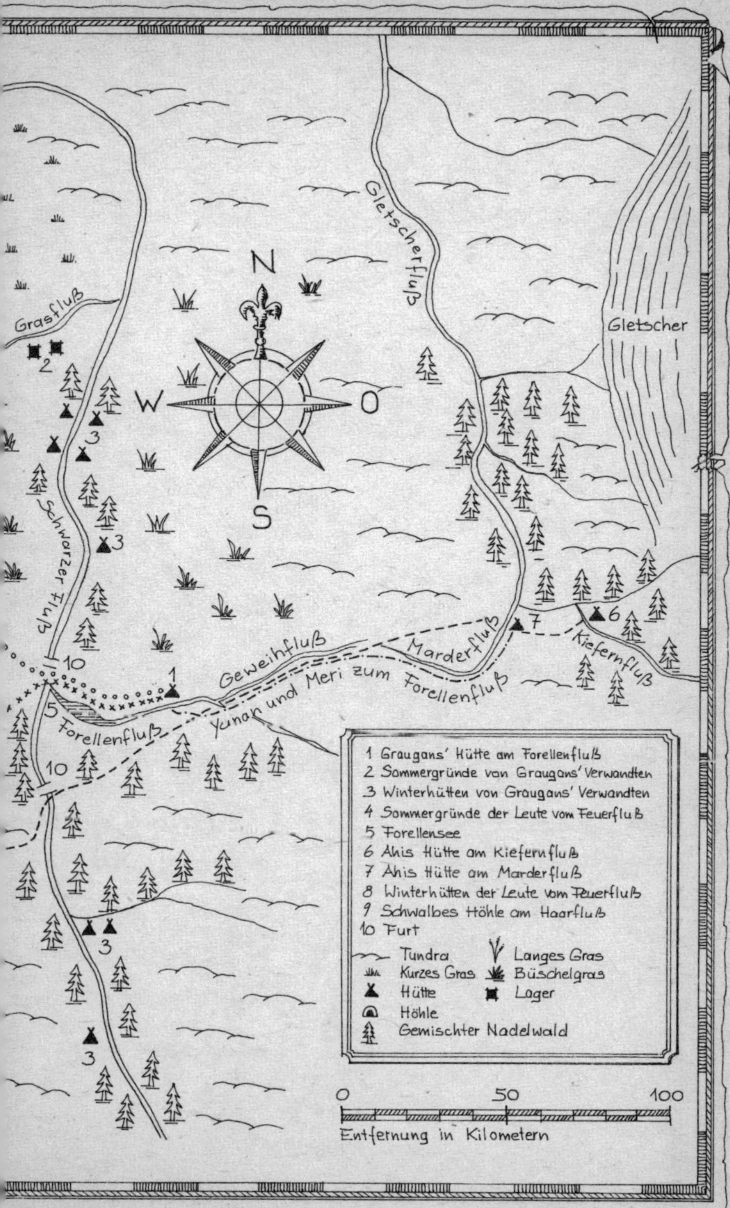
N
O
S
W
Grasfluß
Schwarzer Fluß
Gletscherfluß
Gletscher
Geweihfluß
Marderfluß
Kiefernfluß
Forellenfluß
Yunan und Meri zum Forellenfluß
1 Graugans' Hütte am Forellenfluß
2 Sommergründe von Graugans' Verwandten
3 Winterhütten von Graugans' Verwandten
4 Sommergründe der Leute vom Feuerfluß
5 Forellensee
6 Ahis Hütte am Kiefernfluß
7 Ahis Hütte am Marderfluß
8 Winterhütten der Leute vom Feuerfluß
9 Schwalbes Höhle am Haarfluß
10 Furt
Tundra
Langes Gras
Kurzes Gras
Büschelgras
Hütte
Lager
Höhle
Gemischter Nadelwald
0
50
100
Entfernung in Kilometern